Kirsten Winkelmann

Aus heiterem Himmel

Über die Autorin

Kirsten Winkelmann ist gelernte Finanzbeamtin. Sie ist verheiratet und Mutter von vier Kindern. Mit ihrer Familie lebt sie in Norddeutschland.

Kirsten Winkelmann

Aus heiterem Himmel

Roman

GerthMedien

MIX
Papier aus verantwortungsvollen Quellen
FSC® C014496

Verlagsgruppe Random House FSC® N001967
Das für dieses Buch verwendete FSC®-zertifizierte Papier
Munken Premium Cream liefert Arctic Paper Munkedals AB, Schweden.

1. Auflage 2015
Bestell-Nr. 817052
ISBN 978-3-95734-052-8

Umschlaggestaltung: spoon, Olaf Johannson
Umschlagfoto: Shutterstock
Satz: DTP Verlagsservice Apel, Wietze
Druck und Verarbeitung: GGP Media GmbH, Pößneck
Printed in Germany

Ich widme dieses Buch meiner Tochter Maresa.
Du bist mein Augenstern!
Deine Augen möchte ich mit diesem Buch
zum Leuchten bringen!

Ich bedanke mich sehr herzlich bei Airline Captain Kolja Bollhorst, den ich zu jeder Zeit mit Fragen über die zivile Luftfahrt belästigen durfte.

Kapitel 1

„Du bringst mich doch bis zur Tür?", fragte Theresa und sah sich ängstlich nach allen Seiten um. Es war bereits stockfinster und nur das diffuse Licht diverser Straßenlaternen erleuchtete die ruhige Wohngegend im Frankfurter Stadtteil Ostend, wo Theresa wohnte.

„Natürlich mach ich das", erwiderte Ariane. Sie war eine drahtige Person mit kurzen, dunklen Haaren und einer auffälligen, rot-weiß gestreiften Brille. „Will die Polizei denn immer noch nichts unternehmen?"

Theresa seufzte tief und hakte sich bei ihrer Freundin ein. Mit ihren 1,68 m war sie exakt genauso groß wie Ariane. Das war dann aber auch schon die einzige Ähnlichkeit. Ansonsten war Theresa ein eher mütterlicher Typ mit ausgeprägten Kurven und ein paar Pfund zu viel auf den Rippen. „Sie sagen, dass ihnen die Hände gebunden sind. Schließlich hat dieser Kerl gegen kein einziges Gesetz verstoßen."

„Wie oft, sagtest du, bist du ihm in den letzten drei Tagen begegnet?"

„Fünfmal", seufzte Theresa und zog die kurzärmelige, weiße Bluse herunter, die sie zu einer Bluejeans trug. Sie war ständig darauf bedacht, ihre Figur vorteilhafter wirken zu lassen. Deshalb zog sie auch ununterbrochen den Bauch ein. „Und das, obwohl ich zu den unterschiedlichsten Zeiten zur Arbeit und wieder nach Hause gefahren bin. Ehrlich, ich hab mich schon gefragt, ob der 'nen GPS-Sender in meinem Schuh versteckt hat oder so was."

„Und das reicht der Polizei nicht?"

„Nö." Theresa fuhr sich nervös durch die Haare. Glücklicherweise vermochte das ihrer Frisur nicht zu schaden. Da ihre mittelblonden Haare leicht gewellt und sehr geschickt in Stufen geschnitten waren, fielen sie in jeder Lebenslage und bei nahezu jedem Wetter in eine perfekte Frisur. „Man kann einem Menschen schlecht verbieten, die gleiche Straßenbahn zu benutzen wie man selbst."

Ariane blieb stehen und stemmte die Hände in die Hüften. „Und was ist mit den Briefen und den Geschenken? Den Anrufen? Den E-Mails und SMS?"

„Das fällt noch unter ‚Mann versucht Frau zu erobern', glaub ich."

„Aber der ist doch krank", schimpfte Ariane und rückte ihre Brille zurecht. „Ich meine … du hast ihm doch deutlich genug gesagt, dass du nichts von ihm willst, oder?"

„Natürlich hab ich das. Beaucoup de fois!"

„Ich versteh kein Spanisch", knurrte Ariane. „Und ich hab dir schon tausendmal gesagt, dass mich diese Sprachenkacke nervt."

„Das war Französisch", korrigierte Theresa.

„Und wenn es eine Mischung aus Gälisch und Haitianisch wär – ich hab keine Lust, mir ständig unter die Nase reiben zu lassen, dass du gebildeter bist als ich."

„Du weißt genau, dass ich das nicht so meine", protestierte Theresa. „Ich liebe die Sprachen einfach. Und ich hab ständig damit zu tun … Da rutscht einem so was schon mal raus." Sie bog jetzt auf den schmalen gepflasterten Weg ein, der links zu einem Mehrfamilienhaus führte. Dann zog sie klimpernd ihren Hausschlüssel aus der Tasche. „Ich bin dir wirklich dankbar, dass du mich bis zur Haustür begleitest."

„Kein Problem", erwiderte Ariane. Dabei verriet ihr Tonfall, dass sie schon wieder versöhnt war. „Du kannst es am kommenden Samstag wiedergutmachen. Toms Kollegen von der Flugsicherung feiern ein Sommerfest. Und ich würde ihn gern begleiten …"

„Samstag …", überlegte Theresa, „das müsste eigentlich gehen … Wann soll ich bei dir sein?"

„Eigentlich um halb sechs. Aber wir könnten vorher noch einen Kaffee miteinander trinken …"

„Vier Uhr?"

„Super", grinste Ariane. „Sina wird sich ein Loch in den Bauch freuen. Niemand auf dieser Welt kommt bei Kindern so gut an wie du."

„Und niemand auf der Welt muss so lange auf eigene warten“, seufzte Theresa und schloss die Haustür auf. „Meine biologische Uhr tickt so laut, dass man sie in Hongkong hören kann.“

„Sara hat mit neunzig noch ein Kind bekommen.“

Was eine Ermutigung sein sollte, löste bei Theresa blankes Entsetzen aus. „Ich bin vierunddreißig. Willst du damit sagen, dass ich noch über fünfzig Jahre warten muss?“

„Eigentlich wollte ich nur sagen, dass bei Gott nichts unmöglich ist. Entspann dich einfach.“

„Du hast gut reden. Du bist verheiratet und Mutter einer wundervollen Tochter. Du hast keine Ahnung, wie es mir geht. Ich bete schon seit fünfzehn Jahren um eine Familie!“

„Was lange währt …“

„… wird endlich gut“, seufzte Theresa und betrat den Hausflur. „Wir sehen uns Samstag, okay?“ Sie verabschiedete sich mit einer Umarmung von ihrer Freundin und atmete dabei Arianes ein wenig an Honig erinnerndes Parfum ein. Dann zog sie gewissenhaft die Haustür hinter sich ins Schloss und stieg die Stufen in den dritten Stock hinauf.

Nachdem sie die Wohnungstür aufgeschlossen hatte, betrat sie zögernd den Flur. Sie sah sich um, lauschte in die Dunkelheit hinein und-

„Du bist ganz schön spät!“, sagte eine Stimme hinter ihrem Rücken. „Weißt du eigentlich, wie lange ich hier schon auf dich warte?“

Theresa wirbelte erschrocken herum und sah einen Mann im Treppenhaus stehen.

Sven-Uwe! Es war kein Wunder, dass Theresa den Mann schon beim ersten Treffen von der Liste potenzieller Ehepartner gestrichen hatte. Er sah weder gut aus, noch war er sympathisch. Seine braunen, etwas strähnigen Haare ließen einen anständigen Schnitt vermissen und sein Dreitagebart verlieh ihm keinen verwegenen, sondern einen eher ungepflegten Touch. Außerdem erinnerten seine flache Stirn und sein fliehendes Kinn eher an einen Neandertaler als an einen Homo sapiens.

„Lassen Sie mich in Ruhe!“, kiekste Theresa und stürzte vorwärts. Sie wollte die Wohnungstür ins Schloss werfen, musste jedoch feststellen, dass dieser Sven-Uwe ebenfalls vorpreschte und im Bruchteil einer Sekunde seinen Fuß in den Türrahmen stellte. Auf diese Weise wurde das Türblatt im letzten Moment abgefangen.

Sven-Uwe verzog das Gesicht. „Das ist aber kein sehr netter Empfang", beklagte er sich durch den Türspalt hindurch. „Wenn du mich nicht reinlässt, können wir uns nicht besser kennenlernen."

„Das wollen wir auch nicht!", fauchte Theresa. Gleichzeitig trat sie mit dem rechten Fuß von vorne gegen den schwarzen Schuh des Eindringlings und versuchte ihn auf diese Weise aus dem Türspalt zu entfernen. „Ich hab schon tausendmal gesagt, dass ich nicht interessiert bin!"

„Als ob man das nach einem Treffen schon entscheiden könnte!"

„Normalerweise ist das schwierig!", keuchte Theresa und trat jetzt von oben auf den Fuß ihres Besuchers ein. „Aber in Ihrem Fall wusste ich das schon nach fünf Minuten!"

Sven-Uwes Augen verengten sich zu zwei drohenden Schlitzen. „Was soll das denn jetzt heißen, hä?" In seinem Ärger warf er sich mit der rechten Schulter gegen das Türblatt und erreichte, dass dieses ein ganzes Stück weiter aufschwang.

Theresa taumelte rückwärts und verlor beinahe das Gleichgewicht. Sie konnte sich nur auf den Beinen halten, indem sie einen großen Ausfallschritt nach hinten machte und dadurch die Tür gänzlich freigab. Unglücklicherweise fühlte sie sich jetzt erst recht bedroht. In Sekundenbruchteilen wurde so viel Adrenalin in ihr freigesetzt, dass sie wie ein Tornado herumwirbelte und vor ihrem Besucher ins Innere der Wohnung flüchtete. Dieser schien von ihrer Geschwindigkeit ebenso überrascht zu sein wie Theresa selbst. Jedenfalls gelang es ihm nicht, zeitnah zu reagieren. So erreichte Theresa unbehelligt das Schlafzimmer, knallte die Tür hinter sich zu und drehte mit zitternden Fingern den Schlüssel im Schloss herum. Dann rannte sie zum offenen Fenster. „Hilfe!", schrie sie voller Entsetzen in die dunkle Nacht hinein. „Hilfe!"

Hinter ihr zerrte jemand an der Türklinke herum. „Jetzt beruhig dich doch mal", rief Sven-Uwe. „Ich wollte dich nur sehen, das ist alles!"

„Polizei!", rief Theresa nach draußen. „Hilfe! Polizei!"

„Komm mal wieder runter!“, brüllte Sven-Uwe und hämmerte mit der Faust gegen das Türblatt. „Du drehst ja völlig durch!“

Theresa hatte das Gefühl, als würden die Fausthiebe nicht das Türblatt, sondern ihre Magengrube treffen. „Feuer!“, schrie sie in äußerster Not. „Es brennt! Feuer!“ Ihr war gerade eingefallen, dass dies der beste Hilferuf überhaupt war. Von Feuer fühlten sich alle betroffen.

Unter ihr öffnete sich ein Fenster. „Was ist da los?“

„Frau Böttcher?“, weinte Theresa halb hysterisch, halb erleichtert. „Bitte rufen Sie die Polizei! Bitte! Ein Mann ist in meiner Wohnung! Er bedroht mich! Hilfe!“

„Polizei? Ja! Sofort! Ich rufe sofort die Polizei!“

Der Lärm an Theresas Tür verstummte und ließ eine gespenstische Stille entstehen. Geraume Zeit passierte überhaupt nichts. Trotzdem dauerte es einige Minuten, bis sich Theresas Herzschlag ein wenig verlangsamte. „Was hab ich mir nur eingebrockt?“, flüsterte sie und schlang trotz der Hitze fröstelnd die Arme um ihren Körper. Gleichzeitig verfluchte sie den Tag, an dem sie diese bekloppte Heiratsannonce aufgegeben hatte. Ariane hatte schon damals gesagt, dass sie mit diesem Unsinn aufhören solle. Warum hatte sie nicht auf sie gehört?

„Ich brauche keinen Mann!“, flüsterte Theresa in die Dunkelheit hinein. Es klang beschwörend. „Ich brauche definitiv keinen Mann. Ich hab alles, was ich brauche. Ich hab Freundinnen. Ich hab Arbeit. Ich habe einen Gott, der mich liebt und sich um mich kümmert. Ich brauche keinen Mann.“ Sie tastete nach der langen, goldenen Kette, die um ihren Hals hing und an deren Ende sich ein schlichter, goldener Ring befand. Mamas Ring. „Ich brauche keinen Mann“, wiederholte sie.

Kapitel 2

Als Theresa am nächsten Morgen das großzügige Büro betrat, in dem sich ihr Arbeitsplatz befand, war sie wie immer elegant gekleidet. Sie trug ein grau meliertes Kostüm mit Blazer und kurzem Rock, das sehr gut saß und ihre Kurven betonte, ohne ihre Röllchen zu zeigen. Das schicke Äußere vermochte allerdings nicht darüber hinwegzutäuschen, dass sie tiefe Ringe unter ihren großen braunen Augen hatte und ungewöhnlich fahrig und nervös wirkte.

Wie immer steuerte Theresa als Erstes auf den Kaffeevollautomaten zu. Er wirkte sehr mächtig und teuer und stand auf einer Arbeitsplatte aus anthrazitfarbenem Marmor, die zu einer vollständigen Küchenzeile gehörte und Teil der überaus gehobenen Büroausstattung war. Als Theresa die hellgraue Tür des nächstgelegenen Oberschrankes öffnete, um die Kaffeebohnen herauszunehmen, klingelte zum ersten Mal das Telefon. Sofort hielt sie mit ihrer Beschäftigung inne und eilte zu ihrem riesigen hellgrauen Schreibtisch hinüber. „Krug", meldete sie sich.

„Haben Sie eigentlich eine Ahnung, wie spät es ist?", fauchte Maximilian Tanner, Theresas Chef, ins Telefon.

Theresa hob blitzschnell den Arm, um einen Blick auf ihre Uhr zu werfen. „Viertel vor neun, ich weiß", erwiderte sie betreten. „Aber ich hab die halbe Nacht auf einer Polizeistation verbracht und-"

„Ist der Kaffee wenigstens fertig?"

Theresa schluckte und warf einen Blick auf den immer noch geöffneten Oberschrank. „F-fast", stammelte sie.

„Das gibt's doch wohl nicht", meckerte der Chef. „Sie wissen ganz genau, dass ich ohne meinen Kaffee nicht vernünftig arbeiten kann. Im Gegensatz zu Ihnen hatte ich gestern nämlich nicht um fünf Feierabend. Stattdessen hab ich bis elf gearbeitet und eine ziemlich kurze Nacht hinter mir. Also bringen Sie mir gefälligst meinen Kaffee!"

Theresa stand inzwischen kerzengerade am Telefon. „Wird gemacht!" Ihr Tonfall erinnerte an einen Soldaten, der Befehle von seinem General entgegennahm. Sie legte auf, eilte zum Kaffeevollautomaten zurück und wollte die Bohnen in den dafür vorgesehenen Behälter füllen. Als jedoch erneut das Telefon klingelte, zuckte sie so heftig zusammen, dass ein Teil der Bohnen klackernd auf dem schwarzen Laminatfußboden landete. Ohne sich weiter um das Malheur zu kümmern, eilte Theresa zum Telefon zurück.

„Tanner GmbH, mein Name ist Theresa Krug, was kann ich für Sie tun?" Anhand der Nummer hatte Theresa erkennen können, dass es sich um einen Anruf von außerhalb handelte. Und so hatte sie sich mit ihrem Standardspruch gemeldet.

„Keller, Firma Precht-Bau, ich möchte Herrn Tanner sprechen."

Theresa setzte sich auf ihren schwarzen Bürostuhl und betätigte die Tasten, mit denen sie ihren PC hochfahren konnte. Die Firma Precht-Bau war mit der Planung der Restaurants betraut. „Sie sind für die Baugenehmigungen zuständig, nicht wahr?"

„Richtig. In drei Städten gibt es Probleme", sagte Herr Keller. „Kann ich jetzt Herrn Tanner sprechen?"

„Tut mir leid, ich bin gehalten, Sie zunächst mit dem zuständigen Mitarbeiter zu verbinden. Bitte warten Sie einen Moment."

„Jetzt hören Sie mir mal zu", sagte Herr Keller. „Ich hab diese Nummer angerufen, um mit Herrn Tanner persönlich zu sprechen. Von den Vollidioten aus seinem Team hab ich allmählich genug. Und jetzt verbinden Sie mich. Und zwar dalli."

Theresa war einen Moment lang sprachlos. Sie hatte nicht die geringste Lust, sich in die Kategorie „Vollidiot aus dem Team" einordnen und noch dazu derart herumkommandieren zu lassen. Ihr Adrenalinspiegel war ausreichend angestiegen, um ihrem Gesprächspartner eine passende Antwort entgegenzuschleudern. Andererseits war Herr Tanner so furchtbar unberechenbar ... Er bekam Tobsuchtsanfälle, wenn sie ihm Anrufe durchstellte, die ihm zu banal erschienen. Aber er bekam auch Tobsuchtsanfälle, wenn sie jemanden abwies, den er für wichtig hielt. Und da es keine Möglichkeit gab, nach objektiven Kriterien zu unterscheiden, um welchen Fall es sich handelte ...

Theresa seufzte tief. „Einen Moment bitte." Sie wählte die Nummer ihres Chefs. Als dieser sich mit einem genervten „Ja?" meldete, sagte sie: „Da ist ein Herr Keller von der Firma Precht-Bau am Telefon. Er sagt, es gäbe Probleme mit den Genehmigungen."

„Ist mein Kaffee fertig?"

Theresa hob erstaunt die Augenbrauen. „So … äh … gut wie. Es ist nur … das Telefon hat geklingelt."

„Was ist wichtiger, Krügchen, mein Kaffee oder Ihr Telefon?"

Theresa atmete einmal tief durch und versuchte, ihr Adrenalin herunterzupegeln. Wenn es etwas gab, das sie hasste, dann war es die Anrede „Krügchen".

„Also machen Sie jetzt Kaffee oder was?"

„Kaffee, sofort. Aber was ist mit Herrn Keller?"

„Was denn wohl? Stellen Sie ihn durch!"

Theresa versuchte immer noch verzweifelt, ihren Blutdruck zu kontrollieren. *Ich hasse meinen Job*, dachte sie. *Ich hasse ihn wie die Pest.* Sie drückte die Taste, mit der sie das Gespräch von eben zurückholen konnte. „Herr Keller?" Ihr Tonfall war freundlich und beherrscht. „Ich stell Sie jetzt durch."

„Das wird aber auch Zeit! Man könnte ja meinen, Sie hätten in der Zwischenzeit erst noch Kaffee gekocht!"

***

Theresa hatte bereits ein paar Stunden lang Kaffee serviert, Telefonanrufe entgegengenommen und Briefe getippt, als sich die Tür zu ihrem Büro öffnete und ihre Lieblingskollegin Anne den Raum betrat. Sie hatte zwei mit Papier umwickelte Pakete in der Hand. „Big Mac bei Mama?"

Obwohl Anne diese Frage beinahe täglich auf die gleiche Weise stellte, musste Theresa grinsen. Mit „Big Mac" war ihr Chef Herr Tanner gemeint. Und da er jeden Tag bei seiner Mutter zu Mittag aß …

„Ja", bestätigte sie. „Big Mac bei Mama." Sie fragte sich, was der Chef wohl sagen würde, wenn er wüsste, wie er in seiner Abwesenheit genannt wurde. Schließlich war er der alleinige Gesellschafter und Geschäftsführer einer gar nicht mal kleinen Firma und sehr von sich überzeugt. Nun … man brauchte nicht viel Fantasie, um sich seine Reaktion vorzustellen …

„Dann ist es ja gut“, seufzte Anne. Sie war eine etwas unscheinbare junge Frau mit extrem dünnem Haar und einer sehr zarten Stimme. „Ich hab nämlich nicht die geringste Lust, ihm zu begegnen.“

„Wer hat das schon?“, seufzte Theresa und schob die Tastatur ihres PCs ein Stück zur Seite. „Macht es dir was aus, wenn ich erst noch mal privat telefoniere? Solange der Big Mac da war, hab ich mich nicht getraut. Und wenn er wiederkommt …“

Anne bedeutete Theresa ihr Einverständnis, nahm sich einen Stuhl und setzte sich.

Derweil wählte Theresa die Nummer der Polizei. Als diese gestern Abend bei ihr eingetroffen war, hatte sich außer Theresa selbst niemand mehr in der Wohnung befunden. Theresa hatte natürlich trotzdem Anzeige erstattet. Das Problem war nur, dass es keine Einbruchsspuren gab. Dadurch fehlte es an einem objektiven Beweis für den Hausfriedensbruch.

Als Theresa den zuständigen Polizisten am Apparat hatte, erfuhr sie, dass man den „Neandertaler“, so nannte Theresa den Stalker seit gestern, inzwischen befragt hatte. Wie erwartet hatte er jedoch geleugnet, in Theresas Wohnung eingedrungen zu sein. „Und jetzt?“, fragte Theresa ein wenig hilflos.

„Tja“, seufzte ihr Gesprächspartner. „Jetzt steht Aussage gegen Aussage …“

Theresas Adrenalinspiegel schoss einmal mehr in die Höhe. „Heißt das, Sie glauben mir nicht?“

„Das hab ich nicht gesagt. Es ist nur so, dass wir allen Beteiligten erst einmal in demselben Maße glauben.“

„Aber ich hab Ihnen doch die Protokolle gezeigt!“ Theresa griff verzweifelt nach dem schlichten goldenen Ring, den sie um den Hals trug. „Sie wissen, wie oft ich diesem Typen jeden Tag begegne! Und Sie kennen die E-Mails, die SMS …“

„Ich hab sie hier vor mir liegen, ja. Und ich finde … na ja … Sie müssen zugeben, dass es sich um sehr positive Botschaften handelt. Der Mann ist eben in Sie verliebt.“

„Bis gestern hab ich ja auch versucht, mir einzureden, dass er im Grunde harmlos ist und bald aufhören wird, mir nachzustellen. Aber jetzt ..." Ohne zu bemerken, was sie da tat, schob Theresa den Ring auf ihren rechten Ringfinger. „Jetzt weiß ich, dass er imstande ist, Grenzen zu überschreiten. Und ich hab keine Ahnung, wie weit er noch gehen wird! Denken Sie, dass ich von nun an auch nur eine Nacht ruhig schlafen werde?"

„Wahrscheinlich nicht", seufzte der Polizeibeamte. „Trotzdem kann ich ihn zum gegenwärtigen Zeitpunkt nicht aus dem Verkehr ziehen. Aber ich hab ihn auf den Straftatbestand der Nachstellung nach § 238 StGB hingewiesen und ihm eindringlich ins Gewissen geredet. Er weiß jetzt, dass er sich mit seinen Annäherungsversuchen strafbar macht. Vielleicht nützt es ja was und er lässt Sie von nun an in Ruhe."

„Und wenn nicht?"

„Wenn nicht, dann kommen Sie halt wieder. Je mehr wir in der Hand haben, desto besser sind unsere Möglichkeiten."

„Am besten, er bringt mich um, nicht wahr? Dann haben Sie richtig was in der Hand!"

Der Polizist atmete einmal tief durch. „Hören Sie, Frau Krug. Ich kann Ihre Ängste sehr gut verstehen. Trotzdem sollten Sie sich da nicht hineinsteigern. Sie sind bisher nicht bedroht worden. Und Hausfriedensbruch ist ein Vergehen, kein Verbrechen. Wir müssen wohl oder übel abwarten, wie das Gericht mit Ihrem Strafantrag umgeht. Bis dahin würde ich Ihnen dringend raten, Kontakt mit einer Selbsthilfegruppe aufzunehmen. Die Nummer kann ich Ihnen geben, wenn Sie wollen ..."

Theresa antwortete nicht gleich. Sie kämpfte mit verschiedenen Gefühlen. Ärger, Wut, Angst und Hilflosigkeit waren nur ein paar davon. Sie zog sich den Ring wieder vom Finger, griff nach Zettel und Kugelschreiber und ließ sich die Nummer diktieren. „Kann ... kann ich sonst noch irgendetwas tun?"

„Sie können versuchen, eine einstweilige Verfügung zu erwirken, die dem Mann untersagt, sich Ihnen zu nähern."

Theresa atmete einmal tief durch. Diese Möglichkeit hatte sie bereits mit einem Anwalt durchgesprochen. Jetzt war es wohl an der Zeit, sie in die Tat umzusetzen. Sie verabschiedete sich höflich, aber kühl von dem Polizeibeamten und wählte die Nummer ihres Anwalts.

***

Theresa und Anne verspeisten genüsslich ihr Gyros vom Griechen um die Ecke und unterhielten sich dabei über Annes gut aussehenden Bruder Philip, der noch Single war, als plötzlich die Tür aufging und Maximilian Tanner mit zwei zackigen Schritten den Raum betrat.

Theresa erstarrte von einem Moment auf den nächsten zur Salzsäule. Dabei bemerkte sie gar nicht, dass eine Gabel mit Gyros nur wenige Zentimeter von ihrem Mund entfernt um Einlass bettelte. Anstatt dem Werben nachzugeben, war Theresa jedoch nur noch mit der Frage beschäftigt, warum der Chef so früh aus der Mittagspause zurück war. Ob das Schwimmbad geschlossen hatte? „Sie sind aber früh“, würgte sie schließlich hervor.

„Dachte ich mir doch, dass Sie hier Orgien feiern“, gab Maximilian Tanner zurück. Er war ein äußerst gut aussehender Mann mit vollen, pechschwarzen Haaren und einem durchtrainierten Körper. Am auffälligsten aber war die stolze Haltung, die aus jeder Pore seines Körpers zu strömen schien. „Ich hab Ihnen schon mehrmals gesagt, dass Sie diese Etage nicht mit Essensgerüchen verseuchen sollen.“ Seine Stimme klang schneidend und unerbittlich.

„Aber ich … ich lüfte immer sehr sorgfältig, wenn ich fertig bin …“

„Gegen so ein Zeug …“, er näherte sich ein paar Schritte, verzog das Gesicht und deutete voller Abscheu auf Theresas Mittagessen, „hilft auch Lüften nicht. Ich frage mich sowieso, warum Sie so was essen. Das ist alles andere als gesund. Und Ihrer Figur ist es auch nicht gerade zuträglich.“

Theresa war so fassungslos, dass sie erbleichte und die Gabel mit dem Gyros sinken ließ. Als sie so weit war, dem Chef eine passende Antwort entgegenzuschleudern, startete dieser bereits seinen nächsten Angriff. „Es wäre doch weitaus sinnvoller, wenn Sie die Mittagspause im Fitnessstudio verbrächten. Ich denke, dass ich da mit gutem Beispiel vorangehe. Sie wissen ja, dass ich immer erst schwimmen gehe, bevor ich Mittag esse, nicht wahr?"

Und ob sie das wusste. Schließlich wies er gern und oft darauf hin, dass er früher Leistungsschwimmer gewesen war. Angeblich wäre er sogar fast bei den Olympischen Spielen angetreten ... „Ja, aber ... sagten Sie nicht, dass ich meinen Arbeitsplatz nicht verlassen soll?"

„Richtig. Das Telefon soll besetzt sein. Tja, schade ... dann können Sie das Fitnessstudio ja auf abends verlegen. Ebenso wie das warme Mittagessen. Bringen Sie sich doch ab sofort ein belegtes Brot mit. Am besten Vollkorn."

Theresa verspürte den starken Impuls, darauf hinzuweisen, dass sie doch wohl selbst zu entscheiden hatte, was sie zu Mittag aß. Aber ihre Zunge schien ihr nicht zu gehorchen. Abgesehen davon hielt Herr Tanner jetzt auch schon auf die Tür zu, die das Vorzimmer mit dem Chefzimmer verband.

„Nicht zu fassen!", flüsterte Anne, als sich die Zwischentür hinter ihm geschlossen hatte. „Was für ein Blödmann!"

***

Eine gute halbe Stunde hatte Theresa Zeit, um sich von der Begegnung mit ihrem Chef zu erholen, dann rief eine Frau an, die Herrn Tanner aus privaten Gründen sprechen wollte. Theresa blieb also nichts anderes übrig, als im Nebenzimmer anzurufen. „Ich habe eine Anita Behrens am Telefon, die Sie sprechen möchte."

Maximilian Tanner ließ sich ungewöhnlich lange Zeit mit einer Antwort. Als er dann doch endlich sprach, klang seine Stimme blechern. „Sagen Sie ihr, ich sei in einer Besprechung."

Theresa holte Luft, um zu protestieren, kam aber nicht zu Wort, weil ihr Chef bereits aufgelegt hatte. Einen Moment lang rang sie mit sich. Dann wählte sie erneut die Nummer von nebenan. „Darf ich ihr auch sagen, dass Sie zu beschäftigt sind, um mit ihr zu sprechen?"

„Nein! Sagen Sie ihr, ich sei in einer Besprechung!"

Auch dieses Mal legte er so schnell auf, dass Theresa nicht widersprechen konnte. Wenn er jedoch gehofft hatte, sie auf diese Weise mundtot zu machen, hatte er sich getäuscht. Wenn es etwas gab, das Theresa hasste, dann war es die Forderung zu lügen. Und sie hatte sich schon vor sehr langer Zeit entschieden, wenigstens in diesem *einen* Punkt unnachgiebig zu bleiben. Und so legte sie den Telefonhörer zur Seite, stand auf und ging zur Zwischentür hinüber. Sie klopfte kurz und betrat dann das Chefzimmer. Allerdings ertappte sie sich dabei, dass sie noch stärker als sonst ihren Bauch einzog. Die Bemerkung zu ihrer Figur rumorte scheinbar immer noch in ihren Eingeweiden.

„Was ist denn jetzt wieder?“, schimpfte Herr Tanner und rollte mit den Augen. Er saß hinter einem wuchtigen Schreibtisch aus schwarzem Ebenholz, der ein Vermögen gekostet haben musste, und studierte die Bauzeichnungen, die vor ihm ausgebreitet waren. Um sie vernünftig lesen zu können, hatte er eine Leselupe in der Hand. Theresa vermutete, dass er eine beginnende Altersweitsichtigkeit hatte; allerdings war er zu eitel, um sich eine Brille anzuschaffen. „Können Sie denn nicht einmal tun, was man Ihnen sagt?“

Theresa versuchte, eine einigermaßen aufrechte Haltung beizubehalten und sich weder von ihrem Chef noch von der Umgebung einschüchtern zu lassen. Das war allerdings nicht leicht. Die Wände um sie herum waren mit Unmengen mittelalterlicher Waffen gespickt. Da hingen Schwerter, Lanzen, Bögen, Armbrüste, ein Morgenstern und sogar zwei Hellebarden. Die Firma, die Maximilian Tanner ganz allein aufgebaut hatte, handelte mit mittelalterlichen Produkten, stellte selbst Nachbildungen her und organisierte Veranstaltungen mit mittelalterlichem Flair wie Märkte oder Firmentagungen. Der neueste Coup sollte eine mittelalterlich anmutende Restaurantkette werden, in der der Kunde nicht nur mittelalterlich speisen, sondern auch mittelalterlich unterhalten werden würde.

„Ich werde nicht für Sie lügen“, sagte Theresa mit fester Stimme.

„Müssen Sie ja auch nicht. Schließlich ist es keine Lüge, sondern eine Art … *Interpretation.* Ich hab halt eine Besprechung mit diesen Zeichnungen hier. Oder … mit Ihnen. Wir besprechen doch auch gerade was, oder nicht?“

„Ich weiß nicht …“ Theresa wand sich. Sie hatte das viel zu großzügig aufgelegte Aftershave in der Nase, das ihr Chef immer benutzte. Es roch stark nach Minze und schien sie zu benebeln. Aber das würde sie nicht zulassen! „Was ist denn falsch an der Wahrheit? Wer ist diese Dame überhaupt?“

„Ich wüsste nicht, was Sie das angeht, Krügchen.“

„Für Sie immer noch Frau Krug!“, brach es aus Theresa hervor. „Außerdem weiß ich wahrscheinlich besser als Sie selbst, wer diese Frau ist. Schließlich hab ich Ihnen die Opernkarten besorgt. Das war vor zwei Wochen, nicht wahr? Sie hatten ein Date mit der Dame. Aber wenn sie Ihren Erwartungen nicht entspricht, könnten Sie ihr das doch schlicht und ergreifend sagen.“

„Ich weiß was Besseres. Ich sage *Ihnen*, dass *Sie* nicht meinen Erwartungen entsprechen und kündige Ihnen, wie wär das?“

Theresas Blick fiel kurz auf den Morgenstern und sie stellte sich vor, ihn von der Wand zu reißen und ihrem Gegenüber damit eins auf den Schädel zu geben. In letzter Zeit hatte sie immer häufiger Tagträume dieser Art … „Tun Sie, was Sie nicht lassen können. Oder denken Sie, ich arbeite gern hier?“

Kapitel 3

„Na, wie war dein Tag?“, fragte Rita, als sie wenige Stunden später mit einem großen, runden Tortenbehälter Theresas Wohnung betrat. Rita war Theresas älteste Freundin; sie kannten sich bereits aus der Grundschule.

„Also, wenn du's genau wissen willst …“, seufzte Theresa und nahm ihrer Freundin den Plastikbehälter ab, „der Big Mac hat mir gesagt, dass ich nicht seinen Erwartungen entspreche und er mir kündigen möchte. Und ich hab ihm gesagt, dass ich sowieso nicht gerne bei ihm arbeite.“

Rita grinste und streifte sich die Birkenstocksandalen von den Füßen. Überhaupt war sie ein Typ, der sich gern bequem kleidete. Im Moment trug sie ein luftiges Shirt aus dunkelgrüner Naturseide und einen weiten schwarzen Rock. „Na, wenn's weiter nichts ist. Ich nehme an, die Luft ist seitdem wieder klarer?“

Theresa verzog das Gesicht. „Keine Ahnung.“ Sie ging mit Rita ins Wohnzimmer, wo es angenehm nach Kaffee duftete und der Couchtisch aus Glas liebevoll für zwei Personen gedeckt war. „Er wird einfach immer ekliger. Manchmal wünschte ich, er würde seine Drohungen in die Tat umsetzen und mir wirklich kündigen. Aber er tut es einfach nicht.“

Rita stellte ihre bunte Patchworktasche neben dem Sofa ab. „Er weiß wohl irgendwie doch, was er an dir hat. Wer ist schon so zuverlässig wie du und spricht dazu noch drei Fremdsprachen fließend?“

„Heute hatte ich nur einen einzigen Anruf aus dem Ausland“, seufzte Theresa. „Und der hat gerade mal zehn Minuten gedauert. Ten minutes, no more! Möchtest du wissen, wie viel Zeit hingegen das Zubereiten und Servieren von Kaffee in Anspruch genommen hat?“

„Inklusive des Kaffees, den du für mich gemacht hast?", lächelte Rita und nahm auf dem roten Sofa Platz. Dabei fiel auf, dass die Farbe des Sofas gut mit Ritas Haaren korrespondierte. Als gelernte Friseurin änderte Rita ständig ihre Frisur. Und so leuchteten seit Kurzem rote und blonde Strähnen in ihrer dunkelbraunen Kurzhaarfrisur.

„Exklusive. Aber man könnte die Zeit mitrechnen, in der ich durch die Stadt gehetzt bin, um für den Big Mac Bargeld zu besorgen. Ehrlich, ich verkomme allmählich zum Mädchen für alles!"

Rita schüttelte verständnislos den Kopf. „Also, Geld ist nun wirklich eine Privatangelegenheit. Das soll er sich gefälligst selbst holen …"

„Ich wäre froh, wenn es eine Privatangelegenheit wäre", seufzte Theresa. „Aber das glaube ich nicht. Wenn ich Geld für ihn holen muss, dann immer große Summen und immer kurz vor einer geplanten Dienstreise. Morgen hat er 'ne Besprechung im Bauamt Mannheim. Du weißt schon, wegen der mittelalterlichen Restaurantkette … Ich wette, er hat vor, die Beamten zu schmieren. So was kann doch nicht richtig sein! Das will ich nicht unterstützen!"

„Und? Gibt's Chancen, dass deine Leiden ein Ende finden?"

„Keine Ahnung. Obwohl ich ständig Bewerbungen schreibe, krieg ich kaum Rückmeldungen! Außer dem Vorstellungsgespräch nächste Woche ist nichts in Sicht." Sie stellte den Tortenbehälter auf den Couchtisch und nahm den Deckel ab. „Wow", entfuhr es ihr, „das ist ja die hübscheste Torte, die du jemals gebacken hast!" Theresa starrte begeistert auf die roten Rosen, die sich mit grünen Blättern abwechselten. Beides zusammen verzierte den cremefarbenen Untergrund, der die Torte oben und an den Seiten abdeckte. „Ist das etwa Marzipan?"

„Selbstverständlich. Ich weiß doch, wie gern du das Zeug isst."

„Und darunter?" Theresas Augen leuchteten, als spiegelten sich darin die Kerzen eines Weihnachtsbaumes wider.

„Mokkatorte. Selbst entwickelt. Unten ein Knusperboden aus Mürbeteig. Darüber vier Schichten Bisquitboden mit Mokka-Buttercreme. Wie klingt das?"

„Ohhh …" Theresa schloss verzückt die Augen und fing schon mal an zu schlucken. „Das klingt himmlisch!" Sie war noch damit beschäftigt, Kaffee einzuschenken, als das rote Telefon zu klingeln begann. Es stand auf einer vollständig aus Glas gefertigten Anrichte und bildete zusammen mit den roten Vorhängen und der roten Couchgarnitur das zweite Stilelement neben den Möbelstücken aus Glas. Theresa erstarrte. Ob das schon wieder dieser Sven-Uwe war? Aber das war nicht möglich! Sie hatte bereits seit vorgestern eine Geheimnummer. Er konnte es nicht sein! Trotzdem war die Leichtigkeit von eben dahin. Die Begebenheit von gestern, die sie gerade noch erfolgreich verdrängt hatte, war auf einmal so präsent, als wäre sie erst vor fünf Minuten passiert.

„Stimmt was nicht?“, fragte Rita, deren Blick inzwischen ratlos zwischen Theresa und dem Telefon hin und her wanderte.

Theresa atmete einmal tief durch, sprach aber erst, als das Telefon endlich zu klingeln aufhörte. „Ich glaube, ich will umziehen“, sagte sie mit kläglicher Stimme. „Am besten ans andere Ende der Stadt.“ Und dann erzählte sie Rita in allen Einzelheiten, was am Tag zuvor passiert war.

„Und jetzt?“, fragte Rita, als Theresa geendet hatte.

„Jetzt hab ich meinem Anwalt aufgetragen, eine einstweilige Verfügung zu erwirken.“

„Und? Hat das Aussicht auf Erfolg?“

„Keine Ahnung“, seufzte Theresa.

„Du brauchst eindeutig einen Tapetenwechsel. Und ’nen neuen Mann“, behauptete Rita. Sie griff nach der bunten Patchworktasche, die sie mitgebracht hatte. „Du kannst froh sein, dass du mich hast. Ich hab wie immer alles dabei.“ Sie öffnete die Tasche und holte knisternd ein paar Zeitungen daraus hervor. Bei einer handelte es sich um ein lokales Anzeigenblatt, bei einer anderen um die Tageszeitung. Beiden war gemeinsam, dass sie eine Rubrik mit Kontaktanzeigen enthielten. „Machen wir’s wie immer? Ich les vor und du machst Stichpunkte?“

„Ich weiß nicht, Rita“, seufzte Theresa. „Ich bin … irgendwie frustriert. Hätte ich nicht so viel im Internet gesurft und ständig Online-Dating betrieben, dann hätt ich jetzt nicht diesen Stalker auf dem Hals. Irgendwie hab ich das Gefühl, ich sollte damit aufhören.“

„Aber das Glück fällt nicht vom Himmel! Im Gegenteil, man muss darum kämpfen! Und das beinhaltet auch, dass man Rückschläge verkraften muss."

Theresa zog die Stirn in Falten. Eigentlich glaubte sie schon, dass das Glück vom Himmel fiel. Nämlich indem Gott es einem schickte. „Jemand hat mal gesagt, das Wesentliche im Leben könne man sich nicht erarbeiten. Man müsse es sich schenken lassen …"

„Dann lass es dir doch endlich schenken!" Rita faltete eine der Zeitungen auseinander, vertiefte sich einen Moment in die Anzeigen und las dann vor. „‚*Lächle dem Leben ins Gesicht, dann lächelt es zurück …*'" Sie warf Theresa einen triumphierenden Blick zu. „Ist das ein Geschenk oder ist das keins?" Ihr Blick senkte sich wieder auf die Zeitung. „‚*Bist du das Gesicht, das zu mir zurücklächeln möchte? Bist du einsam wie ich? Wünschst du dir manchmal jemanden, der dir zuhört, der dich auf deinen Spaziergängen begleitet und dich so nimmt, wie du bist?*'"

Theresa schluckte und fragte sich, wie sie angesichts eines solchen Frontalangriffs auf ihre Herzensbedürfnisse standhaft bleiben sollte. „Du bist gemein", krächzte sie.

Aber Rita lachte nur. „Er ist siebenunddreißig und damit drei Jahre älter als du – das ist doch ideal. Und er verdient anscheinend gut. Was will man mehr?"

„Eigentlich möchte ich jemanden, der an Gott glaubt."

„Kommt Mann, kommt Glaube. Das wirst du schon hinkriegen. Also los, wir formulieren eine Antwort, ja?"

„Na gut. Aber nur eine, okay? Nicht wieder ein Dutzend."

„Eine also", nickte Rita und griff nach dem Tortenmesser. „Dafür kriegst du … sagen wir mal … ein schmales Stück Torte. Mit Blatt. Aber ohne Rose."

***

„Schmeckt's?", fragte Ariane.

Theresa nickte tapfer. „Lecker. Wirklich sehr lecker." Sie saß mit Ariane in deren Wohnzimmer, trank eine Tasse Kaffee und aß ein Stück Apfelkuchen. Unglücklicherweise hatte Arianes Kuchen keinerlei Ähnlichkeit mit Ritas Torte.

„Er ist mit Vollkornmehl gebacken. Und ich hab nur ein Drittel der angegebenen Zuckermenge verwendet."

Ja, dachte Theresa. *Das schmeckt man.* „Nee, lass mal. Ich hab vorgestern ein bisschen über die Stränge geschlagen ..." Sie seufzte tief. Vier Stücke Torte. Und acht beantwortete Heiratsannoncen. Dabei war das ein Widerspruch in sich! Wenn sie noch mehr zunahm, würde sie unter Garantie keinen Mann mehr abkriegen! Sie zog unwillkürlich ihren Bauch ein.

„Sina auch!", piepste ein kleines Stimmchen.

Theresa lächelte sanft und wandte sich dem kleinen Mädchen zu, das neben ihr auf dem Sofa saß und jetzt das Bilderbuch zur Seite legte, welches Theresa ihr erst vorhin geschenkt hatte. „Möchtest du auch Kuchen, mein Schatz?"

„Kuchen essen", wiederholte Sina und streckte fordernd die Hände aus. Sie war ein süßer Fratz mit kurzen dunklen Haaren und kugelrunden braunen Augen.

Theresa hob das kleine warme Wesen auf ihren Schoß und versenkte ihre Nase in Sinas Haaren. Der besondere Duft, der von Kindern ausging, schien wie für sie gemacht und erinnerte sie einmal mehr daran, wie gern sie selbst Kinder haben wollte.

„Also, hör zu ...", begann Ariane. „Ich wollte es ja eigentlich noch nicht verraten, weil es noch so frisch ist, aber ... Tom hat nichts dagegen und ... na ja ... du bist meine beste Freundin ..."

„Verraten? Was verraten?"

„Ich bin wieder schwanger!", brach es aus Ariane hervor. „Kannst du dir so was vorstellen? Und dabei hab ich so einen unregelmäßigen Zyklus. Weißt du noch, was der Arzt gesagt hat, bevor ich mit Sina schwanger war? Er hat mir nicht viel Hoffnung auf Nachwuchs gemacht. Erinnerst du dich?"

„Ja, ja", stammelte Theresa benommen.

„Aber ich hab mich nicht davon abschrecken lassen, sondern umso mehr für eine große Familie gebetet! Und jetzt das! Ein zweites Kind. Ist das nicht toll? Ist Gott nicht der helle Wahnsinn?"

„Ja ... das ist er", würgte Theresa hervor. „Der helle Wahnsinn!" Theresas Gefühle waren ebenfalls der helle Wahnsinn. Sie befanden sich in höchstem Aufruhr. Allerdings war dieser Aufruhr nicht positiver Natur. Denn in diesem Moment war es Theresa unmöglich, sich mit Ariane zu freuen. Gänzlich unmöglich. Eher kam es ihr so vor, als hätte ihr jemand mit der Faust in den Magen geschlagen. Ariane bekam alles: den Mann, die Kinder … Aber sie selbst … nichts. Gar nichts. Sie hörte noch eine Weile stumm Arianes begeisterten Schwärmereien zu, dann behauptete sie, noch dringend etwas erledigen zu müssen, und verabschiedete sich.

Von diesem Schock musste sie sich erst einmal erholen. Wie gern hätte sie jetzt ihre Mutter angerufen und sich ein bisschen trösten lassen. Aber ihre Mutter war tot. Seit sechs Jahren. Und andere Verwandte gab es nicht. Ein weiterer Grund, warum Theresa eine Familie viel nötiger hatte als Ariane!

„Hör auf!“, befahl sich Theresa. Und dann wiederholte sie es noch einmal auf Spanisch. „Quita!“

Zu Hause ging sie in die Küche und schob eine Lasagne in den Backofen. Diese Gedanken mussten aufhören! Sie taten ihr alles andere als gut! Aber das war leichter gesagt als getan. Vor Theresas geistigem Auge tauchte immer wieder Ariane auf. Ariane mit einem Baby auf dem Arm. Ariane, die mit einem Kinderwagen durch die Innenstadt flanierte. Ariane, die an der einen Hand ein kleines Mädchen und an der anderen einen kleinen Jungen hinter sich herzog. Meine Güte, warum machte ihr das so viel aus? Warum konnte sie ihrer besten Freundin dieses Glück nicht gönnen? Das war ja widerwärtig! *Gott im Himmel, ich will das nicht. Bitte hilf mir, dir zu vertrauen, dass du das Beste für mich im Sinn hast! Und befrei mich von diesem fürchterlichen Neid!*

Danach fühlte sie sich ein bisschen besser. Sie aß mit gutem Appetit ihre Lasagne und machte es sich dann im Wohnzimmer mit einem Buch bequem. Ein Liebesroman … der würde sie ein wenig von ihrem Kummer ablenken.

Mitten in der herzzerreißendsten Szene klingelte das Telefon. Noch leicht benommen von den zärtlichen Worten des Liebespaares drückte Theresa die Taste mit dem grünen Hörer. „Krug?“

„Ja, ähm, guten Tag, mein Name ist Maik Fischer. Ich … ich bin auf der Suche … na ja … nach einem Gesicht, das zu mir zurücklächelt.“

Theresa hielt den Atem an und versuchte in die Realität zurückzukehren. „Oh", machte sie. *Rita. Die Annoncen. Einer hieß Fischer … Hab ich wirklich so mir nichts, dir nichts meine neue Geheimnummer herausgegeben?* „Das ist ja eine Überraschung. Um ehrlich zu sein, hatte ich … ich hatte … so schnell noch gar nicht mit einer Antwort gerechnet!"

„Normalerweise hätte ich mir auch ein bisschen mehr Zeit gelassen. Aber Ihre Antwort klang so furchtbar nett. Und das Bild gefiel mir auch. Ich mag Ihre großen, braunen Augen."

Tolle Stimme, huschte es durch Theresas Kopf. *Warm. Sympathisch.*

„Ich fand auch toll, was Sie über Ihren Beruf geschrieben haben. Mir ist nicht klar, wie man drei Fremdsprachen auf einmal beherrschen kann. Sie müssen Ihren Beruf sehr lieben!"

„Na ja", seufzte Theresa und dachte an den Big Mac. „Normalerweise schon. Allerdings arbeite ich in einem Unternehmen, in dem ein sehr unangenehmes Betriebsklima herrscht. Wenn das nicht wäre …"

„Das kenne ich auch", warf Maik Fischer ein. „Vor fünf Jahren musste ich den Job wechseln, weil ich mich mit dem neuen Chef nicht verstand."

„Ach, wirklich? Was arbeiten Sie denn so?"

„Ich habe Maschinenbau studiert. Im Moment arbeite ich in der Lebensmittelindustrie."

Guter Job, dachte Theresa. „Und was machen Sie so, wenn Sie nicht arbeiten?"

„Also, wenn ich Urlaub habe, reise ich gern durch Frankreich. Ich liebe Land und Leute. Und ich hab inzwischen allerhand Bekannte dort. Eine ehemalige Kollegin von mir ist in die Nähe von Bordeaux ausgewandert, genauer gesagt nach Saint-Aubin. Haben Sie eine Ahnung, was für exzellente Weine in dieser Region angebaut werden?"

Frankreich, dachte Theresa verzückt. *Dort könnte ich den ganzen Tag Französisch sprechen!*

„Leider ist mein Französisch nicht sehr gut."

Meins schon, dachte Theresa und sah sich schon mit Maik in einem idyllischen französischen Restaurant sitzen.

Das Gespräch drehte sich anschließend noch eine ganze Weile um die Region von Bordeaux und die dort angebauten Weine. Eine knappe Viertelstunde später sagte Maik: „Wissen Sie was? Sie sind mir unglaublich sympathisch! Was halten Sie davon, wenn ich alle anderen Antworten ins Altpapier werfe und mich nur mit Ihnen treffe?"

„Das … na ja …", stammelte Theresa.

„Wir könnten am Mittwochabend miteinander essen gehen. Oder passt es Ihnen unter der Woche nicht?"

„D-doch … grundsätzlich schon …"

„Essen wir in der ‚Brasserie'?"

Die „Brasserie" war ein französisches Restaurant der Extraklasse, das eindeutig Theresas Geldbeutel überstieg. Deshalb war sie dort noch nie essen gewesen. Aber wenn man eingeladen wurde …

„Ich hol Sie ab, ja? Passt Ihnen neunzehn Uhr?"

Abholen ist gar nicht gut, dachte Theresa. *Wenn er mich abholt, weiß er, wo ich wohne … Und wenn er später zum Stalker mutiert …* „Wir könnten uns auch dort treffen", schlug sie vor.

„Nicht doch!", widersprach Maik. „Sie können unmöglich von mir erwarten, dass ich eine Dame allein durch die Stadt irren lasse! Ich weiß doch, was sich gehört!"

Ein Gentleman, dachte Theresa. *Wer kann da schon widerstehen?* „D'accord", seufzte sie verzückt. *Einverstanden.*

***

Als Theresa am nächsten Morgen in ihr Büro schwebte, war das gestrige Telefonat immer noch zum Greifen nah. *Maik.* Ein schöner Name. So schön, dass sie den Namen *Sven-Uwe* darüber beinahe vergessen hätte. Beinahe. Denn sie war auch heute auf Nummer sicher gegangen und mit dem Taxi zur Arbeit gefahren.

Theresa fuhr den PC hoch, wusch sich die Hände und stellte den Kaffeeautomaten an. Heute war sie pünktlich und musste nicht befürchten, dass der Big Mac ärgerlich werden würde. Und so hatte sie genügend Zeit, während ihrer routinemäßigen Arbeiten über ihre neueste Eroberung nachzudenken. Ob er wohl gut aussah? Im Gegensatz zu ihm hatte sie noch kein Foto zu Gesicht bekommen. Aber der Stimme nach zu urteilen …

Maik. Maik Fischer. Theresa Fischer. Das klang doch gar nicht schlecht, oder?

Als nebenan die ersten Geräusche zu hören waren, merkte Theresa auf. Anhand kleiner Details – der Lautstärke, mit der Maximilian Tanner die Tür hinter sich schloss, oder des Polterns seiner Schritte – konnte sie sofort erkennen, dass er schlechte Laune hatte. Umso eiliger füllte sie Kaffee und Milch in eine Tasse, rührte um, legte noch einen Keks dazu und eilte zur Tür. Sie klopfte kurz, wartete auf das zustimmende Grunzen und betrat dann vorsichtig den Nebenraum.

Alarmstufe Rot, schoss es durch Theresas Kopf. Der Big Mac hatte eine der Armbrüste von der Wand genommen und war dabei, einen Bolzen – so hießen die Pfeile in der Fachsprache – einzulegen. Theresa stellte den Kaffee auf dem Schreibtisch ihres Chefs ab und eilte dann zur gegenüberliegenden Wand hinüber. Links neben der Tür war diese im Wesentlichen leer, allerdings gab es einen unauffälligen weißen Holzkasten, der etwa drei Meter breit war und in zwei Metern Höhe an der weißen Wand hing. Mit dem Gedanken *Hoffentlich wartet er noch, bis ich aus der Schusslinie bin* griff sie in die Höhe, bekam einen kleinen weißen Griff zu fassen und zog ihn kräftig nach unten. Dabei entrollte sich etwas, das von der Größe her an eine Leinwand erinnerte, dabei jedoch wesentlich dicker und stabiler war. Theresa befestigte es mithilfe des Griffes und einer entsprechenden Einrastvorrichtung am Boden. Dann schloss sie – um etwaigen Besuchern das Leben zu retten – die Tür ab. „Kann ich sonst noch etwas für Sie tun?"

„Joachim Berthold", knurrte Herr Tanner. „Ich will ihn umgehend in meinem Büro sprechen. Und schließen Sie die Tür wieder auf. Ich will ihn gebührend empfangen."

Einen Moment lang war sich Theresa nicht sicher, ob ihr Chef einen Scherz gemacht hatte. Dann entschied sie sich dafür, lachte gekünstelt auf und sah zu, dass sie Land gewann.

In den nächsten Minuten zuckte Theresa immer wieder zusammen, wenn nebenan die Bolzen gegen die ausgerollte Schutzwand prallten. Die Armbrust, die Herr Tanner benutzte, hatte eine erhebliche Zugstärke und war durchaus als Mordwerkzeug geeignet.

Hinzu kam, dass der Big Mac sie hervorragend zu bedienen wusste. Er übte häufig damit – nicht nur, wenn er schlechte Laune hatte, sondern auch sonst. Theresa hatte mal gelesen, dass Männer mit Waffen ihre Machtgelüste stillten und da Maximilian Tanner ein Mensch war, der eindeutig ein Machtproblem hatte, war dies wohl das ideale Hobby für ihn.

„Krug hier, ich möchte gern Herrn Berthold sprechen", sagte Theresa. Nachdem sie unter der Durchwahl des besagten Kollegen niemanden erreicht hatte, sprach sie nun mit einer Frau Ellmers, einer Mitarbeiterin im Vertrieb.

„Der ist im Außendienst. Morgen Mittag kommt er wieder rein."

„Können Sie mir bitte seine Handynummer geben?"

„Hm …", machte Frau Ellmers. Theresa kannte die Dame nicht. Der Stimme nach zu urteilen handelte es sich jedoch um eine äußerst junge Kollegin. „Ich weiß nicht … Ich mach' hier nur Vertretung. Und ich kann die Liste mit den Telefonnummern nicht finden."

„Dann erkundigen Sie sich bitte. Es eilt sehr. Der Chef persönlich möchte Herrn Berthold sprechen."

„Oh … ja, ich ruf Sie gleich zurück!"

Kaum, dass Theresa aufgelegt hatte, klingelte das Telefon erneut. Am Apparat war ein chinesischer Geschäftspartner, mit dem sich Theresa nur sehr mühsam auf Englisch verständigen konnte. Als es ihr gelungen war, den Zweck des Anrufes zu ermitteln, rief sie im Nebenzimmer an und teilte dem Big Mac mit, dass ein chinesischer Zulieferer über Lieferschwierigkeiten bei bestimmten mittelalterlichen Kleidungsstücken sprechen wolle. Es folgte eine kleine Telefonkonferenz, die Theresa entsprechend dolmetschte. Maximilian Tanner selbst sprach nur wenig Englisch und war auf ihre Hilfe angewiesen. Allerdings gestaltete sich Theresas Part heute besonders schwierig. Das Gespräch verlief nicht gerade positiv und Theresa musste bei jedem Satz abwägen, ob es klüger war, die ziemlich unhöflichen Worte ihres Chefs ungefärbt weiterzugeben oder in der Wortwahl deutlich abzumildern. Dies gelang ihr ganz gut, sodass am Ende doch noch eine Übereinkunft erzielt werden konnte.

„Was ist jetzt mit Herrn Berthold?", fragte Maximilian Tanner, als der Chinese aufgelegt hatte.

„Ach ja, da werd ich gleich mal nachhaken. Herr Berthold ist im Außendienst unterwegs und der Vertrieb konnte die Handynummer nicht finden. Aber sie arbeiten dran."

„Wie bitte?"

Theresa begann das Gesagte zu wiederholen, wurde aber unterbrochen.

„Akustisch habe ich Sie wohl verstanden", fauchte der Big Mac. „Ich kann nur nicht fassen, dass mich die Unfähigkeit meiner Mitarbeiter darin hindert, meiner Arbeit nachzugehen. Es ist doch wohl selbstverständlich, dass der Außendienst zu jeder Zeit erreichbar sein muss. Wer ist für diese Schlamperei verantwortlich?"

Theresa schluckte und überlegte hektisch, was sie jetzt sagen sollte. Sie hatte niemanden denunzieren wollen. „Ich … ähm … sagte doch, dass die Abteilung daran arbeitet! Lassen Sie mich erst noch einmal nachhaken, bevor Sie sich aufregen."

„Wann ich mich aufrege, entscheide ich immer noch selbst", erwiderte Herr Tanner gereizt. „Und jetzt schicken Sie die verantwortliche Person zu mir ins Zimmer. Aber dalli!"

Theresa atmete einmal tief durch und wählte erneut die Nummer von Frau Ellmers. „Tut mir furchtbar leid!", meldete sich diese schuldbewusst. „Ich hab schon das ganze Büro auf den Kopf gestellt. Aber ich kann die Liste nicht finden. Und hier ist niemand, der sich wirklich auskennt."

Theresa griff nach einem Kugelschreiber und begann, unruhig damit herumzuspielen. „Tja", seufzte sie. „Ich fürchte, das müssen Sie dem Chef persönlich erzählen."

Am anderen Ende der Leitung herrschte auf einmal eine gespenstische Stille. Mitten in diese Stille hinein klopfte es an Theresas Tür. Theresa zog die Stirn in Falten, legte eine Hand auf die Muschel ihres Telefonhörers und rief: „Ja?"

Als sich die Tür zu ihrem Büro öffnete, bekam Theresa als Erstes einen riesigen Strauß Blumen zu Gesicht. Er verdeckte den Oberkörper einer Person, deren Beine in einer Bluejeans steckten.

„Kommen Sie bitte rauf", setzte Theresa ihr Telefonat fort. „Aber gehen Sie nicht direkt in sein Zimmer, sondern kommen Sie über das Vorzimmer. Das Chefbüro ist im Moment abgeschlossen."

„Aber … aber ich …“, stammelte Frau Ellmers, „alle sagen, er ist …“

„Wo soll ich die Blumen abstellen?“, fragte der junge Mann von kaum 20 Jahren, der inzwischen hinter dem Strauß hervorlugte.

Theresa legte ihre Hand erneut auf den Telefonhörer. „Für wen sind die?“, fragte sie irritiert.

Der junge Mann holte einen Zettel aus der Hosentasche und las: „Theresa Krug“.

Maik, durchzuckte es Theresa. *Wie aufmerksam!* „Legen Sie sie in die Spüle, ich kümmere mich gleich darum!“

„Ist er wirklich so schlimm, wie alle sagen?“, fragte Frau Ellmers weinerlich.

„Ich brauche noch eine Unterschrift“, sagte der junge Mann.

Theresa winkte ihn zu sich heran und setzte ihre Unterschrift auf ein Auftragsformular. Dann führte sie ihr Telefonat fort. „Na ja …“, druckste sie herum. Halbwahrheiten brachten niemanden weiter. Die junge Frau würde ohnehin gleich ihr blaues Wunder erleben. „Einfach ist er nicht. Und heute hat er besonders schlechte Laune. Aber das sollten Sie sich nicht allzu sehr zu Herzen nehmen. Morgen hat er Ihren Namen bestimmt schon wieder vergessen. Und jetzt kommen Sie, sonst steigt sein Blutdruck noch mehr.“

Rums. Nebenan flog ein weiterer Bolzen gegen die Schutzwand. Hoffentlich baute der Big Mac dabei ein paar seiner Aggressionen ab …

Während sie auf Frau Ellmers wartete, sah sich Theresa den riesigen Blumenstrauß näher an, der ganz in Pink und Lila gehalten war und sowohl Gladiolen als auch Lilien enthielt. *Ein Kavalier der alten Schule*, dachte sie verzückt. Sie suchte kurz nach einer Karte, fand aber keine. *Und bescheiden ist er auch noch.* In der Küchenausstattung gab es neben Geschirr auch ein paar Blumenvasen. Als sie den Strauß in eine leuchtend blaue Vase stellte, klopfte es bereits an die Tür.

„Kommen Sie rein!“

Die Tür öffnete sich und eine sehr zarte, schmale Person im Alter von höchstens 25 Jahren betrat den Raum. Sie war deutlich außer Atem und hatte hektische Flecken auf den Wangen.

Theresa streckte ihr die Hand entgegen. „Wir kennen uns noch gar nicht. Ich bin Theresa. Und du?"

„Birgit." Ihre Hand war eiskalt und stand damit in erschreckendem Widerspruch zu ihren geröteten Wangen.

„Ich melde dich an, ja? Und mach dir keine Sorgen. Erklär ihm einfach, dass du nur die Vertretung bist!" Sie nahm die Blumenvase, stellte sie auf ihren Schreibtisch und wandte sich dann dem Telefon zu. Als sie den Besuch der jungen Frau angekündigt hatte, nickte sie dieser aufmunternd zu. „Er erwartet dich."

Daraufhin setzte sich die junge Frau mit zögernden Schritten in Bewegung. Als sie mit offensichtlichem Bedauern die Tür erreichte, hob sie die rechte Hand und klopfte so zaghaft, dass Theresa lächeln musste. Von drinnen ertönte ein Grunzgeräusch. Birgit griff mit zitternden Fingern nach dem Türgriff und schob das Blatt in den angrenzenden Raum hinein.

„Sind Sie die Dame, die im Vertrieb Telefondienst schiebt, ohne die Telefonnummern meiner Außendienstler zu kennen?", schallte es ihr entgegen.

Frau Ellmers gefror auf der Stelle zur Eisskulptur.

„Was ist? Haben Sie Ihren Mund im Fahrstuhl vergessen?" Da die junge Frau auch jetzt nicht antwortete, wurde der Tonfall des Chefs noch eine Spur ungnädiger. „Es zieht hier, Mädchen. Entweder du machst die Tür von außen zu – dann kannst du gleich deine Sachen packen – oder du kommst rein und stehst Rede und Antwort."

Birgit wirkte inzwischen so eingeschüchtert, dass sie nichts mehr zu begreifen schien. Um Schlimmeres zu verhindern, eilte Theresa auf sie zu, schob sie kurzerhand ins Chefzimmer hinein und schloss die Tür hinter ihr. Dann atmete sie einmal tief durch. Während sie dem Leiter der Abteilung „Import/Export" erklärte, dass der Chef gerade in einer Besprechung war und gleich zurückrufen würde, hörte sie, wie der Big Mac im Nebenzimmer seinem Ärger Luft machte. Wenig später öffnete sich die Zwischentür erneut.

„Merken Sie sich das fürs nächste Mal", hörte Theresa ihren Boss fauchen. Dann rannte eine schluchzende Birgit durchs Zimmer. Theresa hob noch den Arm, um sie aufzuhalten und ihr ein paar tröstende Worte mit auf den Weg zu geben, aber da hatte Birgit das

Vorzimmer schon wieder verlassen. Dafür stand jetzt der Big Mac im Türrahmen.

„Diese Heulsusen sind mir unerträglich“, schimpfte er. „Ich bin Chef und kein Psychiater. Was erwartet die eigentlich von mir?“

„Verständnis?“, wagte Theresa zu sagen.

„Verständnis kann sie sich bei ihrem Freund abholen. Hier wird Leistung erwartet.“

„Leistung … Ich finde, das ist ein Begriff, der eher zu technischen Geräten passt“, behauptete Theresa. „Da wird die Leistung in Watt gemessen. Bei Menschen läuft das etwas anders. Als Chef sollten Sie das wissen.“

Herr Tanners Blick fiel auf die Küchenzeile. „Was ich wissen sollte, ist, von wem die Blumen stammen“, wechselte er recht plötzlich das Thema. „Warum haben Sie sie nicht in mein Büro gebracht?“

„Weil es meine Blumen sind.“

Der Big Mac fuhr sich verwundert durchs Haar. Immer wenn ihm ein paar seiner dichten, pechschwarzen Haare in die Stirn fielen, spreizte er die Finger und strich sich die Strähnen auf eine äußerst arrogant wirkende Art aus dem Gesicht. „Sie machen wohl Witze.“

„Ganz und gar nicht“, erwiderte Theresa fast ein bisschen patzig. „Die Blumen wurden für mich abgegeben.“

„Haben Sie neuerdings ’nen Freund?“

„Ich wüsste nicht, was Sie das angeht …“

Maximilian Tanner lachte gehässig auf. „Ich wette, Sie haben die Blumen in einem Preisausschreiben gewonnen. Wer würde Ihnen sonst einen derartigen Strauß schicken?“

Theresa schnappte empört nach Luft, konnte aber nicht antworten. Es war, als hätte sie keinen Zugriff mehr auf ihr Repertoire an passenden Erwiderungen. Und dann war der Chef auch schon wieder verschwunden.

Theresa starrte noch eine Weile verärgert auf die Zwischentür und fragte sich, was in aller Welt sie noch in diesem Büro hielt. Musste sie sich solche Beleidigungen gefallen lassen? Warum kündigte sie nicht einfach?

Aber kündigen war schwierig, solange man keinen anderen Job in Aussicht hatte. Und damit sah es gar nicht so gut aus. Sie wollte ja nicht irgendeinen Job, sondern etwas, wo sie ihre Sprachkenntnisse zum Einsatz bringen konnte. Und solche Posten waren nun einmal rar gesät. Immerhin würde sie am Mittwoch ein Vorstellungsgespräch haben. Erst das Vorstellungsgespräch, dann das Date. Ob Mittwoch der Tag war, an dem sich ihr Schicksal wenden würde?

Theresa konnte den Gedanken nicht weiterverfolgen, weil jetzt das Telefon klingelte und sie an die Arbeit zurückrief. Die nächsten Stunden verbrachte sie so konzentriert, dass sie kaum mitbekam, wie die Zeit verging.

Gegen Mittag ging dann die Tür auf und eine äußerst attraktive Dame betrat das Büro. „Entschuldigen Sie … Hat es etwas zu bedeuten, dass der Nebenraum abgeschlossen ist?"

Theresa tauchte nur langsam aus dem Schreiben auf, das sie gerade verfasste. „Äh … nebenan? Das ist das Chefbüro."

„Ich weiß. Ich möchte zu Maximilian."

Theresa hob die Augenbrauen und musterte ihr Gegenüber. Vor ihr stand eine perfekt gekleidete Brünette mit langen, vollen Haaren, manikürten Fingern und einem beigefarbenen Kostüm. „Ich, äh, kann Sie anmelden, wenn Sie möchten."

„Nicht nötig", winkte die Dame ab. „Maximilian wird sicher nichts dagegen haben, wenn ich in sein Büro platze." Sie setzte sich in Bewegung. „Dort entlang, nicht wahr?", fragte sie und hielt auf die Zwischentür zu.

Theresa sprang auf. „Warten Sie! Der Chef hat es nicht gern, wenn-"

Aber es war schon zu spät. Die Dame öffnete die Zwischentür und sagte: „Überraschung! Was hältst du davon, wenn wir unser Date von gestern fortsetzen und einen Happen miteinander essen?"

Theresa hielt gespannt die Luft an. Für ihre Begriffe ließ die Antwort ziemlich lange auf sich warten. Da sie den Chef jedoch nicht sehen konnte, wusste sie nicht, warum das so war.

Schließlich räusperte er sich. „Vera … hallo! Was … was tust du denn hier?"

„Ich entführ dich zum Mittagessen. Zieh dir ein Jackett an! Husch, husch!"

„Äh … nein, das … geht nicht."

Meine Güte, dachte Theresa. *Ist der plötzlich auf den Mund gefallen? Er muss verliebt sein oder so was!*

Maximilian Tanner räusperte sich erneut. „Ich … hab … eine Besprechung."

Geht das schon wieder los, dachte Theresa.

„Frau Krug!"

Theresa rollte mit den Augen, setzte sich aber brav in Bewegung und stellte sich neben die Brünette in die Tür. Da ihr klar war, dass sie im Vergleich schlecht abschnitt, zog sie ihren Bauch unwillkürlich noch ein bisschen stärker ein als sonst. „Ja?"

Der Big Mac hatte das Bogenschießen inzwischen beendet. Jedenfalls war die Armbrust wieder an der Wand befestigt und die Schutzwand eingerollt. Er selbst saß an seinem Schreibtisch aus schwarzem Ebenholz und hatte die Tastatur seines PCs vor sich. Jetzt aber sah er Theresa auffordernd an. „Ich hab doch in zehn Minuten eine Besprechung, nicht wahr?" Die Worte klangen so eindringlich, dass es keinen Zweifel gab, welche Antwort er hören wollte.

Du kannst mich mal, dachte Theresa und schüttelte den Kopf. „Nicht, dass ich wüsste. Ein Stündchen kann ich Sie hier durchaus entbehren." *Ein Jährchen auch*, setzte sie gedanklich hinzu. Dafür fing Theresa einen höchst vernichtenden Blick auf, hielt ihm aber tapfer stand. Sie würde sich auch jetzt nicht zur Lügnerin machen lassen!

„Ja, aber …", stammelte Maximilian Tanner deutlich verunsichert, „ich … äh …" Dann kam ihm plötzlich eine Idee. Jedenfalls erhellte sich sein Gesichtsausdruck. „Ich warte noch auf einen Anruf! Einen wichtigen Anruf!"

„Oh", machte Vera enttäuscht. „Kann deine Sekretärin den denn nicht entgegennehmen?"

„Auf keinen Fall! Es handelt sich um einen sehr, sehr wichtigen Anruf. Tut mir leid. Ehrlich."

„Tja, dann …" Veras Gesicht verfinsterte sich sichtlich. „Soll ich dann morgen noch mal wiederkommen?"

„Ach", stammelte ihr Gegenüber. „Ich … äh … ruf dich an."

Im Anschluss an diese Worte entstand eine längere Pause, in der anscheinend beide auf eine Reaktion des jeweils anderen warteten.

Schließlich durchbrach Theresa die peinliche Stille. „Brauchen Sie mich noch, Herr Tanner? Ich bin im Begriff, ein wichtiges Schreiben zu verfassen."

„Und ich im Begriff zu gehen." Veras Worte klirrten vor Kälte, sie wirbelte herum und rauschte wieder auf die Tür zu, durch die sie eben gekommen war.

Theresa sah ihr verwundert nach. „Die haben Sie ja ganz schön abblitzen lassen", bemerkte sie. „Dabei hat sie Klasse. Was gefällt Ihnen nicht an ihr?"

„Sie kann nicht kochen", antwortete der Big Mac wie aus der Pistole geschossen.

Theresa hob erstaunt die Augenbrauen, sagte aber nichts. Sie erinnerte sich dunkel, dass ihr Chef bei früheren Dates auch schon verschiedene Mängel beklagt hatte. Einer Dame fehlte das Abitur, die andere verdiente zu wenig. Die nächste wohnte in einer nur mittelmäßigen Gegend. Was erwartete er eigentlich von einer Frau? Musste sie perfekt sein? Wie aus der Werbung? Und warum wusste er schon nach dem ersten Date, dass die Frauen nicht infrage kamen?

Theresa war noch nie einer Frau begegnet, die er öfter als ein einziges Mal getroffen hatte. Und dabei arbeitete sie schon seit drei Jahren in diesem Büro. Das war doch seltsam, oder? Überhaupt war so einiges seltsam an diesem Mann. Sein Sozialverhalten zum Beispiel. Einerseits war er knallhart, feuerte seine Leute, als wären sie Spielfiguren beim „Mensch-ärgere-dich-nicht". Andererseits spendete er großzügige Summen an die Krebsforschung. Gut, sie hatte mal gehört, dass sein Vater an Krebs gestorben war. Trotzdem fand sie seine Großzügigkeit irritierend, vor allem vor dem Hintergrund seines sonstigen Verhaltens …

Kapitel 4

Als Theresa am Mittwochmorgen ausgeschlafen und gut gelaunt die Augen aufschlug, dachte sie sofort daran, dass dies der Tag war, der ihr Schicksal wenden könnte. Erst das Vorstellungsgespräch, dann das Date mit Maik. Wenn das keine Aussichten waren!

Da sie wegen des Vorstellungsgesprächs Urlaub genommen hatte, war es bereits 9:00 Uhr, als sie endlich aufstand. Sie duschte, föhnte ihre Haare an und ließ sie anschließend an der Luft zu Ende trocknen. Der perfekte Stufenschnitt, den Rita ihren leicht gewellten, mittelblonden Haaren verpasst hatte, erforderte kein aufwendiges Styling. Sie hatte also Zeit, in Ruhe zu frühstücken. Dabei telefonierte sie noch einmal mit Ariane und erinnerte sie an ihr Versprechen, für das Vorstellungsgespräch zu beten. Ariane machte Theresa schon seit Langem Mut, sich anderweitig zu bewerben, und war maßgeblich daran beteiligt, dass Theresa dies auch in die Tat umgesetzt hatte. Nach dem Telefonat legte Theresa ein ganz dezentes Make-up auf, schlüpfte in ein gut sitzendes hellblaues Kostüm, rief ein Taxi und machte sich auf den Weg.

Das Übersetzungsbüro, in dem sich Theresa beworben hatte, residierte in einem modernen Bürogebäude mitten in der Stadt und machte vom ersten Moment an einen guten und professionellen Eindruck. Theresa wurde zunächst einem schriftlichen Test unterzogen, in dem sie ihre sprachlichen Fähigkeiten unter Beweis stellen musste. Anschließend gab es ein Gespräch, in dem man sie nach ihrem bisherigen Werdegang, dem Grund für ihre Bewerbung und diversen andere Dingen fragte. Dabei wechselte die Unterhaltung zwischen Englisch, Französisch und Spanisch hin und her.

Nach einer guten Dreiviertelstunde gab es eine Pause, in der Theresa mit Mittagessen versorgt wurde. Anschließend geleitete man sie in das Büro eines Herrn Paulsen. Aufgrund ihrer Internetrecherchen wusste Theresa, dass es sich dabei um den Chef des Büros handelte. Ob das ein gutes Zeichen war?

Herr Paulsen war Ende 30 und ein gut aussehender Mann mit Brille und Vollbart. Er besaß ein großzügiges Büro mit sehr viel Fensterfläche und vielen Blumen und bat Theresa an ein kleines Tischchen, auf dem bereits Kaffee und Kekse warteten.

„Darf ich?“, fragte Herr Paulsen und streckte Theresa einladend die Kaffeekanne entgegen.

„Gern!“ Theresa fühlte sich ein bisschen wie im siebten Himmel. So zuvorkommend war sie schon lange nicht mehr behandelt worden!

„Sie möchten also in unserem Büro anfangen“, bemerkte Herr Paulsen und rührte klirrend in seinem Kaffee herum. „Meine Kollegen haben mir berichtet, dass Sie ausgezeichnete Sprachkenntnisse aufweisen. Sie müssen viel Gelegenheit gehabt haben, diese zu kultivieren.“

„Schon. Allerdings hab ich in der Vergangenheit viel zu wenig Spanisch und Französisch gesprochen. Die meisten Auslandskontakte wurden auf Englisch abgewickelt. Französisch und Spanisch waren nur selten dabei. Deshalb erhoffe ich mir, dass dieser Anteil in Zukunft ein wenig größer wird.“

Herr Paulsen nahm einen Schluck Kaffee und lehnte sich dann entspannt auf seinem Stuhl zurück. „Das dürfte bei uns kein Problem sein. Viele unserer Kunden kommen aus Frankreich und Spanien.“

„Was würde denn zu meinen Aufgaben gehören?“, erkundigte sich Theresa. „Würde ich auch dolmetschen? Oder nur übersetzen?“

„Beides! Ich habe gelesen, dass Sie nicht nur ins Deutsche, sondern auch ins Englische, Französische und Spanische übersetzen. Das macht Sie natürlich interessant für uns.“

Theresa musste sich Mühe geben, ihre Füße daran zu hindern, aufgeregt hin und her zu wippen. Alles war so, wie sie es sich erhofft hatte! Hier würde sie sich in ihren Sprachen so richtig austoben können. War das der Grund, weshalb sie so lange auf einen neuen Job hatte warten müssen? Weil Gott etwas Perfektes wie das hier für sie vorgesehen hatte?

„Ich denke, wir müssen nur noch über Ihr Gehalt sprechen. Wo haben Sie eigentlich bisher gearbeitet?"

„Bei der Tanner GmbH. Die werden Sie vermutlich nicht kennen."

Herr Paulsen beugte sich ruckartig vor. „Tanner, sagten Sie? Etwa Maximilian Tanner?"

„Ja!", wunderte sich Theresa. „Sie kennen ihn?"

Der Blick von Herrn Paulsen verfinsterte sich. „Aber ja. Ich kenne Max aus der Schule. Wir waren im selben Jahrgang." Er ließ seine Augen in die Ferne schweifen und schien sich an die Vergangenheit zu erinnern. Dabei nahm sein Gesicht einen düsteren Ausdruck an. „Er war das aufgeblasenste Muttersöhnchen, das ich jemals kennengelernt habe. Und er hatte diesen Mittelalter-Spleen. Handelt er etwa immer noch mit Armbrüsten und Hellebarden?"

Theresa musste grinsen. „Das tut er allerdings. Er handelt mit Originalen und nachgemachten mittelalterlichen Produkten, stellt inzwischen selbst Replikate her, organisiert mittelalterliche Märkte …"

„Und? Hat er mit diesem Unsinn Erfolg?"

„Na ja, die Firma beschäftigt über hundert Mitarbeiter."

„Ach, wen interessieren schon die Mitarbeiter. Ich möchte viel lieber wissen, welchen Gewinn er einfährt."

„Das müssen Sie ihn schon selbst fragen", lachte Theresa.

„Nein, jetzt mal im Ernst. Wie hoch war sein Gewinn im letzten Jahr?"

„Ich kann Ihnen doch keine Zahlen nennen", protestierte Theresa. „Ich meine … das fällt unter meine Schweigepflicht."

„Schweigepflicht? Haben Sie so etwas unterschrieben?"

Theresa runzelte die Stirn und dachte angestrengt nach. Hatte sie vor drei Jahren so etwas unterschrieben? „Ich kann mich gar nicht erinnern …"

„Na, also. Dann können Sie es mir auch sagen."

„Aber es … es erscheint mir nicht richtig!" Theresa tastete verzweifelt nach ihrer goldenen Kette, musste aber feststellen, dass sie den Ring ihrer Mutter unter und nicht über dem Kostüm trug.

„Jetzt machen Sie doch nicht so einen Staatsakt aus einer simplen Frage!" Herr Paulsen klang inzwischen richtig verärgert. „Die meisten Unternehmen veröffentlichen ihren Gewinn auf der Internetseite."

„Den Umsatz vielleicht, aber nicht den Gewinn", behauptete Theresa.

„Also, wissen Sie was? Wenn es immer so schwierig ist, Auskünfte von Ihnen zu erhalten, wäre es vielleicht besser, Sie bleiben bei Max. Ich werde das Gefühl nicht los, dass Sie viel besser zu ihm passen als zu mir!"

***

Ein paar Stunden später saß Theresa in ihrem Wohnzimmer und wartete darauf, dass Maik sie zum Essen abholte. Jedenfalls war sie fertig zurechtgemacht. Anstelle des hellblauen Kostüms trug sie einen hellgrauen Seidenrolli und darüber ein ärmelloses schwarzes Stretchkleid, das in Schnitt und Farbe sehr vorteilhaft für ihre Figur war.

Trotz des schicken Outfits machte es allerdings nicht den Eindruck, als erwarte Theresa ungeduldig ihr Date. Im Gegenteil. Sie hatte ein Notebook auf dem Schoß und beschäftigte sich mehr mit dem Vormittag als mit dem Abend. Seit dem Vorstellungsgespräch war die positive Stimmung, die sie noch am Morgen verspürt hatte, wie weggeblasen. Sie hatte den Job nicht bekommen und fragte sich, ob sie richtig gehandelt hatte. Gab es eine Schweigepflicht, die es ihr untersagte, den Gewinn des Unternehmens auszuplaudern? Das „Betriebs- und Geschäftsgeheimnis", so konnte man im Internet nachlesen, war ein „nicht offenkundiger betrieblicher Vorgang, an dem der Betriebsinhaber Geheimhaltungswillen hat, der auf einem schutzwürdigen wirtschaftlichen Interesse beruht". Zum Geschäftsgeheimnis schienen kaufmännische Geschäftsunterlagen wie Kunden- und Preislisten, Preisberechnungen, Kalkulationen, Angebote, technische Daten von Maschinen etc. zu gehören. Aber was war mit dem Gewinn? Und war man nur zur Geheimhaltung verpflichtet, wenn man so etwas unterschrieben hatte?

Nein! „Die Wahrung des Geschäfts- und Betriebsgeheimnisses", so las Theresa, sei eine „Nebenpflicht aus dem Arbeitsverhältnis". Und sie fand eine weitere Bestätigung: „Eine vertragliche Übereinkunft ist nicht nötig." Danach stieß sie auf § 17 I UWG (Gesetz gegen den unlauteren Wettbewerb): „Wer als eine bei einem Unternehmen beschäftigte Person ein Geschäfts- oder Betriebsgeheimnis, das ihr im Rahmen des Dienstverhältnisses anvertraut worden oder zugänglich geworden ist, während der Geltungsdauer des Dienstverhältnisses unbefugt an jemand zu Zwecken des Wettbewerbs, aus Eigennutz, zugunsten eines Dritten oder in der Absicht, dem Inhaber des Unternehmens Schaden zuzufügen, mitteilt, wird mit Freiheitsstrafe bis zu drei Jahren oder mit Geldstrafe bestraft."

Na bitte! Das war doch keine Kleinigkeit!

Bei Wikipedia fand sie zudem, dass auch „Umsätze und Ertragslagen" zum Geschäftsgeheimnis gehörten. Damit war die Sache klar. Sie hatte richtig gehandelt! Aber warum war ihr das zum Nachteil geworden? Warum hatte Gott zugelassen, dass ihr eine richtige Entscheidung die Zukunft verbaute? Sah er denn gar nicht, wie sehr sie unter dem Big Mac litt? Wie lange sie schon nach einem neuen Job suchte? Wie lange sie schon dafür betete?

Als es schließlich an der Tür läutete, erhob sich Theresa mit dem Enthusiasmus einer 100-Jährigen. Irgendwie konnte sie nicht glauben, dass sich ein Tag wie dieser noch zum Guten wenden würde. Maik war bestimmt nur 1,50 m groß oder hatte Warzen im Gesicht!

„Ein Glück!", sagte er, als Theresa die Tür öffnete. „Ich dachte schon, ich hätte mich im Tag geirrt."

1,90 m, dachte Theresa erfreut. *Mindestens!* Sie zog wie von allein ihren Bauch ein.

„Ich bin Maik", sagte er und streckte fröhlich lächelnd die Hand aus. „Und du bist Theresa, nicht wahr? Ich erkenne zwar die Ähnlichkeit zwischen Foto und Original. Trotzdem siehst du in natura noch wesentlich besser aus als auf dem Foto!"

Theresa errötete ein wenig und konnte sich eine Wendung ihres Schicksals auf einmal doch wieder vorstellen. Ihre rechte Hand wanderte zu dem Ring hinüber, der an ihrer Kette hing, und drehte ihn. Maik war ein sehr gut aussehender Mann. Er war nicht nur groß und warzenfrei, sondern hatte auch noch ein sympathisches Lächeln, das gut zu seinen warmen, braunen Augen passte.

„Bist du schon fertig?“, fragte Maik, als er Theresas Hand wieder losgelassen hatte. „Oder soll ich noch reinkommen?“

„Eigentlich bin ich fertig“, stieß Theresa hervor. „Ich hol nur noch eben meine Handtasche, ja?“ Mit einem Tempo, das auf einmal gar keine Ähnlichkeit mit einer 100-jährigen mehr hatte, eilte sie durch den Flur, griff nach Schlüssel, Portemonnaie und Handtasche und kehrte zu Maik zurück. „Voilà. Je suis prête!“

„Wie schon gesagt“, begann Maik und zuckte entschuldigend die Achseln, „ich liebe Frankreich, spreche aber nicht so richtig Französisch. Wenn ich mich verständlich machen will, brauch ich ein Wörterbuch.“

Oder mich, dachte Theresa verzückt. „Wie oft fährst du so nach Frankreich?“

„Drei- oder viermal im Jahr.“

Als Theresa die Tür hinter sich zuzog, streifte ihr Blick kurz den Blumenstrauß, den sie gestern – um ihn vor dem Big Mac in Sicherheit zu bringen – noch schnell aus dem Büro mitgenommen und auf der Anrichte im Flur platziert hatte. „Die Blumen, die du mir geschickt hast …“, begann sie und schloss die Wohnungstür zu, „das wäre wirklich nicht nötig gewesen!“

Maik zog die Stirn in Falten. „Blumen?“

„Nicht so bescheiden“, lachte Theresa und folgte Maik auf dem Weg durchs Treppenhaus. „Das war der schönste Strauß, den ich je bekommen habe.“

Maik blieb stehen und sah Theresa an. „Aber ich hab dir keine Blumen geschickt!“

Theresa erbleichte. *Der Neandertaler,* dachte sie entsetzt. *Dass ich nicht selbst auf diese Idee gekommen bin!* Sie sah sich unwillkürlich um. Er lauerte doch nicht irgendwo im Treppenhaus?

„Stimmt was nicht?“, wollte Maik wissen.

„Na ja … ich hab … du bist … nicht der Einzige, auf dessen Bekanntschaftsannonce ich geantwortet habe. Und einmal ist das Ganze so richtig in die Hose gegangen. Der Mann sieht einfach nicht ein, dass ich nichts von ihm will.“

„Er ist halt deiner Schönheit verfallen – was ich gut verstehen kann“, lächelte Maik und setzte sich wieder in Bewegung.

„Ich weiß nicht", seufzte Theresa. „Irgendwie ist er nicht normal. Er ist in meine Wohnung eingedrungen, weißt du?"

„Das sprengt allerdings den Rahmen. Hast du die Polizei verständigt?"

„Schon. Es ist nur, dass die Polizei keinen Handlungsbedarf sieht. Sie schlägt vor, ich solle eine einstweilige Verfügung erwirken, die es diesem Mann verbietet, sich mir zu nähern."

„Dann mach das doch …"

„Will ich ja. Das Problem ist, dass so etwas Wochen dauern kann. Aber was soll ich bis dahin tun? Ich trau mich inzwischen nicht mal mehr allein auf die Straße. Aber ich kann auch nicht jeden Tag mit dem Taxi zur Arbeit fahren. Sonst geh ich pleite!"

Maik öffnete Theresa galant die Haustür und deutete auf den pechschwarzen Mercedes, der auf der gegenüberliegenden Straßenseite geparkt war. „Heute hast du das Problem nicht. Dieses Taxi ist nämlich kostenlos."

Theresa lächelte ihrem Date dankbar zu und überquerte die Straße. Dann ließ sie sich von Maik die Beifahrertür öffnen und nahm Platz. Der Wagen roch extrem neu. Theresa bezweifelte, dass er älter als ein Jahr war. „Was würdest du denn tun?", nahm sie das Thema wieder auf. „Ich meine, du bist schließlich ein Mann … Wie kann man einen Mann davon überzeugen, einem nicht länger nachzustellen?"

„Du könntest nach Frankreich umziehen", schlug Maik vor. „Wie du weißt, hab ich Kontakte. Die wären dir bestimmt bei der Suche nach einer Wohnung behilflich."

„Ich hätte aber keinen Job … Außerdem würde ich meine Freundinnen vermissen. Nein, ich will in Deutschland bleiben. Man kann sich doch von einem Stalker nicht aus der Heimat vertreiben lassen!"

Maik startete den Wagen, blinkte und fuhr los. „Heimat ist, wo man sich wohlfühlt", behauptete er. „Weißt du, wie das Wetter in Bordeaux ist? Der nahe Atlantik sorgt für ein mildes, ausgeglichenes Klima ohne extreme Temperaturschwankungen. Charakteristisch sind frostfreie Winter, feuchte Frühjahrsmonate und sonnige Sommer von Juli bis Oktober. Das wär doch was, oder?"

Theresa konnte nicht darauf antworten. Sie fragte sich, ob Maik ihr zugehört hatte. Begriff er denn nicht, dass sie einem echten Problem ausgesetzt war? „Ich hab Angst vor diesem Mann", probierte sie es noch einmal.

„Aber doch nicht an meiner Seite, hoffe ich. Gleich serviert man uns den besten Wein, den die Region Bordeaux zu bieten hat. Wetten, dann vergisst du all deine Probleme?"

Theresa schwieg. Sie war sich nicht sicher, ob sie ihre Probleme vergessen würde. Vielleicht raste sie ja auch auf ein weiteres zu …

***

Anderthalb Stunden und zwei Rotweinflaschen später hatten sich die Hinweise darauf, dass Maik vielleicht doch nicht unbedingt der Mann ihrer Träume war, erheblich verdichtet. Obwohl er ein Mensch war, der mit Komplimenten nur so um sich warf, schien er sehr auf sich selbst fixiert zu sein. Jedenfalls ließ er Theresa nur selten ausreden und schwärmte in einem fort von Frankreich, Bordeaux und den entsprechenden Weinen. Abgesehen davon trank er ziemlich viel. Während sich Theresa immer noch krampfhaft an ihrem zweiten Weinglas festhielt, hatte Maik schon mehr als anderthalb Flaschen geleert. Und jetzt rief er den Ober schon wieder an den Tisch!

„Hervorragend!", schwärmte er und reichte dem schmächtigen, schwarz-weiß gekleideten Mann die gerade geleerte Flasche. „Wirklich ganz hervorragend. Was können Sie mir denn sonst noch empfehlen?"

„Ich habe einen sehr guten Wein aus der Region Saint-Émilion, der gerade erst eingetroffen ist. Er hat ein duftiges Bouquet mit feinen Hyazinthennoten. Möchten Sie den vielleicht kosten?"

„Sehr gerne! Bringen Sie uns eine Flasche davon!" Während der Ober von dannen zog, lehnte sich Maik zufrieden auf seinem Stuhl zurück. Er hatte inzwischen deutlich gerötete Wangen, zeigte aber ansonsten keine Anzeichen übermäßigen Alkoholkonsums.

Trotzdem fühlte sich Theresa nicht wohl in ihrer Haut. Sie beugte sich vor und raunte ihrem Gegenüber zu: „Sollten wir nicht ein bisschen kürzer treten? Das ist schon die dritte Flasche!"

„Na, und? Es ist doch nur Wein. Und dann auch noch Rotwein. Rotwein ist gut für die Gesundheit! Kennst du das französische Paradoxon? Obwohl die Menschen in einigen Regionen Frankreichs fetthaltige Nahrung zu sich nehmen und auch auf Zigaretten nicht verzichten, ist die Sterblichkeit an Herz-Kreislauferkrankungen dort relativ gering."

„Wenn überhaupt, gilt diese Regel nur für mäßigen Rotweinkonsum. Und damit sind ein bis zwei Gläser gemeint, nicht ein bis zwei Flaschen."

„Um herauszufinden, welcher Wein mir schmeckt, muss ich mir aber einen Überblick verschaffen. Und wo könnte ich das besser als in diesem fantastischen Restaurant?"

„Das Restaurant ist wirklich toll", nickte Theresa und meinte es auch so. Das Essen war hervorragend gewesen. Sie hatte „Frischlingspfeffer in Rotweinsoße mit Pfifferlingen und Champignons" – also Wildschwein – gegessen. Und auch die Umgebung entsprach ihrem Geschmack. Trotz der überaus gehobenen Ausstattung fehlte es dank gedämpften Lichts, dunkler Holzbalken und rustikaler Steinwände nicht an Gemütlichkeit.

„Und mit Rotwein kennen die sich aus wie kaum jemand sonst", fuhr Maik mit seinen Lobeshymnen fort. „Sie haben alles da … die fruchtigen Weine des Médoc, die sanfteren und volleren aus Pomerol …"

Womit wir wieder beim Thema wären, dachte Theresa und schaltete innerlich ab. Sie hatte nicht die geringste Lust mehr auf Maiks Vorträge. Und die Rotweine waren ihr entschieden zu trocken, da klappten einem ja die Fußnägel hoch!

***

„Wusstest du, dass man in Bordeaux schon seit dem zweiten Jahrhundert Wein anbaut?"

Theresa atmete einmal tief durch. Sie hatte Geduld bewiesen. Viel Geduld. Zu viel Geduld. „Ich möchte jetzt nach Hause", sagte sie mit fester Stimme. „Und zwar, *bevor* du die vierte Flasche bestellst."

Maik riss seinen Blick von der gerade erst geleerten Weinflasche los. „Wie bitte?"

„Es ist halb elf und ich möchte nach Hause. Ich muss morgen arbeiten."

„Och … schade", seufzte Maik und trank einen Schluck aus seinem nur noch zur Hälfte gefüllten Glas. Dann hob er widerwillig den Arm und erregte dadurch die Aufmerksamkeit des Obers. Dieser eilte schnell herbei, wahrscheinlich witterte er weiteren Umsatz. „Die Rechnung bitte."

„Sehr wohl."

Während sich der Ober entfernte, nahm Maik einen weiteren Schluck aus seinem Rotweinglas. „Das war 'n toller Abend", seufzte er mit einem verklärten Lächeln. „Das sollten wir baldmöglichst wiederholen."

Auf gar keinen Fall, dachte Theresa und öffnete ihre Handtasche, um nach ihrem Handy zu suchen. „Soll ich uns ein Taxi rufen?"

„Wieso?"

„Weil wir nicht mehr fahren dürfen. Ich hab drei Gläser Wein getrunken und du … reden wir nicht drüber."

„Ich werde meinen nagelneuen Mercedes bestimmt nicht über Nacht hier stehen lassen!", brauste Maik auf. „Hast du eine Ahnung, was der gekostet hat?"

„Nicht wirklich", seufzte Theresa. „Aber er wird nicht besser, wenn du ihn mit besoffenem Kopf zu Klump fährst."

„Seh ich etwa aus, als sei ich besoffen?", fauchte Maik. „Vorhin hast du auch schon so was angedeutet. Das war doch nur Wein."

„Aber viel davon", gab Theresa zu bedenken. „Fast drei Flaschen."

Maik stand auf, schwankte kurz und fand dann sein Gleichgewicht wieder. Dann erhob er seine Stimme, als wollte er eine Rede halten.

„Oh, gebt mir vom glühendsten, duftigsten Wein.
Und den Becher von blinkendem Golde lasst sein,
Ich will ihn dem Leben ja bringen,
Der Jugend, der Liebe, der Hoffnung und Lust
Und allem, was hebet, belebet die Brust –
Lasst Flöten und Geigen erklingen
Und jubelnde Lieder uns singen!"

Theresa errötete und sah sich zu den anderen Gästen um. Vereinzelt war unterdrücktes Gekicher zu hören, fast alle schmunzelten. „Setz dich bitte wieder hin“, raunte sie Maik zu.

„Das ist von Michel Berend“, sagte Maik und nahm tatsächlich wieder Platz. „Und es geht noch weiter! Soll ich-“

„Nein!“, fiel ihm Theresa ins Wort. Auch wenn Maik das Gedicht mit viel Ausdruck vorgetragen hatte, konnte sie auf den Rest verzichten. „Unsere Rechnung kommt, siehst du?“

Glücklicherweise hatte sie recht und der Ober war im Anmarsch. Er hatte eine Untertasse bei sich, auf der ein weißer Zettel lag. Beides stellte er dezent neben Maik auf den Tisch.

„Getrennt, bitte“, sagte Maik und bewirkte dadurch, dass Theresas Kinnlade herunterklappte. „Wir leben schließlich in einer emanzipierten Gesellschaft.“

Theresa schluckte schwer. Allein das Essen hatte 30 Euro gekostet!

„Sehr gern.“ Der Ober war ein sehr schmächtiger Mann in den Vierzigern. „Wie soll ich den Wein abrechnen?“

„Da machen wir halbe-halbe“, erwiderte Maik.

Während der Ober rechnete, überlegte Theresa hektisch, ob sie Einspruch erheben sollte. Sie hatte nur einen Bruchteil von dem getrunken, was in Maiks Schlund verschwunden war!

„Hundertunddrei Euro bitte, der Herr.“ Als der Ober erneut den Kugelschreiber zur Hand nahm, rechnete Theresa bereits mit dem Schlimmsten. „Und die Dame achtundneunzigfünfzig.“

Theresa holte mit zitternden Fingern zwei Fünfzig-Euro-Scheine aus ihrem Portemonnaie. „Stimmt so.“ Sie hatte nicht die Kraft zu protestieren. Das hier war Lehrgeld. Es war nur recht und billig, wenn sie die Suppe auslöffelte, die sie sich selbst eingebrockt hatte …

***

Wenige Minuten später verließ Theresa an Maiks Seite das Restaurant. Draußen wurde sie von einem leichten Sprühregen empfangen, der gut zu dem heutigen Tag zu passen schien. Mittwoch. Dieser Tag war jedenfalls nicht dazu bestimmt, ihr Schicksal zu wenden …

„Wann sehen wir uns wieder?“, fragte Maik und versuchte sich bei Theresa einzuhaken.

Doch diese entzog ihm den Arm. „Ich weiß nicht, Maik … Ich meine … na ja, wenn ich ehrlich bin, glaube ich nicht, dass ich dich wiedersehen möchte."

Maiks Gesicht nahm einen erstaunten Ausdruck an. „W-was … wie?"

Theresa wandte sich Maik zu und sah ihm ernst in die Augen. Dabei stieg ihr der Geruch des von Maik ausgeatmeten Rotweins in die Nase. „Hör zu, Maik. Ich glaube, wir zwei passen nicht sonderlich gut zusammen. Der Abend war im Grunde genommen … *furchtbar.*"

„Furchtbar?", wiederholte Maik entgeistert. „Aber das … ich verstehe nicht … der Abend war doch toll!"

„Für dich vielleicht."

„Frauen", sagte Maik und schüttelte fassungslos den Kopf. „Es ist immer dasselbe. Man legt ihnen die Welt zu Füßen und dann behaupten sie, sie hätten sich nicht amüsiert."

Theresa dachte wehmütig an ihre beiden Fünfzig-Euro-Scheine und fragte sich, welche Welt er ihr zu Füßen gelegt hatte. Aber lohnte es sich, darüber zu streiten? „Irgendwo da draußen wartet bestimmt jemand, der …" *Der so gerne Rotwein trinkt wie du*, lag es Theresa auf der Zunge. Aber das hörte sich wie eine Provokation an. Und so setzte sie von Neuem an. „Maik …", sagte sie sanft, „ich wünsche dir wirklich von Herzen, dass du jemanden triffst, der richtig gut zu dir passt."

Maik starrte Theresa ein paar Sekunden lang ungläubig an. Dann hob er erneut zu einem theatralisch vorgetragenen Gedicht an.

„O sag' mir nicht, dass du mich liebest,
Gib mir die Hand und sieh mich an
Und in den Augen will ich's lesen,
Was ich dem Wort nicht glauben kann.
Doch nein, schließ auch die Wimpern beide,
Denn aus des Auges Tiefe blinkt
Ein blasses Antlitz mir entgegen,
Das wehrend mich von dannen winkt."

An dieser Stelle atmete Maik tief ein, um das Gedicht fortzusetzen, doch fiel Theresa ihm ein weiteres Mal ins Wort. „Ich bestelle jetzt das Taxi, okay?" Sie öffnete ihre Handtasche und suchte nach ihrem Handy.

„Auf gar keinen Fall!", protestierte Maik. „Ich werde doch meinen Wagen nicht im Stich lassen! Ich hab nur ein bisschen Rotwein getrunken. Nichts weiter!" Er zückte seinen Autoschlüssel und eilte, ohne nach Autos Ausschau zu halten, über die Straße.

„Auch das noch", schimpfte Theresa, die ihr Handy immer noch nicht gefunden hatte. Sie ließ von ihrer Handtasche ab, sah kurz nach links und folgte Maik auf die andere Straßenseite. Da sie sich in einer Einbahnstraße befanden und Maik den Wagen in Fahrtrichtung links geparkt hatte, näherte sie sich dem Wagen von der Beifahrerseite her.

„Glaub ja nicht, dass ich dich mitnehme", empfing Maik sie. „Ich muss mir diese Beleidigungen nicht gefallen lassen! Ich fahre allein!"

Sekundenbruchteile war Theresa zwischen dem Wunsch, beleidigt abzuzwitschern, und ihrem Verantwortungsgefühl hin- und hergerissen. Dann betätigte Maik den Schalter an seinem Autoschlüssel und der Wagen wurde mit dem charakteristischen Geräusch entriegelt.

„Jetzt warte doch mal", bat Theresa.

Aber Maik hörte nicht auf sie, sondern riss die Tür auf und verschwand im Wagen.

„Das kann doch jetzt nicht angehen", murmelte Theresa und öffnete die Beifahrertür. „Du hast unter Garantie mehr als 0,5 Promille im Blut! Wenn du jetzt losfährst, riskierst du deinen Führerschein."

„Und was geht dich das an?" Er war damit beschäftigt, das Schlüsselloch der Zündung zu suchen und schien ernsthafte Schwierigkeiten dabei zu haben. Wenn er jetzt losfuhr, das wurde Theresa immer klarer, dann riskierte er nicht nur seinen Führerschein, sondern noch dazu sein Leben! Und das Leben anderer Verkehrsteilnehmer! Und sie allein war in der Lage, das zu verhindern!

Kurz entschlossen stieg sie in den Wagen und zog die Tür hinter sich zu. „Wenn du losfährst, rufe ich die Polizei!" Um ihre Worte zu unterstreichen, öffnete sie zum dritten Mal ihre Handtasche und suchte nach ihrem Handy.

„Das wollen wir doch mal sehen", fauchte Maik. Er hatte jetzt das Schlüsselloch gefunden, startete seinen Wagen, legte den ersten Gang ein und fuhr los.

Theresa stöhnte entsetzt auf und wandte sich nach rechts hinten um. Sie wollte nach dem Gurt greifen, um sich anzuschnallen, sah sich aber urplötzlich zwei hellen Lichtern gegenüber, die schon viel zu nah dran waren … „Vorsicht!", kreischte sie, doch konnte ihre Warnung nichts mehr ausrichten. Der Wagen, dem Maik die Vorfahrt genommen hatte, bretterte direkt in ihre Beifahrerseite …

Kapitel 5

Als Theresa am nächsten Morgen pünktlich, aber ziemlich lädiert in ihr Büro humpelte, sah es dort aus, als hätte eine Bombe eingeschlagen. Neben dem Kaffeevollautomaten stapelten sich Kaffeedosen, Milchpackungen und jede Menge dreckigen Geschirrs. Zudem waren Kaffeebohnen auf der Arbeitsplatte und dem Fußboden verstreut. Die Türen eines Aktenschrankes standen offen und auf dem Schreibtisch lagen Ordner, Zettel und Stifte herum. Auch eine Schreibtischschublade war geöffnet. Dem Durcheinander nach zu urteilen, musste jemand darin herumgewühlt haben.

Theresa seufzte tief, hängte ihre Jacke in den Besenschrank und begann das Chaos zu beseitigen. Sie wusste schon, warum sie sich heute zur Arbeit geschleppt und auf eine Krankschreibung verzichtet hatte. Den letzten längeren Urlaub hatte sie noch lebhaft in Erinnerung. Sie hatte Wochen gebraucht, um die Ordnung in ihren Unterlagen wiederherzustellen …

Maximilian Tanner betrat nur wenige Minuten nach Theresa das angrenzende Büro. Anhand der Geräusche konnte sie auch heute erkennen, dass schlechte Laune angesagt war. *Wie* schlecht die Laune war, begriff sie aber erst, als sich die Zwischentür öffnete und der Big Mac bellte: „Wo bleibt mein Kaffee?"

Theresa erschrak und ließ beinahe die beiden Ordner fallen, die sie gerade in den Schrank zurücksortierte. „Ich hätte ihn gleich rübergebracht."

„Als ob einem ‚gleich' irgendetwas nützt …" Der Chef trat jetzt in den Türrahmen. Er trug einen perfekt sitzenden schwarzen Anzug, der seine kräftigen Schultern betonte und hervorragend mit seinen pechschwarzen Haaren harmonierte. Theresa dachte zum wiederholten Male, dass ihr Chef auch als Model hätte arbeiten können. Wie sie erst vor Kurzem gelesen hatte, betrugen die perfekten männlichen

Maße 100-80-100 bei einer Körpergröße von 1,85m. Sie vermutete, dass Herr Tanner diesen Werten sehr nahe kam. Schade nur, dass seine Perfektion auf sein Äußeres beschränkt war …

„Was haben Sie denn da an der Stirn?“, fragte er jetzt.

Theresa griff sich unwillkürlich an den Kopf und stieß dort auf den dicken Schorf, den ihr gestriger Unfall hinterlassen hatte. „Oh, das … Ich hab mich verletzt …“

„Können Sie sich da nicht was drüberkleben? Nicht, dass das wieder aufgeht. Sie wissen doch, dass ich kein Blut sehen kann.“

Danke für die herzliche Anteilnahme, dachte Theresa sarkastisch. „An der Luft heilt es aber besser“, verteidigte sie sich.

„Kleben Sie trotzdem was drüber. Und treiben Sie den Berthold auf!“

Theresa hob verwundert die Augenbrauen. „Hat sich denn gestern nichts ergeben?“

„Hier ergibt sich überhaupt nichts, wenn Sie nicht da sind. Wie auch, wenn das Telefon in einem fort klingelt? Und ich konnte nicht mal die entsprechenden Vorgänge finden.“ Er deutete auf den Aktenschrank, in den Theresa die Ordner sortierte. „Gibt's da eigentlich irgendeine Form von Ordnung?“

„Schon …“, begann Theresa. „Soll ich … soll ich sie Ihnen … *erklären*?“ Theresas Zögern hing damit zusammen, dass sie diesen Vorschlag schon häufiger unterbreitet hatte, er aber nie angenommen worden war.

„Jetzt nicht. Wir haben keine Zeit. Schließlich müssen wir alles aufarbeiten, was gestern liegen geblieben ist.“

„Haben Sie Herrn Grewe nicht kommen lassen?“, erkundigte sich Theresa. „Er ist doch meine Vertretung!“

„Lassen Sie mich bloß mit Herrn Grewe in Ruhe. Ich kann mich noch wunderbar an Ihren letzten Urlaub erinnern, Krügchen. Da hat der Grewe mehr Unheil angerichtet als 'ne Horde Holzwürmer im Kleiderschrank. Und dann der Kaffee.“ Er schüttelte sich vor Ekel. „Widerlich.“

Theresas Blick fiel auf die Arbeitsplatte, den Kaffeevollautomaten und das Chaos, das dort immer noch herumstand. „Haben Sie sich gestern selbst Kaffee gemacht?“

„Ich hab's versucht. Aber da war haufenweise Kaffeesatz in der Tasse. Können die denn keine vernünftigen Kaffeemaschinen herstellen?"

Theresa musste schmunzeln. Offensichtlich hatte ihr Chef mal wieder an der Taste für den Mahlgrad herumgefummelt. „Sie müssen sich abgewöhnen, auf jedem verfügbaren Knopf herumzudrücken", seufzte sie. „Sonst wird das nie was mit dem Kaffee."

„Muss es ja auch nicht. Schließlich sind Sie wieder da. Krieg ich jetzt 'ne Tasse?"

„Natürlich." Theresa schob eilig die beiden Ordner in den Schrank und machte sich auf den Weg zum Kaffeevollautomaten.

„Und schicken Sie den Berthold in mein Büro!"

„Das hab ich auf'm Zettel", beteuerte Theresa. Sie kam jetzt an ihrem Chef vorbei und hatte gleich darauf die Küchenzeile erreicht.

„Was soll eigentlich dieses Gehumpel?", fragte Herr Tanner.

„Ich ..." Theresa überlegte kurz, ob sie ausgerechnet mit dem Big Mac darüber reden wollte, entschied sich aber trotz aller Gegenargumente dafür. Sie war so voll von den Eindrücken des gestrigen Tages, dass sie die Geschichte einfach loswerden *musste*. „Ich hatte gestern Abend einen Autounfall", begann sie. „Ich saß auf dem Beifahrersitz, wandte mich um, weil ich mich anschnallen wollte, und sah, wie ein Auto direkt auf mich zuraste. Es war einfach furchtbar. In einem solchen Moment wird man sich seiner Machtlosigkeit ganz neu bewusst. Das Stoßgebet, das ich losschickte, war wahrscheinlich das primitivste, das Gott je gehört hat. Trotzdem hat er es beantwortet. Die Ärzte haben gesagt, es sei ein Wunder, dass ich nur leicht verletzt wurde."

„Wieso saßen Sie auf dem Beifahrersitz?"

„Weil ... na ja, ich ... ich hatte ein Date."

„*Sie*?" Der Big Mac ließ seinen Blick so abschätzig an Theresa hinabgleiten, dass diese automatisch den Bauch einzog.

„Ja, wieso nicht?", fauchte Theresa.

„Und Ihr Date saß am Steuer?"

„Ja, wieso?"

Der Big Mac hob mit einem vielsagenden Lächeln die Augenbrauen, machte kehrt und verschwand wortlos in seinem Büro.

Theresa schnappte nach Luft. Wie konnte er es wagen, so zu gucken? Sie selbst war es gewesen, die Maik den Laufpass gegeben hatte, nicht umgekehrt. Sie hatte Maik gefallen! Wenn es nach ihm gegangen wäre, hätte es weitere Dates gegeben. So war das doch! Der Big Mac war anscheinend der Ansicht, dass sie keinem Mann gefallen könne. Und wenn sie ehrlich war, deckte sich das mit ihren eigenen Befürchtungen. Sie traf niemanden, zu dem sie passte, niemanden, der wirklich an ihr interessiert war. Wo war der Mann, der sie so mochte, wie sie war?

***

Als Theresa eine knappe halbe Stunde später Besuch von Joachim Berthold erhielt, blickte sie in ein Gesicht, das von tiefen Sorgenfalten durchzogen war. Joachim Berthold war ein kleiner, unscheinbarer Mann von Mitte 50. Als starker Raucher hatte er eine etwas graue Gesichtsfarbe, die jetzt noch ungesünder wirkte.

„Hallo, Joachim", sagte Theresa und stand auf. „Wie geht es dir?" Als sie ihrem Kollegen die Hand schüttelte, atmete sie den Geruch kalten Zigarettenrauchs ein.

„Geht's um die Zahlen?", fragte Joachim. Seine Stimme klang rau.

Theresa seufzte tief. „Ich fürchte schon."

Joachim Berthold rang die Hände. „Hör mal, Theresa. Ich bin vierundfünfzig Jahre alt … Ich finde nicht mehr so ohne Weiteres einen neuen Job."

Theresa nickte. „Ich weiß. Und ich hoffe, du bist auf das Gespräch vorbereitet."

„Ich kann nichts dafür, dass die Zahlen schlechter geworden sind. Das liegt an der Wirtschaftslage. Das Geld sitzt einfach nicht mehr so locker."

„Ehrlich, Joachim, ich kann mir lebhaft vorstellen, dass das nicht einfach ist. Für mich wär Außendienst unter Garantie nichts. Deshalb bewundere ich dich auch so!"

Joachim warf Theresa einen dankbaren Blick zu. „Du bist immer so nett … Kannst du nicht ein gutes Wort für mich einlegen?"

Sie sah ihren Kollegen mitleidig an. „Ich hab keinen besonders großen Einfluss auf den Chef. Niemand hat das, weißt du?"

Joachim Berthold senkte betreten den Kopf. „Ja, ja, ich weiß."

Theresa seufzte tief. „Um die Sache nicht noch schlimmer zu machen, solltest du jetzt wirklich rübergehen. „Er wartet schon ziemlich lange auf dich … Eigentlich seit Montag."

Ihr Kollege nickte. „Auf in den Kampf." Er hob seinen Kopf ein wenig höher, ging auf die Zwischentür zu und klopfte. Auf das scharfe und etwas abgehackte „Ja" hin, das er nun vernahm, holte er noch einmal tief Luft und betrat die Höhle des Löwen.

Theresa lauschte eine Weile den wütenden Wortfetzen, die von nebenan in ihr Büro drangen. Eigentlich hätte sie jetzt an ihre Arbeit zurückkehren müssen, aber Joachim Berthold tat ihr so furchtbar leid … Sie recherchierte am PC die Dauer seiner Firmenzugehörigkeit und versuchte dann, etwas über seine früheren Zahlen in Erfahrung zu bringen. Leider hatte sie keinen Erfolg. Als schließlich die Zwischentür geöffnet wurde, zuckte sie wie unter einem Peitschenhieb zusammen.

„… und zwar sofort!", brüllte der Big Mac. „Haben Sie das verstanden?"

Joachim Berthold trat rückwärts aus der Zwischentür, fuhr herum und eilte mit wehenden Fahnen aus Theresas Büro. Gleich darauf erschien der Chef im Türrahmen. „Setzen Sie ein Kündigungsschreiben auf und schicken Sie es mir auf den PC."

„W-wie bitte?", stammelte Theresa. „Kündigung?"

„Sie haben das Wort doch schon mal gehört oder nicht?", fauchte der Big Mac.

„Schon … es ist nur … der Mann ist Mitte fünfzig."

„Ist das mein Problem?"

„N-nein … natürlich nicht. Ich gebe nur zu bedenken, dass Herr Berthold schon so lange bei uns ist … elf Jahre, um genau zu sein. Da verdient er doch eine zweite Chance, oder nicht?"

Maximilian Tanner trat jetzt vollständig aus dem Türrahmen heraus, verschränkte die Arme vor der Brust und sagte gefährlich leise: „Habe ich ihm in den letzten elf Jahren ein Gehalt gezahlt?"

Theresa furchte die Stirn. „Sicher haben Sie das."

„War es ein schlechtes Gehalt?"

„Ich denke nicht …"

„Dann schulde ich ihm auch nichts. Er hat gut gearbeitet und ich habe gut gezahlt. Jetzt arbeitet er schlecht und ich setze ihn vor die Tür. Das ist das Gesetz der freien Marktwirtschaft, nichts weiter."

„Aber das Ganze ist doch mehr als die Summe seiner Teile", protestierte Theresa und zitierte damit Aristoteles. „Und Menschen lassen sich nicht auf wirtschaftliche Zahlen reduzieren! Man wirft sie auch nicht weg wie ein benutztes Taschentuch!" Theresa erhob sich von ihrem Platz und ging ein paar Schritte auf ihren Chef zu. Dabei untermalte sie ihre Worte mit ihren Händen. „Hören Sie, Herr Tanner. Jeder Mensch kommt irgendwann in die Situation, dass er Hilfe benötigt. In dem Fall würden Sie auch nicht wollen, dass man Sie alleinlässt."

„Was Sie für einen Unsinn reden, Krügchen. Die Welt ist kein Kinderspielplatz. Und diese Firma hier … glauben Sie, mir hat jemand geholfen, als ich sie aus dem Boden gestampft habe? Glauben Sie, dass ich mir auch nur eine einzige Schwäche erlauben durfte? Seien Sie versichert: Wenn ich hier ein Sanatorium für Schwache und Bedürftige eingerichtet hätte, dann gäbe es die Firma inzwischen nicht mehr."

„Jetzt denken Sie doch nicht so schwarz-weiß", erwiderte Theresa verärgert. „Ich rede ja nicht davon, dass Sie Ihr Hab und Gut verschenken sollen. Ich rede lediglich davon, dass Sie einem Mitarbeiter, der mehr als zehn Jahre lang treue Arbeit geleistet hat, eine zweite Chance geben sollen. Ist das denn zu viel verlangt?"

„Schreiben Sie die Kündigung, Krügchen", gab der Chef zurück. „Und halten Sie sich aus meinen Angelegenheiten raus."

Theresa atmete ein und dann zutiefst frustriert wieder aus. Für den Bruchteil einer Sekunde hatte sie mit dem Gedanken gespielt, eine Krebsgeschichte zu erfinden, die Joachim retten könnte. Beim Thema Krebs hatte der Big Mac eine weiche Seite, das wusste sie. Aber dann war ihr bewusst geworden, dass dies nicht richtig war. Sie kannte Gottes Gebote. Und sie würde sie halten.

***

„Ist *er* …" Obwohl Anne auch heute zwei Pakete mit Mittagessen bei sich trug, gelang es ihr, die rechte Hand freizubekommen. Sie fuhr sich mit gespreizten Fingern durch ihre Haare, strich sie nach hinten weg und ahmte so den Big Mac nach, „… weg?“

Theresa grinste und winkte sie zu sich herein. „Ja, er ist in der Mittagspause. Im Moment“, sie sah auf ihre Uhr, „dürfte er gerade im Schwimmbad seine Bahnen ziehen.“

„Ich kann mir lebhaft vorstellen, was er macht, wenn er aus dem Wasser steigt“, sagte Anne und fuhr sich erneut mit gespreizten Fingern durch die Haare.

„Hör auf mit dieser Geste!“, sagte Theresa und versuchte, dabei ernst zu bleiben. „Das halbe Haus macht sie schon nach.“

„Eben“, nickte Anne und balancierte ihre wertvolle Fracht zu Theresas Schreibtisch hinüber. „Es ist die einzige Möglichkeit, die wir haben, um uns zu rächen.“ Trotz dieser starken Worte sah Anne immer wieder ängstlich in Richtung Tür. „Bist du sicher, dass er noch im Schwimmbad ist? Ich hab keine Lust, ein weiteres Mal mit Essen erwischt zu werden.“

„Und ich hab keine Lust, mir vorschreiben zu lassen, was ich mittags esse. Soll er doch kommen und meckern!“

„Wenn's beim Meckern bleibt … Ich hab gehört, dass er den Joachim gefeuert hat!“

Theresa seufzte tief. „Das war wirklich schlimm. *Espantoso!* Ich musste die Kündigung verfassen.“ Vor ihrem geistigen Auge sah Theresa noch einmal das Schreiben vor sich, das sie selbst erstellt hatte. Der Big Mac hatte es vor ihren Augen unterschrieben. Ohne auch nur mit der Wimper zu zucken, hatte er seine typische, markante Unterschrift unter dieses zerstörerische Schriftstück gesetzt. Immerhin war er so gnädig gewesen, Theresa den Gang zu Joachim zu ersparen. Anscheinend hatte es ihm nichts ausgemacht, die Kündigung selbst zu überbringen.

„Die anderen meinten, seine Zahlen seien gar nicht so schlecht.“

„Na ja, er fiel schon stark gegen seine Kollegen ab. Vor allem gegen Michael.“

Anne nahm sich einen Stuhl und stellte ihn neben Theresas Bürostuhl an den hellgrauen Schreibtisch. „Wenn wir einen Betriebsrat hätten, wär das nicht passiert. Joachim war viel länger in der Firma als Michael!“

„Wenn das Wörtchen ‚wenn' nicht wär …"

„Die anderen erzählen, dass wir ein Recht auf einen Betriebsrat haben. Ab fünf Arbeitnehmern muss einer gestellt werden!"

„Du bist noch nicht lange hier", seufzte Theresa. „Das Thema Betriebsrat kommt andauernd wieder auf. Fakt ist, dass wir das Recht haben, einen Betriebsrat zu wählen. Das steht im Betriebsverfassungsgesetz. Fakt ist aber auch, dass der Betriebsrat nicht vom Arbeitgeber ‚gestellt', sondern von den Arbeitnehmern gewählt wird. Die Initiative muss also von der Belegschaft ausgehen. Möchtest du den Job machen?" Da Anne nicht antwortete, fuhr sie fort: „Du kennst den Big Mac. Du hast gesehen, was mit Leuten passiert, die nicht die entsprechenden Zahlen bringen. Hast du genügend Fantasie, um dir auszumalen, was mit Leuten passiert, die einen Betriebsrat ins Leben rufen?"

„Aber das … das ist doch nicht richtig!"

„Natürlich nicht! Deshalb muss man sich entscheiden, wie man damit umgeht und an welcher Front man kämpfen will. Ich hab mich entschieden, mein Vertrauen nicht auf meine eigene Kraft, sondern auf Gott zu setzen. Darum werde ich keinen Betriebsrat ins Leben rufen, sondern lieber für die Kollegen beten. Das habe ich auch Joachim versprochen."

„Und wie hat er reagiert?"

„Eigentlich ganz positiv."

„Er weiß wohl nicht, wie lange du schon selbst um eine neue Arbeitsstelle betest …"

Theresa schluckte schwer. Diese Bemerkung hatte gesessen, besonders vor dem Hintergrund des gestrigen Vorstellungsgespräches. „Es wird schon einen Grund für all das geben. Wir sehen ihn nur noch nicht."

Anne zog die beiden Fresspakete zu sich heran und machte sich an der Verpackung zu schaffen. „Deinen Glauben möchte ich haben." Sie entfernte das Papier des ersten Paketes, woraufhin eine weiße Styroporbox zum Vorschein kam.

Als sie diese öffnete, stieg Theresa ein extrem würziger Geruch in die Nase. „Hmm! Ich liebe Souvlaki mit Metaxasoße." Sie zog das Paket zu sich herüber. „Was hast du?"

Anne entfernte nun auch die zweite Verpackung. „Bifteki."

„Lecker."

„Apropos lecker", sagte Anne und öffnete eine Schreibtischschublade. Aus dieser holte sie zwei Gabeln und zwei Messer hervor. „Ich hab mit Philip gesprochen und er hat am Samstagabend noch nichts vor."

Theresa lief das Wasser im Munde zusammen. Ob dies nur vom Essen kam? „Ich weiß nicht, Anne", seufzte sie. „Dein *Bruder*. Außerdem enden meine Verabredungen in letzter Zeit in immer größeren Katastrophen …"

„Ich hab ihm ein Bild von dir gezeigt", sagte Anne.

Theresa sah ein bisschen zu interessiert zu ihr herüber. „Und?"

„Er war begeistert."

„Ehrlich?" Theresa musste daran denken, dass ihr Foto auch bei Maik Begeisterungsstürme hervorgerufen hatte. Unwillkürlich fasste sie sich an ihre rechte Hüfte. Diese tat immer noch weh … „Trinkt er eigentlich?", hörte sie sich fragen.

„Du meinst Alkohol? Nein. Er ist begeisterter Motorradfahrer. Da trinkt er aus Prinzip nicht."

Theresa spürte, wie ihre Abwehr zu bröckeln begann. „Ich möchte auf keinen Fall abgeholt werden. Und ich möchte auch auf gar keinen Fall in ein französisches Restaurant!" Das Einzige, was auch nur annähernd infrage kam, war ein absolutes Kontrastprogramm zu Maik.

„Philip isst gerne griechisch, genau wie wir!"

Theresa starrte auf ihr Souvlaki und hatte das Gefühl, als könne sie schon riechen, wie angenehm der Samstagabend ablaufen würde. „Also gut", seufzte sie. „Sag ihm, er soll um acht zu unserem Leib-und-Magen-Griechen kommen. Anhand des Bildes wird er mich ja erkennen."

***

Als der Big Mac eine knappe Stunde später aus der Mittagspause zurückkehrte, war Anne längst wieder verschwunden. Auch hatte Theresa das Vorzimmer sorgfältig gelüftet und mit Raumspray beduftet. Dies führte dazu, dass Herr Tanner zwar ein paarmal argwöhnisch in den Raum hineinschnupperte, aber nichts zu bemerken schien. „Besorgen Sie Kuchen“, wies er Theresa an. „Am besten Butterkuchen.“

Butterkuchen, dachte Theresa. *Das verheißt nichts Gutes.* „Kommt Ihre Mutter?“

Maximilian Tanner nickte. „So ist es. Sie hat jetzt einen Arzttermin und möchte anschließend eine Tasse Kaffee mit mir trinken.“

„Wie war das noch?“, überlegte Theresa hektisch. „Der Butterkuchen von Bäcker Wehrkamp ist ihr zu trocken, der Butterkuchen vom Bäckerland ist ihr zu flach und der Butterkuchen von …“

„Fahren Sie am besten gleich zur Konditorei Ehrlich.“

„Aber das ist ganz am anderen Ende der Stadt! Da bin ich mindestens ’ne Stunde unterwegs!“

„Na und?“

Theresa öffnete den Mund und schloss ihn dann wieder. Was sollte sie dazu sagen? Ihr selbst verbot er, zur Mittagspause das Büro zu verlassen, aber wenn es um den besten Butterkuchen für seine Mutter ging, dann war kein Weg zu weit, ja? Leider schloss sich gerade jetzt die Tür hinter Maximilian Tanner und nahm Theresa die Möglichkeit für eine passende Erwiderung. *Warum bin ich nicht schlagfertiger?*, dachte sie ärgerlich. *Und überhaupt … Ich hab nicht mal gefragt, ob er mir ein Taxi bezahlt.* Ihr Blick wanderte sehnsüchtig in Richtung Zwischentür. Sollte sie eine weitere Diskussion vom Zaun brechen?

Wenn dieser Sven-Uwe mich beobachtet, überlegte sie, *sollte er wissen, dass ich um die Mittagszeit nie mein Büro verlasse …* Theresa ging langsam zum Fenster hinüber und sah hinaus. Sie blickte jetzt von oben auf eine viel befahrene Straße, an deren Rand allerhand Fußgänger unterwegs waren. Auch sah sie den schwarzen Porsche ihres Chefs, der direkt vor der Eingangstür geparkt war. Eine Weile scannte sie die Umgebung, sah aber keine Gestalt, die zu ihr hinaufstarrte oder sich ansonsten irgendwie verdächtig benahm. „Also gut“, seufzte sie. „Arriba – los geht’s“.

***

Knapp anderthalb Stunden später kehrte Theresa wohlbehalten, aber etwas entnervt ins Büro zurück. Die Straßenbahnen waren so voll gewesen, dass sie zweimal darauf verzichtet hatte zuzusteigen. Und auch beim Bäcker hatte sie ziemlich lange warten müssen. Schon in dem Moment, in dem sie den Butterkuchen auf der Arbeitsplatte abstellte, hörte sie aus dem Chefzimmer Stimmen. Deshalb entledigte sie sich nur noch schnell ihrer Handtasche und öffnete nach einem kurzen Klopfen die Zwischentür.

„Na endlich", tönte es Theresa entgegen. „Wie kann es angehen, dass Sie ..." Der Chef stand am Fenster und sah jetzt auf seine kostspielige Armbanduhr, „... *sieben* Minuten brauchen, um es vom Eingang bis hierher zu schaffen?"

„Sieben Minuten kommen mir gar nicht so lange vor", erwiderte Theresa und fragte sich, wie lange er schon am Fenster stand und nach ihr Ausschau hielt.

„Wenn Sie die ganze Strecke in diesem Tempo zurückgelegt haben, ist es kein Wunder, dass Sie anderthalb Stunden gebraucht haben, um einen einfachen Butterkuchen zu kaufen." Diese zweite Stimme gehörte Leonora Tanner, der Mutter des Big Mac. Theresas Blick wanderte nach rechts, wo diese an einem Tischchen aus schwarzem Ebenholz saß, das mit seinen vier passenden Stühlen für kleinere Besprechungen gedacht war.

Leonora Tanner verzog ihr Gesicht, welches ein wenig an eine Kinderpuppe erinnerte. Trotz ihres fortgeschrittenen Alters von Anfang 60 war sie eine Schönheit mit langen, leicht gewellten schwarzen Haaren und einer perfekten Figur.

„Tut mir leid, dass Sie warten mussten."

„Mehr als eine Stunde!", erwiderte Maximilian Tanner und strich sich mit gespreizten Fingern die pechschwarzen Haare aus der Stirn.

Theresa kämpfte mit einem Grinsen. Die Erinnerung daran, dass Anne diese Geste erst vorhin nachgeahmt hatte, war einfach noch zu frisch. „Dann werde ich mal ganz schnell Kaffee und Kuchen holen." Sie flüchtete ins Vorzimmer und servierte kurz darauf Kaffee und köstlich aussehenden Butterkuchen.

„Kann ich sonst noch etwas für Sie tun?"

„Keller von Precht-Bau hat angerufen. Mannheim ist kein Problem mehr. Aber in Regensburg, Erfurt und Osnabrück kriegen wir beim besten Willen keine Baugenehmigung. Rufen Sie den

Architekten und die Genehmigungsbehörde an und vereinbaren Sie Gesprächstermine mit mir, Herrn Keller, dem Architekten und den Entscheidungsträgern. Aber lassen Sie sich nicht mit den Bearbeitern abspeisen. Ich will mit den jeweiligen Vorgesetzten sprechen."

„Wie zeitnah möchten Sie die Termine haben?"

„Gestern."

„Schon klar", seufzte Theresa und wandte sich zum Gehen.

„Dieser Butterkuchen ist nicht wirklich frisch", sagte Leonora Tanner und deutete vorwurfsvoll auf den Kuchenteller. Dabei klirrten die vielen dünnen Armreifen aus Gold, die sie an ihrem rechten Handgelenk trug.

„Wie bitte? Aber ich hab ihn doch gerade erst geholt!"

„Und woher, wenn ich fragen darf?" Wenn es etwas gab, das Leonora Tanner perfekt beherrschte, dann war es die Fähigkeit, ihren Fragen einen Unterton beizumischen, der dem Begriff „Vorwurf" eine neue Dimension verlieh.

„Na, von der Konditorei Ehrlich. Von dort mögen Sie ihn doch am liebsten."

„Und das soll ich glauben?"

„Aber natürlich!"

„Haben Sie den Bon noch?"

Theresa schluckte ihren aufkommenden Ärger hinunter und griff in die rechte Tasche ihres grauen Blazers. Sie trug heute kein Kostüm, sondern eine Kombination aus dem Blazer, einem weißen Top und einer schwarzen Stoffhose. Da war er auch schon, der Bon! Sie zog ihn heraus und warf einen prüfenden Blick darauf. Aber was war das? Sekundenbruchteile begriff sie nicht ... dann packte sie das kalte Entsetzen. *„Ich sehne mich nach dir!"*, stand auf dem Zettel. Der Neandertaler, da gab es keinen Zweifel! Aber wie war das möglich? Wie konnte er derart nah an sie herangekommen sein, ohne dass sie es bemerkt hatte? Hektisch ging sie den Weg, den sie durch die Stadt genommen hatte, noch einmal durch. Beim Bäcker war es ebenso voll gewesen wie in den Straßenbahnen. Es war ein einziges Geschiebe und Gedränge gewesen, bei dem sie mehr den Butterkuchen als ihre eigene Person beschützt hatte.

„Dachte ich's mir doch", sagte Leonora Tanner. „Sie hat den Kuchen beim nächstbesten Bäcker besorgt und ist stattdessen nett Kaffee trinken gegangen."

„Unsinn!", sagte Herr Tanner und verließ seinen Platz am Fenster, um auf Theresa zuzugehen. „Was ist los, Krügchen?"

Als er jedoch auf ihren Zettel sehen wollte, besaß Theresa die Geistesgegenwart, ihn blitzschnell zusammenzuknüllen. „Der Falsche", gelang es ihr zu sagen. Dann griff sie in ihre andere Jackentasche und holte einen weiteren Zettel daraus hervor. „Hier", krächzte sie und hielt ihn ihrem Chef hin. Ihre Gedanken galten allerdings nicht diesem Zettel, sondern dem zerknüllten Exemplar. Es schien an Temperatur zu gewinnen und brannte wie Feuer in ihrer rechten Hand. Sie war nirgends mehr sicher! Dieser Sven-Uwe lauerte überall! Es war furchtbar! Sie musste umziehen! Den Arbeitsplatz wechseln! Die Stadt verlassen!

„Hier, der ist von Bäckerei Ehrlich", sagte der Big Mac und hielt seiner Mutter den Zettel hin. „Bist du nun zufrieden?"

Leonora Tanner rümpfte die Nase, setzte die Brille auf, die an einer Schnur um ihren Hals hing, und betrachtete den Bon. „Tatsächlich", räumte sie ein. „Vielleicht ist es auch gar nicht der Butterkuchen, sondern vielmehr der Kaffee … Welche Marke benutzen Sie?" Als Theresa nicht antwortete, wiederholte sie lauter: „Hallo, Sie! Ich hab gefragt, welchen Kaffee Sie benutzen!"

Theresa tauchte nur langsam aus ihren düsteren Gedanken auf. „Ich … äh … Kaffee … also … Ich kaufe immer ganze Bohnen."

Leonora Tanner rollte die Augen. „Das ist mir schon klar, Kindchen. Schließlich haben Sie einen Kaffeevollautomaten. Wo kaufen Sie die Bohnen?"

„Ich … ähm, weiß nicht so genau, das ist verschieden."

„Dann kaufen Sie in Zukunft Bio-Waldkaffee aus Äthiopien, der schonend in der Trommel geröstet wurde, ja? Das ist für Maximilian gerade gut genug. Verstanden?"

Theresa nickte mechanisch.

„Wiederholen Sie, was ich gesagt habe", befahl Leonora.

„Bio-Waldkaffee, Äthiopien, schonende Trommelröstung", wiederholte Theresa und dachte: *Selbst wenn ich die einstweilige*

Verfügung kriege, wird er mich nicht in Ruhe lassen. Zum Glück war sie gut darin, in jeder Lebenslage wichtige Informationen aus einem Gespräch herauszufiltern und abzuspeichern.

„Also gut, dann gehen Sie jetzt. Heute werden wir den Kaffee schon irgendwie überleben."

Theresa nickte und wandte sich zum Gehen.

„Und denken Sie an die Gesprächstermine", setzte Herr Tanner hinzu.

„Regensburg, Erfurt und Osnabrück", wiederholte Theresa. Dann schwankte sie aus dem Büro.

Kapitel 6

Als das Telefon klingelte, war Theresa noch mitten in einem Traum, in dem sie bei strahlendem Sonnenschein eine lange, von alten, knorrigen Bäumen umrahmte Straße entlangbrauste. Dabei saß sie auf einem funkelnagelneuen Motorrad, hatte ihre Arme um einen muskulösen Vordermann geschlungen und spürte, wie ihr der Fahrtwind die Haare durcheinanderwirbelte. An einen Helm hatte sie im Traum wohl nicht gedacht …

Das Telefon hörte auf zu klingeln, schwieg ein paar Sekunden lang still und startete dann eine neue Angriffswelle. Theresa stieß ein unwilliges Grunzen aus und versuchte ihren Traum festzuhalten. Er war so schön …

Drrrinnng! Drrrinnng! Drrrinnng!

Theresa grunzte erneut und streckte ihren rechten Arm aus, um nach dem Radiowecker zu tasten. Dabei fegte sie eine Packung Taschentücher und eine Handcreme vom Nachttisch, fand dann aber den Wecker und betätigte immer noch schlaftrunken den Ausschalter.

Drrrinnng! Drrrinnng! Drrrinnng!

Theresa drückte ein zweites Mal und sehr viel unwilliger auf den Ausschalter des Weckers.

Drrrinnng! Drrrinnng!

Sie öffnete ein Auge und blickte in Richtung Wecker. 3 Uhr 24. *3 Uhr 24?* Sie öffnete das zweite Auge und begriff, dass es sich bei dem Klingeln nicht um ihren Wecker, sondern um ihr Telefon handelte, genauer gesagt um ihr Handy. Widerwillig richtete sie sich auf. Als es ihr gelungen war, hörte es auf zu klingeln. „Das darf doch wohl nicht wahr sein“, murmelte Theresa.

Das Telefon verstand den Hinweis und begann mit einem neuen Durchgang.

„Muss wichtig sein", schlussfolgerte Theresa und stand auf. *Hoffentlich ist nichts mit Ariane und der Schwangerschaft* … Sie schaffte es nur mithilfe ihres Tastsinnes bis zur Flurgarderobe, fand die Handtasche und öffnete sie. Da das Display des Telefons leuchtete, war der Rest ein Kinderspiel. „Ja?", sagte sie und hoffte inständig, dass nicht der Neandertaler am Apparat war. Bisher hatte es auf ihrem Handy noch keine seltsamen Anrufe gegeben.

„Na endlich!", sagte eine Stimme, die ihr durchaus bekannt vorkam. „Ich dachte schon, Sie hätten das Handy auf lautlos gestellt!"

Warum hab ich das vergessen?, überlegte Theresa. Wenn sie daran gedacht hätte, dass sie die Nummer auch in der Firma hinterlassen hatte, wäre sie unter Garantie nicht so sorglos gewesen!

„Was ist mit Ihrem Festnetzanschluss passiert?", wollte Maximilian wissen. „Ich hatte ständig die Ansage: ‚Kein Anschluss unter dieser Nummer'."

„Ich hab eine *neue* Nummer", murmelte Theresa, immer noch ziemlich verschlafen.

„Dann geben Sie sie ins System ein!"

„Weshalb?", krächzte Theresa. „Damit Sie mich nachts um drei besser erreichen können?"

„Zum Beispiel! Es kann immer mal einen Notfall geben! So wie heute. Sie müssen früher ins Büro kommen", fuhr der Big Mac fort. „Ich will, dass Sie noch ein paar Unterlagen zusammenstellen, bevor wir losfahren."

„Losfahren? Aber wohin denn?"

„Wir fliegen nach Australien, genauer gesagt nach Brisbane. Ich hab schon gebucht. Der Flieger geht um elf Uhr fünfzig. Also packen Sie ein paar Sachen. Ich hab da einen neuen Lieferanten aufgetan. Extrem vielversprechend. Aber ich will mir die Produkte vor Ort ansehen, bevor ich unterschreibe. Wir treffen uns um vier im Büro."

Theresa riss entsetzt die Augen auf. „Aus … tralien?", stammelte sie. „Aber … da fliegt man ja ewig!"

„Mit Zwischenstopp in Singapur ungefähr sechsundzwanzig Stunden. Wo liegt das Problem? Morgen Nachmittag sind wir da!"

„Aber … aber heute ist Freitag und … morgen … Wochenende."

„Na und?“

„Ich hab am Wochenende frei!“

„Jetzt nicht mehr.“

„Aber …“ Theresa war inzwischen hellwach und überlegte hektisch. Die Aussicht, Tausende von Kilometern zwischen sich und den Neandertaler zu bringen, war verführerisch. Andererseits … „Wann sind wir wieder zurück?“

„Ich schätze, Mitte nächster Woche.“

„Mitte nächster Woche?“, kiekste Theresa. „Aber das geht nicht. Ich hab am Samstagabend eine Verabredung.“ Sie dachte an Anne und dieses überaus vielversprechende Date mit ihrem Bruder Philip.

„Verschieben Sie sie.“

„Das geht nicht!“ Philip wohnte viele Hundert Kilometer entfernt und kam nur wegen Annes Geburtstag in diese Gegend!

„Jetzt hören Sie mir mal zu, Krügchen. Sie sind meine persönliche Sekretärin und Sie haben immer gewusst, dass Dienstreisen zu Ihrem Aufgabenbereich gehören. Fremdsprachen sind nicht meine Stärke. Das ist Ihr Gebiet!“

„Das mag schon sein. Andererseits muss ich es mir nicht gefallen lassen, dass Sie mich nachts um drei aus dem Bett klingeln, um mir mitzuteilen, dass ich nur wenige Stunden später nach Australien fliege! Finden Sie nicht selbst, dass das ein bisschen kurzfristig ist?“

„Was kann ich dafür, dass Sie immer so früh Feierabend machen? Aufgrund der Zeitverschiebung hat sich das mit der Reise erst gestern Abend ergeben.“

„Ich war gestern bis fünf im Büro“, knurrte Theresa. „Für deutsche Verhältnisse ist das ein stinknormaler Feierabend. Abgesehen davon erwarte ich, dass Sie mir derartige Reisen ein paar *Tage* vorher ankündigen, nicht ein paar *Stunden* vorher.“

„Also gut … das nächste Mal werde ich etwas längerfristiger planen.“

Theresa merkte auf. „Und dieses Mal?“

„Dieses Mal müssen Sie sich mit den Umständen abfinden.“

„Aber meine Verabredung …“

„Jetzt reicht’s mir aber“, fiel ihr der Big Mac ins Wort. „Wollen Sie meine Sekretärin bleiben oder nicht?“

Theresa schluckte schwer. Im Wohnzimmer schlug die gläserne Pendeluhr, die ihr erklärtes Lieblingsstück war, ein einziges Mal. Deshalb wusste sie trotz der Finsternis, die sie immer noch umgab, dass es inzwischen 03:30 Uhr war. Keine gute Tageszeit, um eine derart weitreichende Entscheidung zu fällen … *Cabrón*, dachte Theresa, *Scheißkerl*. „Also gut“, seufzte sie schließlich. „Ich mache mich auf den Weg.“

***

Als Maximilian Tanner und Theresa ein paar Stunden später am Frankfurter Flughafen ankamen, waren sie müde, abgehetzt und ziemlich genervt. Dieser Zustand verschlechterte sich noch mehr, als sie am Check-in erfuhren, dass der Flieger höchstwahrscheinlich nicht vor 13 Uhr abheben würde.

„Das darf doch wohl nicht wahr sein!“, fluchte der Big Mac und lockerte seinen Schlips. Trotz oder gerade wegen der geplanten Reise trug er einen perfekt sitzenden, dunkelgrünen Designeranzug, ein hellgrünes Oberhemd und eine in verschiedenen Grüntönen gestreifte Krawatte. Diese Farbkombination korrespondierte ganz hervorragend mit seinen grünen Augen. „Ich hab den Flug erst heute Nacht gebucht. Was kann denn in dieser kurzen Zeit dazwischengekommen sein?“

Die Dame, die am Schalter saß, war bildhübsch und hatte einen asiatischen Einschlag. „Uns wurden technische Probleme gemeldet. Ich hoffe aber, dass diese schnell behoben werden können.“

Technische Probleme, überlegte Theresa und spürte, dass sie ein wenig nervös wurde. *War die Sun Air of Asia, bei der der Chef heute Nacht den einzigen Flug gebucht hat, den er so kurzfristig noch hatte kriegen können, eine „Never-come-back-Airline“?*

„Das hoffe ich auch“, erwiderte Herr Tanner. „Wie werden Sie uns für diese Unannehmlichkeit entschädigen? Schließlich verlieren wir Stunden unserer wertvollen Zeit!“

Theresa war von dieser Frage peinlich berührt und sah sich prüfend nach hinten um. Die Schlange war ziemlich lang. Direkt hinter ihr wartete ein älteres Ehepaar. Die etwas füllige Frau mit der Dauerwellenfrisur guckte bereits ein wenig genervt. Etwas weiter hinten fiel Theresa ein gut aussehender, blond gelockter Mann auf. *Ein Schwede, wie er im Buche steht*, huschte es durch ihren Kopf. Im nächsten Moment fing sie seinen Blick auf und lächelte zaghaft. Er lächelte zurück. Es war ein jungenhaftes, offenes Lächeln. Theresa zog den Bauch ein und drehte sich schnell wieder zum Schalter herum.

„Eine Entschädigung gibt es erst ab drei Stunden Verspätung."

„Gilt das auch für Erste-Klasse-Passagiere?"

„Ich ... ähm ... denke schon ..." Die junge Dame mit den Mandelaugen schien ein wenig unsicher zu werden. „Warten Sie bitte einen Moment." Sie stand auf, ging zu ihrer Kollegin hinüber und begann mit dieser zu tuscheln.

„Andere würden übrigens auch gern ihr Gepäck aufgeben", sagte die ältere Dame hinter Theresa.

Der Big Mac tat so, als hätte er die Bemerkung nicht gehört. Theresa hingegen flüsterte: „Es geht bestimmt gleich weiter."

Die Dame vom Bodenpersonal kehrte jetzt an ihren Platz zurück. „Darf ich bitte Ihren Buchungsbeleg sehen?"

Herr Tanner hatte ihn bereits in der Hand und reichte ihn weiter. Daraufhin widmete sich die hübsche Asiatin erst ihrem Computer und dann den Koffern. Als sie den Koffer des Big Mac wog, fragte dieser: „Gibt es eine Möglichkeit, den Inhalt als zerbrechlich zu kennzeichnen?"

„Was ist denn drin?"

„Eine wertvolle Armbrust mit Köcher und Bolzen."

Die junge Frau sah auf und musterte ihr Gegenüber mit skeptischem Blick.

„Es handelt sich um ein Vorführmodell für einen potenziellen Zulieferer aus Australien", beantwortete Theresas Chef die nicht gestellte Frage.

„Für zerbrechliche Güter übernimmt die Sun Air of Asia keine Haftung. Normalerweise würde ich Ihnen vorschlagen, den Gegenstand ins Handgepäck zu überführen. Aber da es sich um eine Waffe handelt ..." Sie zuckte entschuldigend die Achseln.

„Ich verstehe", knurrte der Big Mac. „Keine Haftung für Verspätungen, keine Haftung für Zerbrechliches ..."

„Das hab ich nicht gesagt." Die Dame klang inzwischen ein wenig pikiert und reichte Herrn Tanner ein paar kartonierte Unterlagen. „Hier sind Ihre Bordkarten und ein Gutschein über fünfzehn Euro für unser Café. Es befindet sich dort drüben." Sie deutete in die entsprechende Richtung. „Für Ihre Begleitung kann ich leider keinen Gutschein herausgeben. Den bekommen nur Reisende der First Class."

Theresa merkte auf. „Wie bitte?" Sie wandte sich an ihren Chef. „Fliegen wir nicht zusammen?"

Der Big Mac zuckte entschuldigend die Achseln. „In der First Class war nur noch ein Platz frei. Und in der Business Class gar keiner mehr."

„Ja aber … Sie hätten mich doch in die Economy Class begleiten können!"

Herr Tanner lachte auf und entblößte eine Reihe makelloser, schneeweißer Zähne. „Bei einem Vierundzwanzig-Stunden-Flug? Sie machen wohl Witze. Da kriegt man Reisethrombose!"

„Sagen Sie Ihrem Mann, dass andere auch noch gern ihr Gepäck aufgeben würden", fauchte die ältere Dame hinter Theresas Rücken.

Theresa wirbelte zu ihr herum. „Er ist nicht mein Mann."

„Dann eben Ihr Freund."

„Er ist auch nicht mein Freund." Theresas Stimme überschlug sich jetzt beinahe. „Eher das Gegenteil!"

***

Wenig später steuerte Maximilian Tanner das Café an, für das er einen Gutschein erhalten hatte. Theresa schlurfte missmutig hinter ihm her. Normalerweise legte sie keinen Wert darauf, in der First Class zu reisen. Aber das hier …

„Na, super", sagte der Big Mac und blieb stehen.

Theresa wäre fast in ihn hineingelaufen, kam aber gerade noch rechtzeitig zum Stehen. Als ihr das etwas zu großzügig aufgetragene, nach Minze riechende Aftershave ihres Chefs in die Nase stieg, rümpfte sie angewidert die Nase. „Was ist jetzt schon wieder?", fragte sie mit spitzem Unterton. „Haben die Stühle nicht genug Beinfreiheit?" Sie sah sich um und stellte fest, dass dies wohl kaum der Grund für seine Bemerkung sein konnte. Das Café war zum Terminal hin offen und wartete mit sehr viel Platz und Sitzkomfort auf.

„Croissants und Torten, ungesünder geht's nicht!"

Theresa hob ihren Blick. „Torten?", fragte sie interessiert. Als sie die beleuchteten Schilder mit dem Angebot des Cafés las, hob sich ihre Laune beträchtlich. „Sachertorte!", hauchte sie begeistert.

„Sachertorte? Was soll das denn sein?"

„Das ist eine der berühmtesten Torten, die es gibt!", schwärmte Theresa. „Eine Spezialität der Wiener Küche! Schokoladentorte mit Marillenmarmelade und Schokoladenglasur … mhmm, lecker."

„Zuckerzeug, das reine Gift", kommentierte Herr Tanner.

„Mir doch egal", murmelte Theresa und streckte fordernd die Hand aus. „Wir wollen den Gutschein doch nicht verfallen lassen, oder?"

„Ein Kännchen Kaffee", sagte der Big Mac und händigte ihr den Gutschein aus.

Theresa war inzwischen so gereizt, dass sie nicht mehr neutral bleiben konnte. Sie deutete eine Verbeugung an und sagte: „Sehr wohl, der Herr."

Einige Minuten später kehrte Theresa mit einem Tablett in der Hand an den Tisch zurück, an dem sich ihr Chef niedergelassen hatte. Auf dem Tablett befanden sich zwei Kännchen Kaffee und zwei Kuchenteller mit jeweils einem Stück Torte.

„Was soll denn das jetzt?", empfing sie der Big Mac. „Ich esse so etwas nicht!"

„Ich aber. Und da ich noch nie gehört habe, dass während einer Flugreise Torten serviert werden, hab ich gedacht, ich hole eine Mahlzeit vor und esse zwei Stücke."

„Sie wollen *beide* Stücke essen?", fragte Maximilian Tanner und verzog angewidert das Gesicht.

Theresa atmete einmal tief durch. Zum Glück hatte sie widerstanden und nur zwei Stücke Torte bestellt … „Sollte Ihnen der Kommentar auf der Zunge liegen, dass ich ohnehin schon wohlgenährt bin, rate ich Ihnen, diesen für sich zu behalten", knurrte sie. „Sonst landet eine der Torten in Ihrem Gesicht, verstanden?"

Herr Tanner blickte erstaunt zu Theresa auf. So verärgert hatte er sie anscheinend noch nicht erlebt. Einen Moment lang schien er zu überlegen, was er dazu sagen könne, dann entschied er sich zu schweigen. Er griff nach seinem Kaffeekännchen, goss sich Kaffee in die Tasse und trank einen Schluck.

Währenddessen begann Theresa mit ihrer Sachertorte. Sie schmeckte so vorzüglich, dass sich ihre Laune beträchtlich hob. Kurzzeitig vergaß sie sogar die Verspätung des Fliegers und das verpfuschte Date mit Philip …

„Die sieht aber lecker aus!", sagte jemand von hinten. „Können Sie die empfehlen?"

Theresa sah sich verwundert um und blickte in ein Paar meerblaue Augen. *Der Schwede*, schoss es ihr durch den Kopf. Allerdings wurde ihr fast gleichzeitig bewusst, dass sie auf Deutsch und nicht auf Schwedisch angesprochen worden war. „Nun ja … es ist Sachertorte. Die kann ich in jeder Lebenslage empfehlen."

„Sachertorte also … ist es eine Bildungslücke, wenn man nicht weiß, woraus Sachertorte besteht?"

Es ist eine Bildungslücke, wenn man nicht weiß, woraus du so bestehst, dachte Theresa und saugte sich an dem jungenhaften Lächeln des Fremden fest.

„Es handelt sich um eine Schokotorte mit Marillenmarmelade", half Herr Tanner.

Der gut aussehende Blondschopf löste sich von Theresas Blick und warf dem Big Mac einen verwunderten Blick zu. Es sah so aus, als nähme er ihn zum allerersten Mal überhaupt wahr. „Danke für den Hinweis. Wenn Sie sich so gut mit dem Geschmack dieser wunderschönen Dame auskennen, bin ich hier wohl im Weg …"

„Ganz und gar nicht", protestierte Theresa und schüttelte den Kopf. „Herr Tanner ist mein Chef. Nichts weiter."

„Oh, das freut mich", lächelte der Fremde und streckte Theresa seine Hand entgegen. „Ich bin Jontek, Jontek Johansson."

Schwedische Vorfahren, kombinierte Theresa und stellte sich ihrerseits vor. Als sie Jonteks Hand schüttelte, war sie überrascht, wie warm diese war. Am liebsten hätte sie sie gar nicht mehr losgelassen. „Fliegen Sie auch nach Australien?"

„So ist es. Wir sollten die Wartezeit sinnvoll nutzen. Was halten Sie davon, wenn ich mir eine Sachertorte kaufe und mich ein bisschen zu Ihnen setze?"

„Wenig", antwortete Theresas Chef und sah auf seine Uhr. „Die Dame ist meine Sekretärin und wir haben noch ein paar geschäftliche Dinge zu besprechen. Tut mir leid."

„Das hätten wir genauso gut im Flieger machen können", protestierte Theresa. „Ich kann nichts dafür, wenn Sie mich in die Holzklasse verfrachten."

Jontek hob erstaunt den Blick. „Soll das heißen, er reist First Class und Sie Economy?"

Theresa nickte.

Er warf Maximilian Tanner einen abschätzenden Blick zu. „Ist er immer so selbstlos?"

„So oder so ähnlich", seufzte Theresa. Ganz nebenbei registrierte sie, dass der feinmaschige Baumwollpullover mit dem V-Ausschnitt, den Jontek über einem weißen Oberhemd trug, die gleiche leuchtend blaue Farbe aufwies wie seine Augen.

„Immerhin teilen wir dasselbe Schicksal. Meine neue Sekretärin hat Mist gebaut und mich versehentlich in die Economy Class gesteckt. Wollen wir versuchen, dieses schwere Schicksal bei einer Kuchenorgie zu vergessen?"

Theresa lachte auf. Vielleicht war es doch keine schlechte Idee gewesen, den Big Mac nach Australien zu begleiten …

***

„Unverschämt lecker", stöhnte Jontek und schob sich einen weiteren Bissen Sachertorte in den Mund.

Stimmt, dachte Theresa, meinte dabei aber weniger die Torte, die sie bereits aufgegessen hatte, als vielmehr ihre gut aussehende neue Bekanntschaft.

„Darf ich fragen, aus welchem Grund Sie nach Australien reisen?", fragte Herr Tanner.

„Ich bin geschäftlich unterwegs."

„Interessant", sagte der Big Mac und beugte sich vor. „Was sind das für Geschäfte?"

„Nun ja. Ich bin …“ Jontek zögerte, druckste einen Moment herum und sagte dann: „Ich rede nicht gerne darüber, wissen Sie … Es klingt immer so nach Angeberei.“ Als sein Gegenüber ihn weiter interessiert ansah, seufzte er auf. „Also gut … ich reise im Auftrag einer großen schwedischen Möbelfirma. Sie wissen schon, welche – sie gehört meiner Familie.“

Theresa merkte auf. „Wie jetzt … dir gehört IKEA?“ Im Gegensatz zu ihrem Chef war sie mit Jontek bereits per Du.

„Nein, nein, so kann man das nicht sagen. Mir gehört nur ein kleiner Teil der Firma. Ingvar Kamprad ist mein Großonkel mütterlicherseits.“

„Wer ist Ingvar Kamprad?“, erkundigte sich Theresa und nippte an ihrem Kaffee.

„Ingvar Kamprad hat IKEA 1943 in Schweden gegründet“, antwortete Herr Tanner.

„Das ist typisch für ihn“, sagte Theresa.

Jontek zog die Stirn in Falten. „Das ist typisch für ihn? Ich dachte, du kennst Ingvar Kamprad gar nicht.“

Theresa lachte auf. „Nein, nein, ich meinte nicht Herrn Kamprad, sondern Herrn Tanner.“ Sie zeigte auf ihren Chef. „Es ist typisch für ihn, dass er zu beinahe jedem Unternehmen Informationen auf Lager hat. Ich hab noch nie jemanden getroffen, der sich derart gut mit Firmen auskennt wie er.“

„Das werden wir gleich mal testen“, grinste Jontek und wandte sich an den Big Mac. „Haben Sie eine Ahnung, woher der Name IKEA stammt?“

Herr Tanner lehnte sich auf seinem Stuhl zurück, schlug lässig die Beine übereinander und spulte sein Wissen ab. „**I** wie Ingvar, **K** wie Kamprad, **E** wie Elmtaryd, das ist der Name des elterlichen Bauernhofs, und **A** wie Agunnaryd, das ist das Dorf, in dem der Hof lag.“

„Wow“, staunte Jontek und legte seine Kuchengabel zur Seite. „Jetzt bin ich aber wirklich beeindruckt.“

„Ich noch nicht“, sagte der Big Mac kühl. „Und deshalb machen wir jetzt den umgekehrten Test: Welchen Umsatz hat IKEA im letzten Jahr erzielt?“

Jontek Johansson räusperte sich. „Sie werden verstehen, dass ich keine Geschäftsgeheimnisse preisgeben kann."

Der Blick des Big Mac wurde eine Spur durchdringender. „Diese Informationen sind keine Geschäftsgeheimnisse. Soweit ich weiß, geht IKEA damit jedes Jahr an die Öffentlichkeit."

„Sie haben recht, ich wollte Sie nur auf die Probe stellen. Die Umsätze betrugen im letzten Jahr mehr als zwanzig Milliarden Euro, der Gewinn lag bei über zwei Milliarden."

„Das sind ja horrende Zahlen", staunte Theresa. „Du musst ein stinkreicher Mann sein!"

Jontek zuckte bescheiden die Achseln. „Was ist schon Geld? Mir wäre es lieber, ich hätte ein stabiles Privatleben. Aber ich reise viel und da ist es schwierig, sich so etwas aufzubauen."

Theresa bewegte ihre Zehen in ihren Schuhen hin und her. „Heißt das, dass du Single bist?"

Jontek nickte. „Das letzte Jahr war nicht das allerbeste für mich. Aufgrund der vielen Reiserei hat mich meine Freundin verlassen."

„Oh, das tut mir leid …", sagte Theresa und versuchte, dies auch so zu empfinden. Dabei hatte sie allerdings einige Mühe. Gut aussehende, wohlhabende Männer waren so selten wie die blaue Mauritius, und wenn sie dann auch noch Single waren, grenzte das an den berühmten Bordeaux-Brief, das teuerste philatelistische Sammlerstück der Welt …

„Ja, mir auch." Er griff nach seiner Kuchengabel und spießte das letzte Stück Sachertorte damit auf. „Bist *du* eigentlich liiert?"

Theresa griff unwillkürlich nach dem goldenen Ring an ihrer Kette. Dann schüttelte sie stumm den Kopf.

„Aber warum nicht? Eine Frau wie du, mit so wunderschönen braunen Augen, muss an jedem Finger zehn Verehrer haben. Warum hast du noch nicht zugegriffen?"

Theresa spürte, wie sie errötete, und spielte verlegen mit dem goldenen Ring herum. „Na ja, der Richtige war halt noch nicht dabei."

„Wie muss er denn sein?"

„Na ja … er sollte treu sein. Ehrlich und verlässlich."

„Nun", seufzte Jontek. „Das sind hohe Anforderungen. Denkst du, es gibt solche Männer?"

„Ich hoffe es! Mit weniger werde ich mich nämlich nicht zufriedengeben!"

Jontek steckte die Gabel mit der Torte in den Mund, kaute genüsslich und sagte dann: „Du beeindruckst mich, Theresa! Du bist wunderschön, weißt, was du willst, hast Charakter … Mehr kann ein Mann sich wirklich nicht wünschen!"

Theresa fuhr sich verlegen durch die Haare.

Ihr Chef hingegen konnte nicht länger an sich halten. Er wedelte ein wenig Luft zur Seite und murmelte gerade so laut, dass es Theresa, nicht aber Jontek hören konnte: „Wenn er noch mehr Schleim versprüht, bleibt uns gleich keine Luft zum Atmen mehr." Dann wandte er sich an Jontek: „IKEA ist doch mittlerweile Stiftungsvermögen, oder?"

„Ja, genau."

„Und wo sitzt die Stiftung?"

„Na, wo schon?", lachte Jontek. „In Schweden!"

Maximilian Tanner sah ihn durchdringend an. „Sitzt sie nicht vielmehr in den Niederlanden?"

Jontek schob seinen Kuchenteller zur Seite und schüttelte vehement den Kopf. „Nein, in Schweden, genauer gesagt in Stockholm."

Theresas Chef schwieg einen Moment und sagte dann langsam: „Also, je länger ich darüber nachdenke, desto sicherer werde ich, dass sie in den Niederlanden sitzt."

„Warum sollte ein schwedisches Unternehmen in Holland ansässig sein?", fragte Theresa.

„Oh, da kann ich mir jede Menge Gründe vorstellen", entgegnete ihr Chef. „Steuerliche zum Beispiel."

„Trotzdem sitzt die Stiftung in Stockholm", sagte Jontek mit fester Stimme. „Ich sollte es doch wohl am besten wissen!"

„Wo er recht hat, hat er recht", lächelte Theresa. Als Belohnung kassierte sie einen dankbaren Blick aus den blauesten Augen, die sie jemals gesehen hatte. Mehr konnte sich eine Frau nun wirklich nicht wünschen …

***

Als Theresa gegen 15:45 Uhr den Flieger bestieg, hatte sie beste Laune und nicht das geringste Problem mit der mehr als vierstündigen Verspätung. Jontek war die ganze Zeit über nicht von ihrer Seite gewichen und überredete jetzt seinen Sitznachbarn, den Platz mit Theresa zu tauschen. So kam es, dass Theresa auf einmal einen Fensterplatz neben Jontek innehatte und sich beim Start ernsthaft fragte, ob der siebte Himmel draußen oder eher drinnen zu finden war. Jedenfalls weinte sie der First Class keine einzige Träne nach. Den Big Mac hatte sie inzwischen schon länger nicht mehr gesehen. Wahrscheinlich räkelte er sich auf einem dieser 86 Zentimeter breiten Sitze, an denen sie beim Einstieg vorbeigekommen war …

„Fliegst du auch nach Australien?"

Theresa blickte auf. Die Anschnallzeichen waren gerade erst ausgeschaltet worden. Trotzdem lugte bereits jetzt ein Kindergesicht über den Vordersitz hinweg zu ihr nach hinten. „Ja, tue ich."

„Und warum?"

„Ich muss dort arbeiten", antwortete Theresa und nahm das Gesicht genauer unter die Lupe. Der Junge, der ganz offensichtlich auf seinem Sitzplatz stand und dadurch in der Lage war, über die hohe Sitzlehne hinwegzuschauen, war etwa fünf oder sechs Jahre alt. Er war ausgesprochen hübsch, hatte braune Haare und kugelrunde braune Augen. „Ich bin Sekretärin und helfe meinem Chef bei seinen ausländischen Kunden. Ich übersetze zum Beispiel."

„Sprichst du Englisch?"

Theresa nickte. „Ich spreche Englisch, Französisch und Spanisch."

„Und Deutsch!"

Theresa lächelte. „Ja, und Deutsch."

„Setz dich wieder hin!" Die Worte klangen schroff und führten dazu, dass der Kopf des Jungen urplötzlich aus Theresas Blickfeld verschwand. Wer auch immer den Jungen begleitete, hatte ihn gewaltsam zurück auf seinen Sitz befördert. Theresa zog die Stirn in Falten. Sie konnte es nicht leiden, wenn Kinder respektlos behandelt wurden.

„Sprichst du auch Schwedisch?", erkundigte sich Jontek.

„Leider nein", seufzte Theresa und sah ihn an. Dabei blieb sie einmal mehr an dem klaren Blau seiner Augen hängen. „Und du?"

„Ich auch nicht. Ingvar Kamprad ist der Sohn einer Bauernfamilie aus dem Altenburger Land in Thüringen. Mein Großvater war einer seiner Brüder und hat Deutschland nie verlassen. Darum hat mich Onkel Ingvar auch von vornherein bei IKEA Deutschland eingesetzt."

„Toll, wenn man solche Verwandten hat."

„Finde ich auch. Was hast du für eine Familie?"

„Eigentlich gar keine", seufzte Theresa und löste nun ihrerseits den Gurt. Jetzt konnte sie sich ein bisschen besser bewegen. „Meine Mutter ist vor sechs Jahren gestorben."

„Und dein Vater?"

Theresa atmete einmal tief durch. „Ich hatte eigentlich gar keinen. Als mein Vater erfuhr, dass meine Mutter mit mir schwanger ist, hat er sie verlassen."

„Oh … tut mir leid. Hast du ihn denn je kennengelernt?"

Theresa schüttelte den Kopf und fuhr mit dem Finger über die Ränder des kleinen Tischchens, das noch hochgeklappt und an ihrem Vordersitz befestigt war. „Er ist untergetaucht und hat weder Unterhalt gezahlt noch jemals Kontakt zu mir gesucht. Daher gab es keine Möglichkeit, ihn zu finden."

„Aber du hättest ihn gern gefunden."

Theresa schluckte schwer. „Ich weiß nicht … Einerseits ist er ein Teil von mir, andererseits hat er mich nur enttäuscht." Sie atmete einmal tief durch. „Nein, ich denke, ich möchte dieses Kapitel abschließen. Ich hab jetzt einen neuen Vater. Gott hat mich adoptiert. Und er liebt mich so, wie es ein Vater tun sollte."

„Gott also …"

„Ja. Hast du einen Bezug zu Gott?"

Jontek schüttelte den Kopf. „Nicht wirklich. Meine Familie hatte mit Gott nie viel am Hut. Ich fürchte, ich bin zu einem Atheisten herangewachsen."

„Das kann man ja ändern." Theresa wandte sich ihm zu und fuhr ein wenig zu übereifrig fort: „Soll ich dir erklären, was es mit dem christlichen Glauben auf sich hat?"

„Erklär mir lieber, was es mit deinem Chef auf sich hat. Irre ich mich oder hat er ein etwas entartetes Ego?"

Theresa seufzte. „Na ja … ganz einfach ist er nicht …"

„Nicht ganz einfach ist gut. Dieses Ego ist so aufgebläht, dass es an einen Luftballon kurz vor dem Platzen erinnert!"

„Apropos …", sagte Theresa und blickte in die Richtung, aus der sich Herr Tanner näherte. Interessanterweise erinnerte er sie in diesem Moment tatsächlich an einen zu stark aufgeblasenen Luftballon. Jedenfalls wirkte er verärgert und schien seine Emotionen nur mit Mühe kontrollieren zu können.

„Stichting INGKA Foundation", schleuderte er ihnen schon von Weitem entgegen, „mit Sitz in den Niederlanden!"

Jontek blickte zu ihm auf. „Hä?"

Theresas Chef rollte die Augen. „Ich hab's gegoogelt. Die Stiftung, zu der IKEA gehört, heißt INGKA. Und sie sitzt in den Niederlanden."

„Ach, das …", begann Jontek und wirkte auf einmal ziemlich verunsichert. „Richtig … Ich glaube, ich erinnere mich … INGKA, genau … Aber das ist nicht viel mehr als ein juristisches Konstrukt. Aus steuerlichen Gründen, wie Sie schon sagten. Die wirkliche Schaltzentrale sitzt natürlich in Schweden."

„Sie gehören zur Familie und wissen nichts über die Stiftung?" Die Stimme des Big Mac triefte vor Fassungslosigkeit, die mit einer ordentlichen Portion Herablassung gewürzt war.

„Ich arbeite für IKEA Deutschland", verteidigte sich Jontek. „Und das seit ewigen Zeiten. Was interessieren mich die juristischen Kniffe meines Großonkels?"

„Aber den eigenen Großonkel, den werden Sie doch wohl kennen … Wo lebt er denn im Moment? Und was macht seine Dyskalkulie?"

„Er lebt in Epalinges in der Schweiz", gab Jontek mit stählerner Stimme zurück. „Und eine Dyskalkulie wird man leider niemals los."

„Und die Fertighäuser, die IKEA baut", fuhr Maximilian Tanner mit seiner Befragung fort. „Unter welchem Namen werden die vertrieben?"

„Jetzt reicht's mir aber", fauchte Jontek so scharf, dass die Fluggäste im Mittelgang auf das Gespräch aufmerksam wurden. „Ich hab's überhaupt nicht nötig, mich von einem Arroganzling wie Ihnen auf diese Weise ausfragen zu lassen. Befragen Sie doch Ihr iPad, wenn Sie mit Ihrer eigenen Firma nicht ausgelastet sind."

„Sie wissen es nicht", schlussfolgerte der Big Mac.

„Niemand weiß alles", verteidigte Theresa ihre neue Bekanntschaft. „Und darum sollten wir uns jetzt nicht streiten." Sie sah sich um und fügte leiser hinzu: „Es gucken schon alle."

Soweit das überhaupt möglich war, verfinsterte sich der Blick ihres Chefs noch mehr. „Wenn Sie meinen ... aber vergessen Sie nicht, Sie haben es hier mit einem falschen Fuffziger zu tun." Er warf Jontek einen letzten Blick zu. „Es war nämlich Dyslexie, nicht Dyskalkulie." Mit diesen Worten drehte er sich um und marschierte hocherhobenen Hauptes in die erste Klasse zurück.

„Dyslexie ... Dyskalkulie ... Wenn ich ehrlich bin, konnte ich die beiden Begriffe noch nie voneinander unterscheiden", seufzte Jontek und fuhr sich durch die blonden Locken.

„Ist nicht so schlimm", tröstete Theresa ihren Sitznachbarn. „Es gibt kaum jemanden, der Herrn Tanner gewachsen ist. Er ist nun mal ein äußerst starker Charakter."

„Ich bin kein falscher Fuffziger", krächzte Jontek.

„Das glaube ich dir", flüsterte Theresa und legte ihre Hand auf seine. Diese war warm und die Berührung rief ein deutliches Kribbeln bei Theresa hervor. Auch herzensmäßig fühlte sie sich ihm auf einmal nah. Sie konnte sich nur allzu gut vorstellen, was in ihm vorging. Schließlich hatte der Big Mac sie schon Hunderte von Malen auf eine ähnliche Weise ausgezählt.

Kapitel 7

Als Theresa zum ersten Mal ihren Platz verließ, war der Flieger bereits seit zwei Stunden unterwegs. Umso angenehmer fühlte es sich an, sich ausstrecken und bewegen zu können. Theresa machte ausgiebigen Gebrauch von dieser Möglichkeit, wanderte eine Weile den Gang entlang, ging auf die Toilette und steuerte erst nach einer Viertelstunde wieder auf ihren Sitzplatz zu.

Dabei kam sie auch an der vor ihrem Platz liegenden Reihe vorbei. Jetzt hatte sie die Gelegenheit, den kleinen Jungen, der vorhin zu ihr nach hinten geschaut hatte, näher zu betrachten. Er saß ebenfalls auf einem Fensterplatz und winkte ihr sofort fröhlich zu, als sie in Sichtweite kam. Theresa winkte nicht minder begeistert zurück. Allerdings kassierte sie dafür einen nicht gerade freundlichen Blick von der Begleitung des Jungen. Dabei handelte es sich um eine sehr junge Frau, die ziemlich flippig aussah. Sie hatte kurze, lila gefärbte Haare, schwarz lackierte Fingernägel und Piercings in Nase und Oberlippe. Zu ihrem extrem kurzen Jeansrock trug sie wadenhohe schwarze Schnürstiefel sowie Gürtel und Lederarmbänder, die mit Nieten besetzt waren. Diese Kombination rückte sie in die Nähe der Punkszene. Dazu passte es, dass sie Kaugummi kauend dasaß und sich von Kopfhörern beschallen ließ. Theresa fragte sich, ob dies die Schwester des Jungen war, ließ sich aber davon verunsichern, dass neben der jungen Frau ein gut gekleideter älterer Herr von vielleicht 60 Jahren saß. Das wiederum konnte wohl kaum der Vater des Kleinen sein, oder?

Theresa bat Jontek und den am Gang sitzenden Passagier, aufzustehen und ihr die Rückkehr auf ihren Platz zu ermöglichen. Sie hatte sich gerade erst wieder hingesetzt, als Maximilian Tanner auftauchte. Er eilte durch den Gang auf Theresa zu und wedelte schon von Weitem mit der Hand.

„Krügchen, ich brauche Sie", rief er, kaum dass er in Hörweite war. „Im Moment haben wir eine richtig stabile Internetverbindung. Wir müssen unbedingt diesen potenziellen Lieferanten anschreiben und einen Termin vereinbaren. Sonst fliegen wir womöglich ganz umsonst nach Australien!"

Theresa sah auf ihre Uhr. Es war 18:15 Uhr. „Jetzt?", fragte sie unwillig. „Ich hab schon Feierabend."

Der Blick des Big Mac wurde kalt. „Sie haben Feierabend, wenn ich es Ihnen sage", knurrte er.

Theresa spürte, wie sich Jontek neben ihr versteifte. Anscheinend gefielen ihm die Worte ihres Chefs genauso wenig wie ihr selbst. „Aber das macht doch gar keinen Sinn", widersprach Theresa verärgert. „Wir haben eine gehörige Zeitverschiebung. In Brisbane dürfte es im Moment …", sie überlegte kurz, „… viertel nach zwei nachts sein. Da liest unter Garantie niemand mehr Mails."

„Dann liest er sie halt morgen früh. Wichtig ist, dass er überhaupt eine Nachricht bekommt. Wenn die Internetverbindung abreißt, können wir ihn überhaupt nicht mehr kontaktieren!"

„Aber ich hab mich gerade erst wieder hingesetzt!", argumentierte Theresa.

Der Big Mac verschränkte missbilligend die Arme vor der Brust. „Ein bisschen Bewegung hat noch niemandem geschadet", behauptete er, „und Ihnen am allerwenigsten …"

„Also, jetzt reicht's!", sagte Jontek und erhob sich. Er drehte sich Tanner zu, legte sein rechtes Knie auf dem Sitz ab und stemmte die Hände in die Hüften. Dadurch nahm er eine Position ein, die verhinderte, dass sich der Big Mac und Theresa auch nur ansehen konnten. „Die Dame ist vielleicht Ihre Sekretärin, muss sich aber nicht all Ihre Unverschämtheiten bieten lassen. Wenn Sie zwei verschiedene Klassen buchen, müssen Sie während des Fluges leider ohne Sekretärin auskommen. Wenn wir in Australien gelandet sind, können Sie sie wiederhaben. Bis dahin gehört Sie mir, verstanden?"

„Sie haben wohl zu heiß gebadet!", entfuhr es Herrn Tanner. „Wie ich mit meiner Sekretärin umspringe, müssen Sie schon mir überlassen. Krügchen! Kommen Sie sofort her!"

Theresa stand unwillkürlich auf, konnte ihren Sitzplatz aber nicht verlassen, weil Jontek sich keinen Millimeter zur Seite bewegte. „Wie ich schon sagte“, knurrte er. „Über den Wolken gehört die Dame mir!“

Theresa legte ihre Hand beschwichtigend auf Jonteks Oberarm. Dann flüsterte sie ihm zu: „Ich find’s toll, wie du ihm die Stirn bietest. Aber ich arbeite nun mal für ihn.“

„Ist mir egal“, knurrte Jontek.

„Krügchen!“, bellte der Big Mac. „Sie bewegen jetzt sofort Ihren Hintern hierher!“

Theresa schluckte schwer. Das ging nun wirklich zu weit! Sie wollte etwas dazu sagen, doch fiel ihr beim besten Willen nichts ein. Wenn der Big Mac sie beleidigte, ging das immer zu Lasten ihrer Schlagfertigkeit.

„Schluss jetzt mit den Beleidigungen!“, konterte Jontek an ihrer Stelle. „Theresa bleibt hier und Sie scheren sich auf Ihren Platz zurück, verstanden?“

„Kommt überhaupt nicht infrage!“, gab Herr Tanner zurück und versuchte nach Theresas Arm zu greifen.

Theresa drückte sich unwillkürlich noch weiter an die Seitenwand des Flugzeuges. Jontek hingegen hielt nicht viel von Rückzug, sondern schlug den Arm des Big Mac zur Seite. Dies führte zu einem Handgemenge, in dessen Folge auch noch andere Passagiere in Mitleidenschaft gezogen wurden.

„Entschuldigen Sie mal“, protestierte die ältere Dame, die neben Jontek saß.

„Aua“, rief der Herr, dessen Platz sich auf der anderen Seite des Ganges direkt hinter Herrn Tanner befand. „Sie sind mir auf den Fuß gelatscht!“

Beide Äußerungen schienen jedoch nicht zu Jontek und Theresas Chef durchzudringen. Erst als eine autoritär wirkende Frauenstimme „Stopp!“ brüllte, ließen die beiden voneinander ab. Von rechts näherte sich eine dieser außergewöhnlich gekleideten Stewardessen, die Theresa schon beim Einstieg beeindruckt hatten. Jede von ihnen trug ein buntes Ensemble, das aus einem bodenlangen Wickelrock und einem dazu passenden Blazer zusammengesetzt war.

Das Grundmuster bestand aus beige-roten Blumen auf knallblauem Untergrund.

„German?“, fragte die Stewardess, als sie Jontek und Herrn Tanner erreicht hatte. Sie war eine hübsche Asiatin mit pechschwarzen, elegant hochgesteckten Haaren.

Die beiden Angesprochenen nickten nur.

„Was ist Grund für Auseinandersetzung?“ Trotz ihres Akzents war die Stewardess sehr gut zu verstehen.

Jontek räusperte sich und zog das Oberhemd, das sich zum Teil aus seinem Hosenbund gelöst hatte, wieder herunter. Der Big Mac fuhr sich mit gespreizten Fingern durch seine Haare.

„Nun?“

„Keine Auseinandersetzung“, antwortete Maximilian Tanner und richtete seine Krawatte. „Nur ein … Missverständnis.“

Jontek grinste verlegen. „Missverständnis, genau.“

Die Stewardess sah den Big Mac misstrauisch an. „Wo befindet sich Platz?“

„Meiner? Oh … der …“ Er deutete den Gang hinunter in Richtung erster Klasse. „Der ist da hinten. Ich … ähm … geh dann mal.“ Bevor er sich jedoch in die entsprechende Richtung wandte, streifte er Theresa noch einmal ganz kurz mit seinem Blick. Dieser Vorgang dauerte nur Sekundenbruchteile, verfehlte seine Wirkung aber nicht. Durch den jahrelangen Umgang mit ihm geschult, las Theresa das ganze Ausmaß seiner Wut und einen Haufen von Drohungen in seinen Augen.

Gleich darauf war der Spuk vorbei. Theresas Chef richtete seine Aufmerksamkeit auf den Gang und eilte davon.

***

„Es war furchtbar nett, dass du mich verteidigt hast“, sagte Theresa und legte ihre Hand einmal mehr auf Jonteks. „Ich weiß das sehr zu schätzen!“

„Gern geschehen“, krächzte dieser. Seiner Stimme nach zu urteilen, war der Streit nicht spurlos an ihm vorübergegangen. „Einen größeren Idioten gibt es ja wohl nicht. Versprich mir, dass du kündigst, sobald du wieder in Deutschland bist.“

Theresa seufzte tief. „Das wird schwierig. Wenn ich ehrlich bin, such ich schon seit Monaten nach einem neuen Job. Ich finde bloß keinen.“ Sie erzählte Jontek von ihrem letzten Vorstellungsgespräch und sparte auch den Teil nicht aus, der sie letztlich das Wohlwollen ihres potenziellen Arbeitgebers gekostet hatte. „Ich frage mich wirklich, warum das so ausgegangen ist. Ich war loyal und ehrlich. Möchte nicht jeder Arbeitgeber solche Mitarbeiter haben?“

„Ehrlichkeit …“, überlegte Jontek und strich mit dem Daumen seiner linken Hand sanft über Theresas Finger. „Man sagt, die Ehrlichen seien immer die Dummen. Und wer möchte schon der Dumme sein? Du kennst doch den Spruch: ‚Die Dummen leben von der Arbeit, die Schlauen leben von den Dummen!‘“

Theresa bekam kugelrunde Augen. „Nein“, stöhnte sie, „den kannte ich noch nicht. Ich kenne nur ‚Ehrlich währt am längsten‘!“

„Haha, was für ein Narr ist doch Ehrlichkeit …“, zitierte Jontek und erhob dabei die Stimme, als stünde er auf einer Theaterbühne.

„Kenn ich nicht“, entschuldigte sich Theresa.

„Ich auch nur zufällig“, grinste Jontek. „Aber ich hab Shakespeare in der Schule gelesen. Das Zitat stammt aus seinem ‚Wintermärchen‘. Und ich finde, es hat was für sich.“

Theresa schüttelte entschieden den Kopf. „Hat es überhaupt nicht. Unehrlichkeit ist anderen gegenüber lieblos. Sie macht die Welt ein kleines bisschen schlechter.“ Sie entzog sich Jonteks Hand und verschränkte trotzig die Arme vor der Brust.

Jontek sah Theresa ein wenig mitleidig an. „Dann wirst du noch häufiger Nachteile wie die, die du schon erlebt hast, in Kauf nehmen müssen.“

Theresa dachte einen Moment über seine Worte nach. Dann nickte sie langsam. „Das kann schon sein, aber das ist es mir wert.“

In Jonteks Blick spiegelte sich ein großes Maß an Erstaunen wider. „Du bist wirklich …“, er zögerte einen Moment, „… *anders*.“

Theresa sah Jontek fragend an. „Ist anders gut?“

„Zumindest ist es erfrischend … Und es weckt meinen Beschützerinstinkt. Was hältst du davon, wenn ich deine Nachteile ein bisschen abmildere und dir den Job deines Lebens anbiete?“

Theresa zog die Stirn in Falten. „Wie meinst du das?“

„Na ja … Wir brauchen unter Garantie irgendwo eine gute Fremdsprachenkorrespondentin."

Theresas Blick erhellte sich. „Ist das dein Ernst?"

Jontek lächelte sie liebevoll an. „Mein voller Ernst. Ich kann dich doch nicht in den Fängen dieses Monsters verrotten lassen."

Theresa tauchte einen Moment in Jonteks strahlend blaue Augen ein, dann wandte sie ihren Blick nach draußen in den ebenso blauen Himmel. Über den Wolken … Genau so fühlte sie sich in diesem Moment. Das war es also. Deshalb hatte sie den Job in dem Übersetzungsbüro nicht bekommen. *„Der Herr freut sich an einem aufrichtigen Menschen und führt ihn sicher. Auch wenn er stolpert, wird er nicht fallen, denn der Herr hält ihn fest an der Hand"*, das stimmte also doch! Gott hatte etwas Besseres für sie vorgesehen, da war sie sich ganz sicher. Etwas sehr viel Besseres …

***

Theresa wurde jäh aus ihren Tagträumen gerissen, als jemand sie ansprach. „War das ein böser Mann?"

Sie blickte nach vorne, von wo die Stimme gekommen war, und sah einmal mehr den kleinen Jungen über ihren Vordersitz hinweglugen. „Wen meinst du?"

Der Junge mit den Samtaugen streckte seinen Arm in Richtung Gang aus. „Der, der weggegangen ist."

Theresa seufzte tief. „Nein, so kann man das nicht sagen. Er ist nur …"

„Natürlich ist er böse", fiel Jontek ihr ins Wort. „Hast du gesehen, wie er mich angegriffen hat?" Der kleine Junge nickte. „Ein guter Mensch tut so etwas nicht", behauptete Jontek.

Der Junge sah Theresa an. Es sah so aus, als wollte er ihre Meinung zu dem Thema hören.

„So gesehen sind alle Menschen böse", seufzte Theresa. „Wir alle tun Dinge, die wir nicht tun sollten."

„Du auch?"

Theresa nickte. „Ich leider auch. Aber ich glaube daran, dass Gott uns wieder in Ordnung bringen kann. Kennst du ihn?"

Der kleine Junge schüttelte den Kopf.

„Wie heißt du überhaupt?“, wollte Theresa wissen.

„David.“

„Ist nicht wahr!“, begeisterte sich Theresa. „Damit hast du einen der schönsten Namen, die es jemals gegeben hat!“

David merkte auf. „Wieso?“

„Er bedeutet ‚Liebling Gottes‘!“

Die Augen ihres Gegenübers weiteten sich. „Liebling Gottes?“

„Ja, wirklich! Du musst ein ganz besonderer Mensch sein! In der Bibel hat es ebenfalls einen David gegeben. Er war das jüngste und unbedeutendste Kind einer Familie. Trotzdem wurde er von Gott zum König gemacht. Und er wurde ein großartiger König! Unter ihm ging es dem Land so gut wie selten zuvor! Und dann die Geschichte von David und Goliath. Die kennst du bestimmt.“

David schüttelte den Kopf, hing aber gleichzeitig an Theresas Lippen. „Wie geht die denn?“

Theresa lächelte und war die nächste halbe Stunde damit beschäftigt, in aller Ausführlichkeit davon zu erzählen, wie der Hirtenjunge David nur mit seiner Steinschleuder und seinem Gottvertrauen den gefährlichsten Kämpfer der Philister besiegte …

***

Während Theresa von Goliath, dessen Größe und dessen Hochmut erzählte, fühlte sie sich an den Big Mac erinnert. Die Geschichte schritt voran und Theresa hatte dabei ständig den Blick vor Augen, den Herr Tanner ihr im allerletzten Moment zugeworfen hatte. Er war sauer, so viel stand fest. Und er erwartete, dass sie seinem Befehl Folge leistete und ihn aufsuchte. Aber wollte sie das? Wollte sie sich diesen Ton und diese Beleidigungen weiter bieten lassen?

Als David auf der Bildfläche erschien und Goliath im Kampf besiegte, fühlte sich Theresa in ihrem Kampfgeist bestärkt. Jontek hatte recht. Wenn der Chef sie in die Holzklasse steckte, musste er während des Fluges allein klarkommen. Sie war ja schließlich nicht sein Eigentum! Leider ließ sich die Erinnerung an den Gesichtsausdruck des Big Mac auf diese Weise nicht auslöschen.

„Stimmt was nicht?“, fragte Jontek, als Theresa ihre Geschichte beendet hatte.

Theresa stellte fest, dass sie unruhig an dem Ring herumfummelte, der um ihren Hals hing. Sie ließ ihn so plötzlich los, als hätte sie sich daran verbrannt. „Nein, nein … alles in Ordnung!"

„Kennst du noch mehr solcher Geschichten?", fragte David. Bis eben hatte er andächtig zugehört, jetzt kam sein Bewegungsdrang zum Vorschein und er begann, auf seinem Platz auf und ab zu hüpfen.

„Kennst du die Geschichte von Daniel in der Löwengrube?"

„Nein!" David sprang interessiert in die Höhe und landete bäuchlings auf der Sitzlehne. Durch die Wucht der Landung wackelte allerdings die gesamte vordere Sitzreihe.

„Das ist ja wohl nicht dein Ernst!", meckerte eine Frauenstimme. Theresa sah eine Hand, die Davids linken Arm ergriff und ihn brutal in die Tiefe zog. „Du setzt dich jetzt sofort auf deinen Platz!"

„Aber Tina …", jammerte David.

„Nenn mich nicht immer Tina. Sag gefälligst Mama. Und mal ein Bild! Was denkst du, wozu das Malbuch gut ist, das du von der Stewardess gekriegt hast?"

„Malen ist langweilig", behauptete David und schleuderte das Heft in Richtung Gang, wo es dem Mann, dem Maximilian Tanner vorhin auf den Fuß getreten war, an den Kopf klatschte.

„Na, hör mal!", rief dieser entnervt.

„Unverschämter Bengel", stimmte Jontek ein.

„'tschuldigung", sagte die Frau. Im nächsten Moment klatschte es und Theresa hatte keinen Zweifel daran, dass die Hand der Frau in Davids Gesicht gelandet war. Passend dazu fing dieser leise an zu weinen.

Einen Moment lang kämpfte Theresa mit dem Impuls einzugreifen und die junge Mutter zur Schnecke zu machen, dann gewann die Vernunft die Oberhand. Sie würde David nicht helfen, indem sie es sich mit seiner Mutter verdarb. „Sie hat ihn geschlagen", flüsterte sie Jontek zu.

„Und wenn schon", murmelte dieser. „Findest du es richtig, dass er andere Passagiere mit Büchern bewirft?"

„Es war nur ein Heft. Außerdem hatte er nicht die Absicht, jemanden zu treffen."

„Und das entschuldigt sein Verhalten?“

„Na ja … Es erklärt es zumindest.“

„Wenn du meinst …“ Jontek zuckte gleichgültig die Achseln und griff nach der Zeitschrift mit den Duty-Free-Artikeln, die in einem Fach auf der rückwärtigen Seite seines Vordersitzes steckte. Theresa blieb ein wenig unbefriedigt zurück. Sie hätte gern weiter über dieses Thema gesprochen. Durfte sie dabei zusehen, wie diese Mutter ihr Kind schlug? War elterliche Gewalt nicht mittlerweile gesetzlich verboten?

David weinte noch eine ganze Weile leise vor sich hin und verstummte dann. Derweil schalteten Theresas Gedanken zwischen ihm und dem Big Mac hin und her. Sollte sie versuchen, Davids Mutter zur Seite zu nehmen, um ein ruhiges Gespräch mit ihr zu führen? Sollte sie Herrn Tanner in der ersten Klasse aufsuchen? Würde die Mutter überhaupt zuhören? Würde der Big Mac sie feuern, wenn sie hierblieb? Würde Jontek ihr wirklich einen Job anbieten? Wurde David häufiger geschlagen? Gab es einen Vater, der ihn besser behandelte? Schrieb ihr Chef zurzeit Mails, bei denen er ihre Hilfe brauchte? Sie waren mit einem A380 Superjumbo unterwegs, der ab einer gewissen Flughöhe einen Internetzugang ermöglichte. Das bedeutete unter Garantie, dass der Big Mac in einem fort arbeitete …

Irgendwann hielt Theresa es nicht mehr aus. Ihr Pflichtgefühl gewann die Oberhand und zwang sie aufzustehen.

„Wohin gehst du?“, wollte Jontek wissen.

„Auf die Toilette“, antwortete Theresa und suchte diese dann auch tatsächlich auf. Allerdings nur, um die Wahrheit gesagt zu haben. Und so wusch sie sich auf der Toilette lediglich die Hände und begab sich anschließend auf den Weg in die erste Klasse.

Dort angekommen staunte sie nicht schlecht. Sie wusste zwar, dass die Sitzbreite 86 cm betrug; Herr Tanner hatte ihr beim Einstieg ausgiebig davon vorgeschwärmt. Trotzdem hatte sie sich keine derart breiten Sitze vorgestellt. Da konnten ja zwei Personen Platz finden! Und dann die Beinfreiheit! Kein Vergleich zur Economy Class!

„Was für ein Luxus“, seufzte sie, als sie ihren Chef gefunden hatte. Er saß auf einem Einzelsitz direkt am Fenster und hatte nur den Gang neben sich.

Der Big Mac blickte überrascht zu ihr hoch. Dann hob er seinen linken Arm und sah theatralisch auf seine unverschämt teure Uhr. „Ich hatte die Hoffnung gerade aufgegeben …“

„Ich konnte nicht früher weg“, rechtfertigte sich Theresa. „Da war ein kleiner Junge namens David, ich hab ihm die Geschichte von David und Goliath-“

„Sie haben Kindergeschichten erzählt, während ich hier auf Sie warte?“

Theresas Blick fiel auf den Bildschirm, der sich vor Herrn Tanner befand. Offensichtlich arbeitete er tatsächlich. Jedenfalls hatte er sich in sein E-Mail-Konto eingeloggt und beantwortete eine Mail. „Der Junge tut mir leid. Seine Mutter ist nicht wirklich nett zu ihm und-“

„Arbeiten Sie doch in einem Kinderheim, wenn Sie das so tangiert. Aber sagen Sie mir rechtzeitig Bescheid, damit ich mir eine neue Sekretärin suchen kann.“

Theresa schluckte schwer. Es ärgerte sie, dass sie keine passende Erwiderung auf Lager hatte. „Brauchen Sie mich jetzt oder nicht?“

„Selbstverständlich brauche ich Sie. Es gilt, vier englischsprachige Mails zu beantworten. Setzen Sie sich!“ Er rückte ein Stück zur Seite und bedeutete Theresa sich hinzusetzen.

Diese zögerte. War es überhaupt zulässig, in der ersten Klasse Platz zu nehmen, wenn man die zweite gebucht hatte?

Ihr Chef rollte mit den Augen. „Ich kann Ihnen versichern, dass ich keine ansteckende Krankheit habe.“

„Glauben Sie ihm“, sagte eine Stimme. Sie kam von dem Sitz, der sich auf der anderen Seite des schmalen Ganges befand, und gehörte zu einem jungen Mann von Anfang oder Mitte 20. Dieser trug eine schwarze Stoffhose und ein hellgraues Oberhemd ohne Krawatte. Obwohl er nicht unbedingt gut aussah, hatte er etwas an sich, das ihn höheren Gesellschaftsschichten zuordnete. „Schlechtes Benehmen ist keine Krankheit. Darum müssen Sie keine Sorge haben, dass es auf Sie überspringt.“

***

„Hallo! Stewardess!"

Theresa hatte bereits eine gute Dreiviertelstunde lang angestrengt getippt und wurde jetzt dadurch gestört, dass der Big Mac mit dem linken Arm vor ihrem Gesicht herumwedelte. Sie wich unwillkürlich ein Stück zurück.

„Hallo!", wiederholte Maximilian ungeduldiger. „Stewardess!"

Ein paar Sekunden vergingen.

„Stewardess!" Dieses Mal hatte ihr Chef so laut gebrüllt, dass Theresa erschrocken zusammenzuckte. Dafür hörte sie jetzt Schritte.

„Was kann ich für Sie tun?"

Theresa blickte auf und sah eine der hübschen, bunt gekleideten Asiatinnen vor sich.

„Einen Kaffee", antwortete Herr Tanner, „aber bitte heute noch."

„Sehr gern", antwortete die Stewardess und lächelte sanft.

Theresa fuhr sich mit der Zunge über die Lippen. Sie hätte auch ganz gern was getrunken … Um sich abzulenken, senkte sie ihren Blick wieder auf die Mail, die sie nach China verschicken wollte.

„Und Sie?", fragte der junge Mann an Theresa gerichtet. „Was möchten Sie trinken?"

„Wer … ich?", stammelte Theresa und blickte ein weiteres Mal auf. „Ich gehöre eigentlich gar nicht hierher."

„Was möchten Sie trinken?", beharrte der junge Mann.

Theresa sah ihn etwas zweifelnd an. „Auch einen Kaffee?"

„Ist das eine Frage?", lachte der junge Mann und entblößte dabei eine ganze Reihe völlig kreuz und quer sitzender Zähne. „Einen Kaffee für die Dame bitte", sagte er zu der Stewardess. „Und ein Wasser für mich."

„Kommt sofort."

„Ich bin Stefan", sagte der junge Mann und streckte Theresa die Hand entgegen.

„Theresa", stellte sich Theresa vor und schüttelte seine Hand.

„Lässt dieser Typ dich immer auf dem Trockenen sitzen?"

Theresa errötete, streifte den Big Mac mit ihrem Blick und zuckte dann die Achseln. „Na ja …"

„Dachte ich's mir doch. Arbeitest du für ihn?"

Theresa nickte.

„Schon lange?“

„Lange genug, um zu wissen, dass ich während der Arbeit keine Privatgespräche dulde“, mischte sich Maximilian Tanner ein. „Los, Krügchen, schreiben Sie die Mail fertig.“

„Ist ‚Krügchen‘ eine Beleidigung?“, wollte Stefan wissen.

Nun, diese Frage stellte sich Theresa schon seit Jahren. „Ich weiß nicht. Ich heiße Krug mit Nachnamen.“

„Hast du ihm erlaubt, dich so zu nennen?“

Theresa schüttelte stumm den Kopf.

„Dann solltest du dir das nicht bieten lassen.“

Theresa atmete einmal tief durch und erhob sich. „Du hast recht. Ich gehe jetzt zu meinem Platz zurück und mache Feierabend. Morgen ist auch noch ein Tag.“

„Kommt überhaupt nicht infrage“, widersprach der Big Mac und packte Theresa am Arm. „Erst schreiben Sie die Mail zu Ende!“ Er zog so kräftig an Theresas Arm, dass diese auf den Sitz zurückplumpste.

Dafür stand Stefan auf. „Ich glaub, jetzt reicht's!“

„Nein! Nein!“, rief Theresa und schüttelte hektisch den Kopf. „Lass gut sein, wirklich! Ich komme klar!“ Sie fragte sich, was heute los war. Warum geriet sie andauernd in dieselbe Art von Streit? „Ich … ich schreibe die Mail zu Ende. Aber nur diese. Und dann geh ich.“ Sie sah ihren Chef an. „In Ordnung?“

Die kalten grünen Augen des Big Mac wurden noch eine Spur eisiger, trotzdem riss er sich zusammen und nickte.

„Alles gut“, beteuerte Theresa und lächelte Stefan beschwichtigend zu. „Wirklich alles gut.“ Sie wandte sich erneut der Tastatur zu und versenkte sich in ihren Text. Eine Weile arbeitete sie hoch konzentriert, dann erhielt sie ihren Kaffee. Wenige Minuten später war die Mail fertig. Sie las ihrem Chef den Text vor, wobei sie ihn aus dem Stegreif ins Deutsche übersetzte.

„Gut so“, sagte der Big Mac, als sie geendet hatte. „Schicken Sie sie ab.“

„Wie einträchtig“, sagte eine Stimme, die Theresa hier nicht erwartet hatte. Sie blickte auf und sah direkt in Jonteks meerblaue Augen.

„Einträchtig?“, lächelte Theresa und streifte Stefan mit ihrem Blick. „Glaub mir, das täuscht.“ Dann aber runzelte sie die Stirn. „Was machst du eigentlich hier?“

„Och … Ich wollte nachsehen, ob ich auf der Toilette Erste Hilfe leisten kann.“

Theresa errötete. „Es gab ein paar dringende Mails …“, entschuldigte sie sich.

„Hatten wir uns nicht darauf geeinigt, dass ich dir einen Job besorge?“

„Wie bitte?“, brauste Herr Tanner auf. „Das ist doch wohl die Höhe! Was sind Sie? Ein Hochstapler? Oder gar … *Heiratsschwindler*? Dann würd ich Ihnen allerdings raten, sich ein anderes Opfer zu suchen. Glauben Sie mir, diese Dame hier besitzt rein gar nichts. Kein Vermögen. Alles vergebliche Liebesmüh!“

Theresas Gefühlslage schwankte zwischen Ärger, Scham und Fassungslosigkeit hin und her.

„Mir geht es nicht um Geld“, fauchte Jontek und legte seine Hand besitzergreifend auf Theresas Schulter. „Was mir fehlt, ist eine Frau, mit der ich alles teilen kann. Eine Frau, die mir zur Seite steht.“ Er sah auf Theresa herab, fand ihren Blick und hielt ihn fest. „Eine Frau mit derart warmen, braunen Augen und so herrlich sanftem Blick.“

Theresa schmolz dahin und tauchte tief in Jonteks blaue Augen hinab. Endlich gab es jemanden, der sie schätzte, der sie gegen ihren Chef verteidigte und sie anscheinend so mochte, wie sie war …

Kapitel 8

Als Theresa und Jontek zu ihrem Platz zurückkehrten, kam ihnen auf dem Gang die Frau mit den lila gefärbten Haaren entgegen, die Theresa als Davids Mutter identifiziert hatte. Sie machte auch bei näherem Hinsehen keinen besseren Eindruck als vorher. Jedenfalls sah sie stur an Theresa und Jontek vorbei und ließ sich weder zu einem Gruß hinreißen, noch machte sie sich die Mühe, den beiden Entgegenkommenden Platz zu machen. Theresa und Jontek blieb daher nichts anderes übrig, als sich gegen die Sessel der Mittelreihe zu pressen.

„Gern geschehen", rief Jontek hinter der jungen Frau her, nachdem sie sich weder bedankt noch auf andere Weise ihre Anerkennung ausgedrückt hatte. Theresa schüttelte den Kopf. Was war das bloß für eine Person?

Als Theresa wieder auf ihrem Platz saß, tauchte wie auf Knopfdruck Davids hübsches Gesicht oberhalb des Vordersitzes auf. „Wie heiß ich noch mal auf Harräisch?"

„Hebräisch", korrigierte Theresa lächelnd. „Auf Hebräisch heißt du ‚Liebling Gottes'."

„Und ich bin ein König?"

Theresa nickte. „David war ein großer König und er hat Gott von ganzem Herzen geliebt. Deshalb hat Gott ihn als seinen Liebling bezeichnet."

„Fährt Gott mit einem Schlitten?"

Theresa runzelte die Stirn. „Ach so, wegen des Weihnachtsmannes?" Sie schüttelte den Kopf. „Gott ist ganz anders. Er braucht keinen Schlitten, weißt du? Er ist immer und überall. Auch hier und jetzt." Sie machte eine Handbewegung, mit der sie andeutete, dass Gott um sie herum war.

„Ist er auch in Australien?"

„Aber natürlich."
„Das ist gut. Ich werde nämlich in Australien wohnen."
„Tatsächlich? Du ziehst mit deiner Mutter nach Australien?"
David schüttelte den Kopf. „Ich werde bei Oma und Opa wohnen."
„Und deine Mutter?"
„Die fliegt nach Hause. Ahmed mag keine kleinen Kinder."
„Wer ist Ahmed?"
„Mamas Freund."
Theresa schluckte schwer. „Hast du … keinen Vater, David?"
„Nö. Tina sagt, da hab ich nix verpasst. Es gibt viele Kinder, die keinen Vater haben."
„Aha." Theresa schwieg einen Moment, in dem sie versuchte, das Gehörte zu verdauen. „Freust du dich denn darauf, bei deinen Großeltern zu wohnen? Ich meine … magst du sie gern?"
An dieser Stelle verfinsterte sich Davids Blick sichtlich. „Opa sieht komisch aus", sagte er leise.
„Was soll das heißen?"
„Er guckt immer so komisch."
„Aber er spielt bestimmt mit dir."
David schüttelte den Kopf „Das kann er doch gar nicht."
„Warum nicht?"
„Na, weil er so weit weg ist."
„Aber du wirst ihn doch schon mal besucht haben …"
David zuckte die Achseln. „Tina sagt, Oma und Opa waren schon mal bei uns. Aber ich weiß das nicht mehr."
Theresa starrte David eine Weile fassungslos an. Diese Geschichte war … einfach *furchtbar*.
„Du-hu …", begann David.
„Ja?"
„Vorhin hast du gesagt, dass du Englisch kannst."
Theresa nickte.
„Kannst du mir das beibringen? Wegen Opa … Er spricht nämlich nur Englisch."
Theresa schluckte schwer. Das wurde ja immer besser! „Klar kann ich. Das ist … gar nicht schwer."

David hüpfte einmal mehr bäuchlings auf die Lehne des Sessels. „Ich kann schon ‚My name is David'."

„Das ist ja super", rief Theresa begeistert. „Nice to meet you!" Sie streckte die Hand aus, ergriff Davids Hand und schüttelte sie. „My name is Theresa."

***

„Bist du auch so müde?", fragte Jontek und schloss die Augen. „Das gleichmäßige Surren der Motoren wirkt irgendwie einschläfernd."

Theresa antwortete nicht gleich, sondern sah verstohlen auf ihre Armbanduhr. Es war inzwischen kurz nach elf und sie hatte vorhin mit Herrn Tanner vereinbart, dass sie gegen Mitternacht versuchen wollten, via Skype mit dem potenziellen Lieferanten in Kontakt zu treten. Wenn Jontek jetzt einschlief, würde sie ihn später wecken und ihm erklären müssen, dass sie einmal mehr mit ihrem Chef verabredet war …

„Ich glaub, ich kann jetzt noch nicht schlafen." Sie beugte sich vor und blickte an Jontek vorbei auf die ältere Dame, die neben ihm saß. Glücklicherweise schlief sie noch nicht, sondern blätterte in einer Zeitschrift. „Ich denke, ich werde mir noch etwas die Füße vertreten. Lässt du mich durch?"

Jontek öffnete seine Augen wieder und warf Theresa einen prüfenden Blick zu. „Du hast doch nicht etwa vor, zu deinem Chef zurückzugehen?"

Theresa schluckte und wich Jonteks Blick aus.

„Sag mir die Wahrheit!", befahl Jontek. „Du hast es doch so mit der Ehrlichkeit!"

Daraufhin sah Theresa ihm tapfer in die Augen. „Das ist mein Job, Jontek. Ich bin seine Sekretärin!"

„Du bist keine Sekretärin, du bist eine Sklavin. Merkst du eigentlich gar nicht, wie dieser Typ dich behandelt?"

„Wie gesagt, fühle ich mich selbst nicht wohl in diesem Job. Und ich werde auf das Angebot, das du mir gemacht hast, gern zurückkommen. Aber dafür muss es noch konkreter werden. Bis es so weit ist, bin und bleibe ich Herrn Tanners Sekretärin. Und er ist es gewohnt, dass ich ihm auf Reisen zur Verfügung stehe."

„Und *wie* du ihm zur Verfügung stehst …“

Theresa seufzte tief. „Vielleicht stimmt es, dass er sich zu viel herausnimmt, aber dazu gehören immer zwei. Wahrscheinlich hab ich ihn nicht genügend in seine Schranken gewiesen. Ich bin halt so … Ich werd nicht so schnell wütend. Was soll ich machen?“

„Du könntest mit kleinen Schritten anfangen und nicht gleich springen, wenn er mit dem Finger schnippt.“

„Ich arbeite dran, okay? Aber nicht jetzt. Ich hab Herrn Tanner versprochen, noch einmal vorbeizukommen. Schließlich sind wir schon halb in Australien, ohne einen Termin zu haben.“

„Hast du diesen überstürzten Flug gebucht oder er?“

„Er“, räumte Theresa ein. „Er ist halt sehr spontan.“

„Und das wird er wohl auch bleiben. Wenn du ihn nicht auflaufen lässt, wird es immer so weitergehen, Theresa.“

„Du hast gut reden“, schimpfte Theresa. „Du hast alles in trockenen Tüchern. Ich hingegen befinde mich in einer ganz anderen Situation. Ich hab weder Vermögen noch Menschen, die mich unterstützen. Ich bin auf meinen Job angewiesen! Ich kann meinen Mund nicht so weit aufreißen!“

„Dann lass es halt!“ Jontek sprang auf. „Lauf zu ihm und bring ihm sein Stöckchen!“ Er wandte sich an die ältere Frau zu seiner Rechten und sagte freundlich: „Entschuldigen Sie, die Dame neben mir möchte ihren Platz verlassen.“ Er wartete, bis die Dame aufgestanden war und trat dann seinerseits auf den Gang hinaus.

Theresa folgte ihm und flüsterte: „Ich beeil mich, okay?“

Jontek verschränkte die Arme vor der Brust. „Nicht nötig“, erwiderte er kühl. „Eigentlich kannst du gleich bei ihm bleiben. In Australien wird schließlich gleich die Sonne aufgehen. Ein neuer Arbeitstag beginnt! Du kannst dich unter Garantie die ganze Nacht beschäftigen.“ Mit diesen Worten kehrte er auf seinen Platz zurück und schloss die Augen.

***

Als Theresa in die erste Klasse kam, wurde sie herzlicher empfangen als mancher Fluggast, der diesen Bereich gebucht hatte. Die Stewardessen erkannten sie bereits, winkten ihr freundlich zu und eilten herbei, um ihr ein Getränk anzubieten. Stefan begrüßte sie mit einem fröhlichen: „Na endlich, ich dachte schon, ich müsste den ganzen Abend an der Seite dieses schlecht gelaunten Workaholics verbringen.“

Selbst Herr Tanner schien sich über ihr Kommen zu freuen. Jedenfalls blickte er von dem Prospekt mit den Duty-Free-Artikeln auf, den er gerade mithilfe seiner Leselupe las, und sagte: „Ich hatte schon befürchtet, dass Sie einschlafen und ich wieder versuchen muss, Sie zu kidnappen. Nicht auszudenken, was dieser blond gelockte Wischmopp dann getan hätte.“

Theresa versuchte, den „Wischmopp“ zu überhören. Da sie selbst ein bisschen schlecht auf Jontek zu sprechen war, fiel ihr das nicht schwer. „Ein Versprechen ist ein Versprechen“, erwiderte sie.

„Bei Ihnen schon“, nickte der Big Mac und rückte ein Stück zur Seite. „Setzen Sie sich.“

Dieses Mal kam Theresa der Aufforderung ohne Zögern nach.

„Auf eine der Mails haben wir schon eine Antwort bekommen“, sagte Herr Tanner und tippte auf der Tastatur herum, die vor ihm auf einem kleinen Tischchen lag. „Sehen Sie?“

Theresa las sich die Mail auf dem großzügigen Bildschirm durch und übersetzte: „Er verspricht, dass die Lieferung in drei Tagen rausgeht. Und er ist damit einverstanden, dass Sie den Rechnungsbetrag um zehn Prozent reduzieren.“

„Das war ja einfach ...“, wunderte sich ihr Chef. „Sie müssen die richtigen Worte gefunden haben.“

„Entschuldigung“, sagte eine sanfte Stimme an Theresas linkem Ohr.

Als Theresa aufblickte, sah sie eine der freundlichen, bunt gekleideten Asiatinnen vor sich stehen. „Ein Wasser, nicht wahr?“, sagte die Stewardess und stellte ein gefülltes Glas vor Theresa auf das kleine Tischchen.

„Oh, das ist aber lieb!“, bedankte sich Theresa. „Dabei bin ich hier nur zu Besuch!“

Die Stewardess lächelte noch einmal freundlich und zog sich dann dezent zurück. Da Theresa einen trockenen Mund hatte, griff sie umgehend nach dem Glas und trank es in einem Zug leer.

Anschließend stieß sie einen wohligen Seufzer aus. „Richtige Gläser …“ Sie drehte das leere Glas in ihrer Hand. „Da schmeckt das Wasser gleich doppelt so gut.“

Als sie zu Herrn Tanner hinübersah, schüttelte dieser gerade ungläubig den Kopf. „Wie machen Sie das, hm?“

„Was denn?“

„Na, das hier“, er deutete auf das Glas, „dass alle so nett zu Ihnen sind, ohne dass Sie das verlangen. Bei mir klappt das nie.“

„Seid untereinander freundlich und herzlich“, zitierte Theresa, „das steht im Epheserbrief.“

Der Big Mac rollte die Augen. „Immer diese Bibelsprüche …“

„Also gut“, seufzte Theresa und stellte ihr Glas auf das Tischchen zurück. „Ich versuch's mal anders und erzähle Ihnen eine Geschichte. Passen Sie auf: Vor den Toren einer Stadt saß einmal ein alter, weiser Mann. Jeder, der in die Stadt wollte, kam an ihm vorbei. Ein Fremder hielt an und fragte den Weisen: ‚Sagen Sie, mein Herr, wie sind die Menschen hier in der Stadt?‘ ‚Wie waren sie denn dort, wo Ihr zuletzt gewesen seid?‘, fragte der Alte zurück. ‚Wunderbar. Ich habe mich dort sehr wohlgefühlt. Sie waren freundlich, großzügig und stets hilfsbereit.‘ ‚Nun‘, antwortete der Weise, ‚so etwa werden sie auch hier sein.‘ Dann kam ein anderer Fremder zu dem alten weisen Mann. Auch er fragte: ‚Sag mir doch, Alter, wie sind die Menschen hier in der Stadt?‘ ‚Wie waren sie denn dort, wo Ihr zuletzt gewesen seid?‘, lautete die Gegenfrage. ‚Schrecklich‘, antwortete der Fremde. ‚Sie waren gemein, unfreundlich, keiner half dem anderen.‘ ‚Nun‘, antwortete der Weise, ‚ich fürchte, so werden sie auch hier sein.‘“

Der Big Mac verzog das Gesicht. „Wie man in den Wald hineinruft, ja?“

Theresa nickte zufrieden. Man konnte ihrem Chef eine Menge negativer Eigenschaften nachsagen, aber doof war er nicht.

„Ich fürchte jedoch“, knurrte Herr Tanner, „dass man aus einem Raben keine Nachtigall machen kann.“

Theresa betrachtete seine pechschwarzen Haare und musste lächeln. „Interessant, dass Sie sich mit einem Raben vergleichen. Übrigens sind Raben und Krähen wissenschaftlichen Untersuchungen zufolge die Vögel mit der größten Intelligenz. Sie sind als Einzige in der Lage, komplexe Handlungen im Voraus zu planen." Sie warf dem Big Mac einen herausfordernden Blick zu. „Denken Sie, diese Vögel wären intelligent genug, um sich von einer lieb gewordenen Verhaltensweise zu trennen?"

Der Blick ihres Chefs verfinsterte sich noch mehr. „Weiß ich doch nicht ..."

Daraufhin nahm Theresas Gesicht einen etwas mitleidigen Ausdruck an. Dies schien den Big Mac erst recht auf die Palme zu bringen, und so sagte er in wenig freundlichem Tonfall: „Ich frage mich wirklich, was dieser Wischmopp an Ihren Augen findet. Ich finde sie kein bisschen warm. Für meinen Geschmack glitzern sie ziemlich gefährlich."

Im Gegensatz zu sonst fasste Theresa diese Worte nicht als Beleidigung auf. Eher hatte sie den Eindruck, als verteidige sich ihr Chef nur. Und so sagte sie sanft: „Alles liegt im Auge des Betrachters."

***

Als Theresa eine gute Stunde später zu ihrem Platz zurückkehrte, war sie enorm erleichtert. Sie hatte nicht nur ihre Pflicht erfüllt, sondern auch eine sehr positive Mail aus Australien erhalten. Der potenzielle Lieferant hatte versprochen, sie vom Flughafen abzuholen und sich um ein Hotel zu kümmern. Wenn das keine guten Aussichten waren ...

Theresa schlich den inzwischen abgedunkelten Gang entlang, der zu ihrem Sitzplatz führte, und blickte rechts und links in zumeist schlafende Gesichter. Sie fragte sich, was all diese Leute in Australien vorhatten. Einige von ihnen, das hatte sie vorhin mitbekommen, waren englische Muttersprachler. Die reisten sicher nach Hause. Und die anderen? Waren es Touristen? Und wenn ja, was wollten sie sich ansehen? Sie selbst war noch nie in Australien gewesen und hätte gerne mal das Great Barrier Reef besucht. Der Chef hatte ihr versprochen, dass sie mindestens einen freien Tag in Brisbane verbringen würden. Ob es von dort aus weit zum Great Barrier Reef war?

Als ihre Sitzreihe in Sicht kam, sah Theresa, dass Jonteks Augen geschlossen waren und er tief und regelmäßig atmete. „Jontek", flüsterte sie zu ihm hinüber.

Keine Reaktion.
„Jontek!“, probierte sie ein wenig lauter.
Wieder nichts.
Theresa warf einen besorgten Blick auf die ältere Dame, die direkt am Gang saß. Diese schlief tatsächlich, jedenfalls hing sie zusammengesunken und mit leicht geöffnetem Mund in ihrem Sessel. Theresa streckte ihren Arm vorsichtig zu Jontek aus und schaffte es, sanft an dessen Arm zu rütteln. „Jontek!“
Immer noch nichts.
Theresa rüttelte noch ein bisschen stärker an Jonteks Arm. „Wach doch bitte auf!“ Immer noch nichts. Dafür regte sich jetzt die ältere Dame. „Was ist los?“, nuschelte sie benommen.
„Gar nichts“, flüsterte Theresa und warf einen letzten Blick auf Jontek, der immer noch vollkommen unbeweglich dasaß. „Überhaupt nichts. Schlafen Sie weiter!“

***

Theresa durchstreifte eine ganze Weile das Flugzeug und suchte nach einem Plätzchen, an dem sie sich niederlassen könnte. Sie landete schließlich im Eingangsbereich zur ersten Klasse. Dort gab es ein Eckchen, das offensichtlich nicht gebraucht wurde. Theresa drückte sich hinein, winkelte die Beine an und verschränkte die Arme vor der Brust. Dann legte sie ihren Kopf gegen die Innenverkleidung des Flugzeugs und schloss die Augen. Unglücklicherweise spürte sie an ihrer Schläfe das Vibrieren der Triebwerke. Auch war ihr kalt.
Sie hatte bereits eine ganze Weile vergeblich versucht zu schlafen oder zumindest ein bisschen zu dösen, als jemand sie mit deutlich wahrnehmbarem Akzent ansprach. „Was machen denn hier? Warum kehren nicht auf Sitzplatz zurück?“
Als Theresa ihre Augen öffnete, sah sie die freundliche Stewardess vor sich, die ihr vorhin ein Wasser gebracht hatte. „Ich … äh … Mein Platz … alle schlafen schon.“
„Hier sitzen nicht erlaubt.“ Die Stewardess mit der Hochsteckfrisur zuckte entschuldigend die Achseln. „Bei Freund schlafen?“ Sie deutete zum Erste-Klasse-Abteil.
„Oh nein!“ Theresa schüttelte den Kopf. „Auf keinen Fall.“

„Hier sitzen nicht erlaubt", wiederholte die hübsche Stewardess. „Freund fragen." Sie richtete sich auf und streckte Theresa dann ihre Hand entgegen. „Fragen erlaubt."

„Das ist wirklich keine gute Idee", protestierte Theresa. Sie fand jedoch kein Gehör und stand schon im nächsten Moment neben dem Sitzplatz ihres Chefs. Dieser war inzwischen zu einer Liege umgebaut worden. Herr Tanner lag ausgestreckt unter einer Decke und beschäftigte sich mit seinem iPhone. Als er Theresa sah, verwandelte sich sein Blick in ein Fragezeichen.

„Alle schlafen schon", erläuterte Theresa. „Ich komm nicht auf meinen Platz."

„Hier schlafen?", fragte die Stewardess und deutete auf die Liege des Big Mac.

Dieser katapultierte sich entsetzt in die Höhe. „Wie? Nein!"

„Meine Idee war das nicht!", beeilte sich Theresa zu versichern. „Ich hab mir ein Eckchen im Gang gesucht. Aber die Dame sagt, dort dürfe man nicht sitzen."

„Genug Platz hier!", behauptete die hübsche Asiatin lächelnd.

„Vielleicht für jemanden wie Sie, der aus den Slums kommt", gab der Big Mac zurück.

„Ich hör ja wohl nicht richtig", sagte eine Stimme hinter Theresa. Als sie sich umwandte, sah sie, dass es sich um Stefan handelte. Auch sein Sessel war inzwischen zu einer Liege umgebaut worden. Um an dem Gespräch teilzunehmen, hatte er sich aufgerichtet und stützte sich jetzt auf seinem rechten Unterarm ab. „Was sind Sie eigentlich für 'n Mensch?", fuhr er fort. „An Ihre Unhöflichkeit hab ich mich ja allmählich gewöhnt. Aber das war jetzt regelrecht diskriminierend!"

Theresa wandte sich wieder ihrem Chef zu. „Ich glaube kaum, dass die Dame aus einem Slum kommt. Immerhin spricht sie mehrere Fremdsprachen", fuhr Theresa fort. „Sogar Deutsch ist dabei."

„Das nennen Sie Deutsch?" Der Big Mac ahmte die hohe Stimme der Stewardess nach und sagte mit deren Akzent: *„Hier schlafen?"*

„Das ist ja wohl die Höhe!", fauchte Stefan. „Spricht selbst nicht mal genug Englisch, um mit seinen Geschäftspartnern einen Termin zu vereinbaren, und riskiert 'ne dicke Lippe!"

„Wie wär's, wenn du erst mal dein Abitur bestehst, ja? Anschließend darfst du deine eigene Firma gründen. Wenn die so lange besteht wie meine, dann können wir unser Gespräch gern fortsetzen!"

Theresa riss beschwichtigend die Arme in die Höhe. „Das reicht jetzt, Herr Tanner, ehrlich!" Sie warf ihm einen warnenden Blick zu. „Ich gehe jetzt. Es war wirklich nicht meine Absicht, die First Class aufzumischen. Ich finde bestimmt irgendwo ein Plätzchen!" Mit diesen Worten wollte sie davonstürmen, wurde aber von Stefan aufgehalten.

„Kommt nicht infrage", rief dieser. Er rückte ein Stück zur Seite und schlug einladend seine Decke zurück. „Kommen Sie zu mir. Ich teile meine Koje gern mit einer Dame in Not."

Theresa starrte ihn an und wusste nicht so recht, wie sie auf das Angebot reagieren sollte. Glücklicherweise kam Herr Tanner ihr zu Hilfe. „Ich werde ganz bestimmt nicht zulassen, dass ein Lüstling wie Sie Vorteile aus dieser Situation zieht." Er winkte Theresa zu sich heran. „Kommen Sie." Als Theresa zögerte, knurrte er: „Kommen Sie schon, bevor ich es mir anders überlege."

Theresa gehorchte. Erstens war sie es sowieso gewohnt, seinen Befehlen Folge zu leisten, und zweitens war ihr der Big Mac trotz allem noch lieber als Stefan. Schließlich musste sie bei Herrn Tanner keine nächtlichen Annäherungsversuche befürchten.

„Hole noch Decke", säuselte die Asiatin und trippelte davon.

Derweil drehte sich der Big Mac auf die Seite und rückte ganz ans andere Ende seiner Liege – was bei einer Breite von 86 cm nicht übermäßig weit weg war. Theresa zögerte zunächst, beschloss dann aber, den lilafarbenen Blazer auszuziehen, den sie zu einem fliederfarbenen T-Shirt und einer grauen Jeans trug. Ziemlich umständlich faltete sie ihn zusammen und verstaute ihn im Gepäckfach. Dann versuchte sie Platz auf der Liege zu finden. Um Herrn Tanner nicht zu berühren, musste sich Theresa wie er auf die Seite legen. Da sie es als unhöflich empfunden hätte, ihm den Rücken zuzukehren, wählte sie die rechte Seite. Diese Position führte dann allerdings dazu, dass sie sich in wenigen Zentimetern Abstand zu seinem Gesicht wiederfand – und umgehend ein Gefühl von Bedrohung verspürte.

Wieso war das nur so? Wieso flößte dieser Mann ihr einen derartigen Respekt ein?

„Wenn Sie auf mich gehört und ein bisschen weniger gegessen hätten, wäre unsere Situation jetzt entspannter."

Theresa zog unwillkürlich ihren Bauch ein. Es fiel ihr jetzt nicht mehr schwer, ihre eigene Frage zu beantworten. Der Big Mac war einfach gemein. Wie sollte man keine Angst vor einem solchen Menschen haben? Leider konnte sie ihm das nicht sagen. Wie immer, wenn er sie beleidigte, fand sie einfach keine Worte mehr.

„Ich hoffe, Sie wälzen sich nicht die ganze Nacht hin und her."

Theresa schloss demonstrativ die Augen. Jetzt bereute sie, dass sie Jontek nicht entschlossener geweckt hatte. In der zweiten Klasse wäre sie wenigstens keine Bittstellerin gewesen.

***

Als Theresa nach ein paar erstaunlich ruhigen Stunden ohne Vorwarnung – pling – die Augen aufschlug, lag sie noch genauso da wie beim Einschlafen. Auch der Big Mac schien sich nicht bewegt zu haben. Er lag in derselben Position und starrte sie an. Als Theresa zum ersten Mal blinzelte, schnellte er auch schon in die Höhe, murmelte irgendetwas Unverständliches und rutschte so weit wie möglich von ihr weg.

Auch in ihrem Rücken nahm Theresa jetzt eine gewisse Unruhe wahr. Daher setzte sie sich ebenfalls auf und blickte in Richtung Gang. Dort waren Stewardessen damit beschäftigt, die ersten Liegen wieder in eine aufrechte Position zu bringen. „Sind wir bald da?", fragte sie ihren Chef. Ihre Stimme klang noch ganz kratzig.

Auch Herr Tanner musste sich erst einmal räuspern. „Eben kam die Durchsage, dass in Kürze der Landeanflug beginnt."

Theresa nickte. Auch wenn sie sich nicht daran erinnern konnte, etwas gehört zu haben, musste sie davon aufgewacht sein. „Haben Sie gut geschlafen?"

„Ja, ja", antwortete ihr Chef ein wenig fahrig. Dann fuhr er sich in alter Gewohnheit mit gespreizten Fingern durch seine Haare.

„Interessantes Arbeitsverhältnis", sagte eine Stimme, die Theresa bekannt vorkam. Als sie sich umdrehte, sah sie Jontek neben sich stehen. Er hatte die Arme vor der Brust verschränkt und warf ihr herausfordernde Blicke zu.

Theresas Blick verfinsterte sich. „Wenn du darauf anspielst, dass ich hier übernachtet habe, solltest du wissen, dass das allein deine Schuld ist. Hättest du nicht so fest geschlafen, dann säße ich jetzt nicht hier."

„Sitzen ist gut", erwiderte Jontek und ließ einen vielsagenden Blick über die Liegefläche gleiten. Dann wandte er sich an Theresas Chef. „Steht Ihnen Ihre Sekretärin immer die ganze Nacht lang zur Verfügung?"

„Pass auf, was du sagst, Wischmopp", fauchte der Big Mac. „Ich lasse mir ganz bestimmt kein Verhältnis mit einer Tippse andichten."

Theresa erblasste. Sie schleuderte ihre Decke zur Seite, krabbelte von Herrn Tanners Liege und flüchtete in Richtung Holzklasse. Sie hätte diese niemals verlassen dürfen! Was tat sie nur hier in der First Class?

Kapitel 9

Als Theresa um 16:30 Uhr der in Singapur geltenden Zeit – was 12:30 Uhr mitteleuropäischer Zeit entsprach – endlich in die A330-300 stieg, die sie nach Brisbane bringen sollte, war sie todmüde und extrem genervt. Ursprünglich hatte es geheißen, dass sich der Aufenthalt in Singapur aufgrund der gestrigen Verspätung reduzieren und statt sechs Stunden nur zwei betragen würde. Deshalb hatten Jontek und sie entschieden, auf dem Gelände des Flughafens zu bleiben und auf einen Besuch in der Stadt zu verzichten. Aber dann hatten sich die Wetterbedingungen extrem verschlechtert. Schon bei der Landung hatte es ziemlich gestürmt, später war ein eindrucksvolles Gewitter dazugekommen, aufgrund dessen sich auch dieser Start verzögert hatte.

Wenn man stundenlang auf Abruf bereitstand, konnte man sich jedoch weder entspannen noch die Umgebung genießen. Und dabei galt der Changi Airport in Singapur, der Ende der Siebzigerjahre mithilfe riesiger Mengen Erde in einem Sumpfgebiet entstanden war, als der beste der Welt. Theresa hatte nicht nur einen extrem großen, extrem modernen und extrem sauberen Flughafen verpasst, sondern auch Massagesalons, Kinos, Fitnesscenter, einen Swimmingpool auf der Dachterrasse, eine kostenlose Fußmassage und eine Rutsche über vier Stockwerke!

„Gräm dich nicht", sagte Jontek und legte seine Hand tröstend auf Theresas Schulter. Er befand sich direkt hinter ihr. „Beim Rückflug hast du noch mal die Chance, Singapur oder den Flughafen zu erkunden."

„Aber dann muss ich ganz alleine los!", jammerte Theresa und zwängte sich an einem Fluggast vorbei, der bereits damit beschäftigt war, sein Handgepäck in den dafür vorgesehenen Staufächern unterzubringen.

„Wir können ja versuchen, gemeinsam zurückzufliegen. Ich richte mich einfach nach dir."

Theresa blieb stehen und drehte sich zu Jontek um. „Wirklich?"

„Aber natürlich! Ich werde mir doch eine Gesellschaft wie die deine nicht entgehen lassen!"

Theresa spürte, wie sie errötete und setzte sich schnell wieder in Bewegung. Wenig später fand sie ihren Sitzplatz. Er befand sich auch heute direkt am Fenster. Da es Jontek gelungen war, seinen Sitzplatz zu tauschen, saß er jetzt ganz offiziell neben Theresa. Und weil es in diesem Flugzeug nur zwei Sitze rechts vom Gang gab, stand ihnen ein angenehmer Flug mit sehr viel Privatsphäre bevor …

***

„Sagst du mir noch mal, was mein Name bedeutet?"

Theresa las gerade in ihrer kleinen Taschenbibel und tauchte nur mühsam aus den Psalmen auf, in die sie sich vertieft hatte. Direkt neben Jontek stand David und blickte sie aus seinen runden, braunen Augen erwartungsvoll an. „Liebling Gottes", antwortete Theresa und lächelte ihm freundlich zu. „Dein Name bedeutet ‚Liebling Gottes'."

„Das hat Tina mir gar nicht gesagt."

Theresa klappte ihre Bibel zu. „Vielleicht weiß sie es nicht."

„Warum hat sie mich dann so genannt?"

Theresa zuckte die Achseln. „Vielleicht mochte sie einfach den Klang des Namens … Oder es war eine Eingebung, die Gott ihr persönlich geschickt hat. Bestimmt warst du von Anfang an sein Liebling und er wollte, dass du das irgendwann erfährst."

Davids Augen, die von einer Vielzahl langer, schwarzer Wimpern umrahmt waren, begannen zu leuchten. „Gott ist im Himmel, oder?" Er deutete auf das Fenster des Flugzeugs. „Ist er da draußen?"

Theresa folgte seinem Blick, sah aber nicht viel mehr als Dunkelheit. Das Flugzeug war inzwischen knappe drei Stunden unterwegs und die Sonne war bereits vor einer guten Stunde untergegangen. „Gott ist überall, er …"

Sie hielt inne und sah sich nach der Ursache für die eiligen Schritte um, die sich von hinten näherten. Gleich darauf rannte eine

Stewardess an David vorbei. Was war hier eigentlich los? Theresa hatte schon seit einer guten halben Stunde das Gefühl, als würde irgendetwas nicht stimmen. Die Flugbegleiterinnen wirkten irgendwie aufgeregt. Auch tuschelten sie miteinander. Ganz zu schweigen von der Tatsache, dass schon seit einer gefühlten Ewigkeit kein Getränk mehr serviert worden war.

„Warum rennt die Stewardess so durch die Gegend?“, fragte Theresa an Jontek gerichtet. „Sollten die nicht Ruhe ausstrahlen?“

Jontek sah von seinem Smartphone auf, mit dem er sich schon seit geraumer Zeit beschäftigte. „Hm?“

„Die Stewardessen“, wiederholte Theresa. „Findest du nicht auch, dass sie irgendwie beunruhigt wirken?“

Jontek sah kurz den Gang entlang, konnte aber keine Stewardess entdecken. „Nö.“ Er senkte seinen Blick wieder auf sein Smartphone.

„Männer“, seufzte Theresa und widmete ihre Aufmerksamkeit wieder David. „Fest steht aber, dass *du* Unruhe ausstrahlst“, stellte sie fest. „Musst du aufs Klo?“

David zappelte weiter herum. „Kann schon sein.“

„Warum gehst du dann nicht?“

David sah verlegen zu Boden. „Ich trau mich nicht. Ich … ich weiß gar nicht, wo das Klo ist.“

„Warum hast du deine Mutter nicht gebeten mitzukommen?“

Der kleine Junge zuckte die Achseln. „Sie hat gesagt, dass ich schon groß bin.“

Theresa seufzte. „In dem Fall muss ich wohl mitkommen.“

Über Davids Gesicht huschte ein dankbares Lächeln. „Geht das?“

Theresa lächelte, stand auf, zog ihr fliederfarbenes T-Shirt glatt und verstaute ihre Bibel in ihrer hinteren Hosentasche. „Klar geht das.“

Nachdem Jontek Theresa durchgelassen hatte, machte sich Theresa mit David auf den Weg ins Heck des Flugzeugs, wo sich drei Toiletten, zwei Notausgänge und eine große Galley, also die Bordküche, befanden. Sie schob David vor sich her und sah ganz hinten im Bereich der Galley zwei der bunt gekleideten Stewardessen stehen. Sie hatten die Köpfe zusammengesteckt und schienen intensiv miteinander zu diskutieren. Als Theresa sich näherte, blickte eine von ihnen auf und zog eilig den Vorhang zu, der die Küchenzeile von neugierigen Blicken abtrennte.

Theresa zog die Stirn in Falten. Irgendetwas war hier faul. Hinter dem Vorhang waren zwei Stimmen zu vernehmen. Die eine klang weinerlich und verzweifelt, die andere fest und beruhigend. Leider war Theresa die Sprache fremd. Sie nahm ihren Mut zusammen und zog den Vorhang ein bisschen zur Seite. „Entschuldigung", flüsterte sie zurückhaltend, „stimmt irgendetwas nicht?"

Die beiden Flugbegleiterinnen zuckten erschrocken zusammen. Eine von ihnen wirkte noch recht jung und hatte verweinte Augen, die andere war wesentlich älter und hatte ihren Arm um die Jüngere gelegt. „Alles in Ordnung", antwortete die Ältere etwas zu nachdrücklich. „Alles in Ordnung." Dann griff sie nach dem Vorhang und zog ihn einfach wieder zu.

Theresa schluckte. Irgendwie war ihr nicht wohl in ihrer Haut.

„Warum hat die Frau geweint?", fragte David.

Theresa atmete einmal tief durch und lächelte dann beruhigend auf ihn herab. „Ich weiß nicht. Vielleicht hat sie Liebeskummer. Wollen wir uns jetzt eine Toilette suchen?"

David nickte eifrig.

Die Bordtoilette war ziemlich eng für zwei Personen. Theresa musste gut aufpassen, um David nicht auf die Füße zu treten. Aber als sie ihn fragte, ob sie nicht lieber draußen warten solle, schüttelte er heftig den Kopf. „Nein, bleib hier!"

Theresa lächelte und blieb. Sie fand es süß, dass ihr der kleine Junge derart viel Vertrauen entgegenbrachte. Als er die Toilette dann allerdings wieder verlassen wollte, hielt sie ihn sanft zurück.

„Hände waschen?", schlug Theresa vor.

David zog die Stirn in Falten. „Wieso?"

„Weil du Bakterien an den Fingern hast?"

David blickte erschrocken auf seine Finger. Als er nichts fand, drehte er seine Hände ratlos hin und her.

„Man sieht sie nicht …", begann Theresa, hielt dann aber inne und dachte an Davids Mutter. „Hat dir deine Mutter denn nicht beigebracht, dass man sich noch dem Klogang die Hände wäscht?"

„Tina macht das nicht“, behauptete David. „Und Ahmed auch nicht.“

Theresa stieß einen tiefen Seufzer aus. „Ab jetzt machst du es, okay? Das schützt vor Krankheiten!“

„Tina erklärt mir nie solche Sachen“, sagte David und wusch sich brav die Hände. „Kann ich nicht bei dir wohnen statt bei Oma und Opa?“

Theresa öffnete den Mund und schloss ihn dann wieder. Dieser Vorschlag war so süß, dass sie ihn am liebsten angenommen hätte. „Leider arbeite ich den ganzen Tag, mein Schatz. Und nicht nur das, ich muss meinen Chef auch auf Dienstreisen begleiten ...“ Sie dachte an Jontek. Es war möglich, dass sie in Zukunft von Dienstreisen verschont bliebe. Und falls der Verdienst ein bisschen höher wäre als beim Big Mac, könnte sie ihre Arbeitszeit reduzieren ... Sie schüttelte jäh den Kopf. Hatte sie den Verstand verloren? Der Wunsch, Kinder zu haben, schien allmählich ihr Urteilsvermögen zu beeinträchtigen! „Das geht wirklich nicht“, sagte sie tapfer. „Kinder gehören zu ihren Verwandten.“

„Und jetzt?“, fragte David, meinte aber nicht seinen zukünftigen Aufenthaltsort, sondern seine nassen Finger.

„Jetzt trocknest du dir die Hände ab“, erwiderte Theresa und hielt David ein Papiertuch hin.

Aber als David danach greifen wollte, ertönte plötzlich ein lauter Knall und ein Ruck ging durch das Flugzeug. Die Luft schien zu explodieren. Sie wischte das Lächeln aus Davids Gesicht, sog in Sekundenbruchteilen sämtlichen Sauerstoff aus Davids und Theresas Lungen und vernebelte die gesamte Bordtoilette. Gleichzeitig ertönte ein lautes Rauschen, das an einen Wasserfall erinnerte. Theresa fühlte sich, als wäre sie auf den Kopf geschlagen worden, und sank direkt vor dem Waschbecken auf ihre Knie. Nicht nur ihr Kopf, sondern auch Nase und Ohren schmerzten entsetzlich und so drückte sie sich unwillkürlich die Hände auf die Ohren.

Kalt, war das Nächste, was sie dachte. Und damit meinte sie kalt. Eiskalt. Die Temperatur war in Sekundenbruchteilen enorm abgefallen. Dafür sah sie jetzt aus dem Augenwinkel heraus, dass irgendetwas Grellgelbes neben ihr von der Decke fiel.

Sauerstoffmasken!

Sie nahm geistesgegenwärtig die Hände von den Ohren und griff danach. *Zuerst sich selbst versorgen!*, dachte sie. Offensichtlich funktionierte ihr Verstand noch ausreichend, um sich an das zu erinnern, was sie vorhin bei der Sicherheitseinweisung von den Stewardessen gelernt hatte. Eltern sollten sich zuerst um sich selbst und erst dann um ihre Kinder kümmern. Wenn die Erwachsenen ohnmächtig wurden, war den Kindern nicht geholfen!

Aufgrund des Dunstes, der immer noch in der Bordtoilette herrschte, konnte Theresa nur den knallgelben Aufsatz erkennen, der das Mundstück der Sauerstoffmaske bildete. Sie drückte diesen panisch auf ihr Gesicht und atmete ein. *Ja! Luft!* Niemals zuvor war ihr aufgefallen, wie abhängig sie von diesem Gas war! Die Sauerstoffzufuhr tat ihr gut und brachte ihr Denken neu in Schwung.

Befestigen!, dachte sie und tastete nach dem Gummi, das man um den Kopf legen musste. Sie fand es und führte es um ihren Kopf herum.

David! Er befand sich immer noch direkt vor ihr und schien zur Salzsäule erstarrt zu sein. Jedenfalls zappelte er nicht herum, er bewegte sich nicht einmal. *Gut so!* Theresa griff nach der zweiten Sauerstoffmaske und wollte sie auf Davids Gesicht pressen. Unglücklicherweise neigte sich das Flugzeug jedoch in diesem Moment ein wenig und fing an zu ruckeln. Theresa war darauf nicht vorbereitet, verlor den Halt und prallte mit dem Rücken gegen die Wand. Sie keuchte auf und versuchte sich irgendwo festzuhalten, bekam jedoch so schnell nichts zu fassen. Im nächsten Moment landete sie schmerzhaft auf ihrem Allerwertesten. In dieser Position übertrug sich das Ruckeln des Flugzeugs noch stärker auf ihren Körper und sie hatte das Gefühl, als wäre es bereits gelandet und holperte mit großer Geschwindigkeit über Kopfsteinpflaster. Oder war das der Eindruck, der entstand, wenn man abstürzte?

Der Gedanke löste ein Gefühl nie da gewesener Panik bei Theresa aus. Sie schloss die Augen und konnte auf einmal keinen klaren Gedanken mehr fassen. Stattdessen wurde sie von dem beherrscht, was von außen auf sie einwirkte: von dem beängstigenden Ruckeln … dem immer noch ohrenbetäubenden Rauschen … der entsetzlichen

Kälte, die ihr inzwischen durch Mark und Bein ging … den Schmerzen … *Jesus, hilf uns!*

Uns … Der Gedanke brachte sie wieder zur Besinnung. „David", rief sie, doch das Wort erstickte in ihrer Sauerstoffmaske und dem Lärm um sie her. Obwohl sie am liebsten nichts gehört und gesehen hätte, öffnete Theresa die Augen. Es war immer noch diesig in der Kabine, daher sah sie David nur schemenhaft. Er lag mit angewinkelten Beinen neben ihr auf dem Boden und rührte sich nicht. *Die Sauerstoffmaske.* Theresa stellte fest, dass sie die zweite Maske immer noch in der Hand hatte. Sie streckte ihre Hand mühsam in Davids Richtung aus und bekam seinen Arm zu fassen. Trotz ihrer mittlerweile klammen Finger gelang es ihr, ihn zu sich umzudrehen. Jetzt konnte sie die Maske auf sein Gesicht pressen und hoffen, dass er noch atmete. Es sah auch ganz danach aus. Jedenfalls klammerten sich seine kleinen Hände Hilfe suchend an die Sauerstoffmaske.

„Hab keine Angst", sagte Theresa, wurde dann aber daran erinnert, dass sie eine Sauerstoffmaske trug, die jedes Wort verschluckte. Trotzdem sprach sie weiter. „Wir sind in Gottes Hand", krächzte sie und hoffte, dass schon der Klang ihrer Stimme einen positiven Einfluss auf David ausüben würde. Oder wollte sie sich mit diesen Worten in erster Linie selbst ermutigen?

Um David auch körperlich das Gefühl zu geben, dass er nicht allein war, legte Theresa ihre Hand auf seine Schulter und begann, sanft daran herumzukneten. Nachdem sie das eine Weile gemacht hatte, kam es ihr so vor, als würde sich seine Verkrampfung ein wenig lösen. Und nicht nur das. Irrte sie sich oder ließen auch ihre eigenen Schmerzen ein wenig nach? Zudem schien es ihr, als würde die Temperatur ein bisschen ansteigen. Es war immer noch kalt, keine Frage, aber vielleicht nicht mehr ganz so arg. Und auch der Dunst schien sich ein wenig zu lichten. Und dann … schien auch das Ruckeln weniger zu werden. Hinzu kam, dass sich das Flugzeug wieder ein wenig aufrichtete! War das ein gutes Zeichen?

Theresa wusste es nicht. Sie merkte deutlich, dass sich das Flugzeug jetzt wieder in der Waagerechten befand, spürte aber auch, dass es nicht stabil flog. Es ruckelte jetzt ungleichmäßiger und schien immer wieder in die eine oder andere Richtung gedrückt zu werden. Woher kam das? Was war überhaupt los?

Der Dunst war jetzt beinahe vollständig verschwunden, auch schien die Temperatur weiter anzusteigen. Anstelle des Rumorens, das eben noch alles andere übertönt hatte, hörte Theresa jetzt gedämpfte Stimmen.

Stimmen? Sie runzelte die Stirn und nahm vorsichtig ihre Maske ab. Und tatsächlich! Sie konnte problemlos atmen! Allerdings stank es ganz fürchterlich, so als hätte sich der gesamte Inhalt der Bordtoilette in der Kabine verteilt!

Theresa wollte auch David die Maske abnehmen, wurde aber dadurch bestraft, dass er panisch ihre Hand zur Seite schlug.

„Wir können wieder atmen, David!“, rief Theresa. „Wir brauchen die Maske nicht mehr!“

David sah sie ein paar Sekunden lang mit großen Augen an, dann zog er die Maske ein kleines bisschen zurück … atmete … entfernte die Maske noch ein paar Zentimeter … atmete … Dann ging plötzlich ein Ruck durch seinen Körper, er rappelte sich hoch und stürzte sich ungebremst in Theresas Arme.

„Hoppla!“, keuchte diese und hielt den kleinen Jungen fest. „Nicht so stürmisch.“

Stürmisch … Während Theresa David in ihren Armen wiegte und beruhigend über sein Haar strich, dachte sie hektisch über ihre Situation nach. Mittlerweile wirkte es wirklich stürmisch, so als würde ein böiger Wind in einem fort an dem Flugzeug reißen. Das war nicht ganz unlogisch. Wenn sich Temperatur und Atemluft verbessert hatten, mussten sie auf eine sehr viel geringere Höhe gesunken sein. Nur so konnte wieder Luft zum Atmen in die Kabine gelangen. In Bodennähe herrschten allerdings ganz andere Windverhältnisse. Gefährliche Windverhältnisse. Ob der Pilot dabei war, eine Notlandung zu initiieren?

„Vielleicht wäre es gut, das Klo zu verlassen“, krächzte Theresa. „Es könnte sein, dass das Flugzeug notlanden muss. Dann sollten wir besser angeschnallt sein.“

David klammerte sich noch ein bisschen stärker an Theresa fest und fiepte: „Notlanden?“

„Das bedeutet nur, dass wir woanders landen, als wir eigentlich wollten. Das ist im Grunde gar nicht so schlimm." Als David nicht antwortete und auch keine Anstalten machte, seinen Griff zu lockern, fuhr Theresa fort: „Komm, wir kehren auf unsere Plätze zurück. Du möchtest bestimmt zu deiner Mama."

„Nein!", rief David und begann zu weinen. „Ich will bei dir bleiben!"

Theresa schluckte schwer. Sie brauchte kein Psychologiestudium, um zu wissen, dass dieses Verhalten nicht normal war. Abgesehen davon war sie sich auch gar nicht sicher, ob es Sinn machte, die Toilette zu verlassen. Es ruckelte immer noch so stark, dass sie sich kaum auf den Beinen halten konnte. Unter solchen Umständen war es bestimmt besser zu sitzen als herumzulaufen …

„Wir bereiten uns auf eine Landung vor", beschloss Theresa und überlegte kurz. Wenn sie im Sinkflug gegen die Wand gedrückt worden war, die sich in ihrem Rücken befand, würde der Druck auch bei einer eventuellen Notlandung in diese Richtung gehen. Sie hatte also eine gute Position inne. Jetzt kam es darauf an, diese zu stabilisieren.

„Hör zu, David. Wenn wir wirklich notlanden, wird es fürchterlich ruckeln. Damit ich dich besser festhalten kann, musst du dich vor mich setzen. Schau mich mal an." Sie gab dem Jungen einen Moment Zeit, bis er seinen Griff lockerte und sie mit seinen großen, braunen Augen ansah. „Setz dich direkt vor mir auf den Boden." Theresa deutete auf das freie Fleckchen zwischen ihren Beinen. Davids Blick folgte ihr. „Hab keine Angst. Ich werde dich mit all meiner Kraft festhalten, okay?" Sie löste David mit sanfter Gewalt von ihrem Körper und platzierte ihn so, dass er genau wie sie selbst dasaß, mit dem Rücken zur Wand und zu ihr. Dann schlang sie ihre Arme um seine Schultern. „Lehn dich gegen mich", sagte sie, „und streck deine Beine aus." Sie machte es ihm vor, indem sie ihre Füße gegen den Unterschrank presste, der sich auf der gegenüberliegenden Seite der Kabine unter dem Waschbecken befand. David tat es ihr gleich, musste seine Beine aber vollständig ausstrecken, um die gegenüberliegende Wand zu erreichen.

„Was auch passiert, du bleibst so sitzen, okay?"

Sie spürte, wie David nickte. Dann fragte er: „Wo landen wir denn?“

Theresa schluckte schwer. Soweit sie sich erinnerte, lag zwischen Indonesien und Australien eine Menge Wasser … „Ich weiß es nicht, mein Schatz. Aber Gott weiß, wo wir uns befinden. Er wird uns schon beschützen.“

„Oma und Opa haben einen großen Garten. Sie haben bestimmt nichts dagegen, wenn wir den zum Landen benutzen.“

„Sicher nicht.“ Theresa musste schon jetzt ihre Füße gegen die gegenüberliegenden Schränke stemmen, weil das Flugzeug immer kräftiger hin und her ruckelte. „Die werden Augen machen, wenn ein Flugzeug in ihrem Garten landet. Sie werden unter Garantie-“

Theresa hatte das Gefühl, als würde man ihr den Rest des Satzes aus dem Mund schlagen. Sie wurde mit einer Kraft, die sie bis eben nur Gott allein zugetraut hätte, nach hinten gedrückt und dann nach rechts geschleudert. Im nächsten Moment ertönte ein ohrenbetäubender Knall und ein unglaublicher Ruck ging durch das Flugzeug.

Theresa verlor die Kontrolle über alles, über sich selbst, über David … Sie landete auf der Seite, stieß mit dem Kopf gegen etwas Hartes und verlor das Bewusstsein.

***

Theresa kam zu sich, als irgendetwas hartnäckig an ihrem Arm herumzerrte. Sie schlug die Augen auf, musste sie aber umgehend wieder schließen. Alles um sie drehte sich und sie hatte nicht die geringste Ahnung, wo sie sich befand. Aus der Ferne drangen gedämpfte Geräusche an ihr Ohr, doch konnte sie diese nicht so recht einordnen. Alles vermischte sich zu einem wirren Rauschen.

Das Zerren allerdings blieb und fing allmählich an, störend zu werden. Fast ein wenig verärgert schlug Theresa ein weiteres Mal die Augen auf. Wie durch einen Schleier hindurch erkannte sie David. Er hockte weinend neben ihr und hämmerte auf ihrem Arm herum. Seltsam war allerdings, dass sie ihn kaum hören konnte. Es war, als hätte sie Stöpsel in den Ohren.

„Hey“, krächzte sie und wollte sich aufrichten. Ihr war jedoch, als drücke ein unsichtbares Gewicht sie auf den Boden zurück. Sie schloss ein weiteres Mal die Augen. Irrte sie sich oder schwankte ihre Umgebung? Es kam ihr so vor, als befände sie sich auf einem Boot, das von den Wellen hin und hergeworfen wurde. Dabei war sie doch mit einem Flugzeug unterwegs …

Als die Erinnerung an das, was geschehen war, wie ein hungriger Löwe über sie herfiel, riss Theresa entsetzt die Augen auf. Gleichzeitig blinzelte sie entschlossen gegen den Schleier an, der auf ihren Augen lag. Als die Umgebung allmählich klarer wurde, sah sie sich hektisch in der Bordtoilette um. Seltsam. Hier war alles unverändert. So, als hätte sie die entsetzlichen Geräusche und Schläge nur geträumt. Wie war das möglich?

„David“, sprach sie ihn an. Aber er reagierte nicht auf sie, sondern weinte ungehemmt weiter. Ob er ähnlich taub war wie sie? Um zu ihm durchzudringen, legte sie eine Hand sanft auf Davids Wange.

Der kleine Junge hörte schlagartig auf zu weinen und starrte Theresa mit großen, entsetzten Augen an.

Theresa lächelte ihm beruhigend zu. „Kannst du mich hören?“

David antwortete nicht, er starrte nur weiter auf sie herunter.

„Also gut.“ Theresa atmete einmal tief durch. Obwohl sie sich selbst kaum hören konnte, fand sie es beruhigend, dass sie in der Lage war, ganze Sätze zu formulieren. Trotz der rasenden Kopfschmerzen, derer sie sich immer stärker bewusst wurde, schien ihr Verstand noch zu funktionieren. Sie hob die Hand und betastete ihr Gesicht. Mund, Nase, Augen, Stirn … alles vorhanden. Nachdem sie auch sonst weder an sich selbst noch an David Blut oder Verletzungen entdecken konnte, blickte sie sich erneut in der Bordtoilette um. Hier war wirklich alles beim Alten. Wie kam es dann, dass die Umgebung immer noch so fürchterlich schwankte? Konnten das die Auswirkungen einer starken Gehirnerschütterung sein? Ihre Kopfschmerzen sprachen dafür.

„Wie geht es dir, David?“, fragte sie den kleinen Jungen. „Tut dir irgendetwas weh?“

David antwortete nicht. Auch er wirkte irgendwie benommen.

„Das geht nicht so weiter“, seufzte Theresa. Kopfschmerzen hin oder her. Sie wollte jetzt wissen, was los war. Um sich beim

Aufstehen Zeit zu lassen, drehte sie sich zuerst auf die Seite, blieb einen Moment so liegen und ging dann in den Vierfüßerstand. Auch da drehte sich alles um sie herum.

Was sie allerdings noch mehr behinderte als das Geschaukel, war David. Kaum, dass sie aufgestanden war und sich gegen eine der Wände gelehnt hatte, klebte er auch schon an ihrem Bein, als handele es sich um seinen wertvollsten Besitz. Theresa versuchte ein paarmal, ihn davon zu lösen, hatte aber keinen Erfolg. Da David ganz offensichtlich genauso schlecht hörte wie sie selbst, gab es keine Möglichkeit, vernünftig mit ihm zu sprechen.

Irgendwann beschloss Theresa, aus der Not eine Tugend zu machen, und setzte David so auf ihren Fuß, dass sie ihn transportieren konnte. Sie hatte Arianes Tochter Sina schon oft auf diese Weise durch die Gegend geschleppt und als sie David dazu gebracht hatte, seine Beine auszustrecken, funktionierte es ganz gut. Nicht, dass es weite Strecken zurückzulegen galt. In der klitzekleinen Bordtoilette genügte ein einziger Schritt, um die Tür zu erreichen.

Theresa hielt ihr Gleichgewicht, indem sie sich an der rechten Wand abstützte, und machte sich gleichzeitig an der Verriegelung zu schaffen. Allerdings hielt sie inne, als plötzlich das Licht ausfiel. Sofort spürte sie, wie sich Davids Griff um ihr Bein erheblich verstärkte.

Im nächsten Moment ging das Licht wieder an. Theresa widmete sich erneut der Verriegelung, fingerte jetzt aber so hektisch daran herum, dass sie überhaupt nichts erreichte. Dann fiel das Licht erneut aus.

„Jesus“, flüsterte Theresa verängstigt. „Was ist nur los?“

Als hätte das Gebet geholfen, ging das Licht wieder an. Theresa bekam die Verriegelung zu fassen und schob die Tür auf …

***

Das Erste, was Theresa spürte, war Wind – warmer, böiger Wind. Sie hörte ihn nicht, aber sie spürte ihn deutlich. Dann fiel ihr Blick auf ein schwarzes Loch. Es befand sich direkt vor ihr und schien sich irgendwie zu bewegen. Dem Umriss nach zu urteilen handelte es sich um den Ausstieg, aber was war dahinter?

Die Kabinenbeleuchtung flackerte, fing sich dann aber wieder und warf ein gedämpftes Licht auf den hinteren Teil des Flugzeugs. Theresa konnte den Vorhang erkennen, hinter dem sie vorhin die beiden Stewardessen gesehen hatte. Jetzt war niemand da. Allerdings fiel auf, dass das Flugzeug irgendwie … unaufgeräumt aussah. Es lagen lauter Dinge auf dem Fußboden, Taschen, ein geöffneter Koffer, Kleidungsstücke …

Theresas Blick wanderte zu dem schwarzen Loch zurück. War das Flugzeug offen? Aber wenn es das war, warum kam der Wind dann von rechts? Theresa machte mit David am Bein einen Schritt vorwärts, wandte sich nach rechts und – erstarrte.

Da, wo vorher Sitzreihen gewesen waren, befand sich etwas Riesiges, Metallenes, das sie nicht zuordnen konnte. Es nahm die Hälfte des Innenraumes ein und schien alles zerstört zu haben, was sich ihm in den Weg gestellt hatte. Handelte es sich um ein Teil eines anderen Flugzeugs? Vielleicht um ein Triebwerk? Theresa meinte, im Schummerlicht das intakt gebliebene Gebläse erkennen zu können. Aber waren Triebwerke denn derart groß? Besaßen sie einen Durchmesser, der größer war als ein Mensch? Und was war geschehen? Waren sie mit einem zweiten Flugzeug zusammengestoßen?

Theresas Blick wanderte weiter, blieb an etwas hängen, das an einen Menschen erinnerte … und die Realisation, was es war, sorgte dafür, dass sie aufstöhnte und sich entsetzt abwandte. In diesem Teil des Flugzeugs lebte niemand mehr. Sie musste jetzt an David denken – und an sich selbst! Deshalb wandte sie sich erneut nach links, dorthin, wo sie den Ausstieg gesehen hatte. Mit David am Bein tat sie einen großen Schritt vorwärts und warf sich gegen die Wand auf der gegenüberliegenden Seite der Toilette. Indem sie die Wände als Stütze benutzte, bewegte sie sich auf den Ausstieg zu. Schon während sie das tat, spürte sie die zunehmende Feuchtigkeit. Es war, als würde sie sich einem Rasensprenger nähern. Auch der Wind wurde stärker und riss an ihren Haaren und ihrer Kleidung.

Als sie schließlich nach draußen sehen konnte, musste sie sich festhalten, um von Wind und Regen nicht einfach umgeworfen zu werden. Erkennen konnte sie trotzdem nicht viel. Draußen herrschte pechschwarze Nacht. Nicht einmal der Mond war zu sehen. Allein das Flugzeug erhellte mit seinem gedämpften Licht einen kleinen Teil der Umgebung. Und dabei handelte es sich um … Wasser!

Es war ein gespenstischer Moment. Obwohl sich alles um Theresa herum drehte und ihr Wind und Regen ins Gesicht peitschten, sah und hörte sie so gut wie gar nichts. Dadurch kam ihr alles irgendwie unwirklich vor. So als bestünde gar keine Bedrohung, so als könnte sie ewig hier stehen bleiben …

Dieser Eindruck veränderte sich schlagartig, als mit einem Mal ein Ruck durch das Flugzeug ging und Theresa zur Seite geworfen wurde. Sie fiel gegen die hinter ihr liegende Wand und landete neben David auf dem Boden, wo sie von einem Schwall Wasser getroffen wurde. Sie schluckte Salzwasser und kämpfte mit zwei kleinen Ärmchen, die sie beinahe erdrücken wollten. Dann senkte sich das Flugzeug in die entgegengesetzte Richtung. Spätestens jetzt hatte Theresa den Ernst der Lage erkannt. Glücklicherweise war bei der Bewegung des Flugzeuges etwas Gelbes in ihre Richtung gerutscht. Eine Schwimmweste! Wenn die nicht der Himmel schickte …

Theresa rappelte sich auf ihre Knie, griff nach der Weste und fingerte zitternd daran herum. Dabei hatte sie Mühe, David so weit auf Abstand zu halten, dass sie sinnvolle Bewegungen ausführen konnte. Glücklicherweise waren diese Westen idiotensicher. Theresa musste sie nur über den Kopf ziehen, nach den beiden Enden des Gurtes greifen, sie vor ihrem Bauch verschließen und den Gurt dann festziehen. Jetzt galt es, eine zweite Weste zu finden. Sie krabbelte auf Knien zum Gang, griff unter den erstbesten der noch intakten Sitze und – fand eine Weste. Der Gedanke, dass diese Weste das Leben eines anderen Passagiers hätte retten sollen, huschte kurz durch ihren Kopf, ging dann aber in dem verzweifelten Bemühen unter, David die riesige Weste anzulegen. Dieser wehrte sich zunächst nach Kräften, lenkte aber ein, als Theresa ihm fest in die Augen sah und ihn mit ihrem Blick von der Notwendigkeit dieser Aktion überzeugte.

Als auch Davids Weste befestigt war, krabbelten die beiden Hand in Hand zur Ausstiegsluke zurück. Das Flugzeug war inzwischen so weit abgesunken, dass Wasser in die Luke schwappte. Wenigstens war es nicht kalt. Das einzige Problem bildete der heftige Wind.

Theresa hatte Angst, dass er sie zum Flugzeug zurückdrücken und dabei vielleicht sogar verletzen würde. Und auch David schien sich jetzt wieder zu fürchten und wollte Theresa am Ausstieg hindern. Es gab jedoch keine Alternative und so verstärkte Theresa ihren Griff um Davids Hand, glitt ins Wasser und zog David unbarmherzig hinter sich her.

Entgegen ihrer Befürchtungen war es erstaunlich einfach, die Ausstiegsluke hinter sich zu lassen. Der Wind schien sie nämlich nicht in Richtung Flugzeug, sondern eher in die entgegengesetzte Richtung zu drücken. Als sie sich beide im Wasser befanden, brachte Theresa durch einen Zug an dem dafür vorgesehenen Band erst ihre eigene, dann Davids Schwimmweste dazu, sich aufzublasen. Jetzt musste sie nicht mehr darum kämpfen, über Wasser zu bleiben, sondern konnte sich um David und seine Ängste kümmern. Und diese waren nicht gerade klein.

Der Wind drückte die beiden so schnell vom Flugzeug weg, dass sie sich bereits nach wenigen Sekunden in vollständiger Finsternis wiederfanden. Hinzu kam, dass sich ununterbrochen Wellen an ihnen brachen. Theresa hatte alle Hände voll zu tun, um David vor ihnen zu schützen. Sie vermutete, dass der Junge nicht an Wasser gewöhnt war und auch deshalb so panische Angst davor hatte. Trotzdem konnte sie nicht viel tun. Da beide immer noch nicht hören konnten, blieben ihr nur Berührungen, die allerdings nicht viel zu helfen schienen.

Schließlich war es die reine Erschöpfung, die dafür sorgte, dass David ruhiger wurde. Nachdem sie bereits eine gute Stunde im Wasser umhergetrieben waren, hörte David auf zu weinen und starrte nur noch stumpf geradeaus. Wenige Minuten später fielen ihm die Augen zu. Theresa nutzte die Gelegenheit und verknotete ihre Schwimmweste mit Davids. Man konnte ja nie wissen …

Obwohl es beruhigend war, dass sie auf diese Weise nicht mehr getrennt werden konnten, spürte Theresa, wie sich ihr eigener Gemütszustand verschlechterte. Sich um David zu kümmern, hatte ihr Kraft gegeben und sie von ihren eigenen Ängsten abgelenkt. Jetzt aber fühlte sie sich ausgeliefert und allein. Wo waren die anderen Passagiere? Es mussten doch noch andere den Weg aus dem

Flugzeug gefunden haben! Oder träumte sie das alles nur? War sie in einem Albtraum gelandet, aus dem sie gleich wieder erwachen würde?

Ein Schwall Wasser schwappte in Theresas Gesicht und überzeugte sie davon, dass alles, was sie gerade erlebte, sehr real war. Sie waren mit dem Flugzeug abgestürzt! Na ja … notgelandet … notgewassert … Wie hoch war eigentlich die Wahrscheinlichkeit, dass so etwas passierte? Galten Flugzeuge nicht als die sichersten Verkehrsmittel überhaupt? Und jetzt war sie, Theresa Krug, in ein solches Szenario geraten?!? Das war doch verrückt! Und wo blieben die Rettungskräfte? Hätten die nicht längst hier sein müssen? Müssten nicht längst Suchflugzeuge über ihnen kreisen?

Theresa hob den Kopf und blickte in den Himmel. Aber da war nichts, nur tiefe Dunkelheit. Theresa spürte, wie sie vom Scheitel bis zur Sohle zitterte. „Jesus", flüsterte sie verzweifelt. „Du lässt mich doch nicht allein, oder?"

Als handele es sich um seine Antwort, kam Theresa ein Lied in den Sinn. Sie hatte es oft im Gottesdienst gesungen und mochte es sehr: *Wie tief kann ich fallen, wenn alles zerfällt, wenn Brücken und Stützen verschwinden? Wie lang muss ich laufen auf dieser Welt, um sicheren Boden zu finden?* Das Beste war jedoch der Refrain: *Nie tiefer als in Gottes Hand, nie weiter als in seine Nähe! Nie bau ich mein Leben auf Sand, wenn ich jeden Schritt mit ihm gehe.*

Theresa begann das Lied zu singen. Sie konnte sich zwar kaum hören, merkte aber trotzdem, dass der Gesang einen beruhigenden Einfluss auf sie ausübte. Es war hilfreich, etwas Normales zu tun. Es war wie Ordnung im Chaos und dadurch irgendwie richtig …

Kapitel 10

Theresa erwachte, als jemand mit der flachen Hand sanft gegen ihre Wange schlug. Auch hörte sie eine Art dumpfes Murmeln. Sie schlug die Augen auf und sah einen ihr unbekannten jungen Mann. Er bewegte seine Lippen und schien mit ihr zu sprechen, doch konnte Theresa nicht verstehen, was er sagte. Seine Worte schienen aus größter Entfernung zu kommen und waren einfach zu leise, um zu ihr vorzudringen.

Sie sah sich um. Es war gleißend hell. „David!", schrie sie und war mit einem Mal hellwach.

Der Junge war neben ihr, rührte sich jedoch nicht. Seine Augen waren geschlossen, als schliefe er. „David!", schrie sie erneut und zerrte nun ihrerseits mit hektischen Bewegungen an dem Kind herum. Dabei spritzte sie mit Wasser um sich, denn sie befanden sich immer noch im Meer. Etwas jedoch hatte sich verändert. Während Theresa herumzappelte, bekam sie festen Boden unter ihre Füße und konnte sich ein wenig aufrichten. Das Wasser ging ihr jetzt nur noch bis an die Brust.

Im nächsten Moment riss auch David die Augen auf. Er erblickte Theresa, streckte seine Arme nach ihr aus und krallte sich gleich darauf wie ein Ertrinkender an ihr fest. „Ist ja gut", flüsterte Theresa und versuchte, ihn trotz der hinderlichen Schwimmwesten an sich zu drücken. Gleichzeitig sah sie sich hektisch um. Wo waren die Rettungskräfte?

Sie benutzte ihre Füße, um sich ein wenig zu drehen, und konnte jetzt erneut den jungen Mann ansehen. Er war jünger als sie, wahrscheinlich nicht älter als 25, und hatte asiatische Gesichtszüge. Auffallend war zudem, dass er extrem viele Leberflecken in seinem länglichen Gesicht hatte. Er hob jetzt seinen Arm und deutete schräg hinter sich.

Theresa folgte seinem Arm mit ihrem Blick. Das Erste, was sie sah, waren Felsen, an denen sich die Wellen brachen. Da das ziemlich gefährlich aussah, begann sie sich instinktiv in die andere Richtung zu bewegen. Der junge Mann aber hielt sie fest und zwang sie, ihn erneut anzusehen. Dann deutete er nach links.

Theresa blickte in die entsprechende Richtung und sah eine Handvoll Menschen in einiger Entfernung auf einem anderen Felsen stehen. Weitere Überlebende? Vielleicht Herr Tanner? Und Jontek?

Der junge Mann bedeutete Theresa, dass man sich auf den Weg zu der Gruppe machen solle. Theresa nickte und ließ es zu, dass er sie hinter sich herzog. Sie war jetzt froh über seine Hilfe. David hatte sich wie eine Zange an ihr festgekrallt und behinderte sowohl ihr Vorwärtskommen als auch ihr Sichtfeld. Hinzu kam, dass die Wellen mit jedem Schritt, den sie sich dem Festland näherten, stärker wurden. Das Wasser traf mit enormer Kraft auf die Felsen und hinterließ dabei ein Meer weißer Gischt. Die Tatsache, dass Theresa das Rauschen der Wellen nicht hörte, sondern nur sah, machte die Szene irgendwie unwirklich. Erlebte sie das alles tatsächlich?

Der junge Mann schien genau zu wissen, was er tat. Er steuerte schnurstracks auf eine kleinere Felsformation zu, die sich nicht weit von der Gruppe Menschen entfernt befand. Als sie sich ihr näherten, sah Theresa, dass die Felsen hier eine kleine Einbuchtung bildeten und sehr viel flacher abfielen als an anderen Stellen. Gleich darauf sprang eine Gestalt auf einen der Felsvorsprünge.

„Jontek!", rief Theresa und traute ihren Augen nicht. Er trug nur ein Unterhemd und seine Hose war an mehreren Stellen zerrissen, er selbst schien aber unverletzt zu sein!

Als er jetzt antwortete und deutlich sichtbar seine Lippen bewegte, drang dennoch nichts an Theresas Ohren. „Ich hör dich nicht!", schrie sie. „Ich glaub, meine Ohren sind im Eimer."

Kaum, dass sie diese Worte ausgesprochen hatte, wurde sie sich auch schon ihrer Bedeutung bewusst. Es war tatsächlich möglich, dass ihre Ohren dauerhaft geschädigt waren! Dass sie nie wieder würde hören können! Als sie spürte, wie Panik in ihr aufstieg, begann sie zu beten. *Du hältst alles in deiner Hand, Herr. Auch mein Hörvermögen. Bitte schenk es mir zurück!*

Je näher Theresa den Felsen kam, desto stärker wurde ihr bewusst, dass die Taubheit nicht ihr einziges Problem war. Als sich ihr Oberkörper mehr und mehr aus dem Wasser hob, merkte sie, dass auch ihr Gleichgewichtssinn gestört war. Jedenfalls gelang es ihr nicht, sich angesichts der immer stärker werdenden Strömung auf den Beinen zu halten. Sie war mit jedem Schritt mehr darauf angewiesen, dass der junge Mann sie festhielt.

„Es tut mir leid", keuchte sie und stützte sich mit ihrem ganzen Gewicht auf ihren Helfer. „Ich … ich kann nicht … Mir ist total schwindelig."

Obwohl sie die Antwort nicht hören konnte, spürte sie, wie sich der Griff um ihre Hüfte verstärkte. Auch sah sie, dass sich zwei weitere Männer – darunter einer mit Vollbart – zu Jontek gesellten und darauf warteten, die kleine Gruppe in Empfang zu nehmen. Wenig später wurde sie von starken Armen gepackt und in die Höhe gezogen. Um sich gegen den immer schlimmer werdenden Schwindel zu wehren, schloss sie die Augen.

Sie öffnete sie erst wieder, als ihre Umgebung ein bisschen zur Ruhe gekommen war. Sie lag jetzt rücklings auf sehr hartem Boden und wurde von David, der sich immer noch an ihr festklammerte, heruntergedrückt. Dafür beugte sich jetzt Jontek über sie und streichelte ihr Gesicht, wobei sich seine Lippen bewegten.

„Ich hör dich nicht", sagte Theresa und begann zu weinen. „Ich hör so gut wie gar nichts."

Jontek hörte auf zu reden und versuchte stattdessen, David von Theresas Hals zu lösen. Dabei stieß er allerdings auf erbitterten Widerstand.

„Lass ihn", bat Theresa. „Er ist traumatisiert."

Jontek verzog frustriert das Gesicht.

„Lebt Herr Tanner?", fragte Theresa.

Sie sah, wie Jontek mit den Schultern zuckte, und schluckte schwer. „Wie viele Überlebende?", fragte sie weiter.

Jontek streckte seine Finger aus und zeigte ihr zweimal seine beiden Hände. Dann zeigte er ihr noch einmal drei Finger.

„Dreiundzwanzig?", fragte Theresa.

Jontek nickte.

„Aber das …“, Theresa schluchzte auf, „das kann doch nicht sein! Es müssen Hunderte von Passagieren im Flugzeug gewesen sein! Hunderte!“ Auf einmal schoss ihr das Bild in den Kopf, das sie gestern Abend gesehen hatte. Das Bild eines Triebwerks, das im Passagierraum gelandet war. Sie dachte an die Leute, die in den Reihen vor ihr, neben ihr und hinter ihr gesessen hatten, darunter ein sympathisches Pärchen von gerade mal Anfang 20. Waren sie tot? Alle tot? Der Gedanke war unerträglich und trieb ihr eine nicht enden wollende Flut von Tränen in die Augen. *Oh Gott!,* dachte sie verzweifelt, *warum? Warum das alles? Warum?*

***

„Jetzt sitz doch mal still!“, verlangte Ariane und drückte Sina verärgert auf ihren Hochstuhl zurück. „Man kann ja überhaupt nicht in Ruhe frühstücken.“

„Sina Lade!“, verlangte Sina und streckte fordernd ihre rechte Hand aus. „Lade!“

„Es gibt jetzt keine Schokolade“, sagte Tom und bot seiner Tochter ein Stück Brötchen an. Es war liebevoll mit Butter und Honig bestrichen, fand an diesem Sonntagmorgen aber keinerlei Anklang.

„Lade!“, weinte Sina und schlug ihrem Vater das Brötchen aus der Hand. „Lade!“

Tom seufzte tief, hob das Brötchen wieder auf und knurrte: „Murphy’s Law.“ Dann ging er zur Spüle hinüber, warf das Brötchen in den Mülleimer und holte einen Lappen, mit dem er den Honig von den Fliesen wischte.

„Lade!“, kreischte Sina erneut.

„Nichts da!“, sagte Ariane streng. „Entweder du isst jetzt dein Vollkornbrötchen oder du kriegst überhaupt nichts!“ Sie griff nach einem dunklen Baguettebrötchen, riss ein Stück davon ab und hielt es Sina hin. Diese sah es einen Moment lang skeptisch an, streckte dann die Hand aus und nahm es.

„Eben, als du Brötchen geholt hast, liefen die Nachrichten“, informierte Ariane ihren Mann. „Die vermissen schon wieder ein Flugzeug. Irre ich mich oder häufen sich diese Flugzeugunglücke in letzter Zeit?“

Tom spülte den Lappen aus. Er war ein großer, schlanker Mann mit dunklen Haaren und einem klassischen Seitenscheitel. „Das bildest du dir ein“, behauptete er. Nach dem Abitur hatte er Nachrichtentechnik studiert. Jetzt arbeitete er bei der Flugsicherung Frankfurt. „Das Flugzeug ist das sicherste Verkehrsmittel überhaupt. Auf zwei Milliarden Flugpassagiere im Jahr kommen im Schnitt etwa tausend Tote, das sind unschlagbare 0,00005 Prozent.“

„Aber wenn etwas passiert, dann sterben meist gleich alle …“

„Lade“, seufzte Sina, während sie missmutig von ihrem trockenen Brötchen abbiss.

„Eben“, erwiderte Tom und trocknete seine Hände ab. „Deshalb wird ja auch jeder Absturz von den Medien so ausgeschlachtet. Das vermittelt einem dann den Eindruck, dass so etwas ständig passiert.“ Er kehrte jetzt auf seinen Platz zurück. „Wo wird das Flugzeug denn vermisst?“

„Über Indonesien, glaub ich.“

„Ui, dann wird’s schwierig. Ich glaub, da unten gibt es keinerlei Radarüberwachung.“

„Was bedeutet das?“

Tom zuckte die Achseln. „Das hängt immer von den Umständen ab. Erinnerst du dich an den Air-France-Absturz im Jahr 2009? Da haben sie den Flugschreiber erst zwei Jahre nach dem Absturz bergen können. Und dann erst MH 370 im März 2014 … Was für ein Drama!“

Ariane biss gedankenverloren von ihrem Brötchen ab. „Muss schlimm sein“, begann sie mit vollem Mund, „wenn man nicht weiß, was mit seinen Angehörigen passiert ist.“

„Ja, schlimm … Ist da noch Kaffee in der Kanne?“

***

Ein paar Stunden später hatte sich Theresa einigermaßen erholt. Auch hatte sie den Felsen verlassen. Sie saß jetzt auf einem Grasstreifen, der den Übergang zwischen den Felsen in der Nähe des Meeres und einem dichten Waldgebiet bildete, und hatte den Jungen auf ihrem Schoß. Es war ihr mittlerweile gelungen, sich und David von den Schwimmwesten zu befreien. Theresa trug jetzt nur noch ihre graue Jeans und das fliederfarbene T-Shirt, die erfreulicherweise kaum beschädigt waren. Auch ihre schwarzen Laufschuhe waren noch da. Alles war durchnässt, aber das machte keinen großen Unterschied. Die Luft war ohnehin warm und die Luftfeuchtigkeit so hoch, dass es kaum eine Aussicht auf trockene Klamotten gab. Auch ihre Haare waren dauerhaft feucht. Dadurch wirkten sie etwas dunkler als sonst und sahen nicht mehr mittelblond, sondern beinahe braun aus. Auch kringelten sie sich ein bisschen stärker.

Ein paar Meter von Theresa entfernt saßen einige der anderen Überlebenden. Dabei handelte es sich fast ausschließlich um Frauen und Kinder. Die Männer hatten sich auf den Weg gemacht, um nach weiteren Überlebenden Ausschau zu halten. Zurückgeblieben waren ein älterer Herr, der bei seiner Frau geblieben war, sowie acht Frauen, zwei Jugendliche und drei Kinder. Davids Mutter war nicht unter ihnen. Allerdings schienen zwei der Kinder zusammen mit ihrer Mutter überlebt zu haben. Diese war Anfang 40 und hatte ganz offensichtlich keinen Angehörigen bei dem Unglück verloren, denn sie wirkte gefasst und liebkoste ihren etwa zehnjährigen Sohn und die vielleicht siebenjährige Tochter.

Anderen war es nicht so gut ergangen. In ein paar Metern Entfernung saß eine sehr kleine, vollschlanke Asiatin, die – was Theresa sehen, aber nicht hören konnte – hemmungslos schluchzte. Theresa wusste nicht, ob dies eine Schockreaktion war oder mit dem Verlust eines Angehörigen zu tun hatte. Sie hatte auch keine Möglichkeit zu helfen. Noch immer konnte sie aufgrund des Schwindels nicht aufstehen. Außerdem ließ David sie sowieso nicht los.

Unweit der schluchzenden Frau saßen eine Mutter und ihre etwa 16-jährige Tochter. Die beiden waren Asiatinnen und sahen sich so ähnlich, dass es keine Zweifel an ihrem Verwandtschaftsverhältnis gab.

Während Theresa die anderen Überlebenden betrachtete, hüpfte irgendetwas auf Davids Fuß. Als Theresa genauer hinsah, entdeckte sie einen Grashüpfer, der von seiner Form her sehr vertraut aussah, farblich jedoch nicht erstaunlicher hätte ausfallen können. Er hatte einen längs gestreiften Körper, bei dem sich Schwarz und Weiß miteinander abwechselten, dazu leuchtend weiße Fühler, ein weißes

Auge und schillernd bunte Beine. Theresa blinzelte ein paarmal gegen das Gefühl an, dass ihre Augen nicht richtig funktionierten, erhielt aber kein anderes Bild. Wo um alles in der Welt war sie hier gelandet?

Sie sah sich noch einmal in ihrer Umgebung um. Hinter ihr wuchsen in etwa 20 Metern Entfernung die ersten kleineren Sträucher, noch weiter hinten mündeten diese in ein dichtes Waldgebiet. Weit entfernt türmten sich einige hohe Berge auf, zum Teil waren nackte Felsformationen zu erkennen. Eigentlich wirkte hier alles fremdartig. Auch der Wald im Hintergrund war irgendwie *anders* als alles, was Theresa kannte: dichter, grüner, verschlungener.

Ob es hier gefährliche Tiere gab? Tiger vielleicht? Oder Bären? Oder – sie blickte argwöhnisch auf das hohe Gras, das sie umgab – *Schlangen*? Sie schluckte schwer und spürte, wie ein Gefühl von Angst ihre Kehle hinaufkroch. Jetzt nur nicht in Panik ausbrechen! *Jesus*, betete sie, *ich hab doch diesen Absturz nicht überlebt, um von einer giftigen Schlange gebissen zu werden, oder?*

Sie wurde von ihren imaginären Schlangen abgelenkt, als sich David aufrichtete und sie vorsichtig anstieß. Dann deutete er auf den Grashüpfer, der immer noch auf seinem Fuß saß. Dabei begannen seine Augen zu leuchten und das erste Lächeln des Tages huschte über sein Gesicht.

Du hast recht, dachte Theresa. *Wir sollten die Schöpfung bestaunen und uns über unsere Rettung freuen, statt uns Sorgen zu machen.*

Als sich David mit seiner Hand dem bunten Tier näherte, hüpfte es davon – ganz wie ein europäischer Grashüpfer. Theresa konnte ihm noch einen Moment mit ihrem Blick folgen, dann verlor sie ihn aus den Augen. Stattdessen wurde ihre Aufmerksamkeit von einer kleinen Gruppe von Frauen gefangen genommen, in deren Richtung der Grashüpfer unterwegs war. Sie hatte schon vorhin bemerkt, dass eine von ihnen ein Problem mit ihrem Arm hatte. Jedenfalls hatte sie ihn an ihren Körper gepresst und mit der anderen Hand ununterbrochen festgehalten. Jetzt aber hatten sich zwei weitere Frauen des Problems angenommen. Eine von ihnen war eine Asiatin mit kurzen schwarzen Haaren und einer lilafarbenen Hornbrille. Sie schien sich in medizinischen Dingen auszukennen. Jedenfalls hatte sie einen kleineren Ast in der Hand und versuchte, den Arm damit zu schienen. Eine ältere Dame, die noch recht rüstig wirkte und europäische Gesichtszüge hatte, ging ihr dabei zur Hand. Ein paar Meter weiter stand eine Frau, die sich mit Zuschauen begnügte. Sie war auffallend hübsch und hätte mit ihren langen, braunen, leicht gewellten Haaren so ziemlich jeden Schönheitswettbewerb gewonnen.

Ein wenig abseits saß eine Frau mit einem dunkelbraunen Pagenkopf, die ununterbrochen an ihren Haaren herumfummelte. Auf Theresa wirkte sie ein wenig seltsam, doch das konnte mit den Umständen zusammenhängen. Es war gut möglich, dass sie einen Schlag auf den Kopf erlitten hatte oder traumatisiert war. Der Gedanke war nicht von der Hand zu weisen und sorgte dafür, dass sich Theresa die Frage stellte, inwieweit sie wohl selbst „beschädigt" war. Zumindest ihr Gehör war verletzt worden. Ebenso Davids. Und die anderen? Gab es hier überhaupt jemanden, der unverletzt geblieben war? Brauchten sie nicht alle medizinische Hilfe? Sie hob den Kopf und blickte in den Himmel. Sollte von dort nicht Hilfe nahen? Wo blieben sie denn, die Rettungskräfte? Soweit sie wusste, verschickten Flugzeuge in regelmäßigen Abständen Positionsmeldungen. Da musste die Welt doch wissen, wo sie abgestürzt waren, oder nicht?

Andererseits … erinnerte sie sich dunkel an den Flug MH Dingsbums, der über eine gefühlte Ewigkeit hinweg die Medien beherrscht hatte. Da hatte es Wochen gedauert, bis überhaupt die mutmaßliche Flugroute des verschwundenen Flugzeugs hatte bestimmt werden können. So ein Problem lag hier doch wohl hoffentlich nicht vor …

***

„Wo ist eigentlich Theresa?", fragte Johanna, die Ehefrau eines der Pastoren. Sie war Anfang 50 und hatte eine sehr mütterliche Art, die dazu führte, dass sie stets die anderen Gemeindemitglieder im Blick hatte. Damit hatte sie allerdings sehr viel zu tun, denn die Gemeinde bestand aus mehr als 1.000 Menschen.

Ariane erhob sich von ihrem Platz in der Mitte des Saales, sah sich um und rückte dabei ihre auffällige rot-weiß gestreifte Brille zurecht. „Das würd ich auch gern wissen. Sie verpasst sonst nie den

Gottesdienst. Und wir treffen uns immer in diesem Bereich hier. Ich werd sie nachher mal anrufen und fragen, ob sie krank ist."

„Letzten Sonntag sah sie auch schon so schlecht aus", überlegte Johanna und grüßte einen älteren Herrn, der an ihr vorbeikam. Der Gottesdienst war seit wenigen Minuten zu Ende und jetzt bildeten sich kleinere Grüppchen, in denen man sich angeregt miteinander unterhielt.

„Im Moment hat sie's nicht leicht", seufzte Ariane und dachte darüber nach, ob sie Johanna von der Sache mit dem Stalker berichten sollte. Sie entschied sich jedoch dagegen. Theresa würde wahrscheinlich nicht wollen, dass jemand von ihren verpfuschten Dates erfuhr … „Ihr Chef ist ein Kotzbrocken und ein neuer Arbeitsplatz ist schwer zu finden." *Apropos Arbeitsplatz,* dachte Ariane. *Jetzt weiß ich immer noch nicht, wie das Vorstellungsgespräch gelaufen ist.*

„Vielleicht möchte Gott nicht, dass sie wechselt", überlegte Johanna und fuhr sich durch ihre leicht gewellten, kastanienrot gefärbten Haare. „Vielleicht wird sie an diesem Arbeitsplatz noch gebraucht."

Arianes Blick verfinsterte sich. „Du hast ja keine Ahnung, welche Unverschämtheiten sich Theresa Tag für Tag bieten lassen muss. Dieser Chef verdient Theresa gar nicht."

„Hm", machte Johanna und winkte Tom zu, der sich mit Sina auf dem Arm den beiden näherte. „Solltest du in der Frage, was ein Mensch verdient, nicht lieber Gott entscheiden lassen?"

***

Eine gute halbe Stunde später war David auf Theresas Schoß eingeschlafen. Und auch Theresa merkte, wie ihr die Augen zufielen. Unglücklicherweise war es nicht sehr bequem, einfach so im Gras zu sitzen. Ihr fehlte eindeutig ein Baumstamm, an den sie sich hätte anlehnen können. Da sie David nicht wecken wollte, konnte sie sich nicht bewegen und litt mehr und mehr unter Rückenschmerzen. Das Einzige, was einschlief, war ihr Hintern …

Als in der Ferne ein paar Gestalten auftauchten, glaubte Theresa zunächst, es handele sich um ein Rettungsteam. Warum sonst hätten die Leute Koffer bei sich haben sollen? Doch mit jedem Meter, den sie näher kamen, wuchs die Gewissheit, dass es sich um ein paar der Überlebenden handelte. Besonders Jonteks blonder Lockenschopf kristallisierte sich immer klarer heraus. Andererseits …

Eine Gruppe von drei Personen, die hinter den anderen beiden zurückgeblieben war, nahm Theresas Aufmerksamkeit ganz besonders stark gefangen. Die Person, die von den anderen beiden in die Mitte genommen worden war, schien kaum laufen zu können und wurde mehr getragen, als dass sie selbst auf ihren Füßen stand.

Theresas Herzschlag beschleunigte sich. Ein weiterer Überlebender? Vielleicht Herr Tanner?

Doch bald wurde deutlich, dass die Person zwar schwarze Haare hatte, es sich jedoch um einen jungen Asiaten von vielleicht gerade mal 20 handelte. Dieser war auffallend groß und dünn, schien aber nicht verletzt, sondern nur erschöpft zu sein. Die beiden Männer, die ihn gestützt hatten, ließen ihn jetzt nur wenige Meter von Theresa entfernt vorsichtig zu Boden gleiten und flößten ihm dann aus einer Art Kanne etwas zu trinken ein.

Als Theresa das sah, leckte sie sich unwillkürlich über die Lippen. Bis eben hatte sie gar nicht bemerkt, wie durstig sie war. Einige andere schienen ihr Bedürfnis zu teilen, denn sie erhoben sich und näherten sich dem kleinen Grüppchen.

Theresa starrte neidisch auf die Frauen, die jetzt ebenfalls die Kanne an den Mund hoben und daraus tranken. Dabei bemerkte sie gar nicht, dass Jontek zu ihr gekommen war. Erst, als er sie anstieß, riss sie ihren Blick von der silbernen Kanne los. Jetzt sah sie, dass Jontek eine weiße Plastiktüte in der Hand hielt, aus der es ein wenig tropfte. Theresa streckte eine Hand aus, formte daraus eine Schale und ließ ein bisschen Flüssigkeit hineinlaufen. Dann sah sie Jontek fragend an. Als dieser aufmunternd nickte, hob sie die Hand zum Mund und kostete vorsichtig.

Wasser! Geschmackloses, salzloses Wasser!

„Wo habt ihr das her?“, fragte sie, musste aber feststellen, dass Jonteks Lippenbewegungen ihr nicht weiterhalfen. „Ich verstehe dich nicht!“, rief sie.

Dass sie zu laut gesprochen hatte, merkte sie erst, als David plötzlich hochschreckte und zu weinen begann. Innerhalb von Sekunden hatte er sich aufgerichtet und klebte wieder wie eine Klette an Theresas Hals.

„Mehr“, sagte Theresa zu Jontek. Dieser hielt ihr die Plastiktüte so über das Gesicht, dass ihr das Wasser direkt in den Mund lief.

David löste sich ein wenig von ihrem Hals, hörte auf zu weinen und starrte nun seinerseits voller Interesse auf die Tüte.

Theresa bekam das aus dem Augenwinkel heraus mit. „Du möchtest auch, nicht wahr?“, fragte sie und erreichte dadurch, dass das Wasser an ihrem Mund vorbeilief und auf ihre Brust tropfte. Als David nickte, weiteten sich Theresas Augen. „Verstehst du mich etwa?“ Wieder sprach sie aufgrund ihrer eigenen Hörprobleme sehr viel lauter, als ihr bewusst war.

David nickte erneut.

„Aber das ist ja …“ Eine Welle der Begeisterung überrollte Theresa. Wenn sich Davids Gehör erholt hatte, gab es auch für ihres Hoffnung! Lachend griff sie unter Davids Kinn, hob es ein wenig an und bedeutete Jontek, das Wasser in seinen Mund laufen zu lassen. Anfangs verschluckte der Kleine sich ein paarmal, dann ging es besser.

Als David fertig war, sah er Theresa an und sagte etwas, doch konnte Theresa nur bedauernd die Achseln zucken. „Ich höre leider überhaupt nichts, mein Schatz.“

Daraufhin ahmte David Kaubewegungen nach.

„Du hast Hunger“, begriff Theresa. „Habt ihr auch was zu essen gefunden?“, fragte sie Jontek.

Jontek richtete seinen Blick auf die beiden Koffer, die er und die anderen hierher gebracht hatten. Es waren vollkommen intakte Koffer, ein schwarzes und ein dunkelblaues Exemplar. Beide hatten nicht die geringste Schramme. Als Jonteks Blick zu Theresa zurückkehrte, zuckte er die Achseln, dann sprach er mit einem der anderen Männer. Gleich darauf näherten sich die beiden dem schwarzen Koffer und hantierten an seinem Schließmechanismus herum. Dabei versuchten sie es erst mit Sinn und Verstand, dann mit roher Gewalt. Nach etwa zehn Minuten wandten sie sich dem zweiten Koffer zu und scheiterten bei diesem genauso wie bei dem anderen. Deshalb gaben sie ihre Bemühungen schließlich auf.

„Tut mir leid", glaubte Theresa auf Jonteks Lippen zu lesen. Die übrigen Erklärungen entgingen ihr.

„Du kannst ja nichts dafür", antwortete Theresa und sagte zu David: „Ich fürchte, du wirst dich noch ein bisschen gedulden müssen, mein Schatz. Trink noch einen Schluck Wasser. Der füllt den Magen."

David gehorchte und trank noch ein wenig aus der Plastiktüte, dann sank er auf Theresas Schoß zurück.

Währenddessen schien der zuletzt Gerettete erhebliche Probleme mit seinem Magen zu entwickeln. Jedenfalls spuckte er das Wasser, das man ihm gerade erst eingeflößt hatte, in mehreren Schüben wieder aus. *Hoffentlich hat er keine inneren Verletzungen*, dachte Theresa und begann lautlos für ihn zu beten. Wenn sie ihm schon nicht aktiv helfen konnte, war dies die beste Alternative.

Sie wurde gestört, als David sie anstieß und ihre Aufmerksamkeit auf den Himmel richtete, wo ein enormer Raubvogel in gar nicht mal großer Höhe über ihre Köpfe hinwegsegelte. Er hatte einen weißen Bauch, einen weißen Kopf, weiße Schwanzfedern und ansonsten schwarze Flügel. Die Spannweite schätzte Theresa auf mehr als zwei Meter! „Donnerwetter", entfuhr es ihr. „Ist das ein Adler?"

Ihr Ausruf ließ auch ein paar der anderen aufmerken. Völlig fasziniert, wenn nicht gar ehrfürchtig, betrachtete bald die gesamte Gruppe das majestätische Tier. Vielleicht spürten sie etwas von dem, was Theresa vorhin schon erkannt hatte: dass es gut war, von den Verletzungen und Nöten wegzusehen und den Blick zum Himmel zu richten …

***

„Und? Hast du Theresa erreicht?", fragte Tom, als er das Wohnzimmer betrat. Er hatte eine Weile gebraucht, um Sina zu ihrem Mittagsschlaf zu überreden, und freute sich jetzt auf eine gemütliche Mittagspause. Jedenfalls hatte er die Sonntagszeitung in der Hand.

Ariane schüttelte den Kopf und legte das Telefon auf den kleinen Couchtisch zurück. „Aber ich hab ihr eine Nachricht auf dem Anrufbeantworter hinterlassen."

Tom nahm neben ihr auf dem Sofa Platz. „Das verschwundene Flugzeug, von dem du erzählt hast, ist übrigens eine A 330-300 mit fast 300 Passagieren an Bord. Es war auf dem Weg von Singapur nach Brisbane."

„Steht das etwa schon in der Zeitung?", wunderte sich Ariane und deutete auf das Exemplar, das ihr Mann in der Hand hatte.

Tom schüttelte den Kopf. „Nein, aber ich hab heute Morgen im Gottesdienst Frank getroffen. Und der wusste es von Günther …"

„Die Leute von der Flugsicherung eben", seufzte Ariane. „Die interessieren sich für alles, was fliegt."

„Und auch für das, was nicht mehr fliegt", grinste Tom.

Kapitel 11

Theresa schreckte urplötzlich hoch und setzte sich auf. Wo war sie? Sie sah sich hektisch nach allen Seiten um, sah aber nur finstere Nacht um sich herum. Und es rauschte so gespenstisch!

Sie riss ihre Augen so weit auf, wie sie nur konnte, erreichte dadurch aber gar nichts. Es blieb stockfinster. Auch als sie ihren Blick gen Himmel richtete, änderte sich nichts. Weder Mond noch Sterne waren erkennbar. Dafür kehrte jetzt die Erinnerung an den Adler zurück, den sie vorhin betrachtet hatte.

Der Adler. Der Absturz. *David.*

Sie tastete den Boden ab und stieß auf zwei Arme, die sich an ihrem Bein festgekrallt hatten. Darüber ein kleiner Kopf mit kurzen, glatten Haaren … David. Er schlief. Hatte sie sich überhaupt schlafen gelegt? Und wenn ja, wann? Und wo waren die anderen?

„Hallo?", flüsterte sie mit zitternder Stimme in die Dunkelheit hinein. „Ist da jemand?"

Sehr zu Theresas Erleichterung erhielt sie umgehend eine Antwort. „Hier drüben", antwortete eine unterdrückte Stimme. „Warten Sie!" Ein paar Sekunden später wurde nur wenige Meter von Theresa entfernt ein kleines Licht sichtbar. „Ich bin Michael. Ich halte Wache! Machen Sie sich keine Sorgen. Es ist alles ruhig." Michael leuchtete mit dem Licht, das er in der Hand hatte, kurz zu Theresa hinüber und dann in sein eigenes Gesicht. Dadurch konnte Theresa sehen, mit wem sie sprach, und sie erkannte in Michael den vollbärtigen Mann wieder, der sie zusammen mit Jontek auf den Felsen in Empfang genommen und aus dem Wasser gezogen hatte.

„Wo haben Sie die Lampe her?", fragte Theresa.

„Das ist der Schlüsselanhänger, an dem ich meinen Kofferschlüssel befestigt hatte", sagte Michael. „Ich hatte ihn in der Hosentasche. Ist es nicht erstaunlich, dass er das Salzwasser überlebt hat?"

Theresa atmete einmal tief durch. „Es ist wirklich erstaunlich, dass *wir* überlebt haben. Wurden inzwischen noch mehr Überlebende gefunden?“

„Warten Sie … ich muss die Batterie schonen.“ Er fummelte an seiner Mini-Taschenlampe herum und schaltete sie aus. Sofort war wieder alles dunkel. Umso beruhigender war es, als er erneut zu sprechen begann. „Wissen Sie von dem Mann, der mehrere Kilometer über den Strand gelaufen ist, bevor er uns gefunden hat?“

„Nein!“ Theresas Herz begann freudig loszurasen.

„Anscheinend wurde er ziemlich weit abgetrieben. Er ist erst kurz vor dem Dunkelwerden zu uns gestoßen.“

„Er heißt nicht zufällig Max?“

„Nein. Soweit ich weiß, heißt er Guy und ist Deutschamerikaner.“

Theresa senkte enttäuscht den Kopf. „Aber es gibt Hoffnung. Es könnte noch weitere Überlebende geben. In der Dunkelheit können sie uns nicht finden, also werden sie erst morgen zu uns stoßen.“

„Hoffen wir's“, seufzte Michael. „Im Moment scheint es, als hätten die Koffer weit größere Überlebenschancen gehabt als die Menschen.“

„Wieso?“

„Na, weil es so viele sind. Und weil sie so intakt aussehen. Kaum einer ist überhaupt beschädigt.“

„Wie viele wurden denn gefunden?“

„Och … dreißig sind es bestimmt.“

„Dreißig!“, rief Theresa aus. „Das ist ja unglaublich. Konnten Sie sie öffnen?“

„Einige schon.“

„Und haben Sie etwas Essbares darin gefunden?“ Sie hatte die Frage sehr spontan gestellt, merkte dann aber, dass sie tiefer liegende Gründe hatte. Obwohl es noch mitten in der Nacht war, meldete sich Theresas Magen deutlich zu Wort.

„Leider nicht. Es waren hauptsächlich Kleidungsstücke drin, dazu Kultursachen wie Zahnbürsten und Zahnpasten, Kämme, Parfums, Föhns …“

„Fehlt nur die Steckdose“, seufzte Theresa.

„Allerdings", lachte Michael. „Aber die wird schon noch kommen. Die Rettungskräfte werden ja nicht ewig brauchen, um uns zu finden. Die gute Nachricht ist, dass das Wrack nicht weit von uns entfernt sein dürfte. Selbst wenn sie die Hoffnung aufgeben, Überlebende zu finden, werden die Behörden alles daran setzen, die Blackbox zu bergen. Und wenn sie die finden …

„Dann finden sie auch uns", vollendete Theresa seinen Satz. „Das klingt gut."

„Wer weiß, vielleicht holen sie uns schon morgen früh ab. Bis dahin sollten Sie noch ein bisschen schlafen!"

Theresa nickte und musste auf einmal gähnen. „Gute Idee." Sie legte sich vorsichtig zurück ins Gras, musste dann aber an den Grashüpfer denken. Sofort richtete sie sich wieder auf. „Wir wissen überhaupt nicht, wo wir hier gelandet sind. Könnte es hier nicht Skorpione oder giftige Schlangen geben?"

„Bisher ist niemandem etwas passiert."

Theresa atmete einmal tief durch. „Na dann …" Sie legte sich wieder hin und versuchte nicht darüber nachzudenken, dass Michaels Aussage alles andere als eine Garantie darstellte.

„Sie heißen Theresa, nicht wahr?", fragte Michael.

„Das stimmt. Anscheinend haben Sie ein gutes Gedächtnis."

„Das täuscht. Ich war der festen Überzeugung, Sie seien eine der beiden Frauen mit dem Hörproblem." Theresa riss überrascht die Augen auf. Michael konnte sie jedoch nicht sehen und fuhr unbeeindruckt fort: „Dabei sind wir nur fünfundzwanzig Leute. Das ist weniger als eine Schulklasse. Ich bin Lehrer, wissen Sie … Ich muss mir andauernd dreißig neue Gesichter und Namen merken. Es ist ungewöhnlich für mich, dass ich Eigenschaften durcheinanderbringe."

Theresa antwortete nicht. Sie war vollkommen überwältigt. Sie konnte wieder hören! Und das ohne Einschränkung! Wieso war ihr das nicht früher bewusst geworden? Auf einmal spielten die Skorpione und Schlangen keine Rolle mehr. Gott war bei ihr! Er hatte ihr Gehör geheilt! Mit ihm an ihrer Seite würde sie mit allem fertigwerden!

***

Als Theresa zum zweiten Mal erwachte, war es schon beinahe hell. Das Rauschen des Meeres vermittelte ihr den Eindruck, als befände sie sich im Urlaub am Strand. In der Hoffnung, die Realität ausblenden zu können, hielt sie ihre Augen noch einen Moment geschlossen und gab sich der Illusion hin. Gleich würde jemand kommen und einen Cocktail vorbeibringen. Jawohl! Urlaub war etwas Schönes. Etwas Erholsames. Wenn sie sich im Urlaub befand, dann war es das Normalste von der Welt, dass ihr Chef nicht hier war …

Sie setzte sich ruckartig auf. Der Gedanke, dass Herr Tanner tot war, traf sie mit einer Wucht, die sie so nicht erwartet hatte. Tot! Für immer und ewig! Sicher, er war nie ein guter Chef gewesen … eigentlich sogar das Gegenteil, ein richtiger Kotzbrocken hatte er sein können, und doch … Sie hatte so furchtbar viel Zeit mit ihm verbracht! Und jetzt war er tot! Tot!

„Tut dir was weh?", fragte eine zarte Stimme.

Theresa öffnete die Augen, blickte auf David herab und versuchte vergeblich, den Ausdruck blanken Entsetzens aus ihrem Gesicht zu entfernen. „Ich … hab Angst", brachte sie heraus.

David, der bis eben ganz dicht neben ihr gelegen hatte, rappelte sich hoch, krabbelte auf Theresas Schoß und schlang seine kleinen Ärmchen um sie. „Das brauchst du nicht. Du hast gesagt, dass Gott überall ist. Dann ist er auch hier, oder?"

Theresa erbebte, versuchte etwas dagegen zu unternehmen und erreichte doch nur, dass sich das Zittern auf ihren gesamten Körper ausbreitete. Bald bibberte sie von Kopf bis Fuß wie Espenlaub und konnte nichts dagegen tun. Sie wusste nicht einmal, woher es kam. War es Ergriffenheit, weil Gott ihr aus dem Mund eines Kindes Mut zusprach, das bis gestern noch nie etwas von ihm gehört hatte? Oder war es Angst? Erschöpfung? Trauer?

Das Zittern hielt eine ganze Weile an und wurde nur von David abgefangen, der sich anscheinend in den Kopf gesetzt hatte, diesem Phänomen mit seiner gesamten Zuneigung zu begegnen. Der Erfolg gab ihm recht. Irgendwann ebbte das Zittern ab und Theresa entspannte sich. Erst jetzt kam der kleine Junge wieder durch. „Ich hab Hunger", ließ er verlauten.

Theresa nickte. Sie konnte ihn gut verstehen, schließlich ging es ihr genauso. Außerdem spürte sie instinktiv, dass es ihr guttun würde, aktiv zu werden. „Denkst du, die anderen schlafen noch?"

„Die Frau dahinten, die ist schon wach."

Als David von ihrem Schoß gestiegen war, drehte sich Theresa in die Richtung um, in die David die ganze Zeit geblickt hatte. Dort saß die Frau mit dem dunkelbraunen Pagenkopf, die Theresa gestern so seltsam vorgekommen war. Auch jetzt fummelte sie in einem fort an ihren Haaren herum. Nicht weit von ihr entfernt saß der junge Asiate mit den vielen Leberflecken im Gesicht, der Theresa und David gestern aus dem Wasser geholt hatte. Als Theresa ihm zuwinkte, lächelte er und winkte zurück.

Theresa ließ ihren Blick schweifen. Dabei stellte sie fest, dass die meisten anderen noch schliefen. Ein paar Meter von ihr entfernt lag Jontek. Er schlief mit offenem Mund und sah ein bisschen albern dabei aus. Ein paar Meter weiter lagen Michael und ein Mann, den Theresa noch nie zuvor gesehen hatte.

„Komm, wir wecken Jontek", flüsterte Theresa und krabbelte auf allen vieren zu ihm hinüber. Dabei spürte sie eine kleine Hand auf ihrem Rücken. Anscheinend wollte David sie auch jetzt nicht loslassen. „Hey", flüsterte sie und stieß Jontek sanft an der Schulter an. „Jontek!"

Dieser öffnete umgehend die Augen, sah Theresa kurz an und richtete sich dann ruckartig auf. Er brauchte einen Moment, um sich zu orientieren. „Wir leben noch", stellte er fest. Gleich darauf bemerkte er den Speichel, der im Schlaf seine Wange hinuntergelaufen war, und wischte ihn weg. „Was macht dein Gehör?"

„Besser", lächelte Theresa. „Um nicht zu sagen, perfekt. Ich glaub, ich bin geheilt. Ist Gott nicht großartig?"

„Nun … die Selbstheilungskräfte des Menschen sind etwas Erstaunliches, da muss ich dir recht geben."

Das Gespräch der beiden weckte noch ein paar andere. Neben Jontek begann sich Michael zu regen, der andere Mann sprang so plötzlich auf die Füße, dass Theresa erschrocken den Atem anhielt. Er hatte etwas Animalisches an sich und wirkte so hart und dominant, dass sie unwillkürlich schauderte. Wer war dieser Mann?

„Guten Morgen, Theresa“, sagte Michael, der inzwischen seine Augen aufgeschlagen hatte.

Theresa hatte erhebliche Mühe, ihre Augen von Mister Unbekannt loszureißen und antwortete ein wenig fahrig: „Äh, guten Morgen, Michael.“

„Wie ist es dir heut Nacht ergangen? Konntest du wieder einschlafen?“

„Das ging eigentlich ganz gut“, antwortete Theresa und lächelte Michael zu. Bei Tageslicht fand sie ihn sogar noch sympathischer als bei Dunkelheit. Er hatte warme braune Augen und einen dunklen Vollbart, der ihm eine gemütlich-bärige Ausstrahlung verlieh. Passend dazu trug er einen kleinen Bauchansatz mit sich herum. Theresa konnte sich gut vorstellen, dass ihm seine Schüler auf der Nase herumtanzten. „Es war beruhigend zu wissen, dass jemand Wache hält.“

„Habt ihr euch heute Nacht unterhalten?“, fragte Jontek. Es klang eine Spur beunruhigt.

„Wollt ihr Smalltalk halten oder euer Überleben sichern?“, fragte Mister Unbekannt. Er sprach mit einem schweren amerikanischen Akzent und hatte eine sehr voluminöse Stimme. Da er diese nicht gedrosselt hatte, war er so laut, dass ein paar weitere Leute davon aufwachten. „Ich glaub, ihr habt vergessen, dass wir einen Flugzeugabsturz hinter uns haben.“

Theresa schluckte. In Gegenwart dieses Mannes fühlte sie sich irgendwie klein und unbedeutend und darin erinnerte er sie ein bisschen an Herrn Tanner. *Herr Tanner!* „Wir müssen nach weiteren Überlebenden suchen“, entfuhr es ihr. Dann stand sie auf. Zu ihrem eigenen Erstaunen hatte sie keinerlei Gleichgewichtsprobleme mehr. „Noch gibt es Hoffnung!“

„Everybody listen – Alle mal herhören“, donnerte Mister Unbekannt in die Runde. Spätestens jetzt waren alle anderen wach. Andererseits … Theresas Blick fiel auf eine einzige Gestalt, die regungslos liegen geblieben war. „You over there – Du da.“ Der große, breitschultrige Unbekannte deutete auf den jungen Mann mit den vielen Leberflecken. „Have a look at the woman. Is she alive? Sieh nach, ob die Frau noch lebt.“

Dieser schien nicht auf die Idee zu kommen, sich dem Befehl zu widersetzen, und erhob sich umgehend. Er ging zu der kleinen, dicken Asiatin hinüber, die gestern ununterbrochen geweint hatte, beugte sich zu ihr herab und rüttelte sie sanft an der Schulter. Die Frau stieß einen erschrockenen Schrei aus und setzte sich auf.

„Are you okay?“, fragte der junge Asiate.

Die kleine Frau sah ihn mit großen, entsetzten Augen an, rief irgendetwas in einer Sprache, die Theresa nicht beherrschte, und begann zu schluchzen. Dabei redete sie weiter. Zuerst verstand Theresa überhaupt nichts, dann hatte sie das Gefühl, als könnte sie die englischen Worte „hear not, hear not“ heraushören.

„Sie soll sich ruhig verhalten!“, befahl Mister Unbekannt erst auf Englisch und dann auf Deutsch.

Daraufhin kniete sich der junge Mann mit den Leberflecken neben die Frau und begann, mit Berührungen und Gesten beruhigend auf sie einzuwirken. Das schien genau die richtige Methode zu sein. Jedenfalls war sie schon nach kurzer Zeit still.

„Weiß irgendjemand, wo wir hier sind?“, fragte Mister Unbekannt, auch jetzt sowohl auf Deutsch als auch auf Englisch. Er bekam keine Antwort. Abgesehen von dem Akzent, der sich zeigte, wenn er Deutsch sprach, schien er beide Sprachen perfekt zu beherrschen. Gekleidet war er ganz in Schwarz, wobei sich unter seinem T-Shirt erhebliche Muskelmassen wölbten. Theresa starrte fasziniert auf seinen linken Oberarm. Dort, wo das T-Shirt endete, prangte eine Tätowierung.

Theresa glaubte gerade, in der Tätowierung einen Tigerkopf erkennen zu können, als sie spürte, wie David nach ihrer Hand griff und sich daran festklammerte.

„Mein Name ist Guy Coleman“, stellte sich der Unbekannte vor. „Ich war einer von drei Sky Marshals an Bord des Flugzeugs.“ Unter den Überlebenden setzte erstauntes Gemurmel ein, das sich aber sofort wieder legte, als er weitersprach. „Ich gehe davon aus, dass im Flugzeug eine Bombe explodiert ist, was einen sofortigen Druckabfall zur Folge hatte. Dieser hat die Piloten zu einer Notlandung auf dem Wasser gezwungen. Hat irgendjemand weitergehende Kenntnisse?“

Wiederum Stille.

„Was ich nicht weiß", fuhr der Mann fort, „ist, wie lange das Flugzeug noch Positionsmeldungen senden konnte. Daher ist zweifelhaft, ob die Suchmannschaften eine Ahnung haben, wo wir uns befinden. Wir sollten uns darauf gefasst machen, dass wir eine Weile warten müssen."

Eine Frau begann leise zu weinen, die anderen reagierten recht gefasst. Vielleicht ging es ihnen wie Theresa und sie freuten sich darüber, dass jemand die Zügel in die Hand nahm.

„Wir müssen versuchen, selbst Hilfe zu holen oder die Suchmannschaften auf uns aufmerksam zu machen. Außerdem müssen wir uns um Nahrung und einen Unterschlupf kümmern. Zu diesem Zweck bilden wir am besten Trupps zu je zwei Männern." Er sah sich um. „Du und du", teilte er die erste Gruppe ein. „Wie heißt ihr?"

„I'm Haziq", sagte ein schmächtiger Asiate von Anfang 50. Er trug das, was von einer dunklen Anzughose und einem weißen Oberhemd noch übrig geblieben war, und hatte akkurat geschnittene, pechschwarze Haare.

„Harry", sagte der zweite. Obwohl Theresa auch ihn auf Ende 40 oder Anfang 50 schätzte, war er ganz offensichtlich ein eher legerer Typ. Jedenfalls hatte er einen ausgeprägten Dreitagebart und wuschelige dunkle Haare mit blonden Strähnen. Er trug Jeans und ein graues T-Shirt mit einem großen Aufdruck. Darin erkannte Theresa sofort die ausgestreckte Zunge, die das Bandlogo der Rolling Stones darstellte.

Coleman stand mit dem Rücken zum Meer und streckte jetzt seinen rechten Arm aus. „Ihr wandert in dieser Richtung die Küste entlang und sucht nach Hinweisen auf Zivilisation. Hat jemand eine Uhr, die noch funktioniert?"

„Ja … äh … ich", stammelte Haziq auf Englisch und hob stolz seinen Arm. „Aber ich hab keine Ahnung, was diese Uhrzeit bedeutet. Es könnte singapurische Zeit sein … vielleicht hat sie sich auch schon auf australische Zeit eingestellt …"

„Hat sonst noch jemand eine funktionierende Uhr?"

„Ich", meldete sich ein Mann, der sicher noch keine 30 war. Er sprach ebenfalls Englisch, war mittelgroß und schlank und hatte kurze blonde Haare, die nicht den geringsten Beitrag dazu leisteten, seine auffallenden Segelohren zu verbergen.

„Wie heißt du?", wollte Coleman wissen. „Bist du Amerikaner?"

„Stanley und … ja, ich bin Amerikaner."

„Wen möchtest du mitnehmen?"

„Ich nehm Anuwat mit", antwortete er auf Englisch und deutete auf den jungen Mann mit den vielen Leberflecken. „Wir haben schon gestern ein gutes Team abgegeben."

Haziq, Harry, Stanley, Anuwat, wiederholte Theresa in Gedanken. Es konnte nicht schaden, wenn sie sich ein paar Namen merkte.

„Also gut, ihr nehmt diese Richtung." Coleman streckte seinen Arm nach links aus. „Aber wie lange habt ihr Zeit? Hm … Es wäre gut zu wissen, wie viele Sonnenstunden wir hier haben."

„Zwölf", antwortete Theresa spontan.

Coleman schien sie zum ersten Mal zu bemerken und musterte sie mit einem Blick, der so durchdringend war, dass Theresa darunter errötete. „Wie heißt du und woher weißt du das?"

Theresa schluckte und sagte dann: „Ich heiße Theresa und ich … na ja, wir sind ungefähr drei Stunden lang geflogen. Das ist weniger als die Hälfte der Strecke. Da wir im Wasser gelandet sind, würde ich sagen, dass wir Australien noch nicht erreicht haben. Im Flieger hab ich mir ein paarmal den Bildschirm mit der Flugstrecke angesehen. Soweit ich weiß, liegt ganz Australien unterhalb des Äquators. Das bedeutet, dass wir uns in der Nähe des Äquators befinden müssten. Und da sind Tag und Nacht genau zwölf Stunden lang, nicht wahr?"

„Nicht schlecht", nickte Coleman anerkennend. „Also gut. Wir nehmen mal an, dass das stimmt. Am besten …" Er überlegte kurz. „Acht Uhr. Wir nehmen acht Uhr als Zeit des Sonnenaufgangs an. Der Sonnenaufgang ist ungefähr eine halbe Stunde her. Stanley und Haziq, ihr stellt eure Uhren auf halb neun. Schnappt euch eure Partner und einen Behälter mit Wasser und wandert bis etwa zwei Uhr an der Küste entlang. Wenn ihr bis dahin nichts gefunden habt, kommt ihr zurück. Geht davon aus, dass sich die Gruppe in der Nähe des kleinen Baches befindet. Das hier ist kein angemessener Ort für ein Lager. Sollten wir unser Lager weiter im

Landesinneren aufschlagen, werden wir dort, wo der Bach ins Meer fließt, einen Mann postieren, der euch den Weg ins Lager zeigt. Noch Fragen?"

Die vier Männer schüttelten die Köpfe, rührten sich aber nicht vom Fleck. Daraufhin hob sich Colemans ohnehin schon durchdringende Stimme noch ein bisschen mehr. „Falls ihr auf den Bus wartet, der hat heute Verspätung!"

Das half. Die Männer machten sich umgehend auf die Suche nach Wasserbehältern und traten dann ihren Weg an. Derweil erteilte Coleman bereits die nächsten Befehle. „Ich brauche zwei Freiwillige, die dem kleinen Bach, den wir gefunden haben, ins Landesinnere folgen und nach einem geeigneten Unterschlupf Ausschau halten."

Es meldete sich ein großer, dünner Mann um die 40, der ein auffällig zerknittertes Gesicht und eine Hakennase hatte. Er stand neben den beiden Frauen, die Theresa gestern als Mutter und Tochter identifiziert hatte, und schien die kleine Familie zu komplettieren. „Ich bin Ethan", stellte er sich vor. Sein Akzent verriet, dass er Australier war.

Ethan, wiederholte Theresa in Gedanken.

„Wer geht mit Ethan?", wollte Coleman wissen.

„Ich", bot sich Michael an.

„Also gut", nickte Coleman. „Ich denke, ihr habt verstanden, dass wir das Lager in unmittelbarer Nähe des Bachs und unweit des Strandes aufschlagen wollen. Da wir nicht wissen, wo wir uns befinden und ob es eine Bedrohung durch Raubtiere, Schlangen oder giftige Insekten gibt, wäre eine Höhle oder so etwas von Vorteil. Seht nach, ob so etwas zu finden ist."

„Raubtiere?", erschrak Ethan und sah sich nervös um.

„Wenn es welche gibt, können sie uns überall und nirgends angreifen. Das sollte erst recht ein Grund sein, einen sicheren Unterschlupf zu finden. Was wir genauso dringend brauchen, ist Nahrung. Im Moment haben wir nur eine Waffe", fuhr Coleman fort. Er bückte sich und zog sein rechtes Hosenbein hoch. Darunter kam ein Halfter zum Vorschein, in dem sich eine schwarze Pistole befand. „Deshalb werde ich den Trupp leiten, der sich weiter ins

Innere der Insel vorwagt. Jontek?“ Als dieser nickte, fuhr Coleman fort: „Du wirst mich begleiten. Such mir was, worin man Nahrung transportieren kann, Taschen oder so was …“

Jontek steuerte auf die Koffer zu, die bereits geöffnet worden waren und begann darin herumzuwühlen.

„Alle anderen warten hier, bis wir zurück sind“, fuhr Coleman fort. „Obwohl …“ Er überlegte kurz. „Wir haben nicht genug Behälter, um Wasser heranzuschaffen. Deshalb schlage ich vor, dass sich alle anderen zum Bach begeben. Wer kennt den Weg?“

Ein gut aussehender Mann mit schwarzen, glatten Haaren meldete sich.

„Gökhan, nicht wahr?“, fragte Coleman. Der Mann nickte. „Führ sie dorthin. Und sorg dafür, dass alle zusammenbleiben, bis wir zurück sind.“ Coleman schlenderte langsam auf Jontek zu.

„Aber wenn es Raubtiere gibt“, rief die junge Asiatin mit den kurzen, schwarzen Haaren und der Hornbrille, „wie schützen wir uns dann?“

„Erstens bleibt ihr zusammen“, antwortete Coleman. „Das ist immer noch die beste Methode. Und zweitens lass ich euch ein Taschenmesser hier. Er griff in seine Hosentasche, zog ein Klappmesser daraus hervor und warf es Gökhan zu, der es gekonnt auffing. „Du bist für die Sicherheit der Gruppe zuständig, okay?“

Gökhan nickte, doch war es eine eher zaghafte Bewegung.

„Wir können aber nicht alle zusammenbleiben!“, protestierte Theresa. „Wir müssen nach weiteren Überlebenden suchen!“

„Das ist ein Nebenschauplatz“, behauptete Coleman.

Theresa versuchte, dem Blick des einschüchternden Mannes standzuhalten, und sagte tapfer: „Für mich nicht!“

Coleman rollte mit den Augen. „Also gut … Gökhan, du vertrittst mich in meiner Abwesenheit. Ihr bildet Zweiergruppen und sucht nach Überlebenden, nach Koffern und anderen verwertbaren Gegenständen. Aber sorg dafür, dass niemand allein loszieht, okay?“

Gökhan nickte.

Inzwischen hatte Jontek einen Stoffbeutel, einen kleinen Rucksack und eine Plastiktüte aus den Koffern gezogen. „Reicht das?“, fragte er Coleman.

„Wenn wir die vollkriegen, haben wir mehr Glück als Verstand“, seufzte dieser. „Na, dann los. Alle haben Hunger, also sollten wir uns beeilen.“

„Ich komme!“, sagte Jontek, ging aber zuerst zu Theresa. „Krieg ich einen Abschiedskuss?“, flüsterte er, als er sie erreicht hatte.

Theresa schluckte. Sie kannte Jontek seit gerade mal zwei Tagen und hatte das Gefühl, dass es noch zu früh für den ersten Kuss war. Andererseits spürte sie, dass aller Augen auf sie und Jontek gerichtet waren. Unter diesen Umständen konnte sie ihn unmöglich vor den Kopf stoßen. Und so umarmte sie ihn und küsste ihn flüchtig auf die Wange.

„Kommst du oder soll ich mir jemand anderen suchen?“, erkundigte sich Coleman.

„Ich liebe dich“, raunte Jontek Theresa noch zu, dann drehte er sich um und machte sich mit Coleman auf den Weg.

Kapitel 12

„Ich hab Hunger", sagte David.

Theresa seufzte tief. Diesen Satz hatte sie jetzt schon an die hundert Male gehört. „Du solltest noch mehr Wasser trinken", riet Theresa und hielt ihre Hände in den kleinen Bach, zu dem sich die Gruppe begeben hatte. Das Wasser war warm und hatte eine kräftige Fließgeschwindigkeit, die Theresas Hände angenehm massierte. Unangenehm war, dass Theresa auf einem Felsen knien musste, um sich zum Wasser hinunterzubeugen. Überhaupt befanden sie sich jetzt wieder in einer sehr felsigen Gegend, die nur spärlich bewachsen war und es ihnen daher ermöglichte, einander nicht aus den Augen zu verlieren.

„Ich will aber kein Wasser, ich will was essen", beharrte David.

Theresa seufzte erneut und erhob sich. Dabei fiel ihr Blick auf die drei Koffer, die Gökhan und einer der anderen Männer eben erst hergebracht hatten. „Wir müssen die Dinger aufmachen", murmelte sie. „Irgendjemand wird doch was zu essen eingepackt haben." Sie näherte sich einem großen, roten Schalenkoffer und entfernte den Koffergurt, mit dem er umschlungen war. Dann probierte sie, das Schloss zu öffnen.

„Kennst du die Nummer?", fragte David, der wie immer nicht von ihrer Seite gewichen war.

„Nein, aber es sind nur drei Zahlen. Das bedeutet, dass es höchstens tausend Versuche brauchen wird, um ihn zu öffnen."

„Tausend?", wiederholte David verständnislos.

„Das lernst du später in der Schule", behauptete Theresa. Dann sah sie David interessiert an. „Du gehst doch noch nicht in die Schule, oder?"

David schüttelte den Kopf. „Ich bin erst fünf."

„Kennst du denn schon die Zahlen?", wollte Theresa wissen.

David schüttelte erneut den Kopf.

„Dann lernen wir sie jetzt", lächelte Theresa. „Komm, setz dich."

Als sich David neben ihr niedergelassen hatte, begann der Unterricht. „Null-Null-Null", sagte Theresa und stellte die entsprechende Zahl ein. „Die Eier nennt man Null, das bedeutet so viel wie gar nichts." Dann versuchte sie, den Koffer zu öffnen. Fehlanzeige. „Zweiter Versuch", verkündete sie. „Null-Null-Eins. Der Strich mit dem Haken ist eine Eins." Sie hob den Daumen und streckte ihn David entgegen. „Eins wie ein Finger." Sie versuchte erneut, den Koffer zu öffnen, hatte aber keinen Erfolg. „Dritter Versuch, Null-Null-Zwei, die Zwei hat Ähnlichkeit mit einem Schwan, siehst du? Schwäne heiraten wie Menschen und bleiben ein Leben lang zusammen." Sie hielt kurz inne und kämpfte mit einem Gefühl innerer Leere. Gleichzeitig musste sie an Jontek denken. Würde er der Schwan an ihrer Seite werden? Unwillkürlich griff sie nach dem Trauring an ihrem Kettenanhänger. Sie konnte von Glück sagen, dass er den Absturz unbeschadet überstanden hatte.

„Deshalb sieht man Schwäne oft zu zweit", fuhr sie tapfer fort. „So kannst du dir die Zwei merken, ja?" Sie ließ ihren Anhänger los und probierte, das Schloss zu öffnen. Es rührte sich nicht. „Null-Null-Drei", fuhr sie fort. „Die Drei hat untereinander drei Enden, ein Ende oben, eins in der Mitte und eins unten. Eins, zwei, drei, siehst du?" Sie versuchte wieder, das Schloss zu öffnen. Fehlanzeige.

***

„Laibach, Laible, Laier, Lamb, Lambert … bingo", sagte Ariane, die mit dem Zeigefinger über die Telefonbuchseite fuhr. Nachdem sie den Nachnamen gefunden hatte, brauchte sie nur noch den Vornamen „Rita". Leider vergeblich. Eine Rita Lambert stand nicht im Telefonbuch. Sie rollte mit den Augen. Warum fand man nie das, was man gerade brauchte?

„Buch", sagte Sina in ziemlich perfekter Aussprache. Dann stand sie auf und ging zu ihrer Mutter. „Buch?"

„Ja, mein Schatz. Das ist ein Telefonbuch. Ich suche die Telefonnummer von Theresas Freundin." *Weil Theresa mich einfach nicht zurückruft,* fügte Ariane gedanklich hinzu.

„Resa?", fragte Sina und klopfte mit dem Zeigefinger auf das Telefonbuch.

„Resa, genau", nickte Ariane und seufzte tief. Sie konnte nicht verstehen, warum Theresa sich seit Tagen nicht meldete. Dabei musste ihr doch klar sein, dass ihre Freunde sich gewaltige Sorgen um sie machten. Schließlich gab es einen Stalker, der sie schon mehrfach belästigt hatte!

***

„Bingo", lachte Theresa und öffnete den Koffer. Die richtige Zahl war 478 gewesen und es hatte nur eine Dreiviertelstunde gedauert, um die Kombination zu ermitteln.

„Der Koffer hat einer Frau gehört", sagte sie zu David. „Siehst du?" Sie hielt ihm lächelnd einen BH entgegen. „Einer ziemlich kräftigen Frau", fügte sie hinzu. Sie hatte einen weißen Minimizer-BH in der Hand, der ziemlich riesig aussah. „Hundertfünf F", staunte sie nach einem Blick auf das Schild. „Mannomann." Jetzt zog sie eine Jeans aus dem Koffer. „Die wird hier niemandem passen", sagte sie bedauernd. „Nicht mal Zoe." Ihr Blick wanderte zu der kleinen, vollschlanken Asiatin aus Singapur hinüber, die immer noch verstört wirkte und sich im Moment in der Obhut des älteren Ehepaares befand. Die beiden hießen Matthew und Sophie, waren Australier und gingen sehr liebevoll mit ihr um.

„Warum nicht?"

„Diese Frau hier war nicht nur kräftig, sondern auch sehr groß, siehst du?" Theresa hielt die Jeans hoch und schätzte, dass ihre Eigentümerin mindestens 1,85 m gemessen haben musste. Eine große, kräftige Frau … Theresa dachte unwillkürlich an die anderen Passagiere zurück. War ihr da jemand begegnet, auf den die Beschreibung passte? Sie dachte an die Zeit im Wartebereich, dann an den Moment, in dem sie das Flugzeug bestiegen hatten. Aber als sie gedanklich den schmalen Gang zwischen den Sitzplätzen entlangging, tauchte das Bild von dem Triebwerk vor Theresas geistigem Auge auf und ihr lief ein eiskalter Schauer über den Rücken. Wozu sollte es gut sein, sich zu erinnern? Die Eigentümerin des Koffers war tot. Genauso wie Herr Tanner und all die anderen …

Sie ließ die Jeans fallen und schlug die Hände vor das Gesicht. Das hier war einfach ein Albtraum! Sie wühlte im Koffer einer Toten herum. War sie noch zu retten?

„Ich glaube nicht, dass sie dir böse ist."

Theresa blickte auf. „Was hast du gesagt?"

„Die Frau", sagte David. „Sie braucht die Sachen doch nicht mehr."

Theresa starrte einen Moment lang sprachlos in Davids dunkelbraune Augen. Hatte er ihre Gedanken erraten? Oder sprach Gott selbst durch ihn? „Du hast wahrscheinlich recht", sagte sie leise. „Außerdem hast du Hunger." Sie atmete einmal tief durch und fuhr dann fort, den Koffer zu durchsuchen. Dabei stieß sie auch auf einen quietschorangen Kulturbeutel. Sie wollte ihn gerade öffnen, als sich ein Schmetterling daraufsetzte.

„Sieh dir den Schmetterling an", flüsterte sie David zu. „So einen hab ich noch nie gesehen." Es war ein wunderschönes Exemplar. Die Grundfarbe war Pechschwarz, doch waren die Flügel von weißen Rändern umsäumt und mit vielen bunten Flecken übersät.

Als der Schmetterling davonflog, sah Theresa ihm noch eine Weile nach. Wo waren sie hier nur gelandet? Alles kam ihr so widersprüchlich vor. Der Flugzeugabsturz war die Hölle gewesen, aber die Umgebung und die Tierwelt erinnerten sie an das Paradies. Konnten diese Dinge so nahe beieinanderliegen?

„Mach auf", forderte David.

Theresa seufzte und kam der Aufforderung nach. In der Kulturtasche fand sie nützliche Dinge wie Tampons, eine Nagelschere und – sie hielt begeistert den Atem an – ein Feuerzeug! Um nicht zu riskieren, dass es verloren ging, ließ sie es in ihrer Hosentasche verschwinden. Ebenso verfuhr sie mit der Schere und den Tampons. Dann durchsuchte sie den Rest des Koffers.

„Was ist das?", fragte David ungeduldig, als Theresa von ziemlich weit unten eine Pappschachtel aus dem Koffer zog.

„Das?", lächelte sie. „Das ist wohl dein Frühstück." Sie drehte die Pralinenschachtel um und las die Beschreibung der verschiedenen Leckereien. Lauter Marzipan. Kein Alkohol. Erleichtert entfernte sie die Folie, öffnete den Deckel und hielt David den Inhalt hin.

„Aber iss nicht so viel. Schokolade zum Frühstück ist nur was für Bridget Jones."

„Hä?", machte David.

„Schon gut", lachte Theresa und spürte, wie ihr das Wasser im Munde zusammenlief. Als David die erste Praline aß, die mit einer gezuckerten Mandel garniert war, musste Theresa bereits den Speichel herunterschlucken. Sie hatte enormen Hunger, aber Kinder gingen vor. „Du musst teilen, David, okay?"

Als David sie ansah, deutete Theresa auf Pia und Peer, die beiden anderen Kinder. „Am besten, du holst sie mal her."

David griff in die Pappschachtel, stopfte eine weitere Praline in seinen Mund und stand dann auf, um zu Inken hinüberzugehen, die sich mit ihren Kindern Pia und Peer ein wenig abseits gesetzt hatte. Als er kurz darauf zurückkam, hatte er die beiden im Schlepptau.

„Schokolade!", rief Peer begeistert. Er war elf Jahre alt, dafür aber eher klein und schmächtig. Seine Schwester Pia hingegen machte einen robusten und kräftigen Eindruck. Entgegen Theresas ursprünglicher Schätzung war sie bereits neun. Alle beide griffen gierig nach einer Praline.

Peers Bemerkung rief noch ein paar der anderen Überlebenden auf den Plan. Als Erste erhob sich Miriam, die Hübscheste aus der Gruppe. Sie hatte die Figur eines Topmodels und noch dazu die schönsten braunen Haare, die man sich nur vorstellen konnte. Sie gingen ihr bis zu den Schultern und waren leicht gewellt, was ihnen ein wunderbares Volumen verlieh. Miriam folgten Nor und Arissa, die aus Malaysia stammten und die man auf den ersten Blick als Mutter und Tochter identifizieren konnte. Obwohl Arissa erst 16 Jahre alt war, sah sie ihrer Mutter zum Verwechseln ähnlich. Theresa fragte sich, wo wohl Ethans Gene abgeblieben waren.

Miriam erreichte die Pralinen als Erste und streckte gierig ihre Hand danach aus.

„Nichts da", rief Theresa und warf blitzschnell den Deckel auf die Schachtel. „Es sind nicht genug für alle und ich finde, dass wir den Kindern den Vortritt lassen sollten."

„Den Kindern, ja?", keifte Miriam. „Du hast doch unter Garantie schon selbst in die Schachtel gelangt!"

„Das stimmt nicht", widersprach Theresa und schüttelte den Kopf. „Ich hab keine Einzige gegessen."

„Arissa ist fast noch ein Kind", behauptete Nor und schob ihre Tochter nach vorn. „Sie ist gerade erst sechzehn geworden."

„Also gut", nickte Theresa und entfernte zögernd den Deckel. Sofort stürzten sich ein paar gierige Hände auf deren Inhalt. Es verschwand jedoch nicht nur in Davids, Peers, Pias und Arissas Mund eine Praline, sondern auch in Miriams.

„Das gibt's doch gar nicht!", entfuhr es Theresa. „*Ich* hab die Schachtel gefunden! Und ich hab zugunsten der Kinder darauf verzichtet!"

„Verklag mich doch", sagte Miriam und griff blitzschnell nach einer weiteren Praline.

„Das ... das ..." Während Theresa die Packung hinter ihrem Rücken in Sicherheit brachte, fehlten ihr direkt die Worte.

„... ist ja wirklich unerhört", vollendete Nor ihren Satz. „Sie sollten sich schämen."

„Mach ich", lachte Miriam und entfernte sich. „Ich werde die Kalorien zweier Pralinen darauf verwenden, versprochen!"

Theresa sah der Frau entgeistert nach. Sie konnte nur hoffen, dass die Rettungsmannschaften bald eintrafen. Denn sie wusste schon jetzt, dass sie keine Lust hatte, auch nur einen weiteren Tag mit dieser Person zu verbringen.

„Kann ich noch eine?", fragte David und sah Theresa aus seinen großen, braunen Augen flehend an.

„Natürlich", seufzte Theresa und öffnete die Schachtel aufs Neue.

Das Nächste, was Theresa sah, war ein Meer von Händen, das sich auf die Pappschachtel stürzte. Einen Lidschlag später war diese leer und der Spuk vorbei.

Während die Kinder noch kauten, wandte sich die Aufmerksamkeit der Erwachsenen Gökhan und Rainer zu, die mit drei weiteren Koffern zum Lagerplatz zurückkehrten. Theresa fand Rainer irgendwie interessant, allerdings wusste sie noch nicht so genau, ob im positiven oder negativen Sinne. Er war mittelgroß und schlank und hatte schulterlange, blonde Haare, die er in einem Mittelscheitel trug und dadurch bändigte, dass er sie hinter seine Ohren steckte.

Das allein hätte Theresa vielleicht nicht irritiert, gewann aber an Bedeutung, wenn er sprach oder sich bewegte. Er hatte eine sehr sanfte Stimme und sprach mit einer äußerst weiblichen Note. Ähnlich verhielt es sich mit seinen Bewegungen. Während er sich jetzt dem Lager näherte, bewegte er sich trotz des Koffers, den er trug, elegant und geschmeidig. Allerdings wurde jede dieser geschmeidigen Bewegungen mittendrin durch ein leichtes Humpeln unterbrochen. Dadurch hatte er etwas Widersprüchliches, das Theresa zwang, ihn ununterbrochen zu beobachten.

„Habt ihr weitere Überlebende gefunden?", rief sie zu ihnen hinüber.

Gökhan schüttelte den Kopf. „Nur Koffer, Trümmer und …" Er blickte auf die Kinder und verstummte.

Theresa schluckte schwer. Sie hätte sich gern selbst auf die Suche nach Überlebenden gemacht, hatte aber aus Rücksicht auf David darauf verzichtet. Theresa stand auf und näherte sich den beiden Männern. Als sie sie erreicht hatte, fragte sie leise: „Bei den … den Toten … war da ein großer, dunkelhaariger Mann dabei?"

„Kein Mann, nur Frauen", sagte Gökhan. Er sprach ein sehr gutes Englisch, hatte aber einen leichten Akzent.

„Wir müssen die Koffer öffnen", sagte Miriam und ging ebenfalls auf die Männer zu. „Vielleicht ist was zu essen drin."

Derweil starrte Theresa nachdenklich auf einen der drei Koffer. Es war ein auffallendes, silbergraues Exemplar mit einer Art Reliefmuster in Karoform.

Ausgerechnet diesen Koffer griff sich Miriam. „Ist der offen?" Sie machte sich an der Verriegelung zu schaffen, doch gelang es ihr nicht, den Koffer zu öffnen. „Haben wir Werkzeuge? Ihr habt doch gestern schon ein paar Koffer geöffnet. Wie habt ihr das hingekriegt?"

„Die weichen Koffer haben wir mit einem Taschenmesser geöffnet", antwortete Gökhan. „Die harten sind alle noch zu."

„Alle nicht", sagte Miriam und deutete auf den Hartschalenkoffer, in dem die Pralinen gewesen waren. Dann wandte sie sich an Theresa. „Wie hast du den aufgekriegt, hä?"

„Herr Tanner", flüsterte Theresa und starrte weiter auf den silberfarbenen Koffer. Er hatte einen solchen Koffer gehabt!

„Ey, Schnuckel, bist du schwerhörig?"

Theresa antwortete nicht. Sie fühlte sich nicht mal angesprochen. Stattdessen tat sie ein paar Schritte auf den silbernen Koffer zu, beugte sich zu ihm herab und griff nach dem Kofferanhänger. *Maximilian Tanner.* Sie schluckte schwer und kämpfte mit aufsteigenden Tränen.

„Los, mach ihn auf", verlangte Miriam. „Vielleicht ist da was zu essen drin."

Theresa strich mit dem Daumen beinahe zärtlich über den Kofferanhänger. Vor ihrem geistigen Auge sah sie, wie Herr Tanner den Koffer am Check-in auf die Waage stellte.

„Hallo", rief Miriam und wedelte mit der Hand vor Theresas Gesicht herum.

Jetzt endlich reagierte Theresa. „Lass mich gefälligst in Ruhe", fauchte sie. „Der Koffer gehört meinem Chef. Niemand macht ihn auf, okay?"

Angesichts dieser Antwort erhob sich Miriam und stemmte die Hände in die Taille. Dabei traf sie auf nackte Haut, denn sie trug eine überaus moderne, anthrazitfarbene Hüfthose mit einem sehr breiten, nietenbesetzten Gürtel und eine hellgraue Bluse, deren Vorderteile sie unter der Brust miteinander verknotet hatte. Seltsamerweise sahen diese Kleidungsstücke vollkommen unversehrt aus. „Du beanspruchst den Koffer also für dich selbst? Genau wie die Pralinen?"

Theresa zog irritiert die Stirn in Falten. „Was redest du denn? Ich hab die Pralinen den Kindern gegeben. Außerdem ist in diesem Koffer nichts zu essen. Mein Chef hat nie was zu essen mitgenommen. Auch nicht als Geschenk. Er war auf Geschäftsreise."

„Und was gibt dir das Recht, über seinen Koffer zu verfügen?"

„Was mir …?" Theresa schüttelte den Kopf. Sie konnte nicht fassen, dass sie diese Diskussion führte. „Ich … ich will überhaupt nicht über ihn verfügen. Ich will nur … ich will, dass wir ihn in Ruhe lassen, okay? Herr Tanner würde nicht wollen … er …" Sie musste sich räuspern. „Er würde nicht wollen, dass jemand in seinen Sachen herumwühlt."

„Jetzt kann es ihm ja egal sein."

Theresa starrte Miriam fassungslos an. „Wie … wie kannst du nur so gleichgültig sein? Hier sind Menschen gestorben. Menschen aus Fleisch und Blut!“

„Ich bin auch aus Fleisch und Blut. Das merke ich, weil mein Magen knurrt. Und jetzt mach diesen verdammten Koffer auf!“

Theresa stand auf und stellte sich zwischen Miriam und den Koffer. „Nur über meine Leiche.“

„Das kannst du gerne haben“, sagte Miriam und streckte so plötzlich ihre Hände aus, dass Theresa von dem Schubser überrascht wurde und rücklings halb auf dem Koffer und halb auf den Felsen landete.

„Äh, Moment mal!“, rief Stanley und eilte auf Theresa zu. „Wir sollten hier zusammenhalten und uns nicht gegenseitig die Augen auskratzen.“ Er streckte Theresa die Hand entgegen. „Hast du dir wehgetan?“

Theresa ließ sich aufhelfen, starrte dabei aber voller Misstrauen auf Miriam. Ein Verhalten wie ihres hatte sie noch nie erlebt. Wer war diese Frau und was würde sie als Nächstes tun?

Miriam machte einen Schritt vorwärts und erreichte damit, dass sowohl Stanley als auch Theresa ein Stück vor ihr zurückwichen. „*Mein* Koffer“, sagte Miriam und warf Theresa herausfordernde Blicke zu. Dann griff sie nach dem Koffer, hob ihn an und trug ihn ein Stück von der Gruppe weg.

Theresa ließ sie gewähren. Sie war viel zu geschockt, um sich ein weiteres Mal mit dieser Frau anzulegen.

„Wo ist das Messer?“, fragte Miriam und sah Gökhan an.

Dieser zog wortlos ein Klappmesser aus der Hosentasche und brachte es ihr. Dann sah er dabei zu, wie sich Miriam an Herrn Tanners Koffer zu schaffen machte. Derweil kämpfte Theresa mit den Tränen. Sie konnte den Gedanken, dass Miriam den intimsten Besitz ihres Chefs entblößen würde, kaum ertragen.

„Verdammt noch mal“, fluchte Miriam, nachdem sie eine Weile erfolglos den Schließmechanismus malträtiert hatte. „Wieso geht das denn nicht?“

Theresa dachte darüber nach, dass sie höchstwahrscheinlich die Zahlenkombination kannte. Soweit sie wusste, hatte Herr Tanner immer sein Geburtsdatum benutzt …

Im nächsten Moment rutschte Miriam mit dem Messer ab. „Au“, schrie sie und ließ das Messer fallen. Dann sprang sie auf, wobei sie sich die linke Hand hielt. Wenig später war zu erkennen, dass Blut ihre Finger entlangrann. „Steh nicht so blöd rum!“, fuhr sie Gökhan an. „Hol mir was zum Verbinden! Dämliches Ding“, schimpfte sie dann und trat mit dem Fuß gegen Herrn Tanners Koffer. „Wenn du denkst, dass du mir entkommen kannst, hast du dich getäuscht.“ Sie verpasste dem Koffer einen weiteren Tritt.

„Schluss damit!“, rief eine Männerstimme. Sie klang ganz schön wütend. „Lass sofort meinen Koffer in Ruhe!“

Alle Köpfe ruckten zeitgleich herum.

„Herr Tanner!“, entfuhr es Theresa. Er war es wirklich! Und er wirkte vollkommen unversehrt. Gut, er trug seine Krawatte und sein Jackett nicht mehr. Außerdem waren seine dunkelgrüne Anzughose und sein zartgrünes Oberhemd dreckig und eingerissen, aber das machte er durch seine Haltung wett. Breitbeinig und stolz wie eh und je stand er auf einem Felsen in der Nähe seines Koffers.

„Na, Krügchen!“, lächelte er und kam ein paar Schritte näher. Als er an Miriam vorbeikam, fiel sein Blick auf ihre Hand und es huschte so etwas wie Entsetzen über sein Gesicht. *Er kann kein Blut sehen*, erinnerte sich Theresa. Schon im nächsten Moment war der Spuk vorbei. Herr Tanner hatte seinen Blick von Miriams Hand losgerissen und wieder auf Theresa geheftet. „Sie haben wohl gedacht, Sie wären mich los!“

Theresa legte die rechte Hand über ihren Mund, damit sie nicht laut losschluchzte.

„Sind Sie in Ordnung?“, fragte er, als er schließlich in Fleisch und Blut vor ihr stand. Dabei überragte er Theresa mit seinen 1,85 m um beinahe 20 Zentimeter. Theresa war das gewohnt. Was sie allerdings nicht gewohnt war, war sein Tonfall. Seine Stimme klang seltsam, beinahe zärtlich, und Theresa musste sich beherrschen, um ihm nicht um den Hals zu fallen.

Um der Versuchung nicht doch noch nachzugeben, nickte sie und wischte sich eilig die Tränen fort, die ihr über die Wangen liefen. „Wo kommen Sie denn her? Ich meine, jetzt erst? Ich hab wirklich gedacht-“ Sie brach ab.

„Das hab ich von Ihnen auch gedacht!“, erwiderte der Big Mac und lächelte sie an. „Bei der Landung ist das Triebwerk abgerissen. Es hat die Außenhaut des Flugzeugs durchschlagen und muss ungefähr dort gelandet sein, wo Sie gesessen haben. Wie sind Sie aus diesem Schlamassel rausgekommen?“

Theresa erzählte ihm von dem Gang zur Toilette und von dem, was sie dort erlebt hatte.

„Und was ist mit dem Wischmopp?“

„Jontek? Er ist ebenfalls am Leben. Mit Ihnen müssten wir jetzt sechsundzwanzig sein. Sechsundzwanzig von …“ Theresas Stimme brach.

„Von Hunderten“, nickte Maximilian Tanner und ließ seinen Blick über die kleine Gruppe Überlebender schweifen. Einige von ihnen sahen Gökhan dabei zu, wie er Miriam einen provisorischen Verband anlegte. Andere hatten ihre Aufmerksamkeit auf den Neuankömmling gerichtet. „Das sind aber keine sechsundzwanzig. Wo sind die anderen?“

„Acht der Männer sind in Zweiergruppen losgezogen, zwei suchen nach Nahrung, zwei nach einem Unterschlupf, vier wandern die Küste entlang, um Hilfe zu holen.“

„Das wird nichts nützen“, sagte der Big Mac und zuckte bedauernd die Achseln. „Wir sind hier auf ’ner Insel. Noch dazu auf einer unbewohnten. Hat das noch keiner bemerkt?“

Theresa riss die Augen auf. „Wie bitte? Woher wissen Sie das?“

„Ich hab die Insel schon einmal umrundet. Das ist auch der Grund, weshalb ich so lange gebraucht habe, um hierher zu gelangen. Anscheinend bin ich ein Stück weiter als alle anderen abgetrieben worden. Als ich an Land gespült wurde, wusste ich zwar, in welcher Richtung sich das Wrack befindet, ich kam nur nicht dorthin. Die Felsen waren einfach zu schroff. Es blieb mir nichts anderes übrig, als die andere Richtung einzuschlagen. Das hat mich einmal um die Insel herum bis hierher geführt.“

„Wenn es eine Insel ist … haben Sie irgendeine Ahnung, wo sie liegt?“

Herr Tanner zuckte die Achseln und sagte gleichmütig: „Irgendwo zwischen Indonesien und Australien, würde ich sagen.“

„Bist wohl ’n ganz schlaues Kerlchen“, sagte Miriam auf Deutsch. Offensichtlich hatte sie durch ihre Verletzung nichts von ihrer provokanten Art eingebüßt. Inzwischen stand sie auch wieder auf ihren Beinen und hatte ihre Hände – auch ihre dick verbundene linke Hand – herausfordernd in ihre nackte Taille gestemmt.

Da der Big Mac mit dem Rücken zu ihr stand, musste er sich umdrehen, um zu sehen, wer ihn angesprochen hatte. Er musterte die große, hübsche Brünette einmal gründlich von oben bis unten und sah sich dabei auch ihren Verband an. Dann drehte er sich wortlos zu Theresa zurück. „Wie wollt ihr die Aufmerksamkeit der Suchflugzeuge auf uns lenken?“

Theresas Blick wanderte etwas unsicher zwischen Miriam und ihrem Chef hin und her. War das schon alles? „Wie … wie meinen Sie das?“

„Sie haben gesagt, dass vier Trupps gebildet wurden. Sie haben nicht gesagt, dass sich einer davon um die Frage kümmert, wie man die Suchflugzeuge hierher leiten kann.“

„Nein, das …“, begann Theresa. „Das war bisher kein Thema.“

„Das Wichtigste war kein Thema?“, wunderte sich Herr Tanner und strich sich in alter Gewohnheit mit gespreizter Hand seine Haare aus der Stirn.

„Aber du glaubst zu wissen, was das Wichtigste ist“, mischte sich Miriam erneut in die Unterhaltung ein. „Bist gerade mal zehn Minuten hier und machst auf dicke Hose. Wenn Coleman wiederkommt, wird er dir schon zeigen, wer hier der Boss ist.“

„Wer ist Coleman?“, fragte der Big Mac, ohne sich zu Miriam umzudrehen.

„Er sagt, er sei als Flight Marshall an Bord des Flugzeugs gewesen“, antwortete Theresa. Dann senkte sie ihre Stimme und fuhr flüsternd fort: „Er erinnert mich ein bisschen an Arnold Schwarzenegger. Auf jeden Fall hat er ohne Umschweife die Führung übernommen.“

„Flight Marshall“, wiederholte Herr Tanner nachdenklich. „Ich hab ein paar Muskelpakete in der ersten Klasse herumlaufen sehen. Hat er gesagt, wie es zu dem Absturz kommen konnte?“

„Er denkt, dass eine Bombe explodiert ist.“

„Hm … ja, das muss so sein. Ich hab einen lauten Knall gehört. Außerdem geschah der Druckabfall so plötzlich, dass kaum etwas anderes in Betracht kommt."

„Und jetzt? Was machen wir jetzt?"

„Wir machen Feuer! Was denn sonst?"

Als Theresa merkte, dass Gökhan und auch einige der anderen sie fragend ansahen, übersetzte sie die Worte des Big Mac ins Englische.

„Feuer?", wunderte sich Gökhan. Dieses Mal ließ sich der Big Mac dazu herab, den Fragesteller anzusehen. „Aber natürlich! Was sonst könnte ein Suchflugzeug auf uns aufmerksam machen?" Theresa übersetzte.

„Klingt nicht verkehrt", nickte Gökhan und streckte seine rechte Hand aus. „Ich bin Gökhan."

„Max", sagte Herr Tanner und schüttelte Gökhans Hand.

„Sind Sie sicher, dass wir auf einer Insel sind?", fragte Rainer auf Deutsch. Theresa wurde bewusst, dass es nicht nur die sanfte Stimme, sondern auch die Betonung war, die seinen Worten eine weibliche Note verlieh. Er sprach mit einem Singsang, der für einen Mann ungewöhnlich war.

Auch Max war offensichtlich irritiert. Jedenfalls musterte er Rainer eine Weile, bevor er fragte: „Kennen wir uns von irgendwoher?"

Rainer zuckte die Achseln. Selbst diese Bewegung war ungewöhnlich elegant. „Nicht, dass ich wüsste."

„Wie heißt du denn?"

„Rainer Scheller, wieso?"

„Bist du erster Klasse gereist?"

Rainer schüttelte den Kopf. „Kann ich mir nicht leisten."

„Dann sind wir uns vielleicht irgendwo bei der Zwischenlandung über den Weg gelaufen", überlegte der Big Mac. „Egal … Ja, ich bin mir sicher, dass wir uns auf einer Insel befinden. Wie schon gesagt, ich bin jenseits dieser Felsformation gestartet", er deutete auf die etwa 10 Meter hohen, sehr zerklüfteten Felsen, die weit ins Meer hineinragten, „immer in Ufernähe geblieben und hier gelandet. Welchen Schluss lässt das zu?"

„Deswegen muss die Insel noch lange nicht unbewohnt sein", behauptete Miriam.

Max seufzte tief. „Natürlich nicht. Eine Insel ohne Landungssteg und ohne Boote kann ja auch durch die Luft mit allem Nötigen versorgt werden. Vor allem hier, in Indonesien. Die sind hier so reich und zivilisiert, dass sie auf herkömmliche Versorgungswege verzichten können." Seine Stimme triefte vor Ironie.

„Kann doch sein!", knurrte Miriam.

„Klar", lachte der Big Mac. „Vielleicht haben sie sich ein Beispiel an der Berliner Luftbrücke genommen."

„Vollidiot", fauchte Miriam und wandte sich ruckartig ab. Sie steuerte auf einen der noch ungeöffneten Koffer zu und machte sich daran zu schaffen. Dass sie nicht unbeeindruckt war, konnte man daran erkennen, dass sie einen großen Bogen um den silbergrauen Koffer gemacht hatte.

„Hat jemand ein Feuerzeug?", fragte Max.

Theresa griff lässig in ihre Hosentasche und holte das silberne Feuerzeug heraus, das sie vorhin im Koffer gefunden hatte. „So was in der Art?"

„Krügchen!", entfuhr es dem Big Mac. „Sie beeindrucken mich jeden Tag aufs Neue! Dabei rauchen Sie doch gar nicht!"

Theresa konnte nicht verhindern, dass sie errötete.

„Wo haben Sie das her?"

„Ich hab's in dem Koffer gefunden." Sie deutete auf den geöffneten roten Schalenkoffer, neben dem immer noch die Kinder hockten. Im Moment waren David und Peer damit beschäftigt, Pia den riesengroßen BH anzulegen, den Theresa darin gefunden hatte.

„Wie haben Sie den aufgekriegt?"

„Mit Geduld", lächelte Theresa und blickte zu Miriam hinüber, die schon wieder ein Messer in der Hand hatte und damit am Koffer herumfuhrwerkte. „Ich hab bei Null-Null-Null angefangen und mich langsam hochgearbeitet."

„Ich wusste schon, warum ich Sie eingestellt hab", sagte Max anerkennend.

Theresa spürte, wie ihr Herz ein bisschen schneller schlug, und sie fragte sich, ob sie jemals zuvor ein Kompliment von ihrem Chef erhalten hatte. Machte er sich sonst nicht immer nur lustig über sie?

Max nahm ihr jetzt das Feuerzeug aus der Hand und probierte es aus. Als er mit dem Daumen an dem Rädchen entlangfuhr, das für den Funken sorgen sollte, ertönte das typische, kratzende Geräusch, eine Flamme entstand jedoch nicht. „Na?", zweifelte er. Dann probierte er es ein zweites und ein drittes Mal, hatte aber keinen Erfolg. Erst beim fünften Versuch entstand eine sehr kleine Flamme, die kurz danach wieder verlosch. „Das sieht so aus, als wäre es nicht sehr zuverlässig. Haben wir noch eine Alternative?" Er blickte fragend in die Runde, erhielt aber keine Antwort. „Also gut. Wir fahren mehrgleisig. Ich brauche einen Trupp, der trockene Zweige und Äste sammelt, einen Trupp, der sich zutraut, die Leichen zu begraben, und je eine Person pro Koffer."

Theresa fühlte sich ein wenig an Coleman und dessen Gruppeneinteilung erinnert. Anscheinend hatten die beiden Männer eine Menge gemeinsam. Aber dass sie gut miteinander auskommen würden, wagte sie zu bezweifeln …

„Du da!" Als Max die letzten beiden Worte in sehr lautem und herrischem Tonfall aussprach, richteten sich einmal mehr aller Augen auf ihn.

Theresa hielt den Atem an. Miriam, der die Worte gegolten hatten, hielt in ihrer Bewegung inne.

„Leg das Messer weg. Ich möchte nicht, dass der Schließmechanismus beschädigt wird."

Miriam wandte den Kopf und warf Max einen Blick zu, der hätte töten können. Max jedoch ließ sich nicht davon beeindrucken und näherte sich dem Koffer. „Ein Zahlenschloss. Das ist gut. Wir werden es genauso machen wie bei dem roten Schalenkoffer." Er lachte einmal kurz auf. „Schließlich haben wir alle Zeit der Welt."

Als Theresa sah, dass Miriam ihre Hand fester um den Schaft des Taschenmessers schloss, wollte sie eine Warnung ausstoßen, hatte dazu aber keine Gelegenheit mehr. Genauso schnell, wie Miriam vorhin Theresa angegriffen hatte, sprang sie jetzt auf und stieß mit dem Messer nach Max.

Dieser schien jedoch darauf vorbereitet zu sein und machte rasch einen Satz rückwärts. „Wow", entfuhr es ihm. „Das eskaliert hier aber schnell!"

„Wenn du glaubst, dass du hier Befehle erteilen kannst, hast du dich geschnitten!", fauchte Miriam. Von ihrer Haltung her hatte sie ein wenig Ähnlichkeit mit einer Raubkatze, die kurz vor dem nächsten Sprung stand. Auch streckte sie Max immer noch drohend das Messer entgegen.

„Gib das Messer her", sagte Max und blickte Miriam fest in die Augen. „Sonst nehm ich es mir."

„Versuch es doch", knurrte Miriam und ließ die Hand mit dem Messer ein paarmal drohend nach vorn schnellen.

Max rollte mit den Augen. „Warte einen Moment", seufzte er und entfernte sich ein paar Schritte von Miriam. Dann sah er sich kurz um und ging auf den roten Hartschalenkoffer zu, neben dem die Kinder hockten. Allerdings spielten sie nicht mehr mit den Kleidungsstücken, sondern starrten mit offenem Mund auf Miriam und das Messer. Als Max jetzt auf sie zukam, sprangen sie auf und liefen ängstlich zu ihren jeweiligen Bezugspersonen. Max hingegen griff nach dem geöffneten Koffer und drehte ihn kurzerhand um.

„Arm!", verlangte David, kaum dass er Theresa erreicht hatte. Theresa bückte sich und nahm ihn auf den Arm. Dort angekommen machte er dann allerdings überhaupt keinen ängstlichen Eindruck mehr, sondern drehte sich umgehend so, dass er einen optimalen Blick auf Max und Miriam hatte.

Nachdem die Kleidungsstücke aus dem Koffer gepurzelt waren und sich auf dem felsigen Boden verteilt hatten, verschloss Max den Koffer und drehte auch am Zahlenschloss. Dann hielt er sich den Koffer wie einen Schild vor den Körper und näherte sich erneut seiner bewaffneten Widersacherin.

Als diese sah, was er vorhatte, trippelte sie nervös hin und her und wedelte noch drohender mit ihrem Messer.

„Dies ist die letzte Gelegenheit, das Messer freiwillig herauszugeben", sagte Max, als er nur noch etwa drei Meter von Miriam entfernt war. „Eins …", fuhr Max fort.

„Zwei …"

Als Max mit dem Koffer einen Schritt vorwärts machte, warf Miriam das Messer in hohem Bogen zur Seite, murmelte irgendetwas Unverständliches und flüchtete in Richtung Bach. Max sah ihr nach, schien aber keine Genugtuung zu empfinden. „So schnell macht man sich Feinde“, seufzte er kopfschüttelnd.

„Nun“, sagte Theresa, „daran müssten Sie ja gewöhnt sein.“

***

„Den Koffer nicht. Der gehört mir!“

Sophie, die mit 72 Jahren die älteste Überlebende war, zuckte bei Max’ Worten erschrocken zusammen. „Tut mir leid!“, stieß sie auf Englisch hervor und sprang auf, „ich hatte es vergessen!“ Für ihr Alter bewegte sie sich ziemlich flink. Aber sie war auch eine sehr schlanke und drahtige Person, der man ihr Alter nur aufgrund der grauen Haare und der Falten ansah. Ganz anders ihr Mann Matthew. Als er jetzt zu seiner Frau eilte, um ihr im Notfall zur Seite zu stehen, offenbarte er ein Hüftleiden, das ihm einen schwankenden Gang verlieh. Dafür waren seine Haare noch braun und er hatte kaum eine Falte im Gesicht.

„Schon gut“, sagte Max und näherte sich dem silbergrauen Koffer. „Ich werde ihn von hier wegbringen.“ Er nahm den Koffer an sich und schleppte ihn am Bach entlang über die Felsen. Die anderen sahen ihm noch eine Weile nach, dann verschwand er aus ihrem Blickfeld.

„Kommt er wieder?“, fragte David. Er half Theresa dabei, die Kleidungsstücke zu sortieren, die sie in den Koffern gefunden hatten, und hockte in einem Meer aus Kleiderstapeln.

„Ich denke schon“, nickte Theresa. „Magst du ihn?“

Anstelle einer Antwort biss David auf seiner Unterlippe herum.

„Du kannst es mir ruhig sagen.“

„Ich hab Angst vor ihm.“

Theresa legte ein überdimensioniertes Unterhemd auf den Stapel, den sie als „Restposten“ bezeichnete. Das waren Kleidungsstücke, die niemand würde tragen können, die aber als Verbandmaterial, als Waschlappen, Handtücher und Ähnliches benutzt werden konnten. „Das ist normal, mein Schatz. Jeder hat Angst vor ihm.“

„Du nicht.“

Theresa zuckte die Achseln. „Ich weiß ihn halt zu nehmen. Mit den Jahren gewöhnt man sich an alles!“

Sie sortierten noch eine Weile stumm vor sich hin, dann kam Max zurück. Er hatte Haziq und Harry im Schlepptau, die sich vorhin auf den Weg gemacht hatten, um die Küste zur Rechten zu erforschen.

„Ihr seid viel zu früh!", begrüßte Gökhan die beiden auf Englisch und hörte auf, das Feuerholz aufzuschichten, das er eben selbst gesammelt hatte. „Solltet ihr euch nicht erst gegen Mittag auf den Rückweg machen?"

„Da hinten sind die Felsen so hoch und so steil, dass wir sie nicht überwinden konnten", sagte Harry. Haziq sagte gar nichts. Er stammte aus Indonesien und war nicht nur sehr schmächtig, sondern auch sehr zurückhaltend.

Max runzelte die Stirn, was Theresa dazu veranlasste, ihm den Dialog blitzschnell ins Deutsche zu übersetzen.

„Wir sind ein Stück ins Landesinnere gewandert, um sie zu umgehen, aber dann …" Harry zuckte die Achseln, wobei sich die riesige Rolling-Stones-Zunge bewegte, die auf seinem grauen T-Shirt prangte. „Das ist kein Wald hier, das ist 'n Dschungel! Total dicht und völlig fremdartig. Allein die Geräusche, so was hab ich noch nie gehört! Um ehrlich zu sein, haben wir uns fast in die Hosen geschissen!"

„Gibt es Raubtiere?", fragte Inken, die Mutter von Pia und Peer. Ihr Englisch war schlecht, erfüllte aber seinen Zweck.

Harry schluckte schwer. „Keine Ahnung. Aber wir haben 'ne Schlange gesehen. So 'n grünes Teil mit gelb-schwarzer Musterung und einem gelb-grün-schwarz gestreiften Kopf. Sie ist …" Er zögerte.

Theresa nutzte die Gelegenheit und übersetzte seine Worte für ihren Chef ins Deutsche.

„Was ist sie?", hakte Inken nach und legte ihre Arme um Pia und Peer, die ein Stück näher an sie herangerückt waren.

„Geflogen", seufzte Harry. „Die ist echt geflogen! An unserer Nase vorbei!"

Unter den Überlebenden setzte ängstliches Gemurmel ein, das erst endete, als Max das Wort ergriff. „Sie ist unter Garantie nicht *geflogen*, sondern von Baum zu Baum *geglitten*. Ich hab mal einen

Bericht über solche Schlangen gelesen. Wenn ich mich recht erinnere, sind sie für den Menschen vollkommen ungefährlich." Theresa übersetzte seine Worte ins Englische.

„Wirklich?", fragte Arissa, die hübsche 16-Jährige mit den langen, glatten Haaren.

„Wirklich!", bekräftigte Max. „Und jetzt zurück an die Arbeit. Es gilt Feuer zu machen." Er gesellte sich zu Gökhan und stellte sich der Aufgabe, mithilfe eines schlecht funktionierenden und beinahe leeren Feuerzeuges ein Feuer zu entfachen. Dies gestaltete sich umso schwieriger, als die Luftfeuchtigkeit so enorm hoch war und weder das gesammelte Holz noch das gesammelte Reisig richtig trocken waren. Nach einer guten Stunde waren die beiden Männer so entnervt, dass sie sich nur noch gegenseitig angrunzten. Als Theresa das Gefühl hatte, dass die Stimmung jeden Moment kippen könnte, stand sie auf und näherte sich dem Ort des Geschehens. „Kann ich irgendwie helfen?", fragte sie auf Deutsch und auf Englisch.

„Nein!", knurrten Max und Gökhan wie aus einem Munde. Immerhin waren sie sich einig. Das Reisig rauchte nach all den Versuchen munter vor sich hin, fing aber einfach nicht richtig Feuer.

„Mein Daumen fällt gleich ab", sagte Gökhan und ratschte zum hundertsten Mal an dem Rädchen des Feuerzeuges entlang.

Theresa kramte in der Tasche ihrer grauen Jeans herum. „Versucht's doch mal damit", sagte sie und hielt Gökhan einen der Tampons hin, die sie in dem Koffer gefunden hatte.

„Was ist das denn für eine bescheuerte Idee?", fuhr Gökhan sie an.

„Nein!", widersprach Max. „Das ist gut! Zellstoff brennt normalerweise wie Zunder!" Er griff nach dem Tampon, pflückte ihn ein wenig auseinander und hielt ihn dann vor das Feuerzeug.

Gökhan blickte angewidert auf den Tampon. „Ich bin ein Mann, okay?"

Max rollte mit den Augen. „Du sollst ihn dir ja auch nicht einführen. Es würde reichen, wenn du ihn festhältst."

„Lass mal. Da geh ich lieber Tote einbuddeln." Er erhob sich ein wenig mühsam aus der Hocke und streckte seine Glieder. „Viel Spaß noch." Mit diesen Worten warf er Max das Feuerzeug zu und machte sich auf den Weg zum Meer.

„Nimm dir 'n zweiten Mann mit", rief Max ihm nach. „Es ist nicht gut, wenn jemand allein unterwegs ist." Als Theresa übersetzt hatte, wandte sich Max ihr zu. „Tja, Krügchen. Jetzt ist es an Ihnen, den Tampon festzuhalten."

„Kein Problem." Das hatte sie wirklich nicht. Nicht mit der Aufgabe und auch nicht mit der Tatsache, dass er sie immer noch „Krügchen" nannte. Nicht mehr jedenfalls. In der jetzigen Situation war es eine vertraute Anrede, die ihr ein Gefühl von Sicherheit vermittelte. Sie kniete sich neben den Haufen mit dem Holz auf den harten Felsen und nahm den Tampon entgegen. Dann hielt sie ihn mitten in das Reisig hinein. „Ist es so gut?"

„Hervorragend." Max versuchte das Feuerzeug in Gang zu setzen, hatte aber keinen Erfolg. Er versuchte es erneut.

„Wo haben Sie den Koffer hingebracht?", fragte Theresa, während Max sich weiter erfolglos abmühte.

„In Sicherheit. Ich trau dem Frieden noch nicht. Diese Miriam scheint mir unberechenbar. Und dann ist da ja auch noch dieser Coleman. Ich bin gespannt, aus welchem Holz der so geschnitzt ist."

„Er hat Ähnlichkeit mit Ihnen."

Max blickte auf. „Wirklich? Das ist ein gutes Zeichen."

Theresa lachte auf. „Glauben Sie wirklich? Da bin ich anderer Meinung. Gibt es nicht diesen Film, Highlander … und den Spruch ‚Es kann nur einen geben'!?"

„Nun, ich bin gespannt." Als Max jetzt an dem Rädchen entlangfuhr, entstand eine klitzekleine Flamme. Eilig hielt er das Feuerzeug dichter an den Tampon heran. Leider verlosch die Flamme, noch bevor sie ihn erreicht hatte. „So ein Mist!", fluchte Max und versuchte es ein weiteres Mal. Durchhaltevermögen hatte er schon immer besessen.

„Diese Schlangen", fragte Theresa und senkte dabei ihre Stimme. „Sind die wirklich ungefährlich?"

„Um ehrlich zu sein, hab ich nicht die geringste Ahnung. Aber Angst hilft uns hier nicht weiter, oder?"

Theresa schluckte schwer und schüttelte dann tapfer den Kopf. *Fürchte dich nicht,* kam es ihr in den Sinn, *denn ich habe dich erlöst. Ich habe dich bei deinem Namen gerufen. Du bist mein.*

Kapitel 13

„Guck mal, da kommen welche!"

Davids Worte erregten Theresas Aufmerksamkeit und sie blickte von dem Feuer auf, das inzwischen stabil vor sich hin brannte und das sie nach all den Mühen wie ihren Augapfel hütete. „Fünf Leute?", murmelte sie und kniff ihre Augen zusammen. In vorderster Front erkannte sie Jontek und Anuwat, die schwere Tüten schleppten, hinter den beiden befanden sich Coleman und Stanley. Aber wen hatten sie da zwischen sich?

Jontek blieb jetzt stehen, stellte seine Tüten zu seinen Füßen ab und winkte Theresa begeistert zu. Daraufhin erntete er einen nicht minder begeisterten Gruß. Nach den Schauergeschichten, die Haziq und Harry erzählt hatten, war Theresa überglücklich, dass Jontek heil ins Lager zurückgekehrt war. Außerdem freute sie sich über ein freundliches Gesicht. Max und Gökhan hatten die unangenehme Aufgabe übernommen, die Leichen zu beerdigen. Und so war sie mit den anderen Überlebenden – unter ihnen auch Miriam – allein geblieben.

Mittlerweile hatten sich einige Leute erhoben und gingen neugierig auf die Gruppe zu. Der Mann, den Coleman und Stanley in die Mitte genommen hatten, schien bewusstlos zu sein. Jedenfalls rührte er sich nicht und seine Beine schleiften widerstandslos über den Boden.

„Braucht ihr Hilfe?", rief die junge Frau mit den kurzen, schwarzen Haaren und der lila Hornbrille. Sie war Chinesin, sprach aber ein sehr gutes Englisch. Theresa wusste inzwischen, dass sie Wang Fang hieß und Krankenschwester war. Anscheinend fühlte sie sich für die Verletzten zuständig. Jedenfalls hatte sie gestern Mona, der Frau mit dem gebrochenen Arm, geholfen. Und jetzt eilte sie auf den Bewusstlosen zu. „Ist der Mann verletzt?"

Theresa stand auf. Sie war mindestens genauso gespannt auf die Antwort wie alle anderen. „Keine Sorge", erwiderte Coleman so laut und dröhnend wie schon am Morgen. „Der ist nur bewusstlos. Ich hab ihn für 'ne Weile ins Land der Träume befördert."

Wang Fang blieb ganz abrupt stehen. „Wie bitte?"

„Anuwat und ich haben ihn zwischen ein paar Felsen direkt am Wasser gefunden", erläuterte Stanley und stellte jetzt ebenfalls seine Tüten ab. „Er war bewusstlos und hat am Kopf geblutet. Als er aufgewacht ist, hat er ununterbrochen denselben Namen gerufen und sich wie ein Irrer aufgeführt. Er hat mit aller Kraft versucht, zurück ins Wasser zu rennen. Wir hatten alle Hände voll zu tun, um ihn daran zu hindern. Wenn Coleman nicht gekommen wäre und ihm einen ordentlichen Kinnhaken verpasst hätte, wäre er wahrscheinlich ertrunken."

„Oh", machte Wang Fang und sah Coleman und Michael dabei zu, wie sie den Bewusstlosen vorsichtig auf dem Boden ablegten. Der Mann war nicht sehr groß, schlank, hatte dichte braune Haare, auffallend buschige Augenbrauen und einen Schnurrbart. Theresa schätzte ihn auf Mitte 30.

„Ich brauche ein Seil", donnerte Coleman in die Runde. „Haben wir so was?"

„Wozu denn das?", fragte Wang Fang alarmiert.

Derweil löste sich Jontek aus der Gruppe und kam auf Theresa zu. „Hast du mich vermisst?", fragte er und nahm Theresa in den Arm.

Diese versteifte sich ein wenig. Sie fand immer noch, dass es ein bisschen zu früh war für solche Liebesbekundungen. Außerdem roch Jontek ziemlich durchdringend nach Schweiß. „Er will ihn doch wohl nicht fesseln", sagte sie, um einen Kuss zu vermeiden.

„Natürlich will er das. Der Typ ist gemeingefährlich. Du hättest ihn erleben müssen."

„Geht auch ein Gürtel?", fragte Miriam und deutete auf das nietenbesetzte Exemplar, das sie trug. Gleichzeitig bewegte sie sich mit ausgeprägtem Hüftschwung auf Coleman zu.

Dieser saugte sich einen Moment am Anblick ihrer Schönheit fest und sagte dann: „Aber sicher."

Als Miriam ihn erreicht hatte, sagte sie: „Abmachen musst du ihn schon selbst."

Theresa schnappte kurz nach Luft. War das zu fassen?

„Nichts lieber als das", sagte Coleman, dessen Stimme jetzt noch tiefer klang als sonst. Dann machte er sich in aller Gemütsruhe an Miriams Gürtel zu schaffen.

Wang Fang kniete sich neben den Verletzten und begutachtete die verkrustete Verletzung hinter seinem linken Ohr.

„Und?", fragte Coleman, als er schließlich von Miriam abließ.

„Sieht nicht lebensbedrohlich aus", erwiderte Wang Fang und richtete sich wieder auf. Dann starrte sie beunruhigt auf den Gürtel in Colemans Händen.

„Ist nur zu seinem Schutz", beantwortete Coleman die nicht gestellte Frage. Anschließend legte er den Gürtel auf Höhe des Bauchnabels um den Oberkörper und die Arme des Neuankömmlings. Wang Fang ließ es widerspruchslos geschehen. Erst als Coleman den Gürtel kräftig zuzog und der Gefesselte trotz Bewusstlosigkeit ein Stöhnen von sich gab, meldete sie sich wieder zu Wort: „Das geht doch nicht!", entfuhr es ihr. „Der Mann ist verletzt."

„Du hast selbst gesagt, dass die Verletzung nicht lebensbedrohlich ist. Dieser Typ ist es aber schon. Wenn er den Verstand verloren hat – und das kann ich im Moment nicht ausschließen –, könnte er jederzeit gewalttätig werden. Möchtest du die Kinder einem solchen Risiko aussetzen?"

Wang Fang schluckte schwer. „Also gut … Aber wenn er aufwacht, machen wir ihn los."

Auf Colemans Gesicht bildete sich ein gönnerhaftes Lächeln und er sagte: „Wenn er aufwacht, sehen wir weiter." Wang Fang schien mit dieser Aussage nicht sehr zufrieden zu sein, denn sie holte Luft, um etwas dazu zu sagen, kam allerdings nicht weit, weil Coleman ihr mit seiner voluminösen Stimme zuvorkam. „Habt ihr eigentlich gar keinen Hunger?", wandte er sich an die anderen.

„Ja, was haben wir denn hier?", sagte Stanley, beugte sich zu seinen Tüten herab und öffnete diese.

„Was ist das?", rief Pia und rannte zusammen mit den anderen Kindern auf ihn zu.

Kurz darauf war Stanley von allen drei Kindern und einigen Erwachsenen umringt.

„Sind das Bananen?“, fragte Miriam und griff auch schon in die Tüte. Sie riss eine der noch sehr grünen und dazu sehr kleinen Bananen von der Staude ab, die zum Vorschein kam, und versuchte, sie zu öffnen. Allerdings war die Schale sehr dick und fest und wollte nicht so recht nachgeben.

„Soll ich Ihnen helfen, schöne Frau?“, fragte Coleman.

„Ich will auch was!“, rief David und versuchte nun seinerseits, eine Banane von der Staude abzubrechen.

Miriam hielt inne und warf Coleman einen interessierten Blick zu. „Wenn du mich so fragst …“, gurrte sie.

David mühte sich weiter mit der Bananenstaude ab und bekam Hilfe von Michael. „Lass mich mal“, sagte er und brach David eine Banane ab. Dann schälte er sie.

„Was das hier ist, wissen wir nicht“, sagte Stanley und schüttete einen riesigen Haufen dunkelbrauner Früchte aus der Plastiktüte auf den Boden. Sie hatten die Größe von Hühnereiern, erinnerten von der Form her aber eher an Tannenzapfen. „Aber es schmeckt.“

„Hat Ähnlichkeit mit Litschis“, sagte Nor und nahm eine der Früchte in die Hand.

„Aber Litschis glänzen nicht so“, warf ihre Tochter Arissa ein. „Außerdem sind sie kleiner. Und sie laufen auch nicht so spitz zu.“

„Stimmt“, nickte ihre Mutter und versuchte, die Schale mit dem Fingernagel zu entfernen. „Die Schale ist schuppig wie Fischhaut“, murmelte sie. Als es ihr gelang, einen Teil der Schale aufzubrechen, knisterte es. Darunter kam hellbeiges Fruchtfleisch zum Vorschein.

„Oder wie Schlangenhaut“, überlegte Sophie, die ältere Dame mit den vielen Falten. „Gibt es nicht so was wie eine Schlangenhautfrucht?“

„Stimmt, das hab ich auch schon mal gehört“, sagte Wang Fang, biss jetzt von einer der Bananen ab und spuckte schon im nächsten Moment den gesamten Inhalt ihres Mundes wieder aus. „Igitt, da sind ja Kerne drin!“

Inzwischen war es Nor gelungen, die Schale der Schlangenhautfrucht vollständig zu entfernen. Jetzt konnte man erkennen, dass das

Fruchtfleisch in drei gleich große Segmente unterteilt war, die sich ohne Mühe voneinander trennen ließen. Darunter war ein großer, dunkler Kern versteckt. „Wer macht den Vorkoster?“, fragte Nor.

„Wir haben vorhin schon welche gegessen“, erwiderte Jontek. „Sie schmecken gut und wir leben alle noch.“

„Wo wachsen die Dinger?“, wollte Theresa wissen.

„Interessanterweise direkt am Boden eines Stammes. Aber frag mich jetzt nicht, was das für ’n Baum war. Irgend so ’ne Art Palme, mehr weiß ich auch nicht.“

Theresa ließ sich eines der drei Fruchtfleischsegmente aushändigen. Sie roch zunächst daran und meinte einen süßlichen Geruch wie bei Honig wahrzunehmen. Dann erst steckte sie das Fruchtfleisch in den Mund. Es war sehr angenehm süß-säuerlich und erinnerte ein wenig an Birne und an Litschi. „Toll“, sagte sie mit vollem Mund. Als sie aufgegessen hatte, wurde sie von der Stelle, wo sich noch mehr von diesen Früchten befanden, geradezu magisch angezogen. „Die sind echt lecker“, sagte sie auf Englisch zu Zoe, der kleinen, vollschlanken Singapurerin, die noch damit beschäftigt war, eine der Früchte argwöhnisch in ihren Händen zu drehen.

Als Zoe nicht reagierte, begriff Theresa, dass sie immer noch nichts hören konnte. Diese Erkenntnis ließ eine Welle von Dankbarkeit über Theresa hinwegschwappen. Dass sie selbst wieder hören konnte, war wie ein Wunder! *Danke, Jesus.*

***

„Na endlich!“, rief Ariane in den Hörer. Da sie gerade dabei war, für Sina einen Apfel zu schälen, hatte sie sich das Telefon zwischen Ohr und Schulter geklemmt. „Ich dachte schon, du würdest mich überhaupt nicht mehr zurückrufen.“

Stille am anderen Ende der Leitung.

„Theresa?“, fragte Ariane. Sie hatte Theresas Nummer im Display gesehen und war daher davon überzeugt, dass diese am Apparat war.

„Äh … Entschuldigung“, sagte eine weibliche Stimme am anderen Ende der Leitung. „Ist da Ariane Krüger?“

Ariane stutzte. In Sekundenbruchteilen huschten die verschiedensten Erklärungsmöglichkeiten durch ihren Kopf, allen voran die

Furcht einflößende Überlegung, dass sie mit einer weiblichen Polizistin sprach, die sich in Theresas Wohnung befand. Dieser Stalker hatte Theresa doch nicht ...? „Wer sind Sie?", presste sie beunruhigt hervor. „Ist Theresa etwas passiert?"

„Nein, nein!", beschwichtigte sie ihre Gesprächspartnerin. „Hier ist Rita Lambert. Ich rufe aus Theresas Wohnung an."

Ariane ließ sich erleichtert auf den nächstbesten Küchenstuhl fallen. Heute war Montag! Montags traf sich Theresa immer mit Rita zum Tortefuttern. „Rita", seufzte sie. „Du hast mich ganz schön erschreckt!" Sie drückte Sina, die in ihrem Hochstuhl saß, eine Apfelspalte in die Hand. „Theresa war gestern nicht im Gottesdienst. Und sie hat mich auch nicht zurückgerufen. Ich dachte schon, ihr sei irgendwas passiert ..."

Erneute Stille.

„Warum bist *du* eigentlich am Telefon?", wunderte sich Ariane. „Kann ich mal Theresa sprechen?"

Rita seufzte tief. „Sieht nicht so aus, als könntest du mir meine Frage beantworten."

„Und die wäre?"

„Wo Theresa ist?!", brach es aus Rita hervor. „Wir sind montags immer verabredet, aber ich stand vor verschlossener Tür! Zum Glück hab ich einen Schlüssel ... aber Theresa ist nicht da. Jetzt sitz ich hier und warte. In meiner Not hab ich dich angerufen, weil ich dachte, du wüsstest vielleicht etwas ..."

„Tu ich aber nicht!", antwortete Ariane mit belegter Stimme. „Ich mach mir schon seit gestern Sorgen! Heute Morgen hab ich versucht, deine Telefonnummer herauszubekommen, aber du stehst nicht im Telefonbuch!"

„Weißt du was? Mit reicht's jetzt! Ich ruf in Theresas Firma an und versuche herauszufinden, ob sie bei der Arbeit war. Ich ruf dich nachher zurück, ja?"

***

Wenig später saß die gesamte Gruppe einträchtig um das Feuer herum und teilte sich das Obst. Neben den Bananen und den Schlangenhautfrüchten waren auch noch Papayas zum Vorschein gekommen, die mit dem Messer problemlos geschält werden konnten.

„Ich hab gehört, dass man die Kerne essen kann", sagte Ethan, der erst vor wenigen Minuten zusammen mit Anuwat von der Suche nach einem geeigneten Unterschlupf zurückgekehrt war und jetzt ebenso großen Hunger hatte wie die anderen. Deshalb hatte er eine Papaya aufgeschnitten und entfernte die Kerne. Allerdings warf er sie nicht auf den Boden, sondern sammelte sie in einer schwarzen Socke, die er aus einem der Koffer gezogen hatte.

„Lass mal probieren", verlangte Coleman und streckte seine Hand danach aus. Er saß auffällig dicht neben Miriam. Ganz anders Theresa und Jontek. Während Jontek ständig näher an Theresa heranrückte, ging diese immer wieder auf Abstand.

„Ich hab in meinem ganzen Leben noch nie so was Leckeres gegessen", behauptete Sophie, die ältere Dame mit den vielen Falten. Sie saß neben ihrem Mann und aß eine der kleinen Bananen, die Jontek und Coleman mitgebracht hatten. Obwohl sie wegen der vielen Kerne etwas mühsam zu essen waren, lohnte sich der Aufwand.

„Sie sind hundertmal aromatischer als die in Deutschland", pflichtete Theresa ihr bei.

„Ich hab Bauchschmerzen", jammerte David. Anscheinend hatte er zu viele ungewohnte Früchte gegessen.

„Igitt", entfuhr es Coleman und er spuckte einen Haufen Papayakerne hinter sich auf den Boden. „Die sind ja scharf."

Ethan zuckte die Achseln. „Sollen aber sehr gesund sein."

„Ich hab gehört, man kann sie trocknen und statt Pfeffer benutzen", sagte Mona.

Theresas Kopf ruckte erstaunt zu ihr herum. Mona sprach nicht viel, aber wenn sie es tat, hatte es zumeist Hand und Fuß. Sie war Australierin und diejenige, die sich bei dem Absturz den Arm gebrochen hatte. Jetzt lief sie mit einer provisorischen Schlinge herum, die Wang Fang aus einem schreiend bunten Blümchenpullover zusammengebastelt hatte.

„Ich leg ein paar Früchte zur Seite, ja?", sagte Theresa und begann, ein paar Bananen in den Stoffbeutel zurückzulegen, den

Coleman und Jontek zum Transport benutzt hatten. „Nicht, dass Gökhan und Herr Tanner nachher nichts mehr abkriegen."

„Gökhan und wer?", entfuhr es Jontek. Er klang vollkommen fassungslos.

„Ach ja! Das wisst ihr ja noch gar nicht!" Theresa strahlte über das ganze Gesicht. „Mein Chef hat überlebt! Und er hat festgestellt, dass wir uns auf einer Insel befinden. Außerdem hat er dieses Feuer hier gemacht, damit uns die Suchmannschaften finden. Und jetzt ist er mit Gökhan unterwegs, um die Leichen zu beerdigen."

„Was für ein Held", sagte Miriam. Ihre Stimme triefte vor Ironie.

Coleman wandte den Kopf und sah Miriam fragend an. Diese beugte sich zur Seite und flüsterte ihm irgendetwas ins Ohr. Theresa schluckte schwer. Diese Nähe zwischen Coleman und Miriam gefiel ihr gar nicht. Die beiden hatten einzeln schon ein gefährliches Potenzial, was sollte da erst herauskommen, wenn sie sich zusammentaten?

„Was hältst *du* von diesem Kerl?", wandte sich Coleman an Jontek.

Theresa warf ihm einen flehenden Blick zu, wurde aber nicht beachtet. „Ich hatte gehofft, ich müsste ihn nie wieder sehen", antwortete Jontek. „In meinen Augen ist er ein arrogantes Arschloch."

Theresa sammelte eilig ein paar weitere Früchte in den Stoffbeutel. Wenn die Stimmung kippte, war es vielleicht wichtig, etwas zu essen zur Seite geschafft zu haben.

„In dem Fall werden wir ihn wohl ein bisschen in seine Schranken weisen müssen", schlussfolgerte Coleman und lächelte Miriam aufmunternd zu.

„Das dürfte allerdings nicht so einfach werden", seufzte Jontek. „Dieser Typ strotzt nur so vor Selbstbewusstsein. Stimmt's, Miriam?"

Diese nickte eifrig.

„Er ist ein Überlebender", sagte Theresa und ließ eine große Papaya in ihrem Stoffbeutel verschwinden. „Und damit einer von uns. In einer Situation wie dieser sollten alle zusammenhalten, oder nicht?"

„Mir ist nicht klar, warum du diesen Blödmann permanent in Schutz nimmst", schnaubte Jontek.

„Ich nehme ihn nicht in Schutz. Ich gebe nur zu bedenken, dass er sich sehr für uns eingesetzt hat. Ohne seine Hartnäckigkeit hätten wir jetzt kein Feuer. Das Feuerzeug war nämlich so gut wie leer."

„Jetzt übertreib mal nicht." Es lag von Satz zu Satz mehr Aggressivität in Jonteks Stimme. „Feuer machen kann doch jedes Kind."

„Ich hab Bauchschmerzen", jammerte David und wand sich unruhig hin und her.

„Dann geh aufs Klo", fuhr Jontek ihn an.

David zuckte zusammen, richtete sich auf und flüchtete sich Schutz suchend auf Theresas Schoß.

Theresa funkelte Jontek wütend an. „Du vergisst wohl, in welcher Situation wir uns befinden."

„Oh nein!" Jontek schüttelte entschieden den Kopf. „Ich bin mir ununterbrochen der Tatsache bewusst, dass ich irgendwo im Nirgendwo wie ein Eingeborener an einem Feuer sitze und Bananen fresse. Wie könnte ich das vergessen?"

Theresa rappelte sich mit David zusammen hoch. „Komm, mein Schatz. Wir tun jetzt was gegen deine Bauchschmerzen." Sie zog das Kind auf ihren Arm und verließ ohne ein weiteres Wort die Gruppe.

***

Als sich Theresa eine halbe Stunde später unverrichteter Dinge auf den Rückweg zu der kleinen Gruppe machte, hörte sie schon von Weitem, dass eine lautstarke Diskussion im Gange war. Allerdings vernahm sie dieses Mal nicht Jonteks Stimme, sondern die von Coleman und Herrn Tanner.

Theresa seufzte tief. *Ich wusste ja gleich, dass das nicht gut geht,* dachte sie. *Aber dass es so schnell eskalieren muss …*

„Was ist an diesem Platz schlecht?", hörte sie Herrn Tanner auf Deutsch sagen. „Das Feuer wird Raubtiere abschrecken."

„Also, wir haben noch kein Raubtier zu Gesicht bekommen", knurrte Coleman mit leichtem Akzent, „und wir haben den halben Tag in diesem Dschungel verbracht. Deshalb schlage ich vor, dass wir das Wort ‚Raubtier' – schon den Kindern zuliebe – vorerst aus unserem Wortschatz streichen!"

„Von mir aus …“ Max’ Stimme klang metallisch. „Wenn ihr unbedingt Risiken eingehen wollt.“

Theresa vermerkte für sich, dass auch Herr Tanner auf dem Weg um die Insel herum keinem Raubtier begegnet war. Sonst hätte er es sicher jetzt erwähnt.

„Das Spiel mit der Angst“, lachte Coleman. Seine voluminöse Stimme erreichte Theresa noch wesentlich besser als die ihres Chefs. „Das beherrschst du gut, was?“

„Unsinn!“, fauchte Max. „Ich spiele nicht mit der Angst, ich nutze sie zu unserem Vorteil. Angst ist die Grundlage von Vorsicht und Umsicht. Als solche hat sie durchaus Berechtigung. Und wo wir schon bei den Kindern sind … Denken Sie, die werden sich wohlfühlen, wenn es nachts stockfinster ist?“

Theresa umrundete mit David an der Hand einen Felsen und konnte die Gruppe jetzt wieder sehen. *Genauso hab ich mir das vorgestellt,* dachte sie, als sie sah, dass sich Coleman und Herr Tanner im Abstand von nur wenigen Metern wie zwei Boxer gegenüberstanden.

„Heute haben wir klaren Himmel“, sagte Jontek und deutete nach oben. „Da werden uns Mond und Sterne genügend Licht spenden.“

„Heute vielleicht“, sagte Max, ohne seinen Blick von Coleman abzuwenden. Dadurch erweckte er den Eindruck, als würde er Jontek überhaupt nicht ernst nehmen. „Aber morgen kann das schon wieder anders aussehen.“

„Eben“, nickte Coleman. „Morgen wird es vielleicht regnen. Und dann sind wir an dieser Stelle vollkommen ungeschützt. Ganz anders verhält es sich mit dem Unterschlupf, den Michael und Ethan gefunden haben. Es handelt sich um eine Art halboffene Höhle. Die Felsen bilden dort ein Dach, das uns mindestens fünfzehn Quadratmeter Raum bietet. Da wird man nicht so schnell nass!“

„Regen ist hier doch überhaupt kein Problem!“, behauptete Max. „Sehen Sie uns doch an. Wir sind ohnehin patschnass bei dieser Luftfeuchtigkeit. Und was soll einem bei der Wärme, die sogar nachts anhält, schon passieren? Das reicht ja noch nicht mal für ’nen kleinen Schnupfen.“

„Also, ich würde mich mit einem Felsen im Rücken wesentlich sicherer fühlen als hier“, sagte Miriam.

„Das geht mir anders“, konterte Max. „Ich für meinen Teil würde mich sehr viel sicherer fühlen, wenn ich mich dort befände, wo ein Feuer brennt und mich die Suchmannschaften ausmachen können.“

„An der Stelle, die Michael und Ethan gefunden haben, können wir genauso gut Feuer machen“, behauptete Coleman.

„Das wage ich zu bezweifeln“, gab Max zurück. „Das einzige Feuerzeug, das wir besitzen, ist so gut wie leer. Und ich wüsste nicht, wie wir die Glut oder ein brennendes Holzscheit transportieren sollten. Abgesehen davon brauchen wir das Feuer hier, damit die Suchmannschaften auf uns aufmerksam werden. Zwischen den Bäumen kann man es nicht richtig sehen.“

„Nun, da weiß ich eine hervorragende Lösung!“ Coleman grinste herablassend. „Wie wär’s, wenn du hier bleibst und das Feuer bewachst, während wir uns ein lauschigeres Plätzchen suchen?“

Theresa blieb abrupt stehen. Dieser Coleman hatte wirklich Nerven. Sie starrte Herrn Tanner an. Wie würde er reagieren?

Ein paar Sekunden lang schien Max zu überlegen. Dann sagte er langsam: „Ich schlage vor, dass wir die Gruppe entscheiden lassen, wem sie folgen will.“ Er drehte sich langsam im Kreis und wandte sich an die anderen Überlebenden. „Wer mich wählt, sollte wissen, dass dies hier der zukünftige Standort sein wird. Aus meiner Sicht ist ein Feuer die beste Möglichkeit, um uns zu schützen und gleichzeitig die Rettungsmannschaften auf uns aufmerksam zu machen. Wir werden es abwechselnd bewachen und versuchen, so etwas wie eine abnehmbare Überdachung zu bauen, die das Feuer bei Regen schützt.“

Theresa sah, dass sich einige aus der Gruppe fragend ansahen, und übersetzte die Worte ihres Chefs schnell und präzise ins Englische.

Coleman bückte sich und zog die Waffe unter seinem Hosenbein hervor. „Ich bin der Einzige, der hier eine Waffe besitzt. Ich denke, dass ich euch am besten beschützen kann.“ Er wiederholte seine Worte auf Englisch.

Theresa sah, wie Max Luft holte, um etwas dazu zu sagen, dann aber unverrichteter Dinge wieder ausatmete. „Aber", begann Theresa, verstummte aber, als Herr Tanner sie ansah und beinahe unmerklich den Kopf schüttelte. *Warum nicht?*, wollte Theresa am liebsten sagen, verkniff es sich aber. Sie wusste, dass er seine Armbrust im Koffer hatte, und fragte sich, warum er sie nicht in die Waagschale warf.

„Ich gebe zu bedenken, dass Coleman derjenige ist, der weiß, wo sich die Obstbäume befinden", sagte Jontek. „Er hat uns schon heute Nachmittag mit Nahrung versorgt und kann es wieder tun."

„Wem vertraut ihr mehr?", fragte Miriam. „Irgend so einem dahergelaufenen Passagier oder einem Flight Marshall?"

„Also, ich bin für Coleman", sagte Jontek und hob seinen rechten Arm.

Miriam tat es ihm gleich.

„Fangen wir doch mit ihm an", sagte Coleman und zeigte auf Max. „Wer ist für diesen Möchtegernleiter?"

Jontek und Miriam nahmen ihre Arme wieder herunter.

Theresa schluckte, streckte dann aber tapfer ihren Arm in die Höhe. Dafür kassierte sie von Jontek einen vernichtenden Blick. „Ich hab jahrelang mit ihm zusammengearbeitet", verteidigte sie sich. „Ich weiß selbst, dass er arrogant und eingebildet ist." Sie warf Herrn Tanner einen entschuldigenden Blick zu. „Aber er hat einen scharfen Verstand und ein gutes Urteilsvermögen. Ich glaube, dass er weiß, was er tut."

„Also gut", lächelte Miriam. „Wer ist für den arroganten und eingebildeten Möchtegernleiter?"

Theresa knirschte verärgert mit den Zähnen.

„Also, ich kann mir beide als Anführer vorstellen", sagte Gökhan zaghaft.

„Eine Enthaltung", fasste Coleman zusammen. „Und eine Stimme. Das scheint mir ziemlich eindeutig zu sein."

Theresa beobachtete ihren Chef aus dem Augenwinkel und konnte erkennen, dass er Mühe hatte, Haltung zu bewahren.

„Wer ist für Coleman?", fragte Jontek. Sofort schossen die Arme der anderen Überlebenden in die Höhe. „Das dürfte die überwältigende Mehrheit sein." Er ging auf Coleman zu und streckte ihm feierlich die rechte Hand entgegen. „Herzlichen Glückwunsch, Mann. Du bist unser gewählter Leiter."

„Vielen Dank, ich nehme die Wahl an." Er sah auf seine Uhr. „Es ist jetzt Viertel nach sechs. In knapp zwei Stunden dürfte es dunkel werden. Daher schlage ich vor, dass wir uns umgehend auf den Weg zu unserem neuen Lagerplatz machen. Jeder packt mit an. Wir nehmen alles mit; das Paket da …", er deutete auf den bewusstlosen Mann, „… das restliche Obst, so viele Koffer wie Männer." Als alle anfingen, ihre Sachen zusammenzuräumen, eilte Theresa zu der Tüte, in der sie das Obst für Herrn Tanner und Gökhan gebunkert hatte. Coleman hingegen ging auf Max zu und streckte ihm die geöffnete rechte Hand entgegen. „Das Feuerzeug bitte."

Max zögerte einen Moment, griff dann jedoch in seine rechte Hosentasche und reichte Coleman das gewünschte Objekt. „Viel Spaß mit dem Feuerchen", raunte Coleman Max zu, dann grinste er hämisch und wandte sich dem Rest der Gruppe zu.

Theresa, die als Einzige nah genug dran gewesen war, um die Bemerkung zu hören, sah, wie Herr Tanner wütend die Fäuste ballte, ansonsten aber regungslos blieb. „Machen Sie sich nichts draus", flüsterte sie ihm zu. „Er muss erst noch beweisen, dass er die Gruppe wirklich leiten kann. Sie wissen doch: Wer zuletzt lacht, lacht am besten."

Max kochte innerlich so stark, dass er nicht in der Lage war, irgendetwas zu erwidern. Erst als Theresa ihm eine Plastiktüte in die Hand drückte, sah er sie an.

„Ich komme morgen vorbei und übernehme einen Teil der Tagesschicht, okay?", fügte Theresa hinzu.

Irgendwie gelang es ihrem Chef zu nicken …

Kapitel 14

Der Platz, den Michael und Ethan ausgewählt hatten, war wirklich gut. Er befand sich in nur etwa 20 Metern Entfernung von dem kleinen Wasserlauf. Wie von Coleman beschrieben ragten die Felsen hier einige Meter über und bildeten auf diese Weise eine halb offene Höhle, die allen Überlebenden Unterschlupf bot. Zudem war die Umgebung nur spärlich bewachsen. Es gab keine Bäume, sondern nur Gebüsch. Auf diese Weise hatte man das Gefühl, eventuelle Gefahren rechtzeitig erkennen zu können. Das einzige Problem bestand darin, dass der Boden auch unterhalb des Überhangs felsig war. Wie aber sollte man auf Felsen schlafen?

„Zum Glück haben wir die Kleidung aus den Koffern", sagte Theresa. „Wir werden sie brauchen, um sie als Matratzen zu verwenden." Sie hatte diese Worte kaum ausgesprochen, als ihr auch schon bewusst wurde, dass sie eine nicht unerhebliche Wirkung entfalteten. Von Zoe, die nichts hören konnte, einmal abgesehen, hefteten alle aus der Gruppe ihre Augen auf die Koffer, die die Männer mit hierher geschleppt hatten. Es waren an die zehn Koffer, den Rest wollte man morgen nachholen.

Miriam stürzte sich als Erste auf einen der Koffer, öffnete ihn und begann, in den Sachen herumzuwühlen. Die anderen folgten ihr.

„Jetzt bringt doch nicht alles durcheinander", schimpfte Theresa, doch schon waren die meisten Koffer geöffnet und Kleidungsstücke flogen durch die Gegend.

„Ich hab alles nach Größen sortiert!", jammerte Theresa. „Und wir brauchen doch auch Wechselkleidung. Jetzt wartet doch mal." Aber ihre Worte verhallten. Stattdessen nahm die Schlacht an Heftigkeit zu und die Ersten begannen sich um einzelne Kleidungsstücke zu streiten. Besonders beliebt waren weiche und möglichst große Pullover. Unterwäsche fand weniger Anklang.

Theresa sah sich schon auf einem Haufen Bügel-BHs schlafen und verspürte jetzt ebenfalls den Impuls, sich ein paar Kleidungsstücke zu sichern. Es war nicht einfach, dem zu widerstehen. Aber wo blieb denn die Mitmenschlichkeit, wenn sie sich an diesem Hauen und Stechen beteiligte?

„Ich hab den Pulli zuerst gesehen", keifte Inken und zerrte mit Wang Fang an einem flauschigen roten Pullover.

Theresa konnte Inken verstehen, schließlich stritt sie für ihre beiden Kinder. Apropos Kinder … sie blickte auf David herab. Dieser schaute sie mit seinen großen braunen Augen fragend an und entlockte Theresa dadurch einen tiefen Seufzer. „Notfalls gehen wir zurück und holen einen weiteren Koffer", beruhigte sie ihn.

„Schlafen wir hier?", wollte David wissen.

Theresa nickte. „Ja, hier, mitten im Sommerschlussverkauf." Sie musste plötzlich grinsen. „Wer hätte gedacht, dass man den auch auf einer einsamen Insel am Äquator erleben kann!"

David schien überhaupt nichts zu begreifen. „Ich hab immer noch Bauchweh. Kann ich mich hinlegen?"

Auf Theresas Gesicht bildete sich ein entschlossener Ausdruck und sie ging mit David im Schlepptau zu Coleman hinüber, der ebenfalls in einem der Koffer wühlte. „Ich denke, Sie haben jetzt hier das Sagen?", sprach sie ihn an. „Es muss doch möglich sein, das Ganze etwas zivilisierter zu gestalten. Wie wär's, wenn wir um die Kleidungsstücke losen oder … oder einer nach dem anderen etwas aussuchen darf?"

Coleman blickte nur ganz kurz auf. Er hatte jede Menge Kleidungsstücke über seinem Arm. „Wer zuerst kommt, mahlt zuerst", entgegnete er. „Das ist ein sehr zivilisierter Grundsatz."

Theresa blieb der Mund offen stehen. „Aber …" Als sie sah, dass Coleman nicht mal mehr den Kopf wandte, ging sie zu Jontek hinüber. Auch dieser hatte sich ein paar Kleidungsstücke gesichert und kniete auf ihnen. „Jontek, was hältst du davon, wenn wir einen Trupp zusammenstellen und die übrigen Koffer holen? Ich glaub nicht, dass das hier für alle reichen wird."

„Du glaubst doch nicht, dass ich noch mal zu diesem Max laufe, oder?"

„Aber David und ich, wir haben noch gar nichts, was wir zum Schlafen benutzen können."

„Hier." Jontek warf Theresa eine Jeans zu. „Nimm die!"

Theresa fing die Hose auf und hielt sie einen Moment lang ratlos in den Händen. „Wenn du nicht mitkommst, geh ich allein zurück."

„Viel Spaß", lächelte Jontek. „Aber stell dich darauf ein, dass du dort übernachten wirst." Er deutete kurz Richtung Himmel. „Es fängt an zu dämmern."

Theresa sah sich um. Bis eben war ihr kaum aufgefallen, dass es dunkler geworden war. Aber jetzt … „Denkst du, die Dämmerung ist am Äquator kürzer als bei uns in Deutschland?"

Jontek stopfte sich ein Unterhemd unter seine Knie. „Wieso?"

„Na, weil die Sonne senkrecht untergeht und nicht wie bei uns in einem schrägen Winkel."

Ein Aufschrei lenkte Theresa von ihren Überlegungen ab. Er stammte von Sophie, die gerade ein waschechtes Kissen aus einem der Koffer gezogen hatte und voller Begeisterung an sich drückte.

„Oh Mann", murmelte Theresa und sah in die Gesichter der anderen Überlebenden. Sie alle hatten ihre Tätigkeit unterbrochen und starrten voller Neid auf das flauschige, rosafarbene Kissen in Sophies Händen. „Ich hab mein Kissen nie richtig zu schätzen gewusst …"

Schon wenige Minuten später war der Spuk vorbei. Alle bis auf Theresa und David hatten sich ausreichend Kleidungsstücke gesichert und begannen, sich unter dem Felsendach Lager einzurichten.

„Komm, jetzt sind wir dran", seufzte Theresa und kniete sich mit David neben den Koffer, aus dem Jontek eben die Jeans gezogen hatte. Jetzt waren nur noch Kleinteile darin. „Mit Socken kann man auch was anfangen", behauptete Theresa und begann, ein paar ineinandergezogene Socken auszuwickeln. Wenig später fand sie in der halb offenen Höhle eine Mulde, die für Davids Körpergröße wie gemacht zu sein schien. Diese stopfte sie mit Socken, Unterhemden und anderen Kleinteilen aus. Dann faltete sie die Jeans zu einem Kopfkissen zusammen. Als David auf seinem „Bett" Platz nahm, lächelte er zufrieden. Anscheinend war das Ergebnis nicht allzu schlecht.

„Legst du dich neben mich?“, fragte David.

Theresa sah sich um. „Hm …“ In den Koffern waren kaum noch verwertbare Kleidungsstücke. Das war allerdings auch kein Wunder, wenn man die „Matratzen“ der anderen aus der Gruppe betrachtete. Vor allem Miriam schien den Inhalt eines ganzen Koffers gebunkert zu haben.

„Kann ich vielleicht von irgendwem was abkriegen?“, fragte Theresa zaghaft in die Runde. „In den Koffern sind nur noch Kleinigkeiten.“

„Dann hättest du dich mal ein bisschen beeilen müssen!“, erwiderte Miriam. Theresa schluckte schwer. *Ich konnte ja nicht wissen, dass ich es hier mit der Prinzessin auf der Erbse zu tun habe,* hätte sie gern geantwortet. Ausnahmsweise hatte sie mal eine passende Antwort parat. Das Problem war nur, dass sie sich nicht traute, diese auszusprechen. Diese Miriam war ihr einfach unheimlich.

„Hier“, sagte Gökhan und reichte Theresa ein Top und eine kurze Hose.

„Du hast selbst nicht sehr viel“, sagte Theresa und betrachtete skeptisch das flache Bett, das Gökhan sich gebaut hatte.

„Von mir kannst du auch was kriegen“, sagte Michael. Er hatte sein Lager ganz am anderen Ende der Höhle aufgeschlagen und winkte Theresa jetzt zu sich heran.

Als sich Theresa zu ihm auf den Weg machte, kam sie an Inken vorbei. „Tut mir leid“, raunte diese ihr zu, „aber die beiden …“ Sie deutete auf ihre Kinder.

Theresa nickte verständnisvoll. „Schon gut.“ Gleich darauf ließ sie sich von Michael eine hellblaue Jeans aushändigen. „Danke.“ Auf dem Rückweg zu David machte Theresa einen Abstecher zu Jontek. Dieser lag rücklings auf einer ordentlich dicken Polsterung und hatte die Arme hinter dem Kopf verschränkt.

„Krieg ich von dir auch noch was?“, fragte Theresa.

Jontek bewegte sich nicht. „Wolltest du nicht bei Max schlafen?“

Theresa sah sich um. Inzwischen war es bedrohlich dunkel geworden. Anscheinend war ihre Theorie von einem schnelleren Sonnenuntergang richtig. „Wenn ich bei Herrn Tanner hätte bleiben wollen, wäre ich gar nicht erst mit hierhergekommen.“

„Stimmt“, überlegte Jontek. „Aber warum? Das frage ich mich schon die ganze Zeit: Warum hast du uns überhaupt begleitet?“

„Warum? Na, weil …“ Theresa brach ab. Angesichts der Tatsache, dass sie sich Kleidungsstücke von den anderen hatte erbetteln müssen, war das eine durchaus berechtigte Frage! „Weil … weil ich denke, dass wir nur in der Gruppe gute Überlebenschancen haben. Außerdem ist da noch David. Er braucht die anderen Kinder.“

„Das ist alles, ja?“

Der beleidigte Tonfall ließ Theresa erahnen, worum es Jontek in Wirklichkeit ging. „Nein. Ich bin auch deinetwegen hier. Wir sind Freunde, oder nicht?“

„Tja, da bin ich mir in letzter Zeit nicht mehr so sicher. Vor allem nicht, wenn man bedenkt, wie du hinter deinem Max hergehechelt hast.“

Theresa sah Jontek schräg von der Seite her an. „Du bist ja eifersüchtig“, stellte sie fest. Die Erkenntnis ließ so etwas wie Freude durch ihren Körper rieseln. Jontek war eifersüchtig. Sie bedeutete ihm etwas! Unwillkürlich griff sie nach ihrem Anhänger und umschloss ihn mit ihrer Faust. Würde sie Jonteks Namen einmal an die leere Stelle im Inneren des Ringes setzen? „Das ist ein gutes Zeichen!“

„Was soll daran gut sein?“, knurrte Jontek.

„Es zeigt, dass du mich magst“, lächelte Theresa. Ihre Stimme war auf einmal sanft und liebevoll.

„Es zeigt, dass ich ein Dummkopf bin. Ich hätte mich nie in dich vergucken dürfen.“

„Du hast dich in mich verguckt?“, strahlte Theresa.

„Unglücklicherweise schon“, murmelte Jontek.

„Aber das ist doch kein Unglück! Schließlich gibt es nicht den geringsten Grund, auf Herrn Tanner eifersüchtig zu sein. Er hat nicht den Hauch von Interesse an mir. Glaub mir, er findet mich hässlich, dumm und dick. Er mag nicht mal meine Augen. Ich wäre die letzte Frau auf Erden, die er interessant finden könnte. Selbst hier …“, sie sah sich um, „… bei dieser geringen Auswahl würde ich nicht für ihn in Betracht kommen!“ *Ich spiel nicht mal in seiner Liga …*, fügte Theresa gedanklich hinzu.

„Für mich wärst du die erste Wahl", sagte Jontek. „Nicht nur hier, sondern wenn ich die ganze Welt zur Auswahl hätte!"

Theresa sank halb benebelt neben Jontek auf die Knie. „Wirklich?"

„Wirklich!" Jetzt endlich richtete sich Jontek auf. Er streckte die rechte Hand aus, legte sie um Theresas Hinterkopf und zog sie vorsichtig zu sich heran. Im ersten Moment wehrte sich Theresa nicht. Das hier war es, was sie wollte. Jemand, der sie so liebte, wie sie war. Aber als Jontek Anstalten machte, sie zu küssen, versteifte sie sich plötzlich. „Ich … kann das nicht, Jontek."

Jontek hielt mitten in der Bewegung inne. „Und warum nicht?", fragte er scharf.

Theresa schluckte so schwer, als wäre ein Karamellbonbon in ihrem Hals stecken geblieben. „Weil ich … einfach … noch nicht so weit bin."

„Aha." Mit diesem einen Wort ließ Jontek sie los, legte sich zurück auf sein Bett und schloss demonstrativ die Augen.

***

„In der Firma hab ich niemanden mehr erreicht", verkündete Rita, als sie Ariane zum zweiten Mal anrief. „Weder unter Theresas Nummer noch in der Zentrale."

Ariane sah auf ihre Armbanduhr. Es war inzwischen 18:35 Uhr. „Aber warum nicht? Soweit ich weiß, werden die Anrufe, die auf Theresas Apparat auflaufen, nach dreimal Klingeln automatisch auf den Big Mac umgeleitet. Und Theresa erzählt doch immer, dass der die halbe Nacht bei der Arbeit verbringt."

„Nicht immer", widersprach Rita. „Manchmal hat er auch Dates mit hochfeinen Damen."

„Stimmt", seufzte Ariane und klemmte sich das Telefon zwischen Ohr und Schulter. Dann stellte sie Butter auf den bereits zur Hälfte gedeckten Abendbrottisch. „Das Wort ‚Date' ist übrigens ein gutes Stichwort", fuhr sie fort. „Theresa hat heute keins, oder?"

„Woher soll ich das wissen?"

„Keine Ahnung", erwiderte Ariane ein wenig spitz. „Du bist doch diejenige, die ihr da immer behilflich ist."

„Hör ich da einen Hauch von Kritik?“

„Vielleicht …“, sagte Ariane und öffnete den Kühlschrank. „Ich bin der Meinung, dass man Liebe nicht erzwingen kann. Sie kommt oder sie kommt nicht.“

„Sina helfen!“, rief Sina und lief in einem Affenzahn zum Kühlschrank. „Helfen!“

„Leg das bitte auf den Tisch“, sagte Ariane zu Sina und drückte ihr eine Packung Vollkorntoast in die Hand.

„Ich hab nicht vor, irgendetwas zu erzwingen“, sagte Rita kühl. „Ich versuche nur, dem Schicksal ein bisschen auf die Sprünge zu helfen.“

„Schicksal – was soll das sein?“, fragte Ariane. „Ich finde, das ist ein ziemlich unpersönlicher Begriff. Wenn du mich fragst, meint derjenige, der von Schicksal redet, in Wirklichkeit Gott. Und dem muss man nicht auf die Sprünge helfen. Der weiß sowieso, was er tut.“

„Behauptet ihr Christen …“

Ariane hörte die negativen Schwingungen deutlich heraus und atmete einmal tief durch. Im Moment ging es nicht um Glaubensfragen, sondern um Theresa. Und die war immer noch verschwunden! „Wenn sie kein Date hat“, griff sie das eigentliche Thema wieder auf, „und nicht mehr im Büro ist, dann …“ Sie verstummte.

„Sag jetzt nicht, du fürchtest, dieser Sven-Uwe könnte ihr etwas angetan haben“, krächzte Rita.

Bei dem Versuch, das Toastbrot auf dem beinahe unerreichbar hohen Tisch abzulegen, warf Sina eine Tasse um. Ariane schnellte vor und konnte diese gerade noch auffangen. „Du hast also auch schon daran gedacht“, sagte sie zu Rita.

Rita seufzte tief. „Klar doch! Ich denke an nichts anderes!“

„Sollten wir die Polizei verständigen?“

„Ich bin mir nicht sicher. Die Polizei hat da doch so bestimmte Vorgaben, wie viel Zeit vergangen sein muss … Was hältst du davon, wenn ich hier in der Wohnung bleibe. Wenn Theresa morgen früh immer noch nicht wieder aufgetaucht ist, mache ich die ganze Firma verrückt. Im Notfall fahre ich hin. Dann werde ich bestimmt was in Erfahrung bringen.“

***

„Aahhhh!“ Der markerschütternde Schrei schlug wie eine Bombe unter den Überlebenden ein und katapultierte Theresa senkrecht in die Höhe. Im ersten Moment wusste sie nichts, nicht einmal, wo sie war. Sie sah auch nichts. Alles war tiefschwarz.

Dann griff irgendetwas nach ihren Beinen. Theresa wich blitzschnell davor zurück, schrie auf und übertönte damit das gespenstische Stöhnen und Grunzen, das an die Stelle des Schreis getreten war. Dann hörte sie, wie jemand zu weinen begann.

„Was ist das?“, schrie eine Frauenstimme.

„Licht, macht Licht!“, brüllte jemand anders.

„David?“, rief Theresa und tastete nach ihm. Er war es, der weinte. Das hatte sie inzwischen herausgehört. Aber er war nicht der Einzige. Ein paar Meter entfernt hatte noch ein anderes Kind zu schluchzen begonnen. Auch ein paar Erwachsene gaben panische Geräusche von sich. Und es war immer noch kohlrabenschwarz um sie herum.

„Wer hat denn die verdammte Taschenlampe?“

„Ich hab eine!“, rief Michael. Kurz darauf ging ein kleines Licht an. Es wischte einmal kurz durch Theresas Gesicht und blendete sie, sodass sie ihren Arm schützend hochriss. Dann wanderte der Lichtschein suchend umher.

Derweil hatte Theresa David zu fassen bekommen und zog ihn auf ihren Schoß. Dabei wehrte er sich jedoch nach Kräften. „Alles ist gut!“, beteuerte Theresa. „Ich bin doch hier!“

„Der Neue!“, rief Michael. Er war inzwischen aufgestanden und hatte seinen Lichtschein auf die gefesselte Gestalt des Neuankömmlings gerichtet. Dieser zappelte herum, als sei er ein Fisch, der gerade einen Haken geschluckt hatte. Gleichzeitig gab er animalisch wirkende Schreie und Grunzgeräusche von sich.

„Hey, du!“, sprach Michael ihn an. Dabei musste er seine Lautstärke an die des Gefesselten anpassen.

„Der ist wirklich verrückt“, hörte Theresa Jontek sagen.

Im nächsten Moment wich Michael ein Stück zurück. Der Gefesselte hatte sich mithilfe seiner Beine einmal um sich selbst gedreht und trat jetzt mit aller Kraft in die Richtung, aus der das Licht kam.

Immerhin schien David sich ein bisschen zu beruhigen. Theresa konnte ihn jetzt umarmen und an sich drücken. Auch hatte er aufgehört zu weinen und starrte mit weit aufgerissenen Augen in Richtung des Lichtscheins.

„Lass mich mal“, seufzte Coleman und näherte sich Michael. „Du da!“, sprach er den Neuankömmling an. Dann wiederholte er die Worte auf Englisch. Aber obwohl er all seine Autorität und Lautstärke in diese beiden Worte hineingelegt hatte, hörte der Gefesselte nicht auf zu schreien und um sich zu treten. Daraufhin bückte sich Coleman, packte einmal kräftig zu und bekam erst das eine, dann das andere Bein des Schreienden zu fassen. Im nächsten Moment überkreuzte er mit einer ruckartigen Bewegung seine Arme und drehte den Mann auf diese Weise auf den Bauch. Dann presste er ihm das Knie in den Rücken. Durch den plötzlichen Angriff überrascht hörte der Neue auf zu schreien und begann stattdessen zu husten und zu röcheln.

„Du bist hier zu Gast“, knurrte Coleman drohend. „Entweder du benimmst dich oder ich schmeiß dich zurück ins Meer.“

Theresa hielt gespannt den Atem an. Was würde der Mann dazu sagen?

„Meine … Frau“, keuchte er auf Englisch. „Ihr habt … meine Frau getötet.“

Theresa schluckte schwer. Auf einmal konnte sie den Mann verstehen. Er hatte ganz offensichtlich einen schweren Verlust zu verkraften.

„Unsinn!“, bellte Coleman. „Der Absturz hat deine Frau getötet. Wir haben dich lediglich am Selbstmord gehindert. Und jetzt hör auf! Du wirst deine Kräfte noch brauchen.“ Coleman erhob sich und entlastete dadurch den Rücken des Mannes. Zur Erleichterung aller führte das jedoch nicht dazu, dass der erneut zu schreien begann. Er blieb einfach nur regungslos liegen.

Coleman wartete noch eine Zeit lang ab, dann schien er beruhigt und kehrte auf seine „Matratze“ zurück. Das Licht erlosch und es kehrte Ruhe ein.

Im Gegensatz zu den anderen hatte Theresa jedoch große Schwierigkeiten, wieder einzuschlafen. Sie hörte den Neuankömmling noch eine ganze Weile keuchen und hatte das Gefühl, als würde die Last seines Verlustes auch ihre Atmung beeinträchtigen. Wenn schon der Gedanke, dass Herr Tanner den Absturz nicht überlebt hatte, so schlimm für sie gewesen war, was musste dann erst der Verlust eines Ehepartners bei einem Menschen für innere Qualen auslösen?

***

Als Theresa am darauffolgenden Morgen erwachte, hatte es gerade erst zu dämmern begonnen. Aber es war nicht nur der Mangel an Licht, der dafür sorgte, dass sie kaum etwas sehen konnte. Aufgrund der hohen Luftfeuchtigkeit war der Platz, an dem sich die Gruppe befand, in einen dichten Nebel gehüllt, der sie kaum die Hand vor Augen sehen ließ.

Dafür hörte man umso mehr. Um Theresa herum ertönte ein Konzert der seltsamsten und ungewöhnlichsten Geräusche. Da war ein Zirpen, das dem von Grillen ähnelte, aber auch irgendwie anders klang, dazu spielte ein Vogel-Orchester, das auf die fremdartigste Weise zwitscherte, krächzte, flötete und pfiff. Theresa hatte so etwas noch nie gehört, nicht einmal im Zoo. Es kam ihr so vor, als wäre sie auf einem anderen Planeten gelandet. Aber das war sie irgendwie ja auch. Dieser Ort hier hatte nichts mit ihrem alten Leben zu tun. Er war der Drehort eines einzigartigen Abenteuers und obwohl sie nicht wusste, wie dieses Abenteuer ausgehen würde, ahnte sie doch, dass sie keinesfalls dieselbe bleiben würde …

David bewegte sich neben ihr und boxte sie dabei in den Bauch. Wie immer lag er so dicht bei ihr, dass es keinen Sinn gemacht hatte, ihm eine eigene Matratze zu bauen. Stattdessen hätte sie von Anfang an in ein Doppelbett investieren sollen. Theresa schüttelte den Kopf. Sie konnte sich nicht erklären, warum David seine einigermaßen dicke Matratze verlassen hatte, um auf diesem Hauch von Nichts zu schlafen. Zwar hatte Jontek ihr noch zwei weitere Kleidungsstücke abgegeben, aber das hatte vorne und hinten nicht gereicht. Besonders das „Kopfkissen“, das im Wesentlichen aus BHs bestand, hatte ihr in der Nacht zu schaffen gemacht.

***

Als Theresa im Verlauf des Vormittags mit David an der Hand bei Max ankam, war dieser gerade dabei, mit einem Taschenmesser an einem flaschendicken Baumstamm herumzusägen. Da es sich um eine äußerst mühsame Arbeit handelte, hatte er sein Oberhemd ausgezogen. Schweiß glänzte auf seiner Haut und Theresa konnte dem Spiel seiner Rückenmuskeln zusehen. Ein paar Augenblicke lang starrte sie fasziniert auf die Muskelstränge, die durch ihr Zucken und Beben zeigten, dass sie im Einsatz waren.

Herr Tanner ist nicht wie Coleman, dachte Theresa. *Er hat längst nicht so ein Kreuz. Aber dass er so durchtrainiert ist …*

„Was macht der da?", fragte David.

Max hielt mit seiner Arbeit inne und blickte sich um.

„Guten Morgen", sagte Theresa und versuchte nicht zu erröten. „Ich hab gedacht, ich könnte Sie hier mal ablösen."

„Wirklich?" Max stand auf und drehte Theresa jetzt seine Vorderseite zu.

Theresa versuchte, nicht auf seinen Waschbrettbauch zu starren und heftete ihren Blick auf den Baumstamm zu seinen Füßen. „Was machen Sie da?"

„Wir brauchen einen Überstand für das Feuer. Falls es mal regnet."

„Heute sieht es aber nicht danach aus." Sie deutete auf den strahlend blauen Himmel.

„Das gibt mir ein bisschen mehr Zeit", nickte Max. „Was treibt der Wischmopp? Ich wundere mich ein bisschen, dass er Sie hat gehen lassen, Krügchen."

„Er ist mit Coleman und Gökhan losgezogen, um Nahrung zu besorgen."

„Und der Neue? Sie wissen schon, der mit dem Schnurrbart … hat Coleman ihn losgebunden?"

Theresa seufzte tief und verschränkte Schutz suchend die Arme vor dem Bauch. „Im Gegenteil. Coleman hat einen zweiten Gürtel gefunden und ihm jetzt auch noch die Füße zusammengebunden. Und wissen Sie was? Ich find's richtig! Dieser Mann scheint mir unberechenbar. Heute Nacht hat er wild um sich getreten, das ganze Lager zusammengeschrien und-"

„Das war es also!“, fiel Max ihr ins Wort. „Ich hab die Schreie gehört, aber ich dachte, es handele sich um irgendein seltsames Tier!“

„Mir kommt er tatsächlich wie ein Tier vor“, nickte Theresa und schauderte. „Im Moment sitzt er einfach nur da, spricht kein einziges Wort und wirft drohende Blicke um sich. Nur Wang Fang scheint ein bisschen Zugang zu ihm zu haben. Jedenfalls hat er etwas zu trinken von ihr angenommen.“

„Und die anderen? Versuchen sie, Feuer zu machen?“

Theresa schüttelte den Kopf. „Bisher nicht.“

Max verschränkte die Arme unter seinen straffen Brustmuskeln. „Was für Dummköpfe.“

„Immerhin haben sie die anderen Koffer geholt“, sagte Theresa. „Sind jetzt alle weg?“

„Ja“, nickte Max, „abgesehen von meinem eigenen.“

„Was halten Sie davon“, schlug Theresa vor, „wenn ich ein bisschen beim Feuer bleibe und Sie sich nach Nahrung umsehen?“

Max schien einen Moment zu überlegen. „Haben Sie überhaupt schon was gegessen? Oder war Ihr Anteil in der Tüte, die Sie mir gestern in die Hand gedrückt haben?“

„Heute Morgen gab’s Reste von gestern“, sagte David. „Aber Theresa hat mir alles gegeben. Ich hatte ganz doll Hunger.“

Max warf Theresa einen mitleidigen Blick zu. „Sie fallen mir noch vom Fleisch, Krügchen. Träumen Sie schon von Sachertorte?“

Theresa musste lächeln. „Da sagen Sie was. Ich hab tatsächlich von Schwarzwälder Kirschtorte geträumt.“ Ihr Blick wanderte in die Ferne und sie sah noch einmal die Traumsequenz vor sich, in der Rita ihr ein mächtiges Stück der schwarz-weißen, mit Kirschen garnierten Sahnetorte gereicht hatte. Dabei lief ihr sprichwörtlich das Wasser im Munde zusammen.

„Also gut.“ Max griff nach seinem hellgrünen Oberhemd und zog es über. „Ich schnappe mir meine Armbrust, besorg mir ein Behältnis und mache mich auf den Weg. Das Feuerholz liegt da drüben.“ Er deutete auf einen Stapel Holz in nur wenigen Metern Entfernung. „Ich weiß noch nicht, wie lange ich brauche. Ich muss mich auch um Baumaterialien kümmern, sonst kriegen wir den Überstand nicht fertig. Wie viel Geduld haben Sie mitgebracht?“

„Also, um Viertel nach acht will ich den Tatort gucken", erwiderte Theresa. „Sonst hab ich noch nichts vor."

Max lächelte und setzte sich in Bewegung.

„Ach, Herr Tanner", rief Theresa hinter ihm her. Max drehte sich noch einmal zu ihr um. „Ich … ähm … ich nehme nicht an, dass Sie eine Bibel in Ihrem Koffer haben, oder?"

Max strich sich mit gespreizten Fingern ein paar Haare aus der Stirn. „Zufällig nicht. Was ist mit Ihrer passiert?"

Theresa zuckte bedauernd die Achseln. „Ich muss sie irgendwo verloren haben. Das ist umso ärgerlicher, als ich sie noch hatte, als ich mit David auf die Toilette gegangen bin. Andererseits … na ja, das Salzwasser hätte ihr wahrscheinlich den Rest gegeben."

„Wahrscheinlich."

„Und Sie haben nicht zufällig was zum Schreiben?"

„Doch, das hab ich."

Theresas Augen begannen zu leuchten. „Wirklich? Brauchen Sie das? Ich meine … oder kann ich es haben?"

„Warten Sie einen Moment." Max ging davon und kehrte einige Minuten später mit einem kleinen schwarzen Ringbuch und einem recht kurzen, aber durchaus nutzbaren Bleistift zu Theresa zurück. „Hilft Ihnen das?"

„Oh, ja!" Theresa entriss Max förmlich das Büchlein und musste sich beherrschen, um ihm nicht vor lauter Dankbarkeit um den Hals zu fallen. „Danke, vielen, vielen Dank!" Sie drückte das Notizbuch an sich, als handelte es sich um ihren wertvollsten Besitz.

***

„Wir haben uns ganz umsonst Sorgen gemacht!", verkündete Rita, kaum dass Ariane das Gespräch angenommen hatte.

„Hast du mit ihr gesprochen?", fragte Ariane und stützte sich auf das Saugrohr des Staubsaugers, den sie wegen des Telefons ausgeschaltet hatte.

„Mit ihr nicht, aber mit einem gewissen Jens Grewe. Er vertritt Theresa und hat mir erzählt, dass der Big Mac ihm eine Nachricht hinterlassen hat. Er ist am Freitagmorgen ganz früh mit Theresa auf Dienstreise gefahren."

Ariane zog jetzt den Stecker aus der Steckdose. „Aber wohin denn?"

„Das konnte er mir auch nicht sagen. Anscheinend war der Big Mac ziemlich in Eile, als er ihm auf den Anrufbeantworter gesprochen hat."

„Da bin ich aber erleichtert", seufzte Ariane.

„Ich auch! Eine Dienstreise ist das Beste, was Theresa passieren konnte! Auf diese Weise entgeht sie sogar diesem Sven-Uwe."

„Da hast du recht. Trotzdem finde ich …", Ariane hielt kurz inne, trat auf einen Knopf am Korpus des Staubsaugers und hob dann ihre Stimme, um das Surren zu übertönen, das entstand, als das Kabel eingezogen wurde. „… dass sie uns ruhig mal hätte informieren können!"

„Vielleicht ist ihr Handy kaputt."

„Glaub ich nicht", knurrte Ariane. „Viel wahrscheinlicher ist, dass der Big Mac sie wieder rund um die Uhr beschäftigt. Das ist so ein Sklaventreiber!" Sie hob den Staubsauger an und stellte ihn in die Ecke des Wohnzimmers. „Ich kann ihn förmlich hören, weißt du?" Sie ahmte eine tiefere, männliche Stimme nach und fuhr in herrischem Tonfall fort, „Kochen Sie mir Kaffee, Krügchen! Tippen Sie den Brief ab! Kommen Sie her! Gehen Sie weg!"

***

Als Max viele Stunden später von seiner Expedition zurückkehrte, konnte Theresa schon von Weitem erkennen, dass er schlecht gelaunt war. Jedenfalls starrte er schnurstracks auf den Boden vor seinen Füßen und blickte kein einziges Mal auf. Als er schließlich näher kam, lag in seinen grünen Augen noch mehr Kälte als sonst.

„Ist wohl nicht gut gelaufen?", fragte Theresa vorsichtig.

„Gehen Sie weg, Krügchen", knurrte Max und stapfte an ihr vorbei.

Theresa folgte ihm. „Wo liegt denn das Problem?"

Endlich blieb Max stehen. „Ein riesiger Urwald", fauchte er, ohne sich zu ihr umzudrehen. „Quadratkilometerweite Ausdehnung. Und ich konnte nichts finden, was man als Seil oder Schnur verwenden kann. Wie haben das denn die Naturvölker gemacht? Wie haben sie sich Häuser oder Zelte oder einen Überstand gebaut?"

„Keine Ahnung“, erwiderte Theresa. „Haben Sie nichts in Ihrem Koffer, was man als Schnur verwenden kann?“

Interessiert wandte er sich um. „Zum Beispiel?“

„Ich weiß nicht.“ Theresa zuckte die Achseln und nahm den Geruch ihres Chefs wahr. Im Gegensatz zu früher bestand er jedoch nicht mehr aus zu viel Aftershave, sondern nur noch aus Schweiß. Seltsamerweise fand Theresa den herben, männlichen Geruch sehr viel attraktiver als das nach Minze riechende Aftershave. Der echte Geruch erinnerte sie irgendwie an frisch aufgeworfenen Mutterboden. Auch optisch hatte Max ihrer Meinung nach gewonnen. Von dem piekfeinen Outfit, das er noch im Flugzeug getragen hatte, war nicht viel übrig geblieben. Das ehemals zartgrüne Hemd war an einigen Stellen zerrissen und hatte überall Flecken. Unter den Armen und an der Brust hatte es sich vom Schweiß großflächig dunkel gefärbt. Außerdem hatte er die Ärmel hochgekrempelt. „Sie haben doch diesen grob gestrickten, dunkelbraunen Pullover … wenn Sie den mithaben und wir ihn aufribbeln würden …“

Auf Max’ Gesicht bildete sich ein Ausdruck des Erstaunens. „Aber ja! Das ist … Sie sind gar nicht so dumm!“

Theresa verzog das Gesicht. „So dumm, wie Sie dachten?“

„Können wir jetzt weitermachen?“, fragte David. Er stand in der Nähe des Feuers und hatte einen Stock in den Händen, den er anscheinend anzuzünden versuchte.

„Gleich, ja?“, erwiderte Theresa.

„Womit weitermachen?“, fragte Max in Davids Richtung.

Davids Augen begannen zu leuchten. „Wir haben Unterricht gemacht“, verkündete er mit stolzgeschwellter Brust. „Ich bin jetzt in der Schule! Und ich kann meinen Namen schreiben. David. Das bedeutet Liebling Gottes auf Harräisch! Wusstest du, dass der David aus der Bibel einen Riesen besiegt hat?“

Theresa musste lächeln. David bequatschte sie beinahe jeden Tag, ihm die Geschichte von David und Goliath zu erzählen.

„Oh ja, die Geschichte kenn ich“, antwortete Max. Es klang überraschend begeistert. „David hatte eine Steinschleuder, nicht wahr? Ich wette, er hat damit auch Tiere erlegt und sie dann gegessen. So was könnte auch hier auf der Insel nützlich sein.“

Theresa schüttelte innerlich den Kopf. Ihr Chef schien sich für jede Art von Waffen zu interessieren.

„Ich hab mal eine Bauanleitung für eine mittelalterliche Steinschleuder gesehen …“ Max sprach mehr zu sich selbst als zu David und strich sich dabei nachdenklich über den dunklen Dreitagebart, der inzwischen sein Gesicht überzog.

„Wirklich?“ David warf seinen Stock weg und rannte zu Max. „Kannst du mir so eine bauen?“

Max blickte auf. „Das ist nicht so einfach. Wir müssen sie nicht nur bauen, sondern auch bedienen können. Und das ist eine Wissenschaft für sich. Ich wette, der David aus der Bibel hat Jahre dafür gebraucht. War er nicht Schafhirte? Wahrscheinlich hat er sich zu Tode gelangweilt und deshalb ununterbrochen mit seiner Steinschleuder geübt.“

„Ich will auch üben!“, beharrte David und hüpfte aufgeregt auf und ab. „Bitte!

„Hm …“, machte Max und sah den Jungen nachdenklich an. „Man müsste mit Vorübungen beginnen …“

Theresa stemmte protestierend die Hände in die Hüften. „Ich hoffe, Sie wollen mir jetzt nicht meinen Schüler abspenstig machen!“

„Ich hör immer Schüler und Unterricht“, antwortete Max. „Wie konnten Sie denn Unterricht machen, Krügchen? Mit dem Notizbuch?“

Theresa schüttelte den Kopf. „Wir haben verkohltes Holz genommen und damit direkt auf den Felsen geschrieben.“ Sie deutete auf ein Stück Felsen, das mit großen schwarzen Buchstaben und Zahlen beschrieben war.

„I'm five years old“, sagte David und schien ein Stück zu wachsen.

Max musste grinsen. „Ohne die geliebten Fremdsprachen ging's nicht, was?“

Theresa errötete. „In der Gruppe sprechen die meisten nur Englisch. Da ist es doch gut, wenn er das lernt!“

Max' Grinsen verbreiterte sich. „Natürlich. Aber körperliche Ertüchtigung sollte auch auf dem Ausbildungsplan stehen.“ Er ging zu dem Felsen hinüber, bückte sich und hob eines der verkohlten Holzstücke auf, die dort auf dem Boden lagen. Dann suchte er sich eine freie Stelle und malte eine medizinballgroße Zielscheibe auf. Er deutete auf das Zentrum. „Dahin musst du treffen", sagte er zu David.

„Ich hab aber keine Steinschleuder", wunderte sich David.

„Die kriegst du auch erst, wenn du anständig werfen kannst. Auf geht's! Such dir Steine und leg los!" Er entfernte sich etwa fünf Meter von dem Felsen und benutzte die Holzkohle dann, um einen langen Strich auf den Boden zu malen. „Du musst hinter dem Strich bleiben, okay? Versuch, von hier aus die Zielscheibe zu treffen!"

David ließ sich das nicht zweimal sagen und suchte umgehend nach Steinen, die er als Wurfgeschosse verwenden konnte. Als er direkt hinter dem schwarzen Strich einen ordentlichen Haufen aufgetürmt hatte, begann er sie in Richtung Zielscheibe zu werfen. Anfangs traf er dabei kaum den Felsen, aber das schien ihn nicht zu stören. Er sammelte die Steine immer wieder auf und versuchte es aufs Neue.

Max und Theresa sahen ihm dabei zu und gaben von Zeit zu Zeit aufmunternde Kommentare von sich. Nach einer guten Viertelstunde traf David zum ersten Mal den äußeren Rand der Zielscheibe.

„Er hat Killerinstinkt", sagte Max anerkennend.

„Halten Sie das für eine gute Eigenschaft?", seufzte Theresa.

„In dieser Umgebung schon. Soll ich es Ihnen beweisen?" Er fasste Theresa am Arm und zog sie in Richtung Feuer. „Ich mach uns jetzt ein richtig leckeres Abendessen."

„Was? Nein!" Theresa blieb stehen und schüttelte den Kopf. „Das geht nicht."

„Wieso nicht?", wunderte sich Max.

„Wir können nichts zu essen von Ihnen annehmen. Jedenfalls nicht, wenn Sie es nur uns anbieten. Ich finde, dass alles, was da ist, der gesamten Gruppe zur Verfügung stehen sollte. Schließlich sitzen wir alle in einem Boot. Wir müssen zusammenhalten. Deshalb sollten Sie mitkommen und das, was Sie gefunden haben, mit den anderen Nahrungsmitteln in einen Topf werfen. Dann kann es gerecht aufgeteilt werden." Theresa dachte kurz an gestern Abend und die Verteilung der Kleidungsstücke, unterdrückte dann aber jeden Zweifel. „Wir müssen menschlich bleiben. Sonst haben wir hier keine Chance!"

„Ich hab Fleisch, Krügchen", lockte Max. „Ich weiß doch, wie gern Sie Fleisch essen."

Theresa spürte, wie ihr das Wasser im Munde zusammenlief. Sie hätte ein ganzes Rind vertilgen können, so viel Hunger hatte sie. Ein paar Sekunden lang schwankte sie zwischen ihrer Überzeugung und ihrem Loch im Bauch hin und her, dann sagte sie tapfer: „Kommen Sie mit uns und bieten Sie Ihr Fleisch der gesamten Gruppe an!"

Max schüttelte entschieden den Kopf. „Vorschlag abgelehnt. Ich denke nicht im Traum daran, mein Fleisch mit den anderen zu teilen. Soll dieser Coleman doch die Gruppe ernähren. Schließlich haben sie ihn zu ihrem Anführer gewählt."

„Herr Tanner!", beschwor Theresa ihren Chef. „Dies ist nicht der Ort für persönliche Befindlichkeiten. Wir haben einen Flugzeugabsturz überlebt und sitzen auf dieser Insel fest. Wer sagt uns denn, wie lange wir hier ausharren müssen? Menschen brauchen einander. Und wir erst recht. Wir sind aufeinander angewiesen!"

Max' Gesichtsausdruck wurde hart. „Also, ich bin auf niemanden angewiesen. Ich komme ganz hervorragend allein zurecht. Das war schon immer so und das wird auch immer so bleiben."

Theresa zog die Stirn in Falten. „Niemand kommt allein zurecht. Menschen brauchen einander. Deshalb leben sie in einer Gesellschaft zusammen. Das wissen wir schon seit Aristoteles."

Max legte erstaunt den Kopf schief. „Was wissen Sie denn von Aristoteles?", wunderte er sich.

„Zum Beispiel, dass Aristoteles den Menschen als *zoon politikon*, als gesellschaftliches Wesen, bezeichnet hat. Er hält es für die Grundbestimmung des Menschen, mit anderen zusammenzuleben. Nur so verwirkliche er seine Natur. Aristoteles schlussfolgert das aus der Tatsache, dass Menschen im Gegensatz zu Tieren mit Sprache und Vernunft ausgestattet sind. Auf diese Weise haben sie die Möglichkeit, sich Vorstellungen von Recht und Unrecht zu machen und mit anderen auszutauschen. Aristoteles' Gedanken sind übrigens die Grundlage für unsere heutige Vorstellung von einem Staat."

„Krügchen", erwiderte Max und schüttelte den Kopf. „Sie beeindrucken mich ja schon wieder! Weshalb interessieren Sie sich für Aristoteles?"

„Na ja … Aristoteles war zwar kein Christ. Trotzdem führen seine Erkenntnisse geradewegs zu Gott."

„Wie denn das?"

„Kommen Sie mit zu den anderen, teilen Sie Ihr Fleisch und ich erklär es Ihnen."

Max' Blick verfinsterte sich. „Nein danke. Ich esse lieber selbst, was ich erlegt habe."

Theresa seufzte tief. „Das ist schade." Sie drehte sich um und rief nach David. „Komm! Wir gehen zu den anderen zurück."

David protestierte, lenkte aber ein, als Theresa ihre Aufforderung mit fester Stimme wiederholte. Er ließ den Stein fallen, den er gerade hatte werfen wollen, und trottete mit finsterem Gesichtsausdruck auf Theresa zu.

„Wir kommen ja wieder. Morgen ist auch noch ein Tag", versuchte Theresa ihn zu trösten.

Dann nahm sie seine Hand und machte sich auf den Weg zurück zur Gruppe. Sie hatte erst wenige Schritte zurückgelegt, als Max hinter ihr herrief: „Viel Spaß mit den Bananen. Hoffentlich entwickeln Sie sich auf diese Weise nicht zu Affen zurück. Sonst wird sich Aristoteles noch im Grabe herumdrehen!"

Theresa blieb noch einmal stehen und drehte sich zu Max um. „Wissen Sie, was Aristoteles über die gesagt hat, die außerhalb des Staates leben?" Als Max nicht antwortete, sagte sie: „Wer außerhalb des Staates lebt, ist laut Aristoteles entweder ein Tier oder ein Gott. Für was halten Sie sich?"

Kapitel 15

Als Theresa mit David an der Hand ins Lager zurückkehrte, stellte sie erleichtert fest, dass Coleman, Gökhan und Jontek noch nicht zu sehen waren. Auf diese Weise musste sie keine dummen Fragen beantworten. Überhaupt schien kaum jemand Notiz von ihr zu nehmen. Die meisten waren schwer beschäftigt. Die kleine Pia hatte sich anscheinend verletzt, jedenfalls hockte sie auf einem Felsen und weinte, während Inken und Wang Fang ihr blutendes Knie mit einem Stofflappen reinigten. Der Neue lag immer noch im Gras. Er hatte sich auf die Seite gedreht und starrte stumpfsinnig vor sich hin.

Einige Meter weiter saßen Zoe und die Frau mit dem dunkelbraunen Pagenkopf, von der Theresa inzwischen wusste, dass sie Portugiesin war und auf den Namen Beatriz hörte, eng nebeneinander und hielten Händchen. Theresa fand das ein bisschen irritierend.

„Beatriz sieht fast nichts“, flüsterte Nor, die Theresas verwunderten Blick gesehen hatte. „Sie hat beim Absturz ihre Brille verloren. Ich schätze, die beiden fühlen sich aufgrund ihrer jeweiligen Behinderungen zueinander hingezogen. Wer weiß, vielleicht finden sie einen Weg, um sich gegenseitig zu ergänzen.“

„Das ist interessant“, flüsterte Theresa zurück. „Man kann dabei zusehen, wie sich Grüppchen bilden.“ Sie dachte an Aristoteles und die Tatsache, dass er den Menschen für ein Gemeinschaftswesen hielt. Das war zutreffend, auch wenn Aristoteles im Grunde nichts Neues verkündet hatte. Schon Adam hatte einen anderen Menschen gebraucht und deshalb von Gott Eva bekommen.

„Zu wem gehörst *du*?“, fragte Birgit.

Theresa musste schlucken. Unabsichtlich hatte Birgit Theresas Lebensfrage in Worte gefasst.

„Knutschen tut sie jedenfalls Jontek“, sagte Arissa.

Theresa errötete und wechselte umgehend das Thema. „Ihr habt klatschnasse Haare. Was habt ihr gemacht?“

„Wir haben uns im Fluss die Haare gewaschen“, antwortete Nor und wrang ihre Haare noch einmal aus. Anscheinend hatte sie das schon öfter gemacht, jedenfalls fielen nur noch wenige Tropfen zu Boden. „Das funktioniert super. Ich glaub, ich hab noch nie so klares und sauberes Wasser gesehen. Und es ist nicht mal kalt.“

„Mir fehlt mein Shampoo“, maulte Arissa und blickte missmutig auf das Anti-Schuppenshampoo, das sie in Händen hielt. Es stammte aus einem der Koffer. „Ich weiß jetzt schon, dass meine Haare fettig aussehen werden.“ Sie warf einen prüfenden Blick auf Isaac, den großen, dünnen Asiaten, der als einer der Letzten gerettet worden war und sich immer noch nicht richtig erholt hatte. Jedenfalls lag er mit geschlossenen Augen auf seiner Unterlage.

„Denk gar nicht erst dran“, zischte ihre Mutter. „Wir sind nicht hier, um mit jemandem anzubändeln.“

„Wozu sind wir denn hier? Um unsere Hände in Papayas zu baden?“

Theresa folgte Arissas Blick und blieb an Matthew und Sophie, dem älteren Ehepaar, hängen. Diese hatten ein schwarzes Unterhemd vor sich ausgebreitet. Auf diesem lag eine gelblich-schwarze Masse, in der sie herumwühlten.

„Was machen die da?“, wollte David wissen.

„Komm, wir sehen mal nach“, erwiderte Theresa und zog ihn mit sich. Als sie die beiden älteren Herrschaften erreicht hatten, fragte sie auf Englisch: „Sind das Papayakerne? Was macht ihr damit?“

„Man muss sie von ihrer Ummantelung befreien, bevor man sie trocknen kann“, erläuterte Sophie. Als sie jetzt lächelte, bildeten sich auf ihrem ohnehin schon faltigen Gesicht noch mehr Runzeln. „Ethan und Mona kennen sich damit aus.“ Sie deutete auf einen kleinen schwarzen Haufen, den Theresa auf dem dunklen Kleidungsstück zunächst gar nicht bemerkt hatte. „Die hier sind schon fertig.“

Theresa ging neben dem Unterhemd in die Hocke und griff nach ein paar Kernen. „Die sehen aber witzig aus.“ In ihrer hellen Hand konnte man sie sehr gut betrachten und jedes Detail erkennen.

„Sieh mal“, sagte sie zu David. „Von der Form her sehen sie aus wie Pfirsichkerne. Sie haben die gleiche Struktur!“

„Was ist das – Pfirsich?“, fragte David.

„So was Ähnliches wie Nektarinen“, erläuterte Theresa.

Als Davids Gesichtsausdruck fragend blieb, seufzte Theresa: „Du hast im Wesentlichen aus Dosen gelebt, stimmt’s?“

„Das ist mühsam“, jammerte Matthew. „Ich würde viel lieber den beiden da helfen.“ Er deutete auf Michael und Ethan, die versuchten, mithilfe des Feuerzeugs Feuer zu machen.

„Sie hocken schon seit Stunden auf den Knien“, widersprach Sophie. „Das wäre dir gar nicht gut bekommen.“

„Vor allem nicht im Angesicht dieser Erfolglosigkeit“, erwiderte Matthew und wischte sich über die Stirn. Auch heute herrschte so hohe Luftfeuchtigkeit, dass alles klebrig war.

„Bin gespannt, was die anderen so zustande kriegen“, sagte Sophie und deutete auf Anuwat, Stanley, Haziq und Harry, die ein wenig abseits auf dem Boden saßen und mit irgendetwas beschäftigt waren. „Sie versuchen, einen Kescher zu bauen. Aus Damenstrumpfhosen.“ Sie musste kichern. „Schauen wir mal, was das gibt.“

„Einen Kescher?“, wiederholte Theresa. „Das klingt nach gebratenem Fisch.“ Unwillkürlich lief ihr das Wasser im Munde zusammen. Sie hatte fürchterlichen Hunger. „Willst du zugucken?“, fragte sie David.

Als dieser begeistert nickte, zogen sie weiter zur nächsten Gruppe. Was dort im Gange war, brachte Theresa zum Schmunzeln. Die Männer hatten einen dünneren Ast zu einem Ring zusammengebogen und waren jetzt damit beschäftigt, mithilfe eines kleinen Nähsets den Fuß einer halben Damenstrumpfhose daran zu befestigen. Da der Ring wesentlich größer war als der Umfang eines Damenbeines, waren die sechs Hände von Anuwat, Stanley und Haziq durchaus notwendig, um die Strumpfhose am Ring zu halten. Allerdings stellte sich Harry beim Nähen ein wenig unbeholfen an. Jedenfalls riss schon nach wenigen Sekunden der Faden und Theresa konnte an den Flüchen der Männer ablesen, dass das nicht das erste Mal war. „Soll ich mal?“, bot sie an.

Harry reichte ihr die Nadel. „Das ist eh keine Arbeit für Männer", maulte er. Theresas Blick blieb an seinem Rolling-Stones-T-Shirt hängen und sie taufte ihn gedanklich „Zungen-Harry". Allerdings wurde sie abgelenkt, als sie den strengen Schweißgeruch wahrnahm, den die vier Männer verströmten. Einen Moment lang fragte sie sich, ob es nicht besser wäre, wenn die vier den Fluss zum Waschen anstatt zum Angeln nutzen würden. Dann verkniff sie sich den entsprechenden Kommentar aber doch. Die Aussicht auf gebratenen Fisch war nicht zu unterschätzen.

Deshalb untersuchte Theresa erst einmal das Nähset. Zu ihrer Freude fand sie einen Faden, der an Zwirn erinnerte. Diesen fädelte sie doppelt gelegt in eine etwas dickere Nähnadel ein. Dann machte sie sich mit flinken Fingern an die Arbeit. Sie war noch mittendrin, als Jontek, Coleman und Gökhan zurückkehrten. Anuwat und Stanley hoben spontan eine Hand zum Gruß und im nächsten Moment sprang – schwupp – der Holzring auf.

Als Theresa schwungvoll die Nadel entrissen wurde, gab sie einen leisen Aufschrei von sich. „War der denn gar nicht befestigt?", rief sie.

„Das wollten wir mit dem Faden machen", sagte Stanley kleinlaut. Mit seinen Segelohren und dem betretenen Gesichtsausdruck hatte er ein wenig Ähnlichkeit mit einem Schuljungen, der beim Abschreiben erwischt worden war. Aber als Haziq, Anuwat und Harry aufsprangen, um den Rückkehrern entgegenzugehen, erhob auch er sich. „Ich wünschte, die hätten Fleisch dabei!"

„Na, super", seufzte Theresa und sah den Männern nach. Aber sie konnte ihnen ihre Begeisterung nicht verdenken. Der Kescher war noch weit davon entfernt, ein nützliches Werkzeug zu werden. Die drei Heimkehrer aber schienen ihre Taschen und Tüten voller Nahrungsmittel zu haben.

Während Stanley den anderen nacheilte, schien er an nichts anderes als an Fleisch zu denken. Jedenfalls verzichtete er auf den Bogen, den die anderen drei um den „Neuen" machten und kam ziemlich nah an ihm vorbei. Theresa sah das zwar, machte sich aber keine Gedanken. Ihrer Meinung nach hatte sich der Mann inzwischen beruhigt. Dass dieser Eindruck trog und er eine tickende Zeitbombe war, stellte sich erst heraus, als sich Stanley auf derselben Höhe mit ihm befand. In diesem Moment nämlich streckte der Mann blitzschnell seine Beine aus und brachte Stanley dadurch zu Fall. Damit jedoch nicht genug: Als Stanley zu Boden gegangen war, rollte sich der Gefangene mit einer einzigen fließenden Bewegung zu ihm hinüber und begann, mit seinen gefesselten Beinen auf ihn einzutreten.

„Hilfe!“, schrie Theresa.

Glücklicherweise war Harry nur wenige Meter von Stanley entfernt. Er sprang geistesgegenwärtig auf diesen zu, packte ihn und zog ihn aus der Reichweite seines Angreifers.

„Du!“, brüllte der „Neue“. Dabei schwang so viel Aggressivität und Hass in seiner Stimme mit, dass erneute Zweifel an seinem Verstand aufkamen. „Du warst es! Du hast sie auf dem Gewissen!“

Stanley saß inzwischen in einiger Entfernung im Gras, machte aber keine Anstalten aufzustehen. „Du meine Güte!“, keuchte er und starrte voller Entsetzen auf den Verrückten.

„Ich bring dich um! Ich bring dich um!“, brüllte dieser. Gleichzeitig kämpfte er mit aller Macht gegen die beiden Gürtel an, die Coleman ihm angelegt hatte. Glücklicherweise hielten sie seinen verzweifelten Bewegungen stand und das führte letztendlich dazu, dass er erschöpft in seine Ausgangsposition zurückfiel. Erst jetzt kam auch wieder Leben in die anderen.

„Ich hab Hunger“, konstatierte David und zog an Theresas Hand.

„Ich ja auch“, seufzte Theresa und erhob sich. Als sie jetzt auf Jontek und die anderen zuging, wurde sie Zeuge einer überschwänglichen Begrüßung zwischen Coleman und Miriam. Als die beiden intensive, überaus intime Zungenküsse miteinander austauschten, verzog Theresa das Gesicht. Schon im nächsten Moment wurde sie sich dann aber der Tatsache bewusst, dass Jontek sie auf eine Weise ansah, die irgendwie … erwartungsvoll wirkte. Sie warf ihm ein etwas zaghaftes Lächeln zu und näherte sich ihm zögerlich.

„Wie es scheint, hattet ihr einen erfolgreichen Tag“, sagte sie, als sie schließlich vor ihm stand. „Ich hoffe, ihr seid alle unverletzt. Seid ihr irgendwelchen Raubtieren begegnet?“

Jontek stemmte die Hände in die Hüften. „Das ist aber eine magere Begrüßung“, beschwerte er sich. Er sah dreckig und verschwitzt aus, hatte aber nichts von seinem jungenhaften Charme eingebüßt. Auch wirkten seine blauen Augen noch leuchtender als sonst.

Wenn du nicht so fordernd wärst, würde ich vielleicht von allein auf die Idee kommen, dachte Theresa, sagte aber nichts. Stattdessen beugte sie sich vor und gab ihm einen flüchtigen Kuss auf die Wange.

Jonteks Blick verfinsterte sich. „Hast du gesehen, wie Coleman von Miriam begrüßt wurde?"

Theresa schluckte schwer. „Wenn du eine Miriam willst, bist du bei mir an der falschen Adresse. Ich bin nicht so!"

„Das weiß ich doch, ich-" Der Rest seines Satzes ging in dem Aufschrei unter, den Peer von sich gab, nachdem er neugierig in eine der Taschen gegriffen hatte.

„Oh", sagte Jontek und wirbelte herum. „Nicht anfassen! Die Stacheln sind superscharf!"

„Der Hinweis kommt ein bisschen spät!", fuhr Inken ihn an. Der Junge schrie inzwischen aus Leibeskräften und hielt sich seine blutende Hand. Als Inken ihn erreicht und tröstend in die Arme genommen hatte, rief sie ängstlich: „Sind die Stacheln giftig?"

Coleman, Gökhan und Jontek sahen einander ratlos an.

„Das kann doch wohl nicht wahr sein", zischte Inken, deren Sohn aufgrund ihrer Nachfrage noch ein paar Dezibel zugelegt hatte.

„Wenn sie wirklich giftig sind, wird das Blut den größten Teil davon rausspülen", sagte Wang Fang, die sich wie immer für jede Art von Verletzung zuständig fühlte. „Aber um sicherzugehen, sollten wir die Wunden vielleicht im Wasser auswaschen."

Sie ist die perfekte Krankenschwester, dachte Theresa. Obwohl sie so jung und modern aussah mit ihren kurzen Haaren und der lila Hornbrille, strahlte sie große Souveränität aus. Das schien auch Inken so zu sehen. Obwohl sie gestern noch mit Wang Fang um einen Pulli gestritten hatte, stand sie jetzt widerspruchslos auf und ließ sich von ihr in Richtung Fluss begleiten.

Als Peers Geheul immer leiser wurde, fragte Sophie: „Was habt ihr denn da für 'n Teufelszeug mitgebracht?"

„Gute Frage", seufzte Gökhan und hob die Stofftasche an, die das gefährliche Gut enthielt. Dann drehte er sie um und ließ den Inhalt auf den Boden plumpsen. Zum Vorschein kamen einige faustgroße, gelbe Bälle, die rundherum von Stacheln umgeben waren.

„Wir hatten gehofft, jemand würde die Dinger kennen", sagte Jontek und ging neben den Bällen in die Hocke. Als keiner etwas sagte, fuhr er gedankenverloren mit den Fingern über die Stacheln und sagte: „Wir sind ziemlich sicher, dass man sie essen kann. Da, wo sich der Baum befand, haben alle möglichen Tiere von den aufgeplatzten Früchten genascht. Allerdings …" Seine Stimme verklang.

„Allerdings was?", wollte Anuwat wissen.

„Ihr möchtet nicht wissen, wie wir den Baum gefunden haben", seufzte Gökhan.

„Wie habt ihr den Baum gefunden?", fragte Miriam und sah dabei Coleman an.

„Der Gestank hat uns hingeführt", antwortete dieser. Dann blickte er argwöhnisch auf die beiden Bälle. „Ich hoffe, wir haben ihn nicht mitgebracht."

„Wir denken, dass nur überreife Früchte so stinken", sagte Gökhan und zog ein Taschenmesser aus seiner Hosentasche hervor. „Sicher sind wir allerdings nicht. Wir haben zwar an Ort und Stelle eine Frucht geöffnet, aber der Gestank unter dem Baum war so stark, dass wir nicht unterscheiden konnten, woher er kam."

„Und der Geschmack?", fragte Theresa.

„Da konnten wir uns nicht einig werden", erwiderte Jontek. „Ich fand die Dinger eklig, aber die anderen …"

„Am besten, wir probieren mal", sagte Gökhan und setzte das Taschenmesser an der Rille an, die mittig einmal um die ganze Frucht herumführte. Er stach an verschiedenen Stellen hinein und versuchte die Frucht dann aufzuhebeln. Als es ihm schließlich gelang, ahnten die Umstehenden bereits, dass der Gestank nicht nur von überreifen Früchten stammte.

„Igitt", entfuhr es Arissa, „das ess ich unter Garantie nicht." Auch ihre Mutter hielt sich die Nase zu.

„Stinkt nach faulen Eiern", kommentierte Michael und rümpfte die Nase.

„Also, mich erinnert es an Stinkekäse", sagte Rainer in seinem femininen Singsang.

„Oder vielleicht an Terpentin?“, überlegte Ethan und strich über seine auffällig gekrümmte Nase.

„Eher an Baby-Kacke“, widersprach Mona, deren Arm immer noch in der Schlinge aus schreiend buntem Blümchenstoff ruhte.

„Der Geschmack ist sehr viel angenehmer als der Geruch“, behauptete Coleman mit seiner tiefen, voluminösen Stimme. „Wir haben bereits heute Morgen davon gegessen und keine Probleme bekommen. Also, wer will?“

„Ich!“, rief Miriam und trat auch schon einen Schritt vor. Als sie an Coleman vorbeikam, grapschte dieser ihr im Vorbeigehen an den Hintern, was Miriam ein unterdrücktes Kichern entlockte.

Derweil widmete sich Gökhan weiter der Frucht. In deren Innerem kamen nacheinander fünf Fruchtkammern zum Vorschein, die komplett voneinander getrennt waren. Jede davon enthielt weißgelbliches Fruchtfleisch, das einige kastaniengroße Samen beherbergte.

„Kann man die Samen auch essen?“, wollte „Zungen-Harry“ wissen.

Gökhan verzog das Gesicht und schüttelte dann den Kopf. „Die sind total hart.“

„Vielleicht kann man sie kochen“, überlegte Mona.

Daraufhin warfen Michael und Ethan zeitgleich einen sehr frustrierten Blick auf den Holzhaufen, den sie zu entzünden versucht hatten. Jontek folgte ihrem Blick. „Hat wohl nicht so ganz geklappt, was?“

„Keine Chance“, seufzte Michael. „Das Feuerzeug ist leer. Aber vielleicht ...“ Er sah Theresa an. „Vielleicht hast *du* ja noch eine Idee. So wie beim letzten Mal. Ohne deine Tampons hätte dieser Max das andere Feuer auch nicht in Gang gekriegt.“

Theresa errötete ein wenig. „Danke für die Blumen. Aber auf die Methoden, die man im Fernsehen sieht, seid ihr bestimmt auch schon gekommen.“

„Quirlen von Holz auf Holz?“, fragte Michael. „So wie die Steinzeitmenschen?“

Theresa nickte. „Zum Beispiel.“

„Das haben wir schon versucht, aber hier ist alles so feucht.“

„Dann fällt mir nur noch das Brennglas ein. Gab es nicht einen Film, in dem jemand Uhrengläser verwendet hat, um das Sonnenlicht zu bündeln?"

„Stimmt!", entfuhr es Michael. Er schien jetzt richtig beeindruckt und musterte Theresa erst einmal von oben bis unten. „Wo hast du all diese guten Ideen her? Ich dachte, du wärst Sekretärin."

Theresa errötete noch ein bisschen stärker, konnte aber nicht antworten, weil Jontek ihr zuvorkam. „Bist du fertig mit deinem Gesäusel?", fuhr er Michael an. „Diese Brennglasmethode kennt doch jedes Kind."

Michael hob erstaunt die Augenbrauen, sagte aber nichts.

Derweil hatte Gökhan ein größeres Stück Fruchtfleisch von den Samen getrennt und reichte es Miriam. Als diese hineinbiss, hingen allerhand Augenpaare an ihrem Gesicht. Zuerst zog die hübsche Brünette einfach nur die Stirn in Falten. Dann aber entspannte sich ihre Gesichtsmuskulatur. „Gewöhnungsbedürftig", war der erste Kommentar, den sie mit vollem Mund abgab. „Schmierig! Das hat 'ne Konsistenz wie Pudding!"

„Und der Geschmack?", fragte Rainer interessiert. Auch diese wenigen Worte waren von einem auffälligen Singsang begleitet.

„Unbeschreiblich!", behauptete Miriam, die ihren Mund inzwischen leer gegessen hatte. „Da ist alles Mögliche drin! Vanille … Mandeln … Zwiebeln …"

„Zwiebeln?", wunderte sich Zungen-Harry.

„Probier selbst", sagte Gökhan und reichte ihm ein Stück Fruchtfleisch.

„Darf ich auch?", fragte Sophie und streckte ihre Hand aus. Wenig später erhielt auch sie ein Stück und Gökhan machte sich daran, das Fruchtfleisch einer weiteren Kammer zu zerteilen.

„Igitt", sagte Zungen-Harry und spuckte das ihm zugeteilte Stück wieder aus. „Das ist ja widerlich! Das schmeckt wie … wie … Apfelmus mit Knoblauch und Zwiebeln!"

„Also ich find's interessant", sagte Sophie und teilte ihr Stück mit Matthew.

Wenig später hatte sich herauskristallisiert, dass die Frucht, die niemand aus der Gruppe jemals zuvor gesehen oder gegessen hatte und die jetzt einhellig „Igelfrucht" getauft wurde, sehr unterschiedliche Reaktionen hervorrief. Während die einen sie überhaupt nicht ertragen konnten und stattdessen lieber zu den Schlangenhautfrüchten, Bananen und Papayas griffen, die Gökhan, Coleman und Jontek mitgebracht hatten, fanden die anderen sie entweder ganz in Ordnung oder sogar richtig lecker. Theresa war froh, dass David der Frucht neutral gegenüberstand. Auf diese Weise würde er sich etwas abwechslungsreicher ernähren, was nur gut sein konnte. Sie selbst mochte die Frucht nicht sehr gern, aß aber trotzdem davon. Dabei stellte sie fest, dass sie sehr schnell satt machte und schon deshalb eine echte Bereicherung darstellte. Immerhin würde sie dieses eine Mal mit vollem Magen schlafen gehen können.

Vorerst aber war an Schlafen nicht zu denken. Während einige noch an ihren Früchten herumkauten, waberte ein Duft zu ihnen herüber, den Theresa sehr schnell einordnen konnte. Sie hoffte nur, dass die anderen ihn nicht bemerkten …

„Brennt es hier irgendwo?", fragte Inken, die mit Peer und Wang Fang ins Lager zurückgekehrt war. Da Peer nicht mehr weinte und auch ansonsten keine negativen Reaktionen zeigte, hatte sich Inken inzwischen beruhigt.

„Habt ihr schon eine Idee, wie wir den Kescher verbessern können?", fragte Theresa, um von dem Duft abzulenken.

„Welchen Kescher?", wollte Coleman wissen. Genau wie gestern saßen alle im Kreis, allerdings mit dem Unterschied, dass die Zweige, die in ihrer Mitte aufgeschichtet waren, nicht brannten.

„Wir haben versucht, aus einem Zweig und einer Damenstrumpfhose einen Kescher zu bauen", sagte Anuwat. Mit seinen vielen Leberflecken erinnerte er Theresa ein wenig an einen Dalmatiner.

„Und wozu?", fragte Coleman abfällig. „Wir haben doch alles, was wir brauchen." Er deutete auf die Früchte. „Reicht euch das etwa nicht?"

„'ne kleine Abwechslung wär schon nicht schlecht", erwiderte Stanley und schlug nach einem Insekt, das seinen Kopf umkreiste. Anschließend fuhr er sich mehrfach durch seine blonden Haare, um sicherzugehen, dass sich kein Tier dort niedergelassen hatte. Auch hinter seinen großen Segelohren sah er nach.

„Apropos Abwechslung“, sagte Gökhan und schnupperte. „Irre ich mich oder riecht’s hier nach gebratenem Hähnchen?“

„So schnell kriegt man Halluzinationen“, seufzte Wang Fang.

Theresa sagte gar nichts, sondern starrte nur angestrengt auf die aufgeschichteten Zweige.

„Riecht ziemlich echt für ’ne Halluzination“, bemerkte Michael und strich nachdenklich über seinen dunklen Vollbart.

„Der Arroganzling!“, begriff Miriam plötzlich. Dann sah sie Coleman an. „Ich wette, der macht ein nettes kleines Barbecue.“

Theresa schluckte und starrte weiter auf das, was eigentlich ein Feuer hätte werden sollen.

„Du da!“, sagte Miriam in scharfem Tonfall. „Hab ich recht oder was?“

Theresa versuchte, sich nicht angesprochen zu fühlen.

„‚Du da‘ ist keine Anrede“, verteidigte Jontek Theresa.

„Wie soll ich sie denn nennen?“, fragte Miriam spitz. „Ist ‚Überläuferin‘ in Ordnung? Frag sie doch mal, wo sie die meiste Zeit des Tages verbracht hat! Bei uns war sie jedenfalls nicht.“

Theresa konnte förmlich spüren, wie sich Jonteks Blick auf sie heftete. Es fühlte sich so an, als richte er eine Rotlichtlampe auf sie.

„Wo warst du denn?“, fragte Jontek. Seine Stimme klang kratzig.

Theresa hob tapfer ihren Blick zu ihm. „Wir sind uns doch wohl einig, dass das Feuer nicht verlöschen darf, oder? Das Feuer ist die Garantie dafür, dass uns die Rettungsmannschaften finden können!“

„Und was hat das mit dir zu tun?“

„Eine Menge!“, fauchte Theresa. Sie spürte instinktiv, dass Angriff der beste Weg zur Verteidigung war. „Irgendjemand muss das Feuer bewachen. Herr Tanner kann ja nicht den ganzen Tag dort sitzen. Sonst verhungert er!“

„Hier ist genug Nahrung“, sagte Jontek und deutete auf die Früchte, die noch übrig geblieben waren.

„Als ob ihr vorhättet, ihm etwas davon abzugeben“, erwiderte Theresa verärgert.

„Wenn er nett fragt, kann er etwas kriegen“, warf Coleman ein. Seine Stimme triefte vor Sarkasmus. Passend dazu lachte Miriam auf.

„Was habt ihr den ganzen Tag gemacht?“, wollte Jontek wissen.

Theresa blickte einmal kurz in die Runde und stellte fest, dass aller Augen interessiert auf sie gerichtet waren. „Können wir vielleicht unter vier Augen darüber reden?", raunte sie Jontek zu.

„Nein, können wir nicht! Ich denke, alle haben ein Recht zu wissen, was du mit der Gegenseite getrieben hast!"

„Gegenseite?", fragte Theresa ungläubig. „Spinnst du? Spinnt ihr alle? Wir haben einen Flugzeugabsturz überlebt! Wir müssen zusammenhalten! Begreift ihr das nicht?" Sie sprang auf und fasste sich sprichwörtlich an den Kopf. „Ich versteh euch nicht! Wenn das Feuer verlischt, kommen wir vielleicht nie mehr von hier weg! Wollt ihr das? Wollt ihr für immer hier bleiben?"

„Jetzt reicht's mir aber!", hielt Coleman dagegen. „Ich werde nicht zulassen, dass du derartige Schauermärchen erzählst. Das Feuer spielt für unsere Rettung nicht die geringste Rolle. Das Flugzeug hat Positionsmeldungen verschickt. Außerdem hat es eine Blackbox, die Signale aussendet. Schon allein deshalb werden sie uns finden. Es ist nur eine Frage der Zeit."

„Dafür ist aber schon allerhand Zeit verstrichen", bemerkte Zungen-Harry.

„Was habt ihr jetzt gemacht, du und der Arroganzling?", beharrte Jontek.

„Gar nichts!", fauchte Theresa. „Ich hab ihm angeboten, ihn abzulösen, er hat angenommen und ist im Urwald verschwunden. Als er wiederkam, sind wir zurückgegangen. Frag David, er war dabei."

„Hat er jetzt Fleisch oder hat er keins?", wollte Stanley wissen.

„Er hat was", erwiderte Theresa. „Ich weiß allerdings nicht was. Ich wollte eh nichts davon nehmen. Weil ich finde, dass wir alles, was wir besitzen, gerecht aufteilen sollten."

„Wie nobel", bemerkte Miriam. Es klang sarkastisch.

„Dann hat er dir also was angeboten?", wollte Jontek wissen.

Theresa nickte nur. Im nächsten Moment wandte sie wie von selbst ihren Kopf und blickte auf das, was in einer affenartigen Geschwindigkeit über Davids Bein huschte und dann urplötzlich stehen blieb. Ein paar Sekunden lang sah sich Theresa Auge in Auge mit einem klitzekleinen Wesen, das wie ein Besucher aus einer anderen Welt auf sie wirkte. Dann war der Spuk verschwunden.

„Habt ihr das gesehen?", plapperte Theresa aufgeregt drauflos. „Das Tier? David – hast du es gesehen?" Als dieser den Kopf schüttelte, sprudelten die Worte weiter wie von selbst aus Theresa heraus. „Es saß auf deinem Bein und hat mich angeschaut. Es sah aus wie ein Eichhörnchen, aber es war nicht rot, sondern grau-braun meliert. Und es war klein, klitzeklein!" Sie hielt Daumen und Zeigefinger so voneinander entfernt, das ein Abstand von etwa zwei Zentimetern entstand. „Nur so groß, nicht größer! Ich hab so was noch nie zuvor gesehen!"

Die anderen starrten sie nur mit leerem Gesichtsausdruck an. Enttäuscht zuckte Theresa die Achseln. Offenbar war sie die Einzige, die das winzige Hörnchen bemerkt hatte.

„Morgen gehst du aber nicht zu Max", nahm Jontek den Gesprächsfaden wieder auf.

Theresa blickte ihn überrascht an. „Und wieso nicht?"

„Weil ich dich darum bitte vielleicht?"

„Und wer soll dann an meiner Stelle gehen?" Sie blickte in die Runde. „Ich dränge mich nicht vor. Wenn jemand anderes das Feuer bewachen will … bitte!"

Keine Antwort.

„Also?", hakte Theresa nach.

„Dann geh ich", sagte Jontek.

„Kommt nicht infrage", donnerte Coleman dazwischen. „Wir sind ein eingespieltes Team und werden morgen weiter nach Nahrung suchen. Da werd ich nicht auf dich verzichten."

„Aber-"

„Nichts aber!", befahl Coleman. „Du lässt die Kleine gehen, verstanden?"

***

Einige Zeit später begann die Sonne unterzugehen und die Gruppe machte sich bereit für die Nacht. Wie die meisten anderen auch ging Theresa mit David noch zum Fluss, um sich zu waschen und die Zähne zu putzen. Interessanterweise herrschte an Zahnbürsten und auch Zahnpasta nicht der geringste Mangel. Sie hatten jede Menge Kulturbeutel in den Koffern gefunden. Gleichzeitig waren nicht alle Überlebenden an einer Zahnbürste interessiert. Der Gedanke, dass diese vorher von jemand anderem benutzt worden waren, schreckte sie wohl ab. Für Theresa hingegen symbolisierten der Besitz und die Benutzung einer Zahnbürste einen Rest von „Zivilisiertheit“. Auch gab ihr dies die Möglichkeit, David Rituale und Körperhygiene beizubringen. Dass dies notwendig war, hatte sich gezeigt, als sie David zum ersten Mal eine Zahnbürste in die Hand gedrückt hatte. Dabei hatte sie den Eindruck gewonnen, dass er eine solche noch niemals zuvor gesehen, geschweige denn benutzt hatte. Hatte er wirklich auf einer einsamen Insel landen müssen, um den Umgang mit einer Zahnbürste zu erlernen?

Als Theresa und David den Rückweg zum Unterschlupf antraten, gesellte sich Wang Fang zu ihnen. Genau wie Theresa und David hatte sie ihre Schuhe in der Hand, weil ihre Füße erst noch trocknen mussten. Jetzt blickten alle drei angestrengt auf den Boden zu ihren Füßen, weil sie verhindern wollten, dass sie sich an Steinen oder Pflanzen verletzten.

„Wie geht's eigentlich deinem Patienten?“, fragte Theresa ganz nebenbei.

„Du meinst Theo?“

Theresa hob erstaunt die Augenbrauen. „Du kennst seinen Namen?“

Wang Fang seufzte tief. „Na ja, kennen ist zu viel gesagt. Ich vermute nur, dass er Theo heißt. Vorhin hat er angefangen, etwas zu flüstern. Das klang wie: ‚Hilf mir, Theo‘, ‚Hilf mir, Theo‘…“

„Wie schrecklich“, erwiderte Theresa beinahe tonlos. Sie waren immer noch in der Nähe des Baches und der Boden war hier so matschig, dass er zwischen Theresas Zehen hochquoll. „Hat er denn was zu essen angenommen?“

„Ein bisschen …“

„Und? Denkst du, er wird wieder … na ja … normal?“

Wang Fang stieß einen weiteren, tiefen Seufzer aus. „Keine Ahnung. Aber er riecht ganz furchtbar. Ich glaube, er pinkelt einfach so drauflos.“

Theresa schluckte schwer. Dieser Mann brauchte ganz offensichtlich psychologische Hilfe. Aber wie sollte er die bekommen?

Als die drei wenig später beim Unterschlupf ankamen, bemerkte Theresa sofort, dass dort irgendetwas nicht stimmte. Während es sich Miriam bereits auf ihrem „Bett“ bequem gemacht hatte, stand Sophie, die ältere Dame mit den vielen Falten, vor ihrem Kopfende und blickte zornig auf sie herab. „Antworten Sie mir gefälligst!“

Miriams Augen blieben jedoch geschlossen und sie tat so, als würde sie bereits schlafen. Dass David etwas von der Spannung mitbekam, merkte Theresa daran, dass er ihre Hand ein bisschen fester drückte als noch ein paar Sekunden zuvor.

„Das ist mein Kissen!“, sagte Sophie. „Ich hab es zuerst gefunden!“

Jetzt sah es Theresa auch: Miriam lag mit dem Kopf auf dem flauschigen, rosafarbenen Kissen, das gestern noch Sophies Schlafplatz aufgewertet hatte. Was für eine Unverschämtheit! Mittlerweile waren alle anderen Koffer bis auf Max' Exemplar im Lager und alle – selbst Theresa – hatten ausreichend Kleidungsstücke bekommen, um sich ein bequemes Bett einzurichten. Es gab also nicht die geringste Notwendigkeit, jemand anderem etwas wegzunehmen! Trotzdem rührte sich Miriam nicht.

„Hören Sie!“, meldete sich nun Matthew zu Wort. „Alle haben gesehen, dass das Kissen meiner Frau gehört. Sie braucht es auch! Sie ist über siebzig und hat entzündete Halswirbel!“

Keine Reaktion. Erst, als Matthew sich bückte und Anstalten machte, nach dem Kissen unter Miriams Kopf zu greifen, sprang diese urplötzlich auf und stellte sich zwischen Matthew und ihre Bettstatt. „Verschwinde, alter Mann!“, fauchte sie in grottenschlechtem Englisch.

„Mensch, Miriam“, meldete sich nun Zungen-Harry zu Wort. „Es ist doch bloß ein Kissen. Und sie ist eine alte Frau. Gib's ihr wieder und die Sache ist erledigt.“

„Hat dich jemand nach deiner Meinung gefragt?“, zischte Miriam ihm zu.

Daraufhin stemmte Harry verärgert die Hände in die Hüften. „Ich sag meine Meinung, wann immer ich sie sagen will, okay?“

„Und ich nehme mir ein Kissen, wann immer ich es haben will“, gab Miriam zurück.

Vor einem grauen Haupt sollst du aufstehen und die Alten ehren, kam es Theresa in den Sinn. Das war eindeutig ein Fall für ihr Notizbuch! Wenn sie schon keine Bibel hatte, würde sie sich alles aufschreiben, was ihr im Laufe der Zeit ins Gedächtnis zurückkehrte. Das war immer noch besser als nichts! Sie zückte ihr Notizbuch und schrieb den Satz nieder. *Mose*, vermerkte sie dahinter. An die genaue Fundstelle konnte sie sich nicht erinnern. „Ich finde, dass wir den Alten Respekt zollen sollten", sagte sie, noch während sie die Worte niederschrieb.

„Das finde ich auch", pflichtete Michael Theresa bei. Dafür erntete er von ihr einen dankbaren Blick.

„Das Kissen bleibt, wo es ist", meldete sich nun Coleman zu Wort. Aufgrund seiner voluminösen Stimme und der Unnachgiebigkeit, die darin mitschwang, gehörte ihm sofort die gesamte Aufmerksamkeit. „Es gehört allen und wird deshalb herumgereicht. Heute gehört es Miriam und morgen … nun, da sehen wir weiter." Er machte einen Schritt auf Miriam zu, was dazu führte, dass Matthew und Sophie unwillkürlich ein Stück zurückwichen.

„Aber gestern haben Sie gesagt: Wer zuerst kommt, mahlt zuerst", protestierte Theresa.

„So ist es ja auch!", lächelte Coleman. Allerdings hatte Theresa das Gefühl, dass nur sein Mund sich verzog, während seine Augen ausdruckslos blieben. „Gestern hat die alte Dame zuerst gemahlen, heute war es Miriam."

Theresa starrte auf den Tigerkopf, der Colemans Oberarm zierte, und hatte einmal mehr das Gefühl, dass dieser sie bedrohte. Umso schwerer fiel es ihr, erneut ihre eigene Meinung zu vertreten. „Heißt das, dass ich mir in Zukunft nie mehr sicher sein kann, wer sich an meinen Sachen vergreift?"

Sie riss ihren Blick von dem Tiger los und wagte es, erneut Coleman anzusehen. Dabei traf sie auf einen Blick, der so kalt und überheblich war, dass er ihr die Luft zum Atmen raubte. „Aber nicht doch", lächelte Coleman, ohne dass sich sein Blick auch nur im Geringsten veränderte. „Das heißt nur, dass du keine eigenen Sachen hast. Alles, was wir besitzen, gehört der gesamten Gruppe."

Will heißen, dir und Miriam, dachte Theresa.

***

Theresa lief mitten durch den Urwald. Aber es war kein langsames Gehen, sondern ein atemloses Rennen. Irgendetwas war hinter ihr her! Sie konnte nicht sehen, was es war, aber sie spürte eine Präsenz, die so bedrohlich war, dass es keine Alternative zur Flucht gab. Hinter ihr raschelte und knackte es. Auch meinte sie, so etwas wie Atemgeräusche zu hören. Vor ihr jedoch lag ein Dickicht, das kaum zu durchdringen war. Der Teil des Dschungels war so dicht, dass kaum Sonnenlicht zu ihr nach unten drang. Trotzdem kämpfte sie sich tapfer vorwärts. Dabei peitschten immer wieder Blätter und Zweige durch ihr Gesicht. Gleichzeitig schienen von allen Seiten Lianen auf sie zuzuwachsen, die sie festhalten wollten. Eine von ihnen zerrte an ihrem rechten Arm und war einfach nicht abzuschütteln. Als Theresa sich der Liane zuwandte, handelte es sich jedoch nicht um eine Pflanze, sondern um eine grüne Schlange, die jetzt ihr Maul aufriss und einen bedrohlich wirkenden Rachen entblößte.

Theresa schrie auf und war bereits im nächsten Moment hellwach. Der Dschungel um sie herum war verschwunden und tiefschwarze Dunkelheit umfing sie. *Ein Traum*, schoss es durch ihren Kopf. *Nur ein Traum.* Und doch … Das Gefühl, dass irgendetwas an ihrem Arm zerrte, war noch da!

„Ich liebe dich", raunte eine Stimme in ihr rechtes Ohr.

Theresa riss ihre Augen sperrangelweit auf. Sie begriff immer noch nichts.

„Du bist die aufregendste Frau, die ich je getroffen habe."

Aus der Ferne drang leises Gekicher an Theresas Ohr, gefolgt von einem unterdrückten Stöhnen.

Der Druck an ihrem Arm war plötzlich verschwunden. Dafür strich jetzt etwas über ihren nackten Bauch und wanderte von dort bedrohlich in die Höhe. „Jontek?", entfuhr es ihr. Gleichzeitig griff sie nach der Hand und schob sie energisch von sich. „Was soll das? Es ist mitten in der Nacht!"

„Wäre es dir am Tag lieber?"

Das Stöhnen, das aus der Ferne zu Theresa herüberwehte, schien sich zu intensivieren. Waren das Miriam und Coleman? Theresa konnte sich da niemand anderen vorstellen. Das würde auch erklären, was Jontek antrieb … „Mir wäre es lieber, ich könnte schlafen!", fuhr sie ihn an. Obwohl sie flüsterte, hatten ihre Worte Ähnlichkeit mit Peitschenhieben. „David liegt direkt neben mir!"

„David hier, David da", meckerte Jontek. „Ich hör seit Tagen nichts anderes!"

„Tut mir auch leid, dass wir mit dem Flugzeug abgestürzt sind", fauchte Theresa. „Eine erholsame Urlaubsreise wär uns sicher allen lieber gewesen."

„Du musst mich nicht an unsere Situation erinnern. Ich stapfe jeden Tag durch den Dschungel und versuche uns zu ernähren. Ist es falsch, wenn ich nach diesen Strapazen ein bisschen Vergnügen suche?"

Theresa atmete einmal tief durch. Im Grunde konnte sie seinen Gedankengang ja verstehen. „Falsch nicht, es ist nur … na ja, ich … ich finde nicht, dass man einfach mal so Sex hat. Für mich ist das etwas Heiliges, etwas, das ich nur mit dem Mann erleben will, mit dem ich mein Leben teile."

Jontek verstummte kurz und musste das verarbeiten. Dann sagte er ungläubig: „Bist du noch Jungfrau oder was?"

Theresa schluckte schwer, sagte aber nichts.

„Echt jetzt?", entfuhr es Jontek. Er klang völlig fassungslos und rückte umgehend ein Stück von Theresa ab. „Du hast noch nie …?"

Theresa spürte, wie sie errötete, und war froh, dass es so dunkel war.

„Aber du bist doch schon … Wie alt bist du noch mal?", wollte Jontek wissen.

Theresa antwortete auch jetzt nicht. Die unterschiedlichsten Gefühle rissen an ihr. Einerseits war es ihr irgendwie peinlich, mit 34 Jahren noch Jungfrau zu sein, andererseits schämte sie sich dafür, dass sie sich schämte. Denn es war wirklich ihre tiefste Überzeugung, auf den Richtigen zu warten.

„Eigentlich ist das cool", fand Jontek überraschenderweise.

Das war eine positive Aussage. Und doch fiel es Theresa schwer, sie positiv zu bewerten. Was fand Jontek „cool"? Dass sich der Wert seiner potenziellen Trophäe erhöht hatte?

***

„Wo ist eigentlich Tina?"

Theresa war mit David an der Hand auf dem Weg zu Max und ließ den Jungen gerade über einen umgestürzten Baum balancieren. Jetzt blieb sie jedoch so plötzlich stehen, dass David das Gleichgewicht verlor und auf den Boden springen musste.

„Och Manno, jetzt muss ich von vorne anfangen!" Er lief dorthin zurück, wo die Baumkrone begann. Da der Baum offensichtlich schon länger hier lag, trug er keine Blätter mehr. Theresa konnte daher nicht sagen, um welche Art von Baum es sich handelte. Sie wusste nur, dass die Rinde europäischen Bäumen ähnelte und es sich daher nicht um eine Palmenart handelte.

David platzierte schon mal ein Bein auf dem Baumstamm. Dann sah er erwartungsvoll zu Theresa hinüber. „Komm! Ich will den ganzen Baum schaffen!"

Theresa schluckte schwer, ging langsam zu David hinüber und reichte ihm die Hand. Er ergriff sie, kletterte auf den Baumstamm und begann seinen Parcours von Neuem. Dabei legte er ein Tempo vor, das es Theresa schwer machte, an seiner Seite zu bleiben. „Du … ähm …", stammelte sie, während sie hinter ihm hereilte, „du weißt doch noch, was ich dir über Gott erzählt habe, oder?"

„Gott ist überall", wiederholte David. „Auch hier bei uns."

„Das stimmt. Aber er ist auch im Himmel. Und … und zwar … mit den Menschen … einigen der Menschen, die … die schon gestorben sind … Zum … zum Beispiel mit denen, die unseren Absturz nicht überlebt haben."

„Ist Tina gestorben?" David hatte jetzt das Ende des Baumes erreicht und sprang mit einem großen Satz über die Wurzeln hinweg, die ausladend in die Höhe ragten.

„Ich … ähm … fürchte schon." Theresa sah David voller Mitleid an.

David schien davon allerdings nichts mitzubekommen. Er lief schnurstracks zurück zur Baumkrone und rief: „Noch mal!"

Theresa folgte ihm, reichte ihm ein weiteres Mal die Hand und ließ ihn über den Baum balancieren. Dabei wartete sie geduldig darauf, dass er das Thema Tina wieder aufnahm. Allerdings wartete sie vergeblich. David verlor kein einziges Wort mehr über seine

Mutter und Theresa begann sich zu fragen, ob Kinder einen Verlust auf eine solche … bruchstückhafte Weise verarbeiteten. Oder hatte ihm seine Mutter wirklich so wenig bedeutet?

„Sie sind spät, Krügchen“, begrüßte Max Theresa, als sie wenig später mit David an der Hand in Sichtweite kam. „Ich hatte schon befürchtet, die Gruppe würde Sie nicht gehen lassen.“

„Das wollten sie auch nicht“, sagte Theresa und stellte fast ein wenig enttäuscht fest, dass Max heute sein zartgrünes Oberhemd trug. „Oder sagen wir, Jontek wollte es nicht.“

„Immer noch eifersüchtig, der Gute?“

„Könnte man sagen. Ich wundere mich nur, warum Coleman mich unterstützt hat. Er wollte auf keinen Fall, dass jemand anderes meinen Part übernimmt.“ Sie näherte sich neugierig dem Feuer und betrachtete die Fleischreste, die auf einem Stock aufgespießt waren. Max hatte den Stock schräg über einen Felsblock gelegt und das Ende mit einem Stein beschwert.

„Ich schätze, Coleman will nicht, dass die anderen einen Blick auf mein Nahrungsangebot werfen.“

„Nicht nötig. Wir riechen, dass Sie Fleisch braten.“

Max lächelte erfreut. „Wie schön! Dann gerät er unter Druck. Oder ist es ihm mittlerweile gelungen, Fleisch aufzutreiben?“

Theresa schüttelte den Kopf. „Wir essen Früchte. Eine davon stinkt bestialisch, wie Käsefüße.“

Max zog die Stirn in Falten. „Kugelförmig? Mit Stacheln?“

„Genau!“

„Durian“, nickte Max und grinste. „Davon sind mir gestern auch ein paar über den Weg gelaufen. Aber ich hasse die Dinger. Wer mag schon süßen Zwiebelpudding?“

„Ich kann mir auch was Angenehmeres vorstellen“, seufzte Theresa und warf einen sehnsüchtigen Blick auf die Fleischstücke. Sie waren rund und hatten einen Durchmesser von etwa drei oder vier Zentimetern. „Wie kommen Sie überhaupt an das Fleisch? Ich meine, Sie können doch kein Blut sehen.“

„Tierblut ist nicht ganz so schlimm wie Menschenblut. Und ich kann ja im entscheidenden Moment weggucken“, erwiderte Max und folgte Theresas Blick. „Sie können gern was davon abhaben.“

Theresa atmete einmal tief durch und schüttelte dann tapfer den Kopf. „Ich hab meine Prinzipien. Und ich finde immer noch, dass wir alle in einem Boot sitzen und zusammenhalten sollten. Es ist nicht richtig, wenn Sie sich darüber freuen, dass Coleman unter Druck gerät. Stattdessen sollten Sie ihn unterstützen. Er ist jeden Tag unterwegs und besorgt Nahrung für alle. Das muss man doch anerkennen!"

Max verzog angewidert das Gesicht. „Was glauben Sie wohl, warum er die Nahrungssuche übernimmt? Er will dadurch nur seine Position festigen. Wer die Nahrungsquellen kennt, steht unangefochten an der Spitze. Ich wette, er ist immer mit denselben Leuten unterwegs. Und zwar mit ein paar Getreuen, die seine Autorität bedingungslos anerkennen. Auf diese Weise kann ihm niemand das Wasser abgraben."

„Ich vermute, Sie kennen seine Denkweise so gut, weil sie Ihrer eigenen entspricht", gab Theresa zurück. „Ist das der Grund, weshalb Sie so fröhlich Ihr Fleisch braten? Weil Sie ihn stürzen wollen?"

Max' grüne Augen funkelten. „Dieser Coleman ist es einfach nicht wert, die Gruppe zu leiten. Er kann nicht mal Feuer machen!"

„Aber Sie sind es wert, ja?" Theresas Worte klangen inzwischen geradezu verächtlich. „Weil Sie in der Lage sind, ein Feuer zu entfachen und Tiere zu erlegen."

„Fällt Ihnen ein besseres Kriterium ein?"

„Ob mir …" Theresa konnte es nicht fassen. „Selbstverständlich fällt mir ein besseres Kriterium ein. Der beste Leiter ist derjenige, der eine gereifte Persönlichkeit hat. Und die sehe ich weder bei Ihnen noch bei Coleman."

„Und wer hat Ihrer Meinung nach eine ‚gereifte Persönlichkeit'?"

„Also, biblisch betrachtet gibt es da ein sehr einfaches Kriterium. Als Johannes und Jakobus, die Söhne des Zebedäus, zu Jesus kamen und im Himmel rechts und links neben ihm sitzen wollten, hat Jesus gesagt, dass derjenige der Größte sein soll, der aller Diener ist." Theresa hielt inne, weil ihr etwas einfiel. Sie griff in ihre rechte Gesäßtasche und holte ihr Notizbuch daraus hervor. Dann schrieb sie den Bibelvers nieder, der ihr gerade eingefallen war. „Deshalb hat Jesus auch den höchsten Anspruch von allen", fuhr sie fort. „Er hat allen Menschen gedient. Bis in den Tod. Bis ans Kreuz. Darum erkenne ich ihn auch als meinen Herrn an."

„Sie glauben also wirklich an Jesus Christus? Als Person … als *reale* Person der Geschichte?"

„Ja! Jede andere Variante scheidet aus. Niemand – nicht einmal der genialste Schriftsteller – hätte sich eine Persönlichkeit wie Jesus ausdenken können. Überlegen Sie doch mal. Jesus war anders als jede andere Person der Geschichte. Er hat … wie soll ich sagen … in jeder Hinsicht die Mitte gefunden. Ich könnte da tausend Beispiele nennen." Theresas Augen begannen zu leuchten. „Nehmen wir den Themenbereich ‚Fürsorge für sich selbst bzw. für andere'. Jesus hat's hingekriegt! Er war mit aller Kraft für andere da, aber wenn es notwendig war, hat er sich einfach zurückgezogen, um zu beten. Er hat weder das eine noch das andere übertrieben. Oder nehmen wir den Umgang mit Gefühlen. Jesus hat sich ihnen gestellt. Er hatte keine Angst davor, Gefühle zu zeigen, er hat sogar geweint, wenn ihm danach war. Aber das macht ihn nicht zu einem Weichei. Im Gegenteil. Er hat auch negative Gefühle bereitwillig durchlebt. Am Kreuz zum Beispiel, da hat er den Essig abgelehnt. Essig war zu damaliger Zeit ein Schmerzmittel. Aber Jesus wollte ihn nicht. Er ließ sich nicht betäuben. Ganz nebenbei war er genial – denken Sie nur an all die Gleichnisse, die er sich ausgedacht hat, oder an seine Reaktion auf die Frau, die beim Ehebruch erwischt wurde. Er war originell – ich denke da an das, was er den Leuten geantwortet hat, die Steuern von ihm haben wollten. Oder nehmen wir das Thema Selbstbewusstsein. Haben Sie in Ihrem Leben schon mal jemanden getroffen, der ein vollkommen gesundes Selbstbewusstsein hat? Jesus hatte es. Er hat sich nie in den Vordergrund gedrängt, trotz der Massen, die ihm nachgelaufen sind, hat er nie Überheblichkeit gezeigt. Auf der anderen Seite hat er aber auch nie sein Licht unter den Scheffel gestellt. Egal, wie sehr er beleidigt oder geschlagen wurde, er wusste, wer er war. Er kannte seine eigene Bedeutung und seinen eigenen Wert. Er wusste zum Beispiel, dass er das Salböl, das Maria über ihm ausgegossen hat, ganz und gar wert war."

Als Theresa verstummte, sah Max sie eine ganze Zeit lang nachdenklich an. „Sie haben sich ja wirklich viele Gedanken gemacht", sagte er anerkennend. „Aber ob ich deshalb die zweite Geige hinter Coleman spielen will …“

Theresa begann zu grinsen. „Bratsche ist für den, der's kennt, auch ein schönes Instrument.“

„Hä?“, machte Max.

„Das ist von Eugen Roth, einem deutschen Lyriker. Wer Bratsche – auch Viola genannt – spielt, sitzt immer in der zweiten Reihe. Und das kann manchmal auch ein guter Platz sein. Oder um es biblisch auszudrücken …“ Sie öffnete erneut ihr Notizbuch und begann aufzuschreiben, was sie sagte: „*Wer sich selbst erhöht, der wird erniedrigt und wer sich selbst erniedrigt, der wird erhöht.*“

„Klingt paradox“, überlegte Max. „Auf jeden Fall geht es gegen die menschliche Natur. Die nimmt sich nämlich, was sie haben will. Sehen Sie?“ Er deutete auf David.

Als Theresa zu ihm hinübersah, stellte sie fest, dass er sich über das restliche Fleisch hergemacht hatte und mit gutem Appetit daran herumknabberte. „Was ist das eigentlich?“

Max muss plötzlich grinsen. „Biblisch betrachtet?“

Theresa zog die Stirn in Falten. „Ich verstehe nicht …“

„Ich kenn mich ja kaum aus mit der Bibel, aber soweit ich weiß, ist dieses Tier der Stolperstein schlechthin.“

Theresa begriff noch immer nicht. „Nämlich?“

Max' Grinsen verbreiterte sich. „Schlange.“

Kapitel 16

„Was hast du heute gelernt?", sprach Max David an, als er am Nachmittag aus dem Dschungel zurückkehrte. Dieses Mal schien er bessere Laune zu haben. Jedenfalls lächelte er. Auch waren seine Taschen – er hatte zwei Plastiktüten mitgenommen – prall gefüllt. Er legte sie dort ab, wo er bereits angefangen hatte, ein Holzgestell zu bauen. Wie von Theresa vorgeschlagen, hatte er seinen grob gestrickten dunkelbraunen Pullover aufgeribbelt, um Äste miteinander zu verbinden. Dies schien ganz gut zu funktionieren. Jedenfalls war bereits ein Gestell mit vier Beinen und entsprechenden Querverstrebungen entstanden, das recht stabil wirkte. Fehlte nur noch das entsprechende Dach, das den Regen abhalten würde. Theresa vermutete, dass Max dieses aus Farnblättern und belaubten Ficus-Zweigen bauen wollte, denn davon lag ein riesiger Haufen neben dem Gestell.

David nahm Max' Hand und zog ihn zu dem Felsen hinüber, auf den Max gestern die Zielscheibe gemalt hatte. „Willst du sehen, wie gut ich schon werfen kann?"

„Klar!"

David sammelte in Windeseile ein paar Steine vom Boden auf, stellte sich hinter die Linie, die Max gezogen hatte, und begann zu werfen. Er traf inzwischen beinahe jedes Mal die Zielscheibe, zweimal sogar deren Zentrum.

„Wow", machte Max. „Ich bin schwer beeindruckt. Du scheinst ein Naturtalent zu sein."

„Baust du mir jetzt eine Steinschleuder?", wollte David wissen.

Max schüttelte den Kopf. „Nein, ich mal dir erst mal eine neue Linie." Mit diesen Worten griff Max nach einem Stück Holzkohle und setzte eine weitere Linie etwa einen Meter vor die bisherige. „Für diese Entfernung brauchst du eine bessere Technik. Komm mal her, ich zeig sie dir."

David hüpfte aufgeregt zu Max hinüber.

„Wir beginnen mit dem Standwurf. Den Wurf mit Anlaufschritten zeig ich dir später." Er stellte sich mit David hinter die weiter vom Ziel entfernte Linie und sagte: „Dein linkes Bein ist das Gegenbein. Das stellst du an die Linie. Etwa so." Er machte es vor. „Das rechte Bein befindet sich weiter hinten." Auch das zeigte er am eigenen Beispiel. „Jetzt musst du die Hüfte nach vorne drehen."

War David eben noch Max' Beispiel gefolgt, so sah er jetzt ein bisschen ratlos aus. Deshalb machte Max nicht länger vor, was er meinte, sondern drehte Davids Hüfte selbst in die entsprechende Position. „Jetzt musst du den Wurfarm nach hinten strecken." Er zog Davids Arm behutsam nach hinten und positionierte ihn dann etwas höher als Davids Schulter. „Am besten, du zielst mit dem linken Arm in Wurfrichtung." Er hob Davids linken Arm und streckte ihn nach vorne aus. „So, jetzt geht's los. Wirf den Stein mit aller Kraft an deinem Ohr vorbei auf das Ziel zu."

David leistete dem Befehl Folge, blieb dabei aber in der Position, in die Max ihn gestellt hatte. Dadurch erreichte der Stein nicht einmal den Felsen, geschweige denn die Zielscheibe.

Max lachte auf. „Nicht so. Du musst dein Gewicht nach vorn verlagern."

„Hä?", machte David verständnislos.

„In dem Moment, in dem du wirfst, musst du nicht mehr so stehen bleiben wie vorher." Max bückte sich, hob einen Stein auf und drückte ihn David in die Hand. „Wir versuchen es noch einmal." Er stellte David erneut in Wurfposition. „Jetzt wirf einfach. Und tu so, als würdest du dem Stein hinterherspringen, okay?"

„Okay." Dieses Mal warf David locker drauf los und … traf den Felsen ein ganzes Stück oberhalb der Zielscheibe.

„Besser! Viel besser!", lobte Max. „Du machst das wirklich gut. Am besten, wir festigen das gleich." Er brachte David erneut in Position. „Wirf direkt an deinem Ohr vorbei. So." Er führte Davids Arm mehrere Male hintereinander an seinem Kopf vorbei nach vorn und sagte dann: „Jetzt bist du wieder dran."

Während Theresa den beiden zusah, schüttelte sie innerlich den Kopf. So einen geduldigen Umgang mit einem Kind hatte sie Max gar nicht zugetraut. War er nicht sonst immer nur fordernd, hektisch und ruhelos?

Beinahe zwanzig Minuten lang trainierten Max und David Wurftechniken, dann verordnete Max ihnen eine Pause.

„Du könntest Herrn Tanner auch mal zeigen, was du heute im Unterricht gelernt hast“, schlug Theresa vor.

„This is my head“, begann David und klopfte auf seinen Kopf. „These are my legs.“ Er deutete auf seine Beine und setzte sie auch gleich ein, indem er munter um Max herumhüpfte. „Ich hab Hunger. Hast du was zu essen mitgebracht?“

„Essen gibt es bei den anderen“, protestierte Theresa. „Nicht hier.“

„Ich hab was ganz Tolles zu essen“, grinste Max und ging zu den Plastiktüten zurück.

„Was denn?“, wollte David wissen und näherte sich neugierig der Tüte, auf der in großen Lettern „Wir lieben Lebensmittel“ geschrieben stand. „Den Buchstaben kenn ich schon“, sagte er und deutete auf das „e“. „Das ist ein kleines ‚e‘, ‚e‘ wie Elefant.“ Er hielt sich mit Daumen und Zeigefinger der rechten Hand die Nase zu und trompete fröhlich drauflos: „Töröööööööö!“

„Auf Elefanten bin ich noch nicht gestoßen“, sagte Max und sah Theresa an. „Sie sollten ihm das Lesen besser anhand von Tieren beibringen, die es hier auf der Insel gibt. Dann kann er sich die Buchstaben besser merken.“

„Beim S für Schlange oder Seeadler sind wir aber noch nicht. Es ist wesentlich sinnvoller, mit den Vokalen zu beginnen. Haben Sie ein Tier mit E auf Lager?“

„Wie wär’s mit Eichhörnchen? Sie haben mir doch erzählt, dass Ihnen ein klitzekleines Exemplar über den Weg gelaufen ist.“

Theresa seufzte. „Sie sind witzig. Man kann einem Kind doch kein E beibringen, indem man ihm ein Wort serviert, das mit Ei beginnt. Abgesehen davon war das ‚Eichhörnchen‘, das ich gesehen habe, gerade mal zwei Zentimeter lang. Und da es hier keine Eichen gibt, heißt es unter Garantie anders, vielleicht … Schlangenfruchthörnchen oder Papayahörnchen oder Bananenhörnchen … Ich weiß auch gar nicht, was gegen Elefanten einzuwenden sein soll.

Außerdem …", sie streckte den Arm aus und deutete damit nach rechts, wo ein Felsen etwa anderthalb Meter in die Höhe ragte, „hab ich ihn doch hübsch gezeichnet, oder etwa nicht?"

Max folgte ihrem Blick und musste grinsen. „Wow", sagte er. „Das ist toll." Er trat ein paar Schritte näher an die Zeichnung heran, die ebenso wie die ständig wachsende Zahl von Buchstaben mit verkohlten Holzresten auf den Felsen gemalt worden war, und begutachtete sie. Dann sagte er: „Eines Tages wird jemand das entdecken und denken, dass er jahrtausendealte Höhlenzeichnungen gefunden hat."

„Machen Sie sich ruhig lustig", schmollte Theresa. „Ich hab nie gesagt, dass ich Picasso Konkurrenz machen möchte."

„Was ist das?", fragte David. Er hatte die Tüte geöffnet und einen länglichen Gegenstand von etwa 20 Zentimetern Höhe daraus hervorgezogen.

„Das sieht aber hübsch aus", sagte Theresa spontan. Was David da in der Hand hielt, hatte ein wenig Ähnlichkeit mit einem Bierkrug ohne Henkel und Boden. Anstelle des Bodens lief der Krug unten spitz zu, bog sich dann nach hinten weg und lief immer enger zusammen, bis er in einen kabeldicken Schlauch mündete. Oben hatte er eine schräge Öffnung, die mit einem wulstigen, beinahe an Lippen erinnernden Rand versehen war. Der Rand konnte anscheinend mit einer Art Deckel verschlossen werden. Dieser war nur an einem einzigen Punkt mit dem Krug verbunden und schwebte im Moment wie ein Baldachin über der Öffnung. Die Wände waren hellgrün und mit länglichen, roten Flecken übersät. Der Rand war grün-rot gestreift, der Deckel hatte in etwa dieselbe Färbung wie die Wände.

„Und was um alles in der Welt ist das nun?"

„Eine Pflanze", sagte Max und schlenderte auf David zu. „Ich bin heute ein Stück auf den Berg hinaufgestiegen." Er deutete ins Zentrum der Insel, wo der massive Berg in die Höhe ragte. Heute war jedoch nicht viel davon zu erkennen. Aufgrund der hohen Luftfeuchtigkeit versanken seine Konturen im Nebel. „Sie wächst in größeren Höhenlagen."

„Aber wozu dient diese Konstruktion?", wunderte sich Theresa. „Fängt sie Wasser damit auf?"

Max schüttelte den Kopf. „Eher Tiere. Ich glaube, es handelt sich um eine Fleisch fressende Pflanze. Jedenfalls hab ich Insekten darin gefunden."

„Igitt!", sagte Theresa und schüttelte sich. „Warum haben Sie sie mitgebracht?"

„Weil ich ein Experiment damit vorhabe." Er streckte die Hand aus und ließ sich die Pflanze von David aushändigen. Dann näherte er sich der Cola-Flasche, die er als Wasserbehälter nutzte, und goss Wasser in die Pflanze. „Als Wasserbehälter funktioniert sie schon mal gut", lächelte er, als er zurückkehrte. „Jetzt kommt der zweite Schritt."

Er drückte Theresa den zur Hälfte mit Wasser gefüllten „Krug" in die Hand und entfernte sich. Das gab Theresa die Gelegenheit, die Pflanze etwas genauer unter die Lupe zu nehmen. Sie verströmte keinerlei Geruch und fühlte sich glatt und ledrig in ihren Händen an. Aber was hatte er damit vor? Als Theresa aufblickte, war Max aus ihrem Sichtfeld verschwunden und es dauerte ein paar Minuten, bis er mit einem quadratischen Drahtgitter von etwa 50 Zentimetern Seitenlänge wieder auftauchte.

„Oh, wo kommt das denn her?", fragte Theresa.

Max zuckte die Achseln. „Keine Ahnung. Könnte 'ne Abdeckung sein. Vielleicht von einem Lautsprecher oder einer Belüftungsanlage. Ich hab's am Strand gefunden. Es muss also aus dem Flugzeug stammen." Max legte das Gitter, dessen Löcher etwa einen halben Quadratzentimeter groß waren, auf den Felsen, stellte mittig seinen Fuß hinein und bog den rechten und linken Rand nach oben. Dass dies ohne größere Anstrengung funktionierte, sprach nicht gerade für die Stabilität des Gitters. „Vielleicht hatte es auch nur eine optische Funktion", sagte Max denn auch.

Er griff erneut nach dem Gitter und bog auch noch die anderen beiden Ränder nach oben. Auf diese Weise entstand ein quadratischer Boden von etwa zehn Zentimetern Seitenlänge. Um einen rechteckigen, nach oben hin offenen Behälter von etwa zwanzig Zentimetern Höhe zu bekommen, musste Max jetzt nur noch die entstandenen Überlappungen an den vier Ecken zur Seite wegbiegen.

„Was soll das werden?“, wollte Theresa wissen.

„Geduld, Krügchen!“, antwortete Max und holte sein Taschenmesser aus der Hosentasche. Mit dessen Hilfe bohrte er knapp unter dem oberen Rand des Behälters zwei einander gegenüberliegende Löcher in die Gitterkonstruktion. Dann eilte er zu seinen Plastiktüten und kehrte mit fünf cremefarbenen, grau gefleckten Eiern von der Größe eines Tischtennisballes zurück. Diese legte er in die Pflanze. Anschließend nahm er sie Theresa aus der Hand und stellte sie vorsichtig in den Gitterbehälter. Er holte noch einen der Äste, an denen er gestern die Schlangenscheiben über dem Feuer gebraten hatte, und steckte ihn durch die beiden Löcher seines Behälters. Dann hielt er diesen in einem gewissen Sicherheitsabstand über das Feuer. „Ich glaub zwar nicht, dass es funktioniert“, sagte Max. „Aber einen Versuch ist es doch wert, oder?“

„Ein Eierkocher?“, fragte Theresa ungläubig. „Soll das ein Eierkocher sein?“

Max zuckte die Achseln. „Rohe Eier sind mir ein Graus. Und Not macht nun mal erfinderisch.“

Theresa schüttelte den Kopf. „Sie sind wirklich kreativ!“ Eine Weile starrte sie auf den ungewöhnlichen Blütenkelch mit der grünroten Farbgebung, der in seinem silbernen Gefängnis noch majestätischer aussah. „Aber das sollte einen eigentlich nicht wundern!“, fuhr sie fort. „Wir alle tragen etwas von der Kreativität Gottes in uns.“

„Oder von der Kreativität der Natur …“, sagte Max.

Theresa lachte auf. „Nach der Evolutionstheorie ist die Natur das Produkt reinen Zufalls. Wollen Sie jetzt den Zufall zum Gott erheben und ihm Eigenschaften verleihen, die sonst nur Personen besitzen?“

„Hm …“, machte Max und hielt seine Konstruktion ein bisschen höher. „Wie denkt Aristoteles darüber? Wenn ich mich recht erinnere, wollten Sie mir erklären, warum seine Erkenntnisse geradewegs zu Gott führen.“

Theresa starrte auf den Blütenkelch und fand, dass er ein wenig in sich zusammengesackt war. War das der Grund, weshalb Max die Hitze reduziert hatte? „Aristoteles gilt als Begründer der Logik. Und er ist aufgrund seiner Überlegungen zu dem Ergebnis gekommen, dass es ein ewiges, unbewegtes Wesen geben muss."

„Ewig, na gut. Aber unbewegt? Was soll das heißen?"

„Aristoteles versteht unter dem Begriff der Bewegung jede Art von Veränderung. Und er argumentiert, dass jede Veränderung eine Ursache haben muss. Also, ein Beispiel: Warum brennt dieses Feuer?" Sie deutete auf die gelben Flammen, die immer noch munter vor sich hin brannten und von Zeit zu Zeit züngelnd in die Höhe schossen. „Es brennt aus mehreren Gründen. Erstens, weil Holz da ist, zweitens, weil Sauerstoff da ist, drittens, weil ein Funke entfacht wurde, viertens, weil ein intelligentes Wesen all das miteinander kombiniert hat. Nach Aristoteles müsste man jetzt jede dieser Ursachen weiter zurückverfolgen. Nehmen wir nur eine dieser Ursachen: Das intelligente Wesen ist nur hier, weil ein Flugzeug abgestürzt ist. Das Flugzeug hat es nur gegeben, weil es gebaut wurde, dies war nur möglich, weil ein Konstrukteur da war, dies war nur möglich, weil dessen Mutter ihn geboren hat, dies war nur möglich … und so weiter. Aristoteles hat sich überlegt – und das erscheint mir durchaus logisch –, dass diese Reihe irgendwann und irgendwo enden muss. Bei einer letzten Ursache, die keine Ursache mehr hat. Gott. Oder anders ausgedrückt: ein ewiges beseeltes Wesen, das keine Materie hat und keiner Veränderung unterliegt."

„Hm …", machte Max und schlug nach einem Insekt, das um seinen Kopf herumschwirrte. „Ich weiß nicht. Wieso muss es eine letzte Ursache geben? Vielleicht ist die Ursachenreihe unendlich."

Theresa schüttelte den Kopf. „Das funktioniert nicht. Man hat schon im Hinblick auf die Zeit darüber nachgedacht. Überlegen Sie doch mal: Wenn die Zeit im Hinblick auf die Vergangenheit unendlich ist, dann kann man niemals im Jetzt ankommen. Genauso ist es mit den Ursachen. Wenn die Reihe der vergangenen Ursachen unendlich ist, kann man niemals bei diesem Feuer ankommen. Man braucht unendlich viele Voraussetzungen, damit dieses Feuer hier brennen kann, und eine unendliche Anzahl von Voraussetzungen kann niemand erfüllen!"

Max zog die Stirn in Falten. Er schien intensiv über Theresas Worte nachzudenken und starrte dabei auf das Feuer.

„Sind die Eier bald fertig?", fragte David. Er hatte den „Stift" zur Hand genommen, der aus einem Stück verkohltem Holz bestand, und malte in einem fort den Buchstaben E auf den Felsen.

„Erst mal muss das Wasser kochen", erwiderte Theresa und beugte sich vor, um einen Blick in das Innere der Blüte zu werfen. „Ich glaub, da tut sich noch nichts."

„Stephen Hawking ist übrigens der Meinung, dass Universen wie Blasen in siedendem Wasser entstehen …", sinnierte Max.

„Tja", seufzte Theresa. „Mir scheint, die Dimensionen, in denen die Wissenschaftler denken, blähen sich mit ähnlicher Geschwindigkeit auf. Wird da nicht deutlich, wie groß das Rätsel ist, vor dem sie stehen? Ich glaube, sie versuchen, etwas Unfassbares zu fassen, indem sie immer unfassbarere Zeiträume oder Konstruktionen entwerfen. Aber ob einen das weiterbringt."

„Bringt einen denn die Bibel weiter?", fragte Max.

„Wenn man ihr glaubt … Aber das ist nicht wirklich schwer. Nehmen wir nur mal die Schöpfungsgeschichte. Der Mensch weiß doch, dass er etwas Besonderes ist, oder etwa nicht? Menschen sind kreativ, intelligent und fähig zu lieben! Also, meiner Meinung nach klingt das eher nach dem Ebenbild Gottes als nach dem Inhalt einer willkürlich entstandenen Wasserblase."

„Apropos!" Max' grüne Augen begannen zu funkeln. „Es kocht, Krügchen, sehen Sie das?" Er deutete auf den riesigen Blütenkelch, aus dem inzwischen Dampf aufstieg. „Es kocht tatsächlich!"

„Ich glaub's nicht." Theresa schüttelte den Kopf. Sie konnte nicht so recht fassen, dass man eine Blüte als Kochtopf verwenden konnte. „Woher wussten Sie, dass das geht?"

Max verlagerte sein Gewicht vor lauter Begeisterung von einem Bein aufs andere. „Ich wusste es nicht. Aber diese Blüte fühlte sich so stabil an, dass ich dachte, man könnte es mal versuchen."

„Sind die Eier jetzt fertig?", fragte David.

„Noch nicht", sagte Max. „Sie müssen richtig gut durchgaren, damit alle Bakterien abgetötet werden." Er wandte sich an Theresa: „Haben Sie noch so viel Geduld?"

Theresa schüttelte mit Bestimmtheit den Kopf. „Ich esse keins", sagte sie mit fester Stimme. „Ich bin immer noch der Meinung, dass-"

„Schon gut", schnitt Max ihr das Wort ab. „Ich kenne Ihre Meinung. Sie müssen sie nicht ständig wiederholen."

Theresa gehorchte und hielt ihren Mund. Wenige Minuten später teilten sich David und Max die hart gekochten Eier, während Theresa hungrig danebensaß und ihre Standhaftigkeit verfluchte. Der Hunger war inzwischen zu ihrem ständigen Begleiter geworden und nagte nicht nur körperlich an ihr. Wo blieben bloß die Rettungskräfte? Mussten sie nicht langsam mal kommen?

Als die Eier verspeist waren, stand Max auf. „Ich baue jetzt am Überstand weiter." Er wandte sich an David. „Willst du mir helfen?"

David sprang sofort auf und folgte Max. In der darauffolgenden Stunde konnte Theresa die beiden dabei beobachteten, wie sie die Farne und belaubten Zweige mithilfe des Baumwollfadens miteinander verbanden. Dabei wunderte sich Theresa nicht wenig darüber, wie harmonisch die beiden miteinander arbeiteten. Seit wann war ihr Chef derart kinderlieb?

Irgendwann hielten die beiden mit ihrer Arbeit inne und setzten sich. Auch jetzt schienen sie sehr intensiv mit irgendetwas beschäftigt zu sein. Allerdings drehten sie Theresa den Rücken zu, sodass diese nicht erkennen konnte, was sie taten.

Eine Weile sah Theresa interessiert zu, dann siegte ihre Neugier, sie stand auf und schlenderte zu ihnen hinüber.

„Du musst sie ruhiger halten", sagte Max gerade, als Theresa die beiden erreichte.

„So?", fragte David und versuchte, die Leselupe, die Max ihm in die Hand gedrückt hatte, weniger stark hin und her schwanken zu lassen. Offensichtlich versuchte Max einen Splitter zu entfernen, der in seiner rechten Handfläche steckte. Jedenfalls hatte er eine geöffnete Sicherheitsnadel in der Hand.

„Noch ruhiger", befahl Max.

„Soll ich vielleicht mal?", bot sich Theresa an.

„Nein", antwortete Max gereizt. „Ich bin vielleicht weitsichtig, aber ich bin noch lange nicht blind."

„Na, dann …" Theresa zuckte die Achseln und verließ den Ort des Geschehens. Um auch wirklich nicht zu stören, begab sie sich zu dem Felsen, den sie mit David zusammen als Tafel benutzte. Auch auf der Rückseite, also der vom Feuer abgewandten Seite dieses Felsens, gab es eine glatte Fläche, die man beschreiben konnte. Hier hatte sich Theresa eine Art Altar eingerichtet. Sie hatte – wiederum mit verkohltem Holz – ein großes Kreuz auf die Fläche gemalt und zog sich so oft wie möglich dorthin zurück, um zu beten. Die Tatsache, dass David im Moment beschäftigt war, bot ihr eine hervorragende Gelegenheit dafür.

Allerdings währte Theresas Ruhe nicht allzu lange. Schon nach etwa 15 Minuten stand plötzlich David neben ihr und sagte: „Max will, dass du kommst."

Theresa zog fragend ihre Augenbrauen hoch. „Ach, tatsächlich?"

„Er sagt, ich zappel zu viel."

Theresa seufzte tief, klappte ihr Notizbuch zu und erhob sich. Als sie kurz darauf bei Max ankam, hatte sich dieser die Lupe zwischen die Knie geklemmt und versuchte nun auf diese Weise, den Splitter zu entfernen. Unglücklicherweise gab es zwischen Lupe und Hand nicht genügend Platz, um mit der anderen Hand vernünftig zu arbeiten. Hinzu kam, dass Max den Splitter in der rechten Hand hatte und die Geschicklichkeit seiner linken Hand stark begrenzt zu sein schien. So sah das Ganze im wahrsten Sinne des Wortes ein wenig linkisch aus.

„Soll ich vielleicht mal?", fragte Theresa und wählte damit dieselbe Formulierung wie vorhin.

„Meinetwegen", knurrte Max gönnerhaft. Dann ließ er die Lupe in seiner Brusttasche verschwinden und streckte Theresa die Sicherheitsnadel entgegen, die er bis eben als Werkzeug benutzt hatte. „Hier!"

Theresa nahm ihm die Nadel aus der Hand, setzte sich rechts neben Max auf den felsigen Untergrund und verkniff sich ansonsten jeden Kommentar. Sie kannte ihren Chef gut genug, um zu wissen, dass er inzwischen richtig schlechte Laune hatte. Wahrscheinlich konnte er den Gedanken nicht ertragen, Hilfe in Anspruch nehmen zu müssen. „Her mit der Hand", befahl sie.

Als Max ihr seine Hand reichte, sog Theresa scharf die Luft ein. „Und dafür brauchen Sie eine Lupe?" Der „Splitter" war beinahe so dick wie eine Nähnadel und gut einen halben Zentimeter lang.

Er steckte in der Verlängerung des Daumens. „Sie sagen mir Bescheid, wenn es wehtut, ja?" Mit diesen Worten machte sie sich an die Arbeit. Da der Splitter ziemlich tief saß, musste Theresa einige Hautschichten entfernen, bevor sie ihn mit der Spitze der Sicherheitsnadel überhaupt zu fassen bekam. „Tut das weh?"

„Fragen Sie nicht so viel", knurrte Max. „Ziehen Sie das Ding raus und gut."

Das war allerdings leichter gesagt als getan. Eine Sicherheitsnadel war keine Pinzette und da sich der Splitter fest im Muskelfleisch verkeilt hatte, bewegte er sich keinen Millimeter. Theresa blieb nichts anderes übrig, als tiefer und tiefer zu graben. Dabei stieg ihr einmal mehr Max' Geruch in die Nase. Er war noch intensiver als am Tag zuvor und erinnerte Theresa an ihre Mutter. Diese hatte Blumen geliebt. Immer wenn sie ein paar Minuten frei gehabt hatte, war sie auf den Balkon gegangen und hatte irgendetwas umgepflanzt. Theresa erinnerte sich daran, wie gern sie ihrer Mutter dabei zugesehen und in der schwarzen Erde herumgewühlt hatte. Genauso roch er. Wie schwarze Erde … so reichhaltig und aromatisch …

„Es macht Ihnen Spaß, mich zu quälen, was?", bemerkte Max.

Theresa wurde jäh aus ihren angenehmen Erinnerungen gerissen. Sie schluckte schwer und versuchte nicht zu zeigen, wie sehr sie diese Aussage verletzte.

„Bestimmt wollen Sie sich auf diese Weise rächen", fuhr Max fort.

Theresa bohrte weiter in seinem Fleisch herum. „Rächen wofür?"

„Ich weiß nicht … Vielleicht für die Dinge, die ich im Büro zu Ihnen gesagt habe."

„Was haben Sie denn gesagt?"

„Na ja, zum Beispiel, dass Sie unattraktiv sind …"

„Oh, da muss ich Ihnen widersprechen", fauchte Theresa. „Das Wort ‚unattraktiv' ist nicht gefallen. Das hätte ich mir gemerkt!" In ihrem Ärger vergaß Theresa sämtliche Behutsamkeit und rammte die Nadel so tief in Max' Hand, dass dieser vor Schmerzen aufstöhnte. Dabei bekam sie den Splitter, mit dem sie nun schon so lange kämpfte, auf einmal zu fassen. „Trotzdem danke, dass Sie Ihre Meinung über mich noch einmal so treffend zusammenfassen."

Im nächsten Moment zog Theresa den Splitter mit einem kräftigen Ruck heraus. Umso besser. Für heute hatte sie eine ausreichende Portion Big Mac genossen!

***

„Bin wieder da!“, rief Tom, als er am späten Mittwochnachmittag von der Arbeit nach Hause zurückkehrte.

„Papa, Papa, Papa, Papa!“, rief Sina und rannte wie ein Wirbelwind in den Flur. „Papa Arbeit!“

Als Tom seine Tochter sah, ging er auf die Knie und breitete seine Arme aus. Dann nahm er seine Tochter in Empfang. „Na, mein Schatz? Wie war dein Tag?“

„Sina Oma geht!“

„Du warst bei Oma? Wirklich?“

„Ich hab ihr nur kurz die Hose gebracht, die sie ändern soll“, sagte Ariane und kam aus der Küche. Sie hatte ein Geschirrhandtuch über der Schulter. „Gut, dass deine Mutter so fantastisch nähen kann.“

„War das der Grund, weshalb du mich geheiratet hast?“, scherzte Tom.

Ariane schüttelte den Kopf. „Nein, ich hab dich wegen deines Vaters geheiratet.“ Sie deutete auf die aufwändig verarbeitete Flurgarderobe aus hellem Kiefernholz. „Weil er ein so hervorragender Tischler ist.“

„Frauen“, seufzte Tom und rappelte sich aus seiner knienden Position in die Höhe. „Hast du auf dem Weg zu Mama bei Theresa vorbeigeschaut?“

Ariane nickte. „Aber sie war nicht da. Schon wieder nicht. Kannst du dich daran erinnern, dass sie jemals so lange auf Dienstreise war? Normalerweise dauern diese Trips doch höchstens zwei oder drei Tage …“

„Ist wirklich komisch“, wunderte sich Tom.

„Sina reiten!“, sagte Sina und reckte ihre Arme in die Höhe. Daraufhin hob Tom sie auf seine Schultern und trabte mit ihr durch den Flur.

„Wie war die Arbeit?“, wollte Ariane wissen.

„Ziemlich ruhig. Alle Systeme liefen einwandfrei. Wenn ich ehrlich bin, haben wir unsere Zeit damit verbracht, Neuigkeiten über das vermisste Flugzeug in Erfahrung zu bringen."

„Gibt's denn was Neues?"

Tom schüttelte den Kopf. „Eigentlich nicht. Es heißt, es gäbe bisher nicht die geringste Spur. Nicht mal Trümmer wurden gefunden."

„Aber wir leben doch im 21. Jahrhundert!", wunderte sich Ariane. „Wir haben einen Roboter auf dem Mars! Da wird man doch wohl ein Flugzeug auf der Erde wiederfinden können!"

„Das denkst du! Stell dir mal vor, so ein Flugzeug ist etwa zehn Minuten ohne Positionsmeldung unterwegs. Pro Minute legt es etwa acht Meilen zurück. Das ergäbe einen Suchradius von 80 Meilen, also etwa 130 Kilometern. Da kommt eine Fläche von 52.000 Quadratkilometern zusammen. Glaub mir, das ist wie die Suche nach der Stecknadel im Heuhaufen."

***

Als Theresa zu den anderen zurückkehrte, stellte sie fest, dass sie nicht die Einzige war, die mit zwischenmenschlichen Problemen zu kämpfen hatte. Während sich Pia und Peer gerade lautstark um einen aufblasbaren Ball stritten, den sie in einem der Koffer gefunden hatten, stand Zungen-Harry breitbeinig vor Rainer und fragte provokativ: „Krieg ich jetzt 'ne Antwort oder nicht?"

„Auch auf die Gefahr hin, dass ich mich wiederhole", sagte Rainer ruhig, aber in dem für ihn typischen Singsang. „Ich hab mir das Nähset nur kurz ausgeliehen, um meine Hose zu reparieren. Anschließend hab ich's zurückgebracht. Ich kann nichts dafür, wenn ihr es verlegt."

„Wir hatten es überhaupt nicht in der Hand!", rief Harry und stemmte die Hände in die Hüften. Dadurch wirkte er recht bedrohlich. Das galt umso mehr, als er stand, während Rainer auf einem flachen Felsen saß. „Du warst der Letzte, der es benutzt hat!"

„Wir sind sechsundzwanzig Leute", seufzte Rainer und bewahrte die Ruhe. „Darunter einige Kinder. Jeder kann es genommen haben."

„Ich hab aber schon alle gefragt!“ Harry war sichtlich aufgebracht und atmete heftig, was dazu führte, dass sich die ausgestreckte Rolling Stones-Zunge auf seinem Bauch auf und ab bewegte. „Und wir brauchen das Zeug. Ohne Nadel und Faden kriegen wir den Kescher niemals zustande.“

„Mit Nadel und Faden wahrscheinlich auch nicht“, murmelte Rainer. Unglücklicherweise reduzierte er seine Lautstärke nicht stark genug. Selbst Theresa hatte seine Worte verstehen können.

„Das sind mir die Richtigen!“, rief Harry und lief rot an. „Wie wär's, wenn du mal ein bisschen mitarbeiten würdest, anstatt blöde Sprüche zu klopfen?“ Von hinten näherte sich Stanley, der junge Mann mit den auffallenden Segelohren.

„Ich arbeite mit, sobald etwas Erfolg verspricht.“ Obwohl Rainer immer noch die Ruhe selbst zu sein schien, hatte Theresa das Gefühl, als würde sich seine innere Erregung dadurch zeigen, dass seine Sätze noch melodiöser wurden als sonst.

„Und du meinst, vom Nichtstun kommen einem konstruktive Ideen, ja?“

Stanley fasste Harry von hinten an der Schulter. „Lass gut sein, Harry. Wir suchen alle gemeinsam, okay?“

Aber Harry entzog ihm ruckartig die Schulter. „Kommt überhaupt nicht infrage. Dieses … dieses Mädchen hier hat das Teil zuletzt gehabt und wird es auch suchen!“

Rainer holte Luft, um etwas dazu zu sagen, kam aber nicht dazu, weil Miriam ihm zuvorkam. Sie stürmte auf die Gruppe zu und rief: „Jetzt reicht's mir aber. Wenn Rainer sagt, er hat das Nähset an seinen Platz zurückgelegt, dann hat er das auch!“

Harry wandte jedoch nicht einmal den Kopf, sondern provozierte Rainer munter weiter. „Na, musst du dich jetzt von 'ner Frau beschützen lassen?“

Auch dieses Mal konnte Rainer nicht antworten, weil Miriam dies an seiner Stelle tat. „Ich will, dass du ihn in Ruhe lässt.“ Sie hatte die Gruppe jetzt erreicht und stellte sich direkt neben Rainer. Dadurch zeigte sie auch körperlich, auf wessen Seite sie stand. „Wenn nicht, werd ich persönlich dafür sorgen, dass du heute Abend nichts zu fressen kriegst!“

„Ach, tatsächlich? Du vergisst wohl, dass wir bis heute Abend so viel Fisch fangen werden, dass *du* mich um was zu fressen anbettelst!“

Wie zu erwarten, waren auch noch andere auf den Streit aufmerksam geworden. Michael hatte sich bereits dazugesellt und sagte jetzt: „Mensch, Harry. Es geht doch nur um ’ne Kleinigkeit. Wollen wir uns deswegen die Köpfe einschlagen?“

Harry zuckte gleichgültig die Achseln. „Wenn’s nicht anders geht …“

„Ich hab’s!“ Der Aufschrei stammte von Wang Fang. Sie stand ganz in der Nähe von Haziq und Anuwat. Die beiden hatten bis eben noch an dem Kescher gearbeitet, waren jetzt aber aufgestanden und starrten auf das kleine rote Nähset in Wang Fangs Hand. „Es lag hier im Gras!“

„Na bitte!“, lächelte Stanley. „Jetzt könnt ihr aufhören, euch zu streiten.“

„Wenn du dir das nächste Mal was ausleihst, bringst du es bitte *genau* dorthin zurück, wo du es her hast“, sagte Harry zu Rainer.

„Ich glaub, du bildest dir ein bisschen zu viel ein“, fauchte Miriam. „Du bist hier derjenige, der sich was ausgeliehen hat. Nicht Rainer. Und darum nehme *ich* jetzt das Nähset an mich.“ Sie stapfte zu Wang Fang hinüber, zupfte ihr das kleine rote Etui aus der Hand und ließ es in ihrer hinteren rechten Gesäßtasche verschwinden. „Ihr könnt morgen mal wieder nachfragen.“

Mit diesen Worten steuerte sie auf den Fluss zu. Sie kam jedoch nicht weit, weil Harry wie ein Hundertmeterläufer aus den Startlöchern schoss, mit wenigen Schritten bei ihr war, ihren Oberarm packte und sie unsanft zu sich herumriss. „Du rückst jetzt sofort dieses Nähset raus oder ich vergesse mich!“

Es war jedoch Miriam, die sich vergaß. Von einem Moment auf den nächsten erwachte die Furie in ihr und sie fing ohne Vorwarnung an, mit voller Wucht auf Harry einzuschlagen und einzutreten. Dieser musste einen kurzen Überraschungsmoment überwinden und steckte in dieser Zeit einige sicher schmerzhafte Tritte ein. Dann aber gelang es ihm, Miriam zu packen und unsanft zu Boden zu stoßen.

Rainer sprang auf und eilte Miriam zu Hilfe. Dabei trat das Humpeln, das seine geschmeidigen Bewegungen immer wieder unterbrach, besonders deutlich zu Tage. „Du vergisst hier wohl, dass du es mit einer Frau zu tun hast", rief er.

Miriam schrie vor Wut auf und rappelte sich wieder hoch.

Harry war jetzt mit mehreren Gegnern gleichzeitig konfrontiert und handelte überraschend zielstrebig. Jedenfalls drehte er sich kurz zu Rainer um, holte aus und streckte ihn mit einem einzigen Fausthieb nieder. Noch während dieser wie ein gefällter Baum nach hinten kippte und einige der Umstehenden entsetzt aufschrien, wandte Harry sich wieder Miriam zu. Er stieß sie noch im Aufstehen ein weiteres Mal zu Boden. Dieses Mal landete Miriam auf dem Bauch und ihr blieb von der Wucht des Aufpralls regelrecht die Luft weg. Während sie noch nach Atem rang, platzierte Harry bereits sein Knie auf ihrem Rücken und fischte das Nähset aus ihrer hinteren Gesäßtasche. Dann sprang er auf, trat ein paar Schritte zurück und hob beschwichtigend die Arme.

Michael und Stanley, die auf ihn zugestürmt waren, um ihn wieder zur Vernunft zu bringen, blieben stehen.

„Ich wollte nur das Nähset", sagte Harry atemlos. „Und das gehört nicht Miriam, sondern uns allen."

David, dessen braune Augen vor Schreck geweitet waren, presste sich dicht an Theresa. Derweil war Wang Fang auf Rainer zugestürmt. Sie kniete sich jetzt neben ihn auf den felsigen Boden und rüttelte ihn sanft an der Schulter.

„Man kann sich doch nicht alles gefallen lassen", fügte Harry hinzu.

Michael und Stanley sahen einander fragend an. Schließlich sprach Stanley als Erster. „Ganz unrecht hat er nicht. Wir brauchen das Nähset. Ich hab keine Lust, für den Rest meines Lebens Früchte zu essen."

„Heißt das, ihr wollt ihn mit dieser Aktion durchkommen lassen?", fauchte Miriam und drehte sich ein wenig mühsam auf die Seite. „Das war Körperverletzung!"

„Aber du hast angefangen", sagte Michael und zuckte entschuldigend die Achseln.

Miriam rappelte sich hoch, was dazu führte, dass Michael und Stanley unwillkürlich ein Stück zurückwichen. „Helft ihr mir jetzt oder nicht?“, fauchte sie.

„Also, ich für meinen Teil arbeite am Kescher weiter“, sagte Stanley und ging auf Harry zu. „Hilfst du mir?“

Harry nickte eifrig. „Klar!“ Er folgte Stanley, vermied es dabei jedoch, Miriam den Rücken zuzudrehen. Erst als er ein paar Schritte gegangen war, drehte er sich vollständig in die Richtung, in die er unterwegs war.

„Das wird ein Nachspiel haben!“, rief Miriam hinter den beiden Männern her. „Sobald Guy zurück ist, wird er alles erfahren. Alles!“ Sie sah jetzt Michael an. „Auch, dass du mir nicht geholfen hast!“

Michael zuckte die Achseln, dann sah er sich um, erblickte Theresa und schlenderte langsam auf sie zu. Miriam hingegen gesellte sich zu Wang Fang und kümmerte sich mit ihr zusammen um Rainer. Dieser hatte inzwischen das Bewusstsein zurückerlangt und saß schon wieder aufrecht da.

„Denkst du, wir haben uns richtig verhalten?“, raunte Michael Theresa zu, als er sie erreicht hatte.

„Keine Ahnung“, flüsterte Theresa und veränderte Davids Position. Er wurde allmählich ziemlich schwer auf ihrem Arm. „Miriam ist mir genauso suspekt wie Coleman. Ich weiß nicht, wozu die beiden fähig sind.“

„Aber Harry hatte recht! Man kann sich nicht alles gefallen lassen. Wer gibt dieser … dieser Amazone denn das Recht, hier die Anführerin zu markieren?“

Theresa atmete einmal tief durch. „Ich schätze, damit hast du die entscheidende Frage gestellt.“ Als Michael sie fragend ansah, fuhr sie im Flüsterton fort: „Wenn Coleman zurückkehrt, wird sich zeigen, wie es um Miriams Position bestellt ist. Ist sie so stark, wie sie denkt, dann wird sich Coleman rückhaltlos hinter sie stellen. Wenn nicht …“ Sie zuckte die Achseln. „Um ehrlich zu sein, hoffe ich stark darauf, dass Coleman und Miriam sich nicht allzu einig sind. Wie ich schon sagte, beide sind mir suspekt. Wenn sie eine feste Koalition bilden, gibt es hier niemanden mehr, der ihnen etwas entgegensetzen kann. Nicht mal Harry.“ *Nur Herr Tanner könnte das,* fügte sie gedanklich hinzu, sprach es aber nicht aus. Stattdessen sagte sie: „Deshalb wird dieses Zusammentreffen äußerst interessant. Es wird uns zeigen, wie warm wir uns anziehen müssen."

Michael strich sich nachdenklich über seinen dunklen Vollbart. „Du hast eine gute Beobachtungsgabe, Theresa. Und viel gesunden Menschenverstand. Ich finde dich sehr beeindruckend."

Theresa spürte, wie sie errötete. Um davon abzulenken, setzte sie David auf den Boden und sagte: „Willst du nicht ein bisschen mit Pia und Peer spielen?"

David zögerte einen Moment, sah dann aber, dass die Geschwister angefangen hatten, mit dem aufblasbaren Ball Fangen zu spielen, und lief in ihre Richtung. „Bleib aber in Sichtweite", rief Theresa hinter ihm her. Dann wandte sie sich erneut Michael zu. „An welcher Schulform unterrichtest du eigentlich?", fragte sie, um endgültig von dem Kompliment abzulenken.

„Am Gymnasium."

„Und welche Fächer?"

„Erdkunde, Geschichte und Politik", antwortete Michael und bestätigte damit, was Theresa vermutet hatte. Mit seinem kleinen Bauchansatz sah Michael nicht aus wie ein Sportlehrer. Für Mathe war er irgendwie zu normal. Eine Affinität für Biologie hätte man angesichts der exotischen Tier- und Pflanzenwelt schon bemerkt und Sprachen … nun, Theresa bildete sich ein, dass sie eine Liebe zu Sprachen irgendwie gespürt hätte.

„Und was machst du außerhalb deines Berufes?", fragte sie ihn. „Welche Hobbys hast du?"

„Ich reise gern", seufzte Michael.

Theresa musste grinsen. „Zum Beispiel nach Australien?"

Michaels Blick verfinsterte sich. „Zum Beispiel."

Sein düsterer Gesichtsausdruck sorgte dafür, dass ein fürchterlicher Gedanke durch Theresas Kopf schoss. „Bist du eigentlich …" Sie hielt inne und war auf einmal ganz durcheinander. „Hast du …" Wieder biss sie sich auf die Zunge.

„Ja?"

Endlich fasste sich Theresa ein Herz. „Hast du bei dem Absturz jemanden verloren?"

Zu ihrer Erleichterung schüttelte Michael den Kopf. „Nein, hab ich nicht. Ich war allein unterwegs. Australien war immer mein Traum und ich wollte beinahe die gesamten Sommerferien dort verbringen. In meinem Freundeskreis gibt es kaum Lehrer. Wen hätte ich da schon mitnehmen sollen?"

„Anscheinend bist du nicht verheiratet."

„Nein, bin ich nicht. Ich bin solo." Er warf Theresa einen interessierten Blick zu. „Und du?" Der Klang seiner Stimme hatte sich auf einmal verändert und die Beiläufigkeit war verschwunden. „Bist du liiert?"

Theresa errötete erneut. Worauf zielte diese Frage ab? Und was um alles in der Welt war die Antwort darauf? „Ich … äh … es ist kompliziert …"

Kapitel 17

Als Coleman, Gökhan und Jontek eine knappe halbe Stunde später ins Lager zurückkehrten, sprang Miriam auf und stürzte auf Coleman zu. Theresa hingegen blieb abwartend neben Michael sitzen. Sie knabberte immer noch an der Frage, die er ihr gestellt hatte. Was war die Antwort? War sie mit Jontek liiert? Jontek schien das so zu sehen, aber was war mit ihr selbst? Während Theresa über diese Frage nachdachte, griff sie unwillkürlich nach dem schlichten Goldreif an ihrer Kette und spielte damit herum. In den letzten Tagen hatte sie nicht viel Zeit mit Jontek verbracht und wenn doch, dann hatte sie zumeist versucht, ihn auf Abstand zu halten. Das war eigentlich nicht die beste Grundlage für eine Beziehung … Andererseits war Jontek eindeutig an ihr interessiert. War es nicht das, was sie sich immer gewünscht hatte?

„Denkst du, Miriam kann Coleman mit ihren Reizen um den Finger wickeln?", flüsterte Michael ihr ins Ohr.

Theresas Blick wanderte erst zu Miriam und Coleman hinüber, blieb dort eine Weile an den Zungenküssen hängen, die sie miteinander austauschten, und kehrte dann zu Michael zurück. Michael war ein netter Kerl und schien großen Wert auf ihre Meinung zu legen. Außerdem legte die Frage nach dem Stand ihrer Beziehung nahe, dass auch er ein gewisses Interesse an ihr entwickelte. Aber bedeutete ihr das etwas? Bedeutete ihr überhaupt irgendjemand irgendetwas?

„Na, du bist hier wohl festgewachsen, was?"

Theresa zuckte zusammen. Sie hatte Jontek gar nicht kommen sehen und war von seiner Frage überrascht worden. Jetzt aber sprang sie auf ihre Füße und drehte sich zu Jontek um. „Hallo … da … da bist du ja wieder", stammelte sie verwirrt. „Wie war dein Tag?" Als sie die Frage gestellt hatte, wurde ihr auch schon klar, dass sie irgendwie überflüssig war. Jontek wirkte nicht gerade wie das blühende Leben. Das Unterhemd, das er trug, war großflächig durchgeschwitzt und ziemlich dreckig. Zudem hatte er im Gesicht und am rechten Oberarm leichte Schürfwunden.

Jontek warf Michael einen vernichtenden Blick zu, packte Theresa am Arm und zog sie mit sich fort. Dabei stellte Theresa fest, dass er unangenehm nach Schweiß roch. „Meine Tage wären wesentlich angenehmer, wenn du dich nicht mit anderen Männern vergnügtest."

„Ich hab mich nicht mit anderen Männern vergnügt", protestierte Theresa und entzog Jontek ihren Arm. „Michael und ich haben uns nur beratschlagt. Hier im Lager war in deiner Abwesenheit allerhand los!" Sie holte tief Luft und erzählte Jontek mit wenigen Worten, was zwischen Rainer, Miriam und Harry vorgefallen war. „Ich hab Angst, dass die Situation irgendwann eskaliert", beendete Theresa ihren Bericht.

„Das brauchst du nicht", beruhigte Jontek sie. „Coleman ist der geborene Anführer. Er wird schon wissen, was zu tun ist." Jontek bückte sich und begann sich seinen rechten Knöchel zu kratzen. Dabei murmelte er: „Mann, juckt das!"

Theresa zog die Stirn in Falten. Coleman der geborene Anführer? Sie erinnerte sich an das Gespräch zurück, das sie heute Morgen mit ihrem Chef geführt hatte. *Ich wette, er ist immer mit denselben Leuten unterwegs. Und zwar mit ein paar Getreuen, die seine Autorität bedingungslos anerkennen.* Hatte Herr Tanner recht? Und war Jontek einer dieser Getreuen?

„Findest du mich eigentlich attraktiv?", hörte sich Theresa fragen. Kaum, dass sie die Worte ausgesprochen hatte, wurde ihr auch schon klar, dass sie eine Nachwirkung ihres letzten Wortwechsels mit Herrn Tanner waren.

Jontek tauchte aus der Versenkung wieder auf. „Ob ich dich attraktiv finde?" Im ersten Moment schaute er fragend, dann aber erhellte sich sein Blick. „Ich hab mal gelesen, das entscheide sich über die Nase. Warte mal kurz." Er beugte sich vor, tauchte in Theresas Haare ein und arbeitete sich von dort bis in den Übergang zwischen Schulter und Hals vor. Theresa hielt den Atem an. Was um alles in der Welt hatte sie sich bei dieser Frage gedacht?

Schließlich richtete sich Jontek wieder auf. „Nicht übel, ehrlich!" Dann nahm er Theresas Hand und zog sie mit sich. „Komm mit, ich beweise dir, wie attraktiv ich dich finde."

Theresa blieb nichts anderes übrig, als Jontek zu folgen. Gemeinsam steuerten sie auf die Tüten und Taschen zu, die Coleman, Gökhan und Jontek zum Transport ihrer Nahrungsmittel verwendet hatten. Dabei kamen sie an Miriam vorbei, die sehr aufgeregt aussah und wild gestikulierend auf Coleman einredete. Theresa fragte sich noch, wie dieses Gespräch wohl ausgehen würde, als Jontek abrupt stehen blieb und ihr befahl, die Augen zu schließen.

Theresa befolgte den Befehl, spitzte aber umso mehr die Ohren und versuchte, Wortfetzen aus dem Gespräch zwischen Coleman und Miriam aufzuschnappen. „Waffe … geht nicht … Ordnung … Arschloch", mehr konnte sie nicht verstehen.

„So attraktiv finde ich dich! Augen auf!"

Theresa öffnete die Augen und sah sich einem kleinen Strauß wunderschöner Blumen gegenüber. Jede Blüte hatte vier Blätter, die wie ein Plus-Zeichen angeordnet waren. Während jedoch das obere und das untere Blatt von der Form her ein wenig an den „Eierkocher" ihres Chefs erinnerten und eine Art Flasche mit dazu passendem Deckel bildeten, hatten die beiden seitlichen Blätter Ähnlichkeit mit schmalen Flügeln. Das untere und die beiden seitlichen Blätter waren rosa gefärbt und hatten ein paar grünliche Anteile, das obere Blatt war ganz und gar zartgrün.

„Wow", entfuhr es Theresa. „Frauenschuh!"

„Hä?", machte Jontek. „Wieso Schuh? Blume!"

Theresa musste lachen. „Das sind Orchideen, Jontek. Und es handelt sich um eine spezielle Sorte, die man Frauenschuh nennt. Guck dir das untere Blatt an. Siehst du, es hat Ähnlichkeit mit einem Pantoffel."

„Jetzt, wo du's sagst …", grübelte Jontek und versuchte, seinen kleinen Finger in einem der unteren Blätter zu versenken. Leider war er dafür ein wenig zu groß.

„… will ich aber", hörte Theresa Miriam sagen. Offensichtlich vertrat diese ihren Standpunkt mit äußerster Vehemenz.

„Freust du dich über die Blumen?", fragte Jontek.

„Aber natürlich!“, beteuerte Theresa. „Ich freue mich sehr. Ich kriege nicht oft Blumen.“ Kaum, dass sie die Worte ausgesprochen hatte, erinnerte sie sich auch schon an den letzten Strauß Blumen, den sie bekommen hatte. Von Sven-Uwe … nun, diesem Stalker war sie jetzt nicht mehr ausgesetzt, selbst ein Flugzeugabsturz hatte anscheinend gewisse Vorteile. *Apropos Flugzeugabsturz*, dachte Theresa. „Was ich dich schon immer mal fragen wollte, Jontek“, begann sie, „wie konntest du dich eigentlich bei dem Absturz retten? Wir haben doch da gesessen, wo das Triebwerk gelandet ist …“

Jontek nickte. „Stimmt. Aber kurz nachdem du dich mit dem Kleinen auf den Weg zur Toilette gemacht hattest, ist der Akku von meinem Smartphone abgekackt. Ich bin aufgestanden, um mir ein bisschen die Beine zu vertreten. Dabei bin ich in den vorderen Teil des Flugzeugs gelangt. Als der Druck abfiel, hab ich mich auf einen unbesetzten Platz gerettet.“

„Was für ein riesengroßes Glück! Nicht nur für dich, sondern auch für mich!“ Kaum, dass Theresa diese Worte ausgesprochen hatte, wurde ihr auch schon bewusst, dass sie eine nicht unerhebliche Wirkung entfalteten. Jedenfalls begann Jontek, sie mit seinem Blick zu liebkosen. Dabei wirkten seine blauen Augen noch strahlender als sonst. Um ihre Verlegenheit zu überspielen, versenkte Theresa ihr Gesicht in Jonteks Blumenstrauß.

„Diese Blumen sind schön, aber sie sind längst nicht so schön wie du“, sagte Jontek und lächelte Theresa an.

„Findest du das wirklich?“, fragte Theresa mit deutlicher Verunsicherung in der Stimme. Herr Tanner war da anderer Ansicht …

„Aber natürlich!“, beteuerte Jontek und machte Anstalten, seine Nase ein weiteres Mal in Theresas Halsbeuge zu vergraben. Theresa ließ es zu. Sie musste an das denken, was der Chef gesagt hatte, als Sven-Uwes Blumen ins Büro geliefert worden waren: *Ich wette, Sie haben die Blumen in einem Preisausschreiben gewonnen. Wer würde Ihnen sonst einen derartigen Strauß schicken …* Aber das stimmte nicht! Es gab Männer, die sie eines Blumenstraußes für würdig erachteten. Und nicht nur Irre wie Sven-Uwe, sondern auch gut aussehende Handelsmogule wie Jontek Johansson!

***

„Ich fass es nicht!“ Stanley hatte aufgehört, mit Anuwat, Haziq und Harry am Kescher herumzubasteln und lief jetzt unruhig durchs Lager. Dabei achtete er allerdings darauf, dem immer noch gefesselten „Neuen“ nicht zu nahe zu kommen. „Riecht ihr das? Riecht ihr das?“

Theresa war froh über diese Unterbrechung, tauchte unter Jonteks Arm hindurch und ließ ihn stehen. „Was denn?“ Sie sprach ein bisschen lauter als sonst, weil Theo seit einigen Minuten in einem fort „Caren, Caren, Caren …“ vor sich hin brabbelte. Grundsätzlich hatte sich Theresa daran gewöhnt, dass er oft Geräusche von sich gab, diese monotone Dauerschleife war jedoch besonders unangenehm. Außerdem erinnerte sie Theresa an den Grund seiner Probleme. Ob seine Frau so geheißen hatte?

„Der macht schon wieder ’n Barbecue!“

Kaum, dass sie begriffen hatte, worum es ging, bereute Theresa auch schon, dass sie auf Stanley eingegangen war. Der Big Mac … Sie roch ihn jetzt auch, den würzigen Duft gebratenen Fleisches, der zu ihnen herüberwehte.

„Der schlägt sich in einem fort den Wanst voll“, murrte Stanley und ging auf die Taschen zu, die Coleman, Jontek und Gökhan mitgebracht hatten. Dort hatten sich schon einige der anderen Überlebenden versammelt. Inken war dabei, für Pia und Peer eine Banane zu öffnen, Gökhan schälte eine Papaya und verteilte sie an Nor und Arissa, Matthew kämpfte mit einer Kokosnuss und schlug sie in regelmäßigen Abständen mit voller Wucht gegen einen Felsen. „Früchte, Früchte und nochmals Früchte“, sagte Stanley abfällig. „Davon kann man doch nicht satt werden!“

Coleman ließ Miriam stehen und begab sich ebenfalls in Richtung der Vorräte. „Wenn du nicht zufrieden bist, kannst du gern aufs Abendbrot verzichten“, donnerte er Stanley entgegen.

Stanley drehte sich zu Coleman um. „Ich könnte auch den Standort wechseln.“

„Das kannst du natürlich“, nickte Coleman. Dann wurde seine Stimme leiser und er knurrte drohend: „Allerdings nur ein einziges Mal.“ Er hatte Stanley jetzt erreicht und baute sich breitbeinig vor ihm auf.

Theresa hielt den Atem an. Die Szene erinnerte ein wenig an die Geschichte von David und Goliath. Coleman war mindestens anderthalb Köpfe größer als Stanley und wirkte mit seinem schwarzen T-Shirt und dem Tigerkopf auf seinem linken Bizeps sehr kriegerisch. Stanley hingegen war eher schmalbrüstig und trug ein neongrünes Funktionsshirt, das im Vergleich zu Colemans Kleidung beinahe lächerlich aussah.

Trotz der körperlichen Unterlegenheit vertrat Stanley mutig seinen Standpunkt. „Der ist einer und wir sind sechsundzwanzig. Warum schafft er es, Fleisch zu ergattern, und wir nicht? Was brät er sich da überhaupt?“ Er sah Theresa an. „Du warst bei ihm. Du solltest das wissen.“

„Ich finde, wir sollten dankbar für das sein, was wir hier bekommen. Der Dschungel ist unter Garantie nicht ungefährlich. Wir können uns darüber freuen, dass Coleman, Gökhan und Jontek jeden Tag genug zu essen für alle heranschaffen. Seht doch mal!“ Theresa streckte den rechten Arm aus und deutete auf den Inhalt der Taschen. „Heute sind sogar Kokosnüsse dabei. Die hatten wir vorher noch nie.“

„So was kann man leicht sagen, wenn man sich gemütlich an zwei Tischen bedient“, konterte Stanley.

„Ich bediene mich nicht an zwei Tischen“, protestierte Theresa. „Ich hab sogar die Eier abgelehnt!“

„Was für Eier?“, fragte Jontek. Er hatte sich zu Theresa gesellt und kratzte sich den rechten Knöchel.

Theresa zuckte die Achseln. „Keine Ahnung. Vogeleier eben. Etwa so groß wie Tischtennisbälle und-“

„Hat er die Eier roh gegessen?“, fiel Ethan ihr ins Wort.

Theresa schüttelte widerwillig den Kopf. „Er hat sie über dem Feuer gekocht.“

„Hat er denn einen Kochtopf?“, wunderte sich Matthew. Er hatte immer noch eine Kokosnuss in der Hand, versuchte aber nicht mehr, sie zu öffnen.

„Nein. Er hat eine Pflanze als Kochtopf verwendet.“

„Seht ihr, das meinte ich“, sagte Stanley. „Wieso schafft dieser Typ allein, was wir mit so vielen Leuten nicht hinkriegen?“

„Schluss jetzt!“, donnerte Coleman in die Runde. „Ihr werdet euch an Theresas Empfehlung halten und dankbar dafür sein, dass ihr überhaupt was zu fressen kriegt. Ob Früchte, Fleisch oder Eier ist doch scheißegal.“

„Mir nicht!“, sagte Harry. Er hatte sich bis eben im Hintergrund gehalten, trat jetzt aber mitten ins Zentrum des Geschehens. „Und darum schlage ich vor, dass wir diesen Max zu unserem Anführer wählen. Er hatte von Anfang an recht! Wir brauchen Feuer, um zu überleben! Und seinen Sachverstand brauchen wir auch. Was wir hingegen nicht brauchen, sind herrschsüchtige Weiber, die unsere Bemühungen um Fisch oder Fleisch boykottieren.“ Er sah Miriam herausfordernd ins Gesicht, dann wanderte sein Blick zu Coleman hinüber. „Wir haben dich gewählt. Jetzt wählen wir dich wieder ab. Wer ist für Max als Anführer?“ Er hob den rechten Arm und blickte erwartungsvoll in die Runde.

Auch Stanleys Arm wanderte in die Höhe. Ihm folgte Anuwat, der junge Mann mit den vielen Leberflecken. Es vergingen Sekunden, in denen die meisten Anwesenden nicht einmal zu atmen wagten. Dann streckte auch Haziq zaghaft seinen Arm in die Höhe.

Wieder vergingen einige Sekunden. Dann traten Matthew und Sophie Hand in Hand einen Schritt vor und meldeten sich. Interessanterweise befand sich in der Hand, die Matthew in die Höhe streckte, immer noch eine ungeöffnete Kokosnuss …

Miriams Feinde, dachte Theresa und überlegte hektisch, wie sie sich verhalten sollte. Herr Tanner war ihr zwar lieber als Coleman, aber zwischen Coleman und ihm würde es Mord und Totschlag geben, wenn sie sich im gleichen Lager aufhielten. Trotzdem … sie hob ihren Arm. Kurz darauf wanderte auch Michaels Arm in die Höhe. Theresa sah ihn an und fing einen vielsagenden Blick auf. Was hatte das zu bedeuten? Hatte er ihretwegen gegen Coleman Stellung bezogen?

Jetzt streckte Wang Fang ihren Arm in die Höhe. *Neun*, zählte Theresa. Dann begann sie zu rechnen. Es waren 27 Überlebende, also 26 ohne Herrn Tanner. Wenn man die vier Kinder und Theo abzog, blieben 21 Personen. Das bedeutete, dass es allmählich eng für Coleman wurde.

„Gökhan, Jontek“, befahl Coleman in seinem donnernden Bass. „Sammelt die Früchte in die Taschen. Es sieht so aus, als hätte die Gruppe kein Interesse mehr an unseren Diensten.“

Er weiß es auch, dachte Theresa.

Die Angesprochenen setzten sich in Bewegung, eilten auf die Taschen zu und sammelten die Früchte ein. Danach ging Jontek zu Matthew und ließ sich die Kokosnuss aushändigen.

„Lasst euch jetzt davon nicht ins Bockshorn jagen!“, sagte Harry. „Wir werden heute Abend bei Max Fleisch essen.“

„Falls er auf so viele Gäste eingerichtet ist“, gab Miriam zu bedenken. Ihr Tonfall war sehr beiläufig. „Und falls er überhaupt noch Lust hat, euer Anführer zu sein“, fügte Coleman hinzu.

„Wenn nicht, werd ich persönlich losziehen und was zu essen für euch besorgen“, versprach Harry.

„Genau!“, lachte Coleman. „Gökhan, sag dem kleinen Harry, wie viele Stunden man wandern muss, um Obstbäume zu finden.“

„Na ja“, erwiderte Gökhan leise, „ein paar Stunden sind es schon. Und es wird bald dunkel.“

„Und den Standort“, knurrte Coleman, „den werdet ihr von uns ganz sicher nicht erfahren.“

„Max kennt sich genauso gut im Urwald aus“, behauptete Harry und wandte sich an Theresa. „Stimmt doch?“

„Wenn nicht besser“, nickte Theresa und kassierte dafür vernichtende Blicke von Coleman, Miriam und Jontek.

„Also los, wer ist für Max als Anführer?“, beharrte Harry. „Meldet euch.“

„Ich muss an meine Kinder denken“, sagte Inken entschuldigend. „Sie fragen ständig, wann es endlich etwas zu essen gibt. Soll ich ihnen jetzt die Nahrung verweigern?“

„Mona! Los!“, bettelte Harry.

„Tut mir leid“, seufzte Mona und strich mit der gesunden Hand nachdenklich über ihre provisorische Schlinge aus schreiend buntem Blümchenstoff. „Dieser Max ist mir zu egozentrisch. Ich glaube nicht, dass er einen guten Leiter abgeben würde.“

Was sie sagt, hat immer Hand und Fuß, dachte Theresa anerkennend.

„Ethan?“, fragte Harry.

Der große dürre Mann mit der Hakennase senkte den Kopf und starrte auf den Boden. Schließlich murmelte er: „Ich bin Vegetarier.“

„Sonst irgendjemand?“ Harry streckte fordernd die Arme aus und drehte sich im Kreis. „Kommt schon! Ihr könnt-“

„Schluss jetzt mit dem Theater“, schnitt ihm Coleman mit Donnerstimme das Wort ab. „Du hast keine Mehrheit und damit basta.“ Er deutete auf den Kescher, der in einiger Entfernung auf dem Boden lag. „Geh und bau dein Kinderspielzeug zu Ende. Dann bist du beschäftigt und kommst nicht auf dumme Gedanken.“

Oh, oh, dachte Theresa, während sie mit ansah, wie Harrys Blutdruck stieg. An seiner immer dunkler werdenden Gesichtsfarbe war das problemlos abzulesen.

„Jetzt reicht's!“, knurrte Harry denn auch und stürmte wutentbrannt auf Coleman zu. Allerdings kam er nur wenige Meter weit. Als er in den Lauf einer Pistole blickte, bremste er, als wäre er gegen eine Wand geprallt. „Was soll das, du Arschloch? Brauchst du 'ne Waffe, um dich zu behaupten?“

„Nee!“ Coleman sagte nur dieses eine Wort, holte im gleichen Moment mit der linken Hand aus und schlug Harry seine Faust ins Gesicht.

Dieser wurde mit voller Wucht getroffen und in hohem Bogen nach hinten katapultiert. Noch während er fiel, ging ein entsetzter Aufschrei durch die Gruppe und Stanley stürzte vorwärts. Auch er kam jedoch nicht weit, sondern wurde schon im nächsten Moment von Coleman gestoppt und zu Boden geworfen.

Theresa schüttelte den Kopf, als wolle sie ihr Gehirn dazu bringen, die Szene noch einmal zu wiederholen. Alles war so schnell gegangen, dass sie es kaum mitbekommen hatte. Dieser Coleman schien ein enormes Reaktionsvermögen zu besitzen. Und nicht nur das. Er agierte so zielgerichtet, als hätte er Kampfsport trainiert.

„Noch jemand?“, fragte Coleman drohend.

Theresa trat unwillkürlich einen Schritt zurück und stellte fest, dass sie mit dieser Reaktion nicht allein war. Selbst die, die stehen geblieben waren, starrten jetzt demütig auf den Fußboden. Die einzigen Ausnahmen bildeten Jontek, Gökhan, Rainer und Miriam.

Die Männer schienen die Köpfe noch ein bisschen höher zu tragen als sonst und Miriam … nun, die grinste triumphierend.

„Gut so“, knurrte Coleman und deutete mit der Waffe in der Hand auf die Taschen mit der Nahrung. „Kleine Planänderung. Die mitgebrachten Früchte werden unter denen verteilt, die eben nicht die Hand gehoben haben. Wer gegen mich gestimmt hat, wird heute Abend hungern. Jontek?“ Als dieser eifrig nickte, fuhr Coleman fort: „Du achtest darauf, dass dieser Befehl in die Tat umgesetzt wird. Gökhan?“ Als auch dieser nickte, deutete Coleman auf Harry, der bewusstlos auf dem Boden lag. „Nimm ihm das Nähset ab und gib es Miriam.“

***

Wenig später saß Theresa mit knurrendem Magen auf einem Felsen und sah den anderen beim Essen zu. Ganz in ihrer Nähe wurden Stanley und Harry von Wang Fang verarztet, während Matthew und Sophie ihr assistierten. Die beiden pendelten in regelmäßigen Abständen zwischen den Verletzten und dem Fluss hin und her, um Tücher mit kaltem Wasser zu tränken. Wie es aussah, war Stanley unglücklich auf dem Kopf gelandet und hatte eine ordentliche Gehirnerschütterung. Jedenfalls übergab er sich in regelmäßigen Abständen, auch wenn außer Magenflüssigkeit nicht mehr viel herauskam. Harry hingegen schien seine Bewusstlosigkeit ohne weitere Folgen überstanden zu haben. Er hatte nur ein paar Schürfwunden und warf schon wieder hasserfüllte Blicke in Richtung der anderen.

„Hast du großen Hunger?“, fragte Michael und nahm wieder einmal neben Theresa Platz.

„Um ehrlich zu sein, ist mir schon ganz schummrig“, seufzte Theresa.

„Sieht nicht so aus, als würde Jontek dir was zustecken.“

Theresa schluckte schwer. Michael hatte ihren wundesten Punkt getroffen. „Immerhin hat er dafür gesorgt, dass David etwas abkriegt.“ Ihr Blick wanderte zu David, der mit einer Banane in der Hand auf dem Boden saß. In diesem Moment war es ihr unmöglich, Neid zu empfinden. Stattdessen wollte ihr Herz vor Liebe beinahe überlaufen.

„Was findest du nur an diesem Jontek?“, fragte Michael. „Für meinen Geschmack steht er auf der falschen Seite.“

Theresa schluckte schwer. Michael hatte nicht ganz unrecht. Jontek hatte sich auf Colemans Seite geschlagen und sich dadurch von ihr entfernt. Michael hingegen … Sollte sie sich nicht besser an ihn halten? Sie warf einen verstohlenen Blick in seine Richtung und versuchte, sich seine Vorzüge zu verdeutlichen. Michael schien sie zu mögen, nicht nur ihr Äußeres, sondern auch ihren Verstand. Außerdem hatte er warme, braune Augen und eine sympathische Art. Auch verlieh ihm der dunkle Vollbart eine gemütliche, verlässliche Aura. Abgesehen davon war er Lehrer … ein gut verdienender Beamter mit unkündbarer Stellung, dazu prädestiniert, eine Familie zu ernähren …

Unwillkürlich schoss Theresa ein Wort durch den Kopf: *langweilig.* Sie erschrak. Woher war das denn gekommen? Hatte sie nicht immer etwas Langweiliges und Biederes haben wollen? War nicht eine Familie mit Kindern ihr größter Wunsch?

Ihr Blick wanderte zu Jontek hinüber. Langweilig war er nicht. Nicht so beeindruckend wie Coleman oder Herr Tanner, aber auch nicht langweilig. *Außerdem hat er die blauesten Augen der Welt,* dachte Theresa. *Ganz zu schweigen von der Tatsache, dass er wahrscheinlich hundert Kinder ernähren kann …*

Als hätte er ihre Gedanken gelesen, wandte sich Jontek zu ihr um. Einen Moment lang sah er sie einfach nur an, dann schlenderte er langsam zu ihr hinüber.

„Auch das noch“, murmelte Michael.

Als Jontek die beiden erreichte, wandte er sich zuerst an Michael. „Hol mir mal was zu trinken“, befahl er.

Jetzt wird er wohl größenwahnsinnig, dachte Theresa. Zu ihrem Erstaunen erhob sich Michael und leistete dem Befehl Folge. Wieder schoss Theresa dasselbe Wort durch den Kopf: *langweilig.*

„Musst du ständig mit diesem Typen abhängen?“, fragte Jontek, als Michael außer Hörweite war.

„Ja, muss ich. Schließlich bist du ja damit beschäftigt, den Handlanger für Coleman zu spielen.“

„Besser das, als untätig hier herumsitzen und hungern.“

„Da sagst du was“, erwiderte Theresa spitz. „Ich habe tatsächlich Hunger. Hast du vor, an dieser Situation irgendetwas zu ändern?“

Jontek bückte sich, schob seine dunkle Hose ein Stück hoch und kratzte sich am Knöchel. „Ich kann versuchen, dir nachher eine Banane zuzustecken. Mehr geht leider nicht. Du hast Coleman gehört.“

„Tust du immer, was andere dir sagen?“

Jontek zuckte die Achseln. „Ein Befehl ist ein Befehl.“

Theresa fuhr sich mit dem Handrücken über die Stirn und wischte sich den Schweiß ab. Diese drückende Hitze machte einen wahnsinnig … „Ich dachte eigentlich, du würdest zu denen gehören, die Befehle erteilen, nicht zu denen, die Befehle empfangen. Wie ist noch mal deine Stellung in eurer Firma?“

„Was hat denn das Leben auf ’ner einsamen Insel mit der Firma zu tun?“

„Ich weiß nicht …“ Theresa zog die Stirn in Falten und dachte an ihren Chef. Im Hinblick auf Kleinigkeiten hatte er sich vielleicht verändert, aber im Großen und Ganzen war er immer noch genauso eigenwillig und stolz wie eh und je. „Ich glaube nicht, dass sich der Charakter eines Menschen nur aufgrund der Lebensumstände verändert.“ Sie sah sich um und blieb mit ihrem Blick an Miriam hängen, die gerade an Colemans Ohr knabberte. Dann sagte sie mehr zu sich selbst als zu Jontek: „Wetten, Miriam war noch nie die Keuschheit in Person?“

Jontek folgte ihrem Blick und seufzte tief. „Ich hätt auch gern ’ne Frau, von der ich alles haben kann.“

„Vielleicht gibt sie so viel, weil sie so viel bekommt. Coleman hat sich hundertprozentig hinter sie gestellt und ihr sogar das Nähset zurückgegeben. Ich hingegen werde mit einer einzigen kleinen Banane abgespeist.“

„Tja“, begann Jontek und grinste. „Damit wären wir bei einer der ältesten Fragen der Menschheit: Was war zuerst da? Die Henne oder das Ei?“

„Oh, diese Frage kann ich dir beantworten“, lächelte Theresa. „Bist du damit einverstanden, dass die Henne für dein Verhalten steht?“

Jontek zuckte gleichgültig die Achseln. „Von mir aus. Wenn ein Heer von Wissenschaftlern die Frage, was zuerst da war, nicht beantworten konnte, wird es dir auch nicht gelingen."

„Und ob mir das gelingt! Es ist nämlich so, dass die Henne zuerst da war. Gott hat sie erschaffen. Und es macht keinen Sinn, ein Ei zu erschaffen, wenn noch keine Henne zum Ausbrüten da ist, oder?"

Jontek rollte die Augen. „Jetzt geht diese Religionskacke wieder los. Du weißt, dass ich nicht an Gott glaube."

„Das musst du auch nicht. Das Ergebnis ist trotzdem dasselbe. Das Heer von Wissenschaftlern hat nämlich herausgefunden, dass das Protein OC 17 entscheidend für die Schalenbildung ist. Und weißt du was? Dieses Protein wird in den Eierstöcken der Henne produziert! Also wie gesagt: ohne Henne kein Ei!"

Kapitel 18

Theresa schreckte mitten in der Nacht hoch, setzte sich auf und starrte mit weit aufgerissenen Augen in die Umgebung. Leider nützte das nichts. Es war stockfinster um sie herum. Dafür spürte sie umso mehr. Der Boden …

„Was ist das?", flüsterte David mit angsterfüllter Stimme, während er auf Theresas Schoß krabbelte und seine Ärmchen um ihren Hals schlang.

„Ich weiß nicht", gab Theresa zurück. Es ruckelte jetzt so stark, dass Theresa das Gefühl hatte, in einem fahrenden Zug zu sitzen.

„Wer hat die Taschenlampe?", rief eine Stimme, die Theresa nach kurzer Überlegung Matthew zuordnen konnte.

„Macht doch Licht!", rief Inken. Eins ihrer Kinder hatte zu weinen begonnen.

Im nächsten Moment war der Spuk vorbei und alles war wieder ruhig. Fast zeitgleich ging eine Taschenlampe an und erleuchtete die Felsenhöhle, in der sich die Gruppe schlafen gelegt hatte.

„Was war das?", fragte Miriam.

„Wahrscheinlich ein Erdbeben", antwortete Coleman mit seiner tiefen Stimme. Als wolle sie seine Worte bestätigen, bebte die Erde erneut, dieses Mal allerdings nur kurz und auch längst nicht mehr so stark.

„Ich hab noch nie ein Erdbeben erlebt", sagte Wang Fang. Ihr „Bett" befand sich nicht weit von Gökhan entfernt, der die angeschaltete Taschenlampe in der Hand hielt. Auch ein paar der anderen Überlebenden wurden beleuchtet. Theresas Blick blieb an Jontek hängen, der sein Hosenbein hochgezogen hatte und mit gequältem Gesichtsausdruck an seinen Knöcheln herumkratzte.

„Was ist los?", fragte Wang Fang, die anscheinend dasselbe gesehen hatte.

„Es ist unerträglich!", jammerte Jontek. „Es hat tagsüber schon gejuckt, aber heute Nacht ist es förmlich explodiert."

„Das könnten irgendwelche Parasiten sein", überlegte Wang Fang und nahm Gökhan die Taschenlampe aus der Hand. Dann näherte sie sich Jontek, richtete den Schein der Lampe auf seinen Knöchel und beugte sich herab. „Stichartige rötliche Punkte", murmelte sie und fuhr sich nachdenklich durch ihre kurzen, schwarzen Haare.

Jontek wollte weiterkratzen, wurde aber von Wang Fang zurückgehalten. „Kratzen ist unter Garantie nicht gut", wehrte sie ab. „Das kann böse Infektionen nach sich ziehen. Hat noch jemand solche Symptome?"

„Ich glaub, bei mir fängt's auch an", seufzte Coleman und kratzte sich den rechten Knöchel. Dann wandte er sich an Gökhan. „Was ist mit dir?"

„Also, ich hab nichts."

„Sieht aus, als hättet ihr euch das im Urwald geholt", überlegte Wang Fang und ging zu Coleman hinüber. „Hm …", machte sie, als sie seine Knöchel in Augenschein genommen hatte. „Man sieht noch nicht viel. Es könnten Milben sein. Krätzmilben graben Tunnel in die Haut und legen Eier darin ab."

„Jetzt reicht's", donnerte Coleman los. „Ich möchte keine Schauermärchen hören. Wir gehen davon aus, dass wir es mit irgendwelchen juckenden Stichen zu tun haben. Und damit Schluss. Geht wieder schlafen!"

„… und meldet euch erst wieder, wenn ihr aus Augen und Ohren blutet", beendete Harry unaufgefordert Colemans Satz.

„Wenn es so wäre, könnten wir auch nichts dagegen tun", gab Coleman gereizt zurück. „Wir haben weder Ärzte noch Medikamente."

„Und auch kein Feuer, was die Ärzte und Medikamente hierher bringen könnte …" Wieder war es Harry, der Coleman Kontra gab. Anscheinend hatte er sich inzwischen von den Folgen seines körperlichen Zusammenstoßes mit ihm erholt.

„Das Feuer ist ja da und wird von Herrn Tanner in Gang gehalten", erinnerte Theresa.

„Hoffentlich", sagte Harry. „Es fängt nämlich an zu regnen."

Theresas Kopf ruckte herum. Regen? Seit der Nacht des Absturzes hatte es kein einziges Mal geregnet. Theresa hatte bereits angefangen zu glauben, dass es ganz unnötig gewesen war, den Überstand zu bauen. „Bist du sicher?"

„Bisher sind es nur ein paar Tropfen", antwortete Harry, „aber man weiß ja nie ... Wenn das Feuer ausgeht, müssen wir vielleicht den Rest unseres Lebens auf dieser Insel-"

„Unsinn!", schnitt Coleman ihm erneut das Wort ab. „Wir leben im Zeitalter modernster Technik. Da braucht es kein Feuer mehr, um ein abgestürztes Flugzeug zu orten. Gebt den Rettungsmannschaften einfach ein paar Tage Zeit. Dann kommen sie von ganz allein."

„Bisher sieht es aber nicht danach aus", sagte Nor mit kläglicher Stimme.

„Wir sind gerade mal vier Tage hier", schnaubte Coleman und kratzte sich erneut den rechten Knöchel. „Das ist so gut wie gar nichts."

„Mir kommt es vor wie eine Ewigkeit", seufzte Inken.

„Jetzt spür ich den Regen auch", bemerkte Mona.

Theresas Unruhe wuchs. Sie war sicher, dass der Überstand noch nicht fertig war. Herr Tanner wollte ihn noch mit zwei Seitenwänden versehen, hatte aber Schwierigkeiten gehabt, diese zu befestigen. Was, wenn der Regen stärker wurde? „Ich werde mal nach dem Feuer sehen", sagte sie. Sie wollte aufstehen, musste aber feststellen, dass David wie eine Klette an ihr klebte und jede Bewegung verhinderte.

„Kommt überhaupt nicht infrage", entfuhr es Jontek. „Du verbringst schon den ganzen Tag bei diesem Kerl. Ich werde nicht zulassen, dass du ihm jetzt auch noch nachts auf die Pelle rückst."

„Ich will mit", flüsterte David an Theresas Ohr.

„Dann komm", gab Theresa kaum hörbar zurück. Anschließend nahm sie Davids Hand und stand auf. „Ich hab mich Tag für Tag um dieses Feuer gekümmert. Ich werde doch jetzt, wo es in Gefahr ist, nicht damit aufhören."

„Kluges Mädchen", sagte Harry. „Sie weiß, was unsere Trümpfe sind."

Theresa unterdrückte einen Seufzer. Diese Bemerkung würde ihr nicht gerade helfen ...

„Du kannst gehen, wohin du willst", antwortete Coleman. „Du solltest jedoch nicht erwarten, dass du eine Taschenlampe bekommst. Wir werden die wenigen Batterien, die wir haben, nicht für sinnlose Aktionen verschwenden."

Theresa erschrak. Das Feuer war von hier aus nicht zu sehen und es war stockfinster. Kein Wunder. Wenn es regnerisch war, musste der Mond ja hinter einer Wolkendecke verborgen sein.

„Gökhan!" Colemans Stimme war wie ein Pfeil, der durch die Nacht zischte. „Mach die Taschenlampe aus. Wir schlafen weiter!"

Sekunden später klickte es und die Umgebung wurde in tiefste Dunkelheit getaucht. Theresa spürte, wie sich Davids Griff an ihrer Hand verstärkte. Was sollte sie jetzt tun? Sie hatte die Verantwortung für ein Kind. Wenn sie sich mit David im Urwald verirrte, war niemandem geholfen. Andererseits spürte sie, wie ein leichter Wind aufkam und ihr ein paar Regentropfen ins Gesicht blies. Sie wollte unbedingt dieses Feuer beschützen. Tagelang hatte sie es wie ihren Augapfel gehütet und jetzt sollte sie es seinem Schicksal überlassen?

„Leg dich wieder hin", befahl Jontek, der zu spüren schien, dass sie immer noch abwartend dastand. „Dieser Arroganzling kann alleine sehen, wie er klarkommt."

Theresa rührte sich nicht. Sie konnte sich nicht dazu entschließen, ihren Chef mit dem Problem allein zu lassen. „Ich verstehe euch einfach nicht …", sagte sie. „Wir sitzen doch alle in einem Boot! Wenn Menschen in einer solchen Situation nicht zusammenhalten, wann dann?"

„Halt jetzt deine Klappe", fuhr Coleman sie an. Seine tiefe Stimme erinnerte in der Dunkelheit an ein Donnergrollen. „Entweder du machst dich auf den Weg oder du legst dich wieder hin."

Theresa schluckte schwer. Sie konnte nicht einmal die Hand vor Augen sehen. Es wäre unverantwortlich, David einem solchen Risiko auszusetzen … Die einzige Möglichkeit bestand darin zu warten, bis David eingeschlafen war, und sich dann leise davonzustehlen. Theresa durchdachte noch das Für und Wider einer solchen Maßnahme, als sie plötzlich spürte, wie jemand nach ihrer freien Hand griff und einen Gegenstand hineinlegte. Einen Moment lang betastete sie prüfend das kalte, harte Material. Als sie daran entlangwanderte, stieß sie auf eine Metallkette, an deren Ende ein Ring von etwa anderthalb Zentimetern Durchmesser befestigt war. Dann durchzuckte es sie plötzlich: ein Schlüsselanhänger mit Taschenlampe! Michael! Er besaß so etwas. In der ersten Nacht hatte er ihr damit die Angst genommen.

Sie zog David hinter sich her und ertastete sich Schritt für Schritt einen Weg aus dem Unterschlupf. Um Michael nicht zu verraten, ließ sie die Taschenlampe ausgeschaltet. Obwohl sie dabei den einen oder anderen Schlafplatz umrunden musste, schaffte sie das auch ohne Lichtquelle ganz gut.

„Glaub nicht, dass ich dich suchen werde, wenn du dich verläufst", zischte Jontek.

Theresa antwortete nicht. Dass Jontek eifersüchtig war, schmeichelte ihr irgendwie. Andererseits fragte sie sich, ob er seine Worte ernst meinte. Würde er sie wirklich ihrem Schicksal überlassen?

Als sie den Unterschlupf verlassen hatte, schlug Theresa die Richtung ein, die sie instinktiv für die Richtige hielt. Mit der einen Hand hielt sie Davids Hand umklammert und sorgte dafür, dass er immer direkt hinter ihr blieb. Die andere Hand hielt sie sich wie einen Schild vor das Gesicht, um etwaige Hindernisse rechtzeitig bemerken zu können. Trotzdem lief Theresa immer wieder in Büsche hinein und fragte sich, wie sie den Weg ganz ohne Taschenlampe hätte finden wollen. Eine Situation wie diese hatte sie noch niemals zuvor erlebt. Man sah wirklich nichts, rein gar nichts, nicht einmal Schatten oder Lichtschimmer.

„Ich hab Angst", flüsterte David hinter ihr.

„Das brauchst du nicht", flüsterte Theresa zurück. „Ich hab eine Taschenlampe. Wir machen sie an, sobald uns die anderen nicht mehr sehen können, okay?"

„Okay." Theresa konnte förmlich hören, wie David aufatmete. Ihr selbst hingegen war nicht nach Aufatmen zumute. Der Regen schien mit jedem Schritt stärker zu werden und Theresa sah ihn gedanklich auf das Feuer prasseln. Hoffentlich war Herr Tanner wach geworden und hatte den Überstand aufgebaut.

Sie tasteten sich noch geraume Zeit weiter vorwärts, dann erst wagte Theresa, die Taschenlampe anzuschalten. Obwohl der Lichtkegel sehr begrenzt war, hatte sie keine Probleme, die Umgebung wiederzuerkennen. Nicht weit entfernt befand sich der umgestürzte Baumstamm, auf dem David immer so gern balancierte.

„Es ist nicht mehr weit“, sagte Theresa und beschleunigte ihren Schritt. Mittlerweile regnete es Bindfäden. Erstaunlicherweise war das Gefühl an sich nicht schlecht. Theresa hatte ein bisschen den Eindruck, als befände sie sich unter der Dusche. Auch setzte der Regen einen angenehmen Duft frei, eine Mischung aus Erde, Holz und Blüten. Wäre das Feuer nicht gefährdet gewesen, hätte Theresa die vielfältigen Sinneseindrücke genossen. So aber drängte sie weiter.

„Da ist es!“, sagte Theresa und atmete auf. In der Ferne sah sie das Feuer. Es schien munter vor sich hinzuflackern. Hatte sie sich ganz umsonst Sorgen gemacht? Würde ihr Chef sie am Ende für verrückt erklären, weil sie sich mitten in der Nacht auf den Weg zu ihm gemacht hatte?

Sie hielt weiter auf den Lichtschein zu. Mittlerweile vermischte sich der Duft, den der Regen bewirkt hatte, mit dem angenehmen Geruch des Feuers. Während sie näher kam, hatte sie das Gefühl, als sähe sie einen Schatten, der einen Teil der Flammen verdeckte. War das Herr Tanner?

Schließlich war sie nur noch wenige Meter entfernt. Ihr Chef stand mit dem Rücken zu ihr am Feuer. Er hatte die Hände weit über den Kopf erhoben und stützte damit den Überstand ab, der anscheinend nur auf drei Beinen stand. Einer der vier armdicken Baumstämme, die er für dessen Konstruktion verwendet hatte, lag neben ihm auf dem Boden. Derweil plätscherte das Wasser weiter in der Intensität einer Dusche vom pechschwarzen Himmel auf die Erde herab.

„Kann ich irgendwie helfen?“, rief Theresa laut genug, um das Plätschern des Regens und das Prasseln des Feuers zu übertönen.

Max wandte den Kopf, sah Theresa einen Moment lang ungläubig an und stieß dann atemlos hervor: „Könnten Sie … mal kurz … übernehmen?“

Theresa nickte. „Klar.“ Dann stellte sie sich neben ihren Chef und streckte ihre Arme aus. Um den Überstand erreichen und Max die Last abnehmen zu können, musste sie sich ganz lang machen. Als sich das nicht unerhebliche Gewicht schließlich auf ihre Handflächen senkte, hörte sie Max neben sich aufstöhnen. Dann sackten seine Arme herunter und er sank direkt neben ihr auf den Boden.

„Meine Güte", keuchte er, „wenn Sie nicht gekommen wären ... Die ersten Minuten gingen ja noch, aber dann ... Ich wusste zwar, dass es mit der Zeit schwerer werden würde ... aber so schwer ... Eine Sekunde ist mir noch nie so lang vorgekommen!"

Obwohl sie dem Feuer jetzt so nah war, dass seine Hitze ihr das Gesicht zu versengen schien, war Theresa glücklich. Sie war nicht umsonst gekommen!

„Ich konnte doch nicht loslassen! Wenn ich das getan hätte, wäre der Rest auch noch in sich zusammengebrochen." Max betrachtete schwer atmend den Pfosten, der neben ihm auf dem Boden lag. „Ich verstehe nicht, warum sich dieser hier gelöst hat. Ich hab ihn genauso befestigt wie die anderen drei." Er sah zu Theresa hoch. „Und die scheinen stabil zu sein."

„Vielleicht hatte dieser mehr Gewicht zu tragen als die anderen", überlegte Theresa. Der Gedanke kam nicht von ungefähr. Das Gewicht des Überstandes lastete schwer auf ihren ausgestreckten Händen.

Max rappelte sich in die Höhe. „Dann sollte ich ihn umso schneller wieder anbauen", sagte er, so als hätte er ihre Gedanken gelesen. Zunächst aber entfernte er sich, um das noch verbliebene Garn zu holen. Als er zurückkehrte, drückte er es David in die Hand. „Kannst du mir das geben, wenn ich dir Bescheid sage?"

David nickte eifrig. Er schien sich darüber zu freuen, dass er einen Beitrag leisten durfte.

Max positionierte den Pfosten zwischen Theresas Händen. Dann ließ er sich von David das Garn aushändigen und wickelte es fest um Pfosten und Dach. Dabei machte er sich die Tatsache zunutze, dass der Stamm im oberen Bereich noch einige kürzere Astansätze hatte. Dies verlieh der Bindung eine größere Stabilität.

Während Max arbeitete, hatte Theresa das Gefühl, als würde der Regen schon etwas weniger werden.

„Ich glaub, Sie können jetzt loslassen", sagte Max schließlich.

Theresa atmete auf und trat einen Schritt zurück. Wie bei Max sackten ihre Hände wie von allein herunter. Allerdings hob sie sie gleich wieder, um ihr Gesicht damit zu kühlen. Durch die Nähe zum Feuer brannte es, als hätte sie zu lange in der Sonne gelegen.

„Geht's?", fragte Max.

Theresa nickte. „Ich hab es ja längst nicht so lange gehalten wie Sie."

Max nahm die Arme herunter. „Sie haben mich gerettet."

„Da können Sie mal sehen!", gab Theresa zurück. „Ich hab Ihnen doch gesagt, dass der Mensch allein nicht klarkommt. Wir brauchen alle mal Hilfe."

Als hätte sie etwas vollkommen Falsches gesagt, versteifte sich Max. „Der Regen lässt nach", sagte er mit einer Stimme, die direkt aus dem Kühlhaus zu kommen schien. „Die paar Minuten hätte ich auch noch ausgehalten."

Theresa schluckte schwer. „Es … es ist doch keine Schande, auf andere angewiesen zu sein. Wir sind alle-"

„Gehen Sie zurück zu den anderen und helfen Sie denen", fiel Max ihr ins Wort. „Ich komm hier auch allein klar." Damit drehte er Theresa den Rücken zu und stapfte davon.

***

Am darauffolgenden Morgen schreckte Theresa hoch, weil irgendjemand aus Leibeskräften schrie. Sie war sofort hellwach, katapultierte sich in eine sitzende Position und blickte sich alarmiert um. Im nächsten Moment flog etwas leuchtend Rotes dicht an ihrem Gesicht vorbei. Es schien ihr etwas kleiner als ein Tennisball zu sein und gab nicht das geringste Geräusch von sich. „Was …?"

„Nimm das weg! Nimm das weg!", kreischte Arissa auf Englisch und schlug wild um sich. Nor und Ethan sprangen zeitgleich auf und stürzten zu ihrer Tochter.

Derweil flog das rote Ding erneut an Theresa vorbei. Es steuerte auf die Felswand zu, drehte dann aber ab und flog einen unsinnigen Zickzackkurs über die anderen Gruppenmitglieder hinweg.

„Was ist das?", fragte David und krabbelte Schutz suchend auf Theresas Schoß.

„Es saß auf meinem Gesicht!“, schrie Arissa. „Als ich aufgewacht bin, saß es auf meinem Gesicht!“

„Eine Libelle“, flüsterte Theresa. Sie starrte fasziniert auf die intensiv roten Flügel, die in einer Geschwindigkeit schlugen, die das menschliche Auge nicht mehr nachvollziehen konnte. „So eine rostrote Libelle hab ich noch niemals gesehen.“ Da war es wieder, das Gefühl, in einem Paradies gelandet zu sein, das an Schönheit kaum zu überbieten war. Und dann … landete die Libelle plötzlich auf Theresas rechtem Knie und blieb einfach sitzen.

Ein Garten Eden, den man im wahrsten Sinne des Wortes hautnah erleben kann, dachte Theresa und starrte auf das wunderschöne Tier, an dem tatsächlich alles rot war, der Körper, die überdimensional großen Augen, die Flügel … Nur am äußersten Ende der Flügel befand sich eine Stelle, die farblos war, wenige Millimeter, in denen die Flügel so glasklar waren wie Feenflügel. Ein Gefühl der Ehrfurcht überkam Theresa.

Arissa schien ihre Faszination nicht das geringste bisschen zu teilen. Ihre Stimme hatte immer noch diesen völlig panischen Klang. „Wo ist das Vieh jetzt?“

„Halt deine dämliche Klappe“, herrschte Coleman sie an. „Ich hab keine Lust, alle fünf Minuten von irgendetwas geweckt zu werden! Hast du eine Ahnung, wie lange ich bei diesem Juckreiz gebraucht habe, um einzuschlafen? Wenn mich jeder weckt, dem ein Pups quer sitzt, krieg ich in hundert Jahren keinen Schlaf!“

Theresa konnte seine Reaktion direkt ein bisschen verstehen. Sie hatte selbst viel zu wenig geschlafen und fühlte sich wie gerädert.

„Libellen haben einen vergleichsweise langsamen Flügelschlag“, sagte Ethan. Er hatte ein paar Schritte auf Theresa zu gemacht und starrte genauso fasziniert wie sie auf das rotbraune Insekt, dessen Hinterteil sich jetzt rhythmisch zusammenzog und wieder ausdehnte. „Deswegen hört man sie nicht. Sie schlagen 20- bis 30-mal in der Sekunde mit ihren Flügeln. Bei Hummeln beträgt die Frequenz 120 bis 160 Schläge in der Sekunde, deswegen brummen sie. Stechmücken hingegen sirren. Ihre Flügel schlagen unglaubliche 600-mal pro Sekunde.“

„Woher weißt du das?“, wunderte sich Michael.

„Ich interessiere mich für alles, was mit dem Fliegen zu tun hat. Ich hab zu Hause mehrere Modellflugzeuge. Wusstet ihr, dass der Flug der Libelle das Vorbild für unsere heutigen Hubschrauber ist?“

Gott, du bist so groß, dachte Theresa, *so kreativ …*

„Ist der Juckreiz schlimmer geworden?“, fragte Wang Fang an Coleman gerichtet.

„Allerdings“, knurrte dieser. „Ich hab mir richtig was eingefangen. Und wobei?“ Er sah auffordernd in die Runde, erhielt aber keine Antwort. Deshalb gab er sie sich selbst. „Bei dem Versuch, euch alle zu ernähren. Und was ist der Dank?“ Wieder warf er auffordernde Blicke in seine Umgebung. „Dieses Mal ist Schweigen genau die richtige Antwort. Es gibt nämlich keinen Dank. Im Gegenteil. Wenn ich abends erschöpft und zerschrammt aus dem Urwald zurückkomme, muss ich mir auch noch euer Gemaule und Gemurre anhören.“

Ganz unrecht hat er nicht, dachte Theresa. „Soll ich vielleicht heute mal gehen?“, schlug sie vor. Aufgrund des Verhaltens, das Herr Tanner in der Nacht an den Tag gelegt hatte, verspürte sie nicht die geringste Lust, Zeit mit ihm zu verbringen. Sie hatte es überhaupt nicht nötig, ständig hinter jemandem herzulaufen, der sie ohnehin nicht zu schätzen wusste. Da war es doch sinnvoller, den Tag mit Jontek zu verbringen. Er würde ihre Hilfe sicher nicht zurückweisen! „Jontek und Gökhan haben bestimmt nichts dagegen, wenn ich sie begleite!“

„Kommt nicht infrage“, knurrte Coleman. „Der Dschungel ist viel zu gefährlich für Frauen. Außerdem möchte ich nicht, dass sich noch mehr Leute dieses Problem einfangen.“

Theresa schauderte. Wer wusste schon, welche Krankheiten in einer Gegend wie dieser lauerten? *Herr,* betete sie in Gedanken, *bitte bewahre uns!*

„Oh nein!“, rief jetzt eine helle, weibliche Stimme. „Er ist weg!“

Theresas Kopf ruckte herum und ihr Blick landete bei Wang Fang, die diesen Ausruf von sich gegeben hatte. Im nächsten Moment sprang die junge Krankenschwester auch schon auf und eilte auf die Stelle zu, an der gestern Abend noch der „Neue“ gelegen hatte.

„Das gibt's doch nicht!" Colemans tiefe Stimme stand in krassem Kontrast zu Wang Fangs zartem Aufschrei, hatte aber dieselbe Ursache. Als Coleman zu Wang Fang stieß, blickte er sich ratlos um. Dann bückte er sich und hob einen der beiden Gürtel auf, mit denen er Theo gefesselt hatte. Er war mittendurch gerissen und wurde nur noch durch die geschlossene Schnalle zusammengehalten.

So viel also zur Qualität der Gürtel …, dachte Theresa.

„Er wird wieder versuchen, sich umzubringen", jammerte Wang Fang.

Coleman zuckte gleichgültig die Achseln. „Besser sich als uns."

„Wie bitte?", echauffierte sich Wang Fang. „Was ist denn das für eine Einstellung? Theo ist nicht klar bei Verstand. Er braucht unseren Schutz! Und deshalb müssen wir ihn suchen!"

„Also, ich bin froh, dass er weg ist", sagte Stanley und richtete sich nun ebenfalls auf. Wenn er wie heute direkt aus dem „Bett" kam, standen seine blonden Haare völlig wirr in alle Richtungen ab. In Kombination mit seinen auffallenden Segelohren und dem neongrünen Shirt wirkte er ein bisschen wie ein Troll.

„Echt?", wunderte sich Anuwat und sah sich besorgt nach allen Seiten um. „Ich nicht. Ich hab jetzt schon das Gefühl, dass er mich beobachtet und jeden Moment aus dem nächsten Busch hüpft, um auf mich loszugehen … Schließlich glaubt er, dass wir beide an allem schuld sind!"

Stanley schluckte so schwer, dass alle es hören konnten. „Darüber hab ich noch gar nicht nachgedacht."

„Und das werden wir auch nicht!", donnerte Coleman dazwischen. „Der Mann ist verrückt und überhaupt nicht in der Lage, zielgerichtet zu handeln. Er irrt entweder planlos über die Insel oder hat sich längst ins Meer gestürzt. Deshalb werden wir jetzt zur Tagesordnung übergehen, verstanden?"

„Aber-"

„Nichts aber!" Coleman legte noch ein paar Dezibel drauf und schnitt Wang Fang auf diese Weise brutal das Wort ab. „Ich bin hier der Chef und sage, wo's langgeht! Dieser Theo war mir ohnehin ein Dorn im Auge. Allein diese ständigen Geräusche … Wir werden ihn keinesfalls suchen, verstanden?"

Wang Fang starrte Coleman mit großen Augen an, wagte aber nicht mehr, ihm zu widersprechen. Stattdessen füllten sich ihre Augen mit Tränen.

„Ich gehe jetzt schwimmen!“, sagte Coleman, ohne weiter Notiz von ihr zu nehmen. Gleichzeitig ließ er den Gürtel, mit dem er Theo gefesselt hatte, achtlos auf den Boden fallen. Dann wandte er sich Miriam zu, grinste vielsagend und fragte: „Kommst du mit?“

Miriam sprang auf und eilte auf ihn zu. Dabei folgten ihr die Blicke der gesamten Gruppe. Verwunderlich war das nicht. Der weiße, mit Spitze besetzte Push-up-BH, der zusammen mit einem dazu passenden Slip Miriams Nachtkleidung bildete, betonte ihre sonnengebräunte Haut und brachte ihre Modelfigur hervorragend zur Geltung. Theresa zog automatisch den Bauch ein und sah den beiden auf ihrem Weg in Richtung Bach noch eine ganze Weile nach.

Erst als sich Wang Fang hinhockte, den Gürtel in die Hand nahm und verzweifelt in ihren Händen drehte, kam wieder Leben in Theresa. Sie ging zu Wang Fang hinüber, hockte sich neben sie und legte ihren Arm um ihre Schulter. Dann flüsterte sie: „Gib die Hoffnung nicht auf. Ich werde für Theo beten.“

Wang Fang blickte Theresa an. Hinter ihrer lila Hornbrille wirkten die Tränen, die immer noch in ihren Augen standen, besonders groß. „Denkst du, das bringt was?“

Theresa musste schlucken. Leider war sie sich da nicht so sicher. Irgendwie hatte sie ein ungutes Gefühl. „Ich könnte auch noch Herrn Tanner um Hilfe bitten. Ich muss sowieso zu ihm und ihn vor Theo warnen. Ungefährlich ist er nicht …“

***

„Ich hab Penatencreme gefunden“, sagte Theresa und ging auf Jontek zu. Dieser saß unweit der Felsenhöhle auf dem Boden und bearbeitete seinen linken Knöchel mit einem Stein. „Die hilft unter Garantie besser.“

Jontek blickte auf und ließ erst einmal von seinem Knöchel ab. „Dieser Juckreiz ist unerträglich“, knurrte er. „Obwohl er tagsüber ein bisschen nachlässt, kann man einfach nicht aufhören, daran zu denken.“

„Klingt schrecklich“, nickte Theresa und kniete sich neben Jontek auf den Boden. „Aber er wird bestimmt nicht besser, wenn du dir alles aufkratzt.“

Jontek seufzte tief. „Seit wann hilft Penaten gegen Parasiten?“

„Tut sie wahrscheinlich nicht. Aber sie hilft vielleicht der Haut, damit fertig zu werden.“

„Na dann“, sagte Jontek und schob seinen linken Fuß in Theresas Richtung. „Einen Versuch ist es wert.“

Theresa öffnete die Dose, die sie in einer der Kulturtaschen gefunden hatte, und strich die zähe Creme auf Jonteks Knöchel. Dabei stieg ihr der typische Geruch in die Nase und erinnerte sie umgehend an ihre Mutter. Während sie die Creme sanft in Jonteks Haut einmassierte, sagte sie: „Wenn ich irgendetwas hatte, war meine Mutter immer mit Penatencreme zur Stelle. Sie hat sie sogar benutzt, wenn ich Bauchschmerzen hatte.“

„Ein Placebo also“, seufzte Jontek.

Theresa musste lächeln. „Wenn du so willst …“

„Ist trotzdem angenehm“, gurrte Jontek. „Ich könnte mir noch ein paar andere Körperteile vorstellen, die so behandelt werden wollen.“

Theresa schluckte und machte Anstalten, sich zu erheben, blieb aber sitzen, als Jontek fragte: „Du willst den rechten Knöchel doch nicht etwa unbehandelt zurücklassen?“ Er streckte ihr demonstrativ den anderen Fuß entgegen.

Ein wenig widerwillig griff Theresa erneut in die Cremedose und rieb auch seinen rechten Knöchel damit ein. Allerdings ging sie dieses Mal sehr viel mechanischer vor. „Wegen Theo …“, begann sie. „Denkst du, ihr könntet im Dschungel ein bisschen Ausschau-“

„Der Vorschlag von dir, uns in den Dschungel zu begleiten“, fiel Jontek ihr ins Wort. „War der eigentlich ernst gemeint?“

„Schon“, nickte Theresa ein wenig verhalten. „Ich hatte gedacht, es wäre nett, mal einen Tag miteinander zu verbringen. Aber jetzt ist Theo verschwunden und-“

„Ein gemeinsamer Tag klingt toll“, schnitt Jontek ihr zum zweiten Mal das Wort ab. „Vielleicht können wir-“ Jontek hielt inne, als sirenenartiges Geheul ertönte und David durch ein paar Sträucher brach und auf die beiden zugerannt kam. „Pia hat mich gekratzt! Dabei hab ich ihr den Stock gar nicht weggenommen! Es war mein Stock! Ich hab ihn zuerst gesehen! Außerdem hat Pia einen eigenen Stock!"

Theresa sprang auf, doch musste sie feststellen, dass Nahrungs- und Schlafentzug allmählich ihren Tribut forderten. Ihr wurde schwarz vor Augen und sie sank zurück auf ihre Knie, um eine Ohnmacht zu verhindern. Beim zweiten Mal erhob sie sich sehr viel vorsichtiger. Dann untersuchte sie die Kratzwunde, die sich an Davids rechter Wange befand. „Ist gar nicht so schlimm", versuchte Theresa David zu beruhigen. „Erstens-"

„Es ist nicht nur nicht schlimm, es ist überhaupt nichts", fiel Jontek ihr ins Wort. Anscheinend hatte er nichts von Theresas Kreislaufproblemen mitbekommen. Statt nach ihrem Wohlergehen zu fragen, wandte er sich direkt an David. „Du wirst doch wohl in der Lage sein, dich gegen ein kleines Mädchen zur Wehr zu setzen, statt wie eine Heulsuse-"

„Jontek!", rief Theresa mahnend. „Er ist fünf Jahre alt!"

„Na und? Ich begreife nicht, warum du dich dauernd um diesen Bengel kümmern musst. Er ist nicht mal dein eigener. Außerdem kann er den ganzen Tag über auf deinem Schoß sitzen. Ich hingegen muss …" Der Rest seiner Worte entging Theresa. David war inzwischen auf Theresas Arm geklettert und heulte ihr direkt ins Ohr.

„Es ist wirklich nicht in Ordnung, dass Pia dich gekratzt hat", sagte Theresa sanft. „Zum Glück hab ich ein richtiges Wundermittel dabei." Sie zeigte David die Dose mit der Penatencreme. „Sieh mal."

„Jontek, wo bleibst du denn?", donnerte Coleman durch das halbe Lager. „Wir wollen los!"

„Siehst du, was ich meine?", meckerte Jontek und und eilte davon.

***

Nachdem Coleman, Jontek und Gökhan das Lager verlassen hatten, ging Theresa mit David zum Fluss, um ein Bad zu nehmen. Wie immer behielten beide ihre Unterwäsche an, als sie ins Wasser stiegen. Dies war inzwischen gängige Praxis sämtlicher Gruppenmitglieder geworden und hatte den Vorteil, dass man sich weder nackt zeigen noch seine Unterwäsche separat waschen musste.

Obwohl David am Anfang große Angst vor dem unbekannten Gewässer gehabt hatte, war inzwischen ein Gewöhnungseffekt eingetreten und er kam freiwillig mit hinein. Allerdings klammerte er sich dabei mit aller Kraft an Theresas Hals fest. So musste Theresa ziemlich herumbalancieren, als sie nackten Fußes über braunen Sand und abgerundete Steine hinweg ins warme Wasser stieg.

„Nicht so tief, okay?“, mahnte David.

„Ich wollte heute eigentlich mit dir schwimmen üben“, erwiderte Theresa und befreite ihren rechten Fuß von einer vorwitzigen Schlingpflanze. „Das musst du unbedingt lernen.“

David verstärkte den Griff um Theresas Hals. „Du hast versprochen, mich nicht loszulassen!“

„Das werd ich auch nicht! Ich tue nur, was du in Ordnung findest.“ Theresa griff nach ihrem Kettenanhänger. Der Ring befand sich im Moment zwischen ihrem und Davids Körper und wurde so stark nach unten gezogen, dass die Kette am Nacken schmerzhaft in ihre Haut einschnitt. Als sie den Ring aus seiner ungünstigen Position befreit hatte, sagte sie: „Hör zu, David, es ist wirklich wichtig, dass du schwimmen lernst. Sonst ertrinkst du, wenn du mal ins Wasser fällst!“

„Ich fall ja nicht ins Wasser. Ich geh nicht mal allein zum Fluss.“

„Im Moment nicht!“ Während sie das sagte, spürte Theresa, wie sie ein bisschen tiefer in den Sand des Flussbettes einsank. „Aber du bist viel mit Pia und Peer unterwegs. Da kann es schon mal sein, dass man sich in die Nähe des Wassers verirrt.“

„Pia darf gar nicht zum Wasser. Sie kann auch nicht schwimmen.“

Theresa seufzte tief. Anscheinend hatte es noch keinen Zweck, die ersten Schwimmversuche zu unternehmen. „Guck mal, da sind die bunten Fische wieder.“ Sie deutete auf einen kleinen Schwarm gelbgrüner Fische, den sie auch an den anderen Tagen gesehen hatte. Die Fische waren vielleicht sechs Zentimeter lang, hatten große schwarze Augen und einen beinahe durchsichtigen Hinterkörper, der nur von einem leuchtenden Strich durchbrochen wurde.

„Die sehen aus wie aus'm Aquinarium“, sagte David.

„Aquarium“, korrigierte Theresa.

„Können wir jetzt wieder rausgehen?", fragte David, ohne auf Theresas Korrektur einzugehen.

„Wir sind doch noch gar nicht richtig drin!", protestierte Theresa und betrachtete die Wasseroberfläche, auf der eine Vielzahl kleiner Insekten herumtanzte. Das Wasser ging Theresa noch nicht einmal bis zur Brust. Dementsprechend war auch David nur bis zum Bauchnabel unter Wasser.

„Ich will aber zu Max!"

Theresa ging noch ein paar Schritte weiter in den Fluss hinein. „Das machen wir später, ja?"

„Aber ich hab Hunger und Max hat immer was zu essen!"

Theresa holte Luft, um darauf zu antworten, wurde aber durch eine Stimme unterbrochen, die vom Flussufer zu ihnen herüberschallte.

„Verdammte Scheiße!" Die Stimme gehörte Anuwat. Als sich Theresa zu ihm umdrehte, sah sie, dass er dabei war, seinen rechten Fuß im Fluss abzuwaschen.

„Was ist denn los?", rief Theresa zu ihm hinüber.

Anuwat blickte auf. Sein von Leberflecken übersätes Gesicht war rot vor Ärger und hob sich dadurch stark von seinen schwarzen Haaren ab. „Ich bin schon wieder in Kacke getreten", schimpfte er. „Muss denn hier jeder einfach in die Gegend scheißen?"

Theresa musste grinsen. „Ist mir auch schon passiert", rief sie zu ihm hinüber. „Vielleicht sollten wir das mal thematisieren."

„Vielleicht sollten wir mal langsam abgeholt werden!", knurrte Anuwat. Anscheinend hatte er nicht die beste Laune. „Wir leben in einer Zeit, in der sich Touristen ein Ticket fürs All kaufen können. Da wird man auf der Erde doch wohl ein abgestürztes Flugzeug wiederfinden können! Wo also bleiben die Rettungsmannschaften?"

Theresa seufzte tief. „Wenn ich das nur wüsste." Sie ging langsam zurück zum Flussufer. „Ist sonst alles in Ordnung?"

Soweit das überhaupt möglich war, verfinsterte sich Anuwats Gesichtsausdruck noch mehr. „Isaac, dieses Arschloch, schmeißt sich an Ari ran."

Theresa stieg vorsichtig aus dem Wasser. Mit „Ari" meinte Anuwat anscheinend Arissa. Ihr war schon aufgefallen, dass sowohl Anuwat als auch Isaac ein reges Interesse an der jungen Dame an den Tag legten. Umso argwöhnischer bewachten Nor und Ethan ihre noch minderjährige Tochter. „Also, falls du einen Rat willst …"

„Nein, will ich nicht!", zischte Anuwat.

Theresa hatte das Gefühl, dass Arissas Herz längst an Isaac vergeben war. Und das erschien ihr auch richtig. Schließlich passten sie vom Alter her sowieso viel besser zueinander. „Dann nicht", seufzte sie und setzte David auf den Boden. „Komm, wir gehen zurück zu den anderen."

Als sie dort ankamen, saß Miriam auf einem Felsen und hatte einige der anderen um sich versammelt.

„Na, bist du sauber genug, um bei deinem Lover aufzuschlagen?", bemerkte Miriam, als Theresa näher kam.

Theresa bemerkte erst jetzt die Pistole, die Miriam in der Hand hatte. Was sollte das denn werden? „Er ist nicht mein Lover."

Miriam fuhr sich durch ihre langen, braunen Haare. Sie hatte jetzt ultrakurze Hotpants und ein knappes, rotes Top über ihre Unterwäsche gezogen. „Das trifft sich gut. Dann kannst du ja heute hierbleiben und den anderen beim Nähen helfen." Theresas Blick fiel auf die Kleidungsstücke, die auf dem Boden lagen. „Das muss zu einer Bettdecke zusammengenäht werden", fuhr Miriam fort. „Ich hab einfach keinen Bock mehr auf diese vielen Einzelteile."

Theresa schnappte nach Luft. Sie würde ganz sicher nicht für Miriam die Näherin spielen. „Aber wir haben nur ein einziges Nähset", protestierte sie. „Und das sollten wir für wichtigere Dinge schonen."

„Was kann wichtiger sein als mein Nachtschlaf?" Die Tatsache, dass Miriam bei diesen Worten mit ihrer Pistole herumspielte, rückte die Frage in die Nähe einer Drohung.

Theresa schluckte schwer. Einen Moment lang überlegte sie fieberhaft, wie sie aus dieser Nummer wieder rauskommen konnte, dann kam ihr der rettende Gedanke. Es gab immerhin eine Person, die Miriam wirklich respektierte. „Coleman hat aber gesagt, dass ihr mich gehen lassen sollt."

Miriam blickte auf. Einen Moment lang schien sie mit sich zu ringen, dann sagte sie abfällig: „Dann hau doch ab. Ich kann mir nicht vorstellen, dass du weißt, wie man mit einer Nadel umgeht."

Kapitel 19

„Kann ich was zu essen haben?“ Kaum, dass David Max erblickt hatte, riss er sich auch schon von Theresas Hand los und stürmte auf ihn zu.

Theresa seufzte tief. Sie hatte es aufgegeben, David daran zu hindern, bei Max zu essen. Trotzdem fühlte es sich immer noch ein bisschen wie Verrat an.

„Komm her!“, lachte Max, der am Feuer stand und an einem langen Holzstab irgendetwas briet. Er hatte auch heute kein Oberhemd an und sein muskulöser Oberkörper glänzte von dem Schweiß, den die Hitze des Feuers auf seine Haut trieb. „Heute gibt’s was Neues!“

Theresa schlenderte langsam hinter David her und versuchte sich auf das Grillgut und nicht auf Max’ Oberkörper zu konzentrieren. „Ist das Fisch?“, fragte sie verwundert. Der silberne Fisch war ungefähr 20 Zentimeter lang und hatte einen flachen, runden Körper. Dadurch erinnerte er von der Form her ein bisschen an Scholle. Besonders auffällig war jedoch die Schwanzflosse, die schwarz-silbern gestreift war.

„Allerdings!“, strahlte Max.

„Wo haben Sie den her? Und schon so früh am Tag?“, fragte Theresa.

„Ich konnte nicht schlafen“, antwortete Max. „Deshalb war ich schon früh auf den Beinen.“ Er deutete in die Richtung, in der sich der Fluss befand. „Dort, wo der Fluss ins Meer fließt, ist eine kleine Lagune entstanden. Sie ist ein bisschen schwer zu erreichen, weil man erst ein paar Felsen überwinden muss. Aber wenn man erst mal da ist … Das ist ein Schlaraffenland, Krügchen. Voller dicker Fische! Sie würden nicht glauben, was sich da tummelt!“

Theresa dachte an die fruchtlosen Versuche der anderen, einen Kescher zu bauen. „Aber wie haben Sie ihn gefangen?“, fragte sie.

„Ich hab ihn mit dem Teil da aus dem Wasser gezogen." Er deutete auf das zu einem Behälter gebogene Drahtgitter, mit dessen Hilfe er die Eier gekocht hatte.

Theresa schüttelte ungläubig den Kopf. Max war den anderen immer einen Schritt voraus!

„Hey, Kumpel", sagte Max plötzlich. „Hast du Bekanntschaft mit 'nem Ast gemacht?" Er berührte behutsam die Striemen in Davids Gesicht.

Dieser schüttelte den Kopf. „Nee. Das war Pia. Sie hat mich gekratzt."

„Tja", grinste Max und wuschelte durch Davids braune Haare. „Mit Frauen muss man vorsichtig sein. Das kann man gar nicht früh genug lernen."

„Ha, ha, ha", machte Theresa und dachte an die Frauen, mit denen Max sich in den letzten Jahren getroffen hatte. Ihrem Eindruck zufolge waren das alles One-Night-Stands gewesen. Verhielt sich so ein Mann, der sich vor den Frauen in Acht nahm?

„Ich glaub, er ist fertig", sagte Max und zog den Stock zu sich heran. Dann betastete er prüfend den Fisch.

Ein würziger Duft stieg in Theresas Nase und erinnerte sie an Urlaub am Meer und Grillpartys. Gleichzeitig sorgte er dafür, dass ihr das Wasser im Munde zusammenlief. Passend dazu meldete sich auch schon ihr Magen zu Wort. Sie hatte einen unglaublichen Hunger! Seit gestern Abend hatte sie nichts mehr gegessen. Irgendwie war sie zu stolz gewesen, um Jontek daran zu erinnern, dass er ihr eine Banane versprochen hatte.

„Der ist gar", befand Max. Er ging zu einem der Felsen hinüber, nutzte diesen als Tisch und löste den Fisch vorsichtig von dem Stock. Dabei konnte er das heiße Grillgut allerdings immer nur kurz anfassen. Anschließend holte er sein Taschenmesser aus der Hosentasche und schnitt den Fisch auf. Als er ein Stück Filet von den Gräten gelöst hatte, hielt er es Theresa und David entgegen. „Wer möchte?"

Theresa rührte sich nicht, David hingegen griff sofort zu und stopfte sich das Fischfilet gierig in den Mund.

„Verbrenn dich nicht", mahnte Theresa.

„Lecker", seufzte David mit vollem Mund.

„Hier, für Sie", sagte Max und hielt auch Theresa ein Stück Fisch hin.

Theresa schüttelte den Kopf. Dann sagte sie mit bitterem Unterton: „Wir wollen doch nicht, dass meine Sahnetortenrollen wiederkommen."

Max' Blick verfinsterte sich sichtlich. „Möchtest du es?" Er hielt David das Stück Fisch hin und fand sofort einen Abnehmer.

Während Theresa David beim Essen zusah, war sie zwischen Reue, Verzweiflung, Gier und Trotz hin- und hergerissen. Gleichzeitig stellte sie sich die Frage, wie lange ein Mensch ohne Nahrung überleben konnte. Wie lange hatte Jesus noch mal in der Wüste ausgeharrt?

„Jetzt will ich werfen üben", verkündete David, als er den Fisch verspeist hatte.

„In Ordnung. Aber vergrößere die Distanz ein bisschen. Du musst jeden Tag ein bisschen mehr von dir verlangen!"

David zog die Stirn in Falten. „Was ist Dissanz?"

„Distanz, der Abstand zum Ziel", korrigierte Max. Dann zog er ihm eine Linie, die etwas weiter vom Ziel entfernt war, und zeigte ihm noch einmal die Wurftechnik. Während er sich geduldig mit dem kleinen Jungen beschäftigte, schüttelte Theresa innerlich den Kopf. War das der Mann, der nicht zwei Minuten auf seinen Kaffee hatte warten können?

Während sich die beiden beschäftigten, ging Theresa zu ihrem Altar auf der anderen Seite des Felsens. Sie genoss es, ein paar Minuten für sich zu haben und dabei nicht befürchten zu müssen, dass David irgendetwas zustieß.

„Kann ich mit Max mitgehen?"

Theresa hatte schon eine gute halbe Stunde gebetet, als David neben ihr auftauchte. Sie öffnete ein wenig schwerfällig die Augen und sah ihn an. „Wie … mitgehen?"

„Max will mir die Wasserpistolenfische zeigen", strahlte David. „Ich darf doch, ja? Bitte!"

„Aber … ich weiß nicht", stammelte Theresa und änderte ihre Position. Sie hatte bis eben im Schneidersitz gesessen und musste jetzt feststellen, dass ihr die Beine eingeschlafen waren.

„Bitte, bitte, bitte, bitte", quengelte David.

„Wir bleiben auch nicht lange weg", sagte Max, der jetzt in Theresas Blickfeld gelangte. „Ich möchte noch mal zur Lagune und ein paar Fische fangen."

„Das trifft sich gut", sagte Theresa und erhob sich. Dann vertrat sie sich ihre kribbelnden Beine. „Ich wollte Sie sowieso bitten, sich ein bisschen umzusehen."

„Wieso?"

Theresa seufzte tief und erzählte ihrem Chef von Theo und der Tatsache, dass er aus dem Lager entkommen war.

„Armes Würstchen", sagte Max und strich sich nachdenklich über seine kurzen, dunklen Bartstoppeln. „Denken Sie, dass … dass man ihn am Wasser am ehesten findet?"

Theresa atmete einmal tief durch. „Irgendwie denke ich das, ja."

Max nickte.

„Was hat es eigentlich mit diesen Wasserpistolenfischen auf sich?", fragte Theresa.

„Ja, die", lächelte Max. „Die sind wirklich interessant. Man kann sie sehr gut beobachten, weil sie dicht unter der Wasseroberfläche leben. Ob Sie's glauben oder nicht, aber ich hab sie dabei beobachtet, wie sie Insekten mithilfe einer gezielten Spucktechnik von Blättern oder Halmen herunterschießen. Ganz ehrlich, Krügchen, diese Fische sind mir seelenverwandt. Sie schießen mit ihrem Wasserstrahl genauso gut wie ich mit Armbrust und Bolzen!"

„Tja, dann …", sagte Theresa und starrte fasziniert in Max' smaragdgrüne Augen. Im Moment wirkten sie kein bisschen kalt und hart, stattdessen funkelten sie voller jugendlicher Begeisterung. Ansteckender jugendlicher Begeisterung …

***

Als Max und David ungefähr fünf Stunden später von ihrem Ausflug zurückkehrten, hatte Theresa angefangen sich Sorgen zu machen. Umso erleichterter lief sie den beiden entgegen. „Na, endlich! Ich dachte schon, euch wäre etwas passiert!"

„Dachten Sie, wir wären von einem Fisch erschossen worden?", witzelte Max.

„Ich glaube, Sie wissen, woran ich gedacht habe“, erwiderte Theresa und erreichte damit, dass das Lächeln ihres Chefs erstarb.

„Keine Spur von ihm“, sagte er ernst.

„Das gefällt mir nicht“, seufzte Theresa und nahm David in den Arm. Dann drückte sie ihm einen Kuss auf die Haare. „Sie sind hier ganz allein. Er könnte nachts über Sie herfallen …“

„Machen Sie sich keine Gedanken“, erwiderte Max mit einer wegwerfenden Handbewegung. „Sie wissen doch: Allein komme ich am besten zurecht.“

David schien nicht mitzubekommen, worum sich das Gespräch drehte. Jedenfalls jubelte er unbekümmert: „Wir haben einen von den Wasserpistolenfischen gefangen!“ Er entriss Max den Korb, den er aus dem dünnen Metallgitter geformt hatte und der nicht nur als Fischernetz, sondern auch als Transportkorb zu dienen schien, und lief damit auf Theresa zu.

„Das ist kein Wasserpistolenfisch, das ist ein Zebrafisch“, behauptete Theresa, als sie in den Korb hineinsehen konnte. Dort lagen sechs Fische. Der oberste davon war hellgrau und hatte auffällige schwarze Flecken auf der oberen Hälfte seines Körpers.

„Ich hab gesehen, wie er geschossen hat“, plapperte David drauflos. „Und ich hab auch gesehen, wie er eine Fliege gefressen hat! Und weißt du was? Er hat nicht danebengeschossen! Kein einziges Mal! Beim Zugucken bin ich einmal fast ins Wasser gefallen, aber Max hat mich rausgezogen. Ich will jetzt schwimmen lernen. Max hat gesagt, ein Mann muss schwimmen können und …“

Theresas Augen weiteten sich. Hatte Max geschafft, was ihr nicht gelungen war?

„… wir haben Spinnen gesehen, die man streicheln kann“, fuhr David ohne Punkt und Komma fort. „Max hat eine für mich gefangen. Willst du mal sehen?“ Er griff in seine Hosentasche und holte eine kleine runde Metalldose daraus hervor, in der sich wohl einmal Manschettenknöpfe befunden hatten. Dann öffnete er den Deckel.

Theresa sah neugierig hinein, schrie dann aber auf und zuckte zurück. „Igitt!“

„Aber Krügchen“, lachte Max. „Das ist ein ganz harmloses Kuscheltier.“

Theresa versuchte ihren Herzschlag herunterzupegeln. Dann riskierte sie einen zweiten, überaus vorsichtigen Blick auf die Spinne. Sie war knapp einen Zentimeter lang und hatte einen dicken, in zwei Hälften geteilten Körper, der von einem grauen Flaum überzogen war. Die acht Beine waren kurz und ebenfalls dick. „Woher wollen Sie wissen, dass das Vieh ungefährlich ist?"

Max zuckte gleichgültig die Achseln. „Ich hab im Flieger mal nachgeguckt, ob es in Australien Giftspinnen gibt. Wenn ich mich recht entsinne, gibt es 1.500 Spinnenarten, nur 30 davon sind giftig und nur zwei davon für den Menschen gefährlich. Dabei handelt es sich um die Trichternetzspinne und die Rotrückenspinne. Beide hab ich auf Bildern gesehen und beide sahen ganz und gar nicht so possierlich aus wie dieses Exemplar."

„Possierlich", seufzte Theresa und versuchte wieder gleichmäßig zu atmen. Dann blickte sie ein weiteres Mal in die Metalldose. In dem Moment jedoch, in dem sie sich vorbeugte, sprang die Spinne plötzlich in die Höhe und landete … auf Theresas Busen. „Aaah! Iihhh!", kreischte Theresa und wischte die Spinne von ihrem Körper. Dann sprang sie ein Stück zur Seite, wischte sich weiter panisch über Brust und Bauch und tänzelte dabei über den felsigen Boden. „Wo ist sie? Wo ist sie?"

„Ich will meine Spinne wiederhaben!", rief David und tastete suchend die Umgebung ab.

„Wo ist sie? Hast du sie?", rief Theresa und suchte immer noch hektisch ihren Körper ab.

„Ich glaub, ich hab vergessen zu erwähnen, dass dies eine Springspinne ist", sagte Max und sah sich das Theater grinsend mit an.

„Können Sie mal gucken, ob sie noch irgendwo an mir ist?" Sie drehte sich vor Max, als wollte sie ihm die neueste Mode vorführen.

„Ich seh nichts, aber ich kann gern mal in Ihrem Ausschnitt nachgucken", feixte Max.

Diese Äußerung brachte Theresa zur Besinnung. Sie blieb abrupt stehen und funkelte ihn wütend an. „Als ob Sie sich für meinen Ausschnitt interessierten!"

***

Anderthalb Stunden später saß Theresa halb schmollend, halb leidend in ihrer Gebetsecke hinter dem Felsen und versuchte, den Duft von gebratenem Fisch zu ignorieren. Max und David hatten sich sofort über einen Teil der Fische hergemacht und gar nicht erst versucht, Theresa etwas davon anzubieten. Dabei war sie kurz davor, schwach zu werden. Im Moment war ihr richtig schlecht vor Hunger und sie hatte den Eindruck, als funktioniere ihr Kreislauf nicht mehr richtig. Musste sie denn für ihre Prinzipien ihr Leben aufs Spiel setzen?

Sie war noch damit beschäftigt, ernsthaft das Für und Wider abzuwägen, als plötzlich Max vor ihr stand. „David ist eingeschlafen."

Theresa seufzte tief. „Das bedeutet dann wohl, dass ich nicht hier weg kann." Dabei wäre eine Flucht das einzige Mittel gegen diesen würzigen Duft gewesen.

„Sieht so aus", nickte Max. Seine grünen Augen wirkten jetzt wieder kalt und hart.

„Na, dann …"

„Kann ich mich vielleicht zu Ihnen setzen?", fragte Max und deutete auf den Boden neben Theresa.

Theresa machte eine Handbewegung, die eher gleichgültig als einladend wirkte. „Sicher."

Daraufhin nahm Max neben Theresa Platz. „David ist wirklich ein toller Junge", begann er ein Gespräch. „Er ist aufgeweckt, neugierig, interessiert …"

„Ach ja?", wunderte sich Theresa und dachte daran, wie genervt Jontek auf David reagierte. „Hat er Sie bei dem Ausflug gar nicht gestört?"

Max schüttelte den Kopf. „Überhaupt nicht. Der Ausflug hat mich an die Zeit erinnert, in der ich meinen Vater noch hatte … Das sind schöne Erinnerungen. Erinnerungen, denen ich seit Ewigkeiten nicht mehr nachgegangen bin. Wahrscheinlich, weil ich immer so beschäftigt war."

Theresa dachte an den fordernden Max aus dem Büro zurück. „Wahrscheinlich …"

„Was haben *Sie* eigentlich gemacht, während David und ich unterwegs waren?"

„Abgesehen davon, das Feuer zu bewachen?"

Max nickte nur.

Theresa zögerte. Sie wollte sich nicht Max' Spott aussetzen, sagte dann aber doch: „Ich hab gebetet."

„Sie beten viel." Das war nur eine Feststellung.

„Das stimmt. Ich bete hier viel mehr als früher."

„Weil Sie weniger zu tun haben?"

Theresa runzelte die Stirn und dachte einen Moment lang nach. „Das ist sicher ein Grund. Aber … ich denke, es gibt auch noch einen anderen." Wieder ging sie eine Weile in sich. Schließlich sagte sie langsam: „Ich hab irgendwie das Gefühl, dass Gott mir hier näher ist als zu Hause." Und so war es! Sie erkannte es erst jetzt, wo sie darüber nachdachte und darüber sprach. „Je weniger ich besitze, je mehr Hunger ich habe, je weniger Sicherheit da ist … desto wichtiger wird mir Gott. Es ist, als wäre in mir Raum entstanden, in den ich Gott nun einladen kann." Sie warf Max einen vorsichtigen Blick zu. „Klingt komisch, was?"

Max schüttelte den Kopf. „Eigentlich nicht. Mir kommt es auch so vor, als wäre Gott einem in dieser Umgebung näher. Wenn ich durch den Dschungel streife und diese exotische Tier- und Pflanzenwelt sehe, kann ich mir nicht mehr vorstellen, dass alles von allein entstanden sein soll. Und dann diese spuckenden Fische. Die können ihre Fähigkeiten doch nicht selbst entwickelt haben!"

„Natürlich nicht!", begeisterte sich Theresa. „Das-"

Sie brach ab, als aus einigen Metern Entfernung plötzlich lautes Geschrei ertönte. „David!", rief Theresa und sprang auf, als sei sie ein Reh, das man beim Äsen gestört hatte. Doch sie hatte kaum zwei Schritte in Davids Richtung gemacht, als sie auch schon merkte, dass irgendetwas nicht stimmte. Ihr Blickfeld verlor sämtliche Farbe und verschwamm zu einem einheitlichen Grau, in dem Sternchen tanzten. Gleich darauf wurde es vollends dunkel um sie herum.

***

Als Theresa wieder zu sich kam, hockte David neben ihr, während Max aufrecht stand und ihre Füße hochhielt. „Was …" Sie sah in

Davids besorgtes Gesicht. Dann wanderte ihr Blick zu Max. „War ich weg?“

Max nickte nur. Auch er sah ziemlich beunruhigt aus. Außerdem hatte er kein Oberhemd an; das war seltsam. Eben hatte er noch eins getragen, da war sich Theresa ganz sicher!

„War ich lange bewusstlos?“

Max schüttelte den Kopf. „Höchstens zwei Minuten.“ Seine Hände fühlten sich an ihren Fußsohlen unheimlich warm an.

„Was ist das?“, fragte Theresa und tastete nach der weichen Unterlage, die sich unter ihrem Kopf befand.

„Mein Hemd“, erläuterte Max.

„Oh“, machte Theresa und versuchte, nicht auf Max’ muskulösen Oberkörper zu starren. Stattdessen richtete sie ihren Blick auf David. „Warum hast du so laut geschrien? Hattest du einen Albtraum?“

David nickte. „Ich hab geträumt, dass der Tigermann mich haut. So wie der das mit Harry und Stanley gemacht hat.“

Theresa seufzte tief. „Du musst dir keine Sorgen machen, David. Coleman verhaut keine Kinder.“ *Das hoffe ich zumindest,* setzte sie gedanklich hinzu.

„Hat er denn Erwachsene verhauen?“, erkundigte sich Max.

Theresa warf ihm einen kurzen Blick zu. Sie hatte eigentlich keine Lust, ihm die Vorgänge des gestrigen Abends zu servieren.

„Er hat Harry und Stanley so doll gehauen, dass sie geblutet haben“, sagte David. „Und Stanley hat die ganze Zeit gebrochen.“

„Und warum hat er das getan?“

„Ist doch jetzt egal“, sagte Theresa und machte Anstalten, sich aufzurichten. „Helfen Sie mir lieber hoch.“

„Ich denke nicht dran.“ Max schüttelte entschieden den Kopf und hielt einfach Theresas Füße weiter fest. „Sie bleiben schön liegen. Ich hab keine Lust, Sie ein zweites Mal aufzufangen.“

„Sie haben mich aufgefangen?“, fragte Theresa entgeistert.

„Warum hat Coleman die beiden denn nun verprügelt?“, erkundigte sich Max, ohne auf Theresas Bemerkung einzugehen.

Theresa schwieg, doch nützte das nichts, weil David an ihrer Stelle antwortete: „Weil sie wollten, dass du Chef wirst.“

„Wer? Ich?“

David nickte eifrig. „Stanley und Harry wollten auch Fleisch essen. Darum haben sie gesagt, dass sich alle melden sollen, die dich als Chef wollen."

Theresas Blick verfinsterte sich. Warum hatte sie David nur so genau erklärt, was vorgefallen war?

„Und wie viele haben sich gemeldet?", wollte Max wissen.

„Neun", antwortete David.

Theresa stieß einen lautlosen Seufzer aus. Anscheinend hatte der tägliche Unterricht Davids Merkfähigkeit enorm verbessert. Wenn sie das gewusst hätte, wäre sie ein bisschen sparsamer mit den Details gewesen …

„Für wen haben Sie gestimmt, Krügchen?", sprach Max Theresa an.

„Das geht Sie gar nichts an", fauchte Theresa ein bisschen schärfer als nötig.

„Theresa hat gestern nichts zu essen gekriegt", verriet David.

Max zog die Stirn in Falten. „Warum nicht?"

„Nur die, die für den Tigermann waren, haben was bekommen."

„Jetzt verstehe ich", entfuhr es Max. „Sie haben seit Tagen nur Früchte gegessen. Gestern haben sie gar keine Nahrung zu sich genommen und dann die Strapazen der gestrigen Nacht … Kein Wunder, dass Ihr Körper nicht mehr mitspielt!" Er wandte sich an David. „Komm mal her und nimm meinen Platz ein!" Als Max kaum eine Minute später zurückkehrte, hatte er ein paar runde Fleischscheiben in der Hand. Mit ihnen ließ er sich neben Theresa nieder. „So. Das wird jetzt gegessen. Und ich dulde nicht die geringste Widerrede."

„Ist das Schlange? Ich will keine Schlange essen", protestierte Theresa schwach. „Haben Sie keinen Fisch mehr?"

„Wir haben nicht alle Fische gebraten", entschuldigte sich Max. „Abgesehen davon essen Sie bestimmt auch Aal! Ob man nun Schlange oder Aal isst, macht doch keinen Unterschied." Mit diesen Worten riss Max ein Stück Fleisch ab und hielt es Theresa direkt vor den Mund.

„Probier doch mal", ermutigte David Theresa. „Das schmeckt richtig gut!"

Theresa warf David einen skeptischen Blick zu und stellte fest, dass ihre Beine in Davids Händen ziemlich abgesackt waren. Sie mussten enorm schwer für den kleinen Jungen sein.

„Jetzt machen Sie endlich den Mund auf!“, befahl Max. Bei seinem Kommandoton öffnete sich Theresas Mund wie von allein und er schob ihr blitzschnell das Stück Fleisch in den Mund. Dann sah er ihr gespannt beim Kauen zu. „Kalt“, lautete ihr erster Kommentar, „nun ja …“, der zweite. Hatte das Kauen am Anfang noch etwas widerwillig ausgesehen, so wirkte es jetzt schon deutlich entspannter. Schließlich sagte sie mit vollem Mund: „Ist das wirklich Schlange? Es schmeckt fast wie Seelachs!“

„Finden Sie? Mich erinnert es eher an Hühnchen. Das Fleisch ist zwar ein bisschen fester, aber trotzdem zart.“

„Zart ist es“, musste Theresa zugeben. „Aber wieso hat es so viel Geschmack?“

„Meersalz. Sehr gesund.“

„Meersalz?“ Natürlich! Theresa konnte nicht fassen, dass sie nicht selbst auf die Idee gekommen war.

„Haben Sie wirklich für mich gestimmt?“, fragte Max plötzlich.

Theresa spürte, wie sie errötete, und senkte den Blick. „Coleman ist mir nicht geheuer. Und Miriam erst recht nicht.“

„Und ich bin es?“

Theresa musste lächeln. „Immerhin weiß ich bei Ihnen, was mich erwartet …“ Als sie Max in die Augen sah, traf sie dort allerdings auf etwas, das sie *nicht* erwartet hatte. Es war eine Mischung aus ehrlichem Interesse und so etwas wie … wie … Konnte es sich dabei um Schuldbewusstsein handeln?

„Ich hab Ihnen das Leben nicht immer leicht gemacht“, sagte Max.

Theresa hob erstaunt die Augenbrauen. Da war es wieder, das Gefühl, dass der Insel-Max nicht derselbe war wie der, für den sie in Deutschland gearbeitet hatte. „Nein“, seufzte sie. „Wirklich nicht.“

„Und trotzdem haben Sie jetzt schon zweimal für mich gestimmt. Warum?“ Die Tatsache, dass Max ihr immer noch direkt in die Augen sah, sprach dafür, dass er tatsächlich eine Antwort haben wollte.

Theresa dachte einen Moment lang nach, wich Max' Blick aber nicht aus. „Vielleicht sehe ich etwas, das noch nicht ist, etwas, das sein könnte", sagte sie schließlich. „Ich kenne Ihre Persönlichkeit und es ist nicht zu übersehen, dass Sie die Gabe der Leiterschaft haben. Sie haben alles, was man dafür braucht. Sie wissen, was Sie wollen, und lassen sich durch nichts davon abbringen. Sie kämpfen für Ihre Überzeugungen. Sie haben Rückgrat. Aber um ein guter Leiter zu werden, muss man nicht nur fähig, sondern auch demütig sein. Mit anderen Worten: Man muss aufhören, sich selbst in den Mittelpunkt zu stellen. Man muss sein Ego bei Gott abgeben. Ich bin fast sicher, dass dann ein Wunder geschehen würde. Dass Sie dann der ideale Leiter für diese Gruppe wären, für Ihre Firma, für … ich weiß nicht, für was sonst noch alles …"

Wenn sie gehofft hatte, dass Max antworten würde, dann wurde sie jetzt enttäuscht. Er sagte überhaupt nichts, sondern starrte sie einfach nur weiter an. Um doch noch eine Reaktion hervorzurufen, fuhr Theresa fort: „Wenn Sie Ihre Führungsbegabung für die Erfüllung Ihrer eigenen Bedürfnisse missbrauchen, anstatt sie als Verantwortung zu verstehen, werden Sie sie nie zu voller Entfaltung bringen. Und dann wird der ganze Segen verloren gehen, den Gott durch Sie in diese Welt hineinfließen lassen wollte." Theresas Anspannung wuchs. Sie konnte sehen, dass Max' Unterkiefer mahlte, daher war ihr klar, dass ihre Worte nicht ungehört verhallt waren. Aber wie dachte er nun darüber?

„Ich kann nicht mehr", jammerte David. Er hielt immer noch Theresas Füße fest, hatte sie im Verlauf der letzten Minuten aber enorm absacken lassen.

„Mir geht es besser, David", lächelte Theresa. „Du kannst meine Füße loslassen."

Der kleine Junge atmete sichtbar auf, dann wandte er sich an Max. „Darf ich die beiden Fische für Theresa braten?"

Max räusperte sich, ließ Theresas Blick los und drehte sich zu David um. „Wenn du möchtest …"

„Ich weiß aber nicht, wie man sie auf den Stock steckt."

Max nickte. „Dann muss ich wohl mitkommen." Es klang beinahe erleichtert.

Kapitel 20

„Guckt mal!“, flötete Miriam und tänzelte stolz vor ihrem „Publikum“ herum. Dabei streckte sie jedem, der interessiert wirkte, ihre Hände entgegen, die sie wie eine Schüssel geformt hatte.

„Was hat sie denn da?“, fragte Theresa Jontek. Er war mit den anderen gerade erst aus dem Dschungel zurückgekehrt und sofort zu Theresa geeilt.

„Eier“, entgegnete Jontek. „Wir haben sie in einem Nest entdeckt.“

Miriam steuerte jetzt auf Rainer zu und kam dabei auch an Theresa vorbei. Dadurch konnte diese einen Blick in ihre Hände werfen. Darin befanden sich sieben oder acht zartgrüne Eier, die etwa den Durchmesser eines Ein-Euro-Stückes hatten.

„Habt ihr noch mehr?“, wollte Theresa wissen.

Jontek schüttelte den Kopf. „Leider nicht.“

„Also kriegt Miriam alle“, sagte Theresa bitter.

„Was soll ich machen?“, verteidigte sich Jontek. „Coleman ist nun mal der Boss.“

Da war sie wieder, die Einstellung, die Theresa so wenig verstehen konnte. Warum tat Jontek immer, was Coleman ihm befahl?

Theresa konnte den Gedanken nicht zu Ende denken, weil sie Miriam dabei beobachtete, wie sie einen Teil ihrer Eier an Rainer weitergab. Noch so ein Mysterium! Was hatte dieser Rainer an sich, dass ihm Miriam so wohlgesonnen war? Unwillkürlich schlenderte sie ein bisschen auf die beiden zu. Dabei konnte sie beobachten, wie Miriam neben Rainer auf dem Felsen Platz nahm, die Eier in ihrem Schoß platzierte und sich einem von ihnen widmete. Sie nahm ihren rechten Zeigefinger zu Hilfe, brach die Schale an der Spitze auf und hielt das Ei dann wie ein Schnapsglas an den Mund.

„Igitt“, entfuhr es Theresa. „Wer isst denn rohe Eier?“

„Rohe Eier isst man ja auch, wenn man einen Kater hat", erwiderte Jontek. „Damit hat Miriam bestimmt jede Menge Erfahrung ..."

Als Miriam ihre Eier ausgetrunken hatte, flüsterte sie Rainer noch etwas ins Ohr und ging dann zu Coleman zurück. Erst jetzt begann auch Rainer, seine Eier zu öffnen.

„Na, schmeckt's?", stichelte Harry. „Anscheinend verteilt Coleman seine Eier an seine Gespielinnen."

Theresa hielt den Atem an. Wollte Harry etwa schon wieder eine Schlägerei provozieren? Glücklicherweise reagierte Rainer sehr souverän und sagte überhaupt nichts zu Harrys Angriff. Stattdessen setzte er das Ei an den Mund und trank es aus.

Derweil kniete sich Jontek auf den Boden und kratzte sich erst einmal ausgiebig seine Knöchel – eine Betätigung, mit der er nicht allein dastand. Auch Coleman bearbeitete seine Beine. Mittlerweile hatte er sogar einen Stein zu Hilfe genommen.

Miriam hockte zunächst neben ihm, stand dann aber auf und kam zu Theresa. „Hast du die Penatencreme?" Als Theresa nickte, streckte Miriam fordernd die rechte Hand aus. „Her damit!"

Theresa atmete einmal tief durch. Tonfall und Wortwahl gefielen ihr überhaupt nicht. Trotzdem hielt sie ihren Mund und händigte Miriam die Creme aus.

„Ich sag dir, Coleman hat's noch schlimmer erwischt als mich", sagte Jontek, als er sich wieder erhob. „Mittlerweile kratzt er sich nicht nur an den Beinen, sondern auch in der Leistengegend."

„Schlägt er sich deshalb ins Unterholz?", fragte Theresa, während sie dabei zusah, wie Coleman im Gebüsch verschwand. „Um die weniger vorzeigbaren Regionen einzucremen?"

Jontek zuckte die Achseln. „Möglich."

„Hoffentlich springen seine Parasiten auch auf Miriam über", seufzte Harry. Er stand jetzt direkt hinter Jontek und Theresa und hatte ihre Unterhaltung anscheinend mitgehört.

„Wäre sie jetzt hier, würdest du weniger große Töne spucken", sagte Rainer. Wie Theresa inzwischen wusste, war die Tatsache, dass sein Singsang in diesem Moment noch stärker ausgeprägt war als sonst, ein Hinweis auf seine innere Erregung.

„Lauf doch hin und hol sie“, erwiderte Harry und ahmte dabei Rainers Stimmlage nach. „Miri – hilf mir! Ich kann mich alleine nicht wehren.“

„Jetzt lass ihn doch in Ruhe“, sagte Theresa und starrte auf die ausgestreckte Rolling-Stones-Zunge, die Harrys T-Shirt zierte.

Harry schüttelte ungläubig den Kopf. „Kannst du mir mal sagen, woran es liegt, dass alle Frauen diesen …“, er machte eine abfällige Handbewegung in Rainers Richtung, „dieses *Mädchen* beschützen wollen?“

„Lass ihn in Ruhe“, wiederholte Theresa. „Rainer kann nichts dafür, dass Miriam ihn so toll findet.“

„Also, das seh ich ein bisschen anders“, echauffierte sich Harry. „Rainer hat-“ Er konnte seinen Satz nicht vollenden, weil Coleman in diesem Moment durch das Unterholz brach und sofort anfing, lautstark herumzubrüllen.

„Jetzt reicht's mir!“ Er tänzelte albern umher und streifte dabei immer wieder seine nackten Füße an den wenigen Gräsern ab, die zwischen den Felsen wuchsen. „Jetzt reicht's mir echt!“

Kaum, dass Coleman in Erscheinung getreten war, hatte sich David wieder an Theresa geklammert.

„Wisst ihr, das wievielte Mal ich jetzt in Scheiße getreten bin?“, donnerte Coleman durchs Lager. „Das bestimmt hundertste. Denkt ihr, das ist 'n öffentliches Klo hier?“

Theresa konnte Colemans Wut sehr gut verstehen. Sie hatte sich schon oft selbst darüber geärgert, dass jeder sein Geschäft dort erledigte, wo es ihn quasi überkam.

„Du!“ Coleman stürmte auf Haziq zu, der ihm am nächsten stand, und schubste ihn brutal zu Boden. „Du bist jetzt unsere Klofrau! Hast du gehört? Ich will, dass du von jetzt an die Umgebung durchstreifst und alles aufsammelst, was irgendwie nach Wurst aussieht. Und wehe, ich latsche noch ein einziges Mal in eine Tretmine. Dann bist du fällig!“ Er packte Haziq am Kragen, zog ihn hoch und schob ihn in den nächstgelegenen Busch. „Hast du das verstanden?“

Angesichts der Brutalität, die Coleman auf einmal an den Tag legte, zuckte Theresa entsetzt zusammen. „Ich find's gut, das Problem mit den Fäkalien anzugehen“, rief sie Coleman von Weitem zu. Vielleicht konnte sie ja die Situation entschärfen. „Aber wir sollten uns alle an der Reinigungsaktion beteiligen. Ich mach mit.“ Sie hob demonstrativ ihren Arm. „Wer hilft noch?“

Unglücklicherweise achtete Coleman kein bisschen auf Theresa. Stattdessen fuhr er fort, den armen Mann durch die Gegend zu schubsen.

„Ich mach’s ja! Ich mach’s ja!“, wimmerte dieser bereits auf Englisch.

„Er macht es doch!“, brüllte Harry. Er war bereits auf dem Weg zu Coleman und wäre wohl auf ihn losgegangen, wenn Miriam ihn nicht mit ihrer Waffe abgefangen hätte.

„Bleib, wo du bist!“, fauchte Miriam. Theresa sah die Angriffslust in ihren Augen und schauderte.

Die Tatsache, dass Harry zur Salzsäule erstarrte, ließ darauf schließen, dass auch er den Killerblick gesehen hatte.

„Mensch, Kumpel, wer soll denn die Kacke aufsammeln, wenn du Haziq die Ohren brichst“, rief Gökhan und versetzte Coleman einen freundschaftlichen Schlag auf die Schulter.

Der halb scherzhafte, halb beschwichtigende Tonfall schien irgendwie zu Coleman durchzudringen. Jedenfalls wandte er sich zu Gökhan um. „Jetzt lass ihn doch seine Arbeit machen!“, fuhr Gökhan fort. „Sonst kriegen wir das Problem nie gelöst.“

Coleman ließ seinen Blick von Gökhan zu Haziq und wieder zurück zu Gökhan schweifen.

„Guck ihn dir an“, sagte Gökhan mitleidig. „Der macht sich gleich selbst in die Hose.“

Coleman blickte erneut zu Haziq hinüber, der nur einen Meter von ihm entfernt auf dem Rücken lag und Schutz suchend die Arme vor dem Gesicht verschränkt hatte. „Tu jetzt, was ich dir gesagt habe“, herrschte Coleman ihn an.

Das ließ sich Haziq nicht zweimal sagen. Noch halb auf Händen und Knien floh er aus Colemans Dunstkreis.

***

„Was ist das eigentlich?“, fragte David und zeigte auf die roten Buchstaben, die innen an die Wand des überhängenden Felsens gekritzelt waren.

Theresa folgte mit ihrem Blick Davids ausgestrecktem Arm. „Das ist unser Kalender.“

Die beiden hatten sich bereits die Zähne geputzt und es sich auf ihrem Nachtlager bequem gemacht. Obwohl es noch nicht zu dämmern begonnen hatte, waren auch die meisten anderen an ihrem Platz. Die Gruppe wusste inzwischen, dass die Sonne hier am Äquator innerhalb weniger Minuten unterging.

„Den führen Zoe und Beatriz. Sie haben einen roten Stein gefunden und schreiben jeden Morgen den neuen Wochentag an die Wand. Guck, heute ist Donnerstag, wir sind jetzt fünf Tage hier.“ Theresa sah unwillkürlich zu den beiden Frauen hinüber. Sie lagen dicht an der Wand und hatten sich fast so eng aneinandergekuschelt wie Theresa und David. Anscheinend genügten sie einander. Jedenfalls waren sie ununterbrochen zusammen und machten sich ansonsten fast nie bemerkbar. Es war, als lebten sie in ihrer eigenen Welt. „Ich glaube, es gibt ihnen Sicherheit, den Wochentag zu kennen.“

„Sicherheit nennst du das?“, mischte sich Rainer in das Gespräch ein. „Meines Erachtens dient das nur einem einzigen Zweck: dass die Rettungskräfte, wenn sie in ein oder zwei Jahren unsere Leichen finden, wissen, wie lange wir hier durchgehalten haben.“

„Jetzt hör doch auf!“, rief Michael und richtete sich auf. Er lag nicht weit von Theresa und David entfernt. „Du machst dem Jungen Angst.“

„Na und? Wir haben alle Angst! Das ist normal.“

„Wie war eigentlich dein Tag, David?“, fragte Michael den Jungen.

Theresa musste schlucken. Man merkte Michael an, dass er Lehrer war und mit Kindern umgehen konnte. Sicher würde er einen tollen Vater abgeben.

„Der war ganz, ganz toll! Ich war mit Max in einer Bagune und da haben wir spuckende Fische gesehen!“

„Lagune“, sagte Theresa, als sie Michaels fragenden Gesichtsausdruck bemerkte.

„Und spuckende Fische?“, fragte Michael.

Als Theresa begann, voller Begeisterung von der Schusstechnik der spuckenden Fische zu berichten, richtete sich Jontek auf und warf ihr einen missbilligenden Blick zu. Theresa verstummte. „Ich … ich denke, wir sollten jetzt schlafen“, entschuldigte sie sich bei Michael. „Sonst stören wir die anderen.“

„Wo ist eigentlich Harry?“, hörte Theresa Stanley flüstern.

„Keine Ahnung, das hab ich mich auch schon gefragt.“

„Hast du mitgekriegt, dass er sich vorhin noch mal mit Coleman gefetzt hat?“

„Nee. Weswegen?“

„Wieder wegen Haziq. Der ist völlig durch den Wind.“

„Könnt ihr jetzt mal die Klappe halten!“, fauchte Miriam und schoss ebenfalls in die Höhe. „Ich will schlafen.“ Mit diesen Worten legte sie sich wieder hin, senkte ihren Kopf auf das flauschige rosa Kissen und kuschelte sich genüsslich unter ihre Patchworkdecke …

***

„Ich möchte wirklich wissen, seit wann deine Dienstreisen so lange dauern“, murmelte Rita und schloss Theresas Wohnungstür auf. Sie hatte mehrere Male geklingelt, aber ohne Reaktion. Jetzt verschaffte sie sich selbst Zutritt. Als die Tür schließlich aufschwang, rief sie vorsichtshalber noch einmal laut: „Theresa?“

Keine Antwort. „Nicht zu fassen!“, schimpfte Rita. „Du kannst dir doch denken, dass wir uns Sorgen machen. Warum meldest du dich nicht?“ Sie betrat den Flur, legte die Post, die sie aus dem Briefkasten genommen hatte, auf den kleinen Tisch aus dunklem Holz und zog Schuhe und Jacke aus. Dann ging sie ins Wohnzimmer.

„Selbst wenn dein Handy kaputt ist“, fuhr sie mit ihrem einseitigen Gespräch fort, „ist das keine Entschuldigung. Jedes Hotel hat ein Telefon!“ Rita bewegte sich schnurstracks auf den halbhohen Schrank aus Glas zu, auf dem Theresas rotes Telefon lag. Es blinkte hektisch.

„Es besteht nicht zufällig die Möglichkeit, dass du dich selbst angerufen hast? Weil du wusstest, dass ich hier sein würde, um dein Telefon abzuhören?“

Während Rita auf das blinkende Licht starrte, verwarf sie diesen Gedanken genauso schnell wieder, wie er gekommen war. Seit Theresa auf Dienstreise war, hatte Rita auf jedem Schritt und Tritt ihr Handy dabei. Es gab also keinen Grund, stattdessen in ihrer eigenen Wohnung anzurufen. Abgesehen davon bestand zwar die Abmachung, dass sie in Theresas Abwesenheit den Briefkasten leerte und die Blumen goss. Aber das war dann auch schon alles. Briefe aufzumachen oder Telefonate abzuhören gehörte definitiv nicht zum Plan. Andererseits war das hier kein gewöhnlicher Fall. Theresa hatte sich weder abgemeldet noch Rita beauftragt, sich um ihre Wohnung zu kümmern. Stattdessen war sie irgendwie … *verschollen.*

„Vielleicht liefern die Anrufe einen Hinweis darauf, wo du abgeblieben bist", überlegte Rita. Dann gab sie sich einen Ruck und begann, den Anrufbeantworter abzuhören.

„Äh … hier ist Maik", lautete die erste Botschaft. Sie stammte vom vergangenen Freitag. „Ruf mich doch mal zurück, ja? Ich … na ja … das mit Mittwoch, das … tut mir leid. Echt."

Maik, überlegte Rita. *Mittwoch. Theresas Date hieß Maik.*

„Ich bin's, Rita", sagte der Anrufbeantworter als Nächstes. „Wo bist du eigentlich? Wie war das Date? Ich platze vor Neugier! Ruf mich zurück!"

Rita fand es ein bisschen seltsam, ihre eigene Stimme zu hören, erinnerte sich jedoch an den Anruf. Da sie am Donnerstagabend unterwegs gewesen war, hatte sie nicht mit Theresa telefonieren können und erst am Freitagabend versucht, etwas in Erfahrung zu bringen.

„Ich bin's noch mal, Maik", gab der Anrufbeantworter jetzt von sich. Dieses Mal war er am Samstag besprochen worden. „Wär echt toll, wenn du mich zurückrufen könntest." Während Maik vorsichtshalber noch einmal die Telefonnummer aufsagte, fragte sich Rita, aus welchem Grund er wohl so schuldbewusst klang. Hatte er sich völlig danebenbenommen?

„Hallo, hier ist Ariane. Wolltest du mich nicht anrufen und mir sagen, wie das Vorstellungsgespräch verlaufen ist? Egal, wir sehen uns ja morgen im Gottesdienst. Bis dann!"

„Hallo, hier ist Maik." Dieses Mal klang er verärgert. „Ich kann mir vorstellen, dass du nicht die geringste Lust hast, einen weiteren Abend mit mir zu verbringen. Trotzdem möchte ich gerne wissen, wie es dir geht. Oder musstest du im Krankenhaus bleiben?"

Rita sog scharf die Luft ein. Krankenhaus? In Sekundenbruchteilen rasten die verschiedensten Szenarien durch ihren Kopf, allen voran die Möglichkeit, dass man ihr im Büro eine Falschauskunft erteilt hatte und Theresa statt auf Dienstreise auf der Intensivstation eines Krankenhauses war. Sie musste sofort wissen, was passiert war!

„Hier ist Ariane!", fuhr der Anrufbeantworter mit seinen Nachrichten fort. „Ich wundere mich, dass du heute nicht im Gottesdienst warst. Geht es dir gut? Oder bist du krank? Johanna hat auch nach dir gefragt, wir machen uns-"

Rita unterbrach die Ansage mitten im Satz und spulte zu Maiks zweitem Anruf zurück. Dann griff sie nach dem Stift, der neben dem Telefon lag, schrieb Maiks Handynummer auf und wählte sie. Dabei war sie so nervös, dass sie sich vertippte und noch einmal von vorne anfangen musste. Dafür klingelte es nur wenige Mal durch, bis sich jemand meldete.

„Fischer", sagte eine Männerstimme. Im Hintergrund waren leise Stimmen zu hören.

„Hallo", entgegnete Rita nur mühsam beherrscht. „Sind Sie Maik?"

„Wer will das wissen?", fragte der Mann am anderen Ende der Leitung misstrauisch.

Rita drehte mit zitternden Fingern den Kugelschreiber in ihren Fingern hin und her. „Ich bin Rita Lambert, Theresa Krugs beste Freundin."

„Oh …"

„Ich … ich bin in Theresas Wohnung und … Ich hab den Anrufbeantworter abgehört. Können Sie mir sagen, was letzten Mittwoch passiert ist?"

„Wieso? Was …? Warum fragen Sie nicht Theresa?"

„Das würde ich tun, wenn ich wüsste, wo sie ist! Aber Theresa ist … irgendwie verschwunden. Ich meine, sie könnte auf Dienstreise sein, aber … sie meldet sich einfach nicht bei mir und ich mache mir solche Sorgen. Dann haben Sie etwas von Krankenhaus gesagt und jetzt … Was ist denn bloß passiert?“

Maik Fischer atmete einmal tief durch. Dann sagte er: „Warten Sie einen Moment.“ Am anderen Ende der Leitung scharrte irgendetwas, dann hörte Rita eine Stimme, die so dumpf war, dass sie nichts verstehen konnte. Offensichtlich hatte Maik seine Hand über die Sprechmuschel gelegt. Wenig später war er erneut am Apparat. „So, jetzt kann ich sprechen.“

Rita hielt den Atem an. „Was haben Sie angestellt?“, fragte sie.

Daraufhin erzählte Maik in kurzen Worten, dass er zu viel getrunken und dann einen „kleinen“ Autounfall verursacht hatte. Von Theresa wisse er nur, dass sie ins Krankenhaus gekommen sei. „Der Wagen hat einen Totalschaden“, seufzte er. „Mein schönes Auto! Ich frage mich ernsthaft, warum Theresa zugelassen hat, dass ich mich ans Steuer setze.“ Er schwieg einen Moment und schien nachzudenken. Dann sagte er: „Denken Sie, ich könnte sie verklagen?“

„Ist das Ihr Ernst?“, fauchte Rita. „Sie setzen sich besoffen hinters Steuer, bauen einen Unfall, bei dem jemand verletzt wird, und wollen das Opfer dann auch noch verklagen?“

„Ich war nicht zurechnungsfähig! Die Polizei hat fast zwei Promille bei mir gemessen“, verteidigte sich Maik. „Theresa hingegen war nüchtern! Das hat jedenfalls der Ober gesagt, mit dem ich später gesprochen habe. Mann, ich bin meinen Lappen los! Dabei brauche ich den doch. Findest du nicht, dass es Theresas Verantwortung gewesen wäre, mich von der Fahrt abzuhalten?“

Rita atmete einmal tief durch und versuchte ihren Adrenalinpegel herunterzufahren. Wem nützte es schon, wenn sie sich jetzt mit diesem Maik fetzte? „Und das war am Mittwoch, ja?“, fragte Rita, ohne auf seine Frage einzugehen. „Mittwoch – da sind Sie sich ganz sicher?“

„Natürlich bin ich mir sicher. Ich werd’ mich doch wohl an das furchtbarstes Date meines Lebens erinnern können. Deine Freundin war wirklich eine Katastrophe. Hätte ich bloß nicht auf diese Annonce geantwortet!“

***

Theresa wachte auf. Sie hatte weder schlecht geträumt, noch schien es einen sonstigen Grund für ihr Erwachen zu geben. Um sie herum war alles ruhig, von dem üblichen Pfeifen, Zirpen und Surren, das hier nachts zu hören war, einmal abgesehen. Sie riss die Augen auf, konnte aber dennoch nichts sehen. Beunruhigend fand sie das nicht. Aufgrund der Luftfeuchtigkeit herrschte nachts oft Nebel.

Um sicherzugehen, dass sie sich am richtigen Ort befand, tastete sie kurz nach David und spürte ihn ganz nah bei sich. Dieses Mal hatte er sich jedoch nicht an ihrem Bein festgekrallt, sondern seine Hände in ihren Haaren versenkt. War sie deshalb aufgewacht?

Nicht weit von Theresa entfernt raschelte etwas, dann ertönte ein Knacken. *Ruhig bleiben*, ermahnte sich Theresa und versuchte, besonders kontrolliert zu atmen. Sie wollte nicht so hysterisch sein wie Arissa, die wegen einer Libelle die ganze Gruppe in Aufruhr versetzt hatte. Und so schloss sie die Augen wieder und versuchte, zurück in den Schlaf zu finden.

Unglücklicherweise setzte sich das Rascheln und Knacken fort, es schien sogar näher zu kommen und wirkte irgendwie bedrohlich. Wenn das nur ein Tier war, wieso kam es ihr dann so vor, als spüre sie eine … eine *Präsenz. Mach dich nicht lächerlich*, ermahnte sich Theresa. *Um dich herum liegen mehr als zwanzig Leute. Da soll man wohl eine gewisse „Präsenz" spüren!*

Im nächsten Moment gesellte sich jedoch noch etwas anderes zu Theresas Empfindungen. Es stieg ihr so deutlich in die Nase, dass sie nicht mehr anders konnte … „Licht!", rief sie und weckte damit im Nu die gesamte Gruppe. „Macht Licht!"

Sekunden später ging Colemans Taschenlampe an. „Was ist los, verdammt?"

Theresa versuchte sich umzublicken, war jedoch so geblendet, dass sie nichts erkennen konnte. Auch hören konnte sie nicht mehr viel. Die Geräusche, die die anderen beim Aufwachen verursachten, übertönten alles.

„Kann man denn hier kein einziges Mal durchschlafen?", meckerte Miriam verärgert.

„Ich hoffe, du hast einen guten Grund für dieses Theater!", schimpfte Coleman.

Theresa ließ zu, dass David auf ihren Schoß krabbelte und blickte sich dabei immer noch hektisch um. „Ich glaube, Theo war hier", sagte sie schließlich.

Wang Fang schoss interessiert in die Höhe. „Was?"

„Das hast du bestimmt nur geträumt", ließ sich Gökhan vernehmen.

Aber Theresa schüttelte den Kopf. „Ich bin aufgewacht, weil es geraschelt und geknackt hat. Und dann hab ich etwas gerochen … Es war Urin, ganz sicher. Ein penetranter Geruch. Wang Fang, du hast gesagt, dass sich Theo eingenässt hat!"

„Das stimmt."

„Also gut", sagte Coleman und rappelte sich in die Höhe. „Ich sehe nach, ob irgendetwas fehlt." Er stieg über ein paar andere Gruppenmitglieder hinweg, trat aus der Felsenhöhle heraus und leuchtete in die nähere Umgebung hinein. „Also, die restlichen Früchte sind noch da …" Er durchschritt weiter das Lager. „Und sonst ist auch alles beim Alten."

„Und was ist das da?", fragte Theresa und zeigte auf eine Stelle, die nur einmal ganz kurz vom Schein der Taschenlampe erfasst worden war.

„Was denn?", wollte Coleman wissen und schwenkte fragend die Taschenlampe hin und her.

„Hier vorne", sagte Theresa. „Nur drei Meter von unserer Höhle entfernt. Da liegt doch etwas auf dem Boden, oder?"

Coleman drehte sich um und kam wieder näher. Dabei richtete er die Taschenlampe auf den Boden zu seinen Füßen. Schließlich blieb er unweit der Felsenhöhle stehen und der Schein der Taschenlampe saugte sich an etwas fest, das ein bisschen Ähnlichkeit mit einem Zweig hatte. „Der zweite Gürtel", murmelte Coleman und bückte sich. Dann hob er den Gürtel auf, mit dem er vor ein paar Tagen Theos Beine zusammengebunden hatte.

„Hatte er den mitgenommen?", fragte Wang Fang mit zitternder Stimme.

Coleman drehte den noch intakten Gürtel nachdenklich in seinen Händen hin und her. „Ich fürchte schon."

***

„Hat irgendjemand Harry gesehen?“

Theresa schreckte hoch und rieb sich die Augen. Es war auf einmal taghell um sie herum. Offensichtlich war sie nach der nächtlichen Aufregung wieder tief und fest eingeschlafen. Das hing vielleicht auch damit zusammen, dass Coleman versprochen hatte, Wache zu schieben. Offensichtlich war seitdem nichts Ungewöhnliches mehr vorgefallen – bis jetzt.

Als Theresa ihre Augen öffnen konnte, sah sie sich um. Nicht weit von ihr entfernt saß Stanley und starrte besorgt auf den leeren Platz, der normalerweise Harry gehörte. „Hat irgendjemand Harry gesehen?“, wiederholte er.

Neben Theresa regte sich jetzt auch David. Wie immer ruhte einer seiner Hände auf Theresas Körper. Auf diese Weise schien er sicherzustellen, dass Theresa immer bei ihm war. „Sag bloß, er ist die ganze Nacht nicht hier gewesen …“, sagte Theresa mit kratziger Stimme.

„Er kann doch nicht einfach weg sein“, rief Michael und richtete sich auf.

„Ich glaub nicht, dass er hier übernachtet hat“, sagte Anuwat und fuhr sich durch seine schwarzen Haare. „Gestern Nacht hab ich nichts von ihm gehört.“

„Ich auch nicht“, sagte Gökhan.

„Und warum ist uns das in der Nacht nicht aufgefallen?“, wunderte sich Theresa.

„Na, weil wir mit was anderem beschäftigt waren“, erwiderte Coleman.

Wang Fang setzte sich ihre lila Hornbrille auf die Nase. „Aber warum sollte er woanders geschlafen haben?“, sagte sie mit beunruhigtem Unterton.

„Denkst du, ihm ist was passiert?“, fragte Theresa, nicht minder besorgt.

„Also, wenn Stanley nicht weiß, wo er ist, sollten wir uns wirklich Sorgen machen“, überlegte Michael und strich sich nachdenklich über seinen dunklen Vollbart.

Theresa pflichtete ihm innerlich bei. Zu Stanley hatte Harry den besten Kontakt. Wenn Stanley nicht wusste, wo er war, musste etwas passiert sein. „Wir müssen ihn suchen“, sagte sie mit fester Stimme.

„So ein Blödsinn", widersprach Coleman in seinem dröhnenden Bass. „Wenn ihr mich fragt, ist er zur Fleischtheke übergelaufen."

Theresa zog die Stirn in Falten. Harry bei Herrn Tanner?

„Aber ja!", meldete sich nun auch Miriam zu Wort. „Er war derjenige, der diesen Arroganzling zum Leiter machen wollte. Er hat die Seiten gewechselt!"

Theresa sprang auf. „Ich werde nachsehen."

Sofort klammerte sich David an ihrem Bein fest. „Ich will mit!"

Theresa legte ihre Hand beruhigend auf Davids Kopf. „Natürlich kommst du mit."

Schon kurze Zeit später eilten Theresa und David Hand in Hand in die Richtung, in der sich Max' Lagerplatz befand. In Theresas Kopf wirbelten die unterschiedlichsten Gedanken durcheinander. Irgendwie konnte sie sich nicht vorstellen, dass Harry bei ihrem Chef war. In diesem Fall hätte er doch Stanley in seine Pläne eingeweiht, oder etwa nicht? Aber wenn er nicht bei Herrn Tanner war, dann musste ihm etwas passiert sein. Konnte Theo für sein Verschwinden verantwortlich sein? Die Tatsache, dass er sich in der Nähe des Lagers aufzuhalten schien, sprach dafür. Andererseits war Theo kleiner und schmächtiger als Harry. Konnte er Harry entführt haben, ohne dass irgendjemand etwas davon mitbekommen hatte? Nein, das traute Theresa eigentlich nur einer Person zu … *Coleman*. Und der war überhaupt nicht gut auf Harry zu sprechen.

Theresa schauderte und wollte den Gedanken nicht zu Ende denken. Man durfte doch nicht gleich das Schlimmste annehmen! Vielleicht gab es eine viel harmlosere Erklärung für Harrys Verschwinden! Vielleicht war er geflüchtet, weil er Angst vor Coleman bekommen hatte. Vielleicht war er auch verunglückt! Bisher gab es keine Anhaltspunkte dafür, dass es auf der Insel Raubtiere gab, die für den Menschen gefährlich waren. Aber was war mit Insekten oder Schlangen? Vielleicht war Harry von irgendetwas gestochen oder gebissen worden, was giftig war. Theresa erinnerte sich noch allzu gut an die „fliegenden Schlangen", von denen Harry selbst am ersten Tag berichtet hatte. Auch sah sie immer noch die haarige Spinne vor sich, die David angeschleppt hatte. Wer wusste schon, was es sonst noch für giftige Tiere auf dieser Insel gab?

Herr im Himmel, flüsterte sie. *Bitte lass Harry nichts passiert sein. Und bitte beschütze uns.*

Als der Lagerplatz ihres Chefs in Sichtweite kam, blieb Theresa urplötzlich stehen. Was war denn das? Sie starrte verständnislos auf das Bild, das sich ihr bot. Da war Herr Tanner. Aber er befand sich nicht am richtigen *Ort* … sondern an dem Platz, an dem Theresa normalerweise betete. Irrte sie sich oder fuhren seine Finger gerade in diesem Moment an den Konturen des Kreuzes entlang, das sie an den Felsen gezeichnet hatte? Sie sah ihren Chef lediglich im Profil, daher konnte sie es nicht genau erkennen.

Instinktiv machte sie einen Schritt rückwärts. Irgendwie hatte sie das Gefühl, dass sie einem heiligen Moment beiwohnte, zu dem sie … nun ja … nicht *eingeladen* worden war. Sie zog David mit sich fort. Als sie außer Sichtweite waren, umrundete sie das Lager ein wenig und näherte sich nun aus einer unverfänglicheren Richtung. Gleichzeitig begann sie laut mit David zu sprechen. „Ich glaub, du schläfst noch halb, mein Schatz. Möchtest du dich noch einmal hinlegen?"

„Nee", sagte David und schüttelte den Kopf. „Ich will Steine werfen."

„Dazu haben wir heute keine Zeit. Du weißt doch, weswegen wir hier sind, oder?"

„Krügchen!", rief Max und kam eilig hinter Theresas Felsen hervor. „Was machen Sie denn hier? Ich glaube, so früh waren Sie noch nie!"

„Ist Harry bei Ihnen?"

Max zog überrascht die Augenbrauen hoch. „Harry? Wieso sollte er?"

„Weil er verschwunden ist! Er war die ganze Nacht weg! Coleman meint, er wäre zu Ihnen übergelaufen. Ich konnte mir das eigentlich nicht vorstellen. Aber wenn man bedenkt, dass er der Initiator war, als es darum ging, Coleman abzusetzen und Sie zum Leiter zu machen …"

„Er war es, der die Abstimmung provoziert hat?"

Theresa nickte nur.

„Kann ich Steine werfen?", fragte David und gähnte herzhaft.

„Hmmm", antwortete Max und fuhr nachdenklich durch Davids braune Haare. Dann wandte er sich an Theresa. „Ist es möglich, dass er sich einfach verirrt hat?"

„Ich habe da einen anderen Verdacht …" Als Max sie fragend ansah, erzählte Theresa ihm von ihrem nächtlichen Abenteuer. „Denken Sie, Theo könnte Harry entführt haben?"

„Passen Sie auf, Krügchen", begann Max und stemmte die Hände in die Hüften. „Sie gehen jetzt zurück und sagen den anderen, dass Harry nicht hier ist. Dann suchen Sie mit der Gruppe die Umgebung Ihres Lagers ab." Er warf einen Seitenblick auf David und fügte hinzu: „David kann derweil hierbleiben und Werfen üben. Wenn Harry verschwunden bleibt, kommen Sie hierher zurück und bewachen das Feuer. Dann kann ich im Dschungel nach ihm suchen … Einverstanden?"

Theresa nickte. Sie war froh, dass jemand die Führung übernahm. „Einverstanden."

Kapitel 21

„Ich bin's, Rita."

„Hallo, Rita", antwortete Ariane und klemmte sich das Telefon zwischen Ohr und Schulter. Dann hob sie das Stück Brot auf, das Sina gerade auf den Fußboden geworfen hatte. Die beiden saßen gemeinsam am Frühstückstisch. „Gibt's irgendetwas Neues von Theresa?"

„Nicht wirklich", antwortete Rita ausweichend. „Sag mal, hat Theresa dir mal von dieser Anne erzählt, mit der sie im Büro immer zu Mittag isst?"

„Klar", nickte Ariane und wischte ihrer Tochter mit einem Tuch den Honig von den Fingern. Dann reichte sie ihr ein weiteres Stück Brot. „Anne ist ihre erklärte Lieblingskollegin."

„Und weißt du, wie diese Anne mit Nachnamen heißt?"

Ariane zog die Stirn in Falten. „Nicht, dass ich wüsste. Frag doch Jens Grewe, ihre Vertretung."

„Der ist nicht da. Er hat heute Morgen einen Zahnarzttermin."

Ariane stutzte. War Ritas Frage wirklich so dringend, dass sie nicht bis heute Nachmittag warten konnte? „Irgendetwas stimmt hier nicht", bemerkte sie scharfsinnig. „Du weißt doch was …" Als Rita schwieg, fuhr Ariane fort: „Sag mir sofort, was du weißt!"

Rita seufzte tief. Dann fasste sie sich ein Herz und berichtete Ariane von dem Telefonat mit Maik. „Jetzt hab ich Angst, dass sie im Büro etwas durcheinandergekriegt haben", endete sie.

„Wie meinst du das?", krächzte Ariane.

„Na ja … vielleicht *denken* sie nur, dass Theresa mit dem Big Mac auf Dienstreise gefahren ist. Es könnte doch sein, dass Theresa schon am Donnerstag nicht mehr im Büro war. Vielleicht ist der Big Mac alleine unterwegs und Theresa liegt irgendwo mutterseelenallein in einem Krankenhaus!"

Ariane schluckte schwer. „Wir müssen sofort alle Krankenhäuser durchtelefonieren!“

„Das hab ich schon“, seufzte Rita. „Ich hab heute Morgen ganz früh damit angefangen. Aber ich kriege keine Auskunft. Ich bin nur eine Freundin. Die sagen einem gar nichts.“

„Ich hab gewusst, dass diese Dates nicht gut für Theresa sind“, sagte Ariane. „Bekanntschaftsannoncen sind einfach nicht der richtige Weg, um das große Glück zu finden.“

„Was ist denn der richtige Weg?“

„Keine Ahnung … Abwarten und Tee trinken, würde ich sagen.“ Sie musste plötzlich schmunzeln. „Bei mir hat's geholfen, weißt du? Ich hab Tom kennengelernt, als ich bei 'ner Freundin zum Tee eingeladen war.“

„Theresa mag aber keinen Tee“, knurrte Rita. „Soll sie deshalb für immer allein bleiben?“ Ihre Worte waren inzwischen so scharf, dass Ariane das Telefon unwillkürlich ein Stück von ihrem Ohr entfernte. „Abwarten und Tee trinken … Du hast gut reden! Du hast Tom und Sina und erwartest gerade dein zweites Kind. Außerdem hast du Eltern und, soweit ich weiß, auch noch Schwiegereltern, die für dich da sind. Dagegen stolpert Theresa ganz allein durchs Leben. Guck sie dir doch an … sie hat niemanden, der im Notfall überhaupt benachrichtigt wird! Wie soll man das denn aushalten?“

***

Als Theresa am Ende des Tages mit David an der Hand ins Lager zurückkehrte, stellte sie fest, dass nur wenige dort waren. Nor und Arissa saßen in der Höhle und unterhielten sich. Coleman und Miriam lagen Arm in Arm in der Sonne, Inken spielte mit Pia und Peer Verstecken. Als David das sah, ließ er Theresas Hand los und lief auf die drei zu. „Kann ich mitspielen?“

Pia blieb stehen. Obwohl sie eher klein und schmächtig war, gelang es ihr, von oben herab mit ihm zu sprechen. „Nur, wenn du suchst“, sagte sie streng.

„Ich kann noch nicht so weit zählen …“, antwortete David ein wenig hilflos.

„Das kann ich ja für dich übernehmen“, beeilte sich Inken zu versichern.

„Dann ja“, nickte David.

„Eins, zwei, drei …“ David schloss brav die Augen, während Inken zählte und Pia und Peer davonstoben. „Bleibt aber in der Nähe“, rief Inken ihnen noch nach, dann fuhr sie mit dem Zählen fort, „… 28, 29, 30 … *ich komme.*“

David öffnete die Augen. „Darf ich jetzt suchen?“

Inken nickte. Als sich David auf die Suche nach den anderen machte, wandte sich Inken an Theresa. „Und? Hat dieser Max eine Spur von Harry entdecken können?“

Theresa schüttelte den Kopf. „Nichts. Nicht die geringste. Und hier? Irgendwelche Erfolgsmeldungen?“

„Nein“, seufzte Inken. „Bisher nicht. Aber du siehst ja selbst: Die meisten sind noch unterwegs. Nur Matthew und Sophie sind schon wieder da. Im Moment nehmen sie ein Bad. Ich glaube, sie haben sich ein bisschen übernommen.“

„Haben sich Zoe und Beatriz etwa auch auf die Suche gemacht?“, wunderte sich Theresa.

„Nein, die haben sich nicht getraut. Sie sind mit Matthew und Sophie am Fluss.“

„Wer ist sonst noch hiergeblieben?“

Inkens Stimme nahm einen metallischen Klang an. „Außer unseren beiden Turteltäubchen, meinst du?“ Sie warf einen ärgerlichen Blick in Miriams und Colemans Richtung. „Niemand. Alle anderen stehen in der Not zusammen. Selbst Rainer hat sich mit auf die Suche gemacht. Und du weißt, wie wenig er Harry leiden kann …“

„Mit wem ist er gegangen?“

Inken musste grinsen. „Mit Mona und Wang Fang.“

Theresa lachte auf. „Warum wundert mich das nicht?“

„Das ist aber auch die einzige Dreiergruppe“, fuhr Inken fort. „Nachdem du weg warst, haben wir einen Plan gemacht und lauter Zweiergruppen gebildet. Wir haben auch festgelegt, wer in welcher Richtung sucht. Jontek und Gökhan haben sich den Dschungel vorgenommen. Die anderen sind in der näheren Umgebung geblieben.“

***

Anderthalb Stunden später waren die meisten Gruppen ins Lager zurückgekehrt. Sie hatten zuallererst ein Bad im Fluss genommen und versammelten sich jetzt nach und nach in der Nähe ihres nächtlichen Unterschlupfes.

„Jetzt fehlen nur noch Gökhan und Jontek", sagte Theresa und sah Anuwat und Stanley nach, die sich mit gesenktem Kopf und hängenden Schultern auf den Weg zum Fluss machten. Sie sahen ganz besonders abgekämpft aus und schienen alles gegeben zu haben, um Harry zu finden. Trotzdem hatten auch sie nicht die geringste Spur von ihm entdeckt.

„Ich kann mir das nicht erklären", jammerte Wang Fang verzweifelt. „Ein Mann wie Harry verschwindet doch nicht einfach!"

„Es sei denn, er *möchte* verschwinden", warf Miriam mit gehässigem Unterton ein.

„Warum sollte er das wollen?", fauchte Wang Fang. „Hier bei uns findet er Schutz, Nahrung und Gesellschaft. Habt ihr mal Robinson Crusoe gelesen? Der Mann ist vor Angst und Einsamkeit beinahe gestorben." Sie schüttelte mit Bestimmtheit den Kopf. „Nein, freiwillig trennt sich niemand von der Gruppe."

„Vielleicht hat Theresa uns nicht die Wahrheit gesagt und er ist doch bei Tanner untergekommen", donnerte Coleman dazwischen.

Theresa lief vor Ärger rot an und holte Luft, um etwas dazu zu sagen.

„Unsinn", kam Michael ihr zuvor. „Theresa lügt nicht. Sie hat uns noch nie belogen."

Theresa warf Michael einen dankbaren Blick zu und bedauerte zum wiederholten Mal, dass sie sich nicht einfach in ihn verlieben konnte. Würde das nicht ihr größtes Problem lösen?

„Ich hab Hunger", jammerte Peer. Er saß auf dem Schoß seiner Mutter und fragte nun schon seit einer halben Stunde in unregelmäßigen Abständen nach etwas zu essen. Was von gestern übrig geblieben war, hatte längst den Weg in hungrige Münder gefunden. Und so war inzwischen überhaupt nichts mehr da.

„Denkt ihr, Gökhan und Jontek bringen was zu essen mit?", fragte Inken in die Runde. Ihrer Stimme nach zu urteilen hatte die Antwort auf diese Frage enorme Bedeutung für sie.

„Wenn nicht, könnt ihr von Max was zu essen bekommen", sagte Theresa. „Ihm ist im Dschungel eine Gruppe Hühnervögel über den Weg gelaufen. Das waren lustige Vertreter, an Kopf, Brust und Rücken pechschwarz, aber am Bauch ganz weiß. Jedenfalls hat er-"

„Kommt überhaupt nicht infrage", fiel Coleman ihr ins Wort. „Wenn Gökhan und Jontek nichts mitbringen, gibt's auch nichts. Ihr hättet ja auf mich hören und diese dämliche Suchaktion bleiben lassen können. Wetten, Harry taucht von allein wieder auf? Der hat doch bloß Schiss vor mir gekriegt und sich irgendwo verkrochen."

Und warum hat er Haziq dann nicht mitgenommen?, dachte Theresa und sah diesen an. Er wirkte immer noch wie ein Häufchen Elend und saß zusammengesunken auf dem Boden. Neben seiner Haltung und der Tatsache, dass er ohnehin klein und schmächtig war, trug auch sein Dreitagebart, der – anders als seine überwiegend schwarze Kopfbehaarung – allerhand Grau aufwies, zu dem desolaten Gesamteindruck bei. Theresa war sich natürlich nicht sicher, hatte aber den Eindruck, dass die anderen ähnliche Gedanken hegten. Jedenfalls schien es ihr, als würden auch deren Blicke immer mal wieder Haziq streifen.

Herannahende Schritte kündigten die Rückkehr von Gökhan und Jontek an. „Und?", fragte Coleman interessiert, als die beiden in Sichtweite kamen.

„Habt ihr was zu essen?", rief Peer und stürmte auf Gökhan und Jontek zu. Die beiden sahen mindestens so abgekämpft aus wie eben Anuwat und Stanley.

Jontek griff in die Tüte, die er in der rechten Hand trug, und holte eine Banane daraus hervor. „Hier."

Das rief auch Pia und David auf den Plan. Beide holten sich eine Banane ab und verzogen sich mit ihrer Beute ins Innere der Höhle. Mittlerweile hatten sie so viel Übung, dass sie die Bananen alleine öffnen und auch von den Kernen befreien konnten.

„Nichts und", beantwortete Gökhan Colemans Frage. „Wir haben den ganzen Tag gesucht und keine Spur von ihm gefunden. Und von Theo auch nicht."

„Tja", sagte Coleman und zuckte theatralisch die Achseln. „Wer nicht gefunden werden *will* …"

Gökhan sah Coleman fragend an. „Glaubst du das wirklich?"

„Natürlich glaubt er das", kam Miriam ihm zuvor. „Was wäre denn die Alternative?"

Die Frage hallte durch das Lager und traf nirgends auf eine Antwort. Die Art und Weise allerdings, in der sich manche der Überlebenden ansahen, ließ darauf schließen, dass es durchaus Vorschläge gab …

Als wolle er das Thema wechseln, stand Coleman auf und näherte sich neugierig Jonteks Tüte. „Was hast du denn Schönes mitgebracht?"

„Nicht viel", seufzte dieser und hielt Coleman die geöffnete Tüte hin. „Wir haben nicht in erster Linie nach Nahrung gesucht, sondern nach Harry. Dabei sind wir an Bananen vorbeigekommen und haben welche mitgebracht. Mehr gab's leider nicht. Die meisten hingen zu hoch und wir wollten uns nicht so lange aufhalten."

„Das ist alles?", fragte Coleman entgeistert. Dann entriss er blitzschnell Jontek die Tüte. „Die gehört mir. Wenn ihr euch nicht mit dieser sinnlosen Suche beschäftigt hättet, gäbe es ausreichend für alle. Aber so …"

„Wie bitte?" Dieses Mal war es Wang Fang, die einfach nicht an sich halten konnte. Sie sprang auf und stemmte herausfordernd die Hände in die Hüften. „Wir sind den ganzen Tag auf den Beinen gewesen und haben nach Harry gesucht. Ihr hingegen habt es euch hier im Lager gemütlich gemacht. Wem steht dann wohl die Nahrung zu, hm?"

„Dem Chef, würde ich sagen", sagte Miriam und erhob sich ebenfalls von ihrem Platz. Dann machte sie ein paar drohende Schritte auf Wang Fang zu.

Theresa sprang ebenfalls auf. „Wie wär's, wenn wir redlich teilen?", versuchte sie zu vermitteln. „Viele von uns haben vorgestern überhaupt nichts zu essen gekriegt. Bei mir hat sogar der Kreislauf versagt und ich bin ohnmächtig geworden." Sie wandte sich an Coleman und sagte beinahe beschwörend: „Wir *brauchen* was zu essen."

„Als ob du nicht deine eigenen Quellen hättest", sagte Coleman von oben herab.

Theresa errötete. Obwohl sie so lange gegen die Verlockung angekämpft hatte, konnte sie jetzt nicht mehr widersprechen. Dieses Mal hatte sie tatsächlich etwas genommen.

„Eins sage ich euch“, donnerte Coleman durchs Lager, „wenn dieser Harry wieder auftaucht, braucht er nicht darauf zu hoffen, dass er auch nur eine einzige Frucht von mir bekommt.“

Das klingt nicht so, als hätte er irgendetwas mit Harrys Verschwinden zu tun, dachte Theresa. *Andererseits … Es könnte sich genauso gut um ein Täuschungsmanöver handeln, mit dem er den Verdacht von sich ablenken will.*

„Dabei weißt du doch genau, dass er nicht wieder auftaucht, nicht wahr?“, rief eine Stimme aus einiger Entfernung.

Theresas Kopf ruckte herum. Offensichtlich gab es noch jemand anderen, der den Wahrheitsgehalt von Colemans Worten anzweifelte. Dieser Jemand war Stanley. Er kehrte gerade mit Anuwat vom Fluss ins Lager zurück. Dass die beiden ein Bad genommen hatten, sah man daran, dass ihre Haare noch nass waren.

„Was soll das heißen?“, rief Coleman drohend zurück.

„Das soll heißen, dass du derjenige bist, der sich am meisten über Harrys Verschwinden freut. Ich wette, du trägst auch die Verantwortung dafür.“ Obwohl seine Worte äußerst provokativ waren, fiel Theresa auf, dass Stanley mit einigen Metern Sicherheitsabstand vor Coleman stehen blieb.

Dieses Mal wurde Colemans Stimme gefährlich leise. „Und?“, fragte er beinahe sanft. „Möchtest du der Nächste sein?“

Theresa schnappte nach Luft, als wäre sie ein frisch gefangener Fisch. Hatte Coleman jetzt zugegeben, dass er mit Harrys Verschwinden zu tun hatte? Sie sah zu Stanley herüber. Dieser schien im Moment nicht zu einer Erwiderung in der Lage zu sein. Stattdessen stand er einfach nur da und starrte Coleman ungläubig an. Von seinen nassen Haaren tropfte das Wasser in regelmäßigen Abständen auf seine Schultern hinab. Dadurch hatte er ein wenig Ähnlichkeit mit einem begossenen Pudel …

***

„Ach, Tom“, seufzte Ariane und griff nach seiner Hand. „Wann hab ich dir eigentlich das letzte Mal gesagt, wie glücklich ich darüber bin, dass ich dich habe?“

Tom wandte erstaunt den Kopf. Er hatte sich gerade ein Vollkornbrot mit Salami belegt. Neben ihm saß Sina auf ihrem Hochstuhl. Sie hatte das Essen allerdings schon eingestellt, weil sie so müde war, dass ihr ständig die Augen zufielen. „Das ist … eigentlich noch gar nicht so lange her.“

„Da bin ich aber froh“, seufzte Ariane und knetete Toms Hand. „Ich hab heute mehrfach mit Rita telefoniert. Dabei ist mir aufgefallen, dass es nicht selbstverständlich ist, einen Partner zu haben. Weder Theresa noch Rita haben bisher den Mann fürs Leben gefunden. Ich hab's wirklich gut!“

Tom legte die Gabel zur Seite, mit der er eben die Salami auf sein Brot befördert hatte, und fragte alarmiert: „Warum hast du so oft mit Rita telefoniert? Macht ihr euch immer noch Sorgen um Theresa?“

Ariane zuckte die Achseln. „Ich weiß auch nicht. Zwischendurch haben wir sogar geglaubt, sie wäre im Krankenhaus …“ Während Sinas Kopf auf ihre Brust sank, erzählte Ariane in kurzen Worten, was Theresa bei ihrem Date am vergangenen Mittwoch widerfahren war. „Zum Glück hat irgendwann dieser Jens Grewe zurückgerufen und uns glaubhaft versichert, dass Theresa am Donnerstag ein wenig lädiert, aber relativ munter bei der Arbeit erschienen ist. Sonst würde ich hier nicht so entspannt sitzen!“

„Also ist sie immer noch auf Dienstreise?“

„Sieht so aus“, knurrte Ariane. „Die kann was erleben, wenn sie nach Hause kommt! Dieses Verhalten ist ganz und gar nicht zu entschuldigen!“

„Vielleicht hat sie auf der Dienstreise einen tollen Typen kennengelernt“, mutmaßte Tom. Dann deutete er auf sich selbst. „Du weißt doch aus eigener Erfahrung, dass man dann alles andere um sich herum vergisst.“

Ariane lachte auf. „Das stimmt. Das weiß ich nur allzu gut.“ Mit diesen Worten beugte sie sich zu Tom hinüber und küsste ihn zärtlich auf den Mund.

„Die Dankbarkeit, von der du eben gesprochen hast …“, begann Tom, ohne den Kuss so richtig zu unterbrechen. „Du weißt schon: *Ich bin so froh, dass ich dich hab* und so weiter … Wie weit reicht die eigentlich?“

Ariane wollte ein Stück zurückweichen, doch verhinderte Tom dies, indem er blitzschnell seine Hand in ihren Nacken legte. „Dein Salamibrot“, protestierte Ariane schwach. „Sina …“

„Die muss nur noch umgebettet werden“, behauptete Tom mit einem frechen Grinsen. „Und ich auch.“

***

Theresa hatte so etwas noch nie erlebt. Während Miriam und Coleman vor aller Augen genüsslich die Bananen verspeisten, die Jontek und Gökhan mitgebracht hatten, war der Ärger der anderen Überlebenden beinahe mit den Händen greifbar. Es war, als hätte sich die ohnehin schon hohe Luftfeuchtigkeit noch verstärkt und eine Spannung erzeugt, die sich jeden Moment in einem Gewitter entladen konnte.

„Ich bring ihn um“, flüsterte Stanley, der immer wieder glühende Blicke in Richtung Coleman warf.

„Denk an Harry, Mann“, mahnte Anuwat mit ebenso unterdrückter Stimme. „Wir sind dem Kerl nicht gewachsen.“

„Immerhin hat er den Kindern was gegeben“, gab Theresa zu bedenken. Bevor sich Coleman zusammen mit Miriam in einiger Entfernung auf einer grasbewachsenen Fläche niedergelassen hatte, hatte er den Kindern sogar noch eine zweite Banane zukommen lassen.

„Schade, dass ich kein Kind mehr bin“, seufzte Arissa, die mit Isaac Händchen hielt.

„Ich sterbe vor Hunger“, flüsterte Sophie mit großer Verzweiflung in der Stimme.

„Er ist es nicht wert, die Gruppe zu leiten“, knurrte ihr Mann Matthew. Aber auch er wagte nicht, seine Stimme zu erheben.

„Warum sind wir nicht bei dem Absturz gestorben?“, fragte Haziq. Seine Stimme hatte einen monotonen Klang und legte die Vermutung nahe, dass er auf dem besten Wege war, in eine Depression zu schlittern.

„Du darfst die Hoffnung nicht aufgeben, Haziq", mahnte Theresa leise. „Wir sind erst den sechsten Tag auf dieser Insel. Sicher brauchen die Rettungskräfte etwas Zeit, um uns zu finden."

„Riecht ihr das?", krächzte Stanley.

Theresa schnupperte und versteifte sich dann plötzlich. *Oh, nein,* dachte sie, *nicht schon wieder! Nicht jetzt.* Sie hoffte, dass sich der Geruch wieder verlieren würde, wurde aber enttäuscht. Was ihr da in die Nase stieg, war der unverkennbare Duft gebratenen Fleisches. Herr Tanner bereitete die Hühnervögel zu, die er heute geschossen hatte. Und es gab wahrscheinlich keinen Geruch, der die Gruppe stärker hätte berühren können als dieser.

„Das kann man nicht aushalten", sagte Wang Fang und schluckte gegen den Speichel an, der sich in ihrem Mund gebildet hatte.

Daraufhin sprang Stanley auf und begann unruhig umherzuwandern.

„Reiß dich zusammen", mahnte Anuwat, nachdem er einen prüfenden Blick in Richtung Coleman und Miriam geworfen hatte. „Die gucken schon."

„Ist mir doch egal", zischte Stanley durch zusammengebissene Zähne. „Es ist ja nicht so, dass ich ihm seine Führungsposition streitig machen will. Die kann er sich sonst wohin stecken, genauso wie seine dämlichen Bananen. Ich will lediglich die Seiten wechseln. Das ist alles. Kommt jemand mit?"

Die Stille, die jetzt entstand, war beinahe genauso gewichtig wie die eben gesprochenen Worte.

„Was ist? Seid ihr alle zu feige?" Die Tatsache, dass Stanley seine Stimme immer noch stark dämpfte, erzählte davon, dass auch sein Mut begrenzt war.

„Denkst du, er lässt uns so einfach gehen?", flüsterte Michael. Als Stanley nicht gleich antwortete, wandte er sich an Theresa. „Wie schätzt du das ein?"

Theresa war froh, dass Jontek mit Gökhan zum Fluss gegangen war. So konnte sie sich ohne Bedenken ehrlich über Miriam und Coleman äußern. „Ich hab das Gefühl, dass Miriam sehr machthungrig ist und dass sich Coleman durch die Koalition mit ihr ebenfalls in diese Richtung entwickelt", überlegte Theresa. Dann schüttelte sie leicht den Kopf. „Mich lässt er nur gehen, weil er weiß, dass ich zurückkomme. Jemand anderem würde er das nicht erlauben."

„Denkst du, ich frage ihn um Erlaubnis?" Stanleys Stimme triefte vor Herablassung, war aber immer noch ungewöhnlich leise.

„Wir haben einen Flugzeugabsturz überlebt und sitzen gemeinsam auf einer Insel fest", mahnte Theresa. „Welche Überlebenschancen haben wir, wenn wir auch noch anfangen, uns gegenseitig zu bekämpfen?"

„Sag das Coleman", zischte Stanley. „Er hat Harry um die Ecke gebracht, nicht ich!"

„Denkst du wirklich, dass er Harry getötet hat?", erschrak Mona. Sie hatte sich bis eben ihren Nacken massiert und hörte jetzt abrupt damit auf. Theresa beobachtete sie häufiger dabei, dass sie ihre Nackenmuskulatur knetete. Sie vermutete, dass sie wegen der Armschlinge verspannt war.

Stanley blieb stehen und sah Mona in die Augen. „Im Grunde hat er es doch zugegeben, oder nicht?"

„Vielleicht benutzt er Harrys Verschwinden auch nur, um sich Respekt zu verschaffen", mutmaßte Theresa. „Ich kann einfach nicht glauben, dass wir einen Mörder in unserer Mitte haben. Außerdem gibt es noch andere Erklärungsmöglichkeiten. Coleman hat Harry echt fertiggemacht. Vielleicht hatte Harry die Nase voll und ist auf eigene Faust losgezogen."

Stanley lachte bitter auf. „Die Hoffnung stirbt zuletzt."

„Auf alle Fälle möchte ich nicht, dass die Situation noch weiter eskaliert", fuhr Theresa im Flüsterton fort. „Coleman kann ganz schön jähzornig werden, wenn man ihn reizt. Ihr habt ihn erlebt."

„Bleib doch hier, wenn du Schiss hast", gab Stanley zurück. „Ich gehe jedenfalls." Mit diesen Worten wandte er sich in die Richtung, die zur Küste führte.

„Willst du nicht lieber heimlich verschwinden?", riet Theresa. „Du könntest so tun, als wollest du ein Bad nehmen. Und dann haust du einfach ab."

„Kommt nicht infrage", gab Stanley zurück. „Erstens bin ich kein Feigling und zweitens kein Sklave. Ich entscheide immer noch selbst, wann ich wohin gehe." Obwohl seine Worte stark und bestimmt klangen, warf er noch einen unsicheren Blick in Colemans Richtung, bevor er sich tatsächlich in Bewegung setzte.

Die ersten paar Meter waren kein Problem. Im Gegensatz zu den anderen konnte Stanley ja auch nicht sehen, dass Coleman nach seiner Waffe gegriffen hatte und aufgesprungen war. Erst, als er die ersten Büsche erreichte, wurde Stanley von hinten angesprochen: „Wo willst du hin?"

Stanley blieb stehen und drehte sich langsam zu Coleman um. Dabei fiel sein Blick sofort auf die Waffe in Colemans Händen. „Ich wechsle die Seiten", antwortete Stanley tapfer.

„Hab ich das erlaubt?", erkundigte sich Coleman mit Eiseskälte in der Stimme.

Stanley, der mindestens anderthalb Köpfe kleiner war als Coleman, versuchte sich ein bisschen größer zu machen. „Spielt das eine Rolle?"

„Das kommt darauf an, ob du Interesse an einer Bleivergiftung hast." Mit diesen Worten hob Coleman seine Waffe und richtete sie direkt auf Stanley. „Also?"

***

Als Theresa in dieser Nacht erwachte, kam es ihr im ersten Moment wie ein Segen vor. Bis jetzt hatte sie ausschließlich von Stanley geträumt und beim besten Willen nicht in einen ruhigen, erholsamen Schlaf gefunden. Stanley, der sich nachts davonstiehlt, von Coleman gestellt wird und bei einem anschließenden Kampf sein Leben lässt. Stanley, der es bis zu Herrn Tanner schafft und dort reihenweise Hühner verspeist. Stanley, der mit Harry eine neue Gruppe aufmacht und sein Lager mitten im bedrohlich-fremdartigen Dschungel aufschlägt.

„Ich brauche Licht!", rief Wang Fang zum zweiten Mal. „Hört mich denn keiner?"

Theresa richtete sich auf. Heute Nacht war es längst nicht so dunkel wie gestern. Man konnte direkt in den Himmel sehen und sowohl die Sterne als auch einen Halbmond erkennen. Irritierend war jedoch, dass irgendjemand leise stöhnte …

„Also, Coleman ist irgendwie nicht da“, sagte Jontek verwundert.

Theresa zog die Stirn kraus. Schon wieder jemand verschwunden?

„Ich hab Licht“, sagte Michael und schaltete – klick – seine kleine Taschenlampe ein. Sie leuchtete längst nicht so stark wie Colemans ausgewachsenes Exemplar, tat aber auch ihren Dienst.

„Leuchte mal hierher“, bat Wang Fang und deutete auf Arissa und Ethan.

Diese saßen neben Nor, hielten deren Hand und sahen dabei äußerst besorgt aus. „Irgendetwas stimmt nicht“, sagte Arissa weinerlich.

„Sie ist ganz heiß!“, fügte Ethan hinzu.

Wang Fang erhob sich, stieg über zwei andere Personen hinweg und kniete sich neben Nor. „Hey, kannst du mich hören?“

„Ich … fühl mich nicht gut“, piepste Nor schwach.

Daraufhin fühlte Wang Fang ihr die Stirn. „Puh“, rutschte es ihr heraus. „Das sind mindestens vierzig Grad.“

„Muss ich jetzt sterben?“, krächzte Nor.

„Aber nein!“, beeilte sich Wang Fang zu versichern. „Das ist nur ein Infekt. Der vergeht wieder.“ Ihre Stimme hätte jetzt Ruhe ausstrahlen sollen, tat es aber nicht.

„Und was für einer?“, rutschte es Anuwat heraus.

„Das weiß ich doch nicht!“, gab Wang Fang ein wenig verärgert zurück. Dann wandte sie sich wieder Nor zu und ihre Stimme wurde sehr viel sanfter. „Kannst du mir sagen, was dir fehlt?“

„Ich hab … furchtbare Kopf- und Gliederschmerzen. Mir tut … alles … aber auch alles … weh. Außerdem … ist mir schlecht.“

„Ebola“, jammerte Anuwat. „Sie hat bestimmt Ebola oder so was!“

„So ein Unsinn!“, fauchte Theresa. „Ebola tritt in Afrika auf, nicht hier.“

„Was wir jetzt brauchen, sind feuchte Tücher“, sagte Wang Fang. „Ist jemand bereit, Wasser zu holen?“

„Ich mach das“, sagte Isaac und erhob sich.

„Aber nimm jemanden mit!“, rief Arissa besorgt. „Du weißt doch, was mit Leuten passiert, die allein unterwegs sind!“

„Ich begleite ihn“, bot sich Gökhan an.

„Wir werden uns alle anstecken“, jammerte Sophie verzweifelt. „Ich hab so was schon erlebt. Ich hab früher in der Pflege gearbeitet. Und wenn wir das Noro-Virus hatten–“

„Halt jetzt die Klappe!“, fuhr Mona sie an. „Du machst alles nur noch schlimmer!“

„Wollt ihr nicht langsam los?“, fragte Wang Fang und sah Isaac und Gökhan an, die abwartend von einem Fuß auf den anderen traten.

„Schon“, sagte Isaac, „es ist nur …“

„… dass wir eine Taschenlampe brauchen“, beendete Gökhan seinen Satz. „Und die hat normalerweise Coleman.“

„Wo ist Coleman denn jetzt?“, fragte Wang Fang.

Stille.

„Miriam weiß unter Garantie, wo er sich rumtreibt“, behauptete Stanley, der den gestrigen Zusammenstoß anscheinend ziemlich gut verkraftet hatte. Es war ja auch nicht viel passiert. Nachdem Coleman seine Waffe auf Stanley gerichtet hatte, war dieser ohne ein weiteres Wort zur Gruppe zurückgekehrt. Aber bedeutete das, dass er sich Coleman unterwarf? Oder hatte er vor, die erstbeste Gelegenheit zu nutzen und das Weite zu suchen?

„Ich weiß überhaupt nichts, du Schlauberger“, fauchte Miriam. „Oder glaubst du, er weckt mich, um mir zu sagen, dass er pissen muss?“

„Fest steht, dass wir ohne Taschenlampe kein Wasser holen können“, sagte Gökhan. „Könnt ihr eure einen Moment entbehren?“

„Hier“, sagte Michael und reichte Gökhan seine kleine Lampe. „Aber beeilt euch.“

In den darauffolgenden zehn Minuten saß die Gruppe im Dunkeln und stellte weitere Überlegungen darüber an, wo Coleman abgeblieben sein konnte. Dann kehrten Isaac und Gökhan mit Wasser zu ihnen zurück. Während Wang Fang nasse Tücher um Nors Waden wickelte, sagte Haziq: „Erst Theo … dann Harry … und jetzt Coleman … Kennt ihr die Geschichte von den zehn kleinen Negerlein?“

„Hör doch auf“, fuhr Jontek ihn an. „Coleman ist unter Garantie nur mal kurz um die Ecke. Ihr müsst nicht immer aus ’ner Mücke ’nen Elefanten machen.“

Dass er mit dieser Aussage nicht ganz unrecht hatte, zeigte sich weitere fünf Minuten später. „Was ist denn hier los?“, ertönte die Stimme des Gesuchten. „Haltet ihr eine nächtliche Versammlung ab?“

„Da bist du ja!“, rief Miriam. Ihrem Tonfall nach zu urteilen hatte sie sich ernsthaftere Sorgen gemacht, als sie zugegeben hatte.

Coleman schaltete jetzt seine Taschenlampe ein und erleuchtete damit den Weg von seinem Standort zur Gruppe. „Stimmt irgendetwas nicht?“, fragte er beunruhigt.

„Nor ist krank“, informierte ihn Jontek. „Sie hat hohes Fieber und Schmerzen.“

„Echt jetzt?“, fragte Coleman. Er hatte die Gruppe inzwischen erreicht und leuchtete direkt in Nors Richtung.

„Nimm das weg“, schimpfte Wang Fang und hob die Hand, um sich vor dem Lichtschein zu schützen. „Das blendet.“

Daraufhin richtete Coleman das Licht seiner kräftigen Taschenlampe auf die Höhlendecke. Das indirekte Licht gab Theresa die Möglichkeit, einen genaueren Blick auf Coleman zu werfen. Dabei stellte sie fest, dass er ein bisschen lädiert aussah. Jedenfalls hatte er einen Kratzer am rechten Unterarm. Außerdem wirkte er ziemlich außer Atem, während er jetzt sprach. „Und um welche Krankheit handelt es sich?“

Wang Fang zuckte mit den Achseln. „Ich hab keine Ahnung.“

„Und ist sie ansteckend?“, wollte Coleman wissen.

Wang Fang seufzte tief. „Ich weiß es wirklich nicht.“

„Wir werden alle sterben“, jammerte Sophie. „Einer nach dem anderen …“

Theresa holte Luft, um etwas dazu zu sagen, doch kam Coleman ihr zuvor. „Nor muss das Lager verlassen“, verkündete er.

„Was?“, rief Arissa.

„Aber das geht nicht!“, protestierte Wang Fang. „Sie braucht unsere Hilfe!“

„Ich hab nichts dagegen, dass jemand sie betreut.“ Nachdem er den Satz gesprochen hatte, musste Coleman eine Pause machen, um tief Luft zu holen. „Alles, was ich sage, ist, dass sie nicht in der Nähe der Gruppe bleiben kann. Ich bin für euch verantwortlich und ich hab nicht die geringste Lust auf eine Epidemie." Wieder atmete er tief durch. „Wer ist bereit, Nor hier wegzuschaffen?"

„Ich werd sie jedenfalls nicht allein lassen", krächzte Ethan, woraufhin sich auch Arissa zu Wort meldete: „Ich will auch mit, Papa!"

„Dann geh ich auch mit", sagte Isaac.

„Und ich auch", rief Wang Fang.

„Ich wäre auch bereit-", begann Theresa.

„Schluss damit!", fiel Coleman ihr ins Wort. „Einer darf Nor begleiten. *Einer*, verstanden?" Seine Worte waren so herrisch, dass sich niemand mehr zu widersetzen wagte. Theresa nahm sich allerdings vor, gleich morgen früh zu Herrn Tanner zu gehen und ihn um Hilfe zu bitten. Bestimmt würde er die Kranke und deren Betreuer – wer auch immer das nun sein würde – bei sich aufnehmen …

Kapitel 22

Als Theresa früh am Morgen des darauffolgenden Tages erwachte, fühlte sie sich wie gerädert. Sie hatte kaum geschlafen und immerzu an Nor gedacht. Wie sich herausgestellt hatte, war deren Zustand noch schlimmer als befürchtet. Jedenfalls hatte sie vor Schmerzen kaum gehen können und war von Ethan und Isaac aus dem Lager getragen worden. Immerhin war ihr Mann bei ihr geblieben.

Im Lager selbst herrschte nach dem allgemeinen Aufwachen eine ziemlich schweigsame und depressive Stimmung. Trotzdem machten sich Coleman, Gökhan und Jontek in alter Gewohnheit auf den Weg in den Dschungel. Alle anderen – bis auf Theresa – wurden angewiesen, den Lagerplatz nicht zu verlassen.

Wenig später machte sich Theresa auf den Weg zu ihrem Chef. Als sie in Sichtweite seines Lagers kam, sah sie schon auf den ersten Blick, dass irgendetwas nicht stimmte. Das Feuer – es war erloschen! Theresa erschrak so sehr, dass sie vorwärtsstürzte und David ein wenig unkontrolliert hinter sich herzog. „Herr Tanner?“, rief sie schon von Weitem. „Herr Tanner?“

Keine Antwort.

Theresa gelangte jetzt an den Lagerplatz und stellte fest, dass das Feuer nicht das einzige Problem war. Das ganze Lager wirkte verwüstet. Einer der Stöcke, die Max verwendet hatte, um Fleisch zu braten, war zerbrochen, der andere lag achtlos auf dem Boden, obwohl doch noch die Reste eines gebratenen Vogels daran hingen. Das Gitter, das Max zu einem rechteckigen Behälter geformt und zusammen mit der riesigen Blüte zum Eierkochen verwendet hatte, war verbogen, fast so, als wäre jemand daraufgefallen. Gleich daneben lag eine Plastiktüte. Und das Feuer selbst sah auch nicht so aus, als wäre es einfach nur still und heimlich ausgegangen. Stattdessen waren die Asche und halb verkohlten Holzreste durcheinandergewühlt und verteilt worden. Hatte sich vielleicht ein Tier darin gewälzt?

Das Einzige, was Theresa einigermaßen beruhigte, war die Tatsache, dass sich nirgends Blutspuren befanden. Wenn wirklich ein Tier im Lager gewesen war, hatte es Herrn Tanner nicht gefressen. Aber wo war er dann?

„Wo ist Max?", fragte nun auch David.

„Wenn ich das nur wüsste", seufzte Theresa und ließ zu, dass sich ihre Sorge in ihrer Stimme widerspiegelte. „Herr Tanner?", rief sie erneut, als sie an dem Überstand vorbeikamen. Dieser lag unweit des Feuers auf der Seite und schien völlig unberührt zu sein. Das war eigentlich das größte Rätsel. Wenn es heute Nacht geregnet hatte – und Theresa hatte nichts davon mitbekommen –, dann hätte ihr Chef doch versucht, das Feuer zu beschützen.

Theresa und David gelangten jetzt zu Max' Schlafplatz. Dieser befand sich in Sichtweite des Feuers und bestand ebenso wie bei den anderen Überlebenden aus ein paar übereinandergelegten Kleidungsstücken. Wenn man einmal davon absah, dass diese ein bisschen zerwühlt aussahen, gab es nichts Auffälliges zu entdecken. Jedenfalls keine Blutspuren.

„Herr Tanner?"

Nichts. Keine Antwort. Keine Spur von ihm. Die unterschiedlichsten Erklärungsmöglichkeiten wirbelten durch Theresas Kopf, allen voran die Frage, ob er seinen Lagerplatz vielleicht aufgegeben hatte. Wenn das Feuer durch Unachtsamkeit verloschen war, bedeutete dies, dass ihr Chef nicht mehr länger an den Standort gebunden war. Aber dann hätte er Theresa doch zumindest eine Nachricht hinterlassen, oder? Er wusste doch, dass sie auch heute wieder zu ihm kommen würde. Abgesehen davon hätte er dann doch seine Sachen mitgenommen!

Das brachte sie auf eine Idee: Wenn es etwas gab, das für Herrn Tanner wirklich wichtig war, dann war das seine Armbrust. Er hatte sie immer bei sich, wenn er sich auf den Weg in den Dschungel machte. Wenn er das Lager freiwillig verlassen hatte, dann hatte er sie mitgenommen. Sie wandte sich an David. „Weißt du, wo Max seine Armbrust aufbewahrt?"

David deutete auf den silbernen Koffer, der hinter Max' Schlafplatz lag.

Theresa ging neben dem Koffer auf die Knie und versuchte ihn zu öffnen. Er war jedoch abgeschlossen. Theresa überlegte kurz, atmete dann einmal tief durch und fütterte das Zahlenschloss mit Max' Geburtsdatum. Anschließend tat sie, was sie beim letzten Mal um jeden Preis hatte vermeiden wollen: Sie öffnete den Koffer.

Die Armbrust lag obenauf. Theresa hatte sie im Büro schon tausendmal gesehen, sowohl an der Wand als auch in Herrn Tanners Händen. Trotzdem betrachtete sie sie jetzt, als sähe sie sie zum allerersten Mal. Es war schon ein beeindruckendes Exemplar mit einem Schaft aus rötlich braunem, stark gemasertem Hartholz, einer Sehne aus Naturleinen, einem Metallbügel sowie einer Nuss aus Rinderhorn. Theresa fuhr mit der rechten Hand gedankenverloren über das im Ölbad gehärtete, glatte Holz, so als könnte sie dadurch ihren Chef herbeibeschwören. Eins stand fest: Wenn er die Armbrust nicht mitgenommen hatte, dann war ihm irgendetwas passiert. Aber was?

„Ich hab keine Ahnung, was wir jetzt machen sollen", sagte Theresa.

„Kann ich Steine werfen üben?", fragte David.

Theresa sah ihn an. Im ersten Moment wollte sie mit ihm schimpfen, weil er anscheinend den Ernst der Lage nicht begriff. Aber dann besann sie sich eines Besseren. „Steine werfen … ja", stammelte sie. „Das ist eine gute Idee." *Das gibt mir Zeit zum Nachdenken*, fügte sie gedanklich hinzu.

Als David abgezogen war, verschloss Theresa den Koffer wieder. Dann wanderte sie weiter durchs Lager und suchte nach Hinweisen auf Max' Verbleib. Dabei kam sie immer mehr zu dem Ergebnis, dass er allenfalls das mitgenommen hatte, was er am Leibe trug. Alles andere schien noch da zu sein. Es fehlte nicht einmal die große Colaflasche, in die er immer sein Wasser füllte. Auch die Plastiktüten waren noch da. Dabei benötigte er die doch, um Wasser und etwaige Nahrungsmittel zu transportieren!

Als Theresa in die Nähe des ehemaligen Feuers zurückkehrte, hob sie die Plastiktüte auf, die dort lag. Es war ein unbedrucktes, weißes Exemplar, das sie hier noch nie gesehen hatte. Aber das war ja nichts Neues. Herr Tanner zauberte ständig neue Kostbarkeiten aus seinem Koffer hervor! Im Hintergrund ertönte jetzt immer wieder das klatschende Geräusch, das entstand, wenn ein Stein auf eine Felswand traf. Derweil bückte sich Theresa ein weiteres Mal und hob die Reste des gebratenen Hühnervogels vom Boden auf. Das Fleisch war ein bisschen sandig und wurde von kleineren Insekten umschwirrt, war ansonsten aber noch in Ordnung. Bei dem Anblick meldete sich Theresas Magen. Sie hatte gestern den ganzen Tag über nichts gegessen und war dementsprechend hungrig. Herr Tanner hatte bestimmt nichts dagegen, wenn sie und David etwas von dem Fleisch aßen. Im Gegenteil. Er würde sogar darauf bestehen!

„David?"

Das Geräusch verstummte. „Ja?"

„Hast du Hunger?"

Sekundenbruchteile später kam David hinter dem Felsen hervorgeschossen, hinter dem er immer übte. „Wieso?"

Theresa hatte den Vogel inzwischen von Sand und Insekten befreit, riss jetzt ein Stück Brustfleisch ab und hielt es David einladend entgegen. „Möchtest du?"

Das ließ sich der Junge nicht zweimal sagen. Er stürzte vorwärts, riss Theresa das Fleisch aus den Händen und biss ein beinahe handtellergroßes Stück davon ab. Dann begann er schmatzend zu kauen.

„Wenn wir wieder in Deutschland sind, müssen wir dir Tischmanieren beibringen", seufzte Theresa und riss sich ebenfalls ein Stück Fleisch ab. Um mit gutem Beispiel voranzugehen, verzichtete sie dann allerdings darauf, das Fleisch ebenso gierig in sich hineinzustopfen, wie David das getan hatte. Stattdessen biss sie ein gemäßigtes Stück davon ab. „Hmmmm", sagte sie mit vollem Mund und wunderte sich darüber, wie zart das Fleisch war. „Das schmeckt tausendmal besser als in jedem Restaurant."

„Wo ist Max denn jetzt?", fragte David, während er ungeduldig seine Hand ausstreckte, um ein weiteres Stück Fleisch zu bekommen.

Theresa zuckte die Achseln. „Ich weiß es nicht."

„Und was machen wir jetzt?“

Theresa reichte David ein Stück Fleisch. „Ich denke, wir sollten hierbleiben und auf Max warten. Vielleicht … vielleicht ist irgendetwas passiert, was ihn dazu bewogen hat, das Lager Hals über Kopf zu verlassen. Wer weiß, vielleicht hat er ein Flugzeug gehört und versucht, es auf uns aufmerksam zu machen. Irgendeine logische Erklärung muss es ja für sein Verschwinden geben.“ *Genauso, wie es eine logische Erklärung für Harrys Verschwinden geben muss.* Der Gedanke sorgte dafür, dass ihr Herz einen Schlag aussetzte. Es war, wie Haziq gesagt hatte: drei Verschollene in drei Tagen! Zehn kleine Negerlein oder besser gesagt … 27 kleine Überleberlein …

Was würde der morgige Tag wohl mit sich bringen?

***

Am darauffolgenden Morgen hastete Theresa bereits mit den ersten Sonnenstrahlen zu Herrn Tanners Lagerplatz. Gestern hatte sie dort so lange gewartet, wie es nur irgend möglich gewesen war. Dennoch war er nicht wieder aufgetaucht. Jetzt bestand ihre einzige Hoffnung darin, dass ihr Chef im Laufe der Nacht zurückgekehrt war.

Leider wurde auch diese Hoffnung enttäuscht. Max war nicht da, es gab keine Nachricht und es fehlte auch nichts von Max’ Ausrüstung. Damit stand für Theresa zweifelsfrei fest, dass irgendetwas Furchtbares geschehen sein musste.

Also gut. Es war an der Zeit, sich dieser Tatsache zu stellen. Während sie dies dachte, bildete sich ein entschlossener Ausdruck auf Theresas Gesicht. Sie würde nicht ruhen, ehe sie herausgefunden hatte, was passiert war. Nicht eine Sekunde früher. Ohne weiter über das Für und Wider nachzudenken, stellte Theresa ihre Ausrüstung zusammen. Zuerst holte sie Max’ Armbrust und die dazugehörigen Bolzen aus dem Koffer. Damit konnte sie sich im Dschungel verteidigen. Na ja, sie musste zugeben, dass sie nicht so genau wusste, wie man mit dem Ding umging. Aber wenn Herr Tanner von Eingeborenen gekidnappt worden war, konnte sie ihm die Waffe zustecken und dann …

„Jetzt hör aber auf“, schalt sich Theresa. „Du guckst zu viele schlechte Filme. Es gibt nicht den geringsten Hinweis darauf, dass

Menschen auf dieser Insel leben." Dennoch waren drei Personen an drei Tagen verschwunden. Das ging doch nicht mit rechten Dingen zu!

„Oh Jesus", betete Theresa, die inzwischen am ganzen Körper zitterte. „Bitte lass mich herausfinden, was passiert ist. Und hilf mir, Herrn Tanner wiederzufinden!" Dann hastete Theresa weiter durch das Lager. Sie schnappte sich alle vorhandenen Plastiktüten sowie Max' Colaflasche. Diese fasste zwei Liter und war deshalb ein wertvolles Utensil.

Aber wie soll ich mich im Dschungel zurechtfinden?, dachte Theresa. Dann drehte sie sich suchend im Kreis. Sie hatte keinen besonders guten Orientierungssinn und befürchtete, sich schon nach kürzester Zeit im Dschungel zu verirren. Deshalb benötigte sie irgendetwas, womit sie ihren Weg markieren konnte. Aber was? Hänsel und Gretel hatten mit Kieselsteinen gearbeitet, aber ob so etwas im dicht bewachsenen Dschungel funktionierte … Obwohl Theresa krampfhaft versuchte, einen klaren Kopf zu behalten, war das Zittern immer noch da und spiegelte ihre innere Unruhe wider. Am liebsten wäre sie sofort aufgebrochen, um Herrn Tanner zu suchen, aber wenn sie die Orientierung verlor und planlos durch die Gegend irrte, konnte sie ihrem Chef bestimmt nicht helfen. Sie musste Ruhe bewahren!

„Herr, was soll ich mitnehmen?", flüsterte sie verzweifelt. Das Gebet lenkte Theresas hastige Schritte zu ihrem Gebetsplatz hinter dem Felsen. Hier hatte sie so oft gesessen und mit Gott gesprochen, hier befand sich das Kreuz, das sie mit Holzkohle an den Felsen gemalt hatte … Aber natürlich! Der Gedanke fuhr wie ein Blitz durch Theresas Körper. Die Holzkohle! Was funktionierte, um Felsen zu bemalen, war auch geeignet, um Baumrinde mit Markierungen zu versehen!

Sie hastete ins Zentrum des Lagers zurück und packte eine ausreichende Menge verkohlten Holzes in ihre Tüten. Dann machte sie sich auf den Rückweg zu den anderen. Diese hatten noch geschlafen, als sie losgelaufen war, wachten jetzt aber allmählich auf. Coleman war schon auf den Beinen, Mona, Wang Fang und Isaac hatten sich aufgesetzt.

„Herr Tanner ist immer noch nicht wieder da“, verkündete Theresa, kaum, dass sie den Schlafplatz erreicht hatte. David schreckte hoch und sah Theresa mit großen, ängstlichen Augen an. „Es muss etwas passiert sein“, fuhr Theresa fort. „Wir müssen ihn unbedingt suchen.“

„Wahrscheinlich hat er sich mit Harry zusammengetan“, knurrte Coleman. „In dem Fall werden wir ihn nicht finden. Wer nicht gefunden werden will, ist auch nicht zu finden.“

„Herr Tanner ist nicht so“, brach es aus Theresa hervor. „Er hätte mir zumindest Bescheid gesagt! Nein! Ich bin mir ganz sicher, dass ihm irgendetwas zugestoßen ist! Wir *müssen* ihn suchen!“

„Nur zu“, lächelte Miriam und kuschelte sich noch ein bisschen tiefer in ihre luxuriöse Patchworkdecke. „Verbringt den Tag ruhig mit Suchen. Gestern seid ihr ja auch ohne Essen ausgekommen. Was spielt ein Tag mehr oder weniger schon für eine Rolle …“

Der Satz sorgte dafür, dass Stanley in die Höhe schoss. Ungekämmt, wie er war, standen seine kurzen blonden Haare in alle Richtungen ab und betonten seine auffallenden Segelohren. „Wir können unmöglich noch einen weiteren Tag hungern“, rief er.

„Das geht wirklich nicht“, pflichtete ihm Inken bei.

„Gestern war die Suche auch schon erfolglos“, seufzte Anuwat.

„Was soll das heißen?“, fuhr Theresa ihn an. „Gewöhnt ihr euch so schnell daran, dass hier Menschen verschwinden?“

Von Coleman und Miriam einmal abgesehen senkten die meisten Überlebenden betroffen den Kopf.

„Und was, wenn einer von euch der Nächste ist?“, fuhr Theresa fort. „Wollt ihr dann auch, dass wir anderen nur müde mit den Schultern zucken und zur Tagesordnung zurückkehren?“

„Zwei Menschen in zwei Tagen“, brach es aus Inken heraus. „Weißt du, was das bedeutet?“ Während sie sprach, hielt Inken Pia und Peer, die auf ihrem Schoß saßen, mit beiden Armen fest umklammert. „Das bedeutet, dass diese Insel lebensgefährlich ist. Unter diesen Umständen sollten wir uns nicht trennen. Warst du es nicht sogar, die das die ganze Zeit gefordert hat?“

Aus Inkens Worten sprach die Sorge um ihre Kinder. Was sollte Theresa dem entgegensetzen? Resigniert setzte sie die beiden

Plastiktüten auf dem Boden ab. „Stanley?“, probierte es Theresa. Ihre Stimme enthielt inzwischen so viel Verzweiflung, dass sie beinahe entgleiste. „Vorgestern wolltest du noch zu Max überlaufen, oder nicht?“

Stanley hielt ihrem Blick tapfer stand. „Ja, aber jetzt sind alle, die Colemans Nachfolge antreten könnten, verschwunden. Und ich selbst … na ja … ich bin kein Leiter.“ Er zuckte entschuldigend die Achseln. „Außerdem hab ich Angst.“

Theresa schluckte schwer. Irgendwie konnte sie Stanley sogar verstehen. Er hatte in der Vergangenheit viel Mut bewiesen. Und es gehörte auch Courage dazu, seine eigenen Grenzen zu erkennen und anzunehmen.

Jetzt gab es nur noch eine Adresse. „Jontek! Du kannst mich jetzt unmöglich im Stich lassen“, flehte Theresa. „Allein kann ich die Insel nicht durchkämmen.“

„Gökhan, Coleman und ich machen uns sowieso auf den Weg in den Dschungel. Du kannst mitkommen, wenn du willst.“ Während er das sagte, warf Jontek Coleman einen fragenden Blick zu. Dieser hatte bis eben seine Knöchel gekratzt und war jetzt dabei, sich wieder zu erheben. Als er zustimmend nickte, atmete Jontek sichtbar auf.

„Das kann ich nicht!“, krächzte Theresa. „Ich weiß, dass ihr immer in der gleichen Gegend unterwegs seid. Und da wart ihr gestern auch schon. Deshalb muss ich in der anderen Richtung suchen.“

„Keine gute Idee“, sagte Jontek und schüttelte den Kopf. „Die anderen Gebiete sind noch vollkommen unerforscht. Niemand weiß, welche Gefahren dort lauern. Nein. Ich will nicht, dass du dich dem aussetzt. Und schon gar nicht allein.“

„Dann komm mit mir“, flehte Theresa und streckte Jontek einladend die Hand entgegen. „Coleman und Gökhan können auch zu zweit Früchte holen. Ich brauche dich mehr!“

„So weit kommt’s noch“, donnerte Coleman dazwischen. „Wen ich auf meine Expeditionen mitnehme, entscheide ja wohl ich. Und überhaupt … du kannst für diesen Arroganzling gerne dein Leben aufs Spiel setzen, aber ganz bestimmt nicht das der anderen. Nein, du hüpfst entweder allein durch den Dschungel oder du lässt es ganz.“

Theresa musste schlucken. So hatte sie sich das nicht vorgestellt. Andererseits wusste sie, dass es keinen Ort auf dieser Welt gab, an dem sie jemals allein sein würde. *Siehe, ich bin bei euch alle Tage bis ans Ende der Welt*, hatte Jesus gesagt. Und auch wenn sie wusste, dass das „Ende der Welt" eigentlich zeitlich zu verstehen war, klang es heute etwas anders in ihren Ohren und sie dachte: *Wo, bitte schön, ist wohl das Ende der Welt, wenn nicht genau hier?*

***

„Mama, Peer hat mir Sand in die Augen geworfen!", brüllte Pia und rannte weinend zu Inken. „Dabei hab ich überhaupt nichts gemacht!"

Theresa seufzte tief. Pias Geschrei machte ihr Vorhaben nicht unbedingt einfacher. Sie war gerade dabei, David davon zu überzeugen, dass es besser für ihn war, im Lager – genauer gesagt unter Michaels Obhut – zu bleiben. Davon wollte der Junge allerdings nichts wissen. Er hatte sich an Theresas Bein festgeklammert und flehte sie an, ebenfalls bei der Suche nach Max helfen zu dürfen.

„Verstehst du denn nicht, David?", probierte sie es aufs Neue. „Wenn ich dich bei mir hab, mache ich mir ständig Sorgen um dich. Und dann kann ich nicht vernünftig nach Max suchen. Du möchtest doch, dass wir Max wiederfinden?"

David nickte kräftig, lockerte seinen Griff um Theresas rechtes Bein aber nicht das geringste bisschen. „Ich will nicht allein bleiben."

„Das stimmt überhaupt nicht", rief Peer und stampfte mit dem rechten Fuß auf. „Pia hat mir Gras ins T-Shirt gesteckt!"

Theresa schloss kurz die Augen und fuhr dann fort: „Bist du ja auch nicht. Michael ist ja bei dir. Er wird gut auf dich aufpassen."

David schüttelte lang anhaltend den Kopf. „Ich will mit. Ich will nicht hierbleiben."

„Aber der Dschungel ist zu gefährlich für dich", beharrte Theresa. „Ich hätte keine ruhige Minute."

„Das tut so weh, Mama!", weinte Pia, die bereits von Inken verarztet wurde.

„Aber alle, die weggegangen sind, sind weggeblieben!", schluchzte David. „Und ich will nicht, dass du wegbleibst."

„Das tue ich auch nicht", sagte Theresa und strich sanft über Davids glatte, dunkle Haare. „Ich werde wiederkommen und Max mitbringen." *Dein Wort in Gottes Ohr*, dachte sie und spürte, wie ein unangenehmes Gefühl ihre Kehle hochkroch. Hoffentlich hatte sie die Rechnung nicht ohne den Wirt gemacht …

„Aua, Mama!", heulte Pia, als Inken ihr Auge bearbeitete.

„Wir haben's gleich, ganz bestimmt", erwiderte Inken. „Es ist gut, dass du weinst. So wird der Sand rausgespült."

„Jetzt lass mich los, David", befahl Theresa und verlieh ihren Worten einen ernsten und unnachgiebigen Klang.

„Aber ich will bei dir bleiben", rief David.

„Es geht wirklich nicht", beharrte Theresa und versuchte David von ihrem Bein zu lösen.

„Nein, Mama!", kreischte David.

Theresa erstarrte. Hatte sie richtig gehört? Hatte David sie „Mama" genannt? Eine unerwartete Wärme überflutete Theresas gesamten Körper und lief in ihrer Magengegend zusammen. Wie oft hatte sie davon geträumt, ein Kind zu haben. Ein Kind wie David, das Mama zu ihr sagte …

„Hör zu, mein Schatz", krächzte sie, während die Emotionen wie eine Welle über ihrem Kopf zusammenschlugen. „Ich verspreche dir, dass ich dich nur dieses eine Mal verlasse. Einmal, nicht öfter. Wenn ich zurückkehre, bleiben wir für immer zusammen, ja? Dann verlasse ich dich nie wieder. Das verspreche ich dir."

***

„Die haben immer noch nicht die geringste Spur von diesem Flugzeug", sagte Tom, als er nach dem sonntäglichen Gottesdienst ins Auto stieg. „Frank hat gesagt-"

„Was interessiert mich denn jetzt Frank? Oder dieses Flugzeug?", fiel Ariane ihm ins Wort. Sie stand neben dem silbernen Kombi und versuchte, Sina in den Kindersitz zu verfrachten. Da sich diese mit Händen und Füßen wehrte, gestaltete sich das nicht gerade einfach. „Theresa war schon wieder nicht im Gottesdienst. Das bedeutet, dass sie immer noch nicht wieder zu Hause ist. So lange Dienstreisen gibt es doch gar nicht!"

Tom hatte sich inzwischen nach hinten umgedreht und beobachtete die kuriose Szene. „Kommt ihr klar?"

„Weiß ich noch nicht", fauchte Ariane und kämpfte weiter mit Sina. Immer wenn sie kurz davor war, das Gurtschloss einschnappen zu lassen, hatte sich ihr Sina wieder entwunden. „Hast du das Handy dabei?"

„Klar", nickte Tom und holte es aus seiner Jackentasche. „Soll ich Theresas Nummer wählen?"

„Ja, bitte", erwiderte Ariane. Dann zog sie blitzschnell den Bauch ein, um einem von Sinas Tritten auszuweichen. „Jetzt reicht's mir aber", schimpfte sie. „Du hörst jetzt auf mit diesem Unsinn!" Sie drückte Sina energisch auf den Sitz zurück, griff ein weiteres Mal nach den Gurten und schaffte es, sie zum Einrasten zu bringen. „Na also", sagte sie zufrieden. „Geht doch." Sie warf die hintere Autotür ins Schloss und nahm neben Tom auf dem Beifahrersitz Platz. „Und?", fragte sie.

„Auf dem Festnetz nimmt niemand ab. Und auf dem Handy …" Tom tippte noch ein paarmal auf seinem Telefon herum, hielt es sich dann ans Ohr und lauschte. *„Ihr gewünschter Gesprächspartner ist zurzeit nicht erreichbar …"*, seufzte er schließlich.

„Sie wird sich eine richtig gute Entschuldigung überlegen müssen", knurrte Ariane.

Tom steckte das Handy wieder ein und ließ den Motor an. „Was würdest du denn gelten lassen?"

„Hm …", Ariane verzog das Gesicht, „also, das Mindeste wäre eine totale Amnesie oder eine Entführung durch Aliens oder … lass mich überlegen: ein Gefängnis-Aufenthalt in Thailand wegen verbotenen Drogenschmuggels …"

„Sprich: eine Größenordnung, die mittlerweile in der Zeitung stehen müsste."

„Du sagst es!"

***

Als Theresa schließlich – ohne David – losziehen konnte, begleitete sie zunächst die drei Männer. Eine gute Stunde lang folgte sie mit ihnen dem Verlauf des Flusses ins Innere der Insel und rief dabei immer wieder nach Herrn Tanner und Harry. Dann begann das Gelände allmählich anzusteigen.

Als sie zu einer Stelle gelangten, in der das Wasser den Höhenunterschied über Kaskaden zurücklegte, machten die Männer ihre erste Pause. Der Ort war wie ein Ausschnitt aus dem Paradies. Als Theresa die Augen schloss, rauschte das Wasser wie bei einem Orchester aus den verschiedensten Richtungen in ihre Ohren und entfaltete eine Klangfülle, die sie noch in keinem Konzertsaal gehört hatte. Und als sie ihre Augen wieder öffnete, war sie aufs Neue überrascht.

Ravissant, dachte sie. Irgendwie war es nicht verwunderlich, dass ihr ein französisches und kein deutsches Wort eingefallen war. Die deutsche Übersetzung, die „entzückend" oder „hinreißend" lautete, konnte das Ausmaß dieser Schönheit längst nicht so gut einfangen.

Vor ihr lag die unberührteste Landschaft, die sie jemals gesehen hatte. Hier suchte sich das Wasser über mehr als zehn Stufen und mehrere Windungen vollkommen wild und frei seinen Weg und wurde von einer üppig grünen Vegetation umrahmt. Theresa konnte nicht anders, als den Ort mit deutschen Kanälen zu vergleichen. Waren die nicht genau das Gegenteil? Und töteten sie nicht jede Freiheit und dadurch auch jede Schönheit auf Kosten der Funktionalität ab?

Herr Tanner ist wie dieser Ort, kam es Theresa in den Sinn. *Genauso wild und frei und …*

„Schön hier, nicht wahr?", flüsterte eine Stimme von hinten in Theresas Ohr. Gleich darauf umschlangen zwei kräftige Arme ihre Taille und ein warmer, feucht-klebriger Körper presste sich gegen Theresas Rücken. Sie hielt unwillkürlich den Atem an. Als sich dann jedoch eine Hand unter ihr T-Shirt schob, ihren Bauch streichelte und von dort in die Höhe zu wandern begann, verschränkte sie eilig die Arme und hielt die Hand dadurch auf Abstand zu ihrer Brust.

„Du kannst dir gar nicht vorstellen, wie sehr es mich anmacht, dass ich der erste Mann für dich sein werde", raunte ihr Jontek ins Ohr.

Theresa schluckte. Wenn überhaupt, dann wollte sie um ihrer selbst willen begehrt werden, nicht weil eine Information Jonteks

Jagdtrieb geweckt hatte. „Ich muss jetzt los, Jontek“, gab Theresa zurück.

Der Druck um Theresas Taille verstärkte sich. „Ich will aber nicht, dass du gehst“, gurrte Jontek und begann, an Theresas linkem Ohr zu knabbern.

Daraufhin versteifte sich Theresa noch mehr. Trotzdem konnte sie nicht verhindern, dass ein wohliger Schauer durch ihren Körper rieselte und bis in ihre Zehen strömte.

„Könnt ihr mal aufhören, euch gegenseitig aufzufressen?“, meckerte Coleman mit seiner lauten Stimme. „Das ist ja widerlich.“

Theresa spürte, wie Ärger in ihr aufkeimte. Wie konnte Coleman etwas Derartiges von sich geben, wo er doch ununterbrochen und vor aller Augen mit Miriam herummachte?

„Kein Problem!“, erwiderte Jontek und ließ Theresa los. Dann trat er ein paar Schritte von ihr zurück.

Theresa drehte sich um und sah ihn fassungslos an. Auf der einen Seite war sie froh, dass er sie in Ruhe ließ. Auf der anderen hasste sie seinen blinden Gehorsam. Was motivierte ihn nur, Coleman eine derartige Position einzuräumen?

Aber dies war nicht die Zeit, um einen Streit anzufangen. Und so suchte sich Theresa wortlos eine Stelle, an der sie eine höher gelegene Steinstufe erreichen konnte und füllte ihre Zwei-Liter-Flasche mit frischem, klarem Wasser. Dann trank sie so viel, wie in sie hineinpasste. Anschließend füllte sie die Flasche ein weiteres Mal auf, verabschiedete sich mit einem flüchtigen Kuss von Jontek und machte sich trotz seiner missbilligenden Blicke auf den Weg.

Dabei ging sie sehr systematisch vor und kennzeichnete viele der Bäume, an denen sie vorbeikam, mit dem verkohlten Holz, das sie mitgenommen hatte. Grundlage ihrer Kennzeichnung war stets die Richtung, in der sich der Fluss befand, denn nur von ihm aus würde sie den Weg zurück ins Lager finden.

„Herr Tanner? Harry?“

Je tiefer Theresa in den Dschungel vordrang, desto höher wurden die Bäume, die sie umgaben. Gleichzeitig schien sich die Vegetation am Boden zu lichten. Die dichten Baumkronen ließen kaum mehr Sonnenlicht auf den Boden durchdringen, sodass es dort fast vollständig an einer Busch- oder Krautschicht fehlte. Dafür begegnete Theresa immer dickeren und bizarreren Baumstämmen. Brettartige Wurzeln, die manchmal meterhoch waren und sich sternförmig um den Stamm herum gruppierten, vermittelten ihr den Eindruck, als sei sie in einer anderen Welt gelandet. Alle paar Minuten regnete es sturzbachartig. Zudem hatte sie den Eindruck, dass die Temperatur – die ja ohnehin schon hoch gewesen war – noch weiter anstieg. Hatte es in der Nähe des Meeres immerhin noch eine sanfte Brise gegeben, so bewegte sich hier überhaupt nichts mehr und enorm hohe Temperaturen bei einer Luftfeuchtigkeit von gefühlten 100 Prozent machten jeden Schritt zur Qual.

„Herr Tanner? Harry?" Theresa rief die beiden Namen in regelmäßigen Abständen durch den Dschungel, blieb dann stehen und horchte angestrengt auf eine Antwort. Leider bestand diese immer aus demselben Grillengezirpe und denselben, mittlerweile vertrauten Vogelschreien. Wo waren die beiden? Was war ihnen zugestoßen?

Obwohl Theresa von den anstrengenden klimatischen Bedingungen bald erschöpft war, wurde ihr doch niemals langweilig. Die exotische Umgebung hielt eigentlich ständig neue Wunder bereit. Mal sah sie die erste Gottesanbeterin ihres Lebens, mal begegnete sie einem Tausendfüßler mit schockroten Beinen und einem schwarzen Körper, mal einem Einsiedlerkrebs, der mit Schneckengehäuse und dicken, aufgeblähten Beinen über den Boden krabbelte. Schon etwas unangenehmer waren die Waldratten, die gelegentlich über den Boden huschten.

„Herr Tanner? Harry?" Wieder nichts. Wie war das möglich? Menschen wurden doch nicht einfach vom Erdboden verschluckt!

Nach vielen Stunden Wanderung gelangte Theresa auf eine kleinere Lichtung, die einem felsigen Untergrund zu verdanken war. Als sie in die Höhe blickte, entdeckte sie so etwas wie ein Dach, das allerdings … Theresa blinzelte ein paarmal, als wollte sie sich vergewissern, dass das, was sie sah, der Realität entsprach. Etwa vier Meter über ihr befand sich ein grau-weißes Geflecht, das sich wie ein riesiges Dach über eine Breite von mehr als 15 Metern erstreckte. Es schien vom letzten Wolkenbruch nass geregnet zu sein, sodass immer mal wieder Wassertropfen im Sonnenlicht aufblitzten. Aber woraus bestand dieses … dieses Tuch?

Theresa betrachtete das Tuch aus verschiedenen Richtungen und kam schnell zu dem Ergebnis, dass es sich um ein Spinnennetz handeln musste. Aber seit wann fabrizierten Spinnen derart große Netze? Oder gab es hier Spinnen in furchterregender Größe? Der Gedanke ließ einen Schauer über Theresas Rücken rieseln und sorgte dafür, dass sie die Lichtung umgehend verließ und wieder in den Dschungel eintauchte.

Dort stieß sie auf einen Baum, der ungefähr fünf Meter hoch war und einen grünen Stamm besaß, an dem in etwa vier Metern Höhe rundherum Blätter mit einem Durchmesser von mehr als einem halben Meter angeordnet waren. Dort, wo die Blätter anfingen, wuchs direkt am Stamm zudem eine Ansammlung länglich-ovaler Früchte. Papayas? Die Form stimmte; was Theresa jedoch irritierte, war die Tatsache, dass einige der Früchte noch grün waren, während andere bereits eine gelbliche Färbung angenommen hatten. Waren die Dinger jetzt reif oder nicht?

Theresa lief schon während ihrer Überlegungen das Wasser im Munde zusammen, schließlich hatte sie heute noch überhaupt nichts gegessen. Leider hingen die Früchte viel zu hoch, als dass sie sie hätte pflücken können. Keine einzige verwertbare Frucht lag auf dem Boden. Was tun? Theresa hatte die Männer davon reden hören, dass sie in solchen Fällen Räuberleitern bildeten, aber auch dafür war der Baum entschieden zu hoch. Außerdem konnte man eine Räuberleiter schlecht mit sich selbst bilden.

Theresa entschied sich, es mit Schütteln zu probieren. Sie umschlang den grünen Stamm, der rundherum von tiefen, dreieckigen Blattnarben übersät war, in Schulterhöhe mit den Händen und versuchte ihn durch Einsatz ihrer gesamten Kraft zum Schwanken zu bewegen. Und tatsächlich: Das funktionierte gut. Der Baum schwankte beträchtlich hin und her – und ließ ein paar gelblichweiße, mit Flaum besetzte Blüten in die Tiefe rieseln.

„Du dämlicher Urwaldschmarotzer!“, fauchte Theresa und trat mit dem Fuß gegen den Stamm. „Ich hab Hunger und seit gestern nichts mehr gegessen. Gib mir gefälligst was ab!“ Sie umfasste ein weiteres Mal den Stamm und versuchte es jetzt mit kürzeren, ruckartigeren Bewegungen. Dabei rechnete sie anscheinend so wenig mit einem Erfolg, dass sie von der Papaya, die auf ihrer rechten Schulter landete, gänzlich überrascht wurde.

„Aua!", rief sie entrüstet. Dann blickte sie fast ein wenig sprachlos auf die gelblich-grüne Frucht, die neben ihren Füßen gelandet war. „Aggressiv bist du auch noch", murmelte sie und hob die Frucht auf. Glücklicherweise handelte es sich um ein eher kleines Exemplar. Sie ließ sich direkt neben dem Baum auf dem Boden nieder, lehnte sich mit dem Rücken gegen den Stamm und machte sich über die Frucht her. Da sie kein Werkzeug besaß, musste sie die Schale mit den Fingernägeln entfernen, was recht mühsam war. Dafür wurde sie mit saftigem, orangefarbenem Fruchtfleisch belohnt, das äußerst süß und aromatisch schmeckte. Die scharfen Kerne aß sie gleich mit. Die Nahrungspalette, die man hier so zu sich nahm, war so schmal, dass es nicht schaden konnte, ein wenig Abwechslung in den Speiseplan zu bringen.

Theresa blieb sitzen, als es zum vierten Mal an diesem Tag zu regnen begann. Wieder ging ein regelrechter Wolkenbruch auf sie nieder, doch war das Wasser so warm, dass Theresa es als willkommene Erfrischung und nicht als unangenehme Störung empfand. Außerdem konnte sie auf diese Weise gleich ihre klebrigen Finger säubern.

Im Anschluss an ihre Mahlzeit gelang es Theresa, noch zwei weitere Früchte vom Baum zu schütteln. Diese legte sie als Wegzehrung in ihre Plastiktüten. Obwohl sich deren Gewicht dadurch erhöhte, war Theresa guter Dinge. Wenn sie Herrn Tanner oder Harry fand, konnte sie ihnen wenigstens etwas zu essen anbieten …

***

„Ich bin's, Ariane."

„Hallo, Ariane", seufzte Rita und lehnte sich zurück. Sie saß auf Theresas rotem Sofa, hatte ihr eigenes Handy am Ohr und Theresas Festnetztelefon in der Hand. „Ich dachte mir, dass du anrufen würdest. Du machst dir Sorgen, nicht wahr? Weil Theresa nicht im Gottesdienst war …"

„Woher weißt du das?“, wunderte sich Ariane.

„Ich bin in Theresas Wohnung. Sie ist nicht da. Alles ist noch so wie vor ein paar Tagen.“

„Das ist doch nicht normal, oder? Seit wann dauern Dienstreisen länger als eine Woche?“

„Ich weiß auch nicht. Ich hab ein bisschen im Internet gesurft und die Telefonnummer des Big Mac herausgefunden. Da geht allerdings niemand ans Telefon …“ Rita warf einen Blick auf das rote Telefon, das Theresa gehörte und mit dem sie eben versucht hatte, deren Chef anzurufen. Nachdenklich drehte sie es in ihren Händen hin und her. „Eigentlich ist das ein gutes Zeichen. Wenn der Big Mac nicht da ist, könnte er immer noch mit Theresa auf Dienstreise sein.“

„In Australien, oder was?“

„Keine Ahnung! Vielleicht sind sie tatsächlich weiter weg als sonst. Ich kann mich erinnern, dass sie schon mal gemeinsam in Spanien waren.“

„Aber doch nicht länger als eine Woche!“, protestierte Ariane.

„Was weiß ich?“ Rita legte Theresas Telefon jetzt auf dem gläsernen Couchtisch ab. „Einmal ist immer das erste Mal …“

„Was soll das heißen?“, fauchte Ariane. „Willst du noch ein paar Wochen warten, bevor du irgendetwas unternimmst?“

„Als ob ich nichts unternehmen würde. Wer hat denn jetzt den Big Mac angerufen? Du oder ich?“

„Du, aber ich finde nicht, dass das ausreicht. Theresa ist verschwunden! Und das seit über einer Woche! Du kennst sie! Sie hat uns immer angerufen, wenn sie unterwegs war. Und jetzt kommt gar nichts? Das geht doch nicht mit rechten Dingen zu! Nein! Ich habe genug. Ich gehe zur Polizei und gebe eine Vermisstenanzeige auf.“

„Und was willst du ihnen sagen?“ Rita versetzte Theresas Telefon einen Schubs und sah ihm dabei zu, wie es sich schnell um die eigene Achse drehte. „‚Laut ihrer Firma befindet sie sich auf Dienstreise, aber ich glaube das nicht‘?“

„Wenn’s sein muss …“, schimpfte Ariane. „Alles ist besser, als dumm rumzusitzen und auf einen Anruf zu warten, der ja doch nicht kommt!“

Rita packte zu und brachte das Telefon dadurch wieder zum Stillstand. Dann atmete sie einmal tief durch und sagte: „Ich mach dir einen Vorschlag: Ich ruf morgen früh noch einmal in Theresas Firma an und frage mich so lange durch, bis ich irgendetwas in Erfahrung gebracht habe – und sei es auch nur die Handynummer des Big Mac. Wenn das nichts bringt, können wir immer noch zur Polizei gehen. Was hältst du davon?“

Ariane seufzte tief. Einen Moment lang schien sie zu überlegen, dann sagte sie leise: „Also gut. Bis morgen warten wir noch. Aber dann ist Schluss.“

Kapitel 23

Als der Nachmittag bereits weit fortgeschritten war, rief Theresa noch eindringlicher nach Herrn Tanner und Harry – ohne Erfolg. Aber was sollte sie jetzt tun? Haziq hatte ihr seine Uhr ausgeliehen. Deshalb wusste sie, dass es bereits 16:45 Uhr war. Es blieben ihr also noch 3¼ Stunden bis zum Sonnenuntergang. In dieser Zeit würde sie es wohl kaum zurück ins Lager schaffen. Außerdem hatte sie auch nicht vor, ohne ihren Chef dorthin zurückzukehren. Wenn sie das tat, würde sie viel Zeit damit verlieren, immer dieselben Strecken abzulaufen. Und diese Zeit hatte Herr Tanner vielleicht nicht mehr. Nein, sie musste sich hier im Dschungel einen Platz zum Übernachten suchen. Anders ging es nicht.

Theresa setzte ihre Suche weiter fort und hielt dabei die Augen nach einem Nachtlager offen. Schon nach kurzer Zeit fiel ihr auf, dass sie immer verzweifelter nach ihrem Chef rief. Inzwischen machte sie sich auch nicht mehr die Mühe, ihn Herrn Tanner zu nennen. Sie rief jetzt „Max!" – und ließ Harry gänzlich weg. Der Gedanke, eine ganze Nacht allein hier draußen zu verbringen, setzte ihr zu und schlug sich sowohl in der Häufigkeit ihrer Rufe als auch in deren Lautstärke nieder. Selbst wenn Max verletzt war, konnte sie sich eine Nacht an seiner Seite sehr viel besser vorstellen als allein. Aber Max antwortete nicht. Egal, wie sehr sie sich die Lunge aus dem Leib schrie, er antwortete einfach nicht!

Knappe zwei Stunden später fühlte sich Theresa so unwohl in ihrer Haut, dass die Faszination des Regenwaldes jegliche Attraktivität für sie verloren hatte. Eher machte ihr alles noch mehr Angst als vorher. Dieses Gefühl verstärkte sich, als sie auf zwei sehr seltsam anmutende Tiere stieß, die sich mit langsamen, eleganten Bewegungen von Ast zu Ast hangelten. Aufgrund der Fortbewegungsart dachte Theresa zunächst an Faultiere, aber als die etwa einen halben

Meter großen Geschöpfe näher kamen, erinnerte der Kopf eher an Bären. Hätte sich Theresa am Morgen vielleicht noch die Zeit genommen, die Tiere näher zu betrachten, so sah sie nun zu, dass sie Land gewann.

Herr, betete sie, während sie mithilfe ihrer Holzkohle ein paar Markierungen vornahm und dann weiter durch den Dschungel eilte, *bitte hilf mir, ein sicheres Nachtlager zu finden.*

Statt einer Antwort hörte Theresa neue, beunruhigende Geräusche. Diese waren sehr unterschiedlich und erinnerten sie von Zeit zu Zeit an Hundegebell, von Zeit zu Zeit aber auch an tiefe menschliche Schreie. Wurde sie jetzt verrückt? Oder gab es etwa doch Menschen auf dieser Insel? Und war Max bei ihnen?

Sie rief erneut seinen Namen, erhielt aber keine Antwort. Daher blieb ihr nichts anderes übrig, als die Richtung einzuschlagen, die ihr die seltsamen Geräusche wiesen. Diese wurden jetzt lauter und hallten gespenstisch durch den Dschungel. Je näher sie kamen, desto weniger erinnerten sie an menschliche Schreie, dafür meinte Theresa manches Mal das Grunzen eines Schweines aus ihnen zu erkennen. Am stärksten aber war der Eindruck, dass es sich um Hundegebell handelte. Dieses wurde immer lauter und führte Theresa auf einen sehr seltsam anmutenden Baum zu. Dieser wirkte ein wenig außerirdisch und schien nur aus einem Wurzelgeflecht zu bestehen, das ihn ringsherum umgab. Als Theresa ihn erreichte, kamen die seltsamen Geräusche direkt von oben und jetzt gesellte sich auch noch das Geräusch eines Kleinsthubschraubers dazu.

Theresa legte verwirrt den Kopf in den Nacken und sah … Vögel! Nicht, dass sie nicht schon vorher welchen begegnet wäre, aber diese hier waren riesig und noch dazu etwas ganz Besonderes. Es waren nicht viele, vielleicht vier oder fünf. Die meisten von ihnen wurden von Blättern verdeckt, einer jedoch war deutlich sichtbar. Er hatte einen schwarzen Körper, einen beigen Hals und den riesigsten Schnabel, den Theresa jemals gesehen hatte. Dieser war leuchtend gelb und hatte einen kammartigen, roten Aufsatz.

Die hab ich schon mal irgendwo gesehen, dachte Theresa und versuchte sich an die Zoos zu erinnern, die sie in der Vergangenheit besucht hatte.

Wuff, da war es wieder, dieses seltsame Bellen. Es stammte eindeutig von den Vögeln über Theresas Kopf. Also doch keine Hunde und dementsprechend auch keine Menschen! Theresa ließ niedergeschlagen den Kopf hängen. Sie hatte so gehofft, eine Spur von Max zu finden! Einer der Vögel wechselte seinen Standort und rief durch seinen Flügelschlag das Hubschraubergeräusch hervor.

Und Hubschrauber gibt es auch nicht, dachte Theresa verzweifelt. *Keine Hubschrauber und keine Rettungsmannschaften. Wir werden für immer hier bleiben und nach und nach dezimiert werden. So wie bei den zehn kleinen Negerlein …*

„Max?“, brüllte sie ein weiteres Mal aus Leibeskräften. Dann sank sie an Ort und Stelle zu Boden und begann zu weinen. Erst nur ein bisschen, dann jedoch wurde ihr Körper von heftigen Schluchzern geschüttelt. Es war, als würde die gesamte Angst der letzten Tage wie die Lava eines lange rumorenden Vulkans aus ihr herausbrechen. In diesem Moment war nur noch Verzweiflung da.

***

Als sich Theresa wieder einigermaßen beruhigt hatte und auf ihre Uhr sah, war es bereits 19:30 Uhr. Entsetzt sprang sie auf. Es würde gleich dunkel werden. Und sie brauchte unbedingt ein Nachtlager!

Sie starrte jetzt geradewegs auf den seltsamen Baum mit den vielen Wurzeln, der anscheinend die Monsterschnabelvögel angezogen hatte. Aber warum? Theresa trat ein paar Schritte näher an ihn heran und stellte fest, dass der Baum irgendwie hohl zu sein schien. Und tatsächlich: Durch die Lücken in den Wurzeln konnte man auf die andere Seite schauen!

Interessiert wanderte Theresa einmal um den Baum herum. Dabei fand sie eine Stelle, an der die Wurzeln eine Lücke aufwiesen, die groß genug war, um sie hindurchzulassen. Ihr Herz schlug schneller. War das das Nachtlager, um das sie gebeten hatte? Sie zwängte sich durch das bizarr anmutende Wurzelgeflecht hindurch und stand kurz darauf im Inneren des Baumes. So war es tatsächlich! Es kam Theresa so vor, als stünde sie an einem Ort, an dem sich eigentlich ein Baum befinden müsste, nur dass dieser, nun ja, nicht da war! Stattdessen konnte sie mehrere Meter nach oben und bis in die Krone dieses seltsamen „Negativ-Baumes“ sehen. Hier drinnen war es viel dunkler als außerhalb und Theresa fühlte sich sicher und geschützt. Konnte sie hier die Nacht verbringen? Probehalber ließ sie sich auf dem dunklen, feuchten Boden nieder und testete verschiedene Sitzpositionen. Sie konnte sich gegen das Wurzelgeflecht lehnen, fand aber keine Haltung, die wirklich bequem war. Und dann …

„Ihhh!“, kreischte sie und sprang auf. Vor ihr krabbelte ein acht Zentimeter langer Hornkäfer mit ausgeprägtem Geweih und grün schimmerndem Rücken über den schwarzen Sand. Theresa verzichtete darauf, ihn näher zu betrachten und zwängte sich in aberwitzigem Tempo wieder durch die Lücke in den Wurzeln nach draußen.

Kurz darauf aber fiel ihr Blick auf den Außenbereich des hohlen Wurzelgeflechts. Durch die vielen Bögen, die die Wurzeln beschrieben, konnte man ihn sicher problemlos erklettern. Auch waren Einbuchtungen und Plattformen entstanden, die man vielleicht als Sessel nutzen konnte. Oder als Schlafplatz?

Theresa sah ein weiteres Mal auf die Uhr. 19:40 Uhr! Und die Sonne ging hier innerhalb von Minuten unter! Es war definitiv keine Zeit mehr, um noch einen anderen Platz ausfindig zu machen. Also gut. Sie ging suchend um den „Baum“ herum und fand eine Stelle, an der sie diesen fast wie eine Leiter besteigen konnte. Dabei nutzte sie Lücken im Wurzelgeflecht, um ihre Füße zu platzieren, und hielt sich an freiliegenden Wurzeln wie an Sprossen fest. Sehr zu ihrer Freude überwand sie auf diese Weise einen Höhenunterschied von etwa zwei Metern und fand dort – in luftiger und hoffentlich raubtierfreier Höhe – eine Nische, in die sie sich halbwegs setzen konnte. Es war nicht gerade ein Traumbett; dazu war das Wurzelgeflecht zu ungleichmäßig und bohrte sich immer wieder schmerzhaft in ihren Rücken. Aber wenn sie die Position von Zeit zu Zeit wechselte, ging es …

***

Theresa schreckte mitten in der Nacht hoch und war sofort hellwach. Sie hatte die letzten Stunden in einer Art Dämmerzustand verbracht und immer wieder die Position wechseln müssen, um die

Schmerzen in ihrem Rücken zu minimieren. Jetzt aber hatte sie das Gefühl, als hätte irgendetwas ihre Haare berührt. Eine Schlange?

Schon der Gedanke allein sorgte dafür, dass die kleinen Härchen an ihren Armen und Beinen in die Höhe schossen und ein kalter Schauer über ihren Rücken rieselte. Sie erinnerte sich noch allzu gut an die fliegenden grünen Schlangen, von denen Harry nach seinem ersten Ausflug berichtet hatte. Auch wusste sie, wie einfach es für Max gewesen war, Schlangen zu fangen und zu verspeisen. Seinen Aussagen zufolge gab es auch Pythons in diesem Dschungel. Und die waren nun definitiv lebensgefährlich!

Theresa tastete mit zitternden Fingern nach der kleinen Taschenlampe in ihrer Hosentasche. In diesem Moment war sie unglaublich dankbar, dass ihr Michael diese förmlich aufgezwungen hatte. Es war eine unbeschreibliche Erleichterung, als plötzlich ein Lichtkegel die tiefe, mondlose Finsternis durchbrach und Theresa Teile ihrer Umgebung sehen konnte. Sie leuchtete hektisch um sich herum, dann über sich und …

Als zwei kugelrunde, leuchtend orange Augen vor ihr aufblitzten, blieb Theresa beinahe das Herz stehen. Glücklicherweise erleuchtete ihre Taschenlampe nicht nur die weit aufgerissenen Augen, sondern auch das Drumherum mit der kleinen, süßen Schnauze, den abstehenden Öhrchen und den filigranen Fingerchen. So erkannte Theresa in dem handtellergroßen braun-schwarz melierten Fellknäuel einen Koboldmaki. Da zahlte es sich aus, dass sie Sina erst vor Kurzem ein hellblaues Stofftier geschenkt hatte, das dieser Kreatur nachempfunden war. Zwar hatte Theresa noch nie einen Koboldmaki in natura gesehen, aber sie wusste, wie diese aussahen und dass sie komplett ungefährlich waren.

„Hey du!“, sagte sie sanft und streckte ihre Hand nach dem süßen Tierchen aus.

Daraufhin öffnete dieses das Maul, in dem Theresa klitzekleine Zähne sah, die wie ein V angeordnet waren. In dieser Pose sah der kleine Maki überhaupt nicht mehr possierlich aus, was dafür sorgte, dass Theresa ihre Hand umgehend zurückzog. Auch senkte sie, ohne es zu wollen, ihre Taschenlampe, woraufhin der Maki – schwupp – davonsprang.

„War nett, deine Bekanntschaft gemacht zu haben", seufzte Theresa und lehnte sich wieder zurück. Dann leuchtete sie vorsichtshalber noch einmal die gesamte Umgebung ab. Nichts. Keine Tiere. Vor allem keine Schlangen – oder?

Theresa hatte die Taschenlampe gerade erst ausgeschaltet, im letzten Moment aber aus dem Augenwinkel einen Schatten gesehen. War da etwas Dunkles dicht an ihrem Schlafplatz vorbeigeflogen? Ein Vogel vielleicht? Sie schluckte schwer und dachte daran, dass Vögel eigentlich tagsüber und nicht nachts unterwegs waren. Auch die Monsterschnabelvögel gaben inzwischen keine Geräusche mehr von sich. Blieben nur noch …

Fledermäuse.

Und zwar große Fledermäuse, denn der Schatten hatte eher an einen großen Raben als an eine Amsel erinnert. *Vielleicht auch Flughunde …*

Theresa schauderte und spitzte ihre Ohren, konnte aber nichts Außergewöhnliches hören. Also schaltete sie ihre Taschenlampe wieder ein und erleuchtete damit erneut ihre Umgebung. Nichts. Hatte sie sich den Schatten nur eingebildet? Oder saß sie auf einem Baum, der Flughunden als Zuhause diente? Fledermäuse lebten in Höhlen, das wusste sie aus Deutschland. Aber wie war es mit Flughunden? Bewohnten diese nicht eher Bäume? Und lebten Flughunde einzeln oder paarweise oder vielmehr … in riesigen Kolonien?

Der Gedanke setzte Theresa so zu, dass sie hektisch weiter in alle Richtungen leuchtete. Dabei ging sie allerdings so unkoordiniert vor, dass sie überhaupt nichts mehr erkennen konnte. Gleichzeitig schalt sie sich innerlich dafür, dass sie so wenig über exotische Tiere wusste. Was brachte es ihr, dass sie vier Sprachen fließend sprach, wenn auf dieser dämlichen Insel überhaupt keine Menschen lebten? Warum zum Donnerwetter hatte sie nicht Biologie studiert?

***

Als Theresa direkt nach Sonnenaufgang von ihrem „Wurzelbaum" herunterstieg, musste sie am Boden erst einmal Dehnübungen machen, um überhaupt aufrecht stehen zu können. Die Nacht im Baum hatte ihr anscheinend üble Verspannungen eingebracht. Diese hätte sie gern in Kauf genommen, wenn sie wenigstens einigermaßen ausgeschlafen gewesen wäre, aber weit gefehlt. Sie hatte eigentlich die ganze Nacht nur gedöst und war nach jeder Traumsequenz wieder hochgeschreckt. Dass fliegende Rehpinscher und Schlangen mit Schwanenflügeln in diesen Sequenzen vorgekommen waren, wunderte sie nicht!

„Max?" Theresa setzte ihre Suche umso energischer fort. Sie hatte nicht die geringste Lust, eine weitere Nacht allein in dieser Wildnis zu verbringen. Das galt umso mehr, als sie aus Angst, die Batterie zu verbrauchen, die Taschenlampe ausgelassen hatte.

„Max?" Ihre Stimme hallte gespenstisch durch den Dschungel, schien sich aber in dem dichten Nebel zu verheddern, der sie von allen Seiten umgab. Nahm diese Luftfeuchtigkeit denn niemals ab?

„Où est-il?", flüsterte sie auf Französisch. *Wo ist er?*

Bei einer Sichtweite von nicht mehr als zwei Metern kam Theresa kaum vorwärts, dachte aber auch jetzt daran, ihren Weg mithilfe der Holzkohle zu markieren. Schließlich hatte sie nicht vor, die gleiche Gegend mehrfach abzusuchen.

Leider ließ sich dieser Plan im Nebel nicht sehr gut umsetzen. Gestern war die Luft klarer gewesen. Zwar hatte der Blick in den Himmel auch da nichts genützt, weil die Sonne sowieso fast immer senkrecht über ihr stand. Dafür hatte sie bei jeder größeren Lichtung einen Blick auf den großen Berg im Zentrum der Insel werfen können. Und solange sie darauf zugehalten hatte, war sie nie im Kreis gelaufen.

Das war heute anders. Nach ungefähr vier Stunden anstrengenden Marsches stand Theresa plötzlich vor dem Papayabaum, von dem sie gestern die Früchte geerntet hatte. *Na, super!* Sie ließ sich direkt davor auf dem Boden nieder und fiel über die Papayas her, die sie jetzt einen ganzen Tag in der Tüte mit sich herumgeschleppt hatte.

***

„Grewe", meldete sich Jens.

„Lambert", antwortete Rita und war erleichtert, dass sie Jens erreicht hatte. Als Theresas Vertretung wusste er wohl am ehesten über ihren Verbleib Bescheid. Abgesehen davon war er der Einzige, der ihr letzte Woche bereitwillig Auskunft erteilt hatte.

„Tut mir wirklich leid, dass ich schon wieder störe“, begann sie und klemmte sich ihr Handy zwischen Ohr und Schulter. Dann schloss sie die Tür des Friseursalons auf, in dem sie arbeitete. „Aber Theresa ist immer noch nicht wieder aufgetaucht und wir machen uns die größten Sorgen. Wissen Sie inzwischen, auf welche Art von Dienstreise sie gefahren ist?“

Jens Grewe räusperte sich. „Frau Lambert …“, sagte er und – schwieg.

„Herr Grewe? Sind Sie noch da?“, fragte Rita und stellte ihre Tasche im Vorflur ab. Dann begann sie ihren Mantel auszuziehen, was sich wegen des Handys ein wenig umständlich gestaltete.

„Ja … ja“, antwortete er fahrig. „Es ist nur … Ich kann Ihnen leider keine weiteren Auskünfte erteilen.“

„Wie meinen Sie das?“

„Wie ich es gesagt habe! Ich bin angewiesen worden … den Mund zu halten.“

Rita hielt mitten in der Bewegung inne. Da sie ihren Mantel erst zur Hälfte ausgezogen hatte, baumelte er jetzt traurig von ihrer rechten Schulter herunter. „Stimmt irgendetwas nicht?“, fragte sie alarmiert.

Jens Grewe räusperte sich erneut. „Es tut mir wirklich leid …“ Das Bedauern, das in seiner Stimme mitschwang, versetzte Rita erstmalig in einen Zustand ernsthafter Sorge.

***

„Irgendetwas ist passiert“, sagte Rita, als sie in ihrer Mittagspause endlich die Gelegenheit hatte, bei Ariane anzurufen. „Dieser Jens Grewe druckst komisch rum und will mir auf einmal keine Auskünfte mehr erteilen.“

„Wie bitte?“ Ariane wanderte unruhig durch ihr Wohnzimmer. Da Sina gerade Mittagsschlaf hielt, konnte sie sich voll und ganz auf das Telefonat konzentrieren.

„Er war ganz komisch! So als ob er irgendetwas wüsste, aber nichts sagen dürfte!“

Ariane blieb vor der Fensterbank stehen und begann – ohne es überhaupt zu merken –, ein paar verwelkte Blätter aus einem kleinen Ficus zu sammeln. „Ja und jetzt?"

„Nachdem ich aufgelegt hatte, hab ich in der Zentrale angerufen. Ich hab mir irgendeinen Nachnamen ausgedacht und behauptet, mit Herrn Tanner befreundet zu sein. Die Dame hat gesagt, Herr Tanner befinde sich heute nicht im Hause. Daraufhin hab ich gefragt, wann er denn zurückzuerwarten sei."

Ariane ballte die Faust und zerdrückte auf diese Weise die welken Blätter. „Und?"

Rita seufzte tief. „Sie sagte: ‚Nicht so bald.'"

Ariane riss die Augen auf. „Was soll denn das heißen? *Nicht so bald*?"

„Ich hab natürlich nachgefragt, wie ich das zu verstehen hätte", antwortete Rita. „Aber da wurde sie plötzlich stumm wie ein Fisch und hat überhaupt nichts mehr gesagt. Denkst du, du hättest Zeit, zur Polizei zu gehen? Ich kann hier nicht weg. Wir haben zwei Ausfälle wegen Krankheit."

„Sobald Sina aufwacht, mach ich mich auf den Weg", versprach Ariane. „Aber das ist nicht das Einzige, was ich tun werde. Ich werde endlich anfangen, für Theresa zu beten! Das hätte ich schon viel früher tun sollen."

„Wenn du meinst, dass das hilft …"

***

In den darauffolgenden drei Tagen lernte Theresa den Dschungel besser und besser kennen. Sie war bald felsenfest davon überzeugt, dass es hier keine für den Menschen gefährlichen Raubtiere gab. Selbst die Schlangen schienen nicht angriffslustig zu sein. Einmal hatte Theresa beobachtet, wie eine ungefähr zwei Meter lange Python auf Rattenjagd gegangen war. Dabei war sie in erstaunlicher Geschwindigkeit über den Boden geglitten, hatte die Ratte umwickelt, langsam erwürgt und dann gefressen. Auch wenn dieses Erlebnis etwas gewöhnungsbedürftig gewesen war, hatte es Theresa doch davon überzeugt, dass kleinere Nager und nicht Menschen die Beutetiere dieser Schlangen waren.

Während Theresas Ängste immer mehr abnahmen, vergrößerte sich ihr Nahrungsangebot. Neben Papayas hatte sie Bananen, Kokosnüsse, Schlangenhautfrüchte, Durian und Mangos entdeckt. Hatte sie in der ersten Nacht noch kaum ein Auge zugetan, so schlief sie in der dritten Nacht bereits mehrere Stunden am Stück. Auch dachte sie kein einziges Mal ernsthaft darüber nach, die Suche abzubrechen. Sie würde so lange durch diesen Dschungel laufen, bis sie Max gefunden hatte – tot oder lebendig!

***

„Es ist … so … schrecklich!", schluchzte Ariane und konnte kaum das Telefon festhalten.

„Es geht um Theresa, nicht wahr?", fragte Rita. Ihr Tonfall verriet, dass sie sich innerlich aufs Schlimmste vorbereitete. „Was ist passiert?"

„Das … Flugzeug", weinte Ariane. Dann kramte sie in ihrer Hosentasche nach einem Taschentuch. „Hast du davon … gelesen?"

„Äh … welches? Meinst du das, das verschollen ist?"

„Theresa …", schluchzte Ariane und schnäuzte sich lautstark. „Sie war da drin!"

„Was? Du spinnst! Das kann nicht sein!", entfuhr es Rita. „Du irrst dich!"

„Ich hab … gebetet heute Morgen", stammelte Ariane und steckte das Taschentuch wieder ein. „Und dann ist mir der Name wieder eingefallen …"

„Welcher Name?"

„Der von Anne … Theresas Kollegin, du weißt schon." Ariane umklammerte die Lehne eines Küchenstuhls mit ihren Händen. „Sie heißt Schönfeld mit Nachnamen."

„Anne Schönfeld", sagte Rita beinahe tonlos. „Ja, so heißt sie!"

„Ich hab sie angerufen und … sie hat mir alles erzählt … Beide Namen stehen auf der Passagierliste! Der vom Big Mac und der von Theresa!"

„Aber das kann nicht sein!", rief Rita. „Dieses Flugzeug … das ist sonstwo verschollen. Irgendwo ganz weit weg. Und Theresa war doch nur auf Dienstreise!"

Ariane umklammerte die Lehne des Küchenstuhles so fest, dass ihre Knöchel weiß hervortraten. „Sie war auf dem Weg nach Brisbane. Anne hat gesagt, der Big Mac hätte einen neuen Zulieferer aus Australien im Visier gehabt!"

„Aber warum hat uns die Polizei das nicht erzählt?", bellte Rita. „Wir haben eine Vermisstenanzeige aufgegeben! Wenn das stimmt, hätte uns die Polizei doch benachrichtigt!"

„Wir sind keine Angehörigen", flüsterte Ariane und fuhr mit den Fingern über die glatt lackierte Holzlehne. „Sie haben von Anfang an sehr verhalten reagiert, das weißt du …"

„Aber wir sind die Einzigen, die sie vermissen! Gibt uns das denn nicht das Recht, etwas über sie zu erfahren?"

„In Deutschland nicht! In Deutschland zählen nur Paragrafen! Nicht Menschen …" Arianes Stimme verklang und es machte sich eine tiefe Stille breit. Eine tödliche Stille.

Kapitel 24

Der fünfte Tag im Dschungel führte Theresa nah an den Berg heran. Hier duftete es nach Ingwer und die Vegetation wurde immer spärlicher. Theresa kam nur sehr langsam voran, weil sie vorsichtig über immer zerklüftetere Felsen aus schwarzem Lavagestein klettern musste.

„Max?“ Theresa drehte sich nacheinander in alle Himmelsrichtungen und brüllte seinen Namen noch lauter als zuvor über die Insel. Jetzt, wo sie bereits ein wenig an Höhe gewonnen hatte und der Wald so wenig verschlucken konnte, musste er doch einfach ihre Stimme hören!

Aber es war wie immer: Außer einem leichten Echo, das von den Felsen zu ihr zurückgeworfen wurde, war nichts zu hören. Keine Antwort. Keine Spur von Max.

Theresa seufzte tief und kletterte weiter über Felsen und Abhänge, bis sie schließlich vor einer unüberwindbaren Felswand stand und einfach nicht mehr weiterkonnte. Sie trat also den Rückzug an und dachte darüber nach, wie es David wohl jetzt ging. Kam er mit Michael aus? Oder vermisste er sie? Hatte er nach geschlagenen fünf Tagen überhaupt noch Hoffnung, dass sie jemals zurückkehren würde?

Theresa sprang vorsichtig von einem höheren Felsblock herunter, drehte sich um und … erstarrte.

„Krügchen! Was machen Sie denn hier?“

Theresa antwortete nicht. Sie starrte einfach nur fassungslos auf Max, der nur wenige Meter von ihr entfernt an einem Baum saß und in aller Seelenruhe mit seinem Taschenmesser an einem Ast herumschnitzte.

„Sollten Sie nicht bei den anderen sein?“

Theresa war immer noch nicht in der Lage zu sprechen. Stattdessen scannte ihr Blick alles, was von Max zu sehen war. Er trug mal wieder kein Oberhemd. Das lag – vielleicht zum Trocknen? – über seinem rechten Fuß bzw. Unterschenkel. Das linke Bein hingegen hatte er aufgestellt und benutzte es als Stütze für seinen linken Ellenbogen. Dadurch wirkte er lässig wie eh und je.

„Finden Sie sich hier überhaupt zurecht?“ Max’ Stimme klang ein wenig kratzig, hatte aber nichts von dem spöttischen Unterton verloren, den er ihr so gerne beimischte.

Theresa starrte auf Max’ nackten Oberkörper und fragte sich, woher die Schürfwunde stammte, die sich über seine rechte Schulter zog. Auch im Gesicht hatte er den einen oder anderen Kratzer. „W-warum sind Sie n-nicht zurückgekommen?“, stammelte sie.

„Mir ist … das Feuer ausgegangen“, erwiderte Max und hatte dabei einen Tonfall, der Theresa befremdete. Er wirkte irgendwie nur mühsam beherrscht. Ärgerte er sich über sich selbst? Bevor sie sich darüber klar werden konnte, fuhr er fort: „Jetzt suche ich nach einem guten Platz, um ein Neues zu machen. Sie wissen doch, wie wichtig der ideale Standort ist. Wegen der Rettungskräfte …“

„Und warum haben Sie mir nicht Bescheid gesagt?“, brach es halb verzweifelt, halb verärgert aus Theresa hervor.

„Seit wann bin ich Ihnen Rechenschaft schuldig?“ Jetzt klang Max’ Stimme kalt und fremd, genauso fremd wie der Bart, der in den vergangenen Tagen enorm gewachsen war.

„Aber ich … ich suche seit fünf Tagen nach Ihnen!“, sagte Theresa. „Ich hab mir fast die Seele aus dem Leib geschrien. Das … das müssen Sie doch gehört haben!“

„Selbst wenn – ich hab Sie nicht um Hilfe gebeten. Sie müssten doch wissen, dass ich wunderbar allein zurechtkomme. Und jetzt verschwinden Sie. Gehen Sie zurück zu den anderen und lassen Sie mich in Ruhe!“

Theresa starrte Max einfach nur an. Sie war fassungslos, was man sehr gut an ihrem leicht geöffneten Mund und den weit aufgerissenen Augen ablesen konnte. *Fünf Tage und vier Nächte*, hämmerte es in ihrem Kopf. *Und jetzt das …* „Aber-“

„Nichts aber“, fiel Max ihr mit herrischem Tonfall ins Wort. „Sie tun jetzt, was ich Ihnen sage. Der Dschungel ist nichts für Frauen. Finden Sie den Weg?“

Theresa schluckte schwer. „Natürlich finde ich den Weg!“, presste sie hervor. „Ich hab Markierungen angebracht.“

„Dann los!“

Theresa stand noch einen Moment lang unentschlossen da, dann drehte sie sich um und ging langsam davon. Nach ein paar Metern blieb sie stehen, drehte sich noch einmal um, ging zu Max zurück und stellte eine ihrer beiden Tüten neben ihm ab. „Ihre … Ihre Armbrust“, flüsterte sie, den Tränen nahe. „Ich dachte, Sie bräuchten sie vielleicht.“ Mittlerweile waren ihre Augen mit Tränen gefüllt und die vernebelten ihr die Sicht. Dadurch entging Theresa, dass bei ihren Worten ein Ausdruck des Bedauerns über Max' Gesicht huschte. „Viel Glück mit dem Feuer.“

Dieses Mal entfernte sich Theresa endgültig, aber sie begann keinen zielgerichteten Marsch, der zurück zum Fluss führte, sondern stolperte einfach nur vor sich hin und versuchte zu verarbeiten, was gerade passiert war. Herr Tanner wollte ihre Hilfe nicht. Wahrscheinlich hatte er ihr Rufen einfach ignoriert. Sie hatte sich völlig lächerlich gemacht! Sie hatte ihren Chef falsch eingeschätzt. Alles war ein einziger großer Irrtum. Sie kannte den Big Mac gar nicht. Er war immer noch der Mann von früher, der einfach nicht zu verstehen war. Freundschaft? Sie hatte sich nur eingebildet, dass so etwas zwischen ihnen entstanden war. Gar nichts war entstanden! Gar nichts!

Die Tränen liefen jetzt ungehindert über Theresas Wangen und machten es ihr schwer, den Weg über Felsen und Gestein zu finden. Mehr als einmal stolperte oder rutschte sie und fiel beinahe hin. Warum war er nur so? So unberechenbar? In der Firma war er auch schon so gewesen, da hatte sie nie gewusst, wie er als Nächstes reagieren würde.

Sie dachte eine Zeit lang darüber nach, dann schüttelte sie plötzlich den Kopf. Nein. Er war nur in mancher Hinsicht unberechenbar gewesen, vielleicht im Hinblick auf seine Launen oder die Anrufe, die sie durchstellen oder nicht durchstellen sollte. Aber ansonsten hatte sie ihn doch immer ganz gut einschätzen können. Sie kannte ihn doch! Und das nun schon so lange.

Aber das hier ergab keinen Sinn. Überhaupt keinen. Auch wenn es schmerzhaft war und ihr einen Stich in die Magengrube versetzte:

Es war möglich, dass „Krügchen" ihm völlig egal war und dass er sich ein Ei darauf pellte, ob sie sich Sorgen um ihn machte oder nicht. Aber seine Armbrust? Er liebte seine Armbrust! Und diese Liebe war hier in der Wildnis eindeutig noch gewachsen! Sie blieb dabei: Er konnte Menschen hinter sich lassen, aber niemals seine Armbrust!

Sie blieb abrupt stehen. Irgendetwas war hier faul. Die Kratzer! Woher hatte er die Kratzer im Gesicht und die Schürfwunde an der Schulter? Sonst hatte er sich bei seinen Ausflügen nie verletzt.

Sie zögerte. Die Beziehung zwischen Herrn Tanner und ihr war immer noch davon geprägt, dass er der Vorgesetzte und sie die Mitarbeiterin war. Nicht mal ein Flugzeugabsturz hatte daran etwas ändern können. Vielleicht hatte sie deshalb sofort gehorcht und den Rückweg angetreten. Und was jetzt?

Eine ganze Weile trat sie unentschlossen von einem Bein aufs andere und dachte über ihre Alternativen nach. Herr Tanner wollte ihre Hilfe nicht. Aber sie war ein freier Mensch. Sie konnte sich aufhalten, wo sie wollte. Max musste nicht mal wissen, dass sie umgekehrt war. Sie konnte sich aus einer anderen Richtung nähern und heimlich nachsehen, was hier gespielt wurde.

Ja! So würde sie es machen!

Theresa machte kehrt und setzte sich wieder in Bewegung. Dabei beschrieb sie einen weiten Bogen, von dem sie hoffte, dass er sie von hinten an ihren Chef heranführen würde …

***

Theresas Entscheidung stellte ihre eigene Geduld auf eine sehr harte Probe. Zwar gelang es ihr tatsächlich, sich von hinten – oder besser gesagt von der Seite – an Max heranzuschleichen. Sie fand sogar einen hervorragenden Aussichtspunkt auf einem der Felsen, von denen sie vorhin heruntergesprungen war. Hier konnte sie sich bäuchlings ausstrecken und in aller Ruhe ihren voyeuristischen Anwandlungen nachgehen. Der Blick auf Herrn Tanner war beinahe perfekt. Sie sah ihn im Profil und war nur etwa 20 Meter von ihm entfernt. Nur war die Szene, die sich vor ihr ausbreitete, ausgesprochen langweilig: Max saß immer noch mit dem Rücken an dem

Baum und bewegte sich nicht. Inzwischen hatte er die Augen geschlossen und schien zu schlafen. Warum tat er das? Warum schlief er am helllichten Tag, anstatt weiter nach einem guten Platz für das Feuer zu suchen?

Die Minuten verrannen und wurden zu in einer Stunde. Theresa verlagerte ihr Gewicht immer unruhiger von rechts nach links und von links nach rechts. Zwar herrschte auch in diesem Teil des Dschungels eine zirpende und fiepende Geräuschkulisse, ohne die es ihr wahrscheinlich gar nicht möglich gewesen wäre, unerkannt ihre Position einzunehmen. Trotzdem fürchtete sie, sich durch ungewöhnliche Geräusche oder gar Steinschläge zu verraten.

Richtig schwierig wurde es, als ein mehr als zehn Zentimeter langer Gecko direkt vor Theresas Nase auf den Felsen sprang. Sie unterdrückte nur mit Mühe einen Aufschrei und sah sich Auge in Auge mit einem grünlich-braunen Tier, das so etwas wie Flughäute rechts und links zwischen den Vorder- und Hinterbeinen hatte! Ging denn diese Artenvielfalt niemals zu Ende? Theresas Gesicht nahm bereits dieselbe grünliche Farbe an wie der Gecko, als dieser anscheinend ein Einsehen mit ihr hatte und in hohem Bogen davonsprang. Theresa sah ihn meterweit durch die Luft segeln und unweit von Max auf dem Boden aufkommen. Sekundenbruchteile später huschte er aus ihrem Blickfeld.

Theresa schloss erleichtert die Augen, verlagerte einmal mehr ihr Gewicht und versuchte, eine einigermaßen erträgliche Position zu finden. Dann sah sie auf ihre Uhr. Es war jetzt kurz nach elf. Wenn sie es heute noch bis ins Lager schaffen wollte, musste sie dringend aufbrechen! Trotz dieser Erkenntnis rührte sich Theresa nicht. Sie blieb einfach liegen und beobachtete ihren Chef. Wieso saß er einfach nur so da? Das sah ihm überhaupt nicht ähnlich!

Eine weitere Stunde verstrich. Schließlich zogen Wolken auf und es begann zu regnen. Theresa hob interessiert den Kopf. Wie würde Max darauf reagieren? Wie üblich gingen die ersten Regentropfen bereits nach kürzester Zeit in einen regelrechten Wolkenbruch über. Und jetzt kam Leben in Max! Als es eine knappe Minute geregnet hatte, griff er nach seinem durchnässten Oberhemd, hielt es sich über das Gesicht, wrang es aus und … trank! Dann breitete er das Hemd erneut vor sich aus, dieses Mal allerdings über seinen Oberschenkeln. Dadurch konnte Theresa einen längeren Blick auf Max' rechten Fuß und Unterschenkel werfen. Sehr zu ihrer Verwunderung schien es, als hätte Max sein rechtes Hosenbein über dem Knie abgetrennt und den Stoff dazu verwendet, seinen rechten Fuß zu umwickeln.

Theresa kniff die Augen zusammen und versuchte, den seltsamen Verband aus dunkelgrünem Anzugstoff genauer unter die Lupe zu nehmen. Wenn dies ein Ersatz für Schuhe war, warum hatte er dann nur einen Fuß damit umwickelt?

Während der Regen weiter wie aus Eimern vom Himmel herabprasselte, veränderte sich Max' Verhalten. Zwar trank er ein weiteres Mal das Wasser, mit dem sein Oberhemd durchtränkt war. Gleichzeitig schien er aber auch unruhiger zu werden und bewegte immer wieder sein rechtes Bein. Als der Regen schließlich aufhörte, zog er es vorsichtig zu sich heran, griff nach dem Verband und wickelte ihn ab. Es dauerte einen Moment, bis seine Fußsohle zum Vorschein kam, aber als sie das tat, sog Theresa scharf die Luft ein. Trotz der Entfernung konnte sie die lange, klaffende Wunde erkennen, die sich über seine halbe Fußsohle zog und aus der Blut sickerte.

Ohne weiter darüber nachzudenken, schoss Theresa hoch, lief ein Stück über den Felsen und sprang dort, wo sie auch vorhin zu Max gelangt war, hinunter. Sekundenbruchteile später stand sie vor Max. „Sie dämlicher Arroganzling!“, fauchte sie. „Cretino!“ *Idiot* … „Sie denken wirklich, dass Sie alles allein schaffen, nicht wahr?!“

Dieses Mal war es Max, der nicht gleich antworten konnte. Fassungslos starrte er Theresa an. Im nächsten Moment sank diese auch schon neben ihm auf die Knie. „Wann ist das passiert?“, fragte sie.

Max antwortete immer noch nicht. Anscheinend hatte sie ihn mit ihrem plötzlichen Auftauchen wirklich „auf dem falschen Fuß erwischt“.

„Wann?“, beharrte Theresa.

Max schluckte so schwer, dass Theresa es hören konnte. „Gleich in der ersten Nacht“, krächzte er.

Theresa sah ihn an und schüttelte den Kopf. „Das kann nicht sein“, behauptete sie. „Dann wäre es ja schon fünf Tage her. Und es blutet immer noch.“

„Es … es blutet, weil ich es immer wieder geöffnet habe."

Theresa zog die Stirn in Falten. „Sie haben *was*?"

„Ich hab's aufgemacht", antwortete er unwirsch. „Weil noch Splitter drinstecken. Ich … ich krieg einfach nicht alles raus. Immer wenn ich denke, ich hab's gleich …" Er brach ab und ließ langsam die Luft entweichen, die sich in seinen Lungen aufgestaut hatte. Dann sagte er mit deutlicher Verärgerung in der Stimme: „Ich kann doch kein Blut sehen. Ich werd ständig ohnmächtig."

Theresa sah Max eine ganze Weile fassungslos an. Schließlich strich sie sich ihre klatschnassen Haare zurück und sagte: „Hab ich das richtig verstanden? Sie fuhrwerken mit Ihrem Schweizer Messer in Ihrem Fuß herum und kriegen es nicht fertig, weil Sie ständig ohnmächtig werden?"

Um Max' Mundwinkel herum begann es verdächtig zu zucken. „Sie hatten schon immer ein Talent dafür, die Dinge auf den Punkt zu bringen."

„Bringen wir sie noch ein bisschen besser auf den Punkt", sagte Theresa und beugte sich über Max' Fuß, um ihn ein wenig genauer unter die Lupe zu nehmen. „Sie operieren seit fünf Tagen erfolglos an Ihrem Fuß herum. Und in dem Moment, in dem Hilfe naht, schicken Sie diese weg. Was sind Sie? Ein Tier oder ein Gott?"

Max' Lächeln erstarb. „Lassen Sie mich mit Aristoteles in Ruhe."

„Tier oder Gott?", beharrte Theresa und öffnete mit Daumen und Zeigefinger vorsichtig den Riss in Max' Fuß.

„*Gott*!", entfuhr es Max. Aber es hatte ein wenig Ähnlichkeit mit einem Schmerzensschrei …

***

„Sind Sie bald fertig?", presste Max hervor. Man hörte deutlich, dass sich die Worte an seinen zusammengebissenen Zähnen vorbeiquetschen mussten.

Während Theresa in Max' Fuß herumbohrte, musste sie an die letzte „Operation" denken. Als sie ihm den Splitter aus der Hand entfernt hatte, hatte seine Reaktion allerhand zu wünschen übrig gelassen. „Natürlich *nicht*!", antwortete Theresa spitz. „Ich hab ja schließlich Spaß daran, Sie zu quälen."

„Nachtragend sind Sie auch noch …", keuchte Max.

„Hatten Sie nicht vor, ohnmächtig zu werden?", gab Theresa zurück. Sie hatte bereits mehrere kleine Steinsplitter entfernt und versuchte jetzt, einen fingernagelgroßen Brocken zu lösen, der sich wie ein Dübel in Max' Fleisch gegraben hatte.

„Anscheinend … funktioniert das nicht … wenn … uahhh … wenn jemand anderes … mich … zerfleischt." Abgesehen von seinen Schmerzen sorgte auch die Tatsache, dass er auf dem Bauch lag, für eine Dämpfung seiner sonst so kräftigen Stimme.

„Schade", antwortete Theresa trocken. In Wirklichkeit aber fühlte sie sich alles andere als zum Scherzen aufgelegt. Sie hatte das Gefühl, als könne sie die Schmerzen, die Max litt, selbst spüren, wie Stromschläge, die in ihre Eingeweide fuhren. Abgesehen davon machte das Ausmaß der Wunde ihr Sorgen. Je mehr Splitter sie entfernte, desto tiefer musste sie graben. Auch wenn dieser dicke Brocken der letzte zu sein schien, hatte sie allmählich das Gefühl, gleich auf der anderen Seite wieder herauszukommen! Außerdem blutete der Fuß so stark! Wie sie inzwischen wusste, glaubte Max allen Ernstes, nach erfolgreicher Operation wieder laufen zu können. Das allerdings sah Theresa völlig anders. Nie im Leben würde er *diesen* Fuß in naher Zukunft aufsetzen, geschweige denn belasten können. Aber wie sollte sie ihn dann zurück ins Lager schaffen?

„Wie ist das überhaupt passiert?", fragte sie, um Max von den Schmerzen abzulenken.

„Irgendjemand war … im Lager", antwortete Max mühsam. „Ich bin davon aufgewacht … uahhh, Krügchen! Sie bringen mich um!"

„Wer einen Flugzeugabsturz überlebt, verkraftet auch eine Fuß-OP!"

„Wenn sie von Fachpersonal durchgeführt wird, vielleicht", bellte Max, wobei er ihr beinahe seinen Fuß entzog.

„Halten Sie still", befahl Theresa, „sonst kann ich für nichts garantieren."

„Sind Sie sicher, dass Sie das hinkriegen? Der Beruf der … der Fremdsprachenkorrespondentin hat … nicht viel Ähnlichkeit mit dem des Arztes."

„Man wächst mit seinen Aufgaben“, seufzte Theresa und schaffte es, mit der Spitze des Messers unter den Stein zu gelangen.

„Ich finde … Füße haben … entschieden … zu viele … Nervenbahnen“, krächzte Max. Theresa konnte hören, dass er mit seiner Kraft am Ende war.

„Es war also jemand im Lager“, versuchte Theresa ihn wieder abzulenken. Gleichzeitig bereitete sie sich darauf vor, den Stein mit einer letzten kräftigen Bewegung aus seiner Verankerung zu lösen. Kurz und schmerzhaft war jetzt die Devise! „Und dann?“

„Ich bin von einem zischenden Geräusch aufgewacht und … war sofort hellwach“, erzählte Max. „Das Feuer … es war aus. Ich sprang auf und … aaahhhh!“ Dieses Mal glich Max’ Schmerzensschrei dem Brüllen eines Löwen.

„Ich hab ihn!“, rief Theresa erleichtert. „Er ist draußen!“ Als dem Stein jedoch ein dicker Schwall Blut folgte, konnte auch Theresa nicht mehr. Sie schloss die Augen und kämpfte gegen das Gefühl an, dass sich alles um sie herum drehte.

„Sagen Sie mir, dass das der Letzte war!“, flüsterte Max. Es klang, als wäre er gerade dabei, zwei Getränkekisten in den vierten Stock zu tragen.

Theresa öffnete die Augen. „Es war der Letzte.“ Jetzt kam es darauf an, die Blutung zu stoppen. Sie griff nach den grünen Stofffetzen, die Max aus seiner Anzughose herausgeschnitten hatte, faltete einen davon zusammen und wickelte den nächsten fest um die Wunde. Nachdem sie ein paar Bahnen Stoff um den Fuß geschlungen hatte, legte sie das zusammengefaltete Stück als Druckverband direkt über die Wunde. Dann erst wickelte sie den Rest der Stoffbahnen darum und befestigte sie schließlich, indem sie sie auf dem Spann unter die anderen Lagen Stoff schob.

„Fertig“, sagte sie schließlich und atmete hörbar auf. Dann legte sie Max’ Fuß sanft auf dem Boden ab, während sich sein verkrampfter Körper langsam entspannte.

„Danke“, flüsterte er.

Theresa lächelte sanft, antwortete aber nicht.

In der nächsten halben Stunde saß Theresa an dem Baum, an dem Max vorhin gelehnt hatte, und sah den gleichmäßigen Atemzügen zu, die Max' Rücken hoben und wieder senkten. Seit der „Operation" hatte sich Max nicht mehr gerührt. Er lag immer noch bäuchlings neben ihr und tat nichts außer Atmen.

Theresa fragte sich schon, ob er eingeschlafen war, als schließlich doch wieder Leben in ihn kam. Er drehte sich mühsam auf den Rücken, richtete sich auf, stützte sich dabei auf seinen Unterarmen ab und betrachtete seinen Fuß. „Sieht gut aus", krächzte er.

„Vielen Dank", lächelte Theresa.

Jetzt bildete sich ein entschlossener Ausdruck auf Max' Gesicht. „Dann wollen wir mal sehen, ob's hält", sagte er und drückte sich in eine sitzende Position.

Theresa zog die Stirn in Falten. „Ob's hält? Wie meinen Sie das?"

„Wir marschieren los", verkündete Max und machte Anstalten aufzustehen.

Theresa sprang auf, hechtete hinter Max und drückte ihn umgehend in seine sitzende Position zurück. „So weit kommt's noch!", rief sie. „Heute gehen wir nirgends mehr hin. Die Wunde muss erst mal aufhören zu bluten!"

„Sie hat doch aufgehört zu bluten", protestierte Max, versuchte aber kein zweites Mal aufzustehen.

„Woher wollen Sie das wissen?", schimpfte Theresa. „Dieser … dieser Zustand von Verbandmaterial war schon vorher von Blut durchtränkt!"

Max schwieg. Anscheinend hatte er eingesehen, dass Theresa recht hatte.

„Wir essen jetzt erst mal was", verkündete Theresa und stand auf.

Max' Kopf ruckte herum. „Essen?"

Theresa sah ihn prüfend an. „Ja, essen", antwortete sie sanft. „Wie lange haben Sie nichts mehr zu sich genommen?"

Max wich ihrem Blick aus und hatte die Frage dadurch schon beantwortet.

„Also seit fünf Tagen", schlussfolgerte Theresa. Dass sie keinen Widerspruch erntete, bestätigte ihre Vermutung. „Ich bin gleich wieder da", sagte sie und machte sich auf den Weg zu der Plastiktüte, die sie vorhin oben auf dem Felsen abgestellt hatte. Als sie damit zurückkehrte, hatte sich Max wieder gegen den Baum gelehnt.

Theresa ließ sich im Schneidersitz neben ihm nieder und öffnete die Tüte. „Was haben wir denn hier?", sagte sie in einem fröhlichen, beiläufigen Tonfall. „Erstens … Wasser!" Sie zog die Wasserflasche aus der Tüte und sah Max prüfend an. „Ich hab Sie beobachtet", sagte sie. „Reicht es, wenn man bei jedem Regen das trinkt, was das Oberhemd so hergibt?"

Max leckte sich über die Lippen und starrte gierig auf die Flasche. *Wohl nicht*, dachte Theresa und öffnete die Flasche. Dann hielt sie sie Max hin. Dieser zögerte zunächst, nahm die Flasche, die Theresa erst vor wenigen Stunden an einer größeren Pfütze zur Hälfte aufgefüllt hatte, dann aber doch und trank ein paar Schlucke.

Anschließend gab er die Flasche an Theresa zurück und nickte ihr zu. „Jetzt Sie!"

Theresa nahm die Flasche zwar entgegen, schüttelte aber den Kopf. „Ich hab heute schon genug getrunken. Außerdem gibt es nicht weit von hier eine Stelle, an der sich Regenwasser sammelt. Ich kann die Flasche jederzeit wieder auffüllen." Sie hielt Max die Flasche erneut hin. „Sie können sie austrinken."

„Na gut …" Obwohl sein Tonfall gleichgültig klang, nahm Max die Flasche, setzte sie an den Mund und trank so gierig daraus, dass Theresa ihre eigenen Rückschlüsse zog. Auch setzte Max die Flasche erst wieder ab, als sie bis auf den letzten Tropfen geleert war.

„Soll ich noch mehr holen?", fragte Theresa.

Max' Blick fiel auf Theresas Tüte. „Sie sagten was von Essen."

„Mit Fleisch kann ich leider nicht dienen", seufzte Theresa und holte eine kleine, noch recht grüne Bananenstaude aus der Tüte. „Aber wenn Sie mit Früchten vorlieb nehmen wollen …"

Max starrte auf die kaum zehn Zentimeter langen wilden Bananen und schluckte gegen den Speichel an, der sich in seinem Mund bildete. Dann streckte er zaghaft die Hand nach den Früchten aus. Theresa reichte sie ihm, woraufhin er eine nach der anderen öffnete und sich das Fruchtfleisch im Ganzen in den Mund stopfte.

„Da sind Kerne drin", warnte Theresa. Aber das schien Max nicht zu stören. Er schluckte die Kerne einfach mit runter und ruhte erst, als er alle Früchte verschlungen hatte. Dann blickte er erneut auf Theresas Tüte.

„Wie wär's mit Papayas?", schlug Theresa vor. Sie reichte Max ein paar und atmete auf, als er sein Taschenmesser zückte und begann, die Früchte zu schälen. Als er die erste fertig hatte, reichte er sie Theresa. „Hier, die ist für Sie."

„Ich hab schon genug-"

„Keine Widerrede", fiel Max ihr ins Wort. „Wir machen uns gleich auf den Weg. Dann müssen Sie bei Kräften sein."

„Wir machen uns keinesfalls auf den Weg", widersprach Theresa und schüttelte langanhaltend den Kopf. „Sie sind nicht in der Verfassung und-"

„Verfassung hin oder her, ich werde ganz sicher keine weitere Nacht an diesem Ort verbringen!" Die Heftigkeit, mit der Max reagierte, hielt Theresa davon ab, ihre Proteste weiterzuverfolgen.

Stattdessen sah sie sich ängstlich nach allen Seiten um. „Ist das kein guter Ort?"

„Nicht wirklich", seufzte Max und drückte Theresa die Papaya in die Hand, die sie nicht hatte annehmen wollen. Sie war kühl und feucht. „Es gibt hier eine Netzpython, die mich als Mahlzeit ins Auge gefasst hat. Sie kommt jede Nacht wieder. Ich konnte sie mit meinem Taschenmesser verletzen, aber …"

Theresa öffnete entsetzt die Augen und dachte an die Python zurück, die so rasend schnell auf die Ratten losgegangen war. Sie hatte auch so etwas wie ein Netzmuster auf dem Rücken gehabt. „Ich glaub, ich hab auch eine Netzpython gesehen", flüsterte sie. „Aber die hat Ratten gefressen."

„Wie lang war sie?"

Theresa zuckte die Achseln. „Insgesamt vielleicht zwei Meter."

Max' Blick wanderte in die Ferne. „Diese hier ist mindestens acht Meter lang und so dick wie mein Bein!"

Theresa schluckte schwer. „Dann haben Sie nachts kein Auge zugetan", vermutete sie. *Deshalb schlief er also tagsüber!*

„Essen Sie was, Krügchen", sagte Max. „Wir müssen dringend hier weg."

***

Nachdem Theresa und Max alles aufgegessen hatten, was zur Verfügung stand, rappelte sich Max – ohne die von Theresa angebotene Hilfe in Anspruch zu nehmen – in eine stehende Position und versuchte dann, seinen rechten Fuß zu belasten.

Theresa sah sich das höchst skeptisch mit an. Sie war immer noch davon überzeugt, dass Max nie und nimmer würde gehen können. Nicht mit diesem Fuß!

Ihre Befürchtungen bestätigten sich, als Max seinen Fuß wieder und wieder zu belasten versuchte, dabei aber immer schwerer atmete und sich seine wachsenden Schmerzen immer deutlicher auf seinem Gesicht widerspiegelten. Zudem hinterließ er dunkle, feuchte Flecken auf dem Boden! *Wie lange dauert es wohl noch, bis er einsieht, dass er meine Hilfe braucht?*, seufzte sie innerlich. Aber sie hielt sich zurück. Sie kannte Max' Stolz. Wenn er nicht selbst zu der Erkenntnis gelangte, dass er sie brauchte, würde er sich niemals helfen lassen.

Zunächst jedoch wurden Max' Gehversuche noch verbissener. Ohne einzugreifen – aber mit wachsender innerer Unruhe – sah Theresa mit an, wie er sich dazu zwang, einen Schritt ohne Schonung seines rechten Fußes zu tun, dann noch einen. Dabei gelang es ihm, jede Art von Schmerzensbekundung zu unterdrücken, doch konnte Theresa an seinen geballten Fäusten und seiner stocksteifen Körperhaltung ablesen, was in ihm vorging. *Du machst dir deinen Fuß kaputt!*, wollte sie schreien, unterließ es aber.

Schließlich hüpfte Max auf seinem linken Fuß zu „seinem" Baum zurück und ließ sich auf den Boden sinken. Eine Weile schien er mit sich zu kämpfen, dann hob er seinen Blick zu Theresa und sagte: „Es geht nicht, Krügchen. Ich fürchte, Sie müssen allein zu den anderen zurückkehren. Aber das werden Sie schon hinkriegen. Schließlich haben Sie Ihre Markierungen."

„Ich soll Sie der Netzpython zum Fraß überlassen?", lachte Theresa und verschränkte mit einer amüsierten Geste die Arme vor der Brust. „Ganz ehrlich, ich finde, das ist Tierquälerei. Einen harten Brocken wie Sie wird dieses Tier niemals verdauen können!"

Über Max' immer noch gequält wirkendes Gesicht huschte ein Lächeln. „Ich hab fünf Nächte überlebt, ich werde schon noch ein paar weitere durchhalten. Jetzt, wo die Steine draußen sind, wird die Wunde heilen. Sobald es mir besser geht, werde ich nachkommen."

Dieses Mal entfuhr Theresa ein entnervter Seufzer. „Also gut, wenn Sie unbedingt hierbleiben wollen." Sie ging zu Max hinüber und ließ sich neben ihm auf dem Boden nieder.

„*Ich* werde hierbleiben", protestierte Max. „*Sie* werden zu den anderen zurückkehren."

„Ich denk nicht dran!"

„Jetzt hören Sie mir mal zu", schimpfte Max, nun schon etwas ärgerlich. „Ich hab Ihnen doch von dieser Python erzählt. Pythons umwickeln ihre Opfer mit ihrem Körper und drücken zu, bis diese ersticken. Möchten Sie das heute Nacht erleben?"

„Nein. Sie denn?"

Max schlug ärgerlich seine Faust auf den dunklen Waldboden. „Ich möchte vor allem nicht erleben, dass Ihnen was passiert!"

„Dann schlage ich vor, dass wir diesen Ort verlassen", erwiderte Theresa ruhig. „Wenn Sie sich auf mich stützen, können wir ein langsames Schritttempo erreichen. Natürlich werden wir es nicht bis zum Einbruch der Dunkelheit zurück ins Lager schaffen. Aber wir werden noch einige Kilometer zwischen diese Python und uns bringen."

„Machen Sie keine Witze, Krügchen. Ich wiege neunzig Kilo. Wenn ich mich auf Sie stütze, brechen Sie spätestens nach tausend Metern zusammen."

Theresa sah Max tief in die Augen. In diesem Moment strahlte sie eine Entschlossenheit aus, die ihresgleichen suchte. „Sie kennen mich nicht, Herr Tanner."

Max antwortete nicht, sondern ließ sich von Theresas Blick gefangen nehmen. Eine Weile kam es Theresa so vor, als würde er ihr widersprechen wollen. Aber er tat es nicht. Dann veränderte sich sein Gesichtsausdruck und es lag etwas Rätselhaftes … etwas *Gehaltvolles* darin, das sie nicht entschlüsseln konnte. Es war wie die Büchse der Pandora und machte ihr irgendwie Angst …

***

„Jetzt weiß ich … immer noch nicht, was eigentlich mit dem … Feuer passiert ist.“ Theresa atmete schwer, während sie sprach. Max’ Gewicht lastete bei jedem Schritt bleiern auf ihr. Das galt umso mehr, als das Gelände uneben war und sie immer wieder Felsen überwinden mussten.

„Wir können … jederzeit aufgeben“, keuchte Max. Obwohl er gestützt wurde, schien ihm jeder Schritt schwerzufallen. Theresa vermutete, dass er trotz ihrer Hilfe bestialische Schmerzen in seinem Fuß hatte. Auch schwitzte er genauso stark wie sie selbst, wobei sein Schweißgeruch noch mehr als sonst an Erde und Natur erinnerte.

„Ich gebe … niemals auf“, erwiderte Theresa mit fester Stimme. Schon gar nicht jetzt. Im Grunde konnte sie kaum fassen, dass sich Max auf ihre Hilfe eingelassen hatte. Wie hatte sie das nur geschafft?

„Ja, ich weiß.“ Es klang fast ein bisschen resigniert.

„Was ist denn nun … passiert?“

In der darauffolgenden Stunde erfuhr Theresa aus den abgehackten Sätzen, die Max von sich geben konnte, dass er mitten in der Nacht aufgewacht war und festgestellt hatte, dass das Feuer nicht mehr brannte. Gleich darauf hatte er in der Dunkelheit einen menschlichen Schatten wahrgenommen und war auf ihn losgegangen. Zwischen den beiden war ein erbitterter Kampf entbrannt, im Verlauf dessen der Eindringling schließlich das Weite gesucht hatte – dicht gefolgt von dem wutentbrannten Max. Dieser hatte dem Unbekannten über weite Strecken folgen können, ihn am Ende jedoch aus den Augen verloren. Dabei war ihm außerdem die Orientierung abhandengekommen. Anstatt sich irgendwo hinzusetzen und den Sonnenaufgang abzuwarten, war Max – getrieben durch seinen Ärger – weiter durch den Dschungel gelaufen und schließlich von einem Felsen gestürzt. Dabei hatte er sich die Verletzung am Fuß zugezogen.

„Das bedeutet, dass wir … nicht allzu weit … vom Lager entfernt sein dürften“, schlussfolgerte Theresa. Zwar war sie bereits auf zwei ihrer Markierungen gestoßen und deshalb sicher, dass sie sich auf dem richtigen Weg befanden. Allerdings wiesen diese Markierungen immer nur den Weg zum Fluss, enthielten aber keine Aussagen über die Entfernung.

„Zumindest sind wir … auf der richtigen Seite des Berges“, seufzte Max.

Sie schleppten sich weiter und weiter, machten nur einmal Rast, als sie auf Schlangenhautfrüchte trafen. Gegen Nachmittag fiel Theresa zum ersten Mal auf, dass Max immer mehr Hitze auszustrahlen schien. Oder bildete sie sich das nur ein? „Sie glühen, als könnte man … Spiegeleier auf Ihnen braten“, durchbrach sie das Schweigen, das der immensen Anstrengung und Erschöpfung geschuldet war. „Geht es Ihnen gut?“

„Alles … bestens“, keuchte Max.

Theresa konnte das nicht so recht glauben, sagte aber nichts. Jeder Schritt brachte sie näher an das Lager und damit in Sicherheit. Und so ignorierte sie die Schmerzen, die inzwischen von ihrem Rücken in all ihre Gliedmaßen ausstrahlten, und setzte weiter einen Fuß vor den anderen: rechts, links, rechts, links, rechts, links …

„Ich geh' im Urwald für mich hin“, murmelte Theresa, um sich von den Strapazen abzulenken, *„wie schön, dass ich im Urwald bin … Man kann hier noch so lange wandern, ein Urbaum steht neben dem andern. Und an den Bäumen, Blatt für Blatt … hängt Urlaub. Schön, dass man ihn hat!“* Falls Theresa darauf gehofft hatte, dass das Gedicht von Heinz Erhardt bei Max eine amüsierte Reaktion auslösen würde, dann hatte sie sich getäuscht. Er sprach inzwischen überhaupt nicht mehr. Immerhin half der Sprechrhythmus Theresa dabei, gleichmäßig zu atmen. Das führte dazu, dass sie bald das Gefühl hatte, noch unbegrenzt weiterlaufen zu können.

Das galt jedoch nicht für Max. Irgendwann sackte er einfach weg und landete auf den Knien. Theresa wollte ihm hochhelfen, stieß aber auf keinerlei Reaktion. „Es tut mir … leid, Krügchen …“ Er schüttelte mit letzter Kraft den Kopf. „Ich kann nicht mehr.“

„Okay“, nickte Theresa und sah auf ihre Uhr. Es war 18:15 Uhr. „Dann läuten wir jetzt die Nacht ein.“ Sie sah sich kurz um, entschied sich für einen breiteren Baum als Rückenlehne und fragte: „Schaffen Sie es bis zu dem Baum dahinten?“

Als Max nicht reagierte, ging Theresa besorgt neben ihm auf die Knie und umfasste sein Gesicht mit beiden Händen. „Max!“, sprach sie ihn an, „wie fühlen Sie sich?“

Er antwortete nicht. Aber das war auch gar nicht mehr nötig. Die Temperatur zwischen Theresas Händen sprach ihre eigene Sprache und die Tatsache, dass seine Augen glasig waren, übernahm den Rest. *Er hat hohes Fieber!*, schoss es Theresa durch den Kopf. *Und das jetzt! Und hier!* Sie sah sich erneut um. Sie waren mitten im Urwald und es gab weit und breit keinen Zufluchtsort. Blieb zu hoffen, dass dies nicht mehr das Territorium der überdimensionalen Netzpython war …

„Legen Sie sich hin", befahl Theresa und drückte Max sanft in die Horizontale. Dann legte sie ihre Hand auf seine Stirn. *Das sind unter Garantie über 40 Grad*, dachte sie entsetzt.

„Wer hätte gedacht", flüsterte Max, ohne seine Augen zu öffnen, „dass Sie es weiter schaffen als ich …"

Theresa strich ihm die schwarzen Haare aus der Stirn und musste unwillkürlich an die arrogante Geste denken, mit der er dies sonst immer selbst getan hatte. War der Mann, der hier neben ihr auf der dunklen Erde lag, derselbe wie der, vor dem sie jeden Morgen gezittert hatte? Der ungeduldig seinen Kaffee eingefordert hatte? Jetzt war alles anders. Jetzt wünschte sie sich nichts mehr, als ihm zu geben, was er brauchte.

Sie griff nach der Plastiktüte, die sie die ganze Zeit über mitgeschleppt hatte, und holte die noch zur Hälfte gefüllte Wasserflasche daraus hervor. Dann flößte sie ihm ein paar Schlucke davon ein.

„Gehen Sie weiter, Krügchen", flüsterte Max, nachdem er getrunken hatte. „Ich komme später nach …"

Theresa seufzte tief. „So weit kommt's noch."

***

Am Ende kam es doch so weit. Als am nächsten Morgen die Sonne aufging, wusste Theresa, dass Max keinen Schritt mehr gehen würde. Sie hatte die ganze Nacht besorgt neben ihm gewacht und miterlebt, wie er geglüht, unter Schüttelfrost gelitten und fantasiert hatte. Eins war ihr spätestens in dieser Nacht klar geworden: Sein Zustand war wirklich ernst und er würde bestimmt nicht aus eigener Kraft aus diesem Dschungel marschieren. Deshalb gab es nur eins: Sie musste zurück ins Lager und Hilfe holen.

Als sie Max von dieser Entscheidung in Kenntnis setzte, stöhnte er nur und warf den Kopf unruhig hin und her. Deshalb flößte Theresa ihm alles Wasser ein, das noch da war, und ließ ihn dann zurück. Wie ein aufgeschrecktes Huhn flatterte sie durch den Dschungel, erreichte schon nach einer guten Stunde den Fluss und musste sich nur noch an ihm entlangbewegen. Zweieinhalb Stunden später erreichte sie das Lager.

„Jontek?", rief sie schon von Weitem.

Es war allerdings nicht Jontek, der daraufhin auf sie zustürzte, sondern David. Wie von einem Magneten angezogen warf er sich in ihre Arme und klammerte sich an ihr fest. „Ist ja gut, ist ja gut", beruhigte Theresa den kleinen Jungen. „Ich bin wieder da." Sie strich ihm zärtlich über das glatte braune Haar.

„Jetzt gehst du nicht mehr weg", flüsterte David und verknotete seine Füße hinter Theresas Rücken. „Du hast versprochen, dass du nicht mehr weggehst!"

Theresa schluckte schwer. Wie sollte sie David erklären, dass sie noch einmal zurück in den Dschungel musste? Inzwischen fanden sich immer mehr Leute ein, unter ihnen auch Jontek.

„Ich hab gewusst, dass du ihn nicht findest", sagte er gleichmütig.

„Ist er tot?", wollte Anuwat wissen.

David sah Theresa entsetzt an. „Ist Max tot?"

Theresa schüttelte den Kopf. „Nein, er lebt." Dann wandte sie sich an die Umstehenden. „Aber es geht ihm schlecht. Sehr schlecht. Er hat hohes Fieber. Deshalb müssen wir ihn sofort herbringen."

„Wir?", lachte Coleman. „Was haben wir mit diesem Kerl zu tun?"

Theresa versteifte sich. Ging jetzt die Diskussion von vorne los? „Er ist ungefähr dreieinhalb Stunden Fußmarsch von hier entfernt. Wenn wir uns sofort auf den Weg machen, könnten wir ihn vor Einbruch der Dunkelheit hier haben."

„Kommt nicht infrage." Coleman schüttelte entschieden den Kopf. „Ich hab keine Lust, noch weitere Leute zu verlieren."

Theresa sah sich hektisch um. Dabei fiel ihr Blick auf Ethan. „Was ist mit Nor?", rief sie besorgt. „Ist sie …" Der Gedanke war so furchtbar, dass sie ihn nicht aussprechen wollte.

„Nein, ist sie nicht“, erwiderte Ethan. „Sie lebt. Vor zwei Tagen dachte ich schon, sie hätte das Schlimmste überstanden. Da ist das Fieber nämlich gesunken. Leider war das nur von kurzer Dauer. Gestern ist es zurückgekehrt. Im Moment hat sie einen kleinfleckigen, rötlichen Hautausschlag und ständig Nasenbluten. Aber es hat sich niemand angesteckt. Nicht mal ich.“

„Trotzdem werde ich kein Risiko eingehen“, sagte Coleman. „Der Dschungel ist gefährlich. Vorgestern sind wir von einem zwei Meter langen Waran angefallen worden. Es ist ein Wunder, dass wir noch am Leben sind. Nein. Wir haben beschlossen, nur noch die am leichtesten erreichbaren Obstbäume aufzusuchen und keinen Schritt mehr als nötig in den Dschungel zu tun!“

„Jontek! Bitte ...“ Theresa warf dem gut aussehenden Mann mit den blonden Locken einen flehenden Blick zu. „Allein kann ich Max nicht tragen!“

Jontek verschränkte verärgert die Arme vor der Brust. „Es ist wirklich bewegend, wie du auf die Nachricht reagierst, dass wir von einem Waran angefallen wurden. Ich bin übrigens derjenige, der dabei verletzt wurde. Hättest du einen Blick an mich verschwendet, dann hättest du das bemerkt!“ Er zog demonstrativ sein linkes Hosenbein hoch und präsentierte eine verbundene Wade.

„Das tut mir leid“, erwiderte Theresa und spürte, wie ihre Arme unter Davids Gewicht zu zittern begannen. Der gestrige Tag steckte ihr ganz schön in den Knochen. „Aber Max wird sterben, wenn wir ihn nicht holen.“

„Vielleicht sterb ich auch ...“ Jontek deutete auf sein Bein. „Das ist ganz schön tief und muss sich bloß mal entzünden. Wie wär’s, wenn du deine Ambitionen als Krankenschwester mal an mir auslebst?“

Theresa schluckte schwer, sah Jontek ein paar Sekunden lang an und suchte nach Anzeichen für eine Wundinfektion. Sie fand keine. „Was macht denn der Juckreiz am Knöchel?“, fragte sie, um wenigstens ein bisschen Anteilnahme an den Tag zu legen.

„Der ist weg“, räumte Jontek ein. „Aber das heißt noch lange nicht, dass ich durch den Urwald marschieren kann. Wie schon gesagt, die Wunde in meiner Wade ist ganz schön tief.“

Theresa begriff, dass Jontek ihr nicht helfen würde, und wandte sich an Coleman. „Darf ich dann Michael mitnehmen?"

Coleman schüttelte entschieden den Kopf. „Niemand von uns verlässt das Lager."

„Aber es geht um Leben und Tod!", protestierte Theresa. „Wir sind doch keine Tiere! Menschen helfen einander!"

„Nicht, wenn sie dabei ihr eigenes Leben aufs Spiel setzen!"

„Aber das tun wir doch gar nicht!", krächzte Theresa. „Der Dschungel ist längst nicht so gefährlich, wie Sie behaupten! Sehen Sie mich an! Ich hab sechs Tage und fünf Nächte im Dschungel überlebt!"

„Manchmal hat man eben Glück."

„Das hat nichts mit Glück zu tun! Das-"

„Schluss jetzt!", fiel Coleman ihr mit seiner Donnerstimme ins Wort. „Ich dulde hier keine Widerworte! Schon gar nicht von einer Frau! Wenn ich Nein sage, bedeutet das auch Nein!"

Theresa schluckte schwer. Coleman meinte es ernst, todernst, das war nicht zu übersehen. Vielleicht wollte er sogar, dass Max starb. Wenn er derjenige war, der das Feuer gelöscht hatte, dann lag der Grund auf der Hand: Er wollte seine Führungsposition sichern. Wenn Max tot war, hatte er dieses Ziel definitiv erreicht. „Kann ich dann wenigstens ein Antibiotikum bekommen?", fragte Theresa unterwürfig.

„Haben wir so was?", wunderte sich Inken.

Wang Fang nickte. „In vier Kulturtaschen waren Antibiotika. Eins hab ich an Nor ausprobiert. Eine Packung war beinahe leer. Bleiben noch zwei ..."

„Bitte", flehte Theresa und griff beschwörend nach Colemans Hand.

Erstaunlicherweise sagte Coleman nicht sofort „Nein". „Antibiotika sind hier Gold wert. Wir dürfen sie nicht verschwenden ..."

Als Theresa rot anlief und der nächste Ausbruch drohte, kam Coleman ihr jedoch zuvor und grummelte mit einer wegwerfenden Handbewegung: „Nimm sie halt mit. Du gibst ja eh keine Ruhe." Mit diesen Worten drehte er sich um und stapfte ins Lager zurück.

Theresa setzte David auf dem Boden ab, nahm ihn an die Hand und eilte mit ihm auf Wang Fang zu. Anschließend ließ sie sich von ihr eine Packung Antibiotikum aushändigen. „*Avalox Filmtabletten*", las sie auf der Packung. „*Wirkstoff Moxifloxacin*. Denkst du, das wird helfen?"

Wang Fang rückte ihre lila Hornbrille zurecht und nickte. „Das ist ein Breitbandantibiotikum. Ich hab's mal gegen Nasennebenhöhlenentzündung genommen. Aber es müsste gegen alles wirken. Gib ihm am besten sofort die erste Tablette. Schlucken, mit viel Flüssigkeit."

Theresa presste die Medikamentenpackung an sich, als handele es sich dabei um einen Schatz. „Danke. Bis später."

Sie zog David im Laufschritt hinter sich her und eilte mit ihm zu Max' Lagerplatz hinüber. Dort begann sie, den Überstand für das Feuer auseinanderzunehmen. Sie griff nach zwei der etwa faustdicken Stützstangen, sammelte das Garn ein, das Max aus seinem grob gestrickten Pullover gewonnen hatte, und stopfte es zusammen mit einigen T-Shirts, einem Pullover und einem Ledergürtel in ihre Plastiktüte. Dann wandte sie sich an David. „Es wäre am besten, wenn du bei den anderen bleiben würdest."

David schüttelte so vehement den Kopf, als stünde sein Leben auf dem Spiel.

Theresa seufzte. Sie hatte sich schon so etwas gedacht. „Bist du denn fit?", fragte sie. „Wenn wir Max retten wollen, kann ich keine Rücksicht auf dich nehmen. Du muss den ganzen Tag laufen und darfst nicht ein einziges Mal schlappmachen."

„Ich mach nicht schlapp. Versprochen! Hoch und heilig versprochen!"

Theresa nickte. „Dann los. Du nimmst die Tüte." Sie drückte David die Tüte mit den Pullovern in die Hand und machte sich auf den Rückweg zu Max. Dabei umging sie jedoch das Lager der anderen. Schließlich wollte sie nicht riskieren, dass Coleman es sich noch einmal anders überlegte.

Kapitel 25

„Irgendwas Neues?“, fragte Rita, ohne überhaupt ihren Namen zu nennen. An den vergangenen Tagen hatte sie so oft mit Ariane telefoniert, dass das nicht mehr nötig war.

„Nichts“, antwortete Ariane. Sie hatte rot geweinte Augen und saß zusammengesunken auf ihrer Couch. Sina spielte ein paar Meter weiter ruhig mit der Arche von Lego. „Tom sagt, sie hätten nicht die geringste Spur von dem Flugzeug. Nicht mal Trümmer seien aufgetaucht. Die wissen überhaupt nicht, wo sie suchen sollen!“

„Genau das Gleiche hat mir Leonora auch erzählt“, seufzte Rita.

„Wer ist Leonora?“

„Die Mutter vom Big Mac. Ich hab sie im Telefonbuch gefunden … Und weißt du was? Die Angehörigen formieren sich allmählich! Heute Abend gibt es ein Treffen hier in Frankfurt. Was hältst du davon, wenn wir daran teilnehmen?“

Ariane antwortete nicht gleich, sondern dachte erst einen Moment lang darüber nach. Dabei beobachtete sie Sina, die gerade zwei Giraffen Seite an Seite auf die Arche zusteuern ließ. „Ich weiß nicht“, begann sie schließlich. „Ich hab irgendwie den Eindruck, dass ich lieber ins Gebet investieren sollte. Wenn sie noch lebt – und ich hab irgendwie das Gefühl, dass es so ist –, dann braucht sie Gottes Hilfe …“

„Denkst du wirklich, dass sie noch lebt?“, fragte Rita leise.

Ariane wartete wieder mit der Antwort. Sie wollte nicht von Neuem zu weinen beginnen und musste den richtigen Moment für ihre Antwort abpassen. „Ich hab’s gegoogelt“, krächzte sie schließlich. „Laut Statistik überleben 95,7 Prozent der Passagiere einen Flugzeugabsturz.“

„Auch einen, bei dem das Flugzeug anschließend nicht mehr auffindbar ist?“

„Jetzt sei doch nicht so pessimistisch“, entfuhr es Ariane. „Denkst du nicht, ich mache mir auch so schon genug Sorgen?“

Rita seufzte so tief, dass ihr Atem ein fauchendes Geräusch im Mikro des Telefons verursachte. „Ich hab auch gegoogelt. Bei dem Air France-Absturz-“

„Lass mich bloß mit dem Air France-Absturz in Ruhe!“, fiel Ariane ihr so heftig ins Wort, dass Sina ihr Spiel unterbrach. „Man kann nicht von einem Unglück auf die anderen schließen. Wir können hoffen, solange wir wollen!“ Bei diesen Worten richtete sie sich auf. „Und genau das hab ich vor! Solange ich nicht mit Sicherheit weiß, dass Theresa tot ist, werde ich weiterhin daran glauben, dass sie lebt!“

„Wenn sie wirklich noch lebt, dann ist es das Wichtigste, dass sie gefunden wird. Komm mit zu der Versammlung! Wenn sich die Angehörigen zusammentun, können sie etwas bewirken.“

„Wenn man betet, kann man noch mehr bewirken!“, behauptete Ariane.

„Ach, ihr mit eurem Gebet …“, sagte Rita abfällig.

„Hihaffe“, sagte Sina und legte ihrer Mutter die beiden Giraffen auf den Schoß.

„Ja, mein Schatz“, nickte Ariane. „Das sind Giraffen.“ Anschließend wandte sie sich wieder an Rita. „Theresa würde bestimmt wollen, dass ich für sie bete.“

„Das ist ja das Schlimme“, knurrte Rita. „Zum Glück gibt es noch ein paar Leute, die bereit sind anzupacken. Wenn alle nur beten, wird die Welt gepflegt zugrunde gehen …“

***

Als Theresa und David gegen 16:00 Uhr bei Max ankamen, war Theresa erleichtert, dass er noch am Leben war. Sein Zustand jedoch war alles andere als ermutigend. Er glühte vor Fieber und war nicht ansprechbar.

„Zuerst die Tablette“, murmelte Theresa und hockte sich so über Max’ Brustkorb, dass sie ihn anschauen und seine Arme zwischen ihren Beinen einkeilen konnte. Falls er sich unbewusst wehrte, wären ihm im wahrsten Sinne des Wortes die Hände gebunden. Um ihm jedoch nicht die Luft zum Atmen zu nehmen, achtete sie darauf, dass ihr Körpergewicht auf ihren Knien und nicht auf Max lastete.

„Du bist für seinen Kopf zuständig“, sagte Theresa zu David. „Setz dich so hin, dass du ihn auf deinen Schoß nehmen kannst.“ David nickte eifrig, kniete sich so hin, dass er Theresa ansah und hob Max’ Kopf vorsichtig auf seinen Schoß.

„Halt ihn mit beiden Händen fest!“, befahl Theresa und war jetzt froh, dass sie David mitgenommen hatte. Trotz seines jungen Alters war er eine wertvolle Hilfe. Auch hatte er Wort gehalten und während des gesamten Marsches keine einzige Klage von sich gegeben.

Jetzt kam der schwierigste Teil. Theresa holte die Tablettenpackung hervor und öffnete sie. Anschließend befreite sie mit dem typischen knisternden Geräusch eine Tablette aus dem Blister. Sie hatte ein bisschen Angst, dass Max sie beißen könnte. Deshalb nahm sie sein Taschenmesser zur Hand und schob es ihm im eingeklappten Zustand zwischen die Zähne.

„Halt jetzt gut seinen Kopf fest!“, mahnte sie.

Tatsächlich reagierte Max auf den Fremdkörper in seinem Mund, indem er seinen Kopf hin und her zu werfen versuchte, doch David machte seinen Job sehr gut. Derweil hatte Theresa ihm die Tablette bereits tief in den Mund hineingeschoben und war jetzt dabei, Wasser hinterherzuschütten. Max wehrte sich, doch waren seine Bewegungen zu schwach, um etwas zu bewirken. Gleichzeitig registrierte Theresa mit Erleichterung, dass er instinktiv die Flüssigkeit schluckte. Sie fuhr noch eine Weile damit fort, ihm Wasser einzuflößen, dann stieg sie wieder von ihm herunter.

„Klasse. Ohne dich hätte ich das nicht geschafft“, sagte sie zu David. Als dieser zu strahlen begann, wuschelte Theresa ihm liebevoll durch das braune Haar. Dann drückte sie ihm einen Kuss auf den Kopf. „Ich hab dich lieb.“

„Ich dich auch, Mama.“

Da war es wieder! Keine Eintagsfliege, sondern verstörende Realität. Trotz der vielen Tage ihrer Abwesenheit sah David in ihr einen Mutterersatz. Aber konnte sie diese Rolle ausfüllen? Und was wäre, wenn sie diese Insel wieder verließen? Wie sollte sie das Sorgerecht für David bekommen, wo sie doch nicht einmal mit ihm verwandt war? Und wer würde einer alleinstehenden Frau, die ganztags arbeitete, ein Kind anvertrauen? Theresa schüttelte den Kopf, als wollte sie die Gedanken auf diese Weise loswerden. Jetzt war nicht die Zeit für solche Fragen. Sie mussten Max bis zum Sonnenuntergang an einen sicheren – netzpythonfreien – Ort bringen.

„Hilfst du mir, eine Trage zu bauen?"

David sah Theresa an, zögerte aber. „Kann ich nicht hier bei Max bleiben?"

Theresa sah, wie der kleine Junge zärtlich über Max' bärtige Wange streichelte, und war tief berührt. „Ja, das geht auch", krächzte sie. „Bestimmt tut es ihm gut, wenn er merkt, dass jemand bei ihm ist."

Sie nickte David noch einmal aufmunternd zu und machte sich dann an die Arbeit. Um die beiden Holzpfosten, die sie mit hierher geschleift hatte, in eine Trage zu verwandeln, führte sie diese nacheinander durch mehrere T-Shirts, wobei sie im Hüftausschnitt anfing und dann einen Pfosten durch den rechten Ärmel und den anderen durch den linken Ärmel steckte. Auf diese Weise entstand zwischen den Stangen eine mehrlagige Fläche, auf der Max später liegen sollte. Anschließend umwickelte sie die Ärmel der T-Shirts so fest mit Garn, das diese nicht mehr verrutschen konnten. Als auch dies geschafft war, suchte sie sich zwei stabile, aber etwas kürzere Äste und band sie oben und unten quer an die beiden Pfosten. Jetzt hatte ihre Trage allerhand an Stabilität gewonnen.

„Es geht los", sagte sie zu David und trat neben Max. Sie breitete den Pullover, den sie mitgebracht hatte, auf dem Boden aus und legte die Trage darüber. „Steh bitte auf."

Nachdem David Max' Kopf behutsam auf dem Boden abgelegt hatte, kniete sich Theresa links neben seine Hüfte und rollte ihn über den ersten Pfosten hinweg auf die „Trage". Dann griff sie nach den beiden Ärmeln des Pullovers, knotete sie über Max' Brust zusammen und umwickelte sie zusätzlich mit Garn. Auf diese Weise wollte sie sicherstellen, dass Max nicht von der Trage fallen konnte.

„Holst du mir mal den Gürtel?", bat sie David.

Als David ihr den braunen Ledergürtel reichte, zog Theresa ihn durch die Querverstrebung der Trage und verschloss die Schnalle.

Damit war auch der Trageriemen fertig. „Auf geht's", sagte Theresa. „Wir haben einen langen Marsch vor uns." Sie griff nach dem Gürtel und hob mit dessen Hilfe die Trage auf einer Seite an. Puh, das war schwerer als erwartet! Probehalber machte sie ein paar Schritte und zog die Trage mit Max hinter sich her. Obwohl nur die beiden Enden der Pfosten über den Boden schleiften, war es anstrengend, die Trage zu ziehen. Aber das würde sie nicht abhalten. Nichts würde sie davon abhalten, Max hier rauszubringen!

***

Als Theresa am späten Abend mit den letzten paar Sonnenstrahlen im Lager eintraf, wurde sie mit einer Eiseskälte begrüßt, die schon erahnen ließ, wie die nächsten Tage aussehen würden.

„Glaub ja nicht, dass er in unserer Höhle schlafen wird", sagte Coleman, kaum, dass er sie erblickte.

Jontek blickte kurz auf, machte sich aber nicht einmal die Mühe, sich von seinem Schlafplatz zu erheben.

Nur Miriam, Wang Fang und Michael standen auf und kamen auf Theresa zu.

„Mehr tot als lebendig, würde ich sagen", kommentierte Miriam Max' Zustand. Es klang alles andere als mitleidig.

„Das sieht wirklich böse aus", sagte Wang Fang, nachdem sie einen Blick auf Max geworfen und ihm den Puls gefühlt hatte. „Hast du ihm eine Tablette gegeben?"

Theresa nickte. Ihre Zunge klebte an ihrem Gaumen und sie hatte das Gefühl, nicht mehr sprechen zu können.

„Soll ich David ins Bett bringen?", bot Michael an. Als Theresa erneut nickte, hob er David, der sich in eine Nische zwischen Max' Beinen gekauert hatte und dort eingeschlafen war, hoch und trug ihn zu seinem Bett unter dem Felsendach. Dabei wachte er nicht einmal auf.

„Ich denke, wir sollten mit der zweiten Dosis trotzdem bis morgen früh warten", sagte Wang Fang. „Bleibt zu hoffen, dass er so lange durchhält."

Theresa nickte nur. Sie hatte sich mehr als einmal von Max' Zustand überzeugt und wusste genau, dass es schlecht um ihn stand.

Aber sie hatte auch schon tausend Gebete für ihn gesprochen und vertraute darauf, dass Gott die richtige Entscheidung treffen würde.

„Hast du Durst?", fragte Michael und hielt Theresa die silberne Thermoskanne hin, die an den Strand gespült worden war und als Wasserbehälter diente.

Theresa streckte ihre Hand nach der Kanne aus, kniete sich damit neben Max und begann, ihm Wasser einzuflößen. Max war immer noch schweißgebadet und glühte wie ein Kohlenfeuer. Er hatte das Wasser nötiger als sie.

Michael wartete, bis die Kanne leer war, nahm sie Theresa aus der Hand und verschwand damit. Als er nach einigen Minuten mit der aufgefüllten Kanne wieder zu ihr zurückkehrte, hatte Theresa bereits die Kleidungsstücke, aus denen ihr Bett bestand, aus der Höhle geräumt und in etwa zehn Metern Entfernung auf dem Boden ausgebreitet. „Kannst du mir helfen, Max umzubetten?", bat Theresa ihn.

„Erst trinkst du was!", befahl Michael und hielt Theresa die Kanne hin.

Theresa schüttelte jedoch den Kopf. „Wir sehen gleich nichts mehr!"

Michael strich nachdenklich über seinen dunklen Vollbart. Tatsächlich war es schon so dunkel, dass er kaum den Weg vom Fluss zurück hierher gefunden hatte. „Also gut." Er eilte zu Max, hob die Trage an und zog sie neben das „Bett". Als er die Trage wieder ablegte, keuchte er ungläubig: „Und das hast du ganz allein gezogen?"

Theresa antwortete nicht, sondern griff nach Max' Beinen. „Nimmst du seinen Oberkörper?"

Michael rührte sich nicht. „Es grenzt an ein Wunder, dass du das geschafft hast!"

„Michael!"

„Schon gut", nickte er, fasste unter Max' Achseln und zählte: „Eins … zwei …" Bei „drei" wuchteten die beiden Max' Körper von der Trage hinüber auf sein Bett.

„Aber jetzt trinkst du!", sagte Michael und holte die Kanne, die er eben abgestellt hatte. Dann setzte er sie Theresa persönlich an den Mund.

Als das kühle, frisch aus dem Fluss geschöpfte Wasser innen Theresas Kehle und außen ihr Kinn und ihren Hals hinunterrann, hatte sie das Gefühl, erstmals an diesem Tag wieder eine Verbindung zum wirklichen Leben zu spüren. Sie trank und trank, bis sie nicht mehr konnte, und goss sich den Rest des lauwarmen Wassers dann einfach über den Kopf.

„Danke", keuchte sie noch, dann drückte sie Michael die Kanne in die Hand, sank neben Max auf den sandigen Boden und griff nach seiner Hand. Jetzt, wo sie selbst ein kleines bisschen abgekühlt war, fühlte sich diese noch heißer an als sonst. Aber die Hitze bedeutete auch Leben. Solange diese Hand heiß war, lebte Max. Und mit dieser spürbaren Sicherheit glitt sie auf der Stelle in einen tiefen Erschöpfungsschlaf.

***

Bevor Ariane die Tür öffnete, atmete sie noch einmal kurz tief durch. Sie war Rita noch nie zuvor begegnet – nicht einmal bei Theresa. Und sie musste gestehen, dass sie sie am Telefon nicht immer sympathisch gefunden hatte. Andererseits hatte die Sorge um Theresa die beiden zusammengeschweißt, da konnte es nicht so schwierig sein, einen Kaffee miteinander zu trinken, oder?

„Du bist also Rita", lächelte Ariane, als diese ihr in Fleisch und Blut gegenüberstand. „Schön, dich mal kennenzulernen."

Sie gab Rita die Hand und musterte sie dabei unauffällig von oben bis unten. Obwohl sie sie noch nie zuvor getroffen hatte, entsprach Rita ziemlich genau dem Bild, das Ariane sich von ihr gemacht hatte. Mit ihren Birkenstocksandalen, den weiten Klamotten aus Wildseide und den lila angehauchten Haaren wirkte sie ökig und ziemlich extravagant – eben genau so, wie Theresa sie beschrieben hatte.

„Gleichfalls", nickte Rita und streckte Ariane den Tortenbehälter entgegen, den sie im Arm hatte.

Ariane nahm ihn in Empfang. „Du hättest wirklich nichts backen müssen."

„Wollte ich aber. Es … erinnert mich irgendwie an Theresa und … ich vermisse es so, für sie zu backen …"

„Ich vermisse sie auch“, seufzte Ariane. Dann wandte sie sich um. „Komm doch mal her, Sina, wir haben Besuch!“ Es dauerte nicht lange, dann ertönten tapsende Schritte. Sie kamen allerdings nur zögerlich näher. Wenig später stand Sina in dem Türrahmen, der ins Wohnzimmer führte. Sie war nur mit einer Badehose bekleidet.

„Hallo, Sina!“, sagte Rita und trat ein paar Schritte näher. „Ich hab schon viel von dir gehört!“

Die Reaktion ließ nicht lange auf sich warten. In dem Moment, in dem Rita auf sie zukam, drehte sich Sina um und rannte davon.

„Sie hat's nicht so mit Fremden“, entschuldigte Ariane ihre Tochter. *Schon gar nicht mit Fremden, die in voller Lebensgröße auf sie zustürmen*, fügte sie gedanklich hinzu. „Gehen wir auf die Terrasse?“

„Gern“, antwortete Rita, streifte sich die Birkenstocksandalen von den Füßen und nahm sie in die Hand. Dann folgte sie Ariane durch ein helles Wohnzimmer hindurch in einen kleinen, aber liebevoll angelegten Garten. Angesichts des makellos blauen Himmels und Temperaturen von mindestens 25 Grad war dies der ideale Platz zum Kaffeetrinken.

„Wie war das Angehörigentreffen?“, fragte Ariane, während sie mit Rita an dem bereits gedeckten Tisch aus Teakholz Platz nahm.

„Sehr emotionsgeladen, das kannst du mir glauben! Eine derart aufgeheizte Stimmung hab ich noch nie erlebt ...“

„Kein Wunder“, seufzte Ariane und nahm den Deckel von dem Tortenbehälter ab. Dann starrte sie für den Bruchteil einer Sekunde ungläubig auf die Torte, die Rita mitgebracht hatte. Sie sah aus wie vom Konditor. Jedenfalls war sie mit einer gleichmäßigen Marzipanschicht überzogen und mit selbst gemachten Marzipanrosen verziert. Das Problem war nur ... Ariane mochte kein Marzipan!

„Leonora Tanner ist jetzt Vorsitzende der Angehörigen.“

„Der Apfel fällt nicht weit vom Birnbaum“, lächelte Ariane und goss Rita und sich Kaffee ein. Gleichzeitig warf sie einen prüfenden Blick auf Sina, die in ihr kleines aufblasbares Planschbecken gestiegen war und sich dort mit einer Gießkanne vergnügte. „Ist sie auch so ein Alphatier wie der Big Mac?“

Rita stand auf, nahm das Tortenmesser zur Hand, das Ariane bereitgelegt hatte, und schnitt damit den Kuchen an. „Ich kenn den Big Mac ja nur aus Erzählungen, aber … ja, ich denke schon. Jedenfalls war sie von Anfang an Wortführerin."

„Und? Findest du sie sympathisch?"

Ohne zu fragen, lud Rita ein Stück Kuchen auf Arianes Teller. „Nö. Aber beeindruckend."

Ariane starrte angewidert auf die Torte. Abgesehen davon, dass Marzipan drauf war, schien die Torte nur aus Sahne, Zucker und Weißmehl zu bestehen. *Ungesund.* „Werden die Angehörigen denn über den Stand der Dinge auf dem Laufenden gehalten?"

„Der Informationsfluss ist schlecht", antwortete Rita und begann, ihr eigenes Tortenstück zu verspeisen. „Es werden immer nur dieselben Formeln verwendet. Du weißt schon: Die Suchmannschaften tun alles, was in ihrer Macht steht … blablabla … sie sind rund um die Uhr im Einsatz … blablabla …"

„Das wird doch auch so sein!"

„Wer weiß das schon?", fragte Rita, nachdem sie zu Ende gekaut hatte. „Das Problem besteht darin, dass wir es mit einer ausländischen Fluggesellschaft und einem ausländischen Suchgebiet zu tun haben. Die Bundesregierung hat zwar ihre Hilfe angeboten, aber sie ist bisher nicht angenommen worden. Es heißt, es gäbe da militärische Bedenken. Dabei geht es hier um Menschenleben!"

„Das ist allerdings ein starkes Stück!", sagte Ariane und spürte, wie ihr Adrenalinspiegel stieg. „Und was kann man dagegen tun?"

„Wir arbeiten in die verschiedensten Richtungen. Hier!" Rita öffnete ihre Handtasche und holte einen Packen Zettel hervor. „Das sind vorformulierte Petitionsschreiben an den Bundestag. Am besten wäre es natürlich, wenn ganz viele Menschen eigene Schreiben an die Regierung verfassen würden. Aber im Notfall tun es auch diese hier. Wir versuchen, so viele wie möglich davon abzuschicken. Es wäre toll … nein, *genial*, wenn du deine Gemeinde dafür begeistern könntest!"

Ariane sah, wie Sina aus dem Planschbecken stieg und sich auf den Weg zu ihr machte. „Ja, das könnte ich tun. Die Anteilnahme in der Gemeinde ist riesig. Alle fragen, was sie tun können. Bisher hab ich gesagt, sie sollen vor allem beten. Aber manchen reicht das nicht …"

„Sina Kuchen?“, fragte Sina, als sie Ariane erreicht hatte. Dabei warf sie einen äußerst interessierten Blick auf das Stück Torte, das sich auf dem Teller ihrer Mutter befand.

„Lieber nicht“, antwortete Ariane und schob den Teller ein Stück von sich weg.

„Sina Kuchen!“, beharrte Sina, nun schon etwas energischer.

„Der ist lecker, gib ihr doch ein Stück“, empfahl Rita.

„Sina ist zwei. Und der Kuchen ist bestimmt furchtbar süß …“

Rita legte jetzt ihre Gabel zur Seite. „Du hast auch nichts davon gegessen“, fiel ihr auf. „Hast du was gegen meine Torte?“

Ariane atmete einmal tief durch. Dann hob sie ihre nasse Tochter auf ihren Schoß. *Für Theresa*, dachte sie und ließ Sina von der Torte essen.

***

An den beiden darauffolgenden Tagen verbesserte sich Max' Zustand nicht das geringste bisschen. Obwohl es Theresa beide Male gelang, ihm eine Tablette zu verabreichen, und obwohl sie ihm ständig erfolgreich Wasser einflößte, blieben Fieber, Herzschlag und Atemfrequenz unverändert hoch. Theresa blieb daher nichts anderes übrig, als ihre verzweifelten Gebete fortzusetzen. Darüber hinaus bestand ihre einzige Tätigkeit darin, Max' Kopf und Waden mit nassen Tüchern zu umwickeln und den Verband an seinem Fuß zu wechseln.

Am Morgen des dritten Tages hatte Theresa schließlich das Gefühl, dass es ein bisschen aufwärtsging. Jedenfalls hatte Max in der Nacht ungewöhnlich ruhig geschlafen. Auch wirkte er jetzt ein bisschen weniger heiß und fiebrig. Nachdem Theresa ihm seine Tablette verabreicht hatte, schickte sie David wie jeden Morgen los, damit er ihr frisches Wasser holte. Anschließend erneuerten die beiden gemeinsam Max' Tücher.

Sie waren noch mittendrin, als Jontek plötzlich neben ihnen auftauchte. „Na, Mutter Theresa, sind Sie in Ihrem Element?“

Theresa blickte kurz auf, wandte sich dann aber wieder ihrer Aufgabe zu und übergoss ein frisches T-Shirt mit Wasser aus der silbernen Thermoskanne. Jontek hatte sich in den vergangenen zwei Tagen nicht blicken lassen. Warum also jetzt?

„Sieht nicht so aus, als wären deine Bemühungen von Erfolg gekrönt."

Theresa blieb stumm. Jontek war der Letzte, mit dem sie den heutigen Hoffnungsschimmer teilen wollte. Ohne auf ihn einzugehen, wrang sie das Shirt aus und wickelte es um Max' rechte Wade. Dann ließ sie sich von David ein weiteres T-Shirt reichen.

„Es ist wirklich widerlich, wie du in einer Tour an ihm klebst und sein Händchen hältst."

Theresas Adrenalinspiegel stieg. Obwohl sie wusste, dass Jonteks Äußerungen der Eifersucht geschuldet waren, konnte sie ihm nicht verzeihen, dass er sie derart im Stich gelassen hatte. Trotzdem oder gerade deshalb blieb sie äußerlich ruhig und kümmerte sich wortlos um Max' linke Wade. Erst als sich Jontek verzogen hatte und David zu Pia und Peer gelaufen war, murmelte sie: „Vollidiot!"

„Find ich auch", sagte jemand.

Theresas Kopf ruckte herum. Die krächzende Stimme hatte Ähnlichkeit mit Max' gehabt, aber als sie jetzt zu ihm hinübersah, waren seine Augen immer noch geschlossen.

„Max?", flüsterte Theresa und rutschte auf Höhe seines Kopfes.

Daraufhin flatterten Max' Augenlider ein wenig, wollten sich aber nicht so recht öffnen.

„Wie geht es Ihnen?", fragte Theresa.

Als sie ihre vergleichsweise kühle Hand auf Max' Stirn legte, seufzte er leise auf. „Das tut gut."

Theresa schloss erleichtert die Augen. Er war nicht nur ansprechbar, sondern auch fähig, sinnvolle Worte von sich zu geben. Wenn das kein gutes Zeichen war! Um ihm noch mehr Erleichterung zu verschaffen, tränkte sie ein weiteres T-Shirt mit Wasser und legte es ihm auf die Stirn.

Ein paar Augenblicke später öffneten sich Max' Augen. Sie wirkten nicht mehr so glasig wie noch vor drei Tagen, hatten aber einen erheblichen Schlafzimmerblick.

Theresa lächelte ihm zu. „Dieses Mal dachte ich wirklich, das wär's gewesen."

„Wenn mich schon 'ne Netzpython nicht verdauen kann …"

Theresa musste grinsen. „Die haben wir abgeschüttelt."

„Sind wir wirklich im Lager?“, krächzte Max und versuchte sich umzusehen, ohne groß den Kopf zu bewegen. „Ich kann mich nicht erinnern, so weit gelaufen zu sein.“

„Das sind Sie auch nicht.“

„Aber … wie …?“, fragte er mühsam.

„Ich habe Sie hergezogen.“

„Gezogen?“

„Ja, hiermit.“ Theresa deutete auf das Gestell, das direkt neben ihr auf dem Boden lag. „Erkennen Sie die Pfosten wieder? Das war mal das Schutzdach für das Feuer.“

Max starrte verständnislos auf die Trage. „Wer hat das gebaut?“

Theresa wurde innerlich ein paar Zentimeter größer. „Ich!“, lächelte sie stolz.

„Und … und wer hat Ihnen … beim Ziehen geholfen?“

„Niemand! Das hab ich ganz allein hingekriegt!“

Max hob seinen Blick zu Theresa auf. „Machen Sie keine Witze, Krügchen.“

Theresa zuckte die Achseln. „Witzig war es wirklich nicht. Zumal ich nicht wusste, ob Sie überhaupt lebend hier ankommen.“

„Ich … ich glaub, ich hab ’nen Filmriss. Was war denn mit mir? Und wie kann es so ernst gewesen sein?“

„Ich denke, es war eine Blutvergiftung“, antwortete Theresa. „Was ich sicher weiß, ist, dass Ihr Leben am seidenen Faden hing. Sie sollten Gott auf Knien dafür danken, dass er Sie noch einmal verschont hat.“

„Vielleicht sollte ich auch Ihnen danken.“

„Danken Sie, wem Sie wollen. Aber machen Sie jetzt die Augen wieder zu. Es ist noch eine Menge Ruhe nötig, bis Sie wieder gesund sind.“

***

Von diesem Tag an ging es mit Max rasant bergauf – fast ein bisschen zu rasant nach Theresas Geschmack. Hatte er den Tag, an dem er das Bewusstsein wiedererlangt hatte, noch im Wesentlichen schlafend verbracht, so war er bereits am Morgen des darauffolgenden Tages hellwach – und anstrengend wie niemals zuvor.

Durch die Wunde im Fuß zum Liegen oder allenfalls zum Sitzen verdammt, schien er nicht zu wissen, wohin mit seiner Kraft und seinem Tatendrang. Theresa tat ihr Bestes, um ihm durch Gespräche die Zeit zu vertreiben, konnte aber nicht verhindern, dass er sich immer häufiger Wortgefechte mit Coleman oder Miriam lieferte. Um zu verhindern, dass die Sache eskalierte, redete Theresa mit Engelszungen auf Max ein und appellierte immer wieder an seine Vernunft. Sie versuchte ihm klarzumachen, dass er ein Gast im Lager war und froh darüber sein konnte, dass ihm die anderen überhaupt Nahrung zur Verfügung stellten. Aber gerade dieser Punkt schien ihn am meisten zu wurmen.

Gegen Nachmittag hatte Theresa schließlich eine gute Idee. Sie holte David, der gerade seine Wurfübungen beendet hatte, ließ ihn neben Max Platz nehmen und verkündete: „Ab jetzt wird wieder Unterricht gemacht. Und den halten Sie." Sie drückte Max ein Stück Holzkohle in die Hand, entfernte sich und schleppte einen Felsbrocken herbei, der oben erstaunlich flach war und eine beinahe glatte Oberfläche hatte. Dann holte sie noch ein nasses Tuch. „So, das ist die Tafel. Jetzt bringen Sie David etwas bei. Aber versuchen Sie es nicht mit Sprachen. Das wird sowieso nichts."

Max holte Luft, um zu protestieren, atmete dann aber unverrichteter Dinge wieder aus. Einen Moment lang schien er zu überlegen, dann sagte er zu David: „Wolltest du vielleicht schon immer mal wissen, wie die Menschen im Mittelalter gelebt haben?"

„Was ist das … das Mittelalter?"

„Das ist die Zeit zwischen dem Ende der Antike und dem Beginn der Neuzeit, also vom sechsten bis zum fünfzehnten Jahrhundert."

David sah Max fragend an und offenbarte dadurch, dass er mit diesen Zahlen nichts anfangen konnte. Das hatte sich Theresa gleich gedacht, doch hielt sie sich zurück und verfiel in die Position eines bloßen Beobachters.

„Burgen, Ritter und Rüstungen – weckt das vielleicht dein Interesse?"

David nickte eifrig und entlockte Max dadurch ein Lächeln.

„Stell dir eine Zeit vor, die mit dem, was wir hier auf der Insel erleben, ziemlich viel Ähnlichkeit hat. Im Mittelalter gab es keine

Handys, keine Fernseher, keine Waschmaschinen … Es gab nicht einmal Toiletten!“

„Haben die Leute dann auch in den Wald gepinkelt?“

Max’ Lächeln verbreiterte sich. Wieder einmal wirkten seine leuchtend grünen Augen nicht kalt und hart, sondern warm und sanft. Anziehend sanft, fand Theresa. „Die einfachen Leute schon. Aber was, denkst du, haben die hohen Herrschaften in ihren dick ummauerten Burgen gemacht? Fließend Wasser gab es noch nicht.“

„Vielleicht haben sie in einen Topf gemacht. Tina war mal im Krankenhaus und da hat sie in einen Topf Pipi gemacht.“

„Könnte man denken“, grinste Max. „Aber so war es nicht. Wenn man eine dieser alten Burgen besichtigt, dann sieht man von außen immer mal wieder ein paar Mauervorsprünge und dahinter-“

„Na, spielst du jetzt das Kindermädchen?“

Theresas Kopf ruckte herum und sie sah Miriam in ein paar Metern Entfernung stehen. Wie immer, wenn Theresas Blick auf diese Frau fiel, wurde sie von Abneigung und Neid gleichzeitig durchflutet. Miriam sah einfach in jeder Lebenslage gut aus. Aber sie machte auch etwas aus sich. Auf jeden Fall war sie die Einzige aus der Gruppe, die jeden Tag andere Klamotten trug. Offensichtlich war sie in einem der Koffer auf genügend Kleidung in für sie passender Größe gestoßen. Im Moment trug sie ein bauchfreies weißes Top und eine ebenso weiße Dreiviertelhose. Beides hob sich angenehm von ihren langen braunen Haaren und ihrer gebräunten Haut ab. „Nicht antworten“, raunte Theresa Max zu. „Ich hab das Gefühl, sie ist auf Streit aus.“

Max wandte sich wieder David zu und fuhr fort: „Jedenfalls gab es hinter diesen Mauervorsprüngen eine Art Plumpsklo, das die höheren Herrschaften benutzt haben. Was, denkst du, ist den Leuten passiert, die zur falschen Zeit unter einem dieser Mauervorsprünge standen?“

David atmete ein, um etwas dazu zu sagen, wurde aber von Miriam unterbrochen. „Zur falschen Zeit am falschen Ort. Das müsste dir bekannt vorkommen.“

„Lass ihn in Ruhe, Miriam“, sagte Theresa, um die Situation zu entschärfen. „Es geht ihm schon schlecht genug mit seinem Fuß.“

„Ach, geht es ihm so schlecht, dass er nicht mal mehr sprechen kann? Erst lässt er sich von einer Frau durch den halben Dschungel schleppen und dann geht ihm auch noch das Rückgrat flöten. Ganz schöner Abstieg, würde ich sagen!“

Theresa sah, wie Max’ Unterkiefer mahlte und legte beschwichtigend ihre Hand auf sein Knie. „Sie sitzt am längeren Hebel“, flüsterte sie ihm zu. „Bitte vergessen Sie das nicht.“

„Tja“, fuhr Miriam munter fort, „den großen Max markierst du jetzt jedenfalls nicht mehr.“

„Schau mal, David“, sagte Theresa, um das Thema zu wechseln. „Pia und Peer spielen. Möchtest du da vielleicht mitmachen?“ David blickte auf, sah Pia und Peer und sprang auf.

„Vielleicht möchte der kleine Max ja ebenfalls mitspielen“, überlegte Miriam.

Theresa verstärkte den Druck auf Max’ Knie.

„Nein, wahrscheinlich nicht“, fuhr Miriam ungeniert fort. „Er wartet ja darauf, dass unsere Männer aus dem Dschungel zurückkehren. So ist das halt, wenn man sich bei anderen durchfrisst.“

„Besser durchfressen als durchbumsen“, bellte Max und entlockte Theresa damit ein entsetztes Stöhnen.

„Was willst du damit sagen?“, zischte Miriam. „Denkst du, du bist moralischer als ich? Dabei bist du es doch, der andere benutzt. Wickelst die Kleine da um den Finger, als würde sie irgendeine Rolle spielen. Dabei ist sie der Prototyp eines Mauerblümchens!“

„Und du bist was Besseres, ja? Denkst du, Coleman würde noch auf dich abfahren, wenn die Auswahl so“, er formte mit Daumen und Zeigefinger einen Spalt von wenigen Millimetern, „ein bisschen größer wäre?“

Miriam schrie wutentbrannt auf und zog ihre Waffe hinter ihrem Rücken hervor. Sie richtete diese auf Max und stürmte gleichzeitig auf ihn zu.

„Nein!“, schrie Theresa und sprang auf. Ohne groß zu überlegen, stellte sie sich breitbeinig vor Max. Dann schloss sie ängstlich die Augen. Das Nächste, was sie spürte, war der Lauf der Waffe, die sich hart und unerbittlich gegen ihren Hinterkopf presste.

„Geh mir aus dem Weg!“, keifte Miriam.

„Nein!“, sagte Theresa und öffnete ihre Augen. Da sie mit dem Gesicht zu Max stand, konnte sie nicht sehen, was hinter ihrem Rücken geschah. Allerdings hörte sie, wie Miriam ihre Waffe entsicherte.

„Mischen Sie sich nicht ein, Krügchen!“, rief Max.

„Ich hab kein Problem damit, zwei Kugeln zu verschwenden“, fauchte Miriam hinter ihrem Rücken.

Sie meint es ernst, hämmerte es in Theresas Kopf. Gleichzeitig stiegen ihr Tränen der Angst in die Augen.

„Gehen Sie aus dem Weg, zum Donnerwetter!“, befahl Max.

„Nein!“, wiederholte Theresa.

„Eins!“, knurrte Miriam und schob Theresas Kopf mit ihrer Waffe ein Stück nach vorne.

„Sie tun jetzt, was ich sage!“, brüllte Max völlig außer sich.

Theresa rührte sich nicht vom Fleck.

„Zwei!“

„Verdammt, Krügchen!“

Theresa schloss die Augen, wodurch links und rechts zwei Tränen aus ihren Augen liefen.

„Drei!“

Kapitel 26

Ariane war ausgesprochen zufrieden mit sich. Am Sonntagmorgen hatte sie jede Menge Unterschriften unter vorformulierten Schreiben gesammelt. Nachdem sie während des Gottesdienstes nach vorne gegangen war und mit tränenerstickter Stimme von den Bemühungen der Angehörigen berichtet hatte, war eine Welle von Sympathie über sie hinweggeschwappt und hatte sich in mindestens hundert Unterschriften geäußert. Gestern, am Montag, war sie dann noch einmal herumgefahren und hatte eigenhändig formulierte Schreiben bei einigen Gemeindemitgliedern eingesammelt. Jetzt war sie dabei, beide Sorten von Briefen in Umschläge zu stecken, zu beschriften und zu frankieren.

Glücklicherweise fand Sina diese Betätigung spannend. Sie hatte ein paar eigene Zettel und Umschläge bekommen, saß neben ihrer Mutter und versuchte, ihre Bewegungen nachzuahmen. Dass die Umschläge dies nur selten überlebten, verwunderte Ariane nicht …

„Resa?“, fragte Sina, während das Papier in ihrer Hand knisterte und sich über die brutale Behandlung zu beschweren schien.

Ariane schluckte und hielt mit ihrer Betätigung inne. „Ja, die Briefe sind für Theresa.“

Als sie Theresas Namen aussprach, überkam Ariane ein seltsames Gefühl. Es war eine Mischung aus Sorge und Sehnsucht, also ein Gefühl, das sie seit Theresas Verschwinden nur zu gut kannte. Das Seltsame war allerdings die Intensität dieses Gefühls. Vor allem die Sorge hatte sich verstärkt … so sehr, dass Ariane die Briefe aus der Hand legte und stattdessen ihre Hände faltete. Dann begann sie laut für Theresa zu beten …

***

„Einmal Waschen, Schneiden und Föhnen, bitte."

„Auf welchen Namen?", fragte Karin Meyer, die Inhaberin des Friseursalons. Sie war eine sehr zarte und dabei äußerst attraktive Blondine mit einem schicken Kurzhaarschnitt.

„Tanner", sagte Leonora und sah sich ein wenig irritiert in dem Friseursalon um. Schon die Geräuschkulisse hatte vermuten lassen, was jetzt zur traurigen Gewissheit wurde: Dieser Salon war die reinste Massenabfertigung! Er bestand anscheinend nur aus einem einzigen, riesigen Raum, in dem es mindestens 30 Bedienplätze gab. Und die waren auch noch bis auf den letzten besetzt! Demensprechend viele Friseurinnen wuselten durch den Raum. Ob Rita unter ihnen war? Leonora wusste es nicht, denn die Friseurinnen trugen alle Schwarz und niemand hob sich aus der Masse ab.

„Tut mir leid, ich kann Sie hier gar nicht finden", sagte Frau Meyer und blickte von ihrem Computer auf.

Leonora hob die dunklen Augenbrauen und warf ihre langen schwarzen Haare hinter ihre Schulter zurück. Dabei klirrten die dünnen goldenen Armbänder an ihrem rechten Handgelenk. „Wie sollten Sie auch? Ich bin zum ersten Mal hier." *Zum Glück …* Schließlich ließ sie sich ihre Haare sonst in sehr viel exklusiveren Salons schneiden. Und da rückte man ihr den Stuhl zurück, sobald sie auch nur die Tür des Salons öffnete.

„Tja, wenn Sie nicht angemeldet sind, dann müssen Sie warten. Haben Sie vielleicht noch etwas zu erledigen? Die Wartezeit beträgt heute Morgen mindestens zwei Stunden."

Leonora lachte amüsiert auf. „Wie bitte?"

„Zwei Stunden Wartezeit", wiederholte Frau Meyer. „Aber ich kann Sie auf die Liste setzen. Wenn Sie noch etwas zu erledigen haben …"

„Und ob ich etwas zu erledigen habe!", fiel ihr Leonora ins Wort. „Ich möchte mit Frau Lambert sprechen! Und seien Sie versichert: Das ist der einzige Grund, weshalb ich einen Ameisenhaufen wie den hier besuche!"

Frau Meyer schnappte nach Luft, musterte Leonora von oben bis unten und schüttelte schließlich irritiert den Kopf. „Einen Moment bitte", brachte sie heraus. Dann entfernte sie sich, ging auf Rita zu, die im hinteren Bereich des Salons einer sehr jungen Frau die Haare schnitt, und sprach mit ihr. Kurz darauf blickte Rita in Richtung des Tresens, woraufhin ihr Leonora fröhlich zuwinkte. Das wiederum führte dazu, dass das Gespräch zwischen Rita und ihrer Chefin noch eine Spur leidenschaftlicher wurde. Schließlich ging Rita auf Leonora zu, während Frau Meyer sich der Kundin annahm.

„Leonora, hallo", sagte Rita und lächelte ein wenig gequält. „Ich hab jetzt leider gar keine Zeit, um mich mit dir zu unterhalten. Du siehst ja, wir sind brechend voll ..."

„Aber ich hab eine Idee, die ich unbedingt mit dir besprechen muss! Ich weiß jetzt, wie wir die Aufmerksamkeit der Öffentlichkeit erregen können!"

„Du weißt, dass ich fast alles für Theresa tun würde", sagte Rita und trat unruhig von einem Bein aufs andere. „Aber wenn ich mich jetzt nicht an die Arbeit schere, kriege ich mächtig Ärger!"

„Und wenn wir die Unterhaltung mit einem Haarschnitt kombinieren?", schlug Leonora vor. Dann griff sie nach einer Haarsträhne und musterte die Spitzen. „Es gibt immer ein bisschen Spliss, der entfernt werden muss."

Rita drehte sich um und sah prüfend in Richtung ihrer Chefin. Diese machte eine Handbewegung, die verdeutlichte, dass sie sich zu beeilen hatte. Schnell wandte sie sich wieder Leonora zu. „Das Problem ist, dass wir hier mit Anmeldungen arbeiten. Und da du nicht angemeldet bist ..."

Leonora schüttelte missbilligend den Kopf. „Besonders flexibel seid ihr hier wohl nicht."

„Tut mir wirklich leid."

„Hilft es, wenn du deiner Chefin sagst, dass ich es gewohnt bin, zweihundert Euro für einen Haarschnitt auszugeben?"

Ritas Augen weiteten sich. „Na ja ... vielleicht."

„Dann husch, husch. Besorg mir einen Platz."

Rita drehte sich um und lief zu ihrer Chefin.

„Ach, und Rita?", rief Leonora hinter ihr her. „Vergiss nicht, dass ich bei meinem Leib- und Magenfriseur immer einen Kaffee bekomme!"

***

Als das Klicken des Abzugs ertönte, wartete Theresa darauf, einen stechenden Schmerz oder zumindest einen Schlag zu verspüren. Aber nichts davon geschah. Ein oder zwei Sekunden lang verstand sie gar nichts mehr, dann ließ der Druck an ihrem Hinterkopf nach und sie begriff, dass Miriam die Waffe weggenommen hatte.

„Was ist denn das für 'ne elende Scheiße", hörte sie Miriam fluchen. „Das dämliche Ding funktioniert nicht!" Als Nächstes flog die Pistole durch die Luft und landete links von Theresa auf dem mit Gras bewachsenen Boden.

Keine Gefahr mehr, schoss es durch Theresas Kopf. Infolge dieser Erkenntnis gaben irgendwie ihre Knie nach und sie sank zitternd zu Boden.

Ein paar Sekunden war sie mit sich allein, dann robbte Max auf sie zu und schlang seine kräftigen Arme um sie. „Es tut mir leid", flüsterte er in ihr Ohr. „Es tut mir so leid. Ich hätte meine Klappe halten sollen."

Theresa konnte nicht antworten. Alles war so schnell gegangen, dass sie noch gar nicht so recht begriffen hatte, was geschehen war. Sie ahnte allerdings, dass sie nur knapp dem Tod entgangen war. Das war umso erstaunlicher, als sie noch nicht einmal die Zeit gefunden hatte, Jesus um Hilfe zu bitten. Doch er hatte trotzdem geholfen!

„Ich verspreche Ihnen, dass so etwas nie wieder vorkommen wird, okay?", flüsterte Max. „Nie, nie wieder!"

Die einzige Antwort, die er bekam, bestand darin, dass Theresa ihren Kopf auf seine Schulter legte.

***

Als Jontek, Gökhan und Coleman etwa anderthalb Stunden später aus dem Dschungel ins Lager zurückkehrten, hatte sich Theresa so weit erholt, dass sie zu ihnen gehen und Früchte holen konnte. Dabei war sie einigermaßen erleichtert, dass Jontek sie keines Blickes würdigte. Sie war immer noch so wütend auf Miriam, dass sie Coleman – und dadurch auch Jontek – mit ihr in einen Topf warf.

„Moment mal", rief Miriam, als Theresa eine doppelte Portion Obst einsammelte. „Wenn du glaubst, dass dieses Arschloch da drüben noch ein einziges Stück Obst von uns bekommt, dann hast du dich aber geschnitten."

Theresa schluckte schwer und sah fragend zu Coleman hinüber.

„War was?", fragte dieser mit seiner tiefen Stimme.

„Allerdings", nickte Miriam, „dieses nichtsnutzige Großmaul hat mich beleidigt. Er hat behauptet, du stehst nur auf mich, weil die Auswahl so klein ist."

Theresa dachte an den ganzen Haufen Beleidigungen, die Miriam zuvor verteilt hatte, sagte aber nichts. Stattdessen warf sie Max einen vorsichtigen Blick zu. Er würde doch nicht ...?

Coleman lachte auf. „Das solltest du besser wissen." Er schlenderte auf Miriam zu, nahm sie in den Arm und fummelte an ihrem Hintern herum, womit er Miriam ein glucksendes Lachen entlockte. „Ich frage mich bloß, warum du dich nicht gewehrt hast. Warum hast du ihn nicht einfach erschossen?"

„Das hab ich versucht, aber die Waffe funktioniert nicht." Miriam deutete auf den Platz, an dem die Pistole jetzt einsam herumlag.

„Wie bitte?", donnerte Coleman und stapfte verärgert auf die Pistole zu. Er hob sie vom Boden auf, richtete den Lauf in den Himmel und drückte ab. Als ein lauter Knall die Stille zerriss, zuckte Theresa zusammen, als wäre sie getroffen worden. Und das war sie ja auch fast – vorhin jedenfalls.

„Funktioniert doch", wunderte sich Coleman und steckte sich die Waffe hinten in den Hosenbund. „Also gut. Wenn du ihn nicht erschießen konntest, lassen wir ihn verhungern."

Theresa spähte zu Max hinüber und stellte erleichtert fest, dass dieser seinen Mund hielt.

„*Eine* Ration", sagte Coleman zu Theresa. „Und nicht ein Stück mehr."

Theresa streifte Jontek mit einem Blick und fragte sich, ob er ein gutes Wort für sie einlegen würde. Aber er schwieg. Daraufhin legte Theresa gehorsam einen Teil der Früchte auf den Boden zurück und ging mit dem Rest der Nahrungsmittel zu Max hinüber.

Eine Weile saßen sie schweigend nebeneinander. Dann gesellte sich David zu ihnen. Er hatte die Arme voller Bananen, Papayas und Schlangenhautfrüchte. „Du kannst von mir was abhaben", sagte David und legte die Früchte vorsichtig auf dem Boden ab.

Max lachte auf. „So weit kommt's noch."

„Doch, wirklich", protestierte David. „Ich will, dass du auch was kriegst."

„Ich nehme aber nichts", beharrte Max.

„Soll ich dir die Papaya schälen?", bot Theresa an.

Als David nickte, reichte Max ihr sein Taschenmesser. Damit machte sich Theresa ans Werk. Wenig später gab sie David das erste Stück Papaya. Als sie jedoch ein zweites abschneiden wollte, griff Max plötzlich nach ihrer Hand und hielt sie fest. Dann untersuchte er entsetzt ihre Handfläche. „Du meine Güte!", entfuhr es ihm.

„Ist nicht so schlimm", behauptete Theresa und entzog ihm eilig ihre Hand.

„Nicht so schlimm?", rief Max. „So viele Blasen auf einem Haufen hab ich mein Lebtag noch nicht gesehen!"

„Sie heilen doch schon …", murmelte Theresa und widmete sich weiter der Papaya. Eine Weile assistierte sie David noch, dann stand der Junge auf und gesellte sich zu Pia und Peer. Erst jetzt begann Theresa, ihre eigene Papaya zu schälen. Als sie damit fertig war, schnitt sie ein Stück davon ab und hielt es Max hin.

„Ich hab das Gefühl, mich ununterbrochen wiederholen zu müssen", seufzte Max, ohne das Stück Obst anzunehmen. „Also noch mal zum Mitschreiben: Ich werde weder David noch Ihnen das Obst wegessen."

„Jetzt seien Sie nicht albern", seufzte Theresa und hielt ihm weiterhin das Stück Frucht hin. „Wir wissen beide, dass mir ein paar Pfunde weniger nicht schaden."

„Sie haben ja keine Ahnung, Krügchen. Schade, dass hier kein Spiegel ist, sonst wüssten Sie, wie viel Sie abgenommen haben."

Theresa ließ das Stück Papaya sinken und sah erstaunt an sich herunter. „Meinen Sie wirklich?"

„Gucken Sie doch Ihre Hose an. Die saß mal ziemlich knackig."

Theresa begann zu strahlen. „Das sind ja mal gute Nachrichten. Aber seien wir ehrlich: Wenn ich noch ein paar Pfund mehr verliere, schadet es auch nichts."

„Deshalb machen Sie ja die Obstdiät ...“

Theresa lachte auf. „Aber Obstdiät plus FdH ist noch wirkungsvoller!“

„Machen Sie, was Sie wollen, aber rechnen Sie nicht mit meiner Unterstützung.“ Mit diesen Worten legte sich Max zurück auf den Boden und schloss demonstrativ die Augen.

Theresa seufzte tief. „Während Ihrer Bewusstlosigkeit haben Sie drei Tage nichts zu sich genommen. Glauben Sie mir, ich kriege keinen Bissen herunter, solange ich weiß, dass Ihr Magen knurrt. Also entweder wir essen beide oder es isst keiner. Was wollen Sie?“

Max öffnete die Augen und sah Theresa an. „Sie sind stur wie ein Esel, Krügchen.“

„Das will ich doch hoffen.“ Sprach's und hielt ihm erneut die Papaya hin.

Dieses Mal griff Max zu. „Wenn wir hier raus sind“, sagte er und biss in die saftige Frucht, „kaufe ich Ihnen so viele Sachertorten, wie Sie wollen. Das verspreche ich Ihnen.“

***

Nachdem sie gegessen hatten, verfiel Max in ein tiefes, nachdenkliches Schweigen. Derweil machte sich Theresa Gedanken über ihr Nachtlager. Sie hatte in letzter Zeit nicht gerade gut geschlafen und hoffte, dass die Verbesserung von Max' Gesundheitszustand in Kombination mit einer bequemeren Unterlage eine gewisse Erleichterung bringen würde. Darum wandte sie sich erneut an Max. „Denken Sie, ich könnte mir ein paar Kleidungsstücke aus Ihrem Koffer holen?“, fragte sie. „Ich könnte eine Unterlage für die Nacht gebrauchen.“

Max blickte – seinem erstaunten Gesichtsausdruck zufolge anscheinend zum allerersten Mal – auf das nackte Gras, auf dem Theresa in der letzten Nacht geschlafen hatte. Von dort wanderte sein Blick zu den Kleidungsstücken, die neben Theresa lagen und David als Unterlage gedient hatten. Zum Schluss fiel sein Blick auf die Sachen, auf denen er selbst ruhte. „Ich ... ich weiß nicht, was ich sagen soll“, stammelte er.

„‚Holen Sie sich, was Sie brauchen‘ wäre nicht schlecht.“

Max nickte mechanisch. „Ja, tun Sie das."

Eine gute halbe Stunde später machte sich Theresa mit einem Arm voller Kleidungsstücke auf den Rückweg. Sie hatte T-Shirts und kurze Hosen zusammengerafft, aber auch Oberhemden und Anzughosen. Es war seltsam, diese mit sich herumzutragen, denn sie erinnerten Theresa an früher, ans Büro, an den alten Max. Sie rochen auch so! Da war nichts, was an frisch aufgeworfenen Mutterboden erinnerte. Nur der Geruch von Waschmittel, der sich in ihrer Erinnerung mit Max' minzigem Aftershave verband. Es war ein Geruch, der für sie nichts als Kälte und Härte ausstrahlte. Dabei hatte sich ihr Eindruck von Max hier auf der Insel völlig gewandelt. Aber wer war er wirklich? Und wer würde er sein, wenn er ins Büro zurückkehrte? Würde er den alten Max genauso wieder anziehen wie diese Kleidungsstücke?

„Ich hab genug für uns alle drei", verkündete sie, als sie zurückkehrte. „Wenn Sie möchten, polstere ich Ihnen Ihr Bett noch ein bisschen aus."

„Auf gar keinen Fall", brach es aus Max hervor. „Und glauben Sie nicht, dass Sie mit Ihrer elenden Sturheit irgendetwas an diesem Nein ändern werden. Sie werden zur Abwechslung mal an sich selbst denken. An sich und an niemanden sonst, verstanden?"

Theresa wich ein paar Zentimeter vor ihm zurück. „Schon gut, schon gut", murmelte sie. Und dann baute sie sich aus Max' Kleidungsstücken eine ordentliche Matratze zusammen. Allerdings sparte sie sich ein paar seiner T-Shirts auf und legte sie, als Max nicht hinschaute, auf Davids Bett …

„Was machst du da?"

Theresa sprang auf ihre Füße und wirbelte herum. Sie war so vertieft gewesen, dass sie nichts gehört hatte, und staunte jetzt darüber, dass Jontek vor ihr stand. Mit seinen hellblonden Locken und den strahlend blauen Augen war er auch heute der Inbegriff eines gut aussehenden Mannes. „Ich … ich mach mir eine Liegefläche, warum?"

Jontek deutete mit einem Kopfnicken in Richtung der Felsenhöhle. „Dein Bett ist normalerweise da drüben."

„Jetzt ist es hier."

„In den letzten Nächten hast du behauptet, du müsstest seinen Zustand überwachen. Ich glaube nicht, dass das weiterhin nötig ist." Jontek wandte den Kopf und bedachte Max mit einem abschätzenden Blick. „Für mich sieht er jedenfalls ganz munter aus."

„Es geht ihm besser", nickte Theresa, „trotzdem möchte ich …" Sie verstummte.

„Was möchtest du?", beharrte Jontek.

Theresa kannte die Antwort selbst nicht und so entschied sie sich in ihrer Not für Angriff als die beste Verteidigung. „Wunderst du dich darüber, dass ich keine Lust habe, in deiner Nähe zu sein, Jontek?" Sie stemmte herausfordernd die Hände in die Hüften. „Ich hab schon lange nicht mehr den Eindruck, dass du auf meiner Seite stehst. Warum hast du nichts gesagt, als Coleman die Entscheidung getroffen hat, Max keine Nahrung zu geben? Und selbst wenn du dich nicht gegen ihn auflehnen wolltest: Warum hast du nicht mit mir geteilt?"

„Warum ich …? Das ist ja lächerlich. Soll ich deine Affenliebe zu einem Nichtsnutz wie dem da auch noch unterstützen? Glaub mir, das ist das Letzte, was ich tun werde."

„Er ist ein menschliches Wesen, Jontek. Deshalb verdient er unsere Hilfe. Wenn du in eine Situation kommst, die du allein nicht mehr bewältigen kannst, möchtest du auch nicht, dass man dich fallen lässt."

„Komm mir jetzt bloß nicht mit diesem Nächstenliebegequatsche", konterte Jontek und tippte sich mit dem Zeigefinger wiederholt gegen die Stirn. „Was du hier abziehst, geht doch weit darüber hinaus. Willst du leugnen, dass du dich in diesen Kerl verknallt hast?"

„Dass ich …?" Theresa blieb förmlich die Luft weg. Sie brauchte zwei oder drei Sekunden, um sich wieder zu fangen, bevor es umso heftiger aus ihr hervorbrach. „Das ist ja absurd! Max und ich sind Freunde, nicht mehr und nicht weniger. Freunde kümmern sich umeinander."

„Schlafen sie auch beieinander?", erkundigte sich Jontek.

„Ich … ich hab nur hier geschlafen, weil Max meine Hilfe brauchte", behauptete Theresa.

„Aber jetzt braucht er sie nicht mehr! Miriam hat mir ausführlich beschrieben, wie sich der Kerl heute aufgeführt hat. Ich bin sicher, dass er die Nacht auch ohne dich übersteht!“

Theresa antwortete nicht, sondern trat unruhig von einem Bein aufs andere.

„Komm wieder mit zu den anderen!“, beschwor Jontek sie. „Zeig uns, wo du hingehörst. Zeig *mir*, wo du hingehörst.“

„Aber … er … er könnte einen Rückfall haben“, stammelte Theresa wenig überzeugend. „Und dann bekomme ich nichts davon mit.“

„Jetzt reicht's mir aber“, fauchte Jontek verärgert. „Nur damit wir uns richtig verstehen: Du entscheidest dich heute, zu wem du gehörst, Theresa. Nicht morgen, sondern heute. Überleg es dir gut: er oder ich?“

Theresa schluckte schwer, griff nach ihrem Kettenanhänger und drehte ihn zwischen ihren Fingern hin und her. Jontek war ihre einzige Chance auf eine echte Beziehung, ihre einzige Hoffnung auf Ehe, Familie und Geborgenheit …

„Er oder ich?“, wiederholte Jontek unerbittlich.

Während Theresa weiterhin am Trauring ihrer Mutter herumfummelte, wanderte ihr Blick zu Max hinüber. Dieser schien die Szene mit großem Interesse zu verfolgen.

„Ich komme zurecht“, sagte er leise. „Wirklich.“

Theresa bearbeitete immer noch ihren Ring. Sie wollte Jontek nicht verprellen. Aber sie *konnte* sich nicht dafür entscheiden, die Nacht an einem anderen Ort als diesem zu verbringen. Es ging einfach nicht!

„Ich bleibe hier“, krächzte sie schließlich.

Auf Jonteks Gesicht bildete sich ein Ausdruck abgrundtiefer Kälte. „Dann weiß ich ja, woran ich bin.“ Mit diesen Worten machte er kehrt und stapfte zurück zu den anderen.

Theresa wandte sich abrupt der Arbeit zu, bei der sie eben unterbrochen worden war. Sie legte die letzten beiden Oberhemden auf ihre „Matratze“ und zupfte dann mit hektischen Bewegungen daran herum. Dabei liefen Tränen ihre Wangen hinunter. Als es beim besten Willen nichts mehr gab, was hätte verändert werden können, ließ sich Theresa auf ihr Bett fallen. Um möglichst viel Abstand zwischen sich und Jontek zu bringen, legte sie sich mit dem Rücken zu ihm. Das hatte allerdings den unangenehmen Nebeneffekt, dass ihr Gesicht zu Max zeigte.

„Er ist es nicht wert, dass Sie weinen, Krügchen“, sagte er sanft.

Theresa blinzelte, wodurch ein weiterer Schwall Tränen aus ihren Augen quoll. „Ich weiß.“

„Warum tun Sie es dann? Lieben Sie ihn denn so?“

Theresa konnte hören, wie eine ihrer Tränen auf Max’ Oberhemd tropfte. „Ich glaub, ich liebe ihn überhaupt nicht.“

„Warum weinen Sie dann?“

„Weil ich …“ Sie griff erneut nach ihrem Trauring. „Ich wollte so gern eine Familie haben“, antwortete sie weinerlich. „Immer schon.“ Sie hob den Kopf, griff in ihren Nacken und öffnete den Verschluss ihrer Kette. Dann zog sie den Ring von der Kette ab. Eine ganze Weile drehte sie ihn nachdenklich in ihren Händen hin und her und betrachtete ihn von allen Seiten, erst von außen, dann auch von innen. Schließlich reichte sie ihn Max.

„Dieser Ring hier …“, begann sie stockend. „Er hat meiner Mutter gehört.“

Sie sah Max dabei zu, wie er ihn in den Händen drehte. „Er sieht aus wie ein Trauring“, bemerkte Max, „aber es ist keine Inschrift drin.“

„Das liegt daran, dass meine Mutter sich den Ring selbst gekauft hat. Er repräsentierte all ihre Hoffnungen und Träume. Nachdem mein Vater sie in der Schwangerschaft verlassen hatte, wollte sie nichts lieber als einen Mann finden, der sie heiratet und ihr ein Zuhause gibt.“

„Dann sind Sie ohne Vater aufgewachsen?“, fragte Max. „So wie ich?“

Theresa zuckte die Achseln. „Im Gegensatz zu Ihnen kannte ich nie einen Vater. Also hab ich ihn auch nie vermisst. Was ich umso besser kenne, ist der Wunsch nach einem Ehemann. Als meine Mutter starb, war ich ganz allein auf der Welt. Ich glaub, da ist der Wunsch zur fixen Idee geworden. Ich dachte … ich würde jemanden finden, der mich liebt …“ Sie sah Max in die Augen und sagte gepresst. „Ich weiß, dass jemand wie Sie sich so etwas nicht vorstellen kann, aber … mich hat noch nie ein Mann wirklich geliebt. Noch nie in meinem ganzen Leben."

Sie schloss erschöpft die Augen. Es war wie ein Fluch, der auf ihrer Familie lastete. Genau wie ihre Mutter würde sie nie eine erfüllte Beziehung finden. Nie.

***

Als sich Theresa eine gute halbe Stunde später zwischen Max und David schlafen gelegt hatte, hallten ihre eigenen Worte immer noch in ihrem Kopf nach. War sie wirklich dazu verurteilt, für immer allein zu bleiben? Ohne Beziehung? Ohne die Wärme und Liebe eines Partners?

Reicht es dir denn nicht, dass ich dich liebe?, flüsterte eine Stimme in Theresas Herzen.

Sie merkte innerlich auf. Sie kannte diese Stimme und wusste, dass sie zu Jesus gehörte. Und natürlich wusste sie auch, dass dieser sie liebte. Theoretisch jedenfalls …

Lass dir an dieser Liebe genügen!

Theresa spürte, wie sie sich innerlich zu sträuben begann. Ihr ganzes Leben hatte sie darauf ausgerichtet, einen Mann zu finden und eine Familie zu gründen. *Ich kann nicht*, gab sie gedanklich zurück.

Meine Liebe ist größer als alles, was du dir je erträumen könntest.

Wieder stiegen Tränen in Theresas Augen. Mittlerweile war sie so verheult, dass sie nur noch durch den Mund atmen konnte. *Aber ich kenne deine Liebe nicht!,* schrie es in ihr.

Lass dir an meiner Liebe genügen! Immer derselbe Satz!

Ja, dachte Theresa und gab ihren Widerstand auf. *Sie soll mir genügen. Sie soll mir genügen.*

***

Als Theresa am nächsten Morgen die Augen aufschlug, wusste sie sofort, dass irgendetwas anders war als sonst. Eine Wärme, die sie bis zu diesem Tag nicht gekannt hatte, brannte wie eine Kerze in ihrer Brust. Sie hatte von Jesus geträumt! Und sie wusste es noch!

Abrupt richtete sie sich auf. Die Sonne war gerade erst im Aufgehen und sie war anscheinend die Erste, die sich im Lager regte.

Links neben ihr schlief Max. Er atmete ruhig und gleichmäßig. Offensichtlich hatte sie gespürt, dass es ihm gut ging, denn im Gegensatz zu den übrigen Nächten hatte sie nicht seine Hand gehalten. Auf der anderen Seite lag David. Er drehte ihr den Rücken zu.

„Sind Sie schon wach?", flüsterte Max und öffnete schläfrig die Augen.

„Ja, bin ich", flüsterte Theresa zurück. Sie war froh, dass Max noch nicht wirklich wach war. Sonst hätte er sich bestimmt über das verklärte Lächeln gewundert, das ihr ganzes Gesicht überzog. Und nicht nur das Gesicht. Sie hatte das Gefühl, dass dieses Lächeln ihren ganzen Körper vereinnahmte und bis in ihre Zehenspitzen reichte. Und es hatte nur einen einzigen Grund: Jesus liebte sie! Das wusste sie jetzt. Heute Nacht hatte sie seinen Blick gesehen. Es war ein Blick voller Liebe gewesen, ein Blick, nach dem sie sich ihr ganzes Leben lang gesehnt hatte! Der Blick eines liebenden Vaters. Der Blick des Vaters, den sie nie kennengelernt hatte!

„Können Sie mir Ihr Taschenmesser borgen?"

„Wollen Sie Jontek erstechen?"

Theresa lachte leise auf. „Nein! Das brauch ich jetzt nicht mehr …" Sie sah Max dabei zu, wie er das Taschenmesser aus seiner Hosentasche zog. Gleichzeitig kramte sie selbst die kleine Taschenlampe hervor, die Michael ihr geliehen hatte. Es war eine LED-Lampe, die trotz ihres häufigen Einsatzes noch keine Ermüdungserscheinungen zeigte.

„Danke." Sie nahm das Taschenmesser entgegen, öffnete den etwa zwei bis drei Zentimeter langen, spitzen Metallstift, die sogenannte Stech-Bohr-Näh-Ahle, die man in der Mitte ausklappen konnte, und steckte sich die angeschaltete Taschenlampe in den Mund. Dann zog sie sich ihre Kette über den Kopf und begann, das Innere des Rings mit der Spitze des Stiftes zu bearbeiten.

„Was machen Sie denn da?", wunderte sich Max.

Theresa versuchte zu antworten, doch kam nur unverständliches Genuschel dabei heraus.

„Geben Sie mal her. Ich halte das für Sie." Max rückte ganz nah an Theresa heran, nahm ihr die Taschenlampe aus dem Mund und leuchtete damit auf den Trauring ihrer Mutter.

Da war er wieder, der Duft von frisch aufgeworfener Erde! Theresa atmete ihn genüsslich ein und machte sich dann ans Werk. Es gelang ihr, ein deutlich lesbares „J“ in das Innere des Ringes zu ritzen.

„Ich dachte, Sie hätten mit diesem Kerl abgeschlossen!“, erschrak Max.

„Abwarten!“, strahlte Theresa und schrieb als Nächstes ein „E“.

„Was wird denn das?“, fragte Max.

„Ich weiß jetzt, was ich in den Ring schreibe!“, strahlte Theresa ihn an. „Und es ist der beste Name, den es auf der ganzen Welt gibt!“

„Und der wäre?“

Für den Hauch eines Moments zögerte Theresa. Würde Max sich über sie lustig machen? „Jesus“, antwortete sie schließlich.

Max atmete hörbar aus. „Das … das ist zwar ein guter Name“, sagte er, „aber sollten Sie nicht noch ein bisschen warten? Ich meine … Sie haben doch schon immer an Jesus geglaubt. Soweit ich weiß, muss man deshalb nicht zölibatär leben. Vielleicht ergibt sich ja doch noch was.“

Theresa schüttelte entschieden den Kopf. „Ich plane jetzt mein Leben ohne Mann.“ Sie ritzte ein „S“ in den Ring. „Bekanntschaftsannoncen gehören der Vergangenheit an.“

„Sie haben sogar Annoncen aufgegeben?“

Als das „U“ fertig war, blickte Theresa von ihrer Arbeit auf. „Ich hab ständig welche aufgegeben und mir dabei jede Menge Ärger eingehandelt. Erinnern Sie sich an die Blumen, die ins Büro geliefert wurden? Obwohl kein Name dranstand, bin ich sicher, dass sie von einem gewissen Sven-Uwe Subtut stammten. Ein Psychopath. Er hat schon beim ersten Date beschlossen, dass ich ihm gehören würde. Einmal ist er sogar in meine Wohnung eingedrungen.“

„Davon wusste ich ja gar nichts!“, brach es aus Max hervor.

„Sie haben mir ja auch nie zugehört.“

Max legte seine Hand auf Theresas Knie und sah ihr tief in die Augen. „Das tut mir leid.“

„Schon vergessen“, lächelte Theresa und wandte sich wieder ihrer Arbeit zu. Als sie das „S“ fertig hatte, streichelte sie liebevoll über den Namen „Jesus“. Er war ausgesprochen gleichmäßig geworden. „Aber an meinen Verkehrsunfall, daran erinnern Sie sich doch?“

Max nickte. „Dunkel.“

„Auch eine Bekanntschaftsanzeige. Da hatte ich ein sehr vielversprechendes Date. Ein gewisser Maik Fischer, der sich für Frankreich begeistert.“ Theresa seufzte tief. „Gedanklich sah ich mich schon durch Frankreich reisen und der Sprache frönen. Leider hat sich schon am ersten Abend herausgestellt, dass sein Interesse in erster Linie französischen Rotweinen galt. Er ist betrunken Auto gefahren und ich saß auf dem Beifahrersitz.“

„Puh!“, machte Max. „Sie haben nicht gerade die besten Erfahrungen gemacht …“

„Nein. Aber das war mein eigener Fehler. Ich hätte nicht versuchen sollen, eine Beziehung zu erzwingen. Ich hätte mich von Anfang an mit meinem Schicksal abfinden sollen. Mauerblümchen wie ich bleiben halt manchmal allein.“

Max schüttelte den Kopf. „Jetzt wiederholen Sie doch nicht, was dieses Luder gesagt hat. Glauben Sie mir, Krügchen, Sie sind alles andere als ein Mauerblümchen.“

„Freunde, ja?“, sagte Theresa und streckte Max ihre Hand entgegen. „Wir sind jetzt Freunde.“

„Ja, das sind wir“, nickte Max und ergriff Theresas Hand. „Freunde fürs Leben.“

***

In den darauffolgenden zwei Stunden versuchte Max aufzustehen und seinen Fuß zu belasten. Als das nicht funktionierte, sprach Theresa ein Machtwort, nahm ihm den Verband ab und reinigte die Wunde. Dann nahm sie sie genauer unter die Lupe.

„Ich fürchte, das wird noch eine Weile dauern“, sagte sie, als sie die Verkrustungen unter der Fußsohle sah. „Wir hätten die Wunde vielleicht nähen sollen …“

„Dann wäre der Eiter überhaupt nicht abgeflossen“, mutmaßte Max.

„Mag sein“, seufzte Theresa. „Ich bin kein Arzt, aber wir könnten Wang Fang um Rat fragen.“

„Nein“, entschied Max. „Ich bin in letzter Zeit ausreichend begutachtet worden. Machen Sie einfach den Verband wieder dran. Ich hab schon einen Plan B.“

Theresa gehorchte und legte ihm einen sauberen Verband an. Dann sagte sie: „Was halten Sie davon, wenn ich heute in den Dschungel gehe und selbst nach etwas Essbarem suche? Ich kenne mich inzwischen ganz gut aus.“

Max schüttelte den Kopf. „Heute bin ich fürs Essen zuständig.“

Theresa stemmte die Hände in die Hüften. „Wie wollen Sie das denn anstellen?“

„Warten Sie's ab, Krügchen!“

Theresa machte ein skeptisches Gesicht, sagte aber nichts. In den nächsten zwei Stunden konnte sie Max dabei beobachten, wie er die Trage, die Theresa gebaut hatte, wieder auseinandernahm und sich an einem der beiden Pfosten zu schaffen machte. Er maß eine Länge ab, die vom Boden in etwa auf Brusthöhe reichte, und begann den Pfosten mithilfe des kleinen Sägeblattes an seinem Taschenmesser abzusägen. Das war natürlich ein mühseliges Unterfangen. Als er es schließlich trotzdem geschafft hatte, befestigte er ein kürzeres Stück des Pfostens quer über einem der Enden und umwickelte es mit Stoff.

Jetzt ging Theresa ein Licht auf. „Sie wollen doch wohl hoffentlich nicht auf Krücken in den Dschungel ziehen!“

„Machen Sie sich keine Gedanken, Krügchen. Ich suche mir ein Metier, das zu meinem Zustand passt.“ Er wandte sich David zu, der in einiger Entfernung Werfen übte und den er anscheinend aus dem Augenwinkel beobachtet hatte. „Versuch deinen Wurfarm noch ein kleines bisschen länger zu machen, dann hast du mehr Schwung.“

„Fliegen wie ein Vogel?“, überlegte Theresa.

Max schüttelte den Kopf. „Schwimmen wie ein Fisch.“

„Schwimmen? Sie können doch mit dem Fuß nicht ins Wasser!“

„Und ob ich das kann. Salzwasser soll gut sein für die Wundheilung.“ Wieder drehte er sich um und rief David etwas zu: „Das darf aber nicht dazu führen, dass du den Arm zu hoch nimmst. Er muss auf Höhe deiner Schultern bleiben!“

David versuchte die Anweisungen umzusetzen und stellte sich äußerst geschickt dabei an. Er hatte inzwischen so viel geübt, dass er richtig gut geworden war. Das sah anscheinend auch Max so. „König David wäre stolz auf dich", verkündete er.

Das Strahlen, das diese Aussage auf Davids Gesicht zauberte, ließ ein Gefühl von Wärme durch Theresas Körper rieseln.

„Zum Abendessen bin ich zurück", sagte Max zu Theresa und stützte sich auf seine Krücke. Dann humpelte er langsam aus dem Lager.

„Wo will er denn hin?", fragte Rainer, als Max an ihm vorbeikam.

Theresa antwortete nicht. Sie wusste ja selbst nicht so genau, was Max vorhatte.

„Schätze, den sehen wir nie wieder", sagte Miriam. „Typen wie der scheißen auf andere."

Kapitel 27

Miriams Bemerkung klang den ganzen Tag lang in Theresas Ohren nach. Es war das erste Mal, dass sie eine Aussage von Miriam für scharfsinnig hielt. Max hatte in den vergangenen zwei Wochen bewiesen, dass er der klassische Einzelgänger war. Sie konnte sich noch vorstellen, dass er eine Gruppe leitete. Dass er sich unterordnete, war hingegen ausgeschlossen. Da er jetzt wieder mobil war – eingeschränkt zumindest –, gab es nicht mehr den geringsten Grund für ihn, bei der Gruppe zu bleiben.

Nein, er würde nicht zurückkehren.

Oh, Theresa zweifelte nicht daran, dass er ihr – und auch David – zugetan war. Falls er etwas zu essen auftreiben konnte, dann würde er ihnen auch etwas davon anbieten. Aber würde sie überhaupt noch Zeit mit ihm verbringen können? Vor seinem Unfall hatte das Feuer ihre Anwesenheit in seinem Lager erfordert. Aber jetzt …

Theresa schauderte. Sie konnte sich nicht gut vorstellen, den ganzen Tag in Miriams Nähe zu verbringen! Und Jontek war inzwischen auch nicht mehr sehr anziehend!

Um nicht allzu intensiv nachzudenken, konzentrierte sie sich auf den Unterricht mit David. Als sie Englisch unterrichtete und den „ABC-Song" mit David sang, gesellten sich Pia und Peer dazu. Am Ende blieben sie mehrere Stunden und brachten sich so intensiv in den Unterricht ein, dass sich dieser lustiger und lebendiger gestaltete als je zuvor. Dadurch schien auch David mehr Spaß daran zu haben. Als dann noch Inken auf Theresa zukam und sich überschwänglich für ihren Einsatz bedankte, hatte Theresa das Gefühl, ein wichtiger Teil der Gruppe zu sein.

Ein Grund mehr, dachte Theresa, *hierzubleiben, statt in Max' Lager zu wechseln.* Im nächsten Moment runzelte sie die Stirn. *Was sind das nur für Gedanken?*, schalt sie sich innerlich. *Ich hab immer gesagt, dass wir zusammenhalten müssen! Darum werde ich mich hier einbringen und nirgends sonst!*

Obwohl Theresas Entscheidung feststand, blieb ihre Gefühlswelt in Aufruhr. Wie sollte sie überhaupt die Nacht verbringen? Wenn Max nicht mehr hier war, war es am vernünftigsten, in die Felsenhöhle zurückzukehren. Aber das konnte sie sich inzwischen überhaupt nicht mehr vorstellen!

Bereits am frühen Nachmittag kehrten Coleman, Jontek und Gökhan aus dem Dschungel zurück. Seit ihrer Begegnung mit dem Waran hielten sie sich immer an dieselbe Route, was dafür sorgte, dass sie längst nicht mehr so lange unterwegs waren. Jontek würdigte Theresa bei seiner Rückkehr keines Blickes und wandte stattdessen Mona seine ungeteilte Aufmerksamkeit zu. Diente das dem Zweck, Theresa eifersüchtig zu machen? Oder hatte er sich bereits einen Ersatz ausgeguckt?

Theresa holte sich ihre Ration an Früchten ab, konnte sich aber nicht dazu durchringen, etwas davon zu essen. Erst musste sie sicher sein, dass Max nicht verhungerte. Wo blieb er nur? Ob er längst wieder in seinem Lager war und speiste?

Sie dachte gerade ernsthaft darüber nach, genau dort nach dem Rechten zu sehen, als er zwischen zwei Büschen auftauchte und auf sie zu humpelte. Theresa sprang auf. „Was haben Sie denn da?" Sie lief auf ihn zu und nahm ihm die schwere Tüte ab, die er in seiner freien Hand transportierte.

Als sie jedoch hineinsehen wollte, protestierte er. „Nichts da! Das ist eine Überraschung!"

„Ach, tatsächlich?"

„Ja, tatsächlich. Könnten Sie ein paar Zweige und ein bisschen Reisig für mich sammeln?"

„Haben Sie im Wasser ein paar Streichhölzer gefunden?", spöttelte Theresa.

„Wer weiß …", murmelte Max nur und ließ sich erschöpft auf seinen Schlafplatz fallen.

Derweil sammelte Theresa das von Max Gewünschte. Als sie damit zu ihm zurückkehrte, fragte er: „Warum haben Sie Ihre Früchte nicht gegessen?"

Theresa legte die Zweige und das Reisig zu Füßen seines Schlafplatzes auf dem Boden ab. „Keine Ahnung. Ich wusste nicht, ob … na ja … Ich dachte …“ Sie deutete auf Max’ Fuß. „Wie wollen Sie denn damit was zu essen beschaffen?“

Max begann zu grinsen. „Das fragt man sich, nicht wahr?“ Dann griff er wieder nach seiner Krücke, rappelte sich hoch und humpelte mitsamt seiner Tüte zu einer nur wenige Meter entfernten Stelle. Hier war der Untergrund felsig und zudem recht eben. Außerdem wurde die Stelle ganz und gar von der Sonne beschienen. „Bringen Sie das Zeug hierher.“

Theresa seufzte, hob die Zweige wieder auf und legte sie neben Max auf den Boden. Anschließend holte sie das Reisig und verteilte es auf den Zweigen. „Die Jungs dahinten“, sie deutete auf Anuwat und Stanley, die in der Felsenhöhle saßen, „versuchen seit anderthalb Wochen Feuer zu machen. Wie wollen Sie erreichen, was die nicht schaffen? Oder glauben Sie, das Zeug wird sich von allein entzünden?“

Max’ Blick wanderte von Anuwat und Stanley aus durch das Lager und blieb an Jontek und Mona hängen, die sich gerade gegenseitig Fruchtstückchen in den Mund schoben. „Hat er schon ’ne andere?“, rutschte es ihm heraus.

Theresa folgte seinem Blick. „Die Hinweise verdichten sich“, krächzte sie.

„Und?“ Max sah interessiert in Theresas Augen. „Wie kommen Sie damit klar?“

„Besser, als ich dachte. Sieht so aus, als hätte dieser Name hier“, Theresa nahm den Trauring ihrer Mutter in die Hand und sah in dessen Inneres hinein, „alles verändert.“ Sie seufzte tief. „Das spricht wohl dafür, dass ich nur meinen Wunsch nach einer Familie in ihm gesehen habe.“

„Gut“, sagte Max. Dann ließ er sich neben den Zweigen auf dem Boden nieder und holte die Lupe aus seiner Hosentasche, die er früher des Öfteren beim Lesen benutzt hatte. Sie hatte einen schwarzen Griff und einen Durchmesser von etwa fünf Zentimetern.

„Aber natürlich!“, flüsterte Theresa beeindruckt. „Damit lässt sich das Sonnenlicht bündeln!“

„Sie haben es erfasst", lächelte Max und hielt die Lupe so, dass sie das Sonnenlicht einfing und einen einzigen, dünnen Strahl mitten auf das Reisig lenkte.

„So schnell?", entfuhr es Theresa, als bereits nach wenigen Sekunden eine Rauchentwicklung zu sehen war. „Und so einfach? Warum sind wir nicht früher darauf gekommen?"

„Weil es hier nichts zu lesen gibt", antwortete Max, „und ich die Lupe nur ein einziges Mal gebraucht habe." Das Reisig rauchte noch einige Sekunden weiter und fing dann tatsächlich Feuer. Jetzt wurde die Rauchentwicklung noch um einiges stärker, was mit der hohen Luftfeuchtigkeit und dem daraus resultierenden Wassergehalt des Holzes zusammenhing.

„Was ist denn das?", rief Stanley und sprang von seinem Platz in der Felsenhöhle auf. Dann eilte er auf Max und Theresa zu.

Derweil konzentrierte sich Max weiter auf sein Feuer und schob weiteres Reisig in die größer werdende Flamme.

„Der hat Feuer gemacht!", rief Stanley, während er näher kam. „Der hat im Handumdrehen Feuer gemacht!" Seine Worte blieben nicht ohne Wirkung und riefen einen Strom von Neugierigen herbei. Sogar Jontek und Mona waren unter ihnen.

Das Feuer fraß sich weiter und schien jetzt auch die größeren Zweige zu erfassen. „Ich denke, wir brauchen noch mehr Holz", sagte Max. „Dieses Mal auch dickere Äste. Wären Sie wohl so freundlich?"

„Natürlich", nickte Theresa und stand auf. Dann ging sie Holz sammeln. Während sie das tat, eilten noch mehr aus der Gruppe in Max' Richtung und Theresa wurde bewusst, welch enorme Bedeutung dieses Feuer hatte. Es war die Voraussetzung für eine grundlegende Verbesserung ihres Nahrungsangebots. Gleichzeitig steigerte es ihre Chancen, gefunden zu werden. Aber warum hatte Max das Feuer hier entzündet? Wenn er vorhatte, an seinen eigenen Lagerplatz zurückzukehren, machte das keinen Sinn. Schließlich konnte er es nicht mitnehmen. Oder wollte er der Gruppe ein Geschenk machen? Sie lachte innerlich auf. Nein, das sähe ihm nun wirklich nicht ähnlich.

Als Theresa wenig später mit dem Arm voller Äste zu dem Menschenauflauf zurückkehrte, der sich rings um Max und das Feuer gebildet hatte, sah sie nichts außer Hinterköpfen und Rücken. Erst als sie zweimal „Kann ich mal bitte durch?“ gerufen hatte, bildete sich eine Schneise. Max saß immer noch neben seinem Feuer. Inzwischen hatte er allerdings seine Tüte geöffnet und einen toten Fisch herausgeholt. Diesen schnitt er jetzt mit seinem Taschenmesser von der Schwanzflosse bis zum Kopf auf. Dann holte er die Innereien heraus, legte sie zur Seite und drückte Stanley den Fisch in die Hand. „Du musst ihn gründlich waschen“, mahnte er. „Geh am besten zum Fluss.“

Als Stanley abgezogen war, holte Max den nächsten Fisch aus der Tüte und begann, ihn zu entschuppen. Er setzte die Klinge seines Taschenmessers schräg an der Haut des Fisches an und führte sie mit ruckartigen Bewegungen von hinten nach vorne. Dabei flogen die abgetrennten Schuppen zum Teil meterweit durch die Luft.

Als er auch diesen Fisch ausgenommen hatte, fragte er: „Wer will ihn haben?“

David schrie am lautesten und hatte schon im nächsten Moment einen Fisch in der Hand. „Krügchen?“, fragte Max und sah sich um. „Sie gehen am besten mit, sonst schwimmt ihm der Fisch noch davon. Aber denken Sie dran: Er muss äußerst sorgfältig gewaschen werden. Auch von innen!“

Theresa legte ihre Äste auf dem Boden ab, griff nach Davids Hand und zog verwirrt von dannen. Was war hier nur los? Wo hatte Max die Fische her? Und wieso verteilte er sie so großzügig?

Als sich Theresa wenig später mit dem gewaschenen Fisch auf den Rückweg zu Max machte, stieg ihr bereits nach wenigen Metern ein würziger Duft in die Nase. David schien ihn ebenfalls wahrzunehmen, denn er beschleunigte seinen Schritt und rannte bald mehr, als dass er ging. „Ich hab so Hunger!“, jammerte er.

Theresa antwortete nicht. Sie fragte sich immer noch, was hier vorging. Das Gefühl der Verwirrung verstärkte sich noch, als ihr Jontek und Mona entgegenkamen. Beide hatten einen ausgenommenen Fisch in der Hand!

Als David bei Max angekommen war, sah er, dass Stanley seinen Fisch auf einen Ast aufgespießt hatte und über das Feuer hielt. „Ich brauch auch einen Stock!“, rief David.

„Krügchen?“, rief Max, der immer noch mit geübten Fingern Fische entschuppte und ausnahm. Anscheinend befand sich eine unendliche Menge von Fischen in seiner Tüte.

„Ich geh schon“, antwortete Theresa und suchte mit David nach einem Stock. Als sie ihn gefunden hatte, waren die meisten Gruppenmitglieder bereits abgezogen, um ihren Fisch zu waschen oder nach einem Stock zu suchen. Nur Stanley stand am Feuer und briet sich seinen Fisch. Zu ihm gesellte sich jetzt auch David.

„Halt ein bisschen mehr Abstand zum Feuer“, riet Max, als er sah, dass David den Fisch beinahe in das Feuer hineinhielt. „Sonst wird er zu schwarz.“ David gehorchte und hielt den Stock ein bisschen höher.

Derweil hatte Max einen weiteren Fisch ausgenommen und hielt ihn jetzt Theresa hin. „Der ist für Sie.“

Theresa ließ sich den Fisch aushändigen, rührte sich aber nicht vom Fleck.

„Gehen Sie ihn waschen“, schlug Max vor. „Sonst kriegen Sie nichts zu essen.“

„Wie viele Fische sind das?“, fragte Theresa und deutete auf Max’ Tüte.

„Insgesamt waren es fünfundzwanzig“, antwortete Max und holte einen weiteren Fisch aus der Tüte. Dann begann er ihn zu entschuppen. Dabei ging er so geschickt vor, als hätte er sein Leben lang nichts anderes gemacht.

„Fünfundzwanzig?“, wiederholte Theresa und dachte daran, dass sie seit Theos und Harrys Verschwinden noch 25 Leute waren. War das ein Zufall?

„Ja. Einer für jeden. Macht doch Sinn, oder?“

Theresa sah Max einen Moment lang ungläubig an. „Haben Sie allen Ernstes Fische für Coleman, Jontek und Miriam mitgebracht?“, flüsterte sie fassungslos.

Max zuckte die Achseln. „Was sollte ich machen? Ich hatte Angst, Sie würden Ihren Fisch sonst jemand anderem abtreten.“

***

Als Theresa sich spät am Abend mit wunderbar vollem Magen zwischen Max und David schlafen legte, konnte sie immer noch nicht fassen, was passiert war. Max war im Lager geblieben. Er hatte ein Feuer gemacht, das nur wenige Meter von ihr entfernt beruhigend vor sich hin knisterte. Und er hatte die gesamte Gruppe mit Nahrung versorgt. Na ja, fast die gesamte Gruppe. Coleman und Miriam hatten sich so konsequent ferngehalten, dass Max die restlichen Fische am Ende an die Kinder verteilt hatte.

Theresa gähnte herzhaft. Sie war todmüde. Die letzten 24 Stunden, in denen sie beinahe erschossen worden wäre, mit Jontek Schluss gemacht hatte und Jesus begegnet war, hatten sie völlig erschöpft. Trotzdem konnte sie die Gedanken nicht abstellen, die auf sie einstürmten.

Wie würde das alles weitergehen? Würde Max auf Dauer hierbleiben? Sie konnte nicht leugnen, dass ihr der Gedanke gefiel. Andererseits befürchtete sie, dass Coleman und Miriam seine Anwesenheit nicht lange dulden würden. Wahrscheinlich war ihnen Max jetzt, wo er den Früchten von Coleman Konkurrenz machte, ein noch größerer Dorn im Auge als vorher. War da nicht der nächste Ärger vorprogrammiert? Sie stieß einen kaum hörbaren Seufzer aus.

„Was macht Ihnen Sorgen, Krügchen?“, flüsterte Max.

Theresa antwortete nicht gleich. Sie brauchte einen Moment, um ihre Gedanken zu ordnen. Schließlich sagte sie: „Ich halte es nicht für wahrscheinlich, dass Theo oder Harry – so sie überhaupt noch leben – diejenigen waren, die Ihr Feuer ausgemacht haben …“

Max drehte sich auf die Seite und sah Theresa an. Auf seinem Gesicht spiegelte sich das warme, flackernde Licht des Feuers wider. „Was zu der Schlussfolgerung führt, dass es jemand aus der Gruppe gewesen sein muss.“

Theresa seufzte erneut und ließ das ganze Gewicht ihrer Sorgen darin zum Ausdruck kommen. „Coleman hatte durch Ihr Feuer am meisten zu verlieren“, flüsterte sie so leise, dass Max sich vorbeugen musste, um sie zu verstehen. „Nachdem er sich zum Leiter aufgeschwungen hatte, stand er eigentlich ununterbrochen unter Druck. Je länger wir nichts anderes als Früchte zu essen hatten, desto größer wurde die Unzufriedenheit der Gruppe. Sie können sich sicher vorstellen, was hier immer dann los war, wenn wir gerochen haben, dass Sie wieder Fleisch brieten."

Max nickte. „Ich weiß. Außer Coleman kommt eigentlich niemand als Täter in Betracht. Erstens hat er ein Motiv und zweitens war der Mann, mit dem ich im Lager gekämpft habe, größer und kräftiger als ich. Das passt eigentlich nur auf Coleman."

„Hinzu kommt, dass Coleman kein Alibi hat …"

„Kein Alibi?", wunderte sich Max.

„Nein. In der Nacht, in der Sie verschwunden sind, ist die ganze Gruppe nachts aufgewacht. Sie wissen schon, wegen Nors Erkrankung. Und da war Coleman nicht da. Er ist erst zwanzig Minuten später wieder aufgetaucht und hatte einen Kratzer am Unterarm." Sie seufzte tief. „Ist Ihnen klar, was das bedeutet?"

„Nun … wir haben es mit einem Mann zu tun, der seine Leitungsposition nicht kampflos aufgibt. Falls er mich weiterhin als Konkurrenz betrachtet, wird er auf die eine oder andere Art versuchen, seine Position zu festigen. Im Gegensatz zum letzten Mal kann er das Feuer nicht einfach löschen, schließlich weiß er, dass ich jederzeit wieder eines machen könnte. Wir müssen wohl damit rechnen, dass er versuchen wird, anstelle des Feuers *mich* auszulöschen."

Theresa griff nach Max' Hand und drückte sie. „Genau davor habe ich Angst. Dieser Mann hat vielleicht Harry auf dem Gewissen. Er könnte gemeingefährlich sein! Ich möchte nicht, dass Sie jemanden wie ihn zum Feind haben!"

„Dann sollte ich vielleicht Freundschaft mit ihm schließen", seufzte Max.

„Als ob Sie dazu in der Lage wären. Jetzt mal im Ernst! Wäre es nicht besser, wenn Sie die Gruppe verlassen und in Ihr Lager zurückkehren würden? Ich möchte mir nicht pausenlos Sorgen um Sie machen."

„Geht mir genauso. Coleman hat es Ihnen zu verdanken, dass er mich und das Feuer jetzt wieder auf dem Hals hat. Wer sagt mir denn, dass er seinen Ärger nicht eines Nachts an Ihnen auslässt?" Er schüttelte den Kopf. „Nein, ich werde hierbleiben und auf Sie aufpassen. Wenn man seine Gegner kennt, hat man gute Chancen, sie erfolgreich zu bekämpfen. Sie kennen doch den Spruch: Gefahr erkannt, Gefahr gebannt."

„Ihr Wort in Gottes Ohr", seufzte Theresa und schloss die Augen. Sie konnte sie einfach nicht mehr offen halten.

„Schlafen Sie gut, Krügchen", flüsterte Max. „Und machen Sie sich keine Sorgen. Ich kenne die Gefahr und weiß, was ich tue."

„I hope so", murmelte Theresa noch. *Hoffentlich.* Dann glitt sie ins Reich der Träume, wobei sie allerdings vergaß, Max' Hand wieder loszulassen …

***

Als Theresa am nächsten Morgen die Augen aufschlug, war Max bereits dabei, sich für seinen heutigen Tagesausflug vorzubereiten. „Guten Morgen", sagte sie und reckte sich.

„Guten Morgen, Krügchen", erwiderte Max und strahlte sie an. „Haben Sie gut geschlafen?"

„Erstaunlicherweise schon", begann Theresa und dachte an die ernsten Themen vom Vorabend. „Ich hab sogar fantastisch geschlafen."

„Das freut mich", nickte Max und hob seine Krücke auf.

„Haben Sie Ihre Tablette schon genommen?", erkundigte sich Theresa.

„Ja, Frau Doktor, hab ich." Er humpelte los. „Ich werde versuchen, schnell wieder hier zu sein, okay?"

„Kann ich dich vielleicht begleiten?", rief eine Stimme.

Als Theresa den Kopf wandte, sah sie Stanley aus der Höhle eilen. Er sah aus, als wäre er gerade erst aufgewacht. Jedenfalls hing ihm das neongrüne Funktions-Shirt halb aus der Hose und seine Haare standen in alle Richtungen ab und betonten seine ausladenden Segelohren. „Wenn man zu zweit fischen geht, ist man schneller fertig." Theresa übersetzte die Worte für Max ins Deutsche.

„Kommt nicht infrage", donnerte Coleman und schoss auch schon hinter Stanley her. Im nächsten Moment packte er ihn an der Schulter und hielt ihn auf. „Ich entscheide hier, wer welcher Betätigung nachgeht."

Genauso hab ich mir das vorgestellt, dachte Theresa.

„Hier will sowieso niemand Fische haben“, keifte Miriam und kam ebenfalls aus der Höhle. Sie trug nichts außer einem rotschwarzen Slip und einem dazu passenden Spitzen-BH. „Wir sind mit den Früchten hundertprozentig zufrieden.“

„Sind wir nicht“, protestierte Stanley, obwohl Coleman immer noch vor ihm stand. „Gestern war das erste Mal seit neunzehn Tagen, dass ich ohne Hunger ins Bett gegangen bin. Wir haben jetzt Feuer. Wisst ihr nicht, was das bedeutet? Wir können Fisch essen und Fleisch und wir müssen nicht mehr hungern!“

„Er hat recht“, sagte Wang Fang. So wie sie kamen jetzt auch die anderen Überlebenden aus der Höhle. Auch Nor war unter ihnen. Sie hatte sich beinahe vollständig erholt und war gestern ins Lager zurückgekehrt. „Wir brauchen mehr zu essen! Niemand weiß, wie lange wir hier noch ausharren müssen. Wir können uns nicht monatelang nur von Früchten ernähren!“

Theresa übersetzte, fühlte sich aber nicht wohl dabei. Das klang schon wieder verdächtig nach Meuterei. Wie sie Max kannte, würde er die Gelegenheit nutzen, um die Macht an sich zu reißen. *Jesus*, betete sie still, *lass nicht zu, dass das erneut zu Gewaltorgien führt.*

Max bückte sich, griff nach der Plastiktüte, in der sich seine Armbrust befand, und humpelte damit auf Coleman zu.

Nein, nein, nein, nein!, dachte Theresa entsetzt. *Warum hab ich die Armbrust nicht im Dschungel gelassen?*

Als Max nur noch wenige Meter von Coleman entfernt war, hob er die Stimme. „Hört mal zu. Ich weiß, dass ich eigentlich nicht zu eurer Gruppe gehöre. Trotzdem habt ihr mich aufgenommen, als ich allein nicht mehr klarkam. Dafür bin ich dankbar. Das Letzte, was ich jetzt möchte, ist Anlass für Streitigkeiten zu werden.“

Theresa staunte nicht schlecht, übersetzte aber trotzdem.

Max wandte sich jetzt an Coleman. „Der Chef in diesem Lager sind Sie. Ich finde es wirklich beeindruckend, dass es Ihnen gelungen ist, eine derart große Gruppe fast zwanzig Tage lang mit Nahrung zu versorgen. Dafür gebührt Ihnen mein Respekt.“

Coleman starrte Max voller Misstrauen an. Anscheinend traute er dem Frieden nicht.

„Wenn es Ihnen recht ist, würde ich Ihnen in Zukunft gern bei dieser Aufgabe zur Seite stehen. Wir haben jetzt Feuer. Wie Stanley schon sagte, ist es von nun an möglich, Fleisch und Fisch zu braten.“ Er wedelte mit seinem verletzten Fuß. „Wie Sie sehen, bin ich noch lange nicht der Alte. Das Einzige, was ich zu unserer Ernährung beitragen könnte, wären Fische. Der gestrige Fang war ein großer Glücksfall. Das bekomme ich sicher nicht jeden Tag hin. Deshalb hätte ich einen Vorschlag.“ Er öffnete seine Tüte und holte die Armbrust daraus hervor. Dass Coleman hinter seinen Rücken griff und anscheinend nach seiner Waffe tastete, ignorierte er. „Sie sind der fähigste Mann hier“, fuhr Max fort. „Und Sie kennen sich gut im Dschungel aus. Was halten Sie davon, wenn Sie meine Armbrust nehmen und sich nach tierischem Eiweiß umsehen?“ Theresa übersetzte seine Worte ins Englische.

Coleman antwortete nicht gleich. Scheinbar musste er den Vorschlag erst einmal durchdenken. Schließlich fragte er: „Und wenn ich das nicht will? Wenn ich möchte, dass wir uns auch in Zukunft ausschließlich von Früchten ernähren?“

„Sie sind der Boss“, erwiderte Max mit fester Stimme. „Wenn Sie wollen, dass ich meine Bemühungen einstelle, werde ich das tun.“

Coleman sah sich um. Inzwischen waren die Augen der gesamten Gruppe auf ihn gerichtet.

Er kann gar nicht Nein sagen, dachte Theresa.

Colemans Unterkiefer mahlte. Anscheinend erkannte auch er, dass er in der Falle saß. „Also gut“, nickte er nach einer Weile. „Wir arbeiten zusammen. Aber Sie bekommen keinen von meinen Leuten. Die brauche ich hier im Lager, um … um die Frauen zu beschützen. Ich sagte schon, dass wir einen Zusammenstoß mit einem Waran hatten. So ein Biest kann jederzeit hier im Lager auftauchen. Von diesem Theo ganz zu schweigen. Deshalb werden Sie allein gehen, während ich mich mit Gökhan und Jontek auf den Weg in den Dschungel mache.“

Zu Theresas grenzenlosem Erstaunen nickte Max. „Geht in Ordnung.“

***

„Ich bin's, Rita."

„115 Standardschreiben und acht eigenhändig formulierte Schreiben, nein, neun, wenn man meins mitzählt!", verkündete Ariane stolz.

Rita blieb mitten auf der Straße stehen. Sie hatte Leonora Tanner in deren Wohnung besucht und war jetzt auf dem Weg zurück nach Hause. Dabei telefonierte sie mit ihrem Handy. „Im Ernst?"

„Im Ernst! Ich hab ein Drittel gestern zur Post gebracht und ein weiteres Drittel heute Morgen. Den Rest hab ich mir für Morgen aufgespart!"

„Du bist ja der Hammer, ehrlich!" Da sie sich an einer stark befahrenen Straße im Herzen Frankfurts befand, musste Rita das Telefon fest an ihr Ohr pressen, um Ariane hören zu können. „Und deine Gemeinde auch! Denkst du, sie würden uns auch in Zukunft unterstützen?"

„Inwiefern?"

„Ich war gerade bei Leonora", antwortete Rita und setzte sich wieder in Bewegung. „Wir haben angefangen, eine Kundgebung vor dem Berliner Reichstag zu organisieren. Sie soll am kommenden Samstag stattfinden. Denkst du, es würden ein paar Leute aus eurer Gemeinde mitfahren?"

Ariane zögerte. „Das … klingt nach allerhand Zeitaufwand."

„Geht so. Wir wollen am Samstag um fünf Uhr morgens-" Rita musste ihren Satz unterbrechen, weil es hinter ihr lautstark bimmelte. Als sie sich umdrehte, stellte sie fest, dass sie sich auf den Fahrradweg verirrt hatte und einem jungen Mann den Weg versperrte. Sie trat eilig zur Seite. „Also, der Bus fährt um fünf Uhr morgens ab. Wenn alles gut geht, sind wir gegen Mittag in Berlin und können am frühen Nachmittag den Rückweg antreten. Dann sind wir gegen zehn oder elf wieder in Frankfurt."

„Ich weiß nicht …", sagte Ariane gedehnt. „Am Samstagabend findet eine Evangelisation in unserer Gemeinde statt. Da sind viele Mitglieder involviert. Abgesehen davon … na ja, ich glaube, Tom würde auch nicht wollen, dass ich derart lange wegfahre."

„Was soll das heißen?", rief Rita. „Deine Unterstützung hatte ich gar nicht angezweifelt!"

„Aber ich bin Mutter und Ehefrau! Ich kann nicht mal eben so für einen Tag verreisen!"

Rita blieb ein weiteres Mal stehen. Da es leicht zu nieseln begonnen hatte, zog sie sich die Kapuze ihres beigen Sommermantels über den Kopf. „Auch nicht für Theresa?"

Ariane schluckte so schwer, dass es Rita durchs Telefon hören konnte. „Hilft ihr das denn? Ich meine … sollte ich nicht lieber für sie beten?"

„Beten kannst du immer noch. Diese Kundgebung ist lebenswichtig! Sie soll die Presse und damit ganz Deutschland auf uns aufmerksam machen. Aber wenn wir mit zwanzig Leuten da aufschlagen, wird niemand Notiz von uns nehmen. Und dann können wir die Aktion gleich absagen!"

„Und du denkst, die Presse kann uns helfen?"

„Ganz, ganz, ganz bestimmt!"

Ariane seufzte tief. „Also gut … ich bin dabei."

***

„Sieht aus, als wärt ihr zwei kein Paar mehr", bemerkte Michael.

Theresa sah auf. Sie hatte gerade ihren Unterricht beendet und David, Pia und Peer spielen geschickt. „Du meinst Jontek und mich?"

Michael nickte.

„Also, falls wir es mal waren", antwortete Theresa und versuchte, ihren Blick nicht auf Jontek und Mona zu lenken, „– und das ist mehr als zweifelhaft –, dann sind wir es jetzt jedenfalls nicht mehr."

Coleman, Jontek und Gökhan waren vor einer knappen halben Stunde aus dem Dschungel zurückgekehrt. Außer ein paar Früchten hatten sie nichts Essbares mitgebracht, vor allem kein Fleisch. Jetzt ließen sich Coleman und Jontek von ihren Freundinnen über diesen Misserfolg hinwegtrösten.

„Das heißt dann wohl, dass du wieder zu haben bist. Oder läuft da was zwischen dir und Max?"

Theresa musste lachen. „Nicht doch. Max und ich sind Freunde, nichts weiter. Du hast ihn doch gesehen. Er spielt in einer anderen Liga als ich."

Michael strich nachdenklich über seinen Vollbart. „Und in welcher Liga spiele ich?"

Theresa goss ein wenig Wasser auf den Felsen, der ihr als Tafel diente, und wischte dann mit einem Stück Stoff die Zahlen weg, die sie mit Holzkohle dort niedergeschrieben hatte. Sie brauchte diese Zeit, um ihre Worte sorgsam wählen zu können. „In derselben wie ich, es ist nur so-"

„Warte!", sagte Michael und ging neben Theresa in die Hocke. „Du musst jetzt nichts sagen. Wahrscheinlich bist du über Jontek noch gar nicht hinweg. Das ist auch okay!" Er legte seine Hand auf Theresas. „Wir kennen uns ja auch gar nicht richtig. Aber wenn du mir eine Chance geben würdest-"

Michael wurde unterbrochen, weil sich ein Raunen im Lager erhob. „Da ist er!", rief Inken. Theresa wandte den Kopf. Max war unweit des Lagers stehen geblieben und schaute sie durchdringend an. Er hatte eine Tüte in der Hand, die prall gefüllt zu sein schien.

Theresa begann zu strahlen und hob ihre Hand zum Gruß. Aber Max starrte sie weiter nur an. Ging es ihm nicht gut? Hatte er sich beim Fischen übernommen? „Entschuldige mich bitte", sagte sie zu Michael und stand auf. Dann eilte sie zu Max hinüber, kam aber erst dort an, als David bereits in seine Arme gelaufen war.

„Ist alles in Ordnung?", fragte Theresa besorgt.

Max hatte seine Arme um David gelegt und streichelte ihm über den Kopf. Als Theresa ihn ansprach, blickte er auf. „Ja, ja", sagte er, „alles gut."

Theresa runzelte die Stirn. Seine Worte klangen irgendwie … unwahr, so als verheimliche er ihr etwas. „Wirklich?", fragte sie nach.

Max nickte, sah sich jedoch im Lager um und blickte in die Richtung, aus der Theresa gekommen war. Dabei bildete sich eine steile Falte zwischen seinen Augenbrauen. „Ich hab reichen Fang gemacht."

Das schien zu stimmen. David hatte inzwischen Max' Tüte geöffnet und bewunderte die vielen Fische, die darin zum Vorschein kamen. Max humpelte ein paar Schritte von David weg und bedeutete Theresa, ihm zu folgen. „Was hat Coleman zustande gekriegt?", flüsterte er ihr zu.

„Nichts“, flüsterte sie zurück. „Rein gar nichts.“

„Das ist schlecht“, seufzte Max. „Sehr schlecht sogar. Ich weiß nicht, ob ich in der Lage bin, ihm noch tiefer in den Hintern zu kriechen.“

Theresa lachte auf. „Als ob Sie ihm in den Hintern gekrochen wären! Von außen hat es vielleicht so ausgesehen. Aber in Wirklichkeit war das, was Sie getan haben, ein genialer Schachzug. Erst haben Sie dafür gesorgt, dass er mit Ihnen verhandeln kann, ohne sein Gesicht zu verlieren. Und dann haben Sie ihm ein Angebot unterbreitet, das er nicht ablehnen konnte. Coleman wusste, dass es zur Meuterei gekommen wäre, wenn er Nein gesagt hätte. Das war einfach nur genial!“

Max begann zu grinsen. „Wenn ich darüber nachdenke, wie gut Sie mich durchschauen, wird mir unheimlich …“

Theresa schüttelte den Kopf. „Sie irren sich. In letzter Zeit durchschaue ich Sie überhaupt nicht mehr. Es ist, als wären Sie jemand anderes geworden.“ Sie begann, unruhig umherzuwandern. „Oder wollen Sie leugnen, dass Sie sich früher anders verhalten hätten? Sie wären schlicht und einfach mit dem Kopf durch die Wand gegangen. Und wie ich Sie kenne, wären Sie dabei sogar irgendwie zum Ziel gekommen. Die Gruppe ist ziemlich unzufrieden mit Coleman. Wenn dann jemand wie Sie kommt, jemand mit Charisma, der ihnen zum ersten Mal seit vielen Tagen etwas Anständiges zu essen serviert, liegt die Meuterei nicht mehr fern. Bis auf Jontek, Gökhan, Miriam und … sagen wir mal, Rainer, hätten Sie wahrscheinlich alle auf Ihrer Seite gehabt. Und dann wären Sie zum uneingeschränkten Leiter aufgestiegen. Jetzt hingegen müssen Sie Coleman bei allem, was Sie tun, um Erlaubnis fragen. Das sieht Ihnen überhaupt nicht ähnlich!“

Max fuhr mit der rechten Hand über das raue Holz seiner Krücke. Dann sagte er leise: „Coleman hätte das Feld niemals kampflos geräumt. Wenn es hart auf hart gekommen wäre, hätte ich für nichts mehr garantieren können. Es wäre sicher Blut geflossen – womöglich nicht mal meins, sondern unschuldiges Blut.“

Theresa schüttelte ungläubig den Kopf. „Seit wann interessieren Sie sich für das Wohl anderer?“

„Nun, das hab ich wohl von Ihnen gelernt, Krügchen. Macht ist nicht für den, der sie innehat, sondern soll dem Wohl der Gruppe dienen. Sagten Sie das nicht?"

Theresa öffnete vor Erstaunen ein wenig den Mund. War das Max Tanner, der Mann, der von nichts und niemandem Ratschläge entgegennahm? Sie konnte jedoch nicht länger darüber nachdenken, weil sie aus dem Augenwinkel heraus sah, dass Coleman zu ihnen herüberkam. „Sieht so aus, als könnten wir gleich mal ausprobieren, wie ernst es Ihnen mit dieser Aussage ist", raunte sie Max zu.

„Ich hab das Gefühl, als hätten Sie es doch geschafft, den Fang von gestern zu wiederholen", sprach Coleman Max schon von Weitem an.

Max' Blick wanderte zu seiner Plastiktüte. „Ja, anscheinend schon."

Die Unterhaltung der beiden schien das Interesse der gesamten Gruppe zu wecken. Jedenfalls näherten sich aus allen Richtungen Leute.

„Das deutet darauf hin, dass Ihr Zustand besser ist, als Sie behaupten", fuhr Coleman fort, während er noch auf Max zuging. „Wie wär's, wenn wir morgen mal tauschen und Sie sich im Dschungel umsehen, während ich mit meinen Leuten Fische fange?"

Theresa sah, wie Max' Unterkiefer mahlte. „Ich hab immer noch starke Schmerzen in meinem Fuß", wandte er ein.

Coleman blieb jetzt dicht vor Max stehen. Dadurch wurde deutlich, dass er mindestens zehn Zentimeter größer war als dieser. Möglicherweise knackte er sogar die Zweimetermarke. „Dann sollten Sie ihn vielleicht schonen. Ein Tag im Lager wird Ihnen sicher guttun."

Daher weht der Wind, dachte Theresa und starrte auf den Tigerkopf, der Colemans linken Bizeps zierte. *Er will Max lahmlegen und seine Stellung als alleiniger Nahrungsmittellieferant festigen.*

Erstaunlicherweise blieb Max auch jetzt noch ruhig. „Wenn das Ihr Wunsch ist, werde ich mich dem beugen."

***

Eine gute Stunde später saßen alle Gruppenmitglieder einträchtig ums Feuer herum und brieten die Fische, die Max gefangen und ausgenommen hatte. Dieses Mal waren sogar Coleman und Miriam dabei.

„Wie lange dauert es noch?“, fragte Peer und zog sein Exemplar zu sich heran, um es zu begutachten. Dass er Hunger hatte, war kein Wunder. Er hatte seit gestern Abend nichts mehr gegessen und ein würziger, ungemein appetitanregender Duft erfüllte die Luft.

„Du bist wirklich mein Held, Max“, sagte Stanley und begann, seinen bereits fertig gebratenen Fisch zu zerlegen. „Ich weiß nicht, wie lange ich die Früchte noch ertragen hätte.“

Obwohl Theresa übersetzte, antwortete Max nicht. Stattdessen stand er mitsamt seinem Fisch auf und entfernte sich. Theresa aß ihren Fisch zu Ende, dann folgte sie ihm. Sie fand ihn am Ufer des Flusses, wo er nachdenklich auf das ruhig fließende Wasser starrte. Sie stellte sich neben ihn. „Was ist los?“, fragte sie sanft.

Max starrte weiter in das Gewässer, durch das immer mal wieder ein paar Schatten huschten. „Nichts eigentlich“, gab er zurück. „Es ist nur … es ist nicht gut, wenn Stanley auch noch Öl ins Feuer gießt.“

Theresa schüttelte den Kopf. „Sie haben sich wirklich verändert, Max. Woher kommt das nur?“

Max strich sich mit gespreizten Fingern eine Haarsträhne aus der Stirn. Obwohl sich die Geste an sich nicht verändert hatte, konnte Theresa nichts mehr von der früheren Arroganz darin lesen.

„Irgendwann erzähle ich es Ihnen“, seufzte Max schließlich. „Aber jetzt noch nicht.“

Theresa hockte sich hin und wusch sich die fettigen Hände im warmen Flusswasser. „Ich war erstaunt, dass Sie heute erneut nachgegeben haben. Coleman will versuchen, Sie auszubooten. Das ist Ihnen sicher klar …“

Max nickte. „Selbstverständlich. Aber um Fische zu erbeuten, muss man ziemlich gut schwimmen und tauchen können. Sie wissen, dass ich früher Leistungsschwimmer war. Ich kann heute noch über vier Minuten lang die Luft anhalten.“ Er schüttelte den Kopf. „Ich glaub nicht, dass Coleman eine Chance hat.“

Theresa erhob sich jetzt wieder. „Dann wird sich seine Frustration noch steigern.“

„Kommt drauf an. Wenn ich den richtigen Moment abpasse, lässt er sich vielleicht von mir helfen. Ich wette, ich könnte im Handumdrehen einen erfolgreichen Jäger aus ihm machen. Dann kommt womöglich doch noch eine Zusammenarbeit zustande."

„Das hoffe ich", seufzte Theresa und schüttelte ihre Hände, um die Feuchtigkeit loszuwerden. „Die Aussicht, morgen auf diesen unglaublich leckeren Fisch verzichten zu müssen, ist entsetzlich."

Max wandte den Kopf und sah Theresa an. „Dann hat er Ihnen geschmeckt?"

Theresa begann zu strahlen. „Ich glaub, ich hab noch nie etwas so Leckeres gegessen. Und das Beste: Es war genug für alle!"

Max nickte. „Ja, für alle." Seltsamerweise hatte er bei diesen Worten nur Augen für Theresa …

***

„Denken Sie, das Leben eines Menschen kann sich in einer einzigen Sekunde um hundertachtzig Grad drehen?", fragte Max. Er hatte Wort gehalten und nicht versucht, Coleman ins Handwerk zu pfuschen. Stattdessen war er den ganzen Tag lang brav im Lager geblieben und hatte Theresa dabei zugesehen, wie sie ihren Unterricht erteilte. Jetzt, wo David, Pia und Peer endlich entlassen worden waren und unter Inkens Aufsicht im Fluss badeten, hatte er zum ersten Mal die Gelegenheit, ein paar Worte mehr mit Theresa zu wechseln.

Theresa hob interessiert die Augenbrauen. „Sprechen Sie von sich?"

„Vielleicht …"

Theresa stand auf, verließ ihren Platz neben dem Felsbrocken, der ihr als Tafel diente, und gesellte sich zu Max. Dieser hatte bis eben auf seiner Matratze aus Kleidungsstücken gelegen, richtete sich jetzt aber auf und stützte sich auf den Ellenbogen ab. „Welche Sekunde war das?", fragte Theresa.

„Können Sie sich das nicht denken?"

Theresa holte Luft, um etwas dazu zu sagen, wurde aber von plötzlichem Geheule unterbrochen, das eindeutig von David stammte und aus Richtung Fluss zu ihnen herüberwehte. „Nanu", entfuhr es Theresa. Das Geschrei wurde schnell lauter und brach schon wenig später durch das nächstgelegene Gebüsch.

„Die hat mich gehauen!", rief David und hielt sich die linke Wange. Sein Gesicht war tränenüberströmt. „Mitten ins Gesicht!"

„Warum hat Pia dich gehauen?", fragte Theresa und breitete ihre Arme aus.

„N-nicht Pia", presste David hervor.

„Wer dann?"

„Sie sagt … ich hab sie … nass gespritzt", schluchzte David.

„Wen hast du nass gespritzt?"

„Miriam!"

Theresa sah Max an und konnte an seinem Gesicht erkennen, dass sein Adrenalinspiegel genauso anstieg wie ihr eigener. Derweil kam Inken aus derselben Richtung wie David.

Als sie Theresa und Max erreicht hatte, beugte sie sich zu ihnen herab und flüsterte atemlos: „Ich hab's gesehen. Es war unglaublich. Die Kinder haben ein bisschen am Flussufer geplanscht, als Miriam aus dem Wasser gestiegen ist. Sie kann höchstens ein paar Tropfen abgekriegt haben. Trotzdem hat sie einfach so zugeschlagen!" Sie tätschelte mitfühlend Theresas Schulter. „Ich wollte, dass ihr das wisst. Jetzt muss ich zurück zu Pia und Peer. Man weiß ja nie …" Mit diesen Worten joggte sie zurück in Richtung Fluss.

Theresa atmete einmal tief durch und streichelte David tröstend über das Haar. „Hör zu, mein Schatz", flüsterte sie. „Diese Miriam ist nicht ganz dicht. Ich schätze, der Schlag ins Gesicht galt gar nicht dir, sondern Max und mir."

David hörte plötzlich auf zu heulen und sah Theresa aus feuchten Augen an. „Wie meinst du das?", krächzte er.

„Miriam weiß, dass wir dich lieb haben, Max und ich. Es könnte sein, dass sie uns herausfordern möchte. Sie hofft, dass wir sie zur Rede stellen und dass es dann zum Streit kommt."

„Warum will sie sich denn streiten?"

Theresa sah Max an. „Ich denke, sie möchte uns gern loswerden", seufzte dieser.

Davids Augen weiteten sich vor Entsetzen. „Das … das will ich aber nicht."

„Deswegen können wir dich jetzt auch nicht verteidigen“, sagte Max mit ernster Stimme. „Auch wenn das, was Miriam getan hat, eine Riesenungerechtigkeit ist, müssen wir sie für den Moment damit durchkommen lassen. Verstehst du das?“

David nickte und wischte sich mit dem Ärmel die restlichen Tränen aus dem Gesicht.

„Ich schlage vor, du gehst jetzt ein bisschen Steine werfen. Stell dir einfach vor, der Felsen, auf den du wirfst, sei Miriam!“

David begann zu grinsen. „Gute Idee!“, sagte er, sprang auf und verschwand. Wenig später konnte man das Klacken von Steinen hören. Es war irgendwie noch kräftiger als sonst …

„Hundertachtzig Grad wären es gewesen, wenn Sie David einen Vortrag über Vergebung gehalten hätten“, grinste Theresa. „So sind es nur hundertsechzig.“

Max seufzte tief. „Sie verlangen wirklich das Unmögliche.“

„Welche Sekunde war es denn nun? Ich hab wirklich keine Ahnung!“, beteuerte Theresa.

„Es war der Moment, in dem-“

„Hi!“

Theresa, die gerade noch voller Spannung an Max’ Lippen gehangen hatte, blickte auf und sah Michael neben sich stehen. „Äh, hi“, gab sie verwirrt zurück.

„Sag mal, platzt du immer in fremde Gespräche?“, fauchte Max.

„Was, ich?“, stammelte Michael.

Theresa konnte seine Reaktion sehr gut verstehen. An Menschen wie Max, die kein Blatt vor den Mund nahmen, musste man sich erst einmal gewöhnen.

„Komm ich … ungelegen?“, fragte Michael und sah dabei Theresa an.

„Ich fürchte schon“, nickte Theresa. „Wir waren mitten im Gespräch.“

„Sorry. Sagst du mir Bescheid, wenn du Zeit hast?“, fragte Michael.

Theresa nickte freundlich. „Mach ich.“

„Aber glaub nicht, dass das in den nächsten zwei Stunden der Fall sein wird“, schob Max hinterher.

Theresa warf ihm einen vorwurfsvollen Blick zu, wartete aber, bis Michael abgezogen war, bevor sie sagte: „Ich fürchte, das drückt die Gradzahl noch weiter."

„Was kann ich dafür, wenn dieser Blutegel den ganzen Tag um Sie herumscharwenzelt? Der kann einem wirklich auf die Nerven gehen."

„Man kann höflich bleiben, auch wenn man genervt ist", behauptete Theresa.

„Ich weiß nicht, ob ‚Mann' das kann, Frau vielleicht, aber Mann …"

Theresa antwortete nicht. Ihr Blick wurde von Jontek und Mona gefangen genommen, die Arm in Arm vom Fluss kamen. *Sieht aus, als würden sie direkt auf uns zusteuern*, überlegte Theresa. Durch ihren intensiven Blick aufmerksam geworden drehte sich jetzt auch Max zu den beiden um.

Tatsächlich behielten Jontek und Mona ihre Richtung bei, bis sie direkt vor Max und Theresa anhielten. „Du solltest hier nicht in der Sonne liegen, sondern dich mal um deinen Bengel kümmern", sagte Jontek zu Theresa. Seine Stimme triefte nur so vor Verachtung. „Hast du gehört, dass er Miriam angegriffen hat?"

Theresa versuchte, einmal tief durchzuatmen, bevor sie antwortete. „Ich habe gehört, dass Miriam klatschnass aus dem Wasser gestiegen ist und in diesem Zustand ein paar zusätzliche Tropfen von unschuldig spielenden Kindern abgekriegt hat", sagte sie so ruhig wie irgend möglich. Ganz nebenbei sah sie Mona an und stellte fest, dass diese verlegen zur Seite blickte. „Sollte diese Kleinigkeit der Grund dafür gewesen sein, dass sie David ins Gesicht geschlagen hat?"

„Ich war nicht dabei. Ich soll dir aber bestellen, dass du in Zukunft ein bisschen besser auf ihn zu achten hast." Jontek wandte den Kopf und warf Max einen geringschätzigen Blick zu. Dann landete er wieder bei Theresa. „Falls du's noch nicht gehört hast: Wenn man sich Kinder anschafft, muss man das Händchenhalten verschieben."

„Max und ich sind Freunde", presste Theresa durch kaum geöffnete Zähne hindurch. „Mehr nicht."

„Ach ja", grinste Jontek, „ich vergaß." Er hob seine Stimme und sagte so laut, dass es auch diejenigen hören konnten, die etwas weiter entfernt waren: „Du bist ja noch Jungfrau. Du hebst dich für die große Liebe auf. Denkst du, das wird noch was vor deinem Sechzigsten?"

Theresa errötete und schnappte nach Luft. Sie wollte etwas dazu sagen, doch schien die Verbindung zwischen ihrem Gehirn und ihrer Zunge nicht mehr zu funktionieren.

„Du blödes Arschloch", entfuhr es Max an ihrer Stelle. „Du glaubst doch wohl nicht-" Als Theresa ihre Hand beschwichtigend auf sein Bein legte, verstummte er.

„Wie war das?", fragte Jontek und ließ Mona los, um sich breitbeinig vor Max aufzubauen. Dann sah er im wahrsten Sinne des Wortes von oben auf ihn herab. „Ich hatte fast den Eindruck, als hättest du mich beleidigt. Möchtest du das noch mal wiederholen?"

Während Max' Unterkiefer mahlte, schüttelte Theresa fast unmerklich den Kopf und warf ihm mahnende Blicke zu.

„Kommt da noch was?", fragte Jontek und legte seine linke Hand so an sein linkes Ohr, dass sie wie eine Vergrößerung der Muschel wirkte.

Derweil prasselten Theresas Blicke mit der Intensität und Geschwindigkeit eines Maschinengewehrs auf Max ein. „Nein", brachte dieser schließlich heraus. „Da kommt nichts mehr."

„Dann ist es ja gut", lächelte Jontek und entspannte sich. Er legte erneut seinen Arm um Mona und küsste sie so ausgiebig, dass sich Theresa fragte, für wen dieser Kuss eigentlich bestimmt war. Mona jedenfalls erwiderte ihn nur äußerst verhalten. „Ich muss los", grinste Jontek, als er endlich fertig war. „Schließlich hab ich hier die Verantwortung, solange Coleman nicht da ist." Er hob noch mal die Hand zum Gruß und zog mit Mona von dannen.

Als er außer Hörweite war, ließ Theresa die angestaute Luft aus ihren Lungen entweichen. „Der denkt allen Ernstes, er sei der Sheriff hier", flüsterte sie ungläubig. „Dabei ist er nur im Lager geblieben, weil er Angst vor Haien hat."

„Die durchaus berechtigt ist", sagte Max geistesabwesend.

Theresas Kopf ruckte zu ihm herum. „Wie bitte?"

Max zuckte die Achseln. „Es gibt jede Menge Haie hier. Aber wenn man sich richtig verhält, greifen sie einen nicht an. Haie fressen keine Menschen."

„Aber es gibt doch Haiunfälle!"

„Schon, aber die haben mit besonderen Situationen zu tun. Surfer zum Beispiel sind so schnell, dass sie unter Umständen das Spielverhalten eines Hais provozieren."

„Und was muss ich tun, wenn ich einem Hai begegne?"

„Am besten, man nimmt eine vertikale Position ein, lässt die Beine hängen und bewegt sich nicht mehr. Vor allem sollte man nicht in Panik geraten. Frontal auf den Hai zu schwimmen hilft auch."

„Wissen Coleman und die anderen, worauf sie sich eingelassen haben?"

Max musste plötzlich schmunzeln. „Nicht wirklich. Ich hab noch versucht, ihnen ein paar Tipps zu geben, aber sie wollten nichts davon wissen."

Theresa sah unwillkürlich auf ihre Uhr. „Es ist schon fünf. Denken Sie, wir sehen die drei jemals wieder?"

„Wie schon gesagt", lächelte Max. „Haie fressen keine Menschen. Sie würden nicht mal Jontek fressen, obwohl er doch sehr viel Ähnlichkeit mit einer Robbe hat."

Theresa musste lächeln, wurde dann aber sofort wieder ernst. „Hundertzwanzig", sagte sie streng. „Wegen massiver Beleidigung eines Mitmenschen."

„Wie bitte?", echauffierte sich Max und stemmte die Fäuste in die Hüften. „Dieser Kerl hat jede erdenkliche Beleidigung verdient. Er hat sich unmöglich benommen und Ihre intimsten Geheimnisse ausgeplaudert. Wollen Sie selbst das noch entschuldigen?"

Theresa hob ihren Kopf ein wenig höher. „Entschuldigen nicht, aber … ich will mich auch nicht dafür schämen. Ich hab Gottes Gebote gehalten und darauf bin ich stolz."

Max nickte. „Das hat was für sich."

Theresa sah Max an. Er hatte sich *wirklich* verändert. „Wann war denn nun der Zeitpunkt, in dem Sie sich gedreht haben?"

„Sie haben Nerven!", entfuhr es Max. „Erst reduzieren Sie meinen Drehwinkel und dann wollen Sie auch noch eine Antwort?" Er schüttelte heftig den Kopf. „Nein, ich fürchte, ich werde mich erst noch ein bisschen beweisen müssen, bevor ich Ihnen davon erzählen kann.“

***

Coleman, Gökhan und Stanley, der sich als Ersatz für Jontek angeboten hatte, stellten die Geduld der Gruppe (und ihrer Mägen) auf eine sehr harte Probe. Als sie um 18:30 Uhr immer noch nicht vom Fischen zurück waren, zogen Anuwat und Michael los, um sie zu suchen. Gegen 19:10 Uhr tauchten alle fünf gemeinsam wieder auf. Sie hatten eine Tüte dabei, machten aber keinen sehr fröhlichen Eindruck.

„Habt ihr was zu essen?“, rief Peer, kaum dass er sie erblickt hatte. Dann rannte er auf die Männer zu, wobei er Pia und David im Schlepptau hatte. Auch die Erwachsenen sprangen auf und folgten ihnen.

„Jetzt bin ich aber gespannt“, flüsterte Max und starrte angestrengt in die entsprechende Richtung.

Theresa stand auf. Als sie sah, dass Coleman einen Fisch aus der Tüte nahm und ihn Peer in die Hand drückte, atmete sie auf. „Ein Glück“, seufzte sie. „Es hätte Mord und Totschlag gegeben, wenn sie nichts zu essen dabeigehabt hätten.“

Max holte schon mal das Taschenmesser hervor. „Die Tüte sieht nicht sehr voll aus“, bemerkte er.

Theresa bekam mit, dass das Wort „Haie“ in der Unterhaltung der Gruppe vorkam. Ob sie welche gesichtet hatten? Mittlerweile hatten auch Pia und David einen Fisch in der Hand. Alle drei kamen jetzt angerannt und ließen sich ihre Fische von Max entschuppen und ausnehmen. Theresa sah interessiert zu, wandte aber immer wieder ihren Kopf und sah zu den anderen hinüber. Worüber diskutierten die denn da so aufgeregt? Die Einzige, die sich nicht beteiligte, war Inken. Sie hatte sich von der Gruppe gelöst und kam jetzt auf Max und Theresa zu.

„Darf ich allein zum Fluss und den Fisch waschen?“, fragte David.

Theresa holte Luft, um zu verneinen, doch kam Inken ihr zuvor. „Ich gehe mit. Schließlich machst du den ganzen Tag Unterricht.“

Als Inken mit den drei Kindern verschwunden war, griff Max nach seiner Krücke und zog sich daran hoch. „Das sieht gar nicht gut aus“, sagte er und starrte auf Coleman und die anderen.

Theresa wandte erneut den Kopf. Jetzt sah sie es auch: Im Zentrum der Gruppe stand Miriam und regte sich über irgendetwas auf. Sie hatte einen Fisch in der Hand und fuchtelte damit herum. Max humpelte auf die anderen zu. Theresa folgte ihm.

„... totale Ungerechtigkeit“, „... gar nicht einzusehen“, „immer dasselbe“, waren Wortfetzen, die Theresa aufschnappte.

Schließlich brachte Colemans Donnerstimme das ganze Durcheinander zum Schweigen. „Du legst jetzt den Fisch in die Tüte zurück!“, befahl er.

„Und warum sollte ich das tun?“, keifte Miriam.

„Weil ich schuld bin, dass wir nicht mehr gefangen haben. Ich bin ...“, er brach ab und schien Mühe zu haben, seinen Satz zu vollenden. „Mir fehlt anscheinend das Können.“

„Und darunter soll ich jetzt leiden, ja?“

„Wir werden alle gemeinsam darunter leiden“, bellte Coleman, wobei sich eine enorme Wut in seiner Stimme widerspiegelte. „Von den Erwachsenen bekommt niemand was zu essen. Die vier Fische, die wir haben, werden nach Alter verteilt. Deshalb kriegt Arissa den vierten Fisch.“ Er öffnete die Tüte und hielt sie Miriam hin.

„Ich denke nicht daran“, fauchte Miriam wie eine Wildkatze.

„Leg ... den Fisch ... in die Tüte zurück“, sagte Coleman bedrohlich leise.

Miriam schüttelte stumm den Kopf.

Daraufhin streckte Coleman die Hand aus, um nach dem Fisch zu greifen, doch hatte er nicht damit gerechnet, was dann passierte: Miriam schoss vorwärts und versenkte ihre Zähne in Colemans linken Unterarm.

Theresa hielt erschrocken die Luft an, während einige andere aus der Gruppe halb entsetzt, halb ungläubig aufstöhnten. Colemans Reaktion ließ nur Sekundenbruchteile auf sich warten. Er brüllte wie ein verwundeter Bär auf, holte mit dem Arm, in den Miriam sich verbissen hatte, aus und schleuderte sie mit aller Kraft von sich. Dabei wurde Miriam beinahe zwei Meter hoch in die Luft geschleudert und landete ein ganzes Stück entfernt mit einem lauten Klatscher auf dem Boden.

„Miriam“, keuchte Wang Fang und eilte zu ihr.

Aber als sie ihre Hand nach Miriam ausstreckte, schlug Miriam diese zur Seite. „Verpiss dich!“, fauchte sie.

Wang Fang wich erschrocken zurück, Miriam rappelte sich hoch, hielt dabei ihren linken Arm umklammert und schwankte wie ein verwundetes Tier aus dem Lager.

Kapitel 28

Am nächsten Morgen war die Stimmung im Lager noch betretener als am Abend zuvor. Es war, als hätte sich die vollkommene Funkstille, die zwischen Coleman und Miriam herrschte, im ganzen Lager ausgebreitet. Selbst Theresa und Max sprachen nur leise und hinter vorgehaltener Hand miteinander. Beide wussten nicht, wie sie den heutigen Tag gestalten sollten. Würde Coleman erneut versuchen, Fische zu fangen? Und Max befehlen, im Lager zu bleiben?

Es waren bereits zwei Stunden vergangen, als plötzlich Gökhan auf die beiden zukam. „Habt ihr das eigentlich mitgekriegt?", flüsterte er auf Englisch. Wie die anderen schien auch er sich davor zu scheuen, seine Stimme zu erheben.

„Was denn?", fragte Theresa leise zurück.

„Das mit Theo", flüsterte Gökhan.

Theresa, die bis eben neben Max auf dem Fußboden gesessen hatte, sprang erschrocken auf. „Was ist mit Theo?"

Gökhan senkte seinen Blick.

„Ist er tot?", fragte Theresa schockiert.

Gökhan rieb sich mit beiden Händen durch das müde, unrasierte Gesicht. „Ja. Als wir gestern aus dem Wasser gestiegen sind, haben wir seine Leiche am Strand gefunden. Wir haben ihn bei den anderen beerdigt. Deshalb ist es auch so furchtbar spät geworden."

Theresa fröstelte und schlang Schutz suchend die Arme um sich. „Ich wusste es. Ich wusste, er würde versuchen, zu seiner Frau-"

„Alle mal herhören!", rief eine Stimme auf Deutsch.

Theresa zuckte erschrocken zusammen. Niemals zuvor war ihr eine menschliche Stimme so fehl am Platze vorgekommen. Sie schien alles zu zerreißen, die Stille, das Andenken an Theo …

„Ich schlage vor, dass wir Coleman als Leiter unserer Gruppe abwählen." Im Gegensatz zu den anderen nahm Miriam kein Blatt vor den Mund, sondern legte die gesamte ihr zur Verfügung stehende Lautstärke in ihre Worte. Sie hatte sich – nur mit ihrer aufreizenden Unterwäsche bekleidet – mitten ins Lager gestellt. Dadurch wurde ihr umgehend die Aufmerksamkeit der gesamten Gruppe zuteil. „Wie wir gestern gesehen haben, ist er nicht in der Lage, Nahrungsmittel zu beschaffen“, fuhr sie fort. „Ich bin für Max als Leiter.“ Sie wandte den Kopf und sah Max an.

Max schwieg.

„Wer ist noch für Max?“, fragte Miriam und hob ihren rechten Arm. Die anderen tuschelten miteinander.

Rainer hob wortlos den Arm.

„Irgendwie hab ich immer noch das Gefühl, dass ich ihn aus dem Flugzeug kenne“, murmelte Max so leise, dass nur Theresa und Gökhan es hören konnten.

„Ich bin auch für Max“, sagte Stanley auf Englisch und hob ebenfalls seinen Arm. „Ich will endlich mal wieder was essen.“

„Stopp mal!“, rief Max, bevor sich noch mehr Leute zu Wort melden konnten. Dann griff er nach seiner Krücke und rappelte sich hoch. „Ich denke nicht, dass ich als Kandidat zur Verfügung stehe. Coleman hat euch immer gut versorgt. Ihr solltet ihn nicht abwählen, nur weil er gestern keinen guten Fang gemacht hat. Das kann mir genauso gut passieren. Er hat zumindest eine zweite Chance verdient.“

„Unsinn“, widersprach Miriam, „wir haben gesehen, dass du viel besser-“

„Halt deinen Mund!“, donnerte Coleman und brachte Miriam damit umgehend zum Schweigen. Er hatte bis eben mit hängendem Kopf in der Felsenhöhle gesessen, kam jetzt aber heraus und ging schnurstracks auf Max zu.

Theresa sprang auf und wich ein paar Schritte zurück. Max hingegen blieb ganz ruhig stehen und wartete, bis Coleman direkt vor ihm stand.

„Wenn die Gruppe dich als Leiter will, werde ich dem nicht länger im Wege stehen“, sagte Coleman mit seiner tiefen Stimme.

Max sah ihn ein paar Sekunden lang nachdenklich an, bevor er antwortete. „Ich hab einen besseren Vorschlag.“

Coleman hob fragend die Augenbrauen.

„Wir befinden uns in einer Ausnahmesituation. Darum sollten wir zusammenarbeiten. Ich begleite dich heute in den Dschungel und zeige dir, wie man Fleisch besorgt. Dann ist das Land dein Gebiet und das Wasser meins."

Coleman schüttelte ungläubig den Kopf. „Warum solltest du das tun?"

„Weil es um die Gruppe geht. Und weil wir sie nur gemeinsam ernähren können." Max seufzte tief. „Um ehrlich zu sein hab ich mich vorgestern und vorvorgestern halb umgebracht, um für alle Fische zu fangen. Ich glaub nicht, dass ich das jeden Tag leisten könnte."

Theresa hielt den Atem an. Wie würde Coleman reagieren? Von ihrem Standort aus konnte sie den Tigerkopf sehen, der Colemans linken Oberarm zierte. Er zuckte immer wieder leicht hin und her, was eine gewisse Anspannung verriet. Stand der Tiger kurz vor dem Angriff? Theresa wusste längst, dass die Tätowierung mehr als ein Bild war. Coleman war auch innerlich ein Raubtier …

Max streckte seine rechte Hand aus und hielt sie Coleman hin.

Bange Sekunden lang passierte überhaupt nichts, dann entspannte sich der Hüne plötzlich und schlug ein.

***

Ariane biss missmutig in die lange, kernlose Banane, die sie sich mit auf die Fahrt nach Berlin genommen hatte, und starrte weiter auf die Autobahn hinaus. Sie hatte sich von der ersten Sekunde an in diesem Bus unwohl gefühlt. Da kam es ihr ganz gelegen, dass sie am Fenster saß und sich den Gesprächen der anderen weitgehend entziehen konnte.

„Du bist ja so schweigsam", bemerkte Rita, die rechts neben ihr saß.

„Das gleichst du ja ganz gut aus", erwiderte Ariane spitz. Dann beugte sie sich vor und warf einen Blick auf Leonora Tanner. Diese saß auf der anderen Seite des Ganges direkt neben Rita und konnte sich deshalb gut mit ihr unterhalten. Leonora selbst hatte allerdings keinen direkten Sitzpartner.

Kein Wunder, dachte Ariane. *Wahrscheinlich möchte niemand neben ihr sitzen! Na ja … von Rita, die ganz beeindruckt von ihr ist, einmal abgesehen.* Ariane hatte noch nie jemanden getroffen, der ihr derart unsympathisch gewesen war. Noch nie! Allein diese klirrenden Armreifen, die jede von Leonoras Bewegungen in deutlich wahrnehmbare Geräusche umsetzten. Ob das Absicht war? Dabei hatte diese Frau auch ohne dieses Hilfsmittel schon eine Aura, die den gesamten Bus ausfüllte und niemand anderem mehr Raum zum Atmen ließ …

Unglücklicherweise fing Leonora jetzt Arianes Blick auf. „Wenn ich darüber nachdenke, dass die Behörden nichts tun, um Ihre Freundin zu finden, wird mir ganz schlecht!", rief sie ihr zu.

Als ob du dich für Theresa oder die anderen Vermissten interessieren würdest, dachte Ariane. *Du denkst doch nur an dich und dein Alphatier von Sohn.* „Im Grunde wissen wir doch gar nicht, was die Behörden tun", gab sie zurück. „Ich bin sicher, dass sie sich nach Kräften-"

„Nichts tun sie!", fiel Leonora ihr ins Wort. „Gar nichts!" Sie erhob jetzt ihre Stimme und wandte sich an alle Mitfahrer. „Aber wir werden nicht zulassen, dass das so bleibt! Wir werden nicht zulassen, dass unsere Ehepartner, Kinder, Eltern und Freunde einfach so im Stich gelassen werden, nicht wahr?! Wir werden unsere Stimme erheben und die deutsche Bevölkerung auf uns aufmerksam machen. Und dann werden wir den Behörden und der Regierung Beine machen!"

„Ja, das werden wir", stimmte Rita in ihre Rede mit ein. Dabei ballte sie beide Fäuste. „Das werden wir!"

Ariane rollte mit den Augen und lehnte sich frustriert zurück. Die negative und fordernde Stimmung, die in diesem Bus herrschte, war ihres Erachtens nicht richtig. Warum konnte man die Behörden und Suchmannschaften nicht als Freunde und Verbündete sehen? Warum musste man sie bekämpfen? Warum konnte man nicht für sie beten, anstatt sie zu beleidigen?

***

Theresa verbrachte den Tag in höchster Anspannung. Seit Max und Coleman das Lager verlassen hatten, um gemeinsam auf die Jagd zu gehen, zuckte sie bei jedem ungewöhnlichen Geräusch erschrocken zusammen. Irgendwie wartete sie nur darauf, dass irgendwo aus dem Urwald ein Schuss ertönte und Coleman anschließend allein ins Lager zurückkehrte. Max war durch seine Fußverletzung immer noch beeinträchtigt. Inzwischen konnte er den Fuß zwar wieder belasten, doch würde er nie und nimmer vor Coleman fliehen können, wenn es hart auf hart kam. Und das musste es doch, oder? Coleman und Max hatten sich vom ersten Tag an bekämpft und jetzt wollten sie allen Ernstes zusammenarbeiten? Hatte Max gewusst, worauf er sich da einließ?

Gökhan, Jontek und Stanley, die losgezogen waren, um Früchte zu holen, kehrten als Erste ins Lager zurück. Sie hatten ihre Tüten bis zum Rand gefüllt und wurden mit großer Begeisterung empfangen. Nach dem gestrigen Fastentag wirkte selbst Durian wie ein Festmahl.

Schließlich kehrten auch Max und Coleman zurück. Max wirkte sehr mitgenommen und hatte anscheinend starke Schmerzen, während Coleman in Hochstimmung war. Gemeinsam war es ihnen gelungen, ein paar Schlangen, einige Vogeleier und zwei Hühnervögel zu erbeuten. Coleman präsentierte diese freudestrahlend den anderen, während Max sich nur erschöpft auf sein Bett fallen ließ.

„Ist es der Fuß?“, fragte Theresa und begann, Max’ Verband abzuwickeln.

„Eigentlich ist es alles“, stöhnte Max, „der Fuß, die rechte Armbeuge, die ich ständig auf die Krücke gestützt habe … und alles andere auch.“

Während Theresa neben Max kniete und sich mit seinem Verband beschäftigte, stieg ihr einmal mehr sein erdiger Schweißgeruch in die Nase. Er war heute noch intensiver als je zuvor, aber auch jetzt nicht unangenehm. „Gut sieht das nicht aus“, seufzte Theresa, als Max’ Fußsohle zum Vorschein kam. „Ich hol Wasser, okay?“

Max nickte und schloss die Augen. Theresa holte die Thermoskanne, ging damit zum Fluss und kehrte wenig später zurück. Als Max in Sichtweite kam, blieb sie jedoch verwundert stehen. Max lag immer noch auf seinem Bett, war aber nicht allein. Neben ihm hockte Miriam. Sie war auch jetzt nur mit ihrer aufreizenden Unterwäsche bekleidet und schien sich mit ihm zu unterhalten.

Ein Gefühl unbändiger Wut stieg in Theresa auf. Was sollte das? Wie konnte sie nur? Sie schaffte es jedoch, sich zu beherrschen und setzte ihren Weg – wenn auch nicht mehr so entspannt wie vorher – fort.

Kurz bevor sie bei Max ankam, wandte Miriam den Kopf. Sie sah Theresa kommen, stand auf und ging davon.

„Was war denn das?", fragte Theresa, als sie neben Max in die Hocke ging und merkte, dass ihre Stimme ein wenig zitterte.

„Das frag ich mich auch", antwortete Max und richtete sich soweit auf, dass er hinter Miriam hersehen konnte.

Theresa folgte seinem Blick und hatte das Vorrecht, einen ausgesprochen wohlgeformten und sehr elegant dahinwackelnden Hintern zu betrachten. Ihr Adrenalinspiegel stieg noch mehr an. „Dieses … dieses Luder", presste sie hervor. „Was wollte sie?"

„Keine Ahnung! Sie hat sich allen Ernstes nach meinem Wohlergehen erkundigt!"

„Hat das was zu bedeuten?", wollte Theresa wissen.

Max zuckte die Achseln und legte sich wieder auf den Rücken. „Das wird sich noch zeigen."

***

„Du bist spät", flüsterte Tom, als sich Ariane mitten in der Nacht in seinen Arm kuschelte. „Wolltet ihr nicht am Abend zurück sein?"

Ariane antwortete nicht. Daraufhin streichelte Tom schlaftrunken ihre Wange. „Nanu", krächzte er und wachte vollends auf. „Weinst du?"

„Ich hätte … auf dich hören und hierbleiben sollen", schluchzte Ariane unterdrückt. „Aber nein, Rita appelliert an mein Gewissen und schon begleite ich sie auf diese … diese …"

„Diese?"

„Diese *nicht angemeldete* Kundgebung!", brach es aus Ariane hervor.

Tom richtete sich ein Stückchen auf, tastete nach seiner Nachttischlampe und schaltete das Licht ein. Dann blinzelte er ein paarmal gegen die plötzliche Helligkeit an. „Sie war nicht angemeldet?", fragte er alarmiert.

Ariane schüttelte den Kopf. „Ich hätte es wissen müssen. Diese Aktion wurde viel zu kurzfristig anberaumt. Wie hätten sie in dieser kurzen Zeit auch eine Genehmigung bekommen sollen?"

„War die Polizei da?"

Ariane suchte in ihrem Nachttisch nach einem Taschentuch und schnäuzte sich. „Ja. Sie hat einen Platzverweis gegen uns ausgesprochen."

„Und? Seid ihr dem nachgekommen?"

„Ich schon. Und einige andere auch. Aber Rita und Leonora nicht. Die sind inzwischen richtig auf Krawall gebürstet! Das war schon im Bus so. Die scheinen sich richtig gut zu verstehen und schaukeln sich gegenseitig immer höher." Sie trocknete ihre Tränen und warf das Taschentuch in ihren Nachttisch zurück. „Letztendlich hat die Polizei die beiden sogar festgenommen! Ich hab mit einem Polizisten gesprochen. Jetzt wird ein Ermittlungsverfahren wegen Verstoßes gegen das Versammlungsgesetz und das Gesetz über befriedete Bezirke gegen sie eingeleitet."

„Puh … Das ist starker Tobak."

„Ich hab alles falsch gemacht", jammerte Ariane. „Bist du mir jetzt böse?"

„Ob ich dir böse bin?" Tom schüttelte heftig den Kopf. „Ich bin froh, dass ich dich heil wiederhabe!"

„Jedenfalls wird ab morgen alles anders", sagte Ariane und verschränkte die Arme vor der Brust. „Ab morgen gehe ich *meinen* Weg und keinen anderen mehr."

„Und wie wird der aussehen?"

„Ich hab mir die ganze Rückfahrt Gedanken darüber gemacht und-" Arianes Gesicht nahm einen sehr entschlossenen Ausdruck an. „Morgen früh gehe ich im Gottesdienst nach vorne und rufe eine Gebetsgruppe ins Leben. Dann werden wir rund um die Uhr dafür beten, dass dieses Flugzeug wieder auftaucht. Jawohl!"

***

„Das wird sich noch zeigen", hatte Max über Miriam und ihre Absichten gesagt. Aber ob er geahnt hatte, wie schnell und wie offensichtlich es sich zeigen würde?

Als Max am nächsten Abend mit einer Tüte voller Fische ins Lager zurückkehrte, stürzte Miriam auf ihn zu, nahm ihm die Tüte ab und begleitete ihn zum Feuer. Theresa sah sich das mit weit aufgerissenen Augen an. Anscheinend wurde sie nicht mehr gebraucht …

Max sah sich jetzt um. Als sein Blick Theresa fand, leuchteten seine Augen auf. Er winkte ihr zu und wollte auf sie zusteuern, war aber schon im nächsten Moment von einer ganzen Horde Menschen umringt. Diese waren am Inhalt seiner Tüte interessiert und brachten ihn dazu, sich hinzusetzen, die Fische auszunehmen und zu verteilen. Während er das tat, wich die bildhübsche Brünette nicht einen Zentimeter von seiner Seite.

Nachdem auch die Kinder zu Max gelaufen waren, stand Theresa mutterseelenallein da und trat unentschlossen von einem Bein aufs andere. Sie hatte nicht die geringste Lust, sich an einen Ort zu begeben, der quasi schon besetzt war!

Verärgert machte sie sich schließlich auf den Weg zum Fluss. Die Kinder würden früher oder später mit einem Fisch dort ankommen und ihre Hilfe brauchen.

***

Eine gute Stunde später saß Theresa immer noch schmollend am Fluss. Sie hatte sich ein herrliches Plätzchen gesucht, an dem große, knorrige Baumwurzeln tief ins Wasser hineinragten. Der dicke Baumstamm mit der erstaunlich glatten Rinde hatte zum Wasser hin eine kleine Nische gebildet, in der sich Theresa versteckt hatte. Hier war sie vor unwillkommenen Blicken geschützt und konnte das strömende Wasser dabei beobachten, wie es auf die Wurzeln traf, kleine Strudel bildete und dann aufgeregt davontanzte …

„Meine Güte, Krügchen, sind Sie schwer zu finden!"

Theresa zuckte erschrocken zusammen. Durch das Plätschern des Wassers hatte sie niemanden kommen hören. „Was wollen Sie denn hier?", fragte sie, ohne Max überhaupt anzusehen. „Müssen Sie nicht Miriams Händchen halten?"

Stille. Max antwortete nicht. Als Theresa zu ihm aufsah, ruhte ein ernster und äußerst nachdenklicher Blick auf ihr. „Was ist?", fragte sie. „Stimmt was nicht?"

„Ist da noch Platz?“, fragte Max und deutete auf die Nische, in der Theresa saß. Seine Stimme klang seltsam, so als unterdrücke er irgendetwas.

„Ich weiß nicht, ich … ich wollte allein sein“, stotterte Theresa. Wieder schwieg Max. Theresa verlagerte ihr Gewicht unruhig von einer Pobacke auf die andere. Schließlich rückte sie dann doch ein Stück zur Seite. „Also gut.“

Aber es war alles andere als gut! Schon als sich Max neben sie setzte, bereute Theresa ihre Entscheidung. Die Nische war eigentlich viel zu eng für zwei Personen. Daher berührte er sie an ihren Schultern und ihrem rechten Arm, an ihrem rechten Oberschenkel … und er strahlte eine unglaubliche Hitze aus! Theresa begann nervös ihre Hände zu kneten. Irgendwie war dieser Zustand nicht auszuhalten!

„Was ist los, Krügchen?“, fragte Max sanft. „Sie wirken nicht gerade entspannt.“

„Ich wollte allein sein“, wiederholte sie. Aber anstatt allein zu sein, atmete sie Max’ Duft ein. Eigentlich bestand er nicht nur aus Erde, sondern auch noch aus etwas anderem, etwas, das niemand sonst hatte …

„Weshalb?“

Theresa strich sich nervös über ihre Oberschenkel. „Ich weiß nicht“, antwortete sie lahm. Und das war nicht das Einzige, was sie nicht wusste. Warum stiegen ihr jetzt Tränen in die Augen? Was war nur los mit ihr?

„Aber ich weiß es“, flüsterte Max.

Theresa wandte erstaunt den Kopf. Was wusste er? Sie schaute Max an, sah ihn aber durch einen Schleier von Tränen und konnte seinen Gesichtsausdruck nicht richtig erkennen. Und dann … beugte er sich ohne Vorwarnung vor und küsste sie.

Theresa blinzelte überrascht, wodurch sich zwei Tränen lösten. Auf die Idee, den Kuss zu erwidern, kam sie nicht mal im Traum.

Daraufhin wich Max verunsichert zurück. „Keine gute Idee?“, flüsterte er.

Theresa schluckte schwer. „Sie … Sie haben … ganz offensichtlich … wieder Fieber“, stammelte sie.

Max schüttelte den Kopf. „Ich kann dir versichern, dass ich im Vollbesitz meiner körperlichen und geistigen Kräfte bin."

„A-aber ..." In Theresas Gesicht stand inzwischen die totale Verwirrung geschrieben. „Was soll das dann? Ist es Dankbarkeit? Weil ich Sie ins Lager zurückgebracht habe? Sie sind mir nichts schuldig. Alles, was ich getan habe, habe ich getan, weil ich es wollte."

„Warum wolltest du es?"

„Warum ich ...? Einfach nur so!"

Max legt seine Hand auf Theresas Wange. Sie war heiß wie eine Wärmflasche. „Ich glaube, du hast das getan, weil du mich liebst, Krügchen. Eine andere Erklärung gibt es nicht. Nicht für all das."

Theresa wich mit dem Kopf ein Stück zurück und entzog sich dadurch seiner Hand. „So ein Unsinn! Ich liebe ... J-Jontek."

Max lachte auf. „Das Thema hatten wir doch schon mal. Und da klang deine Antwort ganz anders. Und außerdem ... wenn du Jontek liebst, warum hast du dich dann für mich und gegen ihn entschieden?"

„Das habe ich nicht! Ich hab mich für ... für die ... die N-Nächstenliebe entschieden."

Max schüttelte den Kopf. „Ich glaube dir kein Wort! Wenn das, was ich bei dir erlebt hab, keine Liebe ist, dann hab ich in meinem ganzen Leben noch nie Liebe gesehen! Abgesehen davon will ich dir auch nicht glauben. Ich will, dass du mich liebst!"

Theresa rappelte sich hoch, was in der engen Nische nicht einfach war. „Was soll das?", rief sie dabei. „Warum tun Sie das?"

Max packte ihren Arm und hielt ihn fest. „Weil ich dich genauso liebe!"

„Nein!", rief Theresa und entzog ihm erneut den Arm. „Nein, nein, nein, nein! So ein Unsinn! Wir wissen beide, dass ich nicht im Geringsten in Ihr Beuteschema passe. Miriam, die schon! Ich nicht!" Mit diesen Worten wandte sie sich um und rannte davon.

„Warte!", rief Max hinter ihr her.

Aber Theresa stürmte weiter. Dabei hämmerten die Gedanken mit der Intensität einer Abrissbirne durch ihren Kopf. Warum tat er das? Warum setzte er ihre neu entstandene Freundschaft aufs Spiel? Warum machte er sich auf eine derart grausame Weise über sie lustig? Wusste er denn nicht … Sie schluchzte auf. Schon der bloße Gedanke, dass Max und sie … das war so unvorstellbar!

Das Keuchen sowie das Rascheln und Knacken von Ästen, das Theresa hinter sich wahrnahm, verriet ihr, dass Max ihr dicht auf den Fersen war. „Hör doch mal …“

Theresa wirbelte herum. Irgendwie verlieh ihr die Wut neue Kraft. „Nein, Sie hören mir zu! Ich hab nicht die geringste Lust, zu einem Ihrer Betthäschen zu werden. Nur weil Sie auf Entzug sind, haben Sie noch lange nicht das Recht, mit meinen Gefühlen zu spielen.“

Max streckte erneut die Hand nach ihr aus. „Theresa!“

„Nein!“, rief sie und wich auch jetzt ein paar Schritte vor ihm zurück. „Nennen Sie mich nicht so. Das ist … das ist viel zu intim!“

Max ließ seine Hand wieder sinken. „Als ob das, was wir in den letzten Tagen erlebt haben, nicht genauso intim gewesen wäre!“

„Dafür kann ich nichts.“

„Das sagt doch auch niemand! Ich versuche nur, dir klarzumachen, dass ich nicht mit dir spiele und dass meine Gefühle echt sind.“

„So … so ein Unsinn!“ Warum kam er nicht endlich zur Vernunft? „Ich weiß noch genau, was Miriam gesagt hat. Und damit hatte sie recht! Ein Mauerblümchen wie ich und jemand wie Sie … das passt einfach nicht zusammen!“

„Was … was redest du denn da!? Ich bin derjenige, der Selbstzweifel haben sollte, doch nicht du!“

Theresa streckte abwehrend ihre Hände aus. „Schlafen Sie ’ne Nacht drüber, Max. Glauben Sie mir, morgen sehen Ihre Gefühle schon ganz anders aus.“

Max seufzte tief. „Meine Gefühle sehen schon viele Tage und viele Nächte lang gleich aus.“

„Blödsinn! Wir sind gerade mal drei Wochen auf dieser Insel. Noch an dem Tag, an dem ich Sie im Wald gefunden habe, wollten Sie nichts von mir wissen. Und danach waren Sie bewusstlos! Das bedeutet, dass Sie allenfalls seit ein paar Tagen wieder zurechnungsfähig sind. Ein paar Tage sind nicht die Art von Beständigkeit, die ich mir für eine Beziehung wünsche.“

Max schluckte schwer. „Also gut. Ich werde dir beweisen, dass ich mich geändert habe. Dass ich beständig bin."

***

Theresa tat alles, um Max während des restlichen Tages aus dem Weg zu gehen, kam aber trotzdem nicht zur Ruhe. Was sie gehört hatte, hatte sie viel zu sehr erschüttert. Max und sie ... das war vollkommen unmöglich! Max konnte sie nicht lieben, nicht wirklich jedenfalls. Er hatte andauernd neue Freundinnen! Wahrscheinlich wusste er nicht einmal, was eine feste Beziehung war!

Stimmte es denn, was er über *ihre* Gefühle gesagt hatte? Es war schwierig, sich dieser Frage zu stellen, aber dennoch nötig. Liebte sie Max? „Est-ce que je t'aime?", fragte sie sich selbst auf Französisch.

Eine Zeit lang versuchte sie, es zu leugnen, doch konnte sie die Tatsache nicht ignorieren, dass sie seit dem Gespräch mit Max völlig außer sich war. So reagierte man doch nicht, wenn man bloß Freundschaft für jemanden empfand ... Abgesehen davon hatten einige andere ebenfalls den Eindruck, dass da mehr war. Jontek hatte sich über ihre „Affenliebe" zu Max beklagt und Michael hatte sich erkundigt, ob zwischen ihr und Max „etwas laufen" würde. Aber wenn es so offensichtlich war, warum hatte sie es dann selbst nicht gesehen? War sie so blind? So dumm? Und waren ihre offensichtlichen Gefühle der Grund dafür, dass Max glaubte, sie ebenfalls zu lieben?

Das war durchaus möglich! Sie hatte sich immer gewünscht, dass jemand kam, der sie liebte. Wäre so jemand aufgetaucht, dann hätte sie bestimmt ebenfalls geglaubt, so etwas wie Liebe für ihn zu empfinden ...

***

Als es Zeit wurde, schlafen zu gehen, ging Theresa zu ihrem Bett hinüber und begann, die Kleidungsstücke einzusammeln, die ihre Matratze bildeten. Sie würde die Nacht auf keinen Fall neben Max verbringen. Aber was würde David sagen, wenn sie ihr Bett woanders aufschlug? Vielleicht konnte sie ihm erzählen, dass sie letzte Nacht Probleme mit Insekten gehabt hatte ...

Während sie Anzughosen, Oberhemden und T-Shirts aufhob und über ihren Arm legte, war ihr stärker als jemals zuvor bewusst, dass diese Kleidungsstücke Max gehörten. Wie sollte sie es nur ertragen, eine weitere Nacht auf diesen Sachen zu verbringen?

„Was wird das?“ Max' Stimme klang besorgt und schneidend zugleich.

Theresa erstarrte. Sie hatte sich gedanklich so sehr mit Max beschäftigt, dass sie das Original nicht hatte kommen hören. Vorsichtshalber drehte sie sich gar nicht erst zu ihm um. „Ich schlafe heute woanders“, krächzte sie und fuhr fort, ihr Bett abzubauen.

„Nein, bitte hör mir zu!“, sagte Max flehend. Und dann legte er seine warmen Hände von hinten auf Theresas kalte Oberarme. „Es gibt keinen Grund, vor mir zu flüchten. Ich werde nicht wiederholen, was ich gesagt habe, okay? Wir können es vergessen, wenn du willst.“

Theresa schloss einmal kurz die Augen. Wie sollte sie jemals vergessen, was er gesagt hatte? Ein paar Sekunden lang genoss sie das Gefühl seiner warmen Hände auf ihrer Haut, dann flüsterte sie: „Lass mich bitte los.“

Max gehorchte sofort. Von einem Moment zum nächsten fühlten sich Theresas Oberarme kalt, verlassen und schutzlos an. Um vor dem Gefühl zu fliehen, bückte sich Theresa nach weiteren Kleidungsstücken.

„Krügchen, bitte!“, jammerte Max.

Als sie sich wieder aufrichtete, konnte sie seinen warmen Atem in ihrem Nacken spüren, so dicht stand er hinter ihr. „Ich kann das nicht!“, presste sie hervor.

„Und ich kann nicht ohne dich an meiner Seite schlafen! Ich würde kein Auge zutun!“ Er kam noch ein paar Zentimeter näher und berührte jetzt ihr Haar.

Theresa konnte nicht verhindern, dass ein warmer Schauer über ihre Kopfhaut rieselte. „Bitte lass mich gehen“, flüsterte sie. „Ich kann nicht hierbleiben.“

„Aber wieso denn nicht?“, jammerte Max mit gedämpfter Stimme. „Hab ich jetzt alles kaputt gemacht?“

Theresa atmete einmal tief durch und drehte sich zu Max um. Als sie zu ihm aufblickte, las sie eine solche Fülle von Gefühlen in seinem Blick, dass es ihr beinahe den Atem verschlug. „Ich kann nicht so tun, als wäre nichts gewesen!“, presste sie hervor. *Schon gar nicht, wenn du mich so ansiehst,* fügte sie gedanklich hinzu.

„Und ich kann dich nicht gehen lassen“, sagte Max. In seiner Stimme lag eine enorme Leidenschaft. Hätte es Theresa nicht besser gewusst, dann hätte sie in diesem Moment wirklich geglaubt, dass er sie liebte. Es sah auf jeden Fall so aus …

„Hast du das zu den anderen Frauen auch gesagt?“, fragte sie.

Max schluckte schwer. „Ich hab das noch nie zu einer Frau gesagt“, antwortete er heiser. „Jedenfalls nicht so.“

„Meine Zähne sind geputzt!“, rief David und landete mit einem großen Satz neben Theresa auf seinem Bett.

Max und Theresa wandten sich erschrocken zu ihm um, sagten aber nichts.

„Ist was?“, fragte David, als er ihre Gesichter sah.

Max reagierte zuerst. „Nö!“, sagte er und nahm Theresa den Schwung Kleidungsstücke aus der Hand. „Wir machen nur gerade unsere Betten.“ Mit diesen Worten hockte er sich hin und breitete seine Kleidung wieder an der Stelle aus, an der Theresa bisher geschlafen hatte.

***

„Hallo, hier ist Rita.“

Ariane erstarrte. Schon das Klingeln des Telefons hatte sie verärgert. Sie hatte die Gebetsgemeinschaft unterbrechen müssen, die gerade in vollem Gange war und sich bei Gott dafür einsetzte, dass das Flugzeug endlich gefunden wurde. Um die anderen nicht mithören zu lassen, gab sich Ariane einen Ruck und flüchtete in den Flur.

„Na, wieder raus aus dem Knast?“, fragte sie, als sie die Tür hinter sich geschlossen hatte. Der spitze Unterton war nicht zu überhören.

„Ihnen blieb nichts anderes übrig, als mich gehen zu lassen“, fauchte Rita. „Ich hab jetzt einen Anwalt. Und eins kann ich dir sagen: Denen werd ich die Hölle heiß machen. Das war Freiheitsberaubung! Und … und … ein Eingriff in meine Grundrechte!“

Ariane schluckte schwer. Ritas Wortwahl hatte einmal mehr deutlich gemacht, wie weit ihre Ansichten auseinanderklafften. „Wenn du unbedingt musst, dann kümmere dich um die Hölle, ich hingegen bin gerade dabei, mich mit fünfzehn anderen Christen an den Himmel zu wenden."

Pause am anderen Ende der Leitung. Eine Weile schien Rita nicht zu wissen, was sie darauf sagen sollte, dann entgegnete sie abfällig: „Was ist dir denn zu Kopf gestiegen?"

Ariane atmete einmal tief durch, konnte aber trotzdem nicht verhindern, dass sie auch jetzt scharf zurückschoss. „Ich weiß nicht. Vielleicht hat mir nicht gefallen, dass du mir kleinere Details über unsere Kundgebung verschwiegen hast. Zum Beispiel die Tatsache, dass sie …", Ariane erhob jetzt ihre Stimme und brüllte die nächsten Worte fast, „… nicht angemeldet war!"

„Danach hast du auch nicht gefragt."

Ariane schnappte fassungslos nach Luft. „Das stimmt! Auf die Idee bin ich nicht gekommen. Und es macht ja auch kaum einen Unterschied." Während Ariane sprach, mischte sie immer mehr Sarkasmus in ihre Worte. „Wen interessiert es schon, ob man von der Polizei beschützt oder verhaftet wird? Das ist doch wirklich nebensächlich!"

„Ich hatte Angst, du würdest nicht mitkommen, wenn ich dir die genauen Umstände schildere", verteidigte sich Rita.

„Nun, diese Angst war definitiv berechtigt."

„Siehst du? Ich konnte gar nicht anders handeln! Schließlich geht es hier um Theresa!"

„Nein, nicht nur! Es geht auch um mich! Um mich und um *mein* Leben, *meinen* Gefängnisaufenthalt und *meinen* Eintrag ins Führungszeugnis!"

„Ich dachte mir schon, dass du nur an dich denkst!"

Ariane spürte, wie das Blut literweise in ihren Kopf schoss. „Ich bin also eine Egoistin, ja? Ich hab nur an mich gedacht, als ich hundert Schreiben an die Bundesregierung eingetütet, frankiert und abgeschickt habe. Ich hab nur an mich gedacht, als ich heute Morgen im Gottesdienst nach vorne gegangen bin und eine Gebetsgruppe ins Leben gerufen hab. Und ich denke auch jetzt, wo wir Gott alle zusammen um Hilfe anflehen, nur an mich, an mich, an mich …"

Rita schluckte hörbar. „Das Problem ist, dass Beten nichts hilft. Man muss handeln, wenn man etwas bewirken will."

Ariane seufzte abgrundtief. „Beten *ist* Handeln, Rita. Du weißt es nur nicht!"

***

Als Theresa am nächsten Morgen die Augen aufschlug, war es bereits hell. Es war allerdings nicht die Umgebung, die ihre Aufmerksamkeit gefangen nahm. Weder das Zirpen der Grillen noch der sanfte Wind, der vom Meer zu ihnen herüberwehte und den typischen Geruch mit sich brachte, drang so recht zu Theresa vor. Stattdessen nahm sie nichts außer Max wahr. Wie sie selbst lag er auf der Seite, schlief aber nicht mehr. Stattdessen starrte er ihr geradewegs in die Augen. Und genau wie gestern Abend waren jede Menge Gefühle in seinem Blick zu lesen. Wie hatte sie diese smaragdgrünen Augen jemals als kalt empfinden können? Heute jedenfalls sah sie nur noch Wärme und Leidenschaft.

„An meinen Gefühlen hat sich nichts geändert", flüsterte er.

Theresa schluckte schwer. Wie gestern Abend wäre sie gern davongelaufen, aber das ging irgendwie nicht. Sie war wie hypnotisiert von Max' Blick.

„Kannst du dich noch an unsere Nacht im Flugzeug erinnern?" Max' Stimme war heiser. Theresa nickte. „Ich hab dich damals schon geliebt."

Theresa holte Luft, um zu protestieren, aber Max kam ihr zuvor: „Ich weiß wohl, wie ich mich benommen habe. Vielleicht ging es mir wie dir. Vielleicht wusste ich nicht, dass ich dich liebe. Oder vielleicht wusste ich es doch und wollte es nur nicht wahrhaben. Es durfte ja auch nicht sein. Solange ich denken kann, wurde mir eingeredet, ich sei etwas Besseres und müsse die perfekte Frau finden. Ich hab fleißig gesucht, das kannst du mir glauben. Aber hinter all den perfekten Fassaden hab ich nie die Richtige gefunden."

„Und ich bin die Richtige?", zweifelte Theresa.

„Jedenfalls war ich am liebsten im Büro", lächelte Max. „Und ob du's glaubst oder nicht, zusammen mit dir würde ich sogar auf dieser Insel bleiben."

„Kann ich die Armbrust wieder mitnehmen?“, donnerte Coleman durchs Lager.

Max richtete sich auf. „Klar“, antwortete er ein wenig geistesabwesend.

„Gestern hab ich zwar nur ein Huhn erlegt“, sagte Coleman, „aber heute will ich mich steigern. Wenn du willst, kannst du ein paar Fische weniger fangen!“

Max lächelte seinem früheren Widersacher entspannt zu. „Ich bin sicher, das wird klappen.“

Theresa richtete sich ebenfalls auf und sah zu Coleman hinüber. Dieser hatte Max' mit Wasser gefüllte Colaflasche in der Hand und packte seine Sachen für den Dschungel zusammen. „Ihr seid wohl neuerdings die besten Freunde, was?“

„Ja“, antwortete Max. „Aus Feinden werden Freunde und aus Freunden …“

Als seine Stimme verklang, wusste Theresa genau, was er sagen wollte.

Kapitel 29

Als Max am späten Nachmittag von seinem Meeresausflug zurückkehrte, stellte Theresa erfreut fest, dass er kaum noch humpelte. Anscheinend ging es seinem Fuß wesentlich besser. Auf der anderen Seite schien sein Gemütszustand nicht der beste zu sein. Er reagierte nicht nur abweisend, sondern regelrecht aggressiv auf Miriams Annäherungsversuche. Aber auch Theresa ließ er links liegen. Stattdessen wanderte er unruhig durchs Lager und schien sich den Kopf über irgendetwas zu zerbrechen. Als die Kinder kamen und ihn aufforderten, ihre Fische auszunehmen, half er ihnen zwar, sprach aber während des gesamten Vorgangs kein einziges Wort.

Schließlich kehrten Coleman, Gökhan und Jontek ins Lager zurück. Neben ein paar Schlangen hatten sie eines dieser Tiere erlegt, die Theresa bereits im Dschungel gesehen hatte und die ihres Erachtens wie eine Mischung aus Bär und Faultier aussahen. Wollten sie dieses herzallerliebste Wesen etwa essen?

Als Max die drei Heimkehrer erblickte, sprang er auf, eilte zu Coleman hinüber und nahm ihn zur Seite. Die beiden besprachen sich eine ganze Weile miteinander. Dann setzte Max seinen unruhigen Gang durchs Lager fort.

Theresa sah sich das noch eine Weile mit an. Aber als Coleman anfing, dem unbekannten Wesen das Fell über die Ohren zu ziehen, entfernte sie sich lieber. Sie ging zu Max hinüber, baute sich vor ihm auf und fragte: „Was ist passiert?"

Max schien erstmalig aus seiner eigenen Welt aufzutauchen. Fast ein wenig verwirrt sah er sich um, erblickte die Menschentraube, die unweit des Feuers Coleman umringte und sah dann Theresa an. „Wieso?"

„Lass das", sagte Theresa streng. „Ich weiß, dass dich irgendetwas beunruhigt und ich will wissen, was es ist."

Max schüttelte den Kopf, als müsse er wieder zu sich kommen. Dann sagte er: „War ja klar, dass du wieder alles mitkriegst." Er seufzte tief, packte Theresa am Arm und zog sie ein paar Meter mit sich fort. Als er sich ganz sicher sein konnte, dass niemand von den anderen mithören würde, sagte er: „Ich hab das Flugzeug gefunden."

Theresas Augen weiteten sich. „Wo? Im Meer?"

Max nickte.

Theresa runzelte die Stirn. „Hat das denn … eine Bedeutung? Ich meine, wir wussten doch, dass es irgendwo da draußen ist."

Max atmete ein paarmal tief durch. „Ich weiß es noch nicht. Ich weiß nur, dass wir seit drei Wochen auf dieser Insel sind und immer noch keine Rettungskräfte zu Gesicht bekommen haben. Hast du dich mal gefragt, wie das kommt?"

„Na ja … das Flugzeug ist versunken, darum ist es schwer zu finden. Außerdem … soweit ich weiß, hat jedes Flugzeug eine Blackbox. Salzwasser leitet nicht. Wenn die Blackbox tief im Salzwasser liegt, kann sie aus der Luft nicht mehr geortet werden."

Max nickte. „Genau so ist es."

„Du hast doch nicht vor, die Blackbox zu bergen, oder?"

„Die Blackbox nicht, die findet man wahrscheinlich gar nicht, aber das ELT."

„Das was?", entfuhr es Theresa.

„Den *Emergency Locator Transmitter*. Eine Notfunkbake. Damit kann man einen Notruf absetzen. Coleman zufolge befindet sich das Ding im Cockpit direkt hinter den Piloten."

Theresa hielt den Atem an, dachte kurz nach und sagte dann mit zitternder Stimme: „Wie tief liegt das Flugzeug?"

Max zuckte die Achseln. „Schwer zu schätzen, vielleicht zwanzig oder dreißig Meter …"

Theresa stellte sich einen Sprungturm von 10 Metern vor und verdoppelte ihn gedanklich. „Aber so tief kann doch niemand tauchen!"

„Also, der Weltrekord im Apnoetauchen liegt bei hundertzweiundvierzig Metern …"

„Hundertzweiundvierzig Meter?!?" Theresa konnte es nicht glauben. „Ist das nicht lebensgefährlich?"

Max seufzte tief. „Soweit ich weiß, hat es bei den Weltrekordversuchen schon allerhand Unfälle gegeben."

„Und dreißig Meter? Sind die vollkommen ungefährlich?"

Max lachte auf. „Was ist schon vollkommen ungefährlich?"

„Aber dann möchte ich nicht, dass du das machst!"

„Willst du lieber für immer hier festsitzen?"

Theresa dachte kurz darüber nach. Deutschland und ihr Büro in Max' Firma schienen so unendlich weit weg ... Wo war eigentlich die Realität? War sie hier oder in Deutschland? Und wer war der wahre Max? Dieser hier oder der, den sie im Büro kennengelernt hatte? „Wir kommen von Tag zu Tag besser zurecht. Vielleicht sollten wir uns mit unserem Schicksal abfinden."

„Ich finde mich grundsätzlich nicht mit meinem Schicksal ab", sagte Max mit fester Stimme.

„Ja", seufzte Theresa, „das dachte ich mir."

***

Theresa schlief in dieser Nacht ausgesprochen schlecht und träumte immer wieder davon, dass Max vom Meer verschluckt wurde. Deshalb war es nicht verwunderlich, dass sie bereits mit den ersten Sonnenstrahlen ihr Nachtlager verließ und sich hektisch an die Umsetzung der Idee machte, die ihr im Laufe der Nacht gekommen war.

„Was machst du denn da?", fragte Max, kaum dass er wach war.

Theresa saß inzwischen im Schneidersitz auf ihrer Matratze. „Ich nähe", lautete die knappe Antwort. Sie hatte jetzt die vierte Socke an einer kleinen Sockenkette befestigt, biss den Faden ab und überprüfte die Festigkeit, indem sie an beiden Seiten der Naht ein paarmal kräftig zog.

„Und was soll das?"

„Das ist deine Lebensversicherung", erwiderte Theresa und versah den etwa zwanzig Zentimeter langen Faden, der nach dem Nähvorgang übrig geblieben war, am Ende mit einem erneuten Knoten. Dann nahm sie die nächste Socke zur Hand.

Max sah sich ihr Werk ein paar Sekunden lang an. „Ein Seil?"

Theresa nickte und begann, die fünfte Socke an die Kette zu nähen.

„Aber du kannst nicht mit ins Wasser kommen. Ich hab dir doch von den Haien erzählt …“

Theresa hielt erstmalig mit ihrer Arbeit inne und sah Max in die Augen. „Wenn ich nicht mitkommen kann, wirst du auch nicht gehen. Also denk dir irgendetwas aus. Ich schlage vor, du baust ein Floß. Dafür musst du nur ein paar kleinere Baumstämme aneinanderbinden.“ Damit senkte sie ihren Blick wieder auf ihre Arbeit.

Max starrte sie eine ganze Weile nachdenklich an. Schließlich sagte er sanft: „Willst du immer noch leugnen, dass du mich liebst?“

Theresa schluckte, blickte aber weiter angestrengt auf ihre Handarbeit. Erst als sie die nächste Socke fertig hatte, hielt sie inne, schüttelte kaum wahrnehmbar den Kopf und flüsterte: „Nein, will ich nicht. Ich bezweifle lediglich, dass *du mich* liebst.“

„Aber warum? An meinen Gefühlen hat sich auch heute nichts geändert!“

Theresas Augen füllten sich mit Tränen.

„Wovor hast du Angst?“, flüsterte Max und legte seine rechte Hand auf Theresas linke, die sich krampfhaft an der Sockenkette festhielt.

Theresa kämpfte darum, die Tränen zurückzuhalten. Nach einer Weile kullerten sie dann aber doch ihre Wangen hinunter. „Diese Insel“, begann sie stockend, „das ist … nicht das wahre Leben. Es ist anders als alles, was ich bisher erlebt habe … Eine Ausnahmesituation. Das hat nichts … gar nichts … mit der Realität zu tun. Und jetzt … jetzt willst du dafür sorgen, dass wir … hier wieder wegkommen. Wer sagt mir denn, dass das, was du jetzt empfindest … noch Bestand hat, wenn wir diese Insel verlassen? Wenn wir wieder zu Hause sind, dann … dann bist du wieder der blendend aussehende Firmenchef und ich … nichts als eine kleine graue Sekretärin.“

„Wenn wir wieder zu Hause sind“, antwortete Max und streichelte sanft Theresas Hand, „dann bin ich immer noch Max, und du bist immer noch Theresa. Und was wir miteinander erlebt haben, ist die Basis unserer Beziehung. Ich werde nie vergessen, dass ich mich immer und unter allen Umständen auf dich verlassen kann. Weißt du eigentlich, wie rar so etwas ist? Niemand war jemals so *für* mich wie du. So etwas findet man kein zweites Mal. Es grenzt an ein Wunder, das überhaupt zu finden!“

Der Strom ihrer Tränen intensivierte sich. „Ich hab mir gedacht, dass das … der Grund für deine Gefühle ist.“

Max zog die Stirn in Falten. „Was?“

„Was ich … getan habe. Du denkst, dass du mich liebst, weil … weil du gesehen hast, dass ich dich liebe.“

Max schüttelte den Kopf. „Du irrst dich. Ich hab dich schon immer geliebt. Gemerkt habe ich es aber erst, als ich dachte, ich würde dich verlieren.“

„W-wieso?“

„Ich wollte dir schon früher davon erzählen, erinnerst du dich? Die Sekunde, in der sich alles verändert hat.“ Max atmete einmal tief durch und fuhr dann fort: „Das war in dem Moment, in dem ich an Miriams Augen gesehen hab, dass sie abdrücken würde.“ Max schloss die Augen, als durchlebe er den Moment ein weiteres Mal. „Du standest vor mir und hast geweint. So wie jetzt.“

Er öffnete die Augen wieder, hob die Hand und wischte mit einer zärtlichen Geste eine Träne von Theresas Wange. „Du hattest furchtbare Angst und wolltest trotzdem nicht zur Seite gehen. Ich saß auf dem Boden und konnte nichts machen. Gar nichts. Aber ich konnte nicht nur dich sehen, sondern auch Miriam. Und ich sah den Moment, in dem sie beschloss, dich über den Haufen zu schießen …“ Er schloss erneut die Augen, so als könne er die Erinnerung kaum ertragen. „In diesem einzigen kleinen Moment sind so unendlich viele Dinge passiert. Erstens ist mir klar geworden, wie machtlos ich bin. Ich glaub, das war das erste Mal, dass ich etwas Entscheidendes nicht ändern konnte … keine Möglichkeiten mehr hatte … gar keine. Zweitens wusste ich, dass mit deinem Leben auch meins zu Ende gewesen wäre. Es klingt vielleicht blöd, aber ich hab auf einmal begriffen, dass du der Angelpunkt in meinem Leben bist … und schon so lange warst! Das war schon im Büro so! Wenn du nicht da warst, musste ich mich zwingen, überhaupt ins Büro zu gehen. Und hier auf der Insel hab ich jeden Morgen auf dich gewartet … und wenn ich gejagt habe, war es immer mit der Hoffnung verbunden, dass du davon isst.“

Er ließ Theresas Hand los. „Und das war immer noch nicht alles." Er sprach jetzt schneller, die Worte sprudelten beinahe aus ihm heraus. „Mir kam der Gedanke, dass jemand wie du auf keinen Fall für jemanden wie mich sterben darf. Du bist viel besser als ich. Ich hab immer nur meine eigenen Interessen durchgesetzt, aber du … du bist ehrlich, verantwortungsbewusst, mitfühlend und in diesem Moment warst du sogar bereit, mich mit deinem Leben zu beschützen." Max' Stimme wurde heiser. „Da hab ich das Kreuz vor mir gesehen. Ich glaube nicht, dass ich es in vollem Umfang verstanden habe, aber mir dämmerte, dass die Sache mit Jesus doch nicht so verrückt ist. Dass er auch so etwas getan hat! Dass er irgendwie real ist. Und dann hab ich das erste Gebet meines Lebens gesprochen. Ein Stoßgebet, wie es kürzer und erbärmlicher nicht hätte sein können: dass du nicht für mich sterben sollst. Aber dass Jesus für mich sterben darf." Max verstummte und rang um Fassung.

Nach einer Weile fuhr er im Flüsterton fort: „Ich kann immer noch nicht glauben, dass Gott ein solches Gebet erhört hat. Du weißt ja, was passiert ist. Die Waffe hatte Ladehemmung, aber kurz danach hat sie einwandfrei funktioniert! Spätestens, als ich das mitbekam, war mir klar, dass mein Leben nie wieder so sein würde wie früher."

Theresa weinte inzwischen nicht mehr, sondern starrte Max mit großen Augen an. Hatte er sich etwa bekehrt? Das würde erklären, weshalb er sich so sehr verändert hatte!

„Du sagst ja gar nichts", presste Max hervor.

„Ich kann … ich muss … das erst … verdauen …"

***

Theresas Verarbeitungsprozess dauerte viele Stunden und noch mehr Socken. Erst als sie mitbekam, dass Max Anstalten machte, das Lager zu verlassen, erhob sie sich von ihrem Platz. „Wo willst du hin?", rief sie hinter ihm her.

Max blieb stehen und drehte sich zu ihr um. „Zum Meer."

Theresa schüttelte heftig den Kopf. „Du wirst auf keinen Fall allein gehen."

„Aber ich hab nicht vor, das ELT zu holen! Ich will nur ein bisschen trainieren."

Theresa hob fragend die Augenbrauen.

„Ich komm noch gar nicht so tief runter. Ich brauche Training, um meine Tauchleistung zu verbessern. Sonst wird das nie was." Er deutete auf die drei Baumstämme von etwa fünfzehn Zentimetern Durchmesser, die er aus der näheren Umgebung herangeschafft und mit der etwas kläglichen Säge, die sich an seinem Taschenmesser befand, auf eine gleichmäßige Länge gebracht hatte. „Solange das Floß nicht fertig ist, werde ich keinen ernsthaften Versuch unternehmen. Versprochen!"

Theresa machte ein skeptisches Gesicht. „Ich kenne dich doch. Wenn das Flugzeug in Sichtweite kommt, schaltet sich unter Garantie dein Verstand aus."

Aber Max schüttelte den Kopf. „Diesmal nicht. Laut Coleman wiegt das ELT mindestens ein Kilo. Selbst wenn es mir gelingen sollte, es aus dem Flugzeug zu holen, hätte ich nicht viel gewonnen. Ohne dein Seil müsste ich es selbst an die Oberfläche befördern. Und ohne das Floß müsste ich von dort aus auch noch den weiten Weg bis ans Land zurücklegen. Aber wie soll ich mit einer solchen Last vernünftig schwimmen und ganz nebenbei auch noch auf die Haie aufpassen? Nein." Er schüttelte erneut den Kopf. „Die Idee mit dem Floß und dem Seil war klasse. So und nicht anders wird es gemacht."

***

Am darauffolgenden Morgen entschieden Max und Coleman, die Gruppe über Max' Projekt zu informieren. Das war nötig, weil Max Zeit zum Trainieren brauchte und deshalb weder Fische fangen noch das Floß bauen konnte.

„Ich möchte nicht, dass ihr euch allzu große Hoffnungen macht!", sagte Max, als Beatriz und Zoe nach der Ankündigung zu weinen begannen und Matthew und Sophie einander glücklich in die Arme fielen. „Das Flugzeug liegt sehr tief. Ich bin nicht mal sicher, ob ich es erreichen kann. Und selbst wenn … Aus der Ferne meine ich gesehen zu haben, dass die Scheiben des Cockpits noch intakt sind. Ich kann also nicht auf direktem Wege hineingelangen, sondern muss einen anderen Weg finden. Das scheint mir nicht gerade ein

Spaziergang zu werden.“ Er warf Theresa, die fleißig übersetzte, jetzt aber ein wenig heiser klang, einen vorsichtigen Seitenblick zu. „Sollte irgendjemand von euch an Gott glauben, wäre ich für Gebetsunterstützung dankbar.“ Er nickte allen noch einmal zu und ging dann zu Theresa hinüber.

„Tanner soll sich jetzt ganz und gar aufs Tauchen konzentrieren“, ergriff Coleman das Wort. „Wie ihr seht, hat er gestern schon angefangen, ein Floß zu bauen.“ Er deutete auf die drei Baumstämme, über die sich gestern schon ein paar von ihnen gewundert hatten. „Es muss mindestens drei Leute tragen können. Tanner selbst, wenn er zwischen den Tauchgängen Pause macht, und zwei, die ihn begleiten und unterstützen. Das bedeutet, dass wir noch jede Menge weitere Baumstämme auftreiben müssen. Leider haben wir nur eine Säge dafür. Wobei Säge auch zu viel gesagt ist.“

Er warf Max einen auffordernden Blick zu, streckte die rechte Hand aus und ließ sich von ihm das Taschenmesser zuwerfen. Dann klappte er das kleine Sägeblatt aus, verzog das Gesicht und sagte: „Seht ihr, was ich meine? Ich schlage vor, dass sich immer zwei Männer auf die Suche nach einem geeigneten Baumstamm machen, mit der Arbeit anfangen und anschließend zurückkommen, um sich ablösen zu lassen. Sonst fallen einem wahrscheinlich die Hände ab. Zeitgleich brauchen wir Leute, die Pullover aufribbeln und aus den gewonnenen Fäden Bänder drehen. Wer macht das?“

Es gingen fast alle Hände in die Höhe. Eigentlich hätte sich Theresa über diese Einigkeit gefreut, aber heute hatte sie andere Sorgen. „Warum hast du mir nicht gesagt, dass die Windschutzscheiben intakt sind?“, raunte sie Max zu.

„Ich wollte dich nicht beunruhigen“, antwortete Max leise.

„Für die Nahrungssuche brauche ich heute eine Person mehr“, sagte Coleman. Obwohl er seine Stimme kaum erhob, hallte sie wie ein Donnergrollen durchs Lager. „Da Tanner als Fischer ausfällt, müssen wir uns auf Fleisch und Obst konzentrieren. Gökhan und Jontek werden Obst holen. Ich werde mich auf die Jagd machen und einen zweiten Mann mitnehmen.“

„Kann ich mitkommen?“, bot sich Ethan an.

Coleman nickte. „In Ordnung.“

„Aber wie willst du ins Cockpit kommen?", flüsterte Theresa.

Max zuckte die Achseln. „Durch die Tür vielleicht."

Theresa riss entsetzt die Augen auf und wirbelte zu Max herum. „Aber das ist viel zu gefährlich. Der Weg ist viel weiter und du könntest irgendwo stecken bleiben … oder dich verletzen." Sie ergriff Max' Hände und drückte sie. „Ich hab mal irgendwo gelesen, dass man niemals allein tauchen darf. Aber es gibt hier niemanden, der so fit ist wie du. Deshalb ist schon der Tauchgang für sich gesehen ein Risiko!"

Max schloss genießerisch die Augen. „Ich mag es, wenn du mich anfasst", flüsterte er.

Theresa ließ Max' Hände so plötzlich los, als hätte sie sich an ihnen verbrannt. „Hör auf! Es geht doch jetzt nicht um mich und dich!"

Max öffnete die Augen wieder. „Du hast recht. Es geht nicht um mich. Und gerade deshalb werde ich diesen Tauchgang machen. Du warst es doch, die mir gesagt hat, dass ich meine Begabungen und Fähigkeiten zum Wohl der Gruppe einsetzen soll, und genau das habe ich vor. Ich werde alle meine Möglichkeiten ausschöpfen, um uns wieder nach Hause zu bringen."

Theresa schluckte schwer. „Aber ich will gar nicht wieder nach Hause! Ich hab …" Sie schüttelte den Kopf und wunderte sich auf einmal über sich selbst. „Ich hab Angst vor zu Hause. Ich hab Angst, dass dann alles wieder so wie früher ist."

Max hob die Hand, legte sie sanft an Theresas Wange und streichelte mit seinem Daumen über ihre Haut. „An meinen Gefühlen hat sich nichts geändert und es wird sich auch in Deutschland nichts daran ändern."

Theresa schaffte es nicht zu protestieren. Max' Hand war so warm und die Berührung ging ihr durch und durch. „Und David?", flüsterte sie. „Ich liebe ihn inzwischen wie mein eigenes Kind! Dabei gehört er gar nicht zu mir. Was ist, wenn ich ihn nicht behalten kann?"

Max lächelte sanft. „Muss *ich* dir jetzt sagen, dass du ein bisschen mehr Vertrauen zu Gott haben solltest?"

***

„Ich möchte mich bei dir entschuldigen“, sagte Rita und hielt gespannt den Atem an.

„Echt?“, fragte Ariane verwundert.

„Ja“, antwortete Rita und fuhr fort, mit dem Telefon am Ohr Theresas Blumen zu gießen. Dabei goss sie eine Extraportion Wasser an einen Elefantenfuß, der irgendwie den Eindruck machte, als würde er demnächst eingehen wollen. „Ich hätte dir im Hinblick auf die Kundgebung reinen Wein einschenken sollen. Das tut mir leid.“

„Ich bin froh, dass du das sagst“, seufzte Ariane. „Theresa wäre bestimmt nicht glücklich, wenn sie wüsste, dass wir uns streiten.“

„Ja, bestimmt“, nickte Rita und wechselte zu einer Sansevieria. „Was machen deine Gebetsabende? Trefft ihr euch noch?“

„Schön, dass du danach fragst!“, freute sich Ariane. „Wir treffen uns inzwischen jeden Abend. Obwohl es noch keine guten Nachrichten gibt, haben wir irgendwie das Gefühl, dass die Gebete helfen.“

Rita erstarrte. Jeden Abend? Das kam ihr nicht gerade entgegen. „Das ist … ja toll“, würgte sie hervor.

„Und du? Was macht die Briefaktion?“

„Wenn wir deine mitzählen, haben wir inzwischen 1.368 Briefe verschickt. Die Bundesregierung antwortet zwar, aber nur mit einem Standardschreiben.“

„Ich weiß“, erwiderte Ariane. „Ich hab auch so eins bekommen. Es wirkt irgendwie … *unpersönlich*. So als würden die gar nicht begreifen, dass es hier um Menschen aus Fleisch und Blut geht.“

„Findest du das auch?“, entfuhr es Rita. „Diese Briefe sind eine bodenlose Unverschämtheit! Sie zeigen mal wieder, dass diese Schreibtischhengste vom wahren Leben nicht die geringste Ahnung haben!“

„Ich hab’s allerdings auch nicht gewusst“, seufzte Ariane. „Ich kann mich noch daran erinnern, wie ich reagiert habe, als Tom mir zum ersten Mal von diesem vermissten Flugzeug erzählt hat. Es war so weit weg … so unwichtig für mich!“

„Willst du sie damit entschuldigen?“, rief Rita und fuchtelte aufgebracht mit der Gießkanne herum. Dass dabei Wasser auf das dunkelbraune Laminat schwappte, bemerkte sie gar nicht. „Wenn die mit demselben Elan nach dem Flugzeug suchen, mit dem sie Briefe schreiben, dann sieht es schlecht für Theresa aus!"

„Vielleicht konzentrieren sie ihre Kräfte auch auf die Suche nach dem Flugzeug und nicht auf die Beantwortung der Schreiben. Das wäre doch ganz in unserem Sinne, oder nicht?"

„Musst du immer alles so ekelhaft positiv sehen?", fauchte Rita. „Das kann ja keiner aushalten!"

„Und du? Wie hältst du es aus, immer alles negativ zu sehen?"

Rita stellte die Gießkanne mit einem Knall auf die Fensterbank zurück. „Ich sehe schon, du willst weiter alles schönreden und deine kleinen Händchen falten. Dann brauch ich dich wohl nicht zu fragen, ob du am Freitag mit auf die Angehörigenversammlung kommst, was?"

„Ach, das war der Zweck deines Anrufs?", begriff Ariane. „Das hätte ich mir eigentlich denken können! Schönen Dank noch mal für deine Entschuldigung. Die kannst du dir an den Hut stecken. Am besten, du hebst sie dir für jemanden auf, der ein bisschen besser nach deiner Pfeife tanzt!"

***

Im Verlauf dieses Tages nahm das Floß mehr und mehr Gestalt an. Gleichzeitig herrschte unter den Überlebenden eine positive Stimmung, wie Theresa sie noch nicht erlebt hatte. Es war, als wäre die Hoffnung zurückgekehrt. Alle schienen gut gelaunt, gingen ausgesprochen höflich miteinander um und arbeiteten eifrig an dem Floß, das nach nunmehr 25 Tagen auf dieser Insel der Weg zurück nach Hause zu sein schien.

Als Max einige Stunden später ins Lager zurückkehrte, machte er einen sehr nachdenklichen Eindruck. Auch als die anderen ihm das beinahe fertige Floß zeigten, schien er sich nicht richtig freuen zu können.

Nachdem er eine Weile mit David Werfen geübt hatte, konnte Theresa ihn endlich allein abpassen. „Was ist los?", fragte sie.

Max setzte sich auf einen Felsen und wartete, bis Theresa neben ihm Platz genommen hatte. Seine Stimme klang vom vielen

Tauchen belegt. „Manchmal nervt es mich, dass du mir alles an der Nasenspitze ansiehst."

„Liegt es zu tief?", fragte Theresa, ohne auf seine Bemerkung einzugehen.

Max seufzte. „Das weiß ich noch nicht. Ich komme jeden Tag ein Stück weiter nach unten. Aber heute ist mir klar geworden ..." Er hob frustriert die Hände. „Es ist furchtbar dunkel da unten. Selbst wenn es mir gelingen sollte, ins Innere des Flugzeugs zu gelangen ... ich sehe schon von außen kaum etwas. Wie soll ich mich da erst drinnen zurechtfinden?"

„Du könntest eine Taschenlampe mitnehmen. Michael hat eine ganz kleine mit LED, die erstaunlich hell ist."

Max starrte auf den Boden und schob mit dem Fuß ein paar Steine zur Seite. „Die Lampe wird sich bestimmt freuen, wenn sie 'ne Runde durchs Salzwasser gezogen wird."

„Ach, jetzt sei doch nicht so unkreativ", schimpfte Theresa. „Es gibt für alles eine Lösung! Ich weiß zum Beispiel, dass wir ein paar Gefriertüten in den Koffern gefunden haben. Wir könnten sie ordentlich verknoten, vielleicht sind sie dann wasserdicht."

Max hob erstaunt den Blick. „Du bist genial!", entfuhr es ihm.

Theresa errötete. Um sich ihre Freude nicht anmerken zu lassen, erhob sie sich. „Ich geh Lampe und Tüte holen. Dann können wir's ausprobieren."

Sie lief eilig zu Michael hinüber, der im Schneidersitz auf dem Boden saß und damit beschäftigt war, einen dunkelblauen Pullover aufzuribbeln. „Hast du deine Taschenlampe da?", sprach sie ihn an.

„Oh, welch seltener Besuch", freute sich Michael. „Könntest du mir mal kurz helfen?" Er griff neben sich, suchte das Ende seines Fadens und drückte ihn Theresa in die Hand. „Das muss dringend aufgerollt werden. Sonst verknotet sich alles."

„Du willst also ein Wollknäuel, ja?", fragte sie und begann, den Faden in schnellem Tempo über zwei Finger ihrer linken Hand zu wickeln.

„Wow, könnt ihr Frauen das schnell", staunte Michael.

Nachdem sie bereits ein paar Meter Wolle aufgewickelt hatte, streifte sich Theresa die Rolle vom Finger und wickelte in gegenläufiger Richtung weiter. „Deine Taschenlampe“, begann sie aufs Neue. „Max braucht sie für seine Tauchgänge.“

„Du kriegst sie als Belohnung fürs Wollknäuel“, grinste Michael.

„Da bin ich ja froh“, seufzte Theresa und wickelte eifrig weiter.

„Vielleicht hätte ich Lehrer für Textiles Gestalten werden sollen …“, sagte Michael mit amüsiertem Unterton. „Findest du nicht, dass ich geniale Handarbeit fabriziere?“

Theresa musste lächeln. „Als Lehrer sollte man Handarbeiten *herstellen*, nicht zerstören.“

„Was ist, müsst ihr die Taschenlampe erst noch erfinden?“

Theresa hielt mit ihrer Arbeit inne und sah erstaunt zu Max auf. „Michael hat gesagt, ich müsse mir die Taschenlampe erst verdienen“, sagte sie entschuldigend.

„Ach, tatsächlich?“ Max’ Stimme klirrte vor Kälte und der Blick, den er Michael zuwarf, wirkte nicht gerade amüsiert.

„Ist ja schon gut“, murmelte Michael, legte den Pullover aus der Hand, kramte in seiner Hosentasche nach der Taschenlampe und legte sie neben Theresa auf den Boden. „Hinter dir ist wohl immer jemand her, was? War das in Deutschland auch schon so?“ Mit diesen Worten rappelte er sich hoch und entfernte sich.

Theresa zog die Stirn in Falten. „Denkt er etwa, dass du eifersüchtig bist?“

„Eine gewisse Intelligenz muss man ihm wohl zubilligen …“, sagte Max und sah Michael nach. Dann hockte er sich neben Theresa, sah sie an und sagte: „Natürlich bin ich eifersüchtig! Ich hab nicht vor, dich zu teilen. Weder mit diesem schwedischen Möchtegern von ‚Wohnst du noch oder lebst du schon?‘ noch mit so ’nem pelzigen Lehrkörper. Du findest doch hoffentlich nichts an ihm?“

Theresa musste lächeln. Pelziger Lehrkörper? „Glücklicherweise nicht.“

„Dann ist es ja gut. Das Warten fällt mir schon schwer genug. Da muss nicht auch noch Konkurrenz auftauchen.“

„Dabei belebt Konkurrenz doch das Geschäft“, grinste Theresa.

Max seufzte tief. „Das Geschäft, von dem wir hier sprechen, ist auch so schon belebt – belebter als die Firma in Stoßzeiten, das kannst du mir glauben.“

Kapitel 30

Am darauffolgenden Tag war das Floß fertig und wurde zu Wasser gelassen. Es schwamm hervorragend und konnte drei Personen tragen. Max hatte entschieden, dass ihn neben Theresa noch Ethan begleiten sollte. Er hatte Deutsch in der Schule gelernt und konnte sich einigermaßen mit Max verständigen. Und so ruderten die drei mithilfe zweier Tischtennisschläger, die sie in einem der Koffer gefunden hatten, aufs offene Meer hinaus.

Es war ein wunderschöner, windstiller Tag, an dem keine einzige Wolke den blauen Himmel befleckte. Um sich vor Sonnenbrand zu schützen, hatte sich Theresa ein langärmeliges weißes Shirt und eine lange weiße Hose angezogen und ein Basecap aufgesetzt. Trotz ihrer guten Ausrüstung war ihr jedoch nicht wohl in ihrer Haut. Schon der Gedanke, dass Max ganz allein in 20 Meter Tiefe hinabtauchen würde, verbannte jedes Lächeln aus ihrem Gesicht.

Im Gegensatz zu ihr hatten Max und Ethan hervorragende Laune und witzelten miteinander herum. Als Max zum ersten Mal abtauchte, entstand eine plötzliche Stille, die Theresa die Gefahr umso deutlicher spüren ließ. Jetzt, wo niemand mehr sprach, hörte sie nur noch das leise Plätschern des Wassers. Und das Meer erschien ihr auf einmal so bedrohlich wie ein riesiges schwarzes Monster.

Sie starrte jetzt abwechselnd auf die Armbanduhr, die sie sich von Haziq ausgeliehen hatte, und auf das Wasser. *Vier Minuten*, hämmerte es in ihrem Kopf. Das war die längste Zeit, die Max bei körperlicher Anstrengung unter Wasser verbringen konnte. Eine Ewigkeit …

„Ich kann ihn nicht mehr sehen“, flüsterte Theresa, als etwa eine Minute vergangen war. Obwohl das Wasser sehr klar war, hatte sich sein Schatten inzwischen im Dunkel verloren. Nur die Sockenkette, deren Ende sich Max um die Hüften gebunden hatte, war noch erkennbar. „Siehst du ihn noch?“

Ethan schüttelte den Kopf. „Nö."

Theresa sah erneut auf ihre Uhr. Inzwischen waren beinahe zwei Minuten vergangen. Ohne es zu bemerken, hatte sie bis eben selbst die Luft angehalten. Jetzt aber musste sie einatmen, wodurch ihr noch stärker bewusst wurde, in welcher Gefahr Max schwebte. Was, wenn er zu spät bemerkte, dass er keine Kapazitäten mehr hatte, um wieder nach oben zu kommen? Würde er dann nicht ertrinken?

Drei Minuten ...

„Ich halt das nicht aus!", jammerte Theresa und starrte beinahe beschwörend auf die Stelle, an der Max ins Wasser eingetaucht war.

„Da", rief Ethan und deutete aufgeregt auf einen größer werdenden Schatten.

Theresa hielt erneut die Luft an. Als Max schließlich die Oberfläche durchbrach und sie dabei großzügig mit Wasser bespritzte, erschien ihr das wie das schönste Gefühl auf Erden. „Das waren die längsten dreieinhalb Minuten meines Lebens!", rief Theresa, als Max wieder auf das Floß geklettert war.

„Ich bin ... zu früh ... umgekehrt", ärgerte sich Max keuchend. „Ich hätte noch länger unter Wasser bleiben können."

„Hast du das Flugzeug erreicht?", wollte Ethan wissen.

Max schüttelte den Kopf. „Ich bin zu früh umgekehrt", wiederholte er. „Ich weiß nicht mal, ob wir an der richtigen Stelle sind." Mit diesen Worten intensivierte er seine Atmung und machte schon zwei Minuten später Anstalten, zu einem weiteren Versuch aufzubrechen.

„Du spinnst wohl!", rief Theresa und packte ihn am Arm. „Du machst zwischen den Tauchgängen mindestens eine halbe Stunde Pause! Sonst lass ich dich da nicht runter!"

Max wandte den Kopf und starrte auf ihre Hand hinunter. Theresa schluckte und dachte an das, was gestern passiert war, als sie ihn berührte hatte. Eilig ließ sie ihn los. „Eine halbe Stunde", wiederholte sie. „Sonst mach ich nicht mit!"

***

Bei den ersten drei Tauchgängen lag Theresa mit ihrer halben Stunde in etwa richtig. Jedenfalls schien diese Ruhepause auszureichen, damit Max erneut zwischen drei und vier Minuten unter Wasser bleiben konnte. Unglücklicherweise fand er erst beim dritten Tauchgang die Stelle, an der das Flugzeug lag. Immerhin gelang es ihm bei diesem Versuch, die Außenhaut des Flugzeugs zu berühren. Durch diesen Erfolg ermutigt, schöpfte er die Hoffnung, schon an diesem Tag nach einem geeigneten Einstieg suchen zu können.

Allerdings schienen seine Kräfte ab dem vierten Tauchgang rapide abzunehmen. Er blieb zunächst noch drei und danach nur zweieinhalb Minuten unter Wasser.

„Wenn das so weitergeht … sitzen wir … in drei Wochen noch hier", schimpfte er, während er schwer atmend rücklings auf dem Floß lag. „Ich hab anscheinend … nur wenige … Versuche."

„Verlang nicht so viel von dir", riet Theresa. „Das Flugzeug zu erreichen war schon eine unglaubliche Leistung."

„Leistung", keuchte Max, „ist ein Begriff … der zu Geräten passt … nicht zu Menschen … Waren das nicht deine Worte?"

Theresa zog die Stirn in Falten und versuchte sich zu erinnern. „Wann hab ich das denn gesagt?"

„Als ich diese Telefontussi zur Schnecke gemacht hab", seufzte Max und atmete immer noch schwer. „Wie hieß sie doch gleich?"

„Birgit Ellmers!", erinnerte sich Theresa. „Aber du kannst dir doch nicht … ich meine, hast du dir allen Ernstes gemerkt, was ich gesagt habe?!"

Max drehte sich auf die Seite und stützte sich auf seinem linken Unterarm ab. „Ich hab mir viel mehr gemerkt, als du denkst. Ich hab dir doch gesagt, dass ich schon immer in dich verliebt war."

Theresa errötete und warf einen verlegenen Seitenblick auf Ethan, der allerdings so tat, als untersuche er die Taschenlampe, die Max in der Gefriertüte mitgenommen hatte, auf Nässe. Theresa wandte sich wieder Max zu und sagte leise: „Ich würde dir vielleicht noch glauben, dass sich deine Einstellung mir gegenüber geändert hat, aber dass du mich immer schon geliebt hast … Nein! Das nun wirklich nicht!" Sie verschränkte die Arme vor der Brust und sagte herausfordernd: „Denkst du, du bist der Einzige, der sich gemerkt hat, was der andere gesagt hat? Möchtest du ein paar Kostproben deiner Worte hören?"

Max schluckte schwer. „Hm … weiß nicht."

„Nehmen wir zum Beispiel die Blumen, die ins Büro geliefert wurden. Du hast behauptet, ich müsste sie in einem Preisausschreiben gewonnen haben, weil mir sonst im Leben niemand Blumen schenken würde …"

Max senkte betreten den Blick. „Der Gedanke, dass dir ein anderer Mann Blumen schenkt, hat mich wohl etwas aggressiv gemacht."

Theresa presste ihre Lippen aufeinander und sagte heiser: „Das Preisausschreiben wäre mir jedenfalls lieber gewesen als dieser Stalker. Es gab noch nie einen halbwegs normalen Mann, der mir Blumen geschenkt hat!"

„Falls du mich als halbwegs normal ansiehst …", Max musste plötzlich grinsen, „und das ist wahrscheinlich zweifelhaft … aber falls doch, dann kaufe ich dir jede Menge Blumen, sobald wir wieder in Deutschland sind."

„Blumen für die Tippse? So hast du mich im Flieger genannt!"

Max schloss für einen Moment die Augen. „Ich hatte dich die halbe Nacht lang angestarrt und fühlte mich so ertappt …"

„Hör doch auf, Max!", fauchte Theresa. „Du tust ja gerade so, als gäbe es für jede Situation eine Erklärung. Dabei hast du mich einfach wie den letzten Dreck behandelt. Du hast mich beleidigt, ignoriert und herumkommandiert. Sieht so Liebe aus?"

„Wenn man sich dagegen wehrt, schon! Ich wollte dich ja nicht lieben! Ich wollte diese perfekten Frauen lieben, mit denen ich ausgegangen bin. Aber ich konnte es einfach nicht!" Er hob frustriert die rechte Hand und ließ sie auf seinen Oberschenkel klatschen. „Ich konnte nicht!"

***

Obwohl Max von nun an ausgedehntere Pausen machte, gelang es ihm nicht mehr, an das Flugzeug heranzukommen. Entsprechend frustriert war er, als er nach insgesamt acht Tauchgängen ins Lager zurückkehrte und dort verkünden musste, dass er nicht sehr viel erreicht hatte.

Die anderen waren anfangs enorm enttäuscht, gingen dann aber dazu über, Max Mut für den nächsten Tag zu machen. Trotzdem war

Max sehr schweigsam. Er aß eine riesige Portion Obst und Fleisch und verzog sich dann auf sein Bett. Theresa wollte ihm folgen, musste aber feststellen, dass Miriam schneller gewesen war. Leicht bekleidet wie immer setzte sie sich neben ihn und fummelte aufreizend an ihren langen, braunen Haaren herum.

Theresa begann innerlich zu kochen und musste all ihre Selbstbeherrschung aufbieten, um nicht aufzuspringen und der Frau die Augen auszukratzen. Glücklicherweise dauerte das Intermezzo nur wenige Minuten. Nachdem sie irgendetwas besprochen hatten, stand Miriam auf und ging zu Rainer zurück. Theresa zwang sich, noch ein paar Minuten abzuwarten, bevor sie zu Max hinüberschlenderte, während die Fragen bereits wie Sambal Oelek auf ihrer Zunge brannten: *Was wollte Miriam von dir? Hat sie dir zweideutige Angebote gemacht?*

Unglücklicherweise kam sie nicht mehr dazu, die Fragen zu stellen. Denn als sie bei Max ankam, schlief dieser schon.

***

Am darauffolgenden Morgen war Max genauso schweigsam wie am Abend zuvor. Anscheinend dachte er an nichts anderes als an seine Tauchgänge. Auch auf dem Floß kam kein Gespräch zustande. Ethan versuchte, die Atmosphäre etwas aufzulockern und riss ein paar Witze, doch lachte heute niemand darüber.

Als sie meinten, den richtigen Platz erreicht zu haben, band Max sich seine Sockenkette um den Bauch. Dann sagte er: „Ich hab mir überlegt, dass ich versuchen könnte, das Ende des Seils irgendwo am Flugzeug zu befestigen. Dann könnte ich mich beim zweiten Tauchgang an dem Seil in die Tiefe ziehen. Das spart vielleicht Luft."

„Kommt überhaupt nicht infrage", protestierte Theresa. „Wir haben abgemacht, dass du am Seil befestigt bleibst. Wie sollen wir dich sonst retten, wenn irgendetwas schiefgeht?"

„Ich finde, sie hat recht", nickte Ethan und reichte Max die Plastiktüte mit der Taschenlampe. „Du weißt selbst, wie schwer es dir fällt, deine Luftreserven einzuschätzen. Du brauchst diese Absicherung."

„Also gut", seufzte Max. Um sich auf den Tauchgang vorzubereiten, atmete er eine Weile schnell hintereinander ein und aus, holte dann tief Luft und verschwand unter Wasser.

„Der Typ hat echt Mumm", sagte Ethan und wickelte sich das auf dem Floß verbliebene Ende der Sockenkette ums Handgelenk. Dann starrte er zusammen mit Theresa ins Wasser.

Obwohl dies schon der neunte Tauchgang war, den Theresa miterlebte, ging es ihr kaum besser als bei allen anderen. Die Sekunden verrannen im Zeitlupentempo und schienen sich über sie lustig zu machen.

Als Max nach 3 Minuten und 43 Sekunden wieder auftauchte, empfing Ethan ihn mit einem neugierigen: „Und?"

Max zog sich schwer atmend aufs Floß und schimpfte: „Wir sind … nicht weit genug … draußen … so'n Mist! Wir müssen weiter da rüber!"

Ethan nickte, nahm seinen Tischtennisschläger zur Hand und begann damit zu paddeln. Theresa half ihm.

„Das müsste reichen", sagte Max irgendwann. Er atmete inzwischen wieder ruhiger und konnte sich hinsetzen. „Am liebsten würde ich sofort wieder runter. Nach dem ersten Tauchgang hat man nicht das Gefühl, als müsste man eine halbe Stunde warten." Als er sah, dass Theresa etwas sagen wollte, brachte er sie durch eine Handbewegung zum Schweigen. „Ich weiß, was du sagen willst. Und du hast recht. Es hat mich selbst überrascht, wie schnell ich gestern Abend eingeschlafen bin. Anscheinend schlaucht das Tauchen mehr, als man denkt."

„Apropos gestern Abend", sagte Theresa. „Was wollte Miriam eigentlich schon wieder?"

„Also, das würde mich auch mal interessieren", entfuhr es Ethan.

Max begann zu grinsen. „Das könnte ich euch natürlich verraten. Aber ich könnte es auch für mich behalten." Er sah Theresa an. „Wie sagtest du gestern so schön? Konkurrenz belebt das Geschäft …"

Theresa verzog das Gesicht. *Mir ist das Geschäft schon belebt genug*, dachte sie, hütete sich aber, es auszusprechen.

***

Der zweite Tauchgang, den Max an diesem Tag absolvierte, war erfolgreich. Es gelang ihm nicht nur, das Flugzeug zu erreichen, sondern auch, die vordere Tür zu finden und ein paar Meter ins Innere zu schwimmen.

„Die Taschenlampe war Gold wert", sprudelte es aus ihm heraus, als er zurück auf dem Floß war. „Es ist so finster da unten, dass sie richtig viel bringt."

Theresa schauderte und stellte sich vor, wie es sich anfühlte, in mehr als 20 Metern Tiefe in ein stockfinsteres Grab zu tauchen. „Hast du …", begann sie zögerlich, „hast du … *Menschen* gesehen?"

Max sah sie an und war sofort zurück auf dem Boden der Tatsachen. „Nein", sagte er leise. „Zum Glück nicht."

Theresa schluckte. „Manchmal denke ich darüber nach, wie viele von ihnen gläubig waren und jetzt bei Gott sind …"

Max legte seine nasse Hand tröstend auf Theresas Knie. „Gott wird schon wissen, was er tut."

Theresa spürte, wie sich ihre weiße Stoffhose mit Wasser vollsaugte, fand das Gefühl aber nicht unangenehm. „Erinnerst du dich noch an Stefan?"

Max verzog das Gesicht. „Der Jungspund aus der ersten Klasse?" Theresa nickte. „Er hat mich einen schlecht gelaunten Workaholic genannt", beschwerte sich Max.

Theresa musste lächeln. „Da hatte er recht."

„Ja", seufzte Max und strich sich mit gespreizten Fingern ein paar vorwitzige Haarsträhnen aus der Stirn, „hatte er wohl …"

„Er war höchstens Mitte zwanzig und jetzt ist er tot!", krächzte Theresa. Dann beugte sie sich über das Floß hinweg und starrte ins Wasser. „Und all das befindet sich direkt unter uns …" Sie steckte ihre Hand ins Wasser, so als könnte sie auf diese Weise eine Verbindung zu dem Flugzeug herstellen. „Von hier oben sieht es so aus, als wäre nichts gewesen. Alles ruhig und idyllisch. Aber da unten …" Ihr stiegen Tränen in die Augen. Eilig entzog sie Max ihre Hand und wischte sie weg. „Das allein ist schon ein guter Grund, das ELT zu holen. Stell dir all die Angehörigen vor, die nicht wissen, was mit ihren Lieben passiert ist. Bangen und Hoffen und das jetzt schon seit siebenundzwanzig Tagen! Das muss furchtbar sein!"

Sie sah Max an und stellte fest, dass er sie anstarrte. „Was ist?", fragte sie ein wenig verunsichert.

„Wenn ich nicht sowieso schon in dich verliebt wäre", sagte er leise, „dann wäre es jetzt um mich geschehen. Dein Herz möchte ich haben! Es ist so … so *dezentriert*!"

„So was?", wunderte sich Theresa.

„So dezentriert", wiederholte Max. „Es hat so wenig mit sich selbst zu tun. Es ist immer bei anderen …"

„Apropos andere", unterbrach Ethan ihre Zweisamkeit. „Ich fürchte, wir haben Besuch."

Theresa blickte auf. „Oh nein!", entfuhr es ihr.

„Ach, den Knaben kenn ich schon", sagte Max und starrte nun ebenfalls auf die bedrohlich wirkende Rückenflosse, die in langsamem Tempo das Floß umrundete.

„Woher willst du das wissen?", wunderte sich Ethan.

Max streckte die rechte Hand aus und deutete in Richtung des Hais. „Siehst du die kleine Ecke, die da fehlt? Ziemlich weit oben, im hinteren Teil der Flosse?" Ethan nickte. „Er muss sich irgendwann mal verletzt haben. Daran kann man ihn sehr gut erkennen!"

„Ist er aggressiv?", erkundigte sich Ethan.

„Das ist definitiv die falsche Frage!", brach es aus Theresa hervor. „Und wenn er das reinste Schoßhündchen wäre – Max wird unter keinen Umständen noch einmal ins Wasser gehen!"

„*Sie* ist aggressiv", grinste Max und deutete mit dem Daumen auf Theresa. „Der Hai ist ganz schnuckelig."

Theresa beugte sich vor, um nach ihrem Tischtennisschläger zu greifen. „Wir rudern sofort zurück!" Unglücklicherweise fiel Theresas Bewegung so abrupt aus, dass das Floß bedrohlich ins Wanken geriet.

„Ho, ho", machte Max und verlagerte sein Gewicht, um das Floß wieder zu stabilisieren. „Wenn du nicht willst, dass wir gefressen werden, solltest du dich ein bisschen mehr vorsehen."

„*Du* solltest dich ein bisschen mehr vorsehen", fauchte Theresa und schaffte es endlich, nach dem Schläger zu greifen. „Ich hab deinen Übermut und deine Sorglosigkeit allmählich satt! Irgendwann bringst du dich noch um!"

Max griff nach der Hand, mit der Theresa den Tischtennisschläger umklammerte, und hielt sie fest. „Es tut mir leid, Theresa. Ich hab nur Spaß gemacht, ehrlich."

„Ich hab in der letzten Zeit genug Menschen sterben oder verschwinden sehen. Mir reicht's jetzt! Wirklich!" Dieses Mal war es um Theresas Selbstbeherrschung geschehen und Tränen liefen über ihre Wangen.

„Ich hab wirklich nur Spaß gemacht", beteuerte Max. Dann schlang er seinen rechten Arm von hinten um Theresas Bauch und versenkte sein Gesicht in ihren Haaren. „Ich hab dir doch erzählt, dass man stillhalten muss, wenn man einen Hai nicht zum Angriff reizen will. Ich kann nicht gleichzeitig zum Flugzeug runtertauchen und mich um den Hai kümmern. Das ist sogar mir klar."

„Dann paddeln wir zurück?", krächzte Theresa.

„Ja", flüsterte Max, ohne sich auch nur einen Millimeter von Theresa zu entfernen. „Wir paddeln zurück."

***

„Ich bin's, Ariane."

„Hallo Ariane", antwortete Johanna. „Rufst du wegen heute Abend an?"

„Nicht direkt", seufzte Ariane und fuhr fort, Wäsche zu falten. Sie saß im Wohnzimmer auf dem dunkelblauen Veloursteppichboden. Um sie herum stapelten sich Unterwäsche, Handtücher und Socken, die nach Waschmittel dufteten. „Kommen wolltest du doch, oder?"

„Na klar." Johannas Stimme war fest. „Wir beten so lange weiter, bis dieses Flugzeug gefunden wird!"

„Könntest du auch schon ein bisschen früher kommen?", fragte Ariane vorsichtig.

„Früher? Wieso?"

Ariane seufzte tief. „Ich weiß auch nicht. Ich bin so … so unruhig heute. Ich bete schon den ganzen Tag für Theresa und hab irgendwie das Gefühl …" Sie brach ab.

„Welches Gefühl?"

„Das Gefühl, dass es nicht reicht!"

Während Johanna schwieg, faltete Ariane eines von Sinas Unterhemdchen und legte es auf den entsprechenden Stapel. „Du meinst", begann Johanna schließlich, „... *wo zwei oder drei in meinem Namen versammelt sind* ..."

„... *da bin ich mitten unter ihnen*!", freute sich Ariane. „Genau!"

„Und was machen wir mit Sina, während wir beten?", erkundigte sich Johanna.

Ariane sackte frustriert in sich zusammen. „Oh, stimmt. Es war eine Schnapsidee."

Johanna lachte auf. „So'n Quatsch. Koch schon mal Kaffee. Ich bring Merle mit. Die spielt dann mit Sina."

***

Max hielt Wort, überredete Theresa aber, am Nachmittag ein weiteres Mal aufs Meer zurückzukehren. Er hoffte, dass sich der Hai in der Zwischenzeit verzogen haben würde, und genauso war es auch. Als sie an die Stelle zurückkehrten, war die bedrohlich wirkende Rückenflosse nicht mehr zu sehen.

Unglücklicherweise befanden sie sich auch dieses Mal nicht direkt über dem Flugzeug, sodass Max den ersten und zweiten Tauchgang mit der Suche danach verschwendete. Erst der dritte Tauchgang war richtig erfolgreich. Als Max wieder auftauchte, berichtete er begeistert, dass er bis zur Tür des Cockpits vorgedrungen war.

„Ich war fast sicher, dass die Tür verschlossen sein würde!", sagte er wieder und wieder. „Aber das ist sie nicht! Wisst ihr, was das bedeutet? Wir haben eine realistische Chance, dieses Teil da unten rauszuholen!" Er brannte wie ein Feuerzeug darauf, erneut in die Tiefe hinabzutauchen, wurde aber immer wieder von Theresa gestoppt.

„Eine halbe Stunde", sagte sie streng. „Du gehst erst da runter, wenn du dich eine halbe Stunde lang erholt hast."

Als es endlich so weit war, hatte Max ungefähr hundert Mal nach der Uhrzeit gefragt.

„Hör zu", sagte Theresa, als Max bereits mehrfach hintereinander tief durchatmete, um sich auf den Tauchgang vorzubereiten. „Ich hab irgendwie kein gutes Gefühl. Du bist viel zu aufgedreht! Ich hab Angst, dass du zu viel riskierst."

Max schüttelte nur den Kopf und atmete weiter.

„Dies ist schon der vierte Tauchgang heute Nachmittag", mahnte Theresa. „Vergiss das bitte nicht. Gestern hat die Zeit, die dir zur Verfügung stand, nach dem dritten Mal rapide abgenommen."

Max nickte und ließ sich ins Wasser gleiten.

„Bitte überschätz dich nicht", rief Theresa noch, dann musste sie zusehen, wie Max ein letztes Mal tief Luft holte und unter der Wasseroberfläche verschwand.

„Ich hab kein gutes Gefühl", sagte sie weinerlich. „Tengo miedo." *Ich habe Angst.* Gleichzeitig starrte sie ins Wasser und sah seinem Schatten dabei zu, wie er immer kleiner wurde. „Er ist manchmal wie ein kleines Kind, das man nicht bremsen kann."

„Also, wenn du mich fragst, ist er ein ganzer Kerl", widersprach Ethan. „Einer mit richtig viel Mut."

„Man kann auch zu viel Mut haben", krächzte Theresa und sah zu Ethan hinüber. „Halt das Seil gut fest, okay?"

Ethan rollte mit den Augen. „Für wie doof hältst du mich?"

Theresa antwortete nicht, sondern starrte nur angestrengt auf ihre Uhr. Eine Minute verging, dann noch eine.

„Scheiße", sagte Ethan.

Theresa zuckte zusammen und starrte zu Ethan hinüber. Dann folgte sie seinem Blick und … sah die Rückenflosse, die nur wenige Meter vom Floß entfernt durch das Wasser glitt.

„Der scheint uns richtig gern zu haben", bemerkte Ethan. Er deutete auf die Rückenflosse. „Es ist derselbe wie heute Morgen."

„Ich hab's gewusst", sagte Theresa und begann innerlich zu beten. *Herr, bitte lass den Hai verschwinden.* „Ich hab gewusst, dass irgendetwas schief geht. Ich hab's gewusst."

Als der Hai direkt am Floß vorbeischwamm, hielt sie den Atem an. Er war riesig! Alles in allem beinahe so groß wie das Floß! Und schön! Seine Bewegungen wirkten anmutig und majestätisch und irgendwie überhaupt nicht bedrohlich. Hätte sie nicht gewusst, dass es ein gefährliches Raubtier war, dann hätte sie ihn beinahe berühren wollen … „Drei Minuten", flüsterte Theresa und starrte einmal mehr auf ihre Uhr. „Was machen wir jetzt? Max muss jeden Moment auftauchen."

„Er wird den Hai ja sehen", beruhigte Ethan sie. „Du weißt, dass er sich mit Haien auskennt."

„Wir hätten ein Notsignal vereinbaren sollen", jammerte Theresa. „Dreimal am Seil ziehen oder so was. Warum sind wir nicht auf die Idee gekommen?"

„Es wird schon gut gehen", antwortete Ethan. „Wir dürfen jetzt nicht die Nerven verlieren."

„Siehst du schon was?", fragte Theresa und starrte immer angestrengter in die Tiefe. „Es sind schon dreieinhalb Minuten um. Wo bleibt er denn?"

„Keine Ahnung", wunderte sich Ethan.

„Bitte, Jesus", flüsterte Theresa verzweifelt. „Lass ihn auftauchen!" Sie rang verzweifelt ihre Hände. „Drei Minuten fünfundvierzig … so lange ist er noch nie unter Wasser geblieben. Es muss irgendwas passiert sein!"

„Er wird schon kommen."

„Er kommt überhaupt nicht!", schrie Theresa ihn an. „Du musst ihn raufziehen! Zieh ihn rauf!"

„Hör auf rumzuschreien", fauchte Ethan. „Du machst den Hai verrückt!" Tatsächlich hatte dieser seine Geschwindigkeit nicht unerheblich erhöht.

Aber das interessierte Theresa nicht das geringste bisschen. Ethan tat nicht, was sie ihm sagte, und es waren vier Minuten vergangen. „Gib her!", brüllte sie, entriss ihm kurzerhand das Sockenseil und begann es mit hektischen Bewegungen einzuholen.

„Mach langsam", mahnte Ethan. „Du weißt doch, dass man nicht so schnell auftauchen darf."

Aber Theresa konnte sich nicht beherrschen. Sie zog und zog und zog wie eine Wahnsinnige.

„Da kommt irgendetwas", rief Ethan.

Theresa riss das Seil weiter in die Höhe, bis etwas schwungvoll aus dem Wasser schoss.

„Was …?!", entfuhr es Ethan. Er fing etwas auf, das die Größe eines Schuhkartons hatte und eine leuchtend orange Farbe aufwies. „Das muss das ELT sein!" Er drehte den Kasten ehrfürchtig in seinen Händen. „Er hat's geschafft! Der Scheißkerl hat's geschafft!"

Drei Sekunden lang starrte Theresa ungläubig auf das, was am Ende des Seiles befestigt war. Dann holte sie tief Luft und ließ sich kopfüber ins Wasser fallen …

Kapitel 31

„Tut mir leid, dass es so lange gedauert hat", entschuldigte sich Rita. Sie hatte ihr Telefon am Ohr und gerade Leonora zurückgerufen. „Aber der Salon ist brechend voll."

„Ich musste die Versammlung für heute Abend absagen", seufzte Leonora.

Rita erschrak. Sie war auf dem Weg in den Aufenthaltsraum, blieb jetzt aber im Türrahmen stehen. „Aber warum denn?"

„Ich fürchte, ich hab mich ein bisschen verkracht …"

Rita überlegte einen Moment. „Mit der Anwältin, deren Mann in der Maschine saß?"

„Woher weißt du das?", wunderte sich Leonora.

Das war vorprogrammiert, dachte Rita. „Sie war gegen die Kundgebung."

„Sie behauptet, die Kundgebung hätte unser Ansehen in der Öffentlichkeit beschädigt. So ein Unsinn!"

Rita musste schlucken. Hatte die Anwältin womöglich recht? „Aber das ist doch noch kein Grund, die Versammlung abzusagen!"

„Na ja, das Problem ist, dass ein paar Leute auf ihrer Seite stehen."

Rita runzelte die Stirn. „Was heißt das: ein paar Leute?"

„So … sechzig Prozent."

Rita schnappte nach Luft. „Das ist natürlich … schlecht." Sie fuhr mit der Hand über das glatte Holz des Türrahmens. „Und wie sollen wir jetzt die Behörden dazu bringen, dieses Flugzeug zu finden?"

„Was weiß ich", seufzte Leonora niedergeschlagen. „Manchmal denk ich, es hat sowieso keinen Zweck. Weißt du, wie lange es schon verschwunden ist? Vier Wochen! Fast einen ganzen Monat! Da kann doch niemand mehr am Leben sein, oder?"

***

Du hättest deine Sachen ausziehen sollen, war das Erste, was Theresa dachte. Obwohl sie sehr leichte Kleidungsstücke trug, spürte sie sofort, dass ihre lange Hose und das Shirt ihr das Schwimmen erschwerten.

Die ersten paar Meter hielt sie die Augen noch geschlossen und versuchte einfach nach unten zu schwimmen. Dann blinzelte sie vorsichtig. Im ersten Moment sah sie gar nichts, dann tauchte ein verschwommenes Bild vor ihr auf. Allerdings gab dieses nicht sehr viele Details an ihr Gehirn weiter. Außer einer grauen Masse sah sie nicht viel, auch begannen ihre Augen zu brennen. Gleichzeitig schwamm sie mit aller Kraft weiter nach unten. Dabei spürte sie, wie der Wasserdruck zunahm und auf ihr Trommelfell drückte. Sie versuchte, gegen den Druck anzuschlucken, hatte aber nicht das Gefühl, dass das etwas bewirkte. Wenn Max noch im Flugzeug war, würde sie ihn niemals erreichen können.

Jesus, betete Theresa verzweifelt. *Zeig mir, wo er ist! Allein hab ich nicht den Hauch einer Chance!*

Sie blinzelte erneut gegen das Brennen an und jetzt wurde das Bild ein wenig klarer. Direkt unter ihr klaffte ein schwarzer Abgrund, links konnte sie kaum etwas sehen, aber rechts … bewegte sich da nicht etwas?

Hoffnungsvoll hielt Theresa inne und sah … *den Hai.*

***

„Hallo, Schatz", sagte Johanna, nachdem ihr Mann abgenommen hatte. „Stör ich gerade?"

„Ganz und gar nicht", erwiderte Harm. „Ich bereite die Jugendstunde vor. Aber ich hänge sowieso gerade. Was gibt's?"

Johanna goss Milch in ihre Kaffeetasse und rührte um. „Ariane und ich haben beide das Gefühl, dass wir noch ein bisschen Gebetsunterstützung brauchen. Könntest du vielleicht …?"

„Klar! Wofür soll ich beten? Dass das Flugzeug endlich gefunden wird?"

„Ja, das auch … und dass …" Sie sah Ariane an, doch zuckte diese nur frustriert die Achseln. Obwohl sich ihre innere Unruhe noch verstärkt hatte, konnte sie ihr Anliegen nicht konkret formulieren.

Sie wusste nur, dass irgendetwas sie beunruhigte. „Dass Theresa beschützt wird", sagte Johanna schließlich.

***

Der Hai musste mit ihr abgetaucht sein und war jetzt nur noch wenige Meter von ihr entfernt. Er beobachtete sie und begann sie zu umrunden. Theresa drehte sich mit ihm mit und starrte ihn mit weit aufgerissenen Augen an.

Vertikale Position einnehmen, Beine hängen lassen, nicht in Panik geraten, hämmerte es in Theresas Kopf. *Nicht schwimmen!* Aber all das hatte Max ihr erzählt, und Max war der Grund, weshalb sie *unbedingt* schwimmen musste! Während sie den Hai beobachtete, verrannen wertvolle Sekunden. Sekunden, die Max vielleicht nicht mehr hatte!

***

„Maximilian war mein ganzes Leben", sagte Leonora mit belegter Stimme. „Ich bin früh verwitwet und hatte immer nur ihn. Nur ihn …"

„Ich weiß, was du meinst", seufzte Rita. Dabei ging sie auf den kleinen Kühlschrank zu, der im Aufenthaltsraum auf dem Fußboden stand, und holte ihre Brotdose daraus hervor. „Mir geht es auch ein bisschen so. Außer Theresa hab ich keine echten Freunde!"

„Hast du keine Familie?", wollte Leonora wissen.

„Doch, schon." Rita schloss die Kühlschranktür wieder, ging mit der Brotdose zu dem kleinen Tischchen hinüber und setzte sich. „Meine Eltern leben beide noch. Aber sie sind schon alt und …" Rita atmete einmal tief durch. „Sie sind totale Spießer."

„Und Theresa? Ist sie keine Spießerin?", erkundigte sich Leonora.

„Nein!", rief Rita spontan, zog dann aber ihre Stirn in Falten. „Na ja … objektiv betrachtet vielleicht doch ein bisschen, aber nicht für mich … ich meine, sie nimmt mich so, wie ich bin, und versucht nicht ständig, einen anderen Menschen aus mir zu machen."

„Haben deine Eltern das versucht?" Leonoras Stimme klang betroffen.

„Ununterbrochen", knurrte Rita. „Deshalb bin ich auch vor ihnen geflohen."

Leonora lachte auf. Es schwang sowohl Trauer als auch Bitterkeit darin mit. „Manchmal denke ich, Maximilian tut das auch. Vielleicht ist er mit Absicht in genau dieses Flugzeug gestiegen. Vielleicht *wollte* er mich verlassen …"

***

Ob nun ein Hai da war oder nicht – wenn sie Max nicht fand, war alles verloren! Theresa drehte sich erneut um die eigene Achse. Dieses Mal folgte sie aber nicht dem Hai, sondern suchte nach Max. *Wo bist du?*, schrie es in ihrem Kopf. *Jesus, hilf mir!*

Ihr Blick war inzwischen so klar, dass sie relativ weit sehen konnte, aber da war nichts, keine menschliche Silhouette, keine Spur von Max. Dafür merkte sie jetzt, dass ihr die Atemluft knapp wurde. Sie würde in Kürze auftauchen müssen, und dann würde es viel zu lange dauern, um wieder hier runterzukommen. Drei Minuten ohne Sauerstoff, war das nicht die Regel? Würde das Gehirn nicht schon dann unwiderruflich absterben?

Voller Verzweiflung blickte Theresa ein letztes Mal in die schwarze Tiefe, die sich unter ihr ausbreitete. Und dann … Theresas Herz setzte einen Schlag aus und hämmerte dann umso unkontrollierter drauflos.

Da war ein Licht! Sie sah allen Ernstes ein Licht!

Ohne sich um den Hai oder ihren stärker werdenden Atemreflex zu kümmern, nahm Theresa Kurs auf das Licht. Das konnte beim besten Willen nicht verkehrt sein! Max hatte diese Taschenlampe bei sich. Und wenn er sie nicht verloren hatte …

***

„Ich bin's noch mal", sagte Harm. „Ich wollte nur sagen, dass ich einen Gebetsaufruf gestartet habe. Ich hab eine Rundmail an alle Gemeindemitglieder und alle Pastoren unseres Bundes geschrieben! Und ob du's glaubst oder nicht, aber … ich erhalte in einem fort Antworten. Wie es scheint, betet inzwischen halb Deutschland für Theresa. Wenn das nicht hilft, weiß ich auch nicht!"

„Das ist ja fantastisch!“, rief Ariane begeistert. „Du bist klasse!“

„Weiß ich“, erwiderte Harm. „Sag Jojo, sie darf mir heute Abend zum Dank den Rücken kraulen …“

***

Während Theresa einen Schwimmzug nach dem anderen machte und dabei spürte, wie der Druck auf ihren Ohren weiter zunahm, ging ihr ein Bibelvers durch den Kopf. *Ich bin das Licht der Welt! Wer mir nachfolgt, wird nicht wandeln in der Finsternis, sondern das Licht des Lebens haben. Des Lebens. Des Lebens. Des Lebens.*

Aber Max sah beim besten Willen nicht nach Leben aus! Theresa sah zuerst nur einen Schatten, der menschliche Umrisse aufwies. Fest stand jedoch, dass dieser Schatten sich nicht bewegte. Als sie näher kam, konnte sie erkennen, dass es sich tatsächlich um Max handelte. Aber das war alles andere als ermutigend. Er hatte die Augen offen, gab ansonsten aber kein Lebenszeichen von sich. Mit starrem Blick und abgestreckten Gliedmaßen trieb er vollkommen bewegungslos im Wasser.

Er hat das ELT geholt, dachte sie und versuchte auf diese Weise, mit Jesus zu verhandeln. *Du kannst nicht zulassen, dass er stirbt!* Sie hatte ihn jetzt erreicht und griff nach seinem rechten Handgelenk. Dabei handelte es sich um die Hand, die immer noch die Taschenlampe hielt.

Inzwischen war Theresas Drang zu atmen so stark, dass sie ihn gewaltsam unterdrücken musste. Unglücklicherweise kam sie mit Max im Schlepptau überhaupt nicht gut voran. Sie hatte jetzt nur noch einen Arm zum Schwimmen zur Verfügung und kämpfte sich verzweifelt aufwärts. Dabei behinderten der leblose Körper, den sie hinter sich herzog, und die Kleidung, die sie trug, gleichermaßen ihren Aufstieg.

***

„Niemand kann einen Flugzeugabsturz vorhersehen!“, widersprach Rita. „Der B-“ Sie verstummte. Hatte sie wirklich Big Mac sagen wollen? „Dein Sohn hat das bestimmt nicht gewollt!“

„Bist du sicher?“, schniefte Leonora.

„Ich bin sicher!“ Ritas Stimme war fest. „Und ich bin auch sicher, dass wir die beiden wiedersehen werden. Man darf die Hoffnung nicht aufgeben!“ Sie kramte in ihren Erinnerungen und suchte verzweifelt nach etwas, das eine Ermutigung sein könnte. Und dann durchzuckte es sie: „Ich hab mal eine wahre Geschichte über einen Mann gelesen, der abends versehentlich in einem Kühlhaus eingeschlossen wurde. Der Mann wusste, dass bis zum nächsten Morgen niemand mehr kommen würde. Er hielt das für sein Todesurteil und schrieb seiner Familie einen Abschiedsbrief. Am nächsten Morgen fand man ihn tot auf. Nachts war jedoch die Kühlanlage ausgefallen und niemand konnte sich erklären, warum er gestorben war, denn erfroren konnte er nicht sein. Verstehst du jetzt, warum man die Hoffnung niemals aufgeben darf?“

Leonora antwortete nicht gleich, sondern schien eine Weile darüber nachzudenken. Dann fragte sie leise: „Hoffen, um zu überleben? Oder um des Hoffens willen?“

Rita schwieg und dachte an Ariane. Irgendwie steckte bei ihr sehr viel mehr Substanz hinter der Hoffnung …

***

Bei ihren letzten Schwimmzügen musste Theresa mit all ihrer Kraft gegen ihren Atemreflex ankämpfen. Die Oberfläche war jetzt nicht mehr fern, doch spürte sie, wie ihr schummrig wurde und das Bild vor ihren Augen eine gräuliche Färbung annahm. Um noch ein paar Sekunden zu gewinnen, atmete sie mit jedem weiteren Schwimmzug ein bisschen aus.

Als sie schließlich die Wasseroberfläche durchbrach, glich ihr Einatmen einem verzweifelten Aufschrei. Dann atmete sie aus, noch einmal ein und rief gleichzeitig: „Hilfe!“

Sie sah sich hektisch um. Ethan und das Floß waren etwa zehn Meter von ihr entfernt. Mit der einen Hand hielt sie immer noch Max’ Handgelenk umklammert. Mit der anderen begann sie auf das Floß zuzuschwimmen. Dabei schwappte ihr immer wieder Wasser ins Gesicht. Dementsprechend hustete und keuchte sie wie ein Dampfschiff, während sie sich fortbewegte. Nur mühsam kam sie dem Floß näher.

„Paddel … doch!“, schrie sie, als ihr bewusst wurde, dass Ethan ihr zwar beide Arme entgegenstreckte, sonst aber nichts unternahm, um die Entfernung zwischen ihnen zu überbrücken.

„Hier schwimmt ein Hai!“, erinnerte Ethan sie.

Theresa spürte, wie Ärger in ihr aufkeimte, verzichtete aber darauf, ihm Luft zu machen. Sie brauchte jede Energie zum Schwimmen. Ein paar verzweifelte Schwimmzüge später erreichte sie das Floß.

„Zuerst … Max“, keuchte Theresa und hielt Ethan Max’ Handgelenk hin. Ethan kniete bereits auf dem Floß und hatte die optimale Position, um Max in Empfang zu nehmen. Während Theresa völlig erschöpft nach Luft japste, hievte er Max’ leblosen Körper auf das Boot. Dabei musste er sehr beherzt zupacken, denn es war nicht leicht, einen klitschnassen Mann, der nicht mithalf und zudem nur mit Boxershorts bekleidet war, aus dem Wasser zu bekommen. Als er es endlich geschafft hatte, wandte er sich Theresa zu und zog sie aufs Floß.

Sofort krabbelte sie zu Max hinüber und drehte ihn auf den Rücken. Dann senkte sie ihren Mund auf seinen und blies kräftig in seine Lunge. Sie spürte, wie Wasser aus seiner Nase gegen ihr Gesicht spritzte. Das war aber auch schon alles. Ansonsten passierte überhaupt nichts.

„Max!“, schluchzte sie, holte erneut tief Luft und beatmete ihn ein zweites Mal. Dabei hielt sie ihm jedoch den Mund zu und blies Luft durch seine Nase in seine Lungen. „Kannst du Herz-Lungen-Massage?“, stieß sie hervor.

„Nein, sorry“, antwortete Ethan. Es schwang ehrliches Bedauern in seiner Stimme mit, doch das nützte Theresa überhaupt nichts. Seit ihrem 18. Lebensjahr hatte sie keinen Erste-Hilfe-Kurs mehr besucht – eine Ewigkeit. Und doch kam es jetzt allein auf sie an. *Man kann nichts falsch machen*, erinnerte sie sich. *Alles ist besser, als nichts zu tun.*

Sie beatmete ihn noch einmal, dann positionierte sie ihren rechten Handballen unterhalb des Herzens auf seiner Brust, nahm noch ihre linke Hand zur Unterstützung mit dazu und drückte ein paarmal hintereinander kräftig auf Max’ Brustkorb. Wasser floss aus seinem Mund und aus seiner Nase und das Floß schwankte bedrohlich hin und her. Theresa ließ sich nicht davon irritieren, sondern fuhr mit ihrer Massage fort und begann ihn erneut zu beatmen.

„Max!", rief sie zwischen zwei Atemzügen und rüttelte an ihm. „Max!"

Nichts – keine Reaktion.

„Jesus", flehte Theresa und rammte erneut ihre Handballen auf Max' Brustkorb. „Bitte hilf mir, bitte lass ihn zurückkommen!" Ihre Tränen vermischten sich mit dem Salzwasser, das aus ihren Haaren auf ihre Schultern und auf Max tropfte, richteten aber ebenso wenig aus wie ihre verzweifelten Bemühungen.

Und dann meldete sich auch noch Ethan zu Wort. „Er ist tot, Theresa", sagte er leise.

„Nein!", schrie Theresa und blies ein weiteres Mal Luft in seine Lungen, schüttelte ihn, weinte, beatmete ihn …

„Aber sein Tod war nicht umsonst, weißt du?", fand Ethan. „Er hat das ELT geholt. Damit hat er uns wahrscheinlich das Leben-"

„Halt die Klappe", fauchte Theresa und arbeitete fieberhaft weiter. Eins … zwei … drei … vier … Wo musste man überhaupt ansetzen? Die unteren Rippen waren doch hoffentlich richtig? „Er ist noch nicht lange ohne Sauerstoff! Wir können ihn noch zurückholen!"

„Guck ihn dir doch mal richtig an. Er ist schon ganz grau."

Theresa kniete immer noch neben Max und beatmete ihn. Dadurch konnte sie Ethan nicht antworten.

„Und kalt ist er auch", sagte Ethan, nachdem er seine Hand prüfend an Max' Hals gelegt hatte.

Ohne zu antworten, begann Theresa mit einer weiteren Herzmassage. „Komm zurück", flehte sie. „Bitte, Max, komm zu mir zurück!"

„Das kann man ja nicht mit ansehen", sagte Ethan.

Derweil blies Theresa erneut Luft in Max' Lungen.

„Willst du ihm nicht wenigstens die Augen schließen? Er hat so einen furchtbar starren Blick!" Ethan streckte die Hand aus, um das selbst zu übernehmen, musste aber feststellen, dass Theresa wütend seine Hand wegschlug.

„Fass ihn nicht an!"

„Theresa", sagte Ethan und legte seine Hand ganz sanft auf ihre Schulter. „Hör auf!"

„Nein!", brüllte Theresa und versetzte Max eine schallende Ohrfeige. „Du wachst jetzt auf!" Sie holte ein weiteres Mal aus und schlug Max mit aller Kraft ins Gesicht. „Wach auf!"

***

Als Rita aufgelegt hatte, blieb sie noch eine ganze Weile bewegungslos auf ihrem Stuhl sitzen. Ihr Brot war vergessen. Stattdessen zückte sie nach einer Weile erneut ihr Telefon und gab Arianes Nummer ein.

Als sich diese meldete, musste sich Rita erst einmal räuspern, dann sagte sie: „Hier ist Rita."

„Oh … Das tut mir leid, Rita. Ich hab Besuch und wir sind mitten im Gebet. Ich kann jetzt nicht mit dir telefonieren."

„Kann ich auch mitbeten?", fragte Rita.

Ariane schnappte hörbar nach Luft. „Wie bitte?"

Daraufhin seufzte Rita tief. „Die Angehörigenversammlung ist abgesagt und alle sind zerstritten und … ich möchte auch irgendetwas für Theresa tun."

Ariane brauchte einen Moment, bevor sie antworten konnte. „Du kannst *gerne* mitbeten."

„Ich weiß aber nicht, wie so was geht", krächzte Rita. „Außerdem … na ja, ich glaube ja gar nicht richtig an Gott. Denkst du, mein Gebet nützt dann überhaupt etwas?"

„Jedes Gebet nützt etwas", erwiderte Ariane zuversichtlich. „Pass auf. Ich schalte einfach auf laut. Dann kannst du uns zuhören und die Gebete in Gedanken mitsprechen. Einverstanden?"

Ritas Gesichtsausruck entspannte sich. „Einverstanden."

***

Maximilian Tanner kehrte genau so ins Leben zurück, wie es seine Art war: mit einer Explosion. Als er wie von der Tarantel gestochen in die Höhe schoss, wich Theresa, die gerade erneut die Hand zum Schlag erhoben hatte, erschrocken zurück. Im Grunde hatte sie nicht mehr damit gerechnet, dass er wieder zum Leben erwachen würde. Entsprechend fassungslos starrte sie ihn an.

Max saß jetzt vor ihr, hustete und würgte und gab das Wasser von sich, das nach Theresas unermüdlicher Beatmung noch in seinen Lungen verblieben war.

„Hab ich's … verloren?“, röchelte er, noch bevor er den ersten richtigen Atemzug tat.

Ethan und Theresa starrten ihn jetzt gleichermaßen sprachlos an, Ethan vielleicht noch ungläubiger als Theresa.

Max beugte sich vornüber und hustete weiter. Insgesamt gab er Wassermengen von sich, die Theresa nie in einer einzigen Lunge erwartet hätte. „Das ELT“, röchelte er zwischen zwei Hustenattacken.

Ethan konnte anscheinend noch nicht wieder sprechen. Stattdessen schob er wortlos den signalfarbenen Kasten in Max' Blickfeld.

Als Max das ELT zu Gesicht bekam, streckte er die rechte Hand danach aus und berührte es, dann wurde er erneut von einem Hustenkrampf geschüttelt. Derweil ließ Theresa ihren Tränen freien Lauf. Ungehemmt, aber lautlos flossen sie über ihre Wangen. Gleichzeitig schickte sie Unmengen stiller Dankesgebete gen Himmel.

„Jetzt … werden sie uns … finden“, krächzte Max. Seine Stimme klang heiser.

„Es tut mir echt leid, Mann“, presste Ethan hervor. Dann legte er seine Hand auf Max' Schulter. „Ehrlich, es tut mir leid.“

„Hä?“, würgte Max hervor. „Was denn?“

„So wie du aussahst … niemand hätte damit gerechnet, dass man dich wieder zurückholen kann. Niemand!“

Max schüttelte verständnislos den Kopf. „Was?“

„Aber man darf echt nicht so schnell aufgeben“, fuhr Ethan fort. Er wirkte ehrlich betroffen. „Man darf andere nicht so leicht aufgeben!“

Max starrte Ethan an. Wahrscheinlich fragte er sich, ob dieser irgendwie verwirrt war. Gleichzeitig legten sich jedoch seine Hustenattacken und er sah sich erstmals nach Theresa um. Als er die heißen Tränen sah, die ihre Wangen hinunterliefen, schien ihm allmählich zu dämmern, was vorgefallen war. „Ich war weg …“

Theresa nickte nur und wischte sich ihre Tränen fort.

„Wie lange?"

„Schwer zu sagen", antwortete Ethan an Theresas Stelle. „Aus meiner Sicht jedenfalls *zu* lange. Theresa ist erst reingesprungen, als vier Minuten um waren. Wenn ich mich nicht verrechnet habe, hat sie fast drei Minuten gebraucht, um dich hochzuholen. Und dann hat sie dich noch mehrere Minuten lang beatmet! So was kann man doch gar nicht überleben!"

Max' Blick wurde weich. Er schien auf einmal zu begreifen, was Theresa mitgemacht hatte, und streckte seine Hände nach ihr aus. Theresa schluchzte auf, krabbelte vorwärts und ließ sich in Max' Arme fallen. Dabei brachte sie noch immer keinen einzigen Ton heraus.

„Ich hab ihr gesagt, sie soll aufgeben", sagte Ethan leise. „Aber das wollte sie nicht."

„Nein, das tut sie nie", flüsterte Max und streichelte sanft über Theresas nasses Haar.

Jetzt endlich fand Theresa ihre Sprache wieder. „Du bist … so ein Idiot", presste sie hervor. „Ich hab gewusst, dass dich dein Übermut irgendwann umbringt."

„Ich lebe ja noch", lächelte Max, musste aber ein weiteres Mal husten.

„Ohne sie wärst du tot", seufzte Ethan. „Nicht mal der Hai konnte sie davon abhalten, hinter dir herzuspringen."

Max sah sich um. Dabei fiel sein Blick erstmals auf die Rückenflosse, die immer noch das Floß umkreiste. „Seit wann ist der denn hier?"

„Er kam, kurz nachdem du abgetaucht warst", antwortete Ethan.

„Siehst du", sagte Max. „Haie sind im Grunde ungefährlich."

„Wasser ist aber nicht ungefährlich!", schimpfte Theresa und wand sich aus Max' Armen. „Was ist da unten passiert? Ich wette, es gab einen Moment, in dem du eine Entscheidung getroffen hast. Einen Moment, in dem du wusstest: Wenn ich jetzt weitermache, komme ich nicht mehr nach oben."

Max schluckte schwer. Sein Blick wanderte in die Ferne und er schien sich zu erinnern. „Ich war so nah dran", flüsterte er. „Als ich ins Cockpit gelangt war, konnte ich nicht mehr umkehren." Er sah Theresa an. „Du weißt, wie wenige Versuche wir immer hatten …"

„Und du weißt, welches Risiko du eingegangen bist. Dabei hattest du mir versprochen, vorsichtig zu sein!"

Max senkte den Blick. „Ich hab gedacht, Gott wird schon irgendwie auf mich aufpassen. Wenn er Pistolen im Griff hat, dürfte Wasser auch kein Problem für ihn sein, oder?"

Theresa holte Luft, um weiter mit ihm zu schimpfen, atmete aber kurz darauf frustriert wieder aus. Seit wann hatte Max mehr Vertrauen zu Gott als sie selbst? Und überhaupt … wer hatte Max eigentlich gerettet? Sie selbst oder Gott oder … sein eigener Glaube?

***

Auf dem Weg zurück an Land war Max ausgesprochen nachdenklich. Obwohl er nicht mehr husten musste und auch wieder vollkommen gleichmäßig atmete, schwieg er.

„Geht es dir gut?", fragte Theresa immer wieder. Irgendwie hatte sie das Gefühl, als könnte der Tauchunfall Spätfolgen haben, die sich vielleicht jetzt erst zeigten.

„Alles in Ordnung", beteuerte Max, wurde aber kein bisschen redseliger.

„Es ist wirklich nicht nötig, dass du uns an Land bringst", sagte Theresa. „Nach allem, was passiert ist, solltest du dich ein bisschen ausruhen."

„Es macht mir nichts aus", erwiderte Max und tauchte den Tischtennisschläger ein weiteres Mal ins Wasser. Angesichts des Hais, der ihnen auch jetzt noch folgte, hatte Ethan sich geweigert, das Rudern zu übernehmen. Max wiederum hatte nicht gewollt, dass Theresa für ihn einsprang.

„Hast du Erinnerungen an den Moment, in dem du das Wasser eingeatmet hast?", fragte Theresa. „Oder an die Minuten danach?" Das würde seine Stimmung erklären.

Max schüttelte stumm den Kopf. Sie näherten sich immer mehr der Felsenküste und stellten bald fest, dass der Hai sie verließ.

Als sie an Land gegangen waren, hielt Ethan Max das ELT hin. „Du hast es geholt, du darfst es auch ins Lager tragen."

Aber Max schüttelte den Kopf. „Mach du das. Ich möchte noch kurz mit Theresa sprechen."

Theresa horchte auf. Was kam denn jetzt? Als Ethan sich entfernt hatte, nahm Max auf einem der Felsen Platz und starrte aufs Meer hinaus. „Du siehst es mir ja eh an der Nasenspitze an", seufzte er.

„Was ist los?", fragte Theresa sanft.

„Die Piloten", sagte Max und schauderte. „Sie waren beide noch im Cockpit."

Theresa ließ sich dicht neben Max nieder. „Es muss furchtbar gewesen sein, ihre Leichen zu sehen."

Max schluckte schwer. „Ja, das war es, aber …" Er strich sich mit gespreizten Fingern ein paar Haare aus der Stirn. „Das ist es nicht, was mir Sorgen macht."

„Sondern?"

Max stieß einen abgrundtiefen Seufzer aus. „Sie hatten Handschellen am Handgelenk! Beide waren mit einer Hand an den Schubhebel gefesselt!"

Kapitel 32

„Du denkst also, es war eine Flugzeugentführung“, nahm Theresa den Gesprächsfaden wieder auf. Sie befanden sich inzwischen auf dem Rückweg ins Lager und hielten sich dabei an den Händen. Obwohl Theresa Max' Sorgen teilte, war das Gefühl, das sie beherrschte, immer noch tiefste Dankbarkeit. Max' Hand fühlte sich in ihrer so warm und lebendig an. Das war definitiv ein Wunder Gottes!

Max kickte im Gehen einen größeren Stein zur Seite, der sich auf seinem Weg befand, antwortete aber nicht.

„Du glaubst, es war Coleman, nicht wahr?“, fragte Theresa nach einer Weile.

Max blieb stehen und wandte sich Theresa zu. „Er hat behauptet, einer der Flight Marshalls zu sein. Trotzdem hat er kein Wort über ungewöhnliche Vorkommnisse an Bord verloren. Hältst du das angesichts einer Flugzeugentführung für normal?“

Theresa atmete ganz tief durch. „Kurz bevor ich mit David auf die Toilette gegangen bin, hab ich zwei Stewardessen dabei beobachtet, wie sie miteinander tuschelten. Eine war vollkommen verheult. Die Crew wusste also, dass irgendetwas im Gange war.“

„In der ersten Klasse war auch einiges los“, nickte Max und setzte sich wieder in Bewegung. „Die Stewardessen sind aufgeregt herumgerannt. Es war ein einziges Kommen und Gehen.“

„Dann muss der Flight Marshall ebenfalls informiert gewesen sein“, überlegte Theresa. Über sich hörte sie den Schrei eines Vogels. Als sie nach oben blickte, entdeckte sie den Adler mit dem weißen Kopf, den sie schon am ersten Tag in der Nähe des Meeres gesehen hatte. Er segelte mühelos und majestätisch am strahlend blauen Himmel.

„Wenn Coleman das Flugzeug entführt hat, ist ihm auch zuzutrauen, dass er Harry ermordet hat“, seufzte Max.

„Sprich ihn bloß nicht drauf an!“, mahnte Theresa. „Du weißt, dass er eine Waffe hat! Ich möchte nicht, dass du dich ein weiteres Mal in Lebensgefahr begibst!“

„Ich werde mich hüten“, nickte Max. „Jetzt, wo wir das ELT haben, wird man uns hoffentlich bald finden. Dann können sich die Behörden mit der Aufklärung rumschlagen.“

***

Als Max und Theresa im Lager ankamen, wurden sie dort mit regelrechten Begeisterungsstürmen empfangen. Alle umringten sie, klopften ihnen anerkennend auf die Schulter und redeten durcheinander. Obwohl es schwierig war, einzelne Sätze aus dem Chaos herauszulösen, bekam Theresa bald mit, dass Coleman das ELT erfolgreich hatte in Gang setzen können. Was sie ebenfalls mitbekam – und was ihr überhaupt nicht behagte –, war die Tatsache, dass Miriam jede Gelegenheit nutzte, um mit Max auf Tuchfühlung zu gehen. Das wog umso schwerer, als sie auch heute nur sehr spärlich bekleidet war und einmal mehr ihre – inzwischen ein wenig an ein Magermodel erinnernde – Figur zur Geltung brachte. *Objektiv betrachtet*, dachte Theresa und spürte einen Stich in der Magengegend, *passt sie viel besser zu Max als ich.*

„Du bist echt 'n Held, weißt du das?“ Colemans Donnerstimme übertönte die anderen Überlebenden und rief zustimmendes Gemurmel hervor.

Max lächelte Coleman zu, wirkte dabei aber ein wenig gezwungen. Theresa registrierte, dass Miriam Max' Arm umfasst hatte und ihm etwas ins Ohr flüsterte. Sie konnte die Szene jedoch nicht weiter beobachten, weil jetzt jemand an dem langen Ärmel ihres Shirts zog. Als sie sich umsah, bemerkte sie David, der sich an den Erwachsenen vorbeigedrängelt hatte.

Theresa nahm ihn auf den Arm und verließ mit ihm den Menschenauflauf. „Wie war dein Tag, mein Schatz?“, fragte Theresa, als sie ein wenig Abstand zwischen sich und die anderen gebracht hatte.

„Ist was passiert?“, erkundigte sich David, ohne auf Theresas Frage einzugehen.

Theresa ließ ihn wieder herunter und setzte sich mit ihm in die Nähe des Feuers. „Max hat es geschafft!", erläuterte sie ihm. „Er hat das Gerät aus dem Flugzeug geholt!" Die genauen Umstände wollte sie dem Kind ersparen.

„Und was bedeutet das jetzt?" Wie immer übte das Feuer eine große Anziehungskraft auf David aus. Jedenfalls nahm er einen Ast, der in seiner Nähe lag, und warf ihn in die Flammen.

„Das bedeutet, dass wir wahrscheinlich bald gefunden werden."

„Und dann? Was passiert, wenn wir gefunden werden?"

Theresa hielt den Atem an. Genau diese Frage stellte sie sich auch! „Dann gehen wir zurück nach Deutschland", sagte sie. Obwohl sie es nicht beabsichtigt hatte, schwang ihre eigene Unsicherheit in diesen Worten mit.

„Ich auch?"

Theresa musste schlucken, quälte dann aber doch noch eine Antwort hervor. „Das will ich doch stark hoffen!"

„Wohne ich dann bei dir?"

Theresa spürte, wie ihr abwechselnd heiß und kalt wurde. Sie durfte dem Jungen keine falschen Versprechungen machen. Deshalb suchte sie verzweifelt nach einer diplomatischen Antwort. Noch bevor sie diese jedoch in Worte fassen konnte, brach es bereits aus David hervor. „Du hast es mir versprochen! Du hast gesagt, dass wir uns nie mehr trennen! Als du Max suchen wolltest, hast du es mir versprochen!"

Theresa begann verzweifelt zu nicken. „Ja, ich hab's dir versprochen. Und ich werde auch alles dafür tun, dass es so kommt. Ich bin nicht mit dir verwandt, David. Darum weiß ich nicht, wie die Behörden und vor allem deine Großeltern reagieren werden. Aber ich verspreche dir, dass ich mich mit allen mir zur Verfügung stehenden Mitteln um das Sorgerecht für dich bemühen werde." Sie wandte sich David zu und fasste ihn an den Händen. „Ich werde alles tun, was in meiner Macht steht, damit wir zusammenbleiben können, okay? Alles. Das verspreche ich dir."

***

Die Nacht brach auch an diesem Tag sehr plötzlich über die Insel herein und zwang die Überlebenden, sich in ihre Betten zu begeben. Theresa war froh darüber. Die Ereignisse des Tages hatten sie über alle Maßen erschöpft. Außerdem wollte sie gern die Sorgen vergessen, die ihr Gespräch mit David neu in ihr entfacht hatte.

Davids angekratzter Gemütszustand zeigte sich allerdings auch jetzt. Er bestand darauf, dass Theresa direkt neben ihm schlafen solle, und brauchte ausgesprochen lange, um ins Reich der Träume zu gleiten. Dabei spielte es sicher eine Rolle, dass die fröhlichen und hoffnungsvollen Gespräche der anderen noch sehr lange andauerten. Als es Theresa schließlich gelang, Davids Bett zu verlassen und sich auf ihr eigenes zu legen, war es bestimmt schon nach Mitternacht.

„Denkst du, du kannst schlafen?“, flüsterte Max.

Theresa drehte sich erstaunt zu ihm um. „Ich dachte, du wärst schon lange weggeschnarcht!“, wunderte sie sich. Dann legte sie ihre Hand an Max’ Wange. Da er sich seit einiger Zeit wieder rasierte, war seine Haut angenehm weich.

„Hmmm“, machte Max und rückte ein paar Millimeter auf Theresa zu. „Das ist schön.“

„Warum schläfst du nicht?“, fragte Theresa leise.

„Ich kann nicht. Mir geht so vieles durch den Kopf.“

„Die Piloten?“

„Das auch …“ Er drehte seinen Kopf ein wenig zur Seite und küsste die Innenflächen von Theresas Händen. „Weißt du eigentlich, dass du mir jetzt schon zweimal das Leben gerettet hast?“

„Allerdings“, seufzte Theresa. „Und du solltest wissen, dass ich nicht die geringste Lust habe, ‚aller guten Dinge sind drei‘ daraus zu machen. Also reiß dich in Zukunft ein bisschen zusammen!“

„Denkst du …“ Er zögerte.

„Was?“

„Denkst du, ich darf mich bei meiner Lebensretterin mit einem Kuss bedanken?“

Theresa schluckte. Daher wehte also der Wind!

Als sie nicht antwortete, fragte Max sanft: „Hast du immer noch Angst, meine Gefühle seien unbeständig?“

Theresa schwieg. Im Moment hatte sie eher Angst vor ihren eigenen Gefühlen. Tief in ihrem Inneren – das spürte sie ganz deutlich – schlummerte etwas, das sie lieber nicht wecken wollte. Sonst würde ein bloßer Kuss vielleicht eine Leidenschaft entfesseln, die sie nicht mehr würde kontrollieren können …

Aber Max kannte kein Pardon. Er rückte näher an Theresa heran, dann noch näher … und näher … bis sie schließlich seinen warmen Atem in ihrem Gesicht spüren konnte. Auch stieg ihr sein unverkennbarer, erdiger Duft in die Nase. Das flackernde Licht des Feuers warf seinen Lichtschein auf Max' Gesicht, doch war er so nah an ihr dran, dass sie nur tanzende Farben und Schatten sehen konnte. Wie hätte sie in einem solchen Moment Nein sagen können?

Aber Max küsste sie nicht. Stattdessen schien er einfach nur zu warten. Während die Sekunden verstrichen, war Max' Atem wie eine Liebkosung, die ihr ganzes Gesicht zum Glühen brachte. Von den anderen Regionen ihres Körpers, die auf diesen bloßen Hauch von Stimulation heftig reagierten, einmal ganz zu schweigen …

Schließlich war es Theresa, die nicht mehr an sich halten konnte. Sie überwand die Entfernung von nur noch wenigen Zentimetern, neigte den Kopf, schloss die Augen und schenkte Max einen vorsichtigen Kuss.

Max erwiderte ihn ebenso behutsam, schien jedoch viel heftiger zu reagieren, als seine Zurückhaltung dies vermuten ließ. Jedenfalls spürte Theresa, dass sich seine Atemfrequenz enorm erhöhte. Trotzdem konnte sie sich nicht dazu bewegen, den Kuss zu beenden. Er schmeckte einfach so gut, so warm, so zärtlich, irgendwie sogar vertraut. Und als sich Max schließlich von ihr löste, entstand bei Theresa ein Gefühl, das sehr viel mit Verlust zu tun hatte.

„Mehr geht nicht", keuchte Max und wich vor ihr zurück, „sonst … vergesse ich mich." Um noch mehr Abstand zwischen Theresa und sich zu bringen, rettete er sich auf seine Matratze, drehte sich auf den Rücken und starrte mit weit aufgerissenen Augen in den Sternenhimmel.

Theresa hingegen war zu keiner Bewegung mehr fähig.

***

Am nächsten Morgen begannen sich erst sehr spät die Ersten im Lager zu regen. Auch Theresa schlief länger als sonst. Als sie zum ersten Mal auf die Uhr schaute, war es bereits halb zehn. Es war also schon mehr als anderthalb Stunden lang hell.

„Guten Morgen", flüsterte Theresa und weckte Max mit einem flüchtigen Kuss auf den Mund.

Max war sofort hellwach und sah sie mit großen Augen an. „Das … war jetzt aber ein gutes Zeichen", krächzte er mit seiner noch völlig unbenutzten Stimme.

Theresa errötete. Um dies nicht zu zeigen, drehte sie sich zu David um. Dieser schlief noch tief und fest. Umso besser! Falls die Rettungskräfte heute kamen, würde er eine Menge Energie benötigen …

„Denkst du, wir müssen uns heute auf Nahrungssuche begeben?", fragte eine tiefe Stimme.

Als Theresa aufblickte, sah sie Coleman am Fußende ihres Bettes stehen. Er trug nur ein Unterhemd, wodurch seine Muskelmassen besonders gut zur Geltung kamen.

„Das denke ich schon", nickte Max und richtete sich auf. Seine Stimme klang immer noch rau. „Soweit ich weiß, kann unser Signal nur von Satelliten empfangen werden. Und die brauchen mehrere Umläufe, um eine Position einigermaßen genau bestimmen zu können. Es kann also ein paar Tage dauern, bis wir gefunden werden. Wir wollen bis dahin doch nicht verhungern, oder?"

„Du hast jedenfalls was zu essen verdient", grinste Coleman.

Vielleicht ist er doch nicht so verkehrt, dachte Theresa. *Vielleicht ist er wirklich Flight Marshall und hat nichts mit-*

„Nanu! Wo ist denn das Gerät?" Als Mona diese Worte rief, ruckten beinahe alle Köpfe zu ihr herum.

„Gestern stand es jedenfalls hier", sagte Jontek und deutete auf einen Felsen ganz in der Nähe der Höhle.

Theresa zog die Stirn in Falten. Tatsächlich hatten sie das ELT gestern genau dort abgestellt.

Max sprang auf und blickte jetzt ebenfalls dorthin. „Ich verstehe das nicht", sagte er und wandte sich an Coleman. „Wir hatten uns doch darauf geeinigt, dass das der beste Platz dafür ist."

Coleman zuckte erstaunt die Achseln. „Also, ich hab's nicht in der Hand gehabt!"

Als Max das hörte, eilte er mit wenigen, großen Schritten auf den Felsen zu und umrundete ihn. „Hier ist es definitiv nicht!", verkündigte er und blickte in die Runde. „Soll das ein Scherz sein oder was?"

Stille.

„Leute!", rief Max unwillig. „Dieses Ding soll uns wieder nach Hause bringen! Ich hab nicht die geringste Lust, damit Verstecken zu spielen!" In Theresa erwachte die Dolmetscherin und sie übersetzte seine Worte.

Immer noch Stille.

„Das ist wirklich nicht witzig", donnerte Coleman in die Runde. „Max hat sein Leben riskiert, um das Gerät herzuschaffen. Und es muss über längere Zeit ein Signal senden. Sonst findet man uns nicht!"

Die anderen Überlebenden sahen einander ratlos an. Einige begannen, leise miteinander zu tuscheln.

„Kann ein Tier das Ding geholt haben?", fragte Theresa erst auf Deutsch und dann auf Englisch und ging auf Max zu.

Dieser schüttelte jedoch den Kopf. „Wir hatten hier noch nie Besuch von größeren Tieren. Außerdem hat es keinen Griff oder so was. Ein Tier könnte es niemals im Maul transportieren."

„Mit den Händen vielleicht? Ich meine … wenn es ein Affe war?", fragte Wang Fang und begann, ihre lila Hornbrille in ihrem T-Shirt zu putzen.

„Und das soll keiner gemerkt haben?", fragte Stanley skeptisch.

„Aber wenn es kein Tier war", überlegte Theresa, „dann muss es jemand von uns gewesen sein."

Sie sah Max an und fing einen vielsagenden Blick auf. *Coleman* … Er dachte anscheinend dasselbe wie sie. Aber warum? Warum sollte Coleman das ELT verschleppen? Das ergab doch keinen Sinn! Wollte er denn für immer auf dieser Insel bleiben?

„Tja, ich fürchte, es bleibt uns nichts anderes übrig, als auszuschwärmen und das Ding zu suchen", seufzte Max. Dann wandte er sich an Coleman. „Ich schlage vor, du machst dich trotzdem auf

Nahrungssuche. Wie es aussieht, werden wir noch ziemlich lange hier ausharren müssen."

***

„Hast du ihn auf Nahrungssuche geschickt, damit wir ungestört suchen können?", fragte Theresa, als sie mit Max allein war. Die beiden hatten das diesseitige Flussufer als Suchgebiet gewählt.

„Ich weiß auch nicht", seufzte Max und legte seinen Arm um Theresa. „Coleman war derjenige, der mir überhaupt erst von dem ELT erzählt hat. Warum sollte er erst dafür sorgen, dass wir es bergen, und es dann beiseiteschaffen? Das ist doch Unsinn!"

„Außerdem kann selbst der Flugzeugentführer nicht wollen, dass wir ewig auf dieser Insel bleiben", erwiderte Theresa. „Überleg doch mal: Das Wrack liegt in vielen Metern Tiefe. Da wird man nicht sehr viele Beweismittel sichern können. Sollte der Flugzeugentführer den Absturz überlebt haben, dann wird man jetzt auch nicht mehr herausfinden können, wer es war."

„Es sei denn, Coleman hat sich uns als Flight Marshall vorgestellt und ist es gar nicht. Dann wäre die Tatsache, dass er von Anfang an im Besitz einer funktionierenden Waffe war, Beweis genug, um ihn als Flugzeugentführer zu verdächtigen."

„Stimmt", musste Theresa ihm beipflichten.

Eine Weile gingen beide Arm in Arm nebeneinander her und hingen ihren Gedanken nach. Dann gelangten sie an die Stelle mit den großen, tief ins Wasser hineinragenden Baumwurzeln. Theresa blieb unwillkürlich stehen und starrte fasziniert auf die Nische, die dieser dicke, knorrige Baumstamm zum Wasser hin gebildet hatte. Es war noch gar nicht lange her, dass sie hier gesessen und Worte gehört hatte, die ihr niemals in den Sinn gekommen wären. *Ich liebe dich!* Damals hatte sie Max nicht geglaubt, aber jetzt … Seit jenem Tag war so viel passiert. So viel hatte sich geändert!

Als hätte er ihre Gedanken gelesen, flüsterte Max: „Konnte ich deine Bedenken zerstreuen?"

In Theresas Augen traten Tränen. „Ich glaube schon", sagte sie leise. Dann wandte sie sich Max zu, sah mit großen feuchten Augen zu ihm auf und öffnete leicht ihren Mund.

Als hätte Max auf nichts anderes gewartet, stieß er wie ein Raubvogel vor. Dieses Mal war sein Kuss nicht zärtlich und zurückhaltend, sondern fordernd und leidenschaftlich. Theresa wich im ersten Moment erschrocken zurück, spürte dann aber selbst, wie eine ungeahnte Leidenschaft sie erfasste und ihren Verstand ausschaltete. Beinahe verzweifelt erwiderte sie seine Küsse, wobei sie mit beiden Händen durch seine dichten schwarzen Haare fuhr und ihn dadurch noch mehr in Aufruhr versetzte. Erst als Max seine Hände nicht mehr einsetzte, um sie festzuhalten, sondern sie unter ihr T-Shirt schob und von dort in die Höhe wandern ließ, kam Theresa wieder zu sich. Max küsste jetzt nicht mehr ihren Mund, sondern ihr ganzes Gesicht, ihren Hals …

„Warte", keuchte Theresa und versuchte, wieder zu sich kommen. „Das sollten wir nicht tun."

Max schien sie jedoch überhaupt nicht zu hören, sondern fuhr fort, ihren Körper zu erforschen.

Daraufhin griff Theresa durch ihr T-Shirt hindurch nach Max' Hand und hielt sie fest. „Ich möchte das nicht", flüsterte sie.

Die Hand, die Theresa festhielt, blieb brav an ihrem Ort. Dafür wanderte jetzt Max' andere Hand unter ihr T-Shirt … „Lass das!", rief Theresa und setzte die ihr verbliebene Hand ein, um Max von sich wegzudrücken. „Ich will das nicht!"

Max ließ sie jetzt los und starrte sie an. Er schien zum ersten Mal wieder seine Umwelt wahrzunehmen. Schwer atmend und mit zerwühlten Haaren stand er vor ihr. „Was?"

Theresa schluckte schwer. Er würde sie nicht verstehen. Jontek hatte sie auch nicht verstanden. Kein Mann hatte sie je verstanden! „Ich will das nicht, okay?", presste sie hervor. Dann zog sie mehrere Male hintereinander ihr T-Shirt glatt.

„Es … es tut mir leid", stotterte Max. „Ich wollte nicht … Ich dachte …"

Theresa richtete ihre Haare und hob ihren Kopf ein bisschen an. „Wenn es das ist, was du willst, wirst du es dir bei Miriam holen müssen."

Max klappte sprichwörtlich die Kinnlade herunter. „Was will ich denn?", stieß er hervor.

„Sex wahrscheinlich, wie … wie alle Männer", behauptete Theresa und schlang Schutz suchend ihre Arme um sich selbst.

Max' Gesichtsausdruck wurde hart. „Und du denkst, ich hole ihn mir da, wo er am einfachsten zu kriegen ist?"

Theresa schauderte. „Bei Miriam wäre der Erfolg jedenfalls garantiert. Sie brennt nur darauf, dir alles zu geben, was sich ein Mann nur wünschen kann."

„Miriam ist oberflächlich und machthungrig. Was hätte mir eine solche Frau schon zu geben?"

„Ich weiß es nicht", antwortete Theresa spitz. „Was hatten dir all die anderen Frauen zu geben, mit denen du dich getroffen hast?"

Max seufzte auf. „Du hast ja keine Ahnung … Ich bin heute fest davon überzeugt, dass ich diese Frauen unterbewusst mit dir verglichen habe. Wie sonst wäre es zu erklären, dass sie mich derart gelangweilt haben? Meistens fing ich schon nach einer halben Stunde an, mich zurück ins Büro zu sehnen. Glaubst du wirklich, ich hätte einen solchen Abend noch künstlich verlängert? Ich war froh, wenn ich das Essen bezahlen und die Damen wieder nach Hause bringen konnte."

„Willst du allen Ernstes behaupten, du hast mit keiner …"

„Mit keiner!", behauptete Max. Seine Stimme war sehr fest und ziemlich glaubwürdig.

Trotzdem hatte Theresa so ihre Zweifel. „Du hattest im Laufe der Jahre ganz schön viele Dates. Warum?"

Max begann unruhig umherzuwandern. „Ich hab schon selbst darüber nachgedacht … *lange* darüber nachgedacht. Irgendwie hängt alles mit meiner Kindheit zusammen. Du weißt, dass ich früh meinen Vater verloren hab. Von da an bin ich sehr verwöhnt worden. Meine Mutter hing immer sehr an mir und hat mir eingeredet, dass ich perfekt sei und eines Tages die perfekte Frau finden müsse." Als er aufsah, fing er einen sehr interessierten Blick auf. Daraufhin fuhr er fort: „Ich hatte zwei Freundinnen, eine mit zwanzig und eine mit vierundzwanzig. Beide hat meine Mutter vergrault."

Max lehnte sich mit dem Rücken an einen Baum. „Damals konnte ich mich irgendwie nicht dagegen wehren. Wahrscheinlich haben sie mir auch nicht genug bedeutet. Oder ich hab geglaubt, was meine Mutter gesagt hat. Jedenfalls hab ich angefangen, nach der perfekten Frau zu suchen. Meine Mutter war mir gern dabei behilflich. Sie hat immer wieder Vorschläge gemacht und Dates arrangiert. Und ich … tja … ich hab sie halt wahrgenommen." Er seufzte tief. „Macht das irgendwie Sinn?"

„Na ja, es klingt … ehrlich", nickte Theresa.

„Und was ist deine Geschichte?", fragte Max. „Das da eben, diese panische Angst, dass ein Mann nur deinen Körper will … hängt das auch mit deiner Vergangenheit zusammen? Mit der Tatsache, dass dein Vater deine Mutter verlassen hat, als sie mit dir schwanger war?"

Theresa schluckte schwer. „Auch. Aber es hat auch mit meinem Glauben zu tun. Die Bibel sagt, dass Sex in die Ehe gehört."

Max sah sie einen Moment lang durchdringend an. „Das ist noch nicht alles", bemerkte er scharfsinnig.

Theresa atmete einmal tief durch. „Auch ich hatte in meiner Jugend die eine oder andere Beziehung", seufzte sie. „Meist hat es nicht lange gedauert, bis die Männer mehr wollten. Rate, was passiert ist, wenn ich das Wort ‚Warten' in den Mund genommen habe."

„Sie sind abgehauen?"

Theresa nickte nur.

„Ich werde aber nicht abhauen", sagte Max mit fester Stimme. „Warten kann man lernen. Ich erziele in dieser Disziplin schon beachtliche Erfolge …"

Theresa war von diesen Worten tief berührt und griff Hilfe suchend nach ihrem Kettenanhänger. Leider fand sie ihn nicht. Erschrocken tastete sie unter ihrem T-Shirt danach, wurde aber auch dort nicht fündig. „Mein Ring", rief sie entsetzt. Und dann erinnerte sie sich daran, wie sie gestern kopfüber ins Wasser gesprungen war. „Oh nein!"

„Was ist? Hast du ihn verloren?"

„Ja, anscheinend. Er … er muss im Meer geblieben sein!"

„Dann ist es meine Schuld."

Theresa schüttelte entschieden den Kopf. „Niemand hat Schuld. Und ich würde immer wieder hinter dir herspringen!"

„Ich werde dir einen neuen kaufen", versprach Max und kam auf Theresa zu. Dann nahm er sie in den Arm, verzichtete jedoch darauf, sie zu küssen oder in einer Weise zu berühren, die an eben erinnern könnte. „Sobald wir wieder zu Hause sind, werde ich dir einen neuen kaufen."

„Erst Sachertorte, dann Blumen und jetzt einen Ring", schmunzelte Theresa, „was kommt als Nächstes? Wenn du so weitermachst, bist du bald über beide Ohren verschuldet."

„Das stört mich nicht!"

„Nein? Dann hoffe ich, dass du nichts davon vergisst. Ich bestehe nämlich darauf, dass du all deine Versprechen erfüllst!"

***

Am Nachmittag, als alle wieder im Lager zusammenkamen, wurde zur Gewissheit, was sich schon vorher abgezeichnet hatte: Niemand hatte auch nur die geringste Spur des ELT entdeckt. Obwohl alle fleißig gesucht hatten, gab es nicht den kleinsten Hinweis auf den Verbleib des Geräts.

Diese Tatsache machte Max so sehr zu schaffen, dass er sich mitten im Lager aufbaute und sagte: „Wir haben einen Saboteur unter uns!" Wieder betätigte sich Theresa als Dolmetscherin.

Seine Worte riefen eine völlige Stille hervor. Bis auf die Kinder, die in der Nähe spielten, sagte keiner mehr ein Wort. Stattdessen starrten alle Max an.

„Ich weiß, dass dich der Verlust des ELT noch härter trifft als alle anderen", brach Coleman schließlich das Schweigen. „Trotzdem ist das eine ganz schön heftige Anschuldigung …"

„Und doch ist es die einzig mögliche Erklärung", behauptete Max. „Deshalb würde ich gerne wissen, ob jemand etwas Verdächtiges bemerkt hat!"

Wiederum Schweigen. Max hielt es geraume Zeit aus. Erst nach etwa zwei Minuten fügte er hinzu: „Ich spreche jetzt nicht nur von der gegenwärtigen Situation, sondern von der gesamten Zeit, die wir hier auf der Insel verbracht haben. Ich spreche von Harry … Und ich spreche von der Tatsache, dass unser Flugzeug nicht zufällig abgestürzt ist."

Dieses Mal erhob sich entsetztes Gemurmel. Ein paar der Überlebenden – unter ihnen Mona und Jontek – erhoben sich von ihren Plätzen im Randbereich des Lagers und kamen näher.

„Was willst du damit sagen?", rief Stanley.

„Damit will ich sagen, dass dem Absturz eine Flugzeugentführung voranging."

Theresa blieben die englischen Worte beinahe im Hals stecken. Max hatte sein Vorgehen nicht mit ihr abgesprochen. Jetzt musste sie tatenlos zusehen, wie er sein Leben in Gefahr brachte. Man legte sich doch nicht öffentlich mit einem Flugzeugentführer an!

Coleman schüttelte fassungslos den Kopf. „Du warst wohl zu lange ohne Sauerstoff", sagte er abfällig.

„Du irrst dich", erwiderte Max. „Ich hatte ausreichend Sauerstoff … genug, um bis ins Cockpit zu gelangen und festzustellen, dass die Piloten mit Handschellen an ihre Plätze gefesselt waren!"

Colemans Kopf ruckte herum und er sah Max ungläubig an. „Du machst Witze!"

Entweder ist er ein guter Schauspieler, dachte Theresa, *oder er hat wirklich nichts davon gewusst.*

„Selbst wenn es tatsächlich eine Flugzeugentführung war …", überlegte Michael. „Es haben vielleicht zehn Prozent der Passagiere überlebt. Was bringt dich auf die Idee, dass der Flugzeugentführer unter ihnen sein könnte?"

„Harry", antwortete Max schlicht. Mit seiner Aussage erntete er betretenes Schweigen. Eine Weile sprach niemand, dann setzte Max hinzu: „Niemand verschwindet einfach so und noch dazu spurlos. Es gibt kaum gefährliche Tiere auf dieser Insel! Darum glaube ich, dass er getötet wurde, und das von einem Menschen. Wer außer dem Flugzeugentführer wäre zu einer solchen Tat fähig?" Er warf einen Seitenblick auf Coleman.

„Verdächtigst du jetzt mich?", begriff Coleman. „Ich war Flight Marshall! Meine Aufgabe war es, Leben zu schützen!"

Max hielt seinem entrüsteten Gesichtsausdruck stand und sagte: „Soweit ich weiß, war es mit dem Schützen von Leben nicht immer so weit her. Theresa hat mir zum Beispiel erzählt, wie du mit Haziq umgegangen bist …"

Coleman sah sich um, streifte Haziq mit seinem Blick und senkte den Kopf. „Es ist nicht immer leicht, der Boss zu sein. Ich meine … Ich weiß nicht, vielleicht ist mir das Ganze auch zu Kopf gestiegen. Verdammt, das ist 'ne Ausnahmesituation!"

„Du bist der Einzige hier, der eine Waffe hat", fuhr Max mit seinen Beschuldigungen fort.

„Dafür kann ich nichts, oder?" Colemans Stimme hallte wie Kanonendonner durch das Lager.

Max blieb jedoch unerbittlich. „Das ist noch nicht alles, was gegen dich spricht. Einige von uns haben bereits vor dem Absturz mitbekommen, dass irgendetwas nicht stimmt. Stewardessen sind aufgeregt herumgerannt, eine hat sogar geweint. Daraus schließe ich, dass die Crew wusste, was vor sich ging. Und jetzt frage ich dich: Wenn du wirklich Flight Marshall warst, warum wusstest du dann nichts von der Entführung?"

Coleman öffnete den Mund, um etwas dazu zu sagen, doch es kam kein Ton heraus. Schließlich sagte er kläglich: „Ich weiß es nicht! Ich hab anscheinend überhaupt nichts mitbekommen! Anders als ihr hab ich nicht die geringste Erinnerung an den Absturz. Es ist, als ob ich gar nicht dabei gewesen wäre. Ich bin erst aufgewacht, als mir das Wasser schon bis zu den Knien stand."

***

„Du hättest Coleman nicht derart offen den Krieg erklären dürfen", schalt Theresa Max. Nachdem David sich sattgegessen hatte, saßen sie jetzt mit zwei Scheiben gebratener Schlange auf einem Felsen.

„Wenn wir wissen wollen, was hier gespielt wird", antwortete Max mit vollem Mund, „müssen wir Misstrauen säen. Erstens führt das dazu, dass alle die Augen offen halten. Und zweitens lockt es den Entführer vielleicht aus der Reserve. Das ist der einzige Weg, um die Wahrheit herauszufinden."

„Und der gefährlichste Weg", seufzte Theresa und biss von dem Fleisch ab. Sie hatte sich inzwischen so an Schlange als Fleischmahlzeit gewöhnt, dass sie keinerlei Probleme mehr damit hatte. Und da genug Salz zur Verfügung stand, um das Fleisch zu würzen, schmeckte es richtig lecker, vor allem, wenn es warm und frisch war.

„Ich weiß, was ich tue“, antwortete Max und schob sich das letzte Stück Fleisch in den Mund.

„Das hat man ja im Meer gesehen“, sagte Theresa ein bisschen schärfer als geplant.

Max seufzte tief. „Wirst du mich jetzt für immer daran erinnern?“

„Ni idea“, meckerte Theresa auf Spanisch. *Keine Ahnung.* „Dieses Erlebnis hat mich nicht gerade entspannt. Im Gegenteil: Es hat mir gezeigt, dass du sehr viel größere Risiken eingehst, als gut für dich ist. Du kannst doch gar nicht abschätzen, wie Coleman auf dein Verhalten reagieren wird. Was, wenn er dich angreift oder … beiseiteschafft wie Harry? Er hat eine Waffe. Und du nicht.“

Max wandte sich ihr jetzt zu, hob ihr Kinn ein bisschen an und sagte sanft: „Ich hab ein paar Vorsorgemaßnahmen getroffen.“

„Und die wären?“

Max holte Luft, um darauf zu antworten, stellte dann aber fest, dass Theresa empört an ihm vorbeistarrte. Er sah sich um. Von rechts schien Miriam wie zufällig auf sie zuzuschlendern. Dabei hatte sie einen Hüftschwung drauf, der seinesgleichen suchte.

Sie ist wie ein Topmodel, dachte Theresa zum wiederholten Male und versuchte, nicht auf den knappen, roten Bikini zu starren, den Miriam trug. Woher hatte sie den überhaupt? Passte ihr denn alles, was in den Koffern war?

„Nachtisch?“, fragte Miriam neckisch und hielt Max eine Papaya hin. Dabei beugte sie sich so weit vor, dass Max auch noch die letzten Einblicke erhielt.

Theresas Adrenalinspiegel schoss hoch. Griff dieses Weibsbild jetzt auf die „Liebe-geht-durch-den-Magen“-Methode zurück?

„Danke“, sagte Max und nahm die Papaya. Dann holte er sein Taschenmesser hervor und begann die Frucht zu schälen.

„Ich find's toll, dass endlich mal jemand gegen Coleman angeht“, sagte Miriam und fuhr sich durch ihre langen Haare. „Er ist *bestimmt* der Flugzeugentführer. Das ist auch der Grund, weshalb ich mich von ihm getrennt habe.“

Max lachte auf. „Ja, klar.“

„Du bist wahnsinnig mutig, wirklich!“, fuhr Miriam fort. „Ich bin so beeindruckt.“

Theresa sprang auf und wollte gehen. Dieses Gesäusel konnte sie beim besten Willen nicht ertragen. Aber Max hielt sie am Arm fest. „Ich finde, du bleibst jetzt mal hier", sagte er. „Wir sind zusammen."

Miriam atmete hörbar ein. „Was seid ihr?" Dann sah sie Max entsetzt an. „Ist das dein Ernst?"

Max nickte. „Und ob!"

„Da hätte ich dir aber mehr zugetraut!"

Theresa spürte, wie sich Max' Griff um ihren Arm verstärkte. Anscheinend war ihm klar, dass Miriams Worte Theresas Fluchttrieb noch vergrößerten. „Jemanden wie dich oder was?", sagte Max verärgert. „Der sich auf alles stürzt, was irgendwie nach Macht riecht? Ich fürchte, das reicht mir nicht. Wer möchte schon auf seine Attribute reduziert werden?"

Über Miriams hübsches Gesicht huschte ein fragender Ausdruck, der Theresa verriet, dass sie seinen letzten Satz nicht verstanden hatte. Dann verlor sich der Eindruck wieder. „Pah", machte Miriam abfällig. „Du hast ja keine Ahnung, was du verpasst."

„Du aber schon, nicht wahr? Ich wette, du ahnst, wie viel Theresa dir voraushat. Und das wurmt dich. Aber lass dir eins gesagt sein: Eine Frau wie du kann einer Frau wie Theresa niemals den Mann ausspannen. Und das liegt daran, dass ihr in zwei verschiedenen Klassen spielt!"

Theresa spürte, wie sie ein paar Zentimeter größer wurde, und wagte erstmals, Miriam anzusehen. Dabei fing sie allerdings einen Blick auf, den sie sich besser erspart hätte.

„Du Arschloch!", fauchte Miriam noch. Dann griff sie nach der bereits zur Hälfte geschälten Papaya, riss sie Max aus der Hand und stapfte damit von dannen.

„Hm", machte Max und blickte fast ein bisschen verdattert hinter ihr her. „Wie gewonnen, so zerronnen, würde ich sagen." Dann sah er Theresa an. „Ich wette, die nervt uns erst mal nicht mehr."

Theresa schluckte schwer. „Dass du … dass du *das* gemacht hast", stammelte sie. „So hat noch nie jemand zu mir gestanden."

„Siehst du, du kannst mir vertrauen!"

Daraufhin veränderte sich Theresas Gesichtsausdruck und es mischte sich der Hauch eines Zweifels in ihr ehrfürchtiges Staunen.

„Was ist?“, fragte Max.

„Du weißt schon, dass das nur der Anfang war, oder? Miriam bedeutet dir nichts, deshalb ist es nicht schwer, sie vor den Kopf zu stoßen. Aber wie ist es mit all den anderen? Mit deiner Mutter zum Beispiel? Kannst du die Frau enttäuschen, die dich aufgezogen hat? Kannst du ihr sagen, dass du dich in eine Frau verliebt hast, die nicht studiert hat, kein Vermögen besitzt und keinen besonderen Namen trägt? Und wie ist es in der Firma? Deine Angestellten … willst du ihnen wirklich sagen, dass du dich in deine *Sekretärin* verliebt hast?“

Um Max’ Mund bildete sich ein bitterer Zug. „Ich sagte dir schon … Ich bin nicht mehr der aus der Firma. Nicht mehr der von früher. Ich hoffe, du kannst mir das irgendwann glauben.“

Kapitel 33

„Bleiben wir jetzt für immer hier?"

Theresa öffnete die Augen. Sie hatte gerade für David gebetet und saß im Schneidersitz neben seinem Bett. Obwohl es noch hell war, hatte David darauf gedrängt, ins Bett gebracht zu werden. Aus irgendeinem Grund war er heute wohl schon früh müde. „Wenn wir das ELT nicht wiederfinden, wahrscheinlich schon."

„Und bist du froh dadrüber?"

Theresa seufzte tief. „Ich weiß es nicht, David. Einerseits ist es gar nicht so schlecht hier. Andererseits mache ich mir Sorgen. Stell dir vor, jemand von uns wird krank. So wie Max oder Nor. Dann gibt es kein Krankenhaus, das uns helfen kann."

„Max und Nor sind doch wieder gesund geworden."

„Schon. Aber Max wäre gestorben, wenn wir keine Medizin gehabt hätten. Und jetzt ist keine mehr da."

David zog seine kleine Stirn in Falten. „Kannst du auch krank werden?"

„Natürlich! Jeder kann krank werden. Oder man kann einen Unfall haben."

„Aber Wang Fang ist doch Krankenschwester", gab David zu bedenken.

Theresa musste lächeln. „Das stimmt. Aber ohne Medizin kann auch eine Krankenschwester nicht viel helfen."

„Ist Max deswegen so böse? Weil er Angst vor Krankheiten hat?"

Theresa hob den Blick und sah zu Max hinüber. Er stand breitbeinig und mit verschränkten Armen vor dem Felsen, auf dem das ELT gelegen hatte, und starrte ihn an, als könnte er das Gerät durch reine Willenskraft zurückholen. „Nein", seufzte sie und schüttelte den Kopf. „Er hat keine Angst." *Er hat viel zu wenig Angst*, fügte sie gedanklich hinzu. „Er ist wütend, weil jemand ein Unrecht begangen hat. Man darf nicht stehlen, weißt du? Trotzdem hat jemand das ELT geklaut."

„Aber vielleicht hat der, der es geklaut hat, es ja gar nicht böse gemeint …?", begann David.

„Vielleicht nicht." Theresas Antwort kam etwas geistesabwesend, weil in diesem Moment Coleman ins Lager zurückkehrte. Er war klatschnass und hatte anscheinend ein Bad im Fluss genommen.

„Hast du Angst vor dem Tigermann?"

Theresa seufzte tief. „Eigentlich hab ich nur Angst um Max." Sie senkte ihre Stimme und fuhr fort: „Max glaubt, der Tigermann könnte das ELT gestohlen haben." Sie schauderte. „Und das hat er ihm auch gesagt. Jetzt hab ich Angst, dass der Tigermann wütend auf Max wird und ihm etwas tut."

„Aber das darf er nicht!", sagte David entsetzt. „Ich will nicht, dass Max etwas passiert!"

Theresa schalt sich innerlich. Sie hätte ihre Befürchtungen nicht mit David teilen dürfen. „Ich ja auch nicht. Aber-"

Sie konnte ihren Satz nicht beenden, weil in diesem Moment Stanley aus der Felsenhöhle schoss. „Du sagst uns jetzt, wo du das ELT versteckt hast!"

Coleman blieb stehen und starrte Stanley an. Daraufhin hob dieser seinen rechten Arm und … zielte mit einer Waffe auf Coleman.

„Du Feigling", donnerte Coleman auf Englisch durchs Lager. „Klaust mir also die Waffe, während ich bade!"

„Was wird das denn jetzt?", fragte Max auf Deutsch und machte ein paar Schritte auf Stanley zu. Als Stanley jedoch herumwirbelte und nunmehr auf Max zielte, blieb dieser stehen.

Entsetzt sprang Theresa auf. Warum musste sie mit ihren Befürchtungen immer recht behalten?

„Ich hab nicht die geringste Lust, für immer auf dieser Scheißinsel zu bleiben", brüllte Stanley und richtete die Waffe erneut gegen Coleman. „Und deshalb sagst du uns jetzt, wo das Ding ist!"

„Ich hab's nicht genommen!", rief Coleman. „Das hab ich schon tausendmal gesagt!"

„Lüg doch nicht!", fauchte Stanley und entsicherte die Pistole. „Ich hab gesehen, dass du heute Nacht die Höhle verlassen hast!"

„Ich musste pissen, Mann. Ist das jetzt auch schon verboten?"

„Stanley, so kommen wir doch nicht weiter", sagte Max, der ihn anscheinend verstanden hatte, und machte eine beschwichtigende Handbewegung. Dann ging er langsam auf Stanley zu.

„Bleib gefälligst stehen", befahl Stanley und richtete seine Waffe wieder auf Max.

Während Theresa die beiden beobachtete, spürte sie, wie David in einem fort an ihrem Hosenbein zog. Aber das musste warten. Sie stand furchtbare Ängste um Max' Leben aus. Er würde doch nicht schon wieder Dummheiten machen?

Tatsächlich ging Max weiter auf Stanley zu. „Willst du mich jetzt abknallen oder was?"

Stanley wich ein paar Schritte vor Max zurück, hielt aber immer noch die Waffe auf ihn gerichtet. „Bleib zurück!"

„Max!", rief Theresa voller Angst. Aber dieser ging immer noch langsam und in aller Seelenruhe auf Stanley zu. David zerrte an Theresas Ärmel.

„Nicht jetzt", raunte Theresa ihm zu.

„Aber der Tigermann hat den orangen Kasten nicht weggenommen", flüsterte David.

„Darüber reden wir später!", gab Theresa zurück.

„Nein! Nicht später!", jammerte David. „Ich will nicht, dass Max totgeschossen wird! Ich hab ihn doch weggenommen!"

Theresas Kopf ruckte herum. „Was? Wie?"

Als sie David ansah, stellte sie fest, dass sein Gesicht tränenüberströmt war. „Es tut mir leid! Ich hab den orangen Kasten in den Fluss geworfen!"

Theresa ging neben David in die Hocke und starrte ihn ungläubig an. „Ist das dein Ernst?"

David schlang jetzt beide Arme um Theresas Hals und schluchzte: „Bitte sei mir nicht böse! Ich wollte nicht weg von hier. Und ich hab gedacht …" Er begann zu weinen. „Ich hab gedacht, du willst auch lieber hierbleiben."

„Gib das Ding her", verlangte Max. Seine Stimme hatte inzwischen einen äußerst scharfen Klang und er streckte fordernd seine rechte Hand aus.

Was jetzt?, hämmerte es in Theresas Kopf. Sie hatte eine Information, die die Situation entschärfen konnte. Doch gleichzeitig durfte sie Max und Stanley jetzt auch nicht irritieren. Das Ganze erinnerte sie irgendwie an ein Kleinkind, das in schwindelerregender Höhe auf einem Fenstersims herumbalancierte. Wenn man es durcheinanderbrachte, würde es erst recht in die Tiefe fallen! Und so tat sie das Einzige, womit man nun wirklich nichts falsch machen konnte: Sie begann zu beten.

„Also bitte, wenn du meine Hilfe nicht willst", schimpfte Stanley und drückte Max die Pistole in die Hand. „Dann sieh halt alleine zu, wie du das ELT wiederfindest." Er warf noch einen hasserfüllten Blick in Colemans Richtung, dann drehte er sich um und ging zurück in die Höhle.

Theresa schloss für einen Moment erleichtert die Augen.

„Die möchte ich gern wiederhaben", sagte Coleman, diesmal auf Deutsch, und ging mit ausgestreckter Hand auf Max zu.

Theresa schaute gebannt von ihm zu Max.

Der schüttelte den Kopf. „Jetzt nicht. Ich behalte die Pistole, bis wir herausgefunden haben, was hier gespielt wird."

Theresa dachte erneut darüber nach, ihr Wissen kundzutun, entschied sich dann aber dafür, noch zu warten. Es war vielleicht besser, erst mit Max allein zu sprechen.

„Ihr seid euch also einig, ja?" Colemans tiefe Stimme hatte einen bitteren Klang. „Coleman ist der Flugzeugentführer. Coleman hat Harry erschossen. Coleman hat das ELT geklaut. Gibt es sonst noch ein Problem, für das ihr einen Sündenbock braucht?"

„Du weißt selbst, dass hier irgendetwas faul ist", erwiderte Max. „Und solange wir keine anderen Hinweise haben, bist du nun mal verdächtig."

„Sicher!" Coleman spuckte ihm dieses Wort förmlich entgegen. Dann sah er sich im Lager um, erblickte Miriam und sagte: „Habt ihr euch das gemeinsam überlegt?" Er wandte sich wieder Max zu. „Miriam und du?"

Max hob fragend die Augenbrauen.

„Die schmeißt sich doch neuerdings an dich ran!"

Max zuckte die Achseln. „Ist aber nicht von Erfolg gekrönt."

„Was soll das heißen? Ziehst du die graue Maus dahinten vor?“ Die abfällige Handbewegung in Theresas Richtung, ließ keinen Zweifel daran, wer gemeint war. Theresa hielt die Luft an.

„Willst du meine Freundin beleidigen?“ Max’ Tonfall ließ nichts Gutes erahnen.

„Lass gut sein, Max“, sagte Theresa beschwichtigend.

Erstaunlicherweise erreichte sie dadurch, dass Coleman betreten den Kopf senkte. „Tut mir leid.“ Er warf Theresa einen entschuldigenden Blick zu. „Ich glaube …“ Er schüttelte den Kopf und schien auf einmal Mühe zu haben, die Fassung zu wahren. „Ich glaube, ich bin nur neidisch.“ Er hob beide Hände und ließ sie dann frustriert gegen seine Oberschenkel klatschen. Dann sah er Max an und seufzte aus tiefster Seele: „Du bist echt so ’n Glückspilz!“

***

„Ich hab ihm wohl Angst eingejagt“, seufzte Max und strich zärtlich über Davids Hinterkopf. „Das tut mir wirklich leid.“ Erst als Coleman weggegangen war, hatte Max realisiert, dass David völlig außer sich war und in Theresas Armen heiße Tränen vergoss. Deshalb war er zu ihm geeilt und versuchte jetzt, ihn zu beruhigen.

„*Mir* hast du Angst eingejagt“, schimpfte Theresa und funkelte ihn wütend an. „Ich hab gewusst, dass du Dummheiten machst. Man kann dich keine fünf Minuten aus den Augen lassen!“ Sie verlagerte Davids Gewicht auf ihren anderen Arm. „Was hast du dir überhaupt dabei gedacht? Jeder normale Mensch ergreift die Flucht, wenn er eine Waffe sieht. Aber du marschierst auch noch munter darauf zu!“

Max strich sich mit gespreizten Fingern ein paar vorwitzige Haarsträhnen aus der Stirn. „Ich wusste, dass Stanley nicht auf mich schießen würde.“

„Ach wirklich?“ Theresa war so aufgebracht, dass sie mit dem rechten Fuß rhythmisch auf den Boden klopfte. „Seit wann bist du denn allwissend? Niemand kann in einen anderen Menschen hineingucken. Selbst du nicht!“

Max grinste breit. „Das stimmt. Allerdings kann ich manchmal in Pistolen hineingucken.“

„Was willst du damit sagen?“

Max sah sich kurz um, stellte sicher, dass niemand in der Nähe war und griff dann in seine rechte Hosentasche. Anschließend streckte er Theresa seine Faust entgegen. „Weißt du, was das ist?“ Als er seine Hand öffnete, kamen mehrere Patronen zum Vorschein.

Einen Moment lang starrte Theresa ungläubig auf die goldenen Geschosse. Dann flüsterte sie: „Hattest du sie rausgenommen?“

Max nickte. „Ich wollte es dir erzählen. Aber dann hat Miriam uns unterbrochen.“

Theresa atmete einmal tief durch. „Dann hat also nie eine Gefahr bestanden?“

„Nein!“

Theresa schloss erschöpft die Augen. „Das ist alles zu viel für mich“, stöhnte sie. „Diese ständigen Gefahren und immer neuen Entwicklungen.“

„Und doch werden wir hierbleiben müssen“, seufzte Max. „Ohne das ELT wird man uns niemals finden.“

„Es ist im Fluss“, krächzte Theresa, ohne die Augen zu öffnen. „Jetzt geht die Taucherei von vorne los.“

„Es ist bitte wo?“, stieß Max hervor.

Obwohl sie es eigentlich gar nicht wollte, öffnete Theresa ihre Augen wieder. „Im Fluss“, wiederholte sie. „Das ist doch nicht schlimm, oder? Schließlich ist das Ding wasserdicht.“

„Aber … aber … woher weißt du denn das?“, stammelte Max.

„Es tut mir leid“, schluchzte David. Da sein Gesicht immer noch an Theresas Schulter lag, klang seine Stimme gedämpft.

Einen Moment lang schwieg Max. Dann flüsterte er: „Hast du es genommen, David?“

David bewegte seinen Kopf ein wenig auf und ab.

Max seufzte tief. „Warum?“

Als Theresa spürte, wie sich Davids Griff um ihren Hals verstärkte, sagte sie leise: „Er wollte verhindern, dass man uns findet. Er hat Angst, dass er sonst zu seinen Großeltern nach Australien muss.“

Max legte seine Hand auf Davids Schulter und sagte: „Jeder macht mal einen Fehler, David. Bist du bereit, das wieder in Ordnung zu bringen?“

David hob den Kopf und sah Max aus rot geweinten Augen an. „Geht das denn?"

Max lächelte ihm aufmunternd zu und nickte. „Kannst du mir zeigen, wo du das ELT in den Fluss geworfen hast?"

***

Theresa behielt recht. Die Taucherei ging von vorne los, jetzt allerdings im Fluss. Auch wurde sie nicht mehr nur von Max allein in Angriff genommen. Stattdessen tauchte jeder, der sich dazu berufen fühlte, ins Flussbett hinab. Selbst Coleman nahm daran teil. Nachdem sich Max und Stanley ausdrücklich bei ihm entschuldigt hatten, legte er sogar einen besonderen Elan an den Tag.

Dieses Mal war nicht so sehr die Tiefe das Problem. David hatte berichtet, dass er das ELT vom Ufer aus ins Wasser geworfen hatte. Obwohl er vom regelmäßigen Steinewerfen einen starken rechten Arm bekommen hatte, waren sich alle einig, dass ein Fünfjähriger einen Kasten, der ungefähr ein Kilo wog, kaum mehr als zwei, drei Meter weit geworfen haben konnte. Das ELT musste sich also ganz in der Nähe des Ufers befinden. Leider konnte sich David nicht mehr genau an die Stelle erinnern, an der er bei seinem Wurf gestanden hatte. Dadurch wurde der Suchbereich enorm ausgeweitet. Darüber hinaus kämpften die Taucher mit der stark bewachsenen Uferböschung, schlammigen Bodenverhältnissen und daraus resultierender schlechter Sicht unter Wasser.

Als schließlich die Nacht über die Insel hereinbrach, musste die Suche abgebrochen werden.

Umso früher wurde sie am nächsten Morgen wieder aufgenommen. Trotzdem dauerte es auch an diesem Tag viele, viele Stunden, bis schließlich Isaac aus dem Wasser schoss und die erlösenden Worte rief: „Ich hab's!"

***

„Sag jetzt nicht, es war die ganze Zeit über angeschaltet", schimpfte Jontek. Er war als Letzter aus dem Wasser gestiegen und daher noch klatschnass. Wie alle anderen umringte er Max und Coleman, die das ELT am Ufer des Flusses auf seinen Zustand hin untersuchten.

„Wie lange hält so eine Batterie eigentlich?", fragte Sophie.

„Achtundvierzig Stunden, glaub ich", antwortete Coleman.

„Ist das dein Ernst?", brach es aus Gökhan hervor. „Dann muss sie ja beinahe leer sein!"

„Wir werden das Ding nur sporadisch anschalten und darauf hoffen, dass irgendein Satellit uns trotzdem empfängt", sagte Max. „In Ordnung?"

„Das ist alles deine Schuld, weil du den Balg nicht im Griff hast." Jonteks Worte waren so scharf wie ein Fleischermesser und galten eindeutig Theresa. Sie versteifte sich. Gleichzeitig spürte sie, wie David, der seit seinem Geständnis noch nähebedürftiger war als sonst, seinen Griff um ihre Hüfte verstärkte. „Ich wusste vom ersten Moment an, dass der Bengel nur Ärger macht", fuhr Jontek ungeniert fort. „Hätte er bloß nicht aufs Klo gemusst …"

Theresa schnappte nach Luft. „Weißt du eigentlich, was du damit sagst?" Sie sah Jontek herausfordernd ins Gesicht.

Jontek antwortete nicht, hielt ihrem Blick aber eiskalt stand.

„Also, funktionieren tut es", verkündete Coleman und erhob sich. Dann wandte er sich an Max. „Ich bring's zurück auf den Felsen, okay?"

Max nickte. Theresa starrte immer noch Jontek an. Hatte er gerade gesagt, dass er David lieber tot als lebendig sehen würde? Und sie selbst ebenfalls?

Während Coleman sich mit dem ELT auf den Weg zurück ins Lager machte, sah sich Theresa fassungslos um. Hatte noch jemand mitbekommen, was Jontek gesagt hatte? Zunächst schien es, als wäre das nicht der Fall, jedenfalls gingen die meisten ungerührt hinter Coleman her. Aber dann fing Theresa Monas entsetzten Blick auf.

„Ich verlange, dass wir das ELT ab sofort rund um die Uhr bewachen", forderte Jontek und eilte hinter Coleman her.

Auch Mona setzte sich jetzt in Bewegung. Während sich der Platz am Fluss allmählich leerte, hörte Theresa, wie Mona zu Jontek sagte: „Hattest du nicht gesagt, dass du auch mal Kinder möchtest?"

Theresa sah noch einen Moment hinter den anderen her. Dann murmelte David: „Jetzt sind alle böse auf mich." Theresa holte Luft, um David zu trösten, musste aber feststellen, dass das schon jemand anderes erledigte.

„Nicht alle", kam Max ihr zuvor. Er hatte sich zu David umgedreht und saß jetzt im Schneidersitz vor ihm. „Ich zum Beispiel nicht."

David sah ihn mit großen Augen an. „Und warum nicht?"

„Weil ich auch schon viele Fehler gemacht habe."

David ließ Theresa los und drehte sich zu Max um. „Du?"

Max nickte eifrig. „Ich hab in meinem Leben viel gelogen und betrogen. Da kannst du das Finanzamt fragen."

„Das was?"

„Egal", grinste Max. „Wichtig ist, dass man zugibt, was man getan hat."

„Und das reicht?" David sah jetzt Theresa an.

„Ja, das reicht." Theresa nickte. „Weißt du, was passiert, wenn man Gott von seinen Fehlern erzählt und ihn um Verzeihung bittet?"

David schüttelte stumm den Kopf.

„Er wirft die Fehler ins Wasser."

„Ins Wasser?"

Theresa nickte. „Ja. Er wirft sie ins Wasser, aber er wirft sie nicht in den Fluss, wo man sie wiederholen kann." Sie deutete auf die Stelle, an der Isaac vorhin mit dem ELT aus dem Wasser gestiegen war. „Auch nicht dort ins Meer, wo es flach ist und man danach tauchen kann. Er wirft sie in den Marianengraben. Weißt du, was das ist?"

David schüttelt erneut den Kopf.

„Das ist die tiefste Stelle des Meeres. Das ist so tief, dass Menschen niemals dorthin kommen können. Niemand kann die Fehler wieder zurückholen. Sie sind einfach weg."

***

Zwei Tage lang schaltete Max das ELT mehrfach für etwa fünf Minuten ein. In diesen beiden Tagen wanderte der Blick der 25 Überlebenden noch häufiger als sonst in Richtung Himmel. Von dort näherten sich allerdings nicht die erhofften Flugzeuge, sondern nur äußerst dunkle Wolken. Zusätzlich begann ihnen ein stärker werdendes Lüftchen um die Ohren zu wehen.

Am dritten Tag – dem 32. Tag nach dem Absturz – wuchs sich der Wind zu einem Sturm aus, den sie nur noch in der Felsenhöhle aussitzen konnten. Aufgrund der enormen Windgeschwindigkeiten und des zwischenzeitlich einsetzenden Regens erlosch sogar das Feuer.

„Wo willst du hin?“, fragte Theresa, als sich Max gegen Mittag von seinem Platz erhob.

Max bückte sich und griff nach dem orangen Kasten, den er nun schon seit Tagen wie seinen Augapfel hütete. „Ich schalte nur kurz das ELT ein.“ Er musste beinahe schreien, damit Theresa ihn hören konnte.

„Bei diesem Sturm ist das viel zu gefährlich!“ Theresa griff nach seiner Hand und hielt sie fest. „Es fliegen ständig Äste durch die Gegend. Kannst du nicht hierbleiben?“

„Ich bin doch nicht aus der Welt!“, rief Max und deutete auf den Felsen in der Mitte des Lagerplatzes. Dort stand das ELT immer, wenn es angeschaltet war. Dann begann er zu grinsen. „Du kannst mich ja wieder retten, wenn irgendwas passiert.“

„Lass die blöden Witze“, schimpfte Theresa und hielt sich mit der freien Hand ihre Haare aus dem Gesicht. Diese wurden vom Wind vollkommen durcheinandergewirbelt. „Können wir das ELT nicht hier drinnen anschalten? Hier ist es sowieso viel besser aufgehoben.“

Max schüttelte den Kopf. „Der Felsen stört den Funkkontakt. Es muss unter freiem Himmel stehen.“

„Als ob dieser Himmel frei wäre“, sagte Theresa und deutete auf die dunkelgrauen Wolken. „Wäre es nicht besser, wenn wir die Batterien schonen und auf besseres Wetter warten?“

„Hm“, machte Max und starrte einen Moment lang skeptisch auf das Chaos, das vor der Höhle tobte. Der Sturm bog Bäume und Büsche, wirbelte Blätter und Zweige durch die Gegend und sorgte für Weltuntergangsstimmung. Gleichzeitig spielte er ein ohrenbetäubendes Konzert aus dem Pfeifen des Windes, dem Rauschen der Pflanzen und dem Grollen des Donners. „Einmal versuch ich’s noch, okay? Dann machen wir für heute Schluss.“

Theresa nickte. Dieses Zugeständnis war schon mehr, als sie sich erhofft hatte. Normalerweise war er völlig taub, wenn es um Vorsicht oder Sicherheit ging. Widerwillig ließ sie Max' Hand los und erhob sich nun ebenfalls von ihrem Platz. Auf diese Weise konnte sie wenigstens beobachten, ob alles gut ging.

Jetzt rappelte sich allerdings auch David auf. „Arm!", rief er und streckte ihr fordernd seine Arme entgegen. Seit der Sturm begonnen hatte, war er ihr nicht mehr von der Seite gewichen. Wahrscheinlich erinnerte ihn dieses Wetter einfach zu sehr an die Nacht, in der sie abgestürzt waren. Theresa seufzte und nahm David auf den Arm. Dabei musste sie aufpassen, dass sie das Gleichgewicht nicht verlor. Obwohl sie hier in der Felsenhöhle von zwei Seiten geschützt waren, riss der Wind an ihr, als wären ihre Kleidungsstücke die Segel eines Dreimasters.

„Was macht Max?", brüllte David so laut in Theresas Ohr, dass sie fürchtete, erneut taub zu werden.

„Er schaltet das ELT ein", gab Theresa zurück. Dabei beobachtete sie Max dabei, wie er das ELT auf den Felsen stellte und sich daran zu schaffen machte.

„Ich hab Hunger", jammerte David.

„Ich weiß", seufzte Theresa. „Aber ich fürchte, heute gibt es nichts zu essen. Bei diesem Wetter ist es viel zu gefährlich im Dschungel."

„Kann Max nicht Fische holen?"

Theresa atmete ein, um einen vernichtenden Kommentar dazu abzugeben, besann sich dann jedoch eines Besseren. David war noch so klein und wusste es nicht besser. „Auf dem Wasser tobt sich der Sturm am meisten aus", erklärte sie ihm. „Du willst doch nicht, dass Max etwas passiert, oder?"

David schüttelte den Kopf. Derweil beobachtete Theresa Max dabei, wie er immer und immer wieder sein Ohr an das ELT legte. Warum tat er das? Hörte er jetzt schon die Flöhe husten?

Ein paar Minuten später kehrte Max mitsamt des ELT in die Höhle zurück. „Ob du's glaubst oder nicht", brüllte er in Theresas Richtung. „Ich hör Wortfetzen."

Theresa zog die Stirn in Falten. „Wirklich?"

„Das ist unmöglich", rief Coleman, der nicht weit von den beiden entfernt saß. „Es gibt eine sogenannte ‚Line of sight'! Das bedeutet, dass man nur denjenigen hören kann, den man auch sieht. Ansonsten gibt es keine Funkverbindung mit einem ELT." Gewisse Zweifel schien aber auch er zu haben. Jedenfalls stand er auf, trat ein paar Schritte vor und starrte in den Himmel. „Und bei diesem Wetter fliegen sowieso keine Flugzeuge. Du musst dich irren."

Max hielt erneut sein Ohr an das ELT, schien jetzt aber nichts mehr wahrzunehmen. „Ich hab aber was gehört", beharrte er. Dann drehte er sich um und ging mit dem ELT in die Mitte des Lagers zurück.

Theresa seufzte tief. Konnte er nicht einmal Ruhe geben?

Aber das schien keineswegs seine Absicht zu sein, denn jetzt wirbelte er plötzlich herum, ließ das ELT auf dem Felsen zurück und rannte in Richtung Meer.

„Max!", brüllte Theresa hinter ihm her, dabei wusste sie selbst, dass er das bei diesem Lärm nicht hörte. „Dieser unmögliche Kerl!", schimpfte sie verärgert. „Immer macht er, was er will!" Einen Moment lang spielte sie mit dem Gedanken, ihm nachzueilen, dann verwarf sie diesen wieder. David würde sie ganz bestimmt nicht gehen lassen und mitnehmen konnte sie ihn auch nicht. So blieb ihr nichts anderes übrig, als dafür zu beten, dass Max nichts passierte.

Knappe zehn Minuten später stürmte dieser klatschnass in die Höhle zurück. „Wer hat die Taschenlampe?", brüllte er atemlos. Er machte zwei Schritte auf Theresa zu und drückte ihr einen kurzen, begeisterten Kuss auf. Dann keuchte er freudestrahlend: „Die haben uns gefunden! Sie haben uns allen Ernstes gefunden!"

„Wer hat uns gefunden?", rief Coleman.

„Kann irgendjemand von euch Morsezeichen?", rief Max und ließ sich von Gökhan die große Taschenlampe aushändigen.

„Ich", meldete sich Ethan. „Ich bin Hobbyfunker!"

„Dann komm mit! Wir müssen sie auf uns aufmerksam machen!"

„Sie?", fragte Ethan verständnislos. „Wer ist sie?"

„Unweit der Küste ist ein Schiff vor Anker gegangen!", rief Max und hüpfte unruhig auf und ab. „Ich wette, das ELT hat sie hergeführt!"

Diese Information genügte. Sämtliche Überlebenden sprangen auf, stürzten auf Max zu und bombardierten ihn mit einem Gewirr von Fragen.

„Alle bis auf Ethan bleiben hier“, befahl Max und griff nach Ethans Arm. „Sobald wir Kontakt mit ihnen aufgenommen haben, beantworten wir eure Fragen!“ Damit trat Max erneut aus der Höhle in den Sturm hinaus. Er sagte noch etwas zu Ethan, dann setzten sich die beiden im Laufschritt in Bewegung.

***

„Ich kann immer noch nicht glauben, dass es das gewesen sein soll“, seufzte Theresa und kuschelte sich mit ihrer linken Körperhälfte eng an Max. Jetzt, wo es stockfinster geworden war, wirkten das Heulen des Windes, das Knacken der Äste und das Rauschen der Blätter noch bedrohlicher als bei Tageslicht. Das schien auch David so zu sehen. Jedenfalls hatte er sich nicht damit zufriedengegeben, neben Theresa zu liegen. Stattdessen hatte er auf ihrem Bauch Platz genommen und erschwerte ihr das Atmen. Max und Ethan war es tatsächlich gelungen, Morsekontakt zu dem Schiff aufzunehmen, das vor der Küste angelegt hatte. Wie die beiden erfahren hatten, handelte es sich um eine indonesische Fregatte. Diese würde die Gestrandeten aufnehmen, sobald der Sturm nachließ.

„Hast du dich so sehr an diese Insel gewöhnt?“, fragte Max. Da er sich auf die Seite gelegt hatte, konnte er direkt in Theresas Ohr sprechen und musste nicht brüllen.

„Irgendwie schon“, gab Theresa zu. „Wir haben mehr als einen Monat hier verbracht und ich … ich weiß gar nicht mehr, wie es ist, in einem geschlossenen Raum zu schlafen. Oder in einem Bett.“ Dennoch hatte die Aussicht, nach Deutschland zurückzukehren, vor allem gute Seiten. Sie würde Ariane wiedersehen! Und Rita!

„Kannst du dich denn noch an den Geschmack von Sachertorte erinnern?“

Theresa spürte, wie allein das Wort dafür sorgte, dass ihr im wahrsten Sinne des Wortes das Wasser im Munde zusammenlief. Sie hatten schon ewig nichts mehr gegessen und verspürte einen irren Hunger. „Doch“, krächzte sie. „Das krieg ich noch zusammen.“

„Sobald wir in Deutschland sind, löse ich meine Versprechen ein. Und dann kaufe ich dir eine ganze Torte!“

„Bist du verrückt?“, fuhr Theresa ihn an. „Ich hab so schön abgenommen und nicht die geringste Lust, mir das in kürzester Zeit wieder anzufuttern!“

„Schade“, seufzte Max. „Ich mochte deine Rundungen immer gern.“

„Das klang vor einem Monat aber noch ganz anders“, protestierte Theresa. „Da wolltest du mir noch das Mittagessen verbieten und mich ins Fitnessstudio schicken!“

Max küsste sanft Theresas Ohr. „Ich glaub, ich hab versucht, dich kleinzuhalten“, flüsterte er. „Es hat mir nicht gefallen, dass ich so abhängig von dir war.“

Theresa schwieg und dachte darüber nach, wie sie Max damals erlebt hatte. Schon der Gedanke an das Büro jagte ihr kalte Schauer über den Rücken.

„Du hast immer noch Angst, dass ich mich in diesen Menschen zurückverwandeln könnte“, schlussfolgerte Max.

„In der Firma hast du eine ganz bestimmte Rolle gespielt“, antwortete Theresa. „Wirst du die nicht automatisch wieder aufnehmen?“

Max drehte sich frustriert auf den Rücken. „Wenn das so weitergeht, werd ich dir in hundert Jahren noch beweisen müssen, dass ich mich geändert habe!“

Kapitel 34

Theresa glitt mitten in der Nacht aus dem Schlaf in einen halb wachen Zustand. „Max?“, murmelte sie und tastete instinktiv nach ihm.

„Ich bin hier“, sagte Max und griff nach ihrer Hand.

Trotz ihrer Schlaftrunkenheit bekam Theresa mit, dass Max sich aufgerichtet hatte. „Ist alles okay?“, fragte sie.

„Ja.“

Er klingt seltsam, dachte Theresa. Sie gähnte herzhaft und murmelte: „Du lügst. Was ist los?“

Max seufzte tief. „Ich hab schlecht geträumt.“

Theresa versuchte sich ihm zuzuwenden, konnte aber nicht, weil David inzwischen quer über ihr drüberlag. Wie um alles in der Welt konnte er so schlafen? „Wovon?“

„Von der Nacht, in der wir abgestürzt sind.“

Kein Wunder, dachte Theresa und lauschte dem Sturm, der immer noch um sie herum tobte. Das alles erinnerte extrem an jene Nacht. „War es ein schlimmer Traum?“

„Ich weiß nicht … ich weiß nicht mal, ob es überhaupt ein Traum war. Ich kann mich auf einmal an alles erinnern, was in der ersten Klasse passiert ist.“

„Und das wäre?“

Max zögerte einen Moment lang. „Schlaf weiter. Ich erzähle es dir morgen früh, okay?“

Theresa gähnte erneut. Max’ Hand war warm und hatte einen beruhigenden Einfluss auf sie. Abgesehen davon war sie müde, so furchtbar müde …

***

Als Theresa am nächsten Morgen erwachte, war es bereits hell. Der Sturm hatte ein bisschen nachgelassen, doch fegte immer noch ein ordentlicher Wind durchs Lager. David lag inzwischen rechts neben ihr, allerdings hatte er sich verkehrt herum gedreht und hielt ihr rechtes Bein mit beiden Armen fest umklammert … Theresa musste lächeln. Obwohl der Kleine dafür gesorgt hatte, dass sie in der Nacht ständig aufgewacht war, erschien er ihr wie das süßeste Geschöpf auf Erden! Sie wandte den Kopf nach links und suchte nach Max. Nanu? Wo war er denn? Erschrocken hob sie den Kopf und sah sich um. Max war nicht der Einzige, der fehlte. Ungefähr die Hälfte der Gruppe war nicht zu sehen.

„Die sind alle am Meer", sagte Michael. Im Gegensatz zu den anderen, die noch in der Felsenhöhle waren, war er schon wach und reckte seine Glieder. „Nachsehen, ob das Schiff noch da ist!"

Theresa blickte prüfend auf die Bäume und Büsche in ihrer Umgebung. „Denkst du, der Wind ist noch zu stark, um uns abzuholen?"

Michael nickte. „Ganz sicher. Das ist 'ne Felsenküste da draußen. Die wollen bestimmt nicht, dass wir bei unserer Rettung ertrinken."

Theresa musste grinsen. „Stimmt, das wäre blöd." Einen Moment lang dachte sie darüber nach, aufzustehen und ebenfalls zum Meer zu laufen. Aber dann hätte sie David wecken müssen und der schlief noch tief und fest. Sie fasste sich also in Geduld, legte sich wieder hin und hielt ein wenig stumme Zwiesprache mit Gott.

Eine gute halbe Stunde später kehrten Nor, Arissa und Isaac ins Lager zurück. Sie berichteten aufgeregt, dass Ethan bereits sehr rege mit dem Schiff kommunizierte und sowohl die Zahl der Überlebenden als auch deren Namen weitergegeben hatte. Während diese Information bei den meisten regelrechte Begeisterungsstürme auslöste, rief sie bei Theresa ein ungutes Gefühl hervor. Wenn sie wirklich bald gerettet wurden, würde auch der Kampf um David beginnen … mit mehr als ungewissem Ausgang! *Hab ein bisschen mehr Vertrauen*, hörte sie Max noch einmal sagen. Aber das war gar nicht so einfach! Vielleicht war Gott ja der Meinung, dass David bei seinen Großeltern besser aufgehoben war als bei ihr.

Als hätte er ihre Gedanken gelesen, wachte David auf, krabbelte auf Theresas Schoß und schlang seine kleinen Arme um sie. Theresa schloss die Augen. *Bitte, Jesus*, betete sie, *bitte bewirk doch, dass ich ihn behalten kann.*

Während sie so dasaß und David sanft in ihren Armen wiegte, kehrten weitere Leute ins Lager zurück. Sie erzählten aufgeregt, dass bereits am Nachmittag ein Helikopter eintreffen und sie dann allesamt an Bord des Schiffes bringen würde.

Dann war's das jetzt also wirklich, dachte Theresa und verspürte eine Mischung aus Erleichterung, Aufregung, Freude, Angst und Wehmut. Diese Insel … sie hatte alles verändert; sie selbst, ihre Sicht auf andere Menschen und auch ihre Beziehung zu Gott. Wenn sie diese Insel verließ, würde sie nicht mehr dieselbe sein. Und sie würde auch nicht mehr allein sein! Sie hatte jetzt Max und hoffentlich auch David. Damit war sie reicher beschenkt, als sie sich das jemals erträumt hatte!

„Sie kochen uns was zu essen!", rief Stanley, als er mit Gökhan ins Lager zurückkehrte. „Ein Fleischgericht! Mit Nudeln!"

Während er das sagte, fing er an, eine kleine Breakdance-Einlage zu tanzen. Dabei zeigte er zunächst die dafür typischen abgehackten Bewegungen und vollführte anschließend ein paar geschmeidige Moves direkt auf dem Boden. Und zwar gar nicht mal schlecht! Theresa war beeindruckt. Als Pia und Peer sahen, was er machte, krabbelten sie aus ihren Betten und versuchten, die Bewegungen nachzumachen. Und auch ein paar Erwachsene begannen sich spontan zu der – nicht vorhandenen – Musik zu bewegen und mit den Fingern zu schnipsen.

Sie sind gedanklich schon wieder zu Hause, dachte Theresa und hatte das Gefühl, als würde ihr die Insel bereits unter den Füßen weggezogen werden.

Schließlich kehrten auch Ethan und Coleman ins Lager zurück. „Direkt am Meer ist es noch ganz schön windig", sagte Coleman. „Bis heute Nachmittag hält man es da jedenfalls nicht aus."

„Nur Max kann wieder nicht genug kriegen, ja?", seufzte Theresa.

„Wieso?", wunderte sich Ethan. „Der war doch überhaupt nicht mit." Er sah sich suchend um. „Wo ist er denn?"

Theresa zog verwundert die Stirn in Falten. „Macht keine Witze. Er war schon weg, als ich aufgewacht bin."

„Also, am Meer war er definitiv nicht", meldete sich Gökhan zu Wort. „Das wär' mir aufgefallen."

Theresa hatte das Gefühl, als würde ihr jemand die Hände um den Hals legen und zudrücken. In einer einzigen fließenden Bewegung hob sie David von ihrem Schoß und richtete sich auf. „Wer weiß, wo Max ist?", rief sie in die Runde.

Schweigen. Die anderen sahen einander fragend an. Einige schüttelten den Kopf.

„Das Schiff", sagte Stanley entschuldigend. „Ich hab nur auf das Schiff geachtet!"

„Aber … man verschwindet doch nicht einfach …" Kaum, dass sie diese Worte ausgesprochen hatte, versteifte sich Theresa auch schon. Max wäre nicht der Einzige, der einfach so verschwand. Mit Harry war dasselbe passiert. Und der war nie wieder aufgetaucht!

Als hätte er ihre Gedanken gelesen, sagte Coleman: „Der taucht bestimmt gleich wieder auf. Wahrscheinlich ist er nur für kleine Jungs."

„Und das seit Stunden?", protestierte Theresa. „Wohl kaum!" Dann sah sie sich hektisch um. „Sind denn sonst alle da? Können wir mal durchzählen?"

Die Zählung war schnell gemacht und ergab 24 Köpfe. Es fehlte also nur einer – Max!

„Wir sehen am Meer nach", sagte Theresa und griff nach Davids Hand. Sie würde den Jungen keine Sekunde mehr aus den Augen lassen!

***

Eine gute Stunde später war Max immer noch nicht wieder aufgetaucht. Sie hatten sowohl am Meer als auch in der Nähe des Lagers gesucht, dabei aber keine Spur von ihm gefunden.

„Wir bilden Suchtrupps", entschied Theresa. „Zwei davon übernehmen die Küste, und zwar genauso, wie wir es am ersten Tag gemacht haben. Einer geht zur Lagune, die anderen suchen im Dschungel." Während sie dies sagte, verriet ihre Stimme viel von der Besorgnis, die sie empfand. „Ich schlage vor, ihr tut euch zu Zweiergruppen zusammen.“

Ihr leidenschaftlicher Tonfall stand in krassem Gegensatz zu der Reaktion ihrer Zuhörer. Viele blickten betreten zu Boden. Einige verschränkten abwehrend die Arme vor der Brust. „Was ist los?“, krächzte Theresa.

„Wir sind *so*“, Jontek bildete mit Daumen und Zeigefinger einen Abstand von wenigen Millimetern, „kurz davor, gerettet zu werden. Glaubst du, wir setzen jetzt noch mal unser Leben aufs Spiel?“

Theresa schluckte schwer. „Aber …“ Im ersten Moment konnte sie es nicht fassen. Dann stieg bodenlose Wut in ihr auf. „Was seid ihr denn bloß für Feiglinge?“, brach es aus ihr hervor. „Was denkt ihr eigentlich, wem ihr dieses Schiff da draußen zu verdanken habt?“ Sie streckte ihren Arm in Richtung Küste aus. „Als er das ELT geborgen hat, wäre Max fast gestorben!“

Stille.

„Ethan“, sprach sie ihn direkt an. „Hast du nicht gesagt, dass man seine Mitmenschen nicht aufgeben darf?“

Ethan senkte betreten den Blick. „Du hast recht, aber …“ Er kratzte sich verlegen an seiner auffällig gebogenen Nase. „Nor und Arissa brauchen mich hier. Und wir wollen jetzt nur noch nach Hause!“

„Michael!“, probierte Theresa. „Auf dich war immer Verlass.“

Dieser lachte bitter auf. „Warum wohl?“

Theresa musste schlucken. „Es geht also immer nur um den eigenen Vorteil, ja? Jetzt, wo ich mit Max zusammen bin, hab ich keinen Wert mehr für dich?“

Michael sah Theresa an. „Ist mir das denn zu verdenken? Ich meine, wir sprechen hier ja nicht von einer kleinen Gefälligkeit. Da draußen wartet ein Schiff, um uns abzuholen. Und da …“, er deutete auf den Dschungel, „… wartet irgendjemand, der Menschen kidnappt.“ Als er sah, dass Theresa Luft holte, um etwas dazu zu sagen, hob er Einhalt gebietend den Arm. „Du brauchst gar nicht erst zu versuchen, die Sache kleinzureden. Max ist verschwunden. Wer würde denn an einem Tag wie diesem einen Ausflug machen, ohne seiner Freundin Bescheid zu sagen?“

„Du glaubst also auch, dass ihm etwas passiert ist", krächzte Theresa.

Michael hob die Hände und ließ sie frustriert wieder fallen. „Ich weiß es nicht. Hat er wirklich gar nichts gesagt? Auch gestern nicht?"

Theresa holte Luft, um das zu verneinen, hielt dann aber inne. *Der Traum …* auf ihrem Gesicht bildete sich ein Ausdruck des Entsetzens. „Er hat heute Nacht was gesagt", brach es aus ihr hervor. „Er hat gesagt, dass er von dem Absturz geträumt hat. Und dass er sich an alles erinnert, was in der ersten Klasse vor sich gegangen ist!"

„Tja", machte Michael und streifte Coleman mit seinem Blick. „Dann weiß er vielleicht, wer die Maschine entführt hat. Ich traue ihm durchaus zu, dass er den Entführer zur Rede gestellt hat. Und dann …"

„… hab ich ihn um die Ecke gebracht", nickte Coleman. Dabei hatte seine Stimme einen bitteren Klang. „So wie Harry. Das denkst du doch, nicht wahr?"

Theresa drehte sich um und sah Coleman mit großen Augen an.

„Ich hab nicht mal mehr 'ne Waffe!", fauchte Coleman. „Die hat Max, schon vergessen?"

Theresas Blick wanderte tiefer und blieb an dem Tigerkopf auf Colemans linkem Oberarm hängen. War er hier das Raubtier?

„Ich wäre bereit, dir bei der Suche nach Max zu helfen", sagte Coleman mit seiner tiefen, wohlklingenden Stimme. „Wenn du das willst."

Theresa schluckte schwer. Was sollte sie jetzt tun?

„Hör zu", begann Coleman und streckte Theresa einladend seine großen Pranken entgegen. „Ich weiß, dass ich mich manchmal ganz schön danebenbenommen habe. Und ich …" Er seufzte tief, ließ seine Hände sinken und sah zu Boden. „Ich würd gern reinen Tisch machen." Als er wieder aufblickte, enthielt sein Blick etwas, das nach echter Reue aussah. „Ich gebe zu, dass ich derjenige war, der Max' Feuer gelöscht hat. Ich …" Er druckste einen Moment herum und fuhr dann fort: „Ich wollte nicht, dass er mir meine Position streitig macht. Aber das ist auch das Einzige, was auf mein Konto geht. Ehrlich! Mit Harrys Verschwinden hab ich nichts zu tun. Und mit Max' auch nicht!"

Theresa spürte, wie ihr Widerstand zu bröckeln begann. Seit er sich mit Miriam entzweit hatte, schien sich Coleman in eine gute Richtung zu entwickeln. Und sein Blick war klar und wirkte ehrlich.

„Trau ihm nicht", raunte jemand ihr zu. Als Theresa sich umdrehte, sah sie Haziq hinter sich stehen. Der schmächtige Mann sprach so selten, dass Theresa seine Stimme kaum kannte. Umso erstaunlicher war es, dass er sich jetzt zu Wort meldete. Während Theresa ihn ansah, kehrte die Erinnerung an das zu ihr zurück, was Coleman mit ihm gemacht hatte. Konnte man jemandem trauen, der fähig war, seine Mitmenschen derart zu behandeln?

„David und ich", verkündete sie, „wir gehen allein."

***

Während Theresa mit David an der Hand durch den Dschungel lief und dabei immer und immer wieder verzweifelt Max' Namen rief, erinnerte sie sich an die erste Suchaktion vor dreieinhalb Wochen. Damals hatte Max ihr mit Absicht nicht geantwortet. Warum tat er es dieses Mal nicht? Hatte Coleman ihn getötet? War jetzt alles aus?

Bitte, Jesus, hilf mir, betete sie und tastete – wieder einmal vergeblich – nach ihrem Kettenanhänger. *Lass ihn am Leben sein! Hilf mir, ihn zu finden!*

Als sie an die idyllische Stelle gelangten, an der der Fluss Kaskaden bildete, machten sie kurzzeitig Rast, tranken Wasser und wuschen sich das Gesicht. David fand am Flussufer einen faustgroßen Stein und stopfte ihn sich mühsam in seine viel zu kleine Hosentasche.

„Der behindert dich nur beim Laufen", mahnte Theresa.

Aber David schüttelte den Kopf. „Den brauch ich."

Diese Unterhaltung war die einzige, die sie führten. Ansonsten schwiegen sie, konzentrierten sich auf ihre Umgebung und horchten nach Lebenszeichen von Max.

Theresa hatte gerade einmal mehr seinen Namen gerufen, als plötzlich ein Knall die typischen Geräusche des Dschungels störte.

Theresa und David blieben wie angewurzelt stehen. Sekundenbruchteile später hörten sie von weit her Vogelgeschrei und aufgeregtes Flügelschlagen.

„Woher kam das?", flüsterte Theresa.

David hob den rechten Arm und gab die entsprechende Richtung an. Diese deckte sich mit Theresas Eindruck. Daraufhin sahen sich die beiden einmal kurz an und stürmten los …

***

„Habt ihr das gehört?", fragte Coleman.

„Das klang wie ein Schuss", nickte Gökhan und drehte sich um. Auch die anderen Überlebenden sahen einander fragend an. Mittlerweile hatten sie die schützende Felsenhöhle verlassen und sich zu der spärlich bewachsenen Ebene begeben, auf der sie die erste Nacht nach dem Absturz verbracht hatten. Dort standen sie nun und starrten immer wieder sehnsuchtsvoll aufs Meer hinaus. Von ihrem Standort aus konnten sie die Fregatte sehen, die vor der Küste ankerte. Fraglich war nur, wann sich dort endlich etwas tun würde.

„Max hat die Waffe", überlegte Wang Fang. „Denkt ihr, das war ein Hilferuf?"

Coleman zuckte die Achseln. „Möglich."

„Klang aber ziemlich weit weg", sagte Matthew und verstärkte seinen Griff um die Schultern seiner Frau. Obwohl sich der Wind gelegt hatte, wehte hier direkt am Meer immer noch ein ordentliches Lüftchen.

„Ich wäre bereit nachzusehen", schlug Coleman vor.

„So weit kommt's noch", widersprach Haziq und machte vorsichtshalber einen Schritt rückwärts. „Du hast Theresa gehört, sie traut dir nicht." Er wich noch einen weiteren Schritt zurück und wandte sich dann an die anderen. „Wir dürfen nicht zulassen, dass Coleman die Gruppe verlässt! Wer weiß, was er vorhat."

Coleman warf Haziq einen Blick zu, der vor Verachtung nur so triefte, sagte aber nichts.

„Haziq hat recht", sagte Rainer. Er sprach in einem Singsang, der noch stärker war als gewöhnlich, was erahnen ließ, wie nervös er war. „Und darum werde *ich* nachsehen, was los ist."

„Das würdest du tun?“, wunderte sich Mona.

„Komisch, vorhin hast du deine Hilfe nicht angeboten“, knurrte Coleman.

Rainer verschränkte die Arme vor der Brust. „Vorhin gab es ja auch keinen Hinweis darauf, dass Max noch lebt“, sagte er.

„Du bist ja so mutig“, sagte Miriam und legte ihre Hand auf Rainers Schulter. Dann wandte sie sich an die anderen. „Ich finde, wir sollten sein Angebot annehmen.“

„Das finde ich auch“, nickte Haziq und schaffte es, seiner Stimme einen festen Klang zu verleihen.

Coleman grunzte ärgerlich auf. „Macht doch, was ihr wollt!“

***

„Da lang“, rief Theresa, als bereits zum fünften Mal ein Schuss ertönte. Dieses Mal war er so laut, dass er wie eine Explosion durch den Dschungel hallte. Trotzdem folgte kein Vogelgeschrei oder Flügelschlagen mehr. Das sprach dafür, dass er von derselben Stelle aus abgefeuert worden war und alle Vögel diesen Ort bereits verlassen hatten.

Theresa und David liefen in die entsprechende Richtung. Sie waren inzwischen so außer Atem, dass sie ihre letzten Kräfte mobilisieren mussten, um dieses Tempo weiter durchzuhalten.

Bitte lass es ein Hilferuf sein!, hämmerte es im Rhythmus ihres polternden Herzens durch Theresas Kopf. Nur Max besaß eine Waffe. Abgesehen davon waren die Schüsse im Abstand von vielleicht zehn oder fünfzehn Minuten abgefeuert worden und vermittelten daher den Eindruck, als wolle jemand eine Richtung weisen. Aber das konnte genauso gut täuschen. Vielleicht wurde gerade jetzt auf Max geschossen, vielleicht …

Als David aufstöhnte und hinfiel, bremste Theresa abrupt ab. „Was ist?“

Die ausladende Baumwurzel, die direkt neben David in die Höhe ragte, beantwortete die Frage von ganz allein. „Mein Knie!“, jammerte David und rieb sich mit schmerzverzerrtem Gesicht das Gelenk.

„So ein Mist“, fluchte Theresa und hockte sich neben David auf den Boden. „Geht’s?“

David schüttelte den Kopf. „Ich kann auch gar nicht mehr", jammerte er.

Theresa dachte fieberhaft nach. Sie hatte David überfordert, vielleicht nicht nur körperlich, sondern auch psychisch. Abgesehen davon wusste sie nicht, was sie gleich vorfinden würde. „Pass auf", presste sie hervor. „Du bleibst hier sitzen und wartest auf mich, okay?"

David fuhr mit dem Handrücken an seiner Nase entlang und schniefte.

„Ich werde dich ein paar Minuten allein lassen", fuhr Theresa fort. „Aber nur ein paar Minuten. Was auch passiert, du rührst dich nicht von der Stelle, klar?"

David nickte.

Schon allein die Tatsache, dass er nicht protestierte, überzeugte Theresa davon, dass sie die richtige Entscheidung getroffen hatte. Sie griff in ihre Hosentasche. „Ich hab ein Stück Holzkohle mitgenommen", sagte sie. „Damit werde ich den Weg markieren. Ich kann dich aber nur wiederfinden, wenn du genau hier sitzen bleibst. Versprich es mir, ja?"

David nickte erneut. Daraufhin erhob sich Theresa. „Nur ein paar Minuten", versprach sie. Und dann rannte sie weiter.

Obwohl sich ihre Beine jetzt, wo sie eine kurze Pause gemacht hatte, umso schwerer anfühlten, verlieh ihr die Sorge um Max neue Kraft. Er musste hier irgendwo sein! Während sie weiter vorwärtsdrängte, dabei aber von Zeit zu Zeit stehen blieb, um Baumstämme zu markieren, lichtete sich der Dschungel ein wenig. Das kam ihr bekannt vor! Gleich musste die große Lichtung kommen, an der sie damals auf den Papayabaum gestoßen war … Tatsächlich. Da tauchte er auf. Und nicht weit von ihm entfernt …

„Max!", brüllte sie aus Leibeskräften. Er lag auf dem Rücken und rührte sich nicht. Sie stürmte auf ihn zu. Das Nächste, was sie sah, war Blut. Sein ganzer Bauch war voller Blut!

„Bitte! Nein!", rief sie und warf sich neben ihm auf den Boden. „Max", schluchzte sie und wagte nicht, ihn zu berühren. Seine Augen waren geschlossen, seine rechte Hand lag auf seinem Bauch und war blutverschmiert, in seiner linken befand sich eine Pistole. „Max!"

Als sie ihn ansprach, flatterten seine Augenlider. „Was ist denn nur passiert?“, krächzte Theresa und legte ihre Hand sanft an seine Wange.

„Es … tut mir … leid“, presste Max mühsam hervor. Dann gelang es ihm, seine Augen einen Spaltbreit zu öffnen. „Du hattest … recht, ich …“

„Nicht sprechen!“, flehte Theresa und erstickte seinen Satz mit einem sanften Kuss. „Ich werde Hilfe holen! Sie haben gesagt, dass sie uns mit einem Helikopter von der Insel holen wollen!“

Max atmete stoßweise. „Ich war … zu leichtsinnig!“

„Ich hole Hilfe“, keuchte Theresa. „Du musst nur durchhalten, ja? Sie haben einen Helikopter!“ Sie sprang auf, wirbelte herum und wollte zurück ins Lager stürmen, blieb dann aber stehen, als wäre sie gegen eine Wand gelaufen. Vor ihr stand … Rainer! Und er hatte eine Waffe auf sie gerichtet. „Was?“

„Tut mir leid“, sagte Rainer. Sein Singsang verriet seine innere Erregung.

„W-was … was tut dir leid?“, stammelte Theresa.

„Ich hätte mich vergewissern sollen, dass er tot ist!“, antwortete Rainer. „Dann wäre das alles nicht passiert!“

„Was?“

„Ich will dich eigentlich nicht erschießen! Ich hab noch nie eine Frau getötet!“

Theresa starrte ihn ungläubig an. „Als ich die Schüsse gehört hab“, fuhr Rainer fort, „wusste ich, dass er noch lebt. Ich konnte nicht riskieren, dass er dir sagt, wer auf ihn geschossen hat. Das verstehst du doch?“

Theresa starrte ihn immer noch verständnislos an.

„Wirf die Waffe weg!“, befahl Rainer in wesentlich schärferem Tonfall. „Sonst erschieß ich sie sofort!“

Theresa begriff, dass nicht sie gemeint war, und blickte sich nach hinten um. Max hatte den Arm mit der Pistole angehoben und wollte auf Rainer zielen. Er schien jedoch kaum mehr dazu in der Lage zu sein. Sein Arm schwankte und seine Hand zitterte.

„Er braucht einen Arzt“, flehte Theresa und wandte sich wieder Rainer zu. „Bitte!“

„Wirf sie weg!“, rief Rainer erneut. Dann entsicherte er mit einer schnellen Bewegung seine Waffe. Theresa blickte jetzt direkt in den Lauf seiner Waffe. Gleich darauf sah sie aus dem Augenwinkel, wie irgendetwas zur Seite flog. Als sie den Kopf wandte, sah sie Max' Pistole ins Gras fallen.

„Na also“, nickte Rainer.

„Ich … versteh gar nichts“, stammelte Theresa. „Bist du der Flugzeugentführer?“

Rainer lachte auf. „Flugzeugentführer – was für ein großes Wort. Dabei wollte ich nur, was mir zusteht.“

„Was … steht dir denn zu?“

„Jedenfalls mehr als eine Kündigung“, zischte Rainer.

Theresa sah ihn verständnislos an. „Wer hat dir gekündigt?“

„Die Fluggesellschaft!“, bellte Rainer. „Ich war Stationstechniker für *Sun Air of Asia* am Frankfurter Flughafen. Sechzehn Jahre lang bin ich treu zur Arbeit gekommen und hab mir nie was zuschulden kommen lassen. Dann bin ich unglücklich gestürzt. Sechs Wochen hab ich noch Gehalt gekriegt, dann nur noch Krankengeld. Am Ende haben sie mich entlassen. Weil ich so lange krankgeschrieben war. Ich hab nicht mal 'ne Abfindung gekriegt. Findest du das gerecht?“

Theresa schluckte schwer. Humpelte er deshalb? „Dann hat Coleman nichts mit der Entführung zu tun?“

„Natürlich nicht! Er war Sky Marshall!“

„Aber die Widersprüche, in die er sich verwickelt hat“, brach es aus Theresa hervor. „Die Stewardessen wussten von der Entführung. Und er will nichts davon mitbekommen haben.“

„Nö, er hat ja auch geschlafen.“

„Geschlafen?“

„Hältst du mich für so einen Stümper? Meine Freundin ist …“ Er brach plötzlich ab, blickte zu Boden und fuhr dann mit belegter Stimme fort: „… *war* Stewardess. Sie hat allen drei Sky Marshalls Schlafmittel in den Kaffee getan.“

„Dann ist sie tot?“

Rainer rang sichtbar um Fassung. „Nach dem Absturz hab ich versucht, sie zu finden, aber …“ Seine Stimme verklang. „Das war alles so nicht geplant. Ich wollte nur meine Abfindung. Aber die Scheißpiloten meinten, sie müssten die Helden spielen. Sie haben versucht, mich zu überwältigen. Dabei hat sich ein Schuss gelöst und irgendetwas ist explodiert und hat ein Loch ins Flugzeug gerissen. Wahrscheinlich einer der Sauerstofftanks."

„Dann war es also ein Unfall", keuchte Theresa atemlos. „Du wolltest es nicht. Das kannst du den Behörden doch sagen. Dann wirst du milder bestraft!"

Rainer lachte auf. „Denkst du, Harry war auch nur ein Unfall?"

In Theresas Augen stiegen Tränen. „Wohl kaum."

„Harry hatte den Tod verdient", behauptete Rainer und spuckte die Worte förmlich auf den Boden. „Er hat mich so lange gepiesackt, bis mir der Kragen geplatzt ist. Max hingegen …" Er warf ihm einen Blick zu und schüttelte dann traurig den Kopf. „Das hätte ich gern verhindert. Aber er hat sich erinnert, dass ich kurz vor dem Absturz mit meiner Freundin ins Cockpit gegangen bin und das hätte wahrscheinlich gereicht, um mich ins Gefängnis zu bringen." Er schluckte schwer. „Ich hatte keine andere Wahl."

„Man hat immer eine Wahl", krächzte Theresa.

„Gut!", knurrte Rainer verärgert. „Dann hab ich sie halt getroffen!" Er drehte sich ein Stück und zielte jetzt auf Max.

Theresa sah an seinem Blick, dass er abdrücken wollte und sprang kurz entschlossen dazwischen.

„Geh aus dem Weg!", befahl Rainer.

Theresa schüttelte den Kopf. „Nein."

„Nicht … schon wieder", keuchte Max hinter ihr.

Aber Theresa rührte sich nicht vom Fleck.

„Du kannst gern die Erste sein", sagte Rainer drohend. An der Tatsache, dass sich sein Singsang ein wenig gelegt hatte, konnte Theresa ablesen, dass er wild entschlossen war, seine Drohung wahrzumachen.

Das schien auch Max so zu sehen. „Geh … zur Seite!", krächzte er.

Aber Theresa bewegte sich nicht. *Herr!* Das war das einzige Gebet, zu dem sie in diesem Moment fähig war …

***

„Da ist er!“ – „Er kommt wirklich!“ – „Wir sind gerettet!“, hallten die Schreie der Gestrandeten über die Insel. Mittlerweile war der Wind nicht mehr bedrohlich, auch wenn der Himmel immer noch grau war und mit Regen und neuen Böen drohte. Das hielt die Gruppenmitglieder allerdings nicht davon ab, beim Abheben des Helikopters vom Schiff in begeistertes Jubelgeschrei auszubrechen, einander in die Arme zu fallen und regelrechte Freudentänze zu vollführen.

„Ich schlage vor, dass Inken, Pia, Peer, Nor und Arissa als Erste fliegen“, sagte Coleman und beobachtete den grauen Heli. Dieser flog erst eine kleine Schleife und hielt dann direkt auf die kleine Gruppe zu.

„Nur weil Max nicht da ist“, fauchte Miriam, „heißt das noch lange nicht, dass du bestimmen kannst!“

„Mütter mit Kindern zuerst – das scheint mir doch eine vernünftige Regelung zu sein“, sagte Gökhan. Da das Geräusch, das der Helikopter verursachte, inzwischen lauter wurde, musste er schreien.

„Arissa ist allerdings kein Kind mehr“, fand Jontek. „Sie kann genauso lange warten wie die Erwachsenen. Deshalb schlage ich vor, dass Mona an ihre Stelle tritt. Sie ist verletzt und benötigt medizinische Hilfe.“ Als er das sagte, warf Mona ihm einen erstaunten Blick zu.

„Was-“, schrie Nor und brach dann frustriert ab. Der Lärm, den der Heli verursachte, war inzwischen kaum noch zu übertönen. Außerdem ließen die Rotoren einen neuen Sturm entstehen, der ihnen Blätter, Gräser und Sand um die Ohren wirbelte.

„Noch nicht!“, brüllte Coleman und hielt Peer davon ab, auf den landenden Helikopter zuzustürmen. „Sonst fliegst du weg!“

Wenig später war das Fluggerät sicher auf der Grasfläche gelandet und das ohrenbetäubende Getöse der Rotoren nahm ein wenig ab, auch wenn es nicht ganz zum Erliegen kam. Gleichzeitig öffnete sich eine der seitlichen Türen und ein in einen grauen Overall gekleideter Mann entstieg dem Heli.

Als wäre das der Startschuss, rannte Jontek mit Mona an der Hand auf ihn zu. Den beiden folgten Inken mit Pia und Peer sowie einige andere.

„Diese Frau hat sich den Arm gebrochen. Sie muss zuerst an Bord“, rief Jontek dem grau gekleideten Asiaten auf Englisch zu. Dann schob er Mona auch schon in den Helikopter.

Der Asiate schien davon so überrascht zu sein, dass er sie gewähren ließ. „Wer ist hier zuständig?“, fragte er und sah sich um.

„Ich wahrscheinlich“, sagte Coleman und streckte dem jungen Mann die Hand entgegen. „Ich war Sky Marshall an Bord von-“ Er brach ab, als er sah, wie sich Jontek hinter Mona in den Helikopter mogelte. „Das gibt's doch nicht!“, murmelte er verärgert.

„Jetzt die Kinder!“, protestierte Inken, als Miriam sie abdrängte und Anstalten machte, als Nächste in den Helikopter zu steigen. „Coleman hat gesagt, die Kinder zuerst!“

Coleman packte seine ehemalige Gespielin am Arm und zog sie so plötzlich rückwärts, dass sie unsanft auf ihrem Hinterteil landete. „Kinder zuerst“, entschuldigte sich Coleman bei dem Asiaten.

***

Als Theresa sah, wie ein faustgroßer Gegenstand durch die Luft flog und hinter Rainers Kopf aus ihrem Blickfeld verschwand, zog sie erstaunt die Stirn kraus. Im nächsten Moment fiel Rainer vornüber und landete auf dem Bauch. Er hatte immer noch seine Pistole in der Hand, rührte sich aber nicht mehr.

„Was …?“

Von links stürmte etwas auf sie zu. „David“, rief Theresa aus. „Ich hatte dir doch gesagt-“ Sie brach mitten im Satz ab, sank auf ihre Knie und breitete die Arme aus.

David warf sich weinend hinein. „Ich hab nicht gedacht, dass ich ihn treffe“, schluchzte er. „Ich hab noch nie von so weit getroffen!“

Theresa schluckte schwer. Der Stein aus Davids Hosentasche! Er hatte ihn geworfen! „Du hast … uns das Leben gerettet“, murmelte sie und küsste sein Haar.

„Max!“, schluchzte David und entwand sich Theresa. Dann stürmte er auf Max zu.

„Sei vorsichtig“, rief Theresa, doch das war überhaupt nicht nötig. David bremste rechtzeitig ab und ließ sich unendlich sanft neben Max nieder. Dann fragte er leise: „Musst du jetzt sterben?“

„Ich … hoffe nicht“, presste Max hervor.

Derweil ließ sich Theresa auf der anderen Seite neben Max nieder und griff nach seiner Hand. „Versprich mir, dass du durchhältst!“, sagte sie mit brechender Stimme.

Max wandte mühsam den Kopf. „Du musst ihm … die Waffe abnehmen!“, presste er hervor.

„Oh – ja“, keuchte Theresa, eilte zu Rainer und zog mit spitzen Fingern die Pistole aus seiner Hand. Anschließend suchte sie nach der anderen Waffe. Sie fand sie im Gras und lief damit zu Max zurück.

Als sie sich erneut neben ihm niederließ, hörte sie, wie er zu David sagte: „Spitzenwurf, mein Junge. Ich hab dir allerhand … beigebracht, hm?“

David antwortete nicht, sondern weinte nur weiterhin heiße Tränen.

„Bring ihn … hier weg“, sagte Max zu Theresa. „Ich will nicht …“

Theresas Augen weiteten sich. *Was willst du nicht? Dass er zusieht, wie du stirbst*? „David bleibt hier“, entschied sie. „Und du wirst durchhalten, verstanden?“

Sie streifte das weiße Shirt ab, das inzwischen von grauen und grünen Flecken übersät war, riss es in Bahnen und benutzte diese, um Rainers Hände hinter seinem Rücken zusammenzubinden. Dann kniete sie sich neben David und drehte ihn zu sich herum.

„Hör zu“, begann sie. „Du musst hierbleiben und auf Max aufpassen. Sprich mit ihm und sorg dafür, dass er nicht einschläft, verstanden? Ich hole Hilfe!“

Als David nickte, warf sie Max einen letzten, aufmunternden Blick zu. Dann rannte sie los.

Kapitel 35

Als der Helikopter auf der kleinen, mit einem weißen Kreis markierten Plattform aufsetzte, die den Hubschrauberlandeplatz der Fregatte bildete, war es schon beinahe Abend. Theresa trug keine Ohrenschützer und war deshalb dem vollen Lärm der Rotoren ausgesetzt. Als dieser schließlich nachließ und wenig später ganz aufhörte, klang die ungewohnte Stille wie Musik in Theresas Ohren.

Endlich konnte sie auch die Frage wiederholen, die ihr wie glühende Nadeln unter den Nägeln brannte: „Kann ich jetzt meine Familie sehen?"

„Captain!", sagte einer der uniformierten Asiaten, die neben Theresa saßen. Dann deutete er durch das Fenster des Helikopters auf einen Mann, der ihr entgegenkam. Er wies eine besonders aufrechte Haltung auf, ähnelte ansonsten aber den anderen Soldaten, mit denen Theresa bis jetzt zu tun gehabt hatte.

„Also gut, frag ich den", seufzte Theresa und ließ sich aus dem Helikopter helfen. Außer ihr war auch noch Rainer an Bord. Er war allerdings mit Handschellen gefesselt und wurde streng bewacht.

„Willkommen an Bord!", lächelte der Mann, dessen Uniform aufwändiger aussah als die der anderen. „Mein Name ist Captain Setiawan Tedjasukmana. Es ist mir ein Vergnügen, Sie hier zu haben. Wir haben eine wundervolle Mahlzeit für Sie vorbereitet!"

Theresa schüttelte heftig den Kopf. Sie hatte nicht das geringste Interesse an einer „wundervollen Mahlzeit". Alles, was sie wollte, waren Informationen über Max und David. Als sie gegen Mittag ins Lager zurückgekehrt war, hatte sie sich in einem Zustand befunden, der wahrscheinlich dem des legendären Marathonläufers bei seiner Ankunft in Athen geähnelt hatte. Jedenfalls hatte es ein paar Minuten gedauert, bis sie dem Helikopterpiloten auf Englisch hatte erklären können, dass Max unbedingt Hilfe brauchte. Dann jedoch war alles sehr schnell gegangen: Matthew, Sophie, Nor, Arissa und Isaac, die es sich gerade an Bord des Helikopters bequem gemacht hatten, waren zur Seite gerückt und Theresa war zugestiegen. Dann hatten die beiden Piloten Kurs auf die Lichtung genommen, auf der Max und David auf sie warteten. Als sie dort ankamen, war Max noch bei Bewusstsein, doch war er so bleich und benommen, dass sich Theresa fragte, ob er den Transport überleben würde. Es gab jedoch keine Alternative und so musste sie tatenlos zusehen, wie die Piloten Max recht unsanft in den Heli verfrachteten. Und dann war auch noch David mit ihm davongeflogen! Anscheinend hatte er die Aufgabe, Max bei Bewusstsein zu halten, so ernst genommen, dass er keinen Millimeter mehr von seiner Seite gewichen war. Theresa hingegen hatte man aus Platzgründen bei dem inzwischen etwas sorgfältiger gefesselten Rainer zurückgelassen. Und das nicht nur für ein paar Minuten, sondern für mehrere Stunden!

„Was ist mit meinem Mann, Max, und meinem Sohn, David? Wo sind sie? Wie geht es Max? Ist er am Leben?" In diesem Moment war es ihr egal, dass sie bei den Familienverhältnissen ein bisschen übertrieb. Max und David *waren* ihre Familie und sie musste unbedingt wissen, wie es ihnen ging und wo sie waren!

„Sie sind in einem Krankenhaus in Manado! Gute Pflege! Sehr gute Pflege!"

„Manado?", fragte Theresa verständnislos. „Wo ist das?"

„Auf Sulawesi", antwortete der Kapitän.

„Sulawesi", wiederholte Theresa und versuchte sich verzweifelt daran zu erinnern, wo das lag. „Aber wie geht es Max?"

„Ich weiß nicht", strahlte „SetiTediDingsbums", wie Theresa ihn gedanklich nannte. „Sie müssen jetzt etwas essen!"

„Ich will aber nicht!", rief Theresa ungeduldig. „Ich will zu meiner Familie!" Schon im Helikopter hatte sie in einem fort danach verlangt, zu David und Max gebracht zu werden. Allerdings hatte man sie dort im Wesentlichen ignoriert. Begriffen diese Leute überhaupt, was los war?

„Nicht heute!" Der Kapitän schüttelte bedauernd den Kopf. „Es wird bald dunkel! Wir fahren mit dem Schiff zurück!"

***

Theresa tat in dieser Nacht kein einziges Auge zu. Sie lag in einer winzig kleinen Koje, die ein Soldat für sie geräumt hatte, lauschte dem gleichmäßigen Tuckern der Motoren und wurde mitsamt der Fregatte leicht hin und her geschaukelt. Normalerweise hätte das alles beruhigend, wenn nicht gar einschläfernd auf sie wirken müssen. Aber heute war davon nichts zu spüren. Heute war es die Sorge um Max, die sie beherrschte. Und so betete sie ohne Unterlass darum, dass Max überleben würde. Wie schwer waren seine Verletzungen überhaupt? Wo hatte ihn die Kugel getroffen? Hatte Rainer nur einmal auf ihn gefeuert oder mehrmals?

Sie erschauderte und riss ihre Augen auf. In den vergangenen Wochen hatten sie nachts meist den Sternenhimmel sehen können, aber hier war nichts, nur Dunkelheit und stickige Luft. Wo war die leichte Brise, die sie auf der Insel gestreichelt hatte? Und vor allem: Wo war die Wärme von Max neben ihr, wo sein gleichmäßiges Atmen, sein unverkennbarer Duft, seine tröstende Hand?

Oh, es fehlte nicht an menschlicher Gesellschaft! Neben und unter ihr lag ein großer Teil der anderen Überlebenden. Wie es aussah, war der Heli nur einmal ganz bis zum Festland geflogen, um Max so schnell wie möglich ins Krankenhaus zu bringen. Das schloss Theresa aus der Tatsache, dass neben Max und David auch Nor, Arissa, Isaac, Matthew und Sophie an Bord fehlten. Alle anderen waren auf dem Boot. Aber auch von ihnen hatte Theresa nichts Neues erfahren können.

***

Der nächste Tag war nicht viel besser. Theresa versuchte unermüdlich, Informationen über Max und David zu erhalten, scheiterte dabei jedoch immer wieder. Zwar konnte sie die Militärs an Bord des Schiffes tatsächlich zu dem einen oder anderen Anruf auf Sulawesi bewegen, doch kamen nie handfeste Informationen dabei heraus. Es schien Theresa inzwischen so, als sei dieses Völkchen völlig chaotisch. Das Einzige, was sie einigermaßen aufrechterhielt, war die Tatsache, dass die Fregatte Kurs auf Manado genommen hatte. Wenn Sie „SetiTediDingsbums“ richtig verstanden hatte, war Max dort im Krankenhaus.

Leider dauerte die Fahrt recht lange und sie liefen erst gegen Abend in den Hafen von Manado ein. Auch wurden sie längst nicht so empfangen, wie Theresa sich das erhofft hatte. Es warteten weder Mitarbeiter der Fluggesellschaft noch der deutschen Botschaft auf sie. Stattdessen wurden sie alle gemeinsam in ein kleines, sehr einfaches Hotel verfrachtet, wo Theresa die zweite schlaflose Nacht in Folge verbrachte.

***

Am Morgen des darauffolgenden Tages schien es jedoch bergauf zu gehen. Jedenfalls betrat ein Einheimischer den kleinen Frühstücksraum des Hotels und verkündete in recht annehmbarem Englisch, dass er sie nun alle in das Bhayangkara-Krankenhaus bringen werde. Theresa versuchte noch andere Informationen aus ihm herauszuquetschen, musste aber feststellen, dass er keine Ahnung hatte und wirklich nur ihren Transport übernehmen sollte. Theresa musste sich also erneut gedulden.

Umso begieriger stürzte sie sich bei der Ankunft im Krankenhaus auf die Mitarbeiter dort. Als sie endlich jemanden gefunden hatte, der vernünftig Englisch sprach, erfuhr sie, dass außer ihnen keine Europäer ins Krankenhaus eingeliefert worden waren.

Theresas Nerven lagen inzwischen so blank, dass sie diese Information mit einer Schimpftirade beantwortete, die sich gewaschen hatte. Sie verstummte erst wieder, als Coleman ihr eine Hand auf die Schulter legte und mit seiner tiefen, jetzt aber beinahe zärtlich klingenden Stimme sagte: „Er ist ein zäher Knochen, das weißt du doch."

Daraufhin brach Theresa in Tränen aus.

***

Am späten Nachmittag betrat ein Mitarbeiter der Fluggesellschaft das Krankenhaus. Er war asiatischer Abstammung und auffällig gut gekleidet. Auch sprach er ein hervorragendes Englisch. Theresa stürzte sich förmlich auf ihn und bombardierte ihn mit Fragen über Max und David. Sie erfuhr, dass Max aufgrund der Schwere seiner Verletzungen nach Singapur geflogen worden war, erhielt aber keine

Informationen über seinen aktuellen Zustand. Auch konnte ihr der junge Asiate – Theresa schätzte ihn auf Ende 20 – nicht sagen, in welchem Krankenhaus er sich aufhielt.

„Und David – der kleine Junge?", fragte sie. „Wo ist er?"

Ihr Gegenüber zückte sein Clipboard, blätterte ein paar Seiten nach hinten um und studierte seine Unterlagen. „Nachname?", fragte er. Theresa schluckte schwer. Ihr war niemals zuvor aufgefallen, dass sie Davids Nachnamen gar nicht kannte. „Ich … weiß nicht", musste sie zugeben.

Der Asiate blickte auf und musterte Theresa nachdenklich von oben bis unten. „Verwandtschaftsgrad?", lautete seine nächste Frage.

Theresa schauderte. Bewahrheiteten sich jetzt ihre schlimmsten Befürchtungen?

***

Da das Wort „Singapur" inzwischen wie Musik in Theresas Ohren klang, brach sie in regelrechte Begeisterungsstürme aus, als sie am darauffolgenden Morgen erfuhr, dass sie gegen Mittag den Flughafen Sam Ratulangi in Manado in Richtung Singapur verlassen sollten. Bedeutete das, dass sie noch heute Max wiedersehen würde?

In ihrer Begeisterung unterschätzte Theresa allerdings das Gefühl, erneut in einen Flieger zu steigen, noch dazu einen mit der Aufschrift „Sun Air of Asia". Schon als sie den Flugsteig entlangging, spürte sie, wie ihre Knie unter ihr nachzugeben drohten. Und das lag nicht nur an den Schwingungen der Gangway.

Den anderen aus der Gruppe schien es ähnlich zu gehen. Zoe und Beatriz waren schon in der Abflughalle in Tränen ausgebrochen und hatten sich strikt geweigert, auch nur einen Schritt in Richtung Flugzeug zu machen. Alle anderen wollten unbedingt nach Hause und waren wild entschlossen, ihre Ängste zu ignorieren. Allerdings wurden auch ihre Schritte immer langsamer und zögerlicher, je näher sie der Maschine kamen.

Als Theresa schließlich die Einstiegsluke des Flugzeugs erreichte, klopfte ihr Herz so wild, dass sie am liebsten umgekehrt wäre. Obwohl die Maschine viel kleiner war als das Unglücksflugzeug, kehrte die Erinnerung an den Absturz mit einer ungeahnten Intensität zurück.

Theresa blieb stehen und starrte die asiatische Stewardess an, die sie freundlich lächelnd in Empfang nehmen wollte. Sie trug dieselbe Kleidung wie die Flugbegleiterinnen auf dem fatalen Flug nach Brisbane. Das bunte Ensemble mit den beige-roten Blumen auf knallblauem Untergrund schien Theresa zu hypnotisieren und weckte Erinnerungen an die beiden Stewardessen, die sich kurz vor dem Absturz in den hinteren Bereich des Flugzeugs zurückgezogen hatten. Diese Frauen waren jetzt tot!

Ich kann nicht!, schrie sie in Gedanken. *Ich kann da nicht einsteigen!*

„Kommen Sie!", sagte die Stewardess und winkte sie heran.

Aber Theresa war wie erstarrt. *Jesus, hilf mir!*, betete sie.

„Willst du auch nicht?", fragte Gökhan und blieb direkt neben Theresa stehen. Für einen Mann war er eher klein, deshalb befand er sich mit Theresa auf Augenhöhe.

Theresa schüttelte stumm den Kopf. Sie hatte Schwierigkeiten mit ihrer Atmung und brachte keinen einzigen Ton heraus.

„Sollen wir zusammen reingehen?" Gökhan streckte einladend seine Hand aus.

„Was ist? Willst du sie zum Tanzen auffordern?", fragte Jontek von hinten. Dann überholte er die beiden und betrat ohne zu zögern das Flugzeug. Anscheinend hatte er nicht das geringste Problem damit.

„Wo ist denn Mona?", wunderte sich Gökhan.

Theresa blickte sich suchend um. Mona war einige Meter hinter ihnen und hatte sich mit ihrem gesunden Arm bei Wang Fang eingehakt. Warum war sie nicht an Jonteks Seite? Während sie darüber nachdachte, ob die beiden noch ein Paar waren, spürte sie, wie der Druck in ihrem Brustkorb ein wenig nachließ. *Ablenkung*, dachte sie. *Das ist das Rezept.* Sie griff nach Gökhans dargebotener Hand und fragte: „Hast du eigentlich Angehörige, die zu Hause auf dich warten?"

„Ich hab Eltern, drei Brüder, zwei Schwestern … und eine Freundin", nickte Gökhan. „Und du?"

„Ich hab nur Max und David", antwortete Theresa. *Und die sind auch der Grund, warum ich jetzt in dieses Flugzeug steige.* Sie setzte sich in Bewegung, hielt sich dabei an Gökhans Hand fest und heftete ihren Blick auf den Fußboden. Bloß nicht die Stewardess angucken!

An Gökhans Hand gelang es Theresa, die hübsche Asiatin zu passieren und den Passagierraum zu betreten. Unglücklicherweise stieg ihr dort sofort dieser spezielle Geruch in die Nase, der nur in Flugzeugen zu finden war und eine starke Übelkeit bei ihr hervorrief.

„Wenn ich das hier hinter mir habe", würgte sie hervor, „steig ich nie mehr in einen Flieger." Sie wandte sich nach links und ließ sich auf den nächstbesten Sitzplatz fallen.

„Auch nicht mit Max?", wollte Gökhan wissen.

Theresas Kopf ruckte herum und sie sah mit großen Augen zu Gökhan auf. „Denkst du, ich krieg ihn wieder?"

„Natürlich kriegst du ihn wieder", antwortete Gökhan zuversichtlich. „Wenn ihr zwei beiden nicht zusammengehört, dann tut das niemand."

***

Als der Flieger nach einer Flugzeit von 3 Stunden und 15 Minuten wohlbehalten auf dem Rollfeld in Singapur aufsetzte, war Theresa schweißgebadet. Trotzdem hatte sie das Gefühl, einen Teil der Flugangst abgebaut zu haben. Wie wertvoll war doch eine positive Erfahrung im direkten Anschluss an eine Katastrophe!

Nachdem sie das Flugzeug verlassen hatten, wurden sie in einen Raum gebracht, in dem Mitarbeiter der Deutschen Botschaft auf sie warteten. Diese nahmen zuerst ihre Personalien auf und führten dann mit jedem der Überlebenden ein persönliches Gespräch. Theresa wartete geduldig, bis sie an der Reihe war. Als sie jedoch an dem kleinen Tischchen Platz nahm, brach die Frage nach Max einfach aus ihr heraus.

„Wie ist denn Ihre Beziehung zu Herrn Tanner?", fragte Herr Pohl, ein schmächtiger, mit einem dunklen Anzug bekleideter Mann von Mitte 40.

„Herr Tanner ist mein Chef und ich bin seine Sekretärin", antwortete Theresa wahrheitsgemäß. Sie hoffte, dass das Verhältnis zwischen Vorgesetztem und Mitarbeiter ausreichte, um Informationen zu erhalten.

„Dann kann ich Ihnen leider keine Auskünfte erteilen", sagte ihr Gegenüber und rückte seine randlose Brille zurecht.

Theresa versuchte, mit dem Adrenalin fertig zu werden, das durch ihre Adern rauschte. „Hören Sie", sagte sie nur mühsam beherrscht, „ich weiß, dass Sie Ihre Vorschriften haben, aber finden Sie nicht, dass Paragrafen hier etwas fehl am Platze sind? Ich meine … ich bin mit dem Flugzeug abgestürzt und habe dreiunddreißig Tage lang auf einer Insel gelebt. Ich hab in einer Höhle geschlafen und gebratene Schlangen gegessen. Und keiner Ihrer Paragrafen hat mir bei dieser Grenzerfahrung auch nur das kleinste bisschen geholfen!"

Herr Pohl lehnte sich auf seinem Stuhl zurück und schlug die Beine übereinander. „Was Sie erlebt haben, tut mir leid. Ich kann mir vorstellen, dass ein Aufenthalt auf einer unbewohnten Insel nicht gerade lustig ist. Umso mehr sollten Sie sich darüber freuen, zurück in der Zivilisation zu sein – dort, wo Gesetze und Vorschriften gelten, die das Leben der Menschen regeln und sicher machen."

„Ihre Vorschriften machen mein Leben keineswegs sicher!", entfuhr es Theresa. „Sie quälen mich nur noch zusätzlich! Verstehen Sie doch! Ich bin diejenige, die Herrn Tanner verletzt im Dschungel gefunden hat. Gibt mir das nicht das Recht, etwas über seinen Gesundheitszustand zu erfahren?"

„Hm … da bin ich überfragt. Sie könnten vielleicht einen schriftlichen Antrag stellen und-"

„Vergessen Sie's!", zischte Theresa. „Ich will *jetzt* wissen, was mit Max ist!"

„Frau Krug, ich muss doch sehr bitten. Mäßigen Sie sich! Vorschriften haben durchaus ihren Sinn, besonders im vorliegenden Fall. Sie würden auch nicht wollen, dass man Informationen über Ihren Gesundheitszustand im Internet veröffentlicht."

„Ich bin doch nicht das Internet!", protestierte Theresa und tastete – wieder einmal vergeblich – nach ihrem Kettenanhänger. „Ich hab wochenlang Seite an Seite mit Max ums Überleben gekämpft.

Haben Sie eine Ahnung, wie gut man einen Menschen in einer solchen Situation kennenlernt? Niemand – das sage ich Ihnen – hat zurzeit eine engere Beziehung zu Max als ich!"

„Wie gesagt, ich verstehe Sie, aber ich kann Ihre Beziehung zu Herrn Tanner im Moment nicht überprüfen. Ich weiß nur, dass durchaus Grund zur Vorsicht besteht. Soweit ich weiß, war Ihre Gruppe alles andere als eine große, glückliche Gemeinschaft. Hat es im Anschluss an den Absturz nicht sogar Morde gegeben?"

Theresa riss entsetzt die Augen auf. Hatte er gerade den Plural verwendet? „Morde?", rief sie. „Heißt das … heißt das, dass Max tot ist?"

Herr Pohl seufzte tief und murmelte: „Man sollte einfach seine Klappe halten und seine eigenen Vorschriften beachten." Dann wandte er sich kopfschüttelnd an Theresa. „Das heißt überhaupt nichts, Frau Krug. Was ich gesagt habe, war keine offizielle Stellungnahme, sondern nur eine dumme Bemerkung. Auch hier in Singapur gibt es eine Gerüchteküche. Und die ist ziemlich abwechslungsreich."

***

Anstelle der erbetenen Informationen erhielt Theresa einen vorläufigen Pass und – wie alle anderen auch – ein Handy. Mit dessen Hilfe konnte nun jeder aus der Gruppe selbstständig seine Angehörigen und Freunde anrufen. Singapur war gegenüber Deutschland sechs Stunden voraus. Inzwischen war es 17:15 Uhr in Singapur, also 11:15 Uhr in Deutschland – eine Zeit, die zwar nicht übermäßig günstig, aber auch nicht katastrophal war. Da sie davon ausging, dass Rita bei der Arbeit war, versuchte Theresa zunächst, Ariane zu erreichen. Leider ging niemand ans Telefon. Auch bei Rita nahm niemand ab.

Das führte dazu, dass Theresa bald stumm und einsam in einem Meer telefonierender Menschen saß. Wie schon oft zuvor hatte sie das Gefühl, weit und breit der einzige Mensch zu sein, der mutterseelenallein auf der Welt war. Aber als dieses Gefühl mehr und mehr Raum in ihr einnahm, kam ihr plötzlich Psalm 23 in den Sinn. Leise, aber durchaus hörbar mischte er sich in ihre Wahrnehmung:

Der Herr ist mein Hirte, mir wird nichts mangeln. Er weidet mich auf einer grünen Aue und führet mich zum frischen Wasser. Er erquicket meine Seele …

Ja, dachte Theresa. *Du bist mein Hirte. Du warst es in Deutschland, du warst es auf dieser Insel. Und du bist es hier in Singapur.* Und dann schloss sie die Augen und ließ sich einfach trösten.

***

Gute zwei Stunden später erhielt die Gruppe die Information, dass um 21:15 Uhr ein Flieger in Richtung Deutschland starten würde und dass sie alle für diesen Flug vorgesehen waren. Die meisten, die das hörten, brachen – auch wenn sie noch telefonierten – in spontanen Applaus aus. Theresa hingegen war alles andere als begeistert. Sie hatte gerade begonnen, die Telefonnummern der Krankenhäuser herauszusuchen und schickte sich an, das Singapore General Hospital anzurufen, das das größte in Singapur war. Obwohl sie fürchtete, auch dort wegen des fehlenden Angehörigenverhältnisses abgewiesen zu werden, würde sie alles versuchen, was in ihrer Macht stand. Die Tatsache, dass Englisch die Landessprache war, kam ihr dabei sehr entgegen.

Leider hatte man im Singapore General Hospital nichts von einem Max Tanner gehört. Auch in den größeren Privatkrankenhäusern wie dem East Shore Hospital und dem Gleneagles Hospital war niemand dieses Namens bekannt. Theresa hatte herausgefunden, dass es mehr als 20 Krankenhäuser in Singapur gab, dazu mehrere Spezialkliniken. Das konnte ein langer Abend werden …

***

Gegen 20:30 Uhr betraten mehrere Mitarbeiter der Fluggesellschaft den Raum und forderten die Anwesenden auf Englisch auf, sich in die Abflughalle zu begeben. Die meisten aus der Gruppe leisteten dieser Aufforderung nur allzu gern Folge. Allein Theresa blieb regungslos auf ihrem Sessel sitzen und telefonierte weiter. Sie hatte inzwischen 15 Krankenhäuser geschafft und gefühlte hundertmal Max' Namen buchstabiert. Obwohl ihre Bemühungen bisher nicht von Erfolg gekrönt waren, war sie guter Dinge. Alle Anfragen, die sie gestartet hatte, waren sehr bereitwillig beantwortet worden. Sie musste kurz vorm Ziel sein!

Als ein Mitarbeiter der Sun Air of Asia – ein gut gekleideter junger Asiate – sie direkt aufforderte, nun den Raum zu verlassen, schüttelte Theresa vehement den Kopf. Was sollte sie in der Abflughalle, wenn sie sowieso nicht wegzufliegen gedachte? Sie würde sich auf keinen Fall 10.000 km Luftlinie von Max entfernen. Niemals.

Als der Mitarbeiter der Fluggesellschaft mit ihr zu diskutieren begann und am Ende sogar ihren Arm packte, um sie mit sanfter Gewalt aus dem Raum zu befördern, reagierte Theresa so aggressiv, dass er am Ende eilig den Raum verließ. Knappe zehn Minuten später stand erneut Herr Pohl vor ihr.

Theresa rollte die Augen, beendete aber erst ihr Telefonat, bevor sie sich ihm zuwandte. „Ich fliege nicht", sagte sie mit fester Stimme. „Geben Sie das weiter."

Herr Pohl rückte erneut seine Brille zurecht. „Sie haben aber kein Aufenthaltsrecht in Singapur, Frau Krug."

Theresa spürte, wie ihr Adrenalinspiegel erneut in die Höhe schoss. „Das macht nichts!", gab Theresa zurück. „Ich hatte auch kein Aufenthaltsrecht auf dieser Insel in der Nähe von Sulawesi. Und es hat keinen gestört! Im Gegenteil, man hat unseren Aufenthalt noch mehrfach verlängert."

„Aber das war eine Ausnahmesituation!"

„Dies ist ebenfalls eine", behauptete Theresa und fuchtelte mit ihrem Telefon herum. „Ich weiß, dass Ihre Paragrafen mich nicht verstehen, aber mein Freund wurde angeschossen und ich weiß nicht, wie es ihm geht. Diese Situation ist für mich noch hundertmal unerträglicher als die auf der Insel!"

Herr Pohl seufzte tief. „Und wenn ich Ihnen jetzt sagen würde, dass Herr Tanner bereits nach Deutschland zurückgeflogen wurde?"

Theresa musste lächeln. „Geschickter Schachzug, das muss ich Ihnen lassen."

„Aber es stimmt!", beteuerte der Botschaftsmitarbeiter. „Nach meinen Unterlagen-" Er musste mitten im Satz abbrechen, weil ein Handy zu klingeln begann.

Theresa wartete darauf, dass Herr Pohl den Anruf entgegennehmen würde, aber er sagte: „Das ist Ihres!"

„Meins?", staunte Theresa und blickte auf ihr Telefon. Tatsächlich! Im Display leuchtete eine irre lange Nummer auf, die ihr trotzdem bekannt vorkam. Rita? Sie drückte auf den grünen Telefonhörer und hielt sich das Telefon ans Ohr. „Rita?", rief sie so laut, als müsste sie die Entfernung nach Deutschland mit den eigenen Stimmbändern überwinden.

„Ja, hier ist Rita", antwortete Rita verhalten. „Und wer ist da?"

„Ich bin's … Theresa."

Schweigen am anderen Ende der Leitung.

„Rita?", rief Theresa erneut. „Bist du noch da?"

„Theresa?", brach es aus Rita hervor. „Das ist … das kann nicht … du lebst? Wo bist du?"

„Ich bin in Singapur. Sie haben mir ein Handy gegeben. Ich hab versucht, dich anzurufen, aber du warst nicht da …"

„Ich hab nur die Rückruftaste gedrückt!", rief Rita. Trotz der Entfernung konnte Theresa hören, dass ihre Stimme zitterte. „Ich wusste nicht … ich weiß gar nichts! Niemand sagt einem etwas! Ich bin keine Angehörige, verstehst du? Ich falle durch alle Raster! Niemand informiert mich …"

Theresa verzog das Gesicht. „Das kommt mir bekannt vor", seufzte sie und warf Herrn Pohl einen vorwurfsvollen Blick zu.

„Als ich erfuhr, dass Überlebende gefunden wurden, hab ich alle Hebel in Bewegung gesetzt, um zu erfahren, ob du unter ihnen bist, aber ich konnte es nicht herausfinden! Ich konnte es einfach nicht herausfinden!"

„Es tut so gut, deine Stimme zu hören", krächzte Theresa. „Ich hab dich so vermisst!"

„Ich dich doch auch! Bist du denn in Ordnung? Bist du unverletzt?"

„Es geht mir gut!", sagte Theresa. *Jedenfalls körperlich*, fügte sie gedanklich hinzu.

„Warst du denn die ganze Zeit auf dieser … dieser Insel?"

„Dreiunddreißig Tage", nickte Theresa. „Wir waren über einen Monat lang ganz auf uns allein gestellt!"

„Das muss furchtbar gewesen sein!“, brach es aus Rita hervor. „Wie habt ihr das nur geschafft? Gab es da Raubtiere?“

Theresa schüttelte den Kopf. „Keine Raubtiere. Die eine oder andere gefährliche Schlange, aber keine Raubtiere.“

„Und was habt ihr gegessen?“

„Es gab Früchte. Und irgendwann …“ Theresa konnte nicht weitersprechen. Vor ihrem geistigen Auge sah sie Max mit einer Tüte voller Fische ins Lager zurückkehren. „… irgendwann auch Fisch und Fleisch“, beendete sie ein wenig mühsam ihren Satz.

„Robinson Crusoe“, sagte Rita fassungslos. „Du bist ein weiblicher Robinson Crusoe!“

„Nicht ganz“, widersprach Theresa. „Ich war ja nicht allein. Wir waren insgesamt siebenundzwanzig Leute.“

„Ich schätze, das war das Schlimmste von allem“, lachte Rita. „Wie hast du es nur ausgehalten, so viel Zeit mit dem Big Mac zu verbringen? Ich hoffe, du warst nicht diejenige, die auf ihn geschossen hat …“

Theresa zuckte zusammen. „Du weißt davon? Woher denn?“

„Ich hab Kontakt zu Leonora, seiner Mutter. Ohne sie hätte ich überhaupt keine Informationen gekriegt!“

„Aber das … das bedeutet ja …“, stammelte Theresa. Sie musste sich einen Moment lang sammeln, dann aber krallte sie sich mit beiden Händen am Telefon fest und rief laut: „Was weißt du noch, Rita? Weißt du, wie es ihm geht?“

„Nicht aktuell. Nur, dass er wieder in Deutschland ist und-“

„Er ist in Deutschland?“

Als sie diese Worte ausrief, lehnte sich Herr Pohl lässig auf seinem Stuhl zurück und setzte einen überheblichen „Sie-wollten-mir-ja-nicht-glauben“-Blick auf.

„Ja. Seine Mutter hat ihn zurückfliegen lassen. Warum?“

„Und wie geht es ihm?“

„Ich … ich weiß nicht. Aber ich könnte Leonora anrufen.“

„Tu das!“, rief Theresa und begann zu weinen. „Bitte, bitte tu das für mich!“

„Ja, ich mach das“, antwortete Rita verwundert, „ich verstehe nur nicht …“

„Tu es bitte jetzt sofort, ja?“, schluchzte Theresa. „Und ruf mich zurück! Und finde heraus, in welchem Krankenhaus er liegt!“

***

Theresa erhielt den ersehnten Rückruf erst, als sie schon an Bord des Flugzeuges war, welches in wenigen Minuten Kurs auf Deutschland nehmen würde. „Tut mir leid, dass es so lange gedauert hat“, entschuldigte sich Rita. „Ich hab Leonora gerade erst erreicht.“

„Er ist doch wirklich in Deutschland, oder?“, fragte Theresa zittrig. Sie fühlte sich so entsetzlich! Die Sorge um Max hatte sie in dieses Flugzeug getrieben, aber je näher der Start rückte, desto stärker zerriss es sie innerlich. Wo war David? Rief er vielleicht in diesem Moment nach ihr? Weinte er? Wohin hatte man ihn gebracht? War er schon in Australien bei seinen Großeltern? Wenn das der Fall war, dann würde sie gleich von ihm wegfliegen, anstatt sich auf den Weg zu ihm zu machen und ihr Versprechen einzuhalten!

„Ja, er ist hier. Hier in der Stadt. Es ist nur …“ Ritas Stimme verklang und sorgte dafür, dass Theresas Herz einen Schlag aussetzte.

„Sag nicht, dass er gestorben ist!“, entfuhr es Theresa. *Herr, lass das nicht zu!* „Bitte sag das nicht!“

„Nein, nein, sein Zustand ist aber … *kritisch*.“

„Aber warum?“, brach es aus Theresa hervor. „Ein Patient in kritischem Zustand dürfte überhaupt nicht transportiert werden! Schon gar nicht von Singapur nach Deutschland!“

„Ich weiß, und er war auch schon stabil. Aber jetzt hat er sich eine Infektion eingefangen. Du weißt, wie das in Krankenhäusern ist.“

Infektion, hämmerte es in Theresas Kopf. *Infektion, Infektion, Infektion.* Ihre Gedanken wanderten zu der Infektion zurück, die Max im Dschungel gehabt hatte. Vor ihrem geistigen Auge brach er noch einmal fiebernd an ihrer Seite zusammen, redete wirres Zeug und war am Ende gar nicht mehr ansprechbar. Sie schloss gequält die Augen. „Oh Max …“, flüsterte sie.

„Du musst mir das erklären“, sagte Rita am anderen Ende der Leitung. „Seit wann … Ich meine … Du hast ihn doch gehasst!“

Theresa schluckte schwer. „Jetzt liebe ich ihn“, presste sie hervor. „Oh, und wie ich ihn liebe!“

„Und … *er*?"

„Er liebt mich auch", antwortete Theresa und sah durch das kleine Fenster des Flugzeuges nach draußen. Nicht weit entfernt startete gerade eine andere Maschine. Als sie vom Boden abhob, schoss ein Gefühl wie beim Fahrstuhlfahren in Theresas Magen …

„Der Big Mac liebt seine Sekretärin?"

„Nenn ihn nicht so!", krächzte Theresa. „Ich weiß ja selbst, dass es verrückt ist. Aber Max ist nicht so, wie du denkst, nicht *mehr* so, wie du denkst. Er hat sich so unglaublich verändert und-"

„Glaubst du denn, dass das hält?", fiel Rita ihr ins Wort. „Ich meine, das war eine Ausnahmesituation, in der ihr euch befunden habt. Wenn man einen Flugzeugabsturz überlebt und wochenlang auf einer einsamen Insel ausharren muss, ist man aufeinander angewiesen. Aber in Deutschland … da geht alles wieder seinen geordneten Gang!"

Ritas Worte fuhren wie ein Messer direkt in Theresas Herz. Sie hätte ihre Ängste nicht besser in Worte fassen können!

„Ich will dich nicht entmutigen", fuhr Rita fort. „Ich will nur nicht, dass du enttäuscht wirst. Schließlich ist Maximilian Tanner Chef einer großen Firma und dein Vorgesetzter. Du hingegen …"

„… bist nur eine Tippse", vollendete Theresa den Satz.

Kapitel 36

„Ich möchte zu Maximilian Tanner", sagte Theresa und hielt den Atem an. Nachdem sie von Rita erfahren hatte, dass Max in der Uniklinik lag, hatte sie sich nur wenige Stunden nach der Landung auf den Weg dorthin gemacht. Jetzt stand sie am Tresen der Information und betete dafür, dass man sie nicht nach ihrem Verwandtschaftsverhältnis fragen würde …

Die Dame an der Information war um die 50, hatte hellblonde, hochgesteckte Haare und tippte mit ihren langen, blau lackierten Fingernägeln schon seit geraumer Zeit lautstark auf ihrer Computertastatur herum. Als sie endlich aufblickte, sagte sie: „Wie war die Frage?"

„Ich möchte zu Maximilian Tanner", wiederholte Theresa geduldig. Wenn sie allerdings geglaubt hatte, dass ihr Gegenüber jetzt erneut den Computer befragen würde, hatte sie sich getäuscht. Die Antwort kam wie aus der Pistole geschossen. „Das tut mir leid. Herr Tanner empfängt keinen Besuch."

Theresa musste sich einmal kurz am Tresen festhalten. Sie hatte das Gefühl, als würde der Boden unter ihren Füßen zu schwanken beginnen. Ein Wunder war das nicht. Abgesehen davon, dass sie nicht die erwünschte Antwort erhalten hatte, fühlte sie sich auch körperlich nicht ganz auf der Höhe. Sie hatte seit einer gefühlten Ewigkeit nicht mehr richtig geschlafen, außerdem lagen zwölf Stunden Flugreise auf einem engen Sitz und eine schier endlose Taxifahrt durch Frankfurt hinter ihr. Von ihrem Jetlag einmal ganz zu schweigen! „Ich muss aber zu ihm!", krächzte sie. „Ich muss ihn unbedingt sehen."

Ihr Gegenüber musterte Theresa einmal kurz von oben bis unten. „Sind Sie Reporterin?"

Theresa schüttelte den Kopf. „Nein … wieso?"

„Na, weil es hier von Reportern nur so wimmelt. Alle wollen die neuesten Neuigkeiten über den Flugzeugabsturz in Erfahrung bringen." Sie bückte sich, tauchte dann wieder auf und hatte plötzlich eine Bild-Zeitung in der Hand. „Sehen Sie?"

Theresa bekam große Augen und starrte ungläubig auf die Schlagzeile, die die erste Seite der Bildzeitung zierte: „*Weitere Überlebende in Deutschland eingetroffen*", war dort zu lesen. Gleich darunter befand sich eine Luftaufnahme, auf der eine Insel zu sehen war. Theresa griff nach der Zeitung, kniff die Augen zusammen und versuchte zu ermitteln, ob es sich dabei um die Insel handelte, auf der sie die letzten Wochen verbracht hatte. Leider war die Aufnahme viel zu unscharf, als dass sie dies hätte erkennen können.

Dann stimmt es also, dachte Theresa. Als der Flieger in Frankfurt gelandet war, hatte man die ganze Gruppe über einen Hinterausgang nach draußen gebracht. „Wegen der Reporter", hatte es geheißen. Theresa hatte darüber nur den Kopf geschüttelt und vermutet, man würde aus einer Mücke einen Elefanten machen. Ein Irrtum, wie es schien. Sie legte die Zeitung auf den Tresen. „Und die Reporter wollen alle zu Max?", fragte sie.

Die Dame an der Info nickte. „Die Intensivstation gleicht inzwischen einem Hochsicherheitstrakt." Sie schüttelte den Kopf. „So einen Rummel hab ich hier noch nicht erlebt."

Intensivstation, hämmerte es in Theresas Kopf. *Sein Zustand ist kritisch*, hatte Rita gesagt. Wieder griff Theresa Halt suchend nach dem Tresen. Vielleicht hätte sie doch auf Rita hören sollen. Diese hatte Theresa mitten in der Nacht vom Flughafen abgeholt und in ihre Wohnung gefahren. Dort angekommen hatte sie darauf bestanden, dass Theresa erst einmal schlafen solle, bevor sie sich auf den Weg zu Max machte. Theresa hatte brav genickt, war dann jedoch unter die Dusche gegangen, hatte sich umgezogen und anschließend nur noch darauf gewartet, dass es endlich hell wurde. Wie hätte sie auch schlafen sollen, solange sie nicht wusste, wie es Max ging?

„Denken Sie, ich kann ihn trotzdem sehen?"

„In welcher Beziehung stehen Sie denn zu ihm?"

Da war sie wieder, die ätzendste aller Fragen. „Ich bin seine Sekretärin", seufzte Theresa.

Die Dame an der Info legte den Kopf schief. „Dann sollten Sie eigentlich wissen, dass er zurzeit nicht in der Lage ist, sein Unternehmen zu führen. Das haben andere übernommen. Setzen Sie sich doch mit denen in Verbindung."

Theresa seufzte tief. „Ich will ihn ja gar nicht aus beruflichen Gründen sehen. Schließlich war ich in den letzten Wochen selbst nicht in der Firma …"

„Wo waren Sie denn?"

„Na, auf der Insel!", antwortete Theresa, als sei es das Selbstverständlichste von der Welt.

Ihr Gegenüber riss erstaunt die Augen auf. „Wie …" Dann dämmerte etwas Licht in ihren Gesichtsausdruck und sie griff nun ihrerseits nach der Zeitung, drehte sie zu sich herum und starrte auf den aktuellen Artikel. „Hier steht, dass die Überlebenden erst heute in Frankfurt ankommen."

„Eigentlich soll man ja nicht immer glauben, was die Bild schreibt", antwortete Theresa. „Aber dieses Mal stimmt es. Ich bin heute Nacht in Frankfurt angekommen, nur schnell in meiner Wohnung gewesen und dann sofort hierher gefahren."

Die Dame an der Info machte ein skeptisches Gesicht und verschränkte abwehrend die Arme vor der Brust. „Und dann hat man Sie nicht ins Krankenhaus gebracht?"

„Versucht haben sie's schon", erwiderte Theresa und musste daran denken, mit welcher Vehemenz sie gegen dieses Ansinnen hatte ankämpfen müssen. Sie hatte sogar einen Wisch unterschrieben, der besagte, dass sie auf eigenen Wunsch hin auf einen Krankenhausaufenthalt verzichtete. Dabei hätte man das Problem so leicht lösen können! Man hätte sie nur ins Unikrankenhaus fahren müssen, dann wäre sie sofort dabei gewesen. Aber nein, man hatte ihr gesagt, dass man sie in ein anderes Krankenhaus bringen wollte …

„Wie auch immer", seufzte ihr Gegenüber. „Es geht mich gar nichts an, wer Sie sind und wo Sie die letzten Wochen verbracht haben. Fakt ist, dass Herr Tanner keinen Besuch empfängt, das sagte ich ja."

„Aber wieso denn nicht?", jammerte Theresa und zog ihre Jeans ein Stück hoch. Sie war neuerdings viel zu weit und wurde nur von dem Gürtel gehalten, den Theresa in den Tiefen ihres Kleiderschrankes gefunden hatte. „Ich bin seine Freundin und-"

„Eben waren Sie noch seine Sekretärin", fiel ihr die Dame ins Wort.

Theresa seufzte abgrundtief. „Ich bin halt beides!"

„Wo liegt dann das Problem?", fragte die Dame, streckte ihren rechten Arm aus und deutete mit ihrem blau lackierten Finger an Theresa vorbei auf eine Frau. „Da ist seine Mutter. Die kann Ihnen sicher Zugang verschaffen ..."

Theresa wirbelte herum und erblickte tatsächlich Leonora Tanner, die mit wehenden Fahnen die Eingangshalle durchquerte und in Richtung Fahrstuhl unterwegs war. „Danke!", hauchte Theresa noch, dann eilte sie auch schon hinter Max' Mutter her. Diese trug einen graumelierten Blazer und eine schwarze Stoffhose, die ihre langen schlanken Beine betonte. „Frau Tanner!", rief Theresa.

Leonora Tanner blieb stehen und drehte sich zu Theresa um. Dabei klirrten die vielen goldenen Armreifen an ihrem Handgelenk wie ein Windspiel im Sturm. „Ja?"

„Entschuldigen Sie bitte", sagte Theresa und lächelte scheu. „Wollen Sie zu Max?"

Leonora Tanner ließ ihren Blick abschätzend an Theresa herabgleiten. „Kennen wir uns?", fragte sie spitz.

Theresa zog verlegen ihre Jeans hoch. Unter dem prüfenden Blick dieser elegant gekleideten Dame fühlte sie sich ausgesprochen unwohl. „Ich bin Theresa Krug", stellte sie sich vor.

„Oh ... oh!", machte Max' Mutter und setzte die Brille auf, die an einer Schnur um ihren Hals hing. Dann musterte sie Theresa ein weiteres Mal, jetzt aber noch sehr viel gründlicher als vorher. „Sie sind ... *dünn*!" Sie nahm die Brille wieder ab. „Ich kenne Ihre Freundin Rita."

Theresa begann zu strahlen. Das war doch ein guter Einstieg! „Ja, ich weiß! Können Sie mir sagen, wie es Max geht?"

Leonora Tanners hübsches Puppengesicht verfinsterte sich. „Für Sie ja wohl immer noch Herr Tanner!"

Theresa schluckte. „Entschuldigung ... Können Sie mir also sagen, wie es ihm geht?"

„Ich weiß Ihre Anteilnahme zu schätzen, Frau Krug", antwortete Max' Mutter kühl, „aber dies ist eine Privatangelegenheit und ich wüsste nicht, weshalb ich Ihnen auf diese Frage antworten sollte. Wenn Sie mich jetzt bitte entschuldigen würden …" Sie wandte sich zum Gehen, musste aber feststellen, dass Theresa hinter ihr herstürmte. Daraufhin blieb sie erneut stehen. „Was denn jetzt noch?", fauchte sie unfreundlich.

„Bitte seien Sie mir nicht böse", begann Theresa, jetzt schon ein wenig atemlos. „Aber … Max und ich-"

Als sich ein höchst verärgerter Ausdruck auf Leonora Tanners Gesicht bildete, verstummte Theresa. *Für Sie immer noch Herr Tanner*, erinnerte sie sich. „Aber ich kann ihn nicht mehr Herrn Tanner nennen!", sagte sie. „Wir sind jetzt nicht mehr nur Chef und Sekretärin."

„Sondern?" Leonoras Tonfall war so abfällig, dass Theresa erbleichte.

„N-na ja", stammelte sie, „wir … wir …" Auf einmal kam es ihr selbst lächerlich vor. Noch vor ein paar Wochen wäre sie in schallendes Gelächter ausgebrochen, wenn jemand auch nur angedeutet hätte, dass aus ihr und Max jemals ein Paar werden könnte.

Leonora Tanner verdrehte die Augen. „Kommt da noch ein Satz zustande?", fragte sie von oben herab.

Theresa schluckte schwer. Ein Teil von ihr wollte den Kopf schütteln und zurück nach Hause fahren. Aber ein anderer – größerer – Teil bäumte sich auf und brüllte wie ein störrischer Esel danach, Max zu sehen. Und so fasste sie sich ein Herz, atmete einmal tief durch und sagte schlicht: „Wir haben uns ineinander verliebt."

Im ersten Moment zog Leonora Tanner nur erstaunt die Augenbrauen hoch. Dann verzogen sich ihre Mundwinkel zu einem Grinsen. „Sicherlich", sagte sie und wirkte ehrlich amüsiert. „Sicherlich."

„Ich … ich meinte das ernst", stotterte Theresa hilflos.

Max' Mutter legte ihre rechte Hand über ihren Mund und kämpfte sichtlich mit ihrer Erheiterung. Eine Weile sagte sie gar nichts, dann gelang es ihr, wieder ernst zu werden. Sie räusperte sich noch einmal und sagte dann: „Hören Sie, Kindchen. Ich weiß, dass

Sie einiges durchgemacht haben. Ich schlage vor, Sie fahren nach Hause, schlafen ein bisschen und versuchen, wieder Sie selbst zu werden. In ein paar Tagen geht es Ihnen sicher besser."

Theresa war inzwischen den Tränen nahe. „Sie haben recht", erwiderte sie mit wackliger Stimme, „es geht mir nicht gut. Und ja, ich hab einiges durchgemacht. Aber alles wäre nicht so schlimm, wenn ich wüsste, dass Max über den Berg ist. Können Sie mir nicht wenigstens sagen, ob das so ist?"

Leonora Tanners Gesichtsausdruck wurde eine Spur weicher. „Sie haben sich wirklich verliebt, was?"

Theresa nickte nur.

„Ist ja auch verständlich. Ich kann mir kaum eine Frau vorstellen, die bei einem solchen Mann gleichgültig bleibt. Trotzdem müssen Sie den Tatsachen ins Auge sehen. Maximilian hat in Bezug auf Frauen einen … nun ja, wie soll ich das ausdrücken … *gehobenen* Geschmack. Verstehen Sie, was ich meine, oder muss ich noch deutlicher werden?"

Theresa versteifte sich.

„Es tut mir wirklich leid", sagte Leonora Tanner und lächelte gönnerhaft. „Sie sind nicht die erste Frau, der er das Herz bricht. Und sicher auch nicht die letzte."

Theresa schöpfte augenblicklich Hoffnung. „Dann geht es ihm besser?"

Ihr Gegenüber verzog das Gesicht. „Sie geben nicht auf, wie?" Einen Moment lang schien sie zu überlegen und trommelte mit ihren auffallend langen und großzügig beringten Fingern auf ihrem Ausschnitt herum. Dann seufzte sie: „Wenn alles glattläuft, holen sie ihn morgen aus dem künstlichen Koma."

***

„Entschuldigen Sie …"

Theresa reagierte nicht. Sie nahm nicht einmal ihre Umwelt wahr. In ihrem Kopf löste ein Horrorszenario das nächste ab. Je länger sie darüber nachdachte, desto mehr Menschen fielen ihr ein, die nie wieder aus einem künstlichen Koma erwacht waren.

„Wissen Sie, wie lange Sie hier schon stehen?"

Einer von Theresas Kollegen war nach einem Autounfall in ein künstliches Koma versetzt worden. Als man versucht hatte, ihn aufzuwecken, hatte sich herausgestellt, dass das künstliche zu einem echten Koma geworden war. Drei Monate später war er gestorben …

„Hallo! Sie! Hören Sie mich?"

Arianes Großtante hatte nach einem Sturz ebenfalls im künstlichen Koma gelegen. Sie war gestorben, noch bevor jemand den Versuch unternommen hatte, sie wiederzuholen.

„Junge Frau!"

Als jemand Theresas rechten Oberarm packte, wandte sie erstaunt den Kopf. Neben ihr stand die Dame mit den blauen Fingernägeln. „Ja?"

„Geht es Ihnen gut? Sie stehen seit einer halben Stunde einfach nur so da und starren vor sich hin!"

„Bei einem künstlichen Koma wird man auch künstlich beatmet, nicht wahr?", fragte Theresa. Vor ihrem geistigen Auge sah sie Max in einem Krankenhausbett liegen. Er hatte die Augen geschlossen, Schläuche führten in seine Nase und in seinen Mund und seine Haut sah ebenso grau aus wie damals, als er im Urwald neben ihr zusammengebrochen war.

„Ich schlage vor, dass Sie jetzt nach Hause fahren", sagte die blonde Dame. „Kommen Sie!" Sie versuchte, Theresa mit sich zu ziehen, stieß aber auf erheblichen Widerstand.

„Ich will nicht!", schluchzte Theresa und hielt auf den Fahrstuhl zu. „Ich will zu Max! Im künstlichen Koma kriegen Leute oft viel von ihrer Umwelt mit! Bestimmt braucht er mich!" Obwohl die Dame vom Empfang immer noch ihren Arm festhielt, erreichte Theresa den Fahrstuhl und drückte wahllos alle Knöpfe, die sie dort vorfand.

„Sie wissen doch gar nicht, wo sie hinmüssen!", mahnte ihre Begleiterin.

„Das ist mir egal!", rief Theresa und schüttelte den lästigen Arm ab. „Ich will zu Max!"

„Wenn Sie sich nicht beruhigen, muss ich einen Arzt oder den Sicherheitsdienst holen", mahnte die Mitarbeiterin des Krankenhauses.

Neben Theresa öffnete sich eine Fahrstuhltür und sie stürmte hinein. Wieder drückte sie alle möglichen Knöpfe. Während sich die Fahrstuhltür hinter ihr schloss, rannte die Dame schon auf das nächstgelegene Telefon zu.

***

„Sie können mir nicht verbieten, hier zu stehen!", rief Theresa und blickte sehnsüchtig durch die Glastür, die in eine Unterabteilung der Inneren Medizin führte. Nachdem sie eine ganze Weile planlos, aber unbehelligt durch das Krankenhaus geirrt war, hatte ihr Weg hier sein Ende gefunden. Zwei kräftige Männer mit schwarzen Sweatshirts, auf denen in großen weißen Lettern das Wort „Security" zu lesen war, hatten sie daran gehindert, durch diese Tür zu gehen – ein sicherer Hinweis darauf, dass sie sich am richtigen Ort befand!

„Selbstverständlich können wir das", erwiderte Herr Thimm, ein gut aussehender Mann von Mitte 40. Im Gegensatz zu den beiden Security-Männern trug er einen perfekt sitzenden grauen Anzug, gehörte zum Leitungsstab des Krankenhauses und war nach eigenem Bekunden vom Empfang zu Hilfe gerufen worden. „Sie sind Gast in dieser Einrichtung und haben sich an die Regeln zu halten."

„Gegen welche Regel verstoße ich denn?", sagte Theresa und berührte mit den Fingerkuppen ihrer rechten Hand die Glasscheibe. Aus irgendeinem unerfindlichen Grund hatte sie die Hoffnung, diese Geste würde sie näher zu Max bringen. Aber das war nicht der Fall. Im Gegenteil. Die Scheibe fühlte sich kalt und hart an und vermittelte ihr den Eindruck, als wäre Max kilometerweit von ihr entfernt. „Ich will lediglich meinen Freund besuchen! Was ist daran falsch?"

„Diese Beziehung bilden Sie sich doch nur ein", sagte einer der Security-Leute abfällig. Er war nicht sehr groß und eher gedrungen. „Frau Tanner hat gesagt, Sie würden wirres Zeug reden." Er wandte sich jetzt an Herrn Thimm. „Muss die nicht zwangseingewiesen werden?"

Theresa ließ ihre Hand sinken und drehte sich um. „Wie bitte?", fragte sie entsetzt.

„Wir warten ab, was Frau Tanner zu dieser Angelegenheit zu sagen hat", entschied Herr Thimm und starrte nun seinerseits in Richtung Flur. Es war schon einige Minuten her, dass er eine Krankenschwester losgeschickt hatte, um Max' Mutter zu holen. *Bestimmt kann sie sich nicht von ihm losreißen*, dachte Theresa. *Wie gut ich das verstehen kann!*

„Waren Sie wirklich auch in diesem Flieger?", fragte der andere Security-Mann. Wie sein Kollege war er sehr muskulös, dabei aber wesentlich größer als dieser. Theresa nickte nur. „Das muss ganz schön heftig gewesen sein."

Theresa seufzte tief. „Nicht so heftig wie das, was man bei seiner Rückkehr erlebt."

Auf Theresas Aussage folgte ein betretenes Schweigen, das erst durchbrochen wurde, als Leonora Tanner auf der Bildfläche erschien. Sie bog ganz hinten in den Flur ein, der hinter der Glastür lag.

„Ist sie das?", fragte Herr Thimm.

„Jawoll", nickte der größere der beiden Security-Männer. Auch öffnete er schon einmal die Glastür. Dabei stellte er allerdings sicher, dass Theresa nicht an ihm vorbeikam.

„Was soll das?", fragte Leonora Tanner, als sie sich näherte. „Warum werde ich schon wieder belästigt?" Gleich darauf durchschritt sie die Glastür, erblickte Theresa und fragte entnervt: „Sie schon wieder?"

„Einmal ganz kurz", flehte Theresa. „Ich möchte ihn nur einmal ganz kurz sehen. Danach verschwinde ich wieder und mache keinen Ärger mehr. Das verspreche ich!"

„So weit kommt's noch", fauchte Max' Mutter. Dann wandte sie sich an den kleineren der beiden Security-Leute. „Waren meine Anweisungen irgendwie missverständlich?"

„Ich muss Sie um Entschuldigung bitten", sagte Herr Thimm und stellte sich ihr mit Namen und Funktion vor. „Ich bin davor zurückgeschreckt, die Polizei zu rufen, und wollte mir erst bestätigen lassen, dass diese Dame hier wirklich kein Recht hat, Ihren Sohn zu besuchen."

„Max würde es wollen", warf Theresa ein. „Ich schwöre Ihnen, er würde es wollen!"

„Unsinn!“, fauchte Leonora. „Ich kenne meinen Sohn. Er würde sich niemals mit seiner Sekretärin einlassen.“ Theresa schluckte schwer. Sie fühlte sich wie geohrfeigt.

„Dann sollten Sie jetzt wirklich gehen“, sagte Herr Thimm zu Theresa.

Theresa antwortete nicht. Sie war zu sehr damit beschäftigt, ihre Tränen zu bekämpfen.

„Wenn Sie nicht gehen, rufe ich die Polizei“, beharrte Herr Thimm.

Endlich ging ein Ruck durch Theresa. „Das … ist nicht nötig“, krächzte sie. „Ich gehe.“

Sie warf einen letzten Blick durch die Glastür. Irgendwo dort lag Max und kämpfte um sein Leben. Auf der Insel hatte sie immer einen Weg gefunden, zu ihm zu gelangen. Sie hatte sich durch nichts aufhalten lassen und sogar einen Hai bezwungen. Und jetzt scheiterte sie an seiner Mutter?

***

Als Theresa gute zwei Stunden später hungrig, übermüdet und niedergeschlagen nach Hause zurückkehrte, wurde sie von einer Meute Journalisten empfangen, die ungefragt Fotos von ihr machten und einen Haufen Fragen über den Flugzeugabsturz, die Zeit auf der Insel und die Vorfälle dort stellten. Theresa rief in einem fort „kein Kommentar“, rettete sich auf diese Weise in ihre Wohnung und verbarrikadierte die Tür.

Dann ging sie in die Küche und öffnete den Kühlschrank. In der Nacht hatte Ariane irgendetwas von „Kühlschrank ist voll“ gefaselt. „Brechend voll“ wäre allerdings die bessere Formulierung gewesen. Der Kühlschrank war bis oben hin mit allem gefüllt, was das Herz eines durchschnittlichen Robinson Crusoe höherschlagen ließ. Es gab sogar zwei ausgewachsene Sahnetorten.

„Ihr seid ja verrückt“, murmelte Theresa liebevoll und griff nach der Joghurttorte, die zweifellos Rita für sie gebacken hatte. Sie lud sich ein riesiges Stück auf einen Kuchenteller, machte sich noch einen großen Becher Kaffee dazu und ließ sich dann am Küchentisch nieder.

Als sie jedoch anfing, den Kuchen zu essen, musste sie daran zurückdenken, wie sie sich auf dem Flughafen die Sachertorte bestellt hatte. Damals war Max noch putzmunter gewesen … sie seufzte tief und legte die Kuchengabel beiseite. Nicht zu wissen, wie es ihm ging, war einfach unerträglich! Ob sie vielleicht in der Firma etwas in Erfahrung bringen konnte?

Sie erhob sich, ging ins Wohnzimmer und versuchte, ihre Kollegin Anne anzurufen. Diese war jedoch irgendwo im Gebäude unterwegs und deshalb nicht erreichbar. Aus diesem Grunde musste Theresa mit Jens vorliebnehmen. Sie erfuhr, dass Leonora Tanner die Geschäfte übernommen hatte und dass es seitdem drunter und drüber ging. Über Max' Gesundheitszustand wurde jeden Tag im Intranet ein Zweizeiler gepostet, doch besagte dieser bisher nur, dass er weiter im künstlichen Koma lag.

Nachdem Theresa aufgelegt hatte, aß sie ein paar Happen von ihrer Torte. Dann begann sie einen Telefonmarathon, der dem Zweck diente, etwas über Davids Aufenthaltsort herauszufinden. Dabei wurde ihre Geduld einmal mehr auf eine harte Probe gestellt. Allein bei der Sun Air of Asia hing Theresa mit Unterbrechungen eine Dreiviertelstunde in der Warteschleife, bis sie endlich zu jemandem durchgedrungen war, der mit dem Flugzeugabsturz betraut war. Immerhin kamen Davids Nachname – er hieß Reinders – sowie die Telefonnummer der australischen Einwanderungsbehörde dabei heraus. Als Theresa diese anwählte, ließ sich jedoch nur der Anrufbeantworter vernehmen. *Ach ja*, dachte sie, *die Zeitverschiebung*. Sie rechnete kurz nach und beschloss, um Mitternacht noch einmal tätig zu werden. Dann würde es 9:00 Uhr in Australien sein, eine gute Zeit für behördliche Anrufe.

Wenn sie heute Abend fit sein wollte, wäre es vielleicht besser, sich ein wenig hinzulegen. Obwohl sie nicht einmal den Hauch von Müdigkeit verspürte, ließ Theresa Vernunft walten, ging ins Schlafzimmer und legte sich hin. Dann starrte sie mit weit aufgerissenen Augen gegen ihre weiße Decke. Wo war der Himmel hin? Ihr Schlafzimmer, ihre gesamte Wohnung wirkte auf einmal so eng und bedrückend. Überhaupt fühlte sie sich vom wahren Leben abgeschnitten. Auf der Insel hatte sie immer gewusst, wie das Wetter war.

Sie hatte ihre Umgebung gespürt, den Wind im Gesicht gehabt, das Rauschen des Meeres und der Blätter gehört. Aber hier … hier spielte sich das wahre Leben, das Leben außerhalb ihrer Wohnung, vollkommen ohne sie ab!

Na ja, nicht ganz. Jetzt klingelte es nämlich an der Haustür und das Leben außerhalb der Wohnung wurde präsenter, als es ihr in Wirklichkeit lieb war! Sie stieg ein wenig mühsam aus dem Bett, zog ihre rutschende Jeans in Position und ging zur Tür. Ein Blick durch den Spion und …

„Haut ab!", brüllte Theresa durch die geschlossene Wohnungstür hindurch. „Ich werde keine einzige Frage beantworten, kapiert?!" Verärgert schaltete sie die Klingel ab. „Blöde Journalisten", fluchte sie. Dann ging sie ins Wohnzimmer, zog den Telefonstecker und verkrümelte sich zum zweiten Mal in ihr Bett.

***

Theresa wurde wach, als jemand lautstark gegen ihre Tür trommelte. Das durfte doch wohl nicht wahr sein! Diese Journalisten! Sie sah auf ihre Armbanduhr. Es war 13:15 Uhr und immer noch taghell. Anscheinend war sie tatsächlich eingeschlafen. Und nicht nur das: Sie fühlte sich extrem erfrischt. Was kaum zwei Stunden Schlaf doch bewirken konnten!

„Theresa!"

Theresa stutzte. Sie hatte die Stimme nur sehr leise und gedämpft vernommen, aber trotzdem ihren Vornamen herausgehört. Was bildeten sich diese Journalisten eigentlich ein?

Da sie dringend auf die Toilette musste, schälte sich Theresa aus ihrem Bett und ging zur Haustür. Dort blickte sie ein weiteres Mal durch den Spion. „Ariane!", brüllte sie und öffnete die Verriegelung.

Sekunden später fiel sie ihrer Freundin um den Hals. Dabei atmete sie den für Ariane typischen Geruch ein, der eine Mischung aus ihrem Waschmittel und ihrem Parfum war. Früher hätte sie diesen Geruch als honigartig bezeichnet, aber jetzt rief er eine andere Erinnerung in ihr wach. „Du riechst irgendwie nach Schlangenhautfrüchten", bemerkte Theresa verwundert.

„Wonach?“, wunderte sich Ariane. Sie war immer noch so klein und drahtig, wie Theresa sie in Erinnerung hatte. Allerdings spürte Theresa bei der Umarmung ein kleines Bäuchlein, das vorher nicht da gewesen war.

„Ist doch egal. Was macht Sinas zukünftiges Geschwisterchen?“

„Alles in bester Ordnung!“

„Das freut mich! Ich hab dich vermisst!“

Ariane löste sich aus Theresas Umarmung und sagte vorwurfsvoll: „Davon merkt man aber nichts! Du bist nicht mal ans Telefon gegangen. Und das, obwohl ich sicher an die hundert Mal bei dir angerufen habe.“

Theresa trat einen Schritt zurück und sah ihre Freundin an. „Ich hatte den Stecker rausgezogen. Wegen der Journalisten.“ Inzwischen musste sie so dringend auf die Toilette, dass sie unruhig vor Ariane hin und her tänzelte.

„Mann, bist du dünn geworden!“, sagte Ariane kopfschüttelnd. „Rita hat mir ja davon erzählt, aber-“

„Komm rein, ja? Ich muss kurz aufs Klo.“

Als Theresa zurückkehrte, fand sie Ariane in der Küche, wo sie vor dem Kühlschrank stand und dessen Inhalt zu kontrollieren schien. „Du hast ja überhaupt nichts gegessen!“, rief sie entrüstet. „Nicht mal das Mittagessen, das wir dir gekocht haben!“

„Das mach ich noch“, verteidigte sich Theresa. „Es ist doch erst eins!“

„Ja, und gestern? Was hast du da gegessen?“ Ariane schloss die Kühlschranktür, ging zum Küchentisch hinüber und deutete auf die angeknabberte Joghurttorte. „Ist das alles, was du gestern zu dir genommen hast?“, fragte sie streng.

„Ich hör immer gestern“, sagte Theresa erstaunt. „Ich bin doch erst heute Nacht zurückgekommen!“

„Du bist in der Nacht von Montag auf Dienstag zurückgekommen. Und jetzt ist Mittwoch“, behauptete Ariane.

Theresa starrte ihre Freundin einen Moment lang entsetzt an. „Mach keine Witze!“

Ariane zog die Stirn in Falten. „Geht es dir gut? Ich meine … Rita hat mir erzählt, dass du dich mit Händen und Füßen dagegen gewehrt hast, ins Krankenhaus zu gehen. Vielleicht wäre es besser gewesen, du hättest dich mal durchchecken lassen."

Krankenhaus, hallte es in Theresas Ohren wider. *Max!* Sie erbleichte. Die einzige Erklärung für Arianes Worte war, dass sie mehr als 24 Stunden lang geschlafen hatte! Aber wenn das der Fall war, hatte man in der Zwischenzeit vielleicht schon versucht, Max aus dem künstlichen Koma zu holen. Sie musste unbedingt wissen, ob das gelungen war!

„Ich muss … ins Krankenhaus", krächzte sie und wirbelte herum. Dann eilte sie in den Flur und suchte ihre Schuhe. Als sie sie nicht fand, wurde sie hektisch, riss die Türen der kleinen Anrichte auf, die im Flur stand, und warf sie viel zu kräftig wieder zu. Dann rannte sie planlos durch ihre Wohnung.

Ariane sah sich das eine Weile mit an, dann rief sie: „Entweder du beruhigst dich jetzt oder ich rufe einen Krankenwagen!"

Theresa blieb stehen und drehte sich zu Ariane um. Allerdings machte sie auch jetzt nicht den Eindruck, als wäre sie ganz bei sich. Schließlich murmelte sie: „Ich hab sie im Schlafzimmer ausgezogen!" Endlich fand sie die Schuhe, zog sie an und griff nach ihrer schwarzen Jacke. „Kannst du mich fahren?"

„Ins Krankenhaus?", fragte Ariane.

Theresa nickte. „Ins Unikrankenhaus. Zu Max."

„Zu Max", wiederholte Ariane und verschränkte abwehrend die Arme vor der Brust. „Rita hat mir schon so was erzählt."

Theresa zog ihre Jacke an. „Seine Mutter hat gesagt, sie holen ihn heute aus dem künstlichen Koma."

„Sie hat dir allen Ernstes Auskunft erteilt?"

Theresa nickte, doch wirkte dieses Nicken ein wenig zögerlich.

„Durftest du ihn besuchen?", fragte Ariane denn auch.

Theresa schluckte schwer. „Nicht *direkt*", musste sie zugeben. Sie öffnete die oberste Schublade der kleinen weißen Anrichte und suchte nach dem Wohnungsschlüssel. „Diese Frau weiß halt nicht, was sich zwischen Max und mir entwickelt hat."

„Weiß Max es denn?", rutschte es Ariane heraus.

Theresa wirbelte verärgert zu ihr herum. „Was soll die Frage? Glaubst du mir nicht, dass sich Max in mich verliebt hat?"

Ariane rückte ihre schwarze Brille zurecht. „Um ehrlich zu sein … *Nein!*"

„Und warum hat er es mir dann gesagt?"

Ariane zuckte die Achseln. „Ich weiß nicht. Vielleicht …" Sie druckste herum. „Na ja … Es könnte doch sein, dass …" Sie errötete ein wenig.

„Was?", fauchte Theresa.

Ariane trat unruhig von einem Bein aufs andere. „Könnte es nicht sein, dass er … Sex oder so was brauchte?"

„Wir haben aber nicht miteinander geschlafen!", protestierte Theresa.

Ariane atmete sichtbar auf. „Dann ist es ja gut. Ich dachte schon, er hätte dich von vorne bis hinten nur ausgenutzt. So wie früher eben."

„Er ist aber nicht mehr wie früher", behauptete Theresa. „Er hat sich um hundertachtzig Grad gedreht, das kannst du mir glauben." *Nicht um 120, sondern um 180*, fügte sie gedanklich hinzu.

„Und du denkst, dass diese Veränderung dauerhaft ist?"

Theresa schluckte schwer. Ariane stocherte an ihrem wundesten Punkt herum. „Ja, das glaube ich schon", krächzte sie. *Zumal er sich Gott zugewendet hat.* Sie hätte Ariane davon erzählen können. Aber das wollte sie nicht. In Anbetracht des Misstrauens, das Ariane Max entgegenbrachte, hatte sie irgendwie das Gefühl, dass sie dieser Information nicht würdig war.

„Wollen wir es hoffen", seufzte Ariane. „Ich würde dir nur raten, vorsichtig zu sein. In einer Situation, in der man auf Gedeih und Verderb auf jemand anderen angewiesen ist, verhält man sich oft vollkommen anders als im normalen Alltag. Du solltest ernsthaft damit rechnen, dass dein Max hier in Deutschland wieder in seine alten Muster verfällt."

Theresa starrte ihre Freundin entgeistert an. Sie fühlte sich, als würde eine Art Lähmung in ihr aufsteigen, die sich am Ende sogar auf ihre Lunge legte und ihr das Atmen erschwerte.

„Jetzt guck mich nicht so an!", schob Ariane hinterher. Dann nahm sie Theresa ein weiteres Mal in den Arm. „Rita und ich … wir wissen doch, wie sehr du dich nach dem Mann deines Lebens sehnst. Das heißt aber nicht, dass du dich einem Blödmann an den Hals werfen musst, der dich nicht verdient!“

***

Als Theresa mit Ariane im Schlepptau in den Flur einbog, der zu der bewachten Glastür führte, schlug ihr das Herz bis zum Hals. Sie hatte keine Ahnung, was sie heute erwartete. Im besten Fall würden sich sowohl die Security-Leute als auch Leonora Tanner überschwänglich bei ihr entschuldigen und sie umgehend zu Max bringen. Das setzte allerdings voraus, dass er aus dem künstlichen Koma erwacht war und es ihm bereits so gut ging, dass er seine Mutter über seine Beziehung zu Theresa hatte informieren können.

Die beiden Security-Leute, die neben der Glastür saßen, waren dieselben wie gestern. Als der kleinere und gedrungenere von den beiden Theresa erkannte, erhob er sich und stellte sich mit verschränkten Armen mitten vor die Glastür.

Das sieht nicht gut aus, dachte Theresa.

„Seit wann gibt es in Krankenhäusern einen Wachdienst?“, wunderte sich Ariane.

„Was wollen Sie?“, fragte der kleinere der beiden Security-Leute.

Theresa blieb mit gehörigem Sicherheitsabstand vor ihm stehen. „Ich hatte gehofft …“ Der stahlharte Blick ihres Gegenübers brachte sie zum Schweigen.

„Wir möchten einen Patienten besuchen“, half Ariane. „Maximilian Tanner. Das geht doch, oder?“

„Das geht auf keinen Fall!“, sagte Mister Security. „Und das weiß Ihre Freundin auch!“

Theresa trat von einem Bein aufs andere. In ihrer Not wandte sie sich an den anderen Security-Mitarbeiter. „Können Sie mir sagen, ob er schon wieder wach ist?“

„Tut mir leid“, erwiderte dieser sanft. „Ich darf Ihnen keine Auskunft geben.“

„Aber ich will doch nur-“, begann Theresa.

„Nichts da!“, fiel ihr Mister Security ins Wort. „Sie hauen jetzt ab oder ich rufe die Krankenhausleitung. Herr Thimm wird sich sicher freuen, Sie zu sehen.“

„Das klingt ja, als hätte es hier schon gestern einen Zusammenstoß gegeben", begriff Ariane.

„Allerdings", nickte Mister Security. „Wir waren kurz davor, die Polizei zu rufen."

Ariane schnappte hörbar nach Luft. Dann packte sie Theresa am Arm und zog sie zu sich herum. „Warum hast du mir das verschwiegen?"

Theresa schluckte schwer und heftete ihren Blick auf den Fußboden. „Sonst … sonst hättest du mich doch nicht gefahren."

„So weit ist es also schon gekommen, ja? Du belügst deine Freunde wegen eines Typen!" Sie stemmte die Hände in die Hüften und funkelte Theresa wütend an. „Jetzt gerät diese Männer-Besessenheit ja wohl völlig außer Kontrolle!" In ihrer Rage griff Ariane nach Theresas Hand, stapfte in Richtung Ausgang und zog Theresa hinter sich her. „Aber damit ist jetzt Schluss. Ich werde dir einen Therapeuten besorgen, der dir den Kopf wieder gerade rückt. Jawohl!"

***

Theresa verbrachte den Rest des Tages in ihrer Wohnung, wo sie wie ein gefangenes Tier im Kreis lief und sich Sorgen über Max und David machte. Dabei wurde ihr immer deutlicher bewusst, dass Tatenlosigkeit das größte Gift für ihren Gemütszustand war. Dementsprechend war das Einzige, was ihre Not ein wenig abmilderte, die Aussicht auf das Telefonat mit Australien, das sie um Mitternacht zu führen gedachte. Unglücklicherweise zog sich die Zeit bis dahin wie Kaugummi.

Als es endlich so weit war, erfuhr Theresa, dass sich David tatsächlich bei seinen Großeltern aufhielt. Diese wohnten in Caloundra im Bundesstaat Queensland. Sehr zu ihrer eigenen Überraschung erhielt Theresa sogar die genaue Adresse und Telefonnummer.

Als sie die Nummer gewählt hatte, nahm eine Frau ab. Sie sprach mit einem heftigen und für Theresa äußerst ungewohnten Akzent, dadurch verlief das Gespräch von Anfang an sehr holprig. Noch schlimmer wurde es, als Theresa ihr Anliegen vorgetragen hatte. In diesem Moment ging eine Schimpftirade auf sie nieder, die sich gewaschen hatte. Theresa versuchte, die Dame zu beschwichtigen, drang aber nicht mehr zu ihr durch. Stattdessen war plötzlich die Verbindung unterbrochen. Als Theresa ein zweites, drittes und viertes Mal die Nummer wählte, nahm überhaupt keiner mehr ab.

Danach verbrachte Theresa eine sehr unruhige Nacht, in der sie immer wieder aufwachte und dann meist von Max oder David geträumt hatte. Den Träumen nach zu urteilen befürchtete sie, dass David bei schrecklichen Menschen gelandet war, die ihn als billige Arbeitskraft missbrauchten und ungefähr so behandelten, wie sie selbst das bei dem Telefonat erlebt hatte.

Kapitel 37

Um 7:00 Uhr war Theresas Nacht vorbei. Eins wusste sie mit hundertprozentiger Sicherheit: Sie würde keinen weiteren Tag verbringen, der dem gestrigen ähnelte. Deshalb ging sie eilig unter die Dusche, aß ein Brot und fuhr mit der Straßenbahn ins Büro. Erstens brauchte sie Ablenkung und zweitens schien ihr dieser Ort am besten geeignet zu sein, um Informationen über Max zu bekommen. Nach Aussage ihres Kollegen hatte Leonora Tanner die Leitung der Firma übernommen. Wenn das der Fall war, würde sie über kurz oder lang in der Firma auftauchen und dann vielleicht … ganz vielleicht … den einen oder anderen Satz über Max' Gesundheitszustand verlieren!

Was Theresa allerdings nicht bedacht hatte, war der emotionale Stress, den diese Umgebung bei ihr auslöste. Schon als sie den ersten Fuß in ihr Büro setzte, sah und hörte sie überall nur Max. Max, der sie herumkommandierte … Max, der sich über Essensgerüche beklagte … Max … der *alte* Max … Der neue hingegen, der „Insel-Max" schien auf einmal so furchtbar weit weg.

„Schluss mit diesen Gedanken", flüsterte Theresa und zwang sich, zu ihrem Schreibtisch hinüberzugehen. Aber als sie auf ihrem schwarzen Bürostuhl Platz nahm, fiel ihr Blick auf das Telefon und sie hatte erneut das Gefühl, Max' Stimme zu hören. „*Wissen Sie eigentlich, wie spät es ist?*" Theresa zuckte zusammen, als hätte man sie ertappt, hob ihren linken Arm und blickte auf ihre Uhr. Es war 8:15 Uhr und damit 15 Minuten später als gedacht. Darauf reagierte Max normalerweise ziemlich unerfreulich.

„Lass das und fang an zu arbeiten", ermahnte sich Theresa. *Es ist schließlich genug Arbeit da!* So war es tatsächlich. Der Schreibtisch war ein riesengroßes Chaos von Zetteln, Akten und Posteingängen. Hatte denn hier niemand vernünftig gearbeitet?

Um nicht über Max nachdenken zu müssen, machte sich Theresa an die Arbeit. Zuerst sortierte sie das, was auf dem Schreibtisch lag. Dann begann sie, die Vorgänge, die keinen weiteren Handlungsbedarf erforderten, in die dafür vorgesehenen Akten zu sortieren. Dabei stellte sie fest, dass ziemlich viel durcheinandergeraten war. Dies wieder in Ordnung zu bringen, kostete Stunden und war wahrscheinlich nur deshalb zu schaffen, weil niemals das Telefon klingelte.

Erst gegen Mittag wurde Theresa zum ersten Mal gestört. Da öffnete sich nämlich die Tür und ein Kollege betrat den Raum.

„Hä?", machte dieser, als er Theresa erblickte. „Was ...?"

„Hallo, Jens!", lächelte Theresa und erhob sich. Sie hatte bis eben vor einem der Aktenschränke gehockt und war jetzt froh, ihre eingerosteten Beine wieder ausstrecken zu können.

„Seit wann bist du denn wieder da?", fragte Jens und fuhr sich verwundert durch seine wild gelockten, braunen Haare.

„Seit heute."

„Dann kann ich das Telefon ja wieder auf dich umstellen!", jubelte Jens. Die Begeisterung, die in diesen Worten enthalten war, korrespondierte gut mit seinem Alter. Er war kaum 20 und hatte gerade erst die Lehre abgeschlossen.

„Na ja", sagte Theresa wenig begeistert. „Hier ist ziemlich viel durcheinandergeraten. Ich wäre froh, wenn ich das aufarbeiten könnte, bevor der Telefonterror losgeht."

„Für das Durcheinander kann ich nichts", verteidigte sich Jens. „Erstens bin ich nicht eingearbeitet worden und zweitens ..." Er hielt plötzlich inne, sah sich argwöhnisch um und schloss dann erst einmal die Tür. „Diese Frau Tanner ist der Horror, ehrlich. Sie hat von Tuten und Blasen keine Ahnung und glaubt trotzdem, sie könne die Firma führen." Er schüttelte den Kopf und versetzte seine Locken dadurch in Schwingungen. „Heute sagt sie Hü und morgen Hott, das macht einen definitiv wahnsinnig."

„Wie oft kommt sie denn so?"

Jens zuckte die Achseln. „Einmal am Tag vielleicht. Aber immer nur für 'n halbes Stündchen. Dann rauscht sie wieder davon."

Theresa hielt den Atem an. „Und war sie heute schon da?"

„Nö. Glaub mir, den Auftritt verpasst man nicht."

„Wenn aber doch … ich meine, wenn ich ihn doch mal verpassen sollte, dann sagst du mir doch Bescheid, ja? Ich möchte Frau Tanner unbedingt treffen."

Jens Grewe zog die Stirn in Falten. „Damit bist du aber die Einzige hier." Als Theresa nicht auf seine Bemerkung reagierte, fuhr er fort: „Auf alle Fälle ist es ausgeschlossen, sie zu verpassen. Wenn sie kommt, verlangt sie als Erstes ihren Kaffee. Und der muss unbedingt aus dem Kaffeevollautomaten stammen." Er seufzte tief. „Und das ist noch nicht alles. Ich musste sogar neuen Kaffee besorgen-"

„Lass mich raten", fiel Theresa ihm ins Wort, „sie will Bio-Waldkaffee aus Äthiopien, der schonend in der Trommel geröstet wurde."

Jens machte große Augen. „Woher weißt du das?"

Theresa antwortete nicht. Sie hatte die Frage nicht einmal gehört, denn ihr war gerade etwas eingefallen. „Butterkuchen!", rief sie. Dann drehte sie sich planlos im Kreis und suchte nach ihrer Handtasche. Als sie sie gefunden hatte, stürzte sie darauf zu und murmelte: „Ich muss Butterkuchen kaufen." Sie warf sich die Handtasche über die Schulter und stürmte an Jens vorbei in Richtung Tür. „Von der Bäckerei Ehrlich. Dann sagt sie mir alles, was ich wissen will!"

***

Theresa nahm die Straßenbahn und fuhr durch die halbe Stadt, um Leonora Tanners Lieblingsbutterkuchen zu kaufen. Als sie ihre Mission erfüllt hatte, wollte sie sich auf den Rückweg in die Firma machen, konnte jedoch dem Drang nicht widerstehen, das Unikrankenhaus in ihre Route einzubauen. Dort angekommen lief sie wieder einmal den beiden Türstehern in die Arme. Insgeheim hatte sie ja gehofft, auf ein wenig mehr Wohlwollen zu stoßen, schließlich hieß es: „Steter Tropfen höhlt den Stein." Leider war das Gegenteil der Fall. Die beiden Männer reagierten noch aggressiver als zuvor. Sogar der eigentlich freundlichere der beiden ließ jede Sanftmut vermissen. Stattdessen fanden die beiden deutliche Worte und wiesen unmissverständlich darauf hin, dass sie „gehalten seien, ein absolutes Hausverbot auszusprechen und konsequent durchzusetzen". Theresa blieb daher nichts anderes übrig, als frustriert von dannen zu ziehen.

Die Straßenbahnen waren an diesem Tag – einem Donnerstag – ausgesprochen voll. Theresa musste stehen und hatte große Mühe, ihren Butterkuchen zu beschützen. Das galt umso mehr, als sie mit ihren Gedanken nicht so richtig bei der Sache war und ununterbrochen darüber nachdachte, wie es Max wohl im Moment ging. Wenn sie doch wenigstens wüsste, dass er auf dem Weg der Besserung war!

„Hast du mich vermisst?", flüsterte eine Stimme, die Theresa irgendwie bekannt vorkam. Irritiert drehte sie sich um. Wie in einer überfüllten Straßenbahn nicht anders zu erwarten, erblickte sie jede Menge Menschen, darunter einige Schlipsträger, zwei Mütter mit Kindern, ein älteres Ehepaar … aber niemanden, der ihr auch nur annähernd bekannt vorkam. Hatte sie sich den Satz nur eingebildet? Während ihr Blick suchend durch die Kabine wanderte, fiel ihr auf, dass die meisten Anwesenden bewegungslos auf ihrem Platz standen. Nur einer – ein Mann mit einer schwarzen Jacke, deren Kapuze er aufgesetzt hatte – drängelte sich durch die Leute hindurch nach hinten. Ob der den Satz gesagt hatte? Als Anmache vielleicht? Aber warum lief er dann davon?

Die Straßenbahn bremste, Theresa wurde nach vorn gedrückt und der Butterkuchen drohte zwischen ihr und ihrem Stehnachbarn – einem Jugendlichen mit Kopfhörern auf dem Kopf – zerquetscht zu werden. Theresa versuchte, dies zu verhindern, indem sie sich noch krampfhafter an der Stange festhielt und zugleich beschwörend auf den Butterkuchen starrte. Während das beige, mit einer roten Aufschrift versehene Packpapier der Bäckerei Ehrlich vor ihren Augen vibrierte, erinnerte sie sich an das letzte Mal, als sie Butterkuchen von dort geholt hatte. Leonora hatte die Herkunft des Kuchens angezweifelt und den entsprechenden Bon sehen wollen. Als Theresa ihn aus der Tasche gekramt hatte …

„Der Neandertaler!", flüsterte sie. In den letzten Wochen hatte sie keinen einzigen Gedanken an den Stalker verschwendet, aber jetzt fiel ihr alles wieder ein. Als sie damals in ihre Tasche gegriffen hatte, war sie auf einen Zettel von ihm gestoßen. Sie blickte sich erneut nach hinten um. Ob er hier in der Straßenbahn war? Und wieder irgendwelche Spielchen mit ihr spielte?

Theresa spürte, wie eine gehörige Portion Ärger in ihr aufkeimte. Gleichzeitig bildete sich ein entschlossener Ausdruck auf ihrem Gesicht und sie setzte sich in Bewegung. Ohne allzu sehr auf den Kuchen Rücksicht zu nehmen, drängelte sie sich durch ihre dicht an dicht stehenden Mitfahrer nach hinten. Dabei murmelte sie Entschuldigungen, ließ sich von den genervten Gesichtern jedoch nicht von ihrem Vorhaben abbringen.

Schließlich rückte die schwarze Jacke mit der hochgeschlagenen Kapuze in ihr Blickfeld. Da der Mann ihr den Rücken zudrehte, konnte Theresa nicht feststellen, ob es sich um Sven-Uwe handelte. Aber das würde sie schon herausfinden.

Als sie ihn erreicht hatte, sagte sie energisch: „Entschuldigung?"

Der Mann reagierte nicht. Er war ein bisschen größer und kräftiger als Theresa und damit ähnlich gebaut wie Sven-Uwe. Theresa tippte jetzt mit ihrem Zeigefinger mehrmals auf seine rechte Schulter. „Entschuldigen Sie bitte", sagte sie noch ein bisschen nachdrücklicher als vorher.

Der Mann schien ein paar Zentimeter in sich zusammenzusacken, drehte sich aber immer noch nicht um.

„Sie da!", rief Theresa und schlug mit der flachen Hand einmal kurz gegen seinen rechten Oberarm. „Ich rede mit Ihnen!"

Wieder nichts. Immerhin reagierten ein paar der Umstehenden auf Theresa. Von ihr aus gesehen hinter dem Kapuzenmann stand ein älterer Herr, der auffallend elegant gekleidet war und schneeweiße Haare hatte. „Ich glaube, die junge Dame redet mit Ihnen", sagte er jetzt zu dem Kapuzenmann.

Daraufhin blickte sich dieser einmal kurz zu Theresa um, murmelte etwas, das wie „Lass mich in Ruhe" klang und drehte ihr wieder den Rücken zu.

Theresa atmete einmal tief durch. Obwohl sie den Mann nur für Sekundenbruchteile zu Gesicht bekommen hatte, gab es keinen Zweifel daran, dass es sich tatsächlich um Sven-Uwe Subtut handelte. Seine flache Stirn und sein fliehendes Kinn waren unverwechselbar und erinnerten Theresa immer noch ein bisschen an einen Neandertaler.

„*Lass mich in Ruhe*?“, wiederholte sie fassungslos. „Das ist doch wohl ein schlechter Witz!“

Als Sven-Uwe Subtut erneut jede Reaktion vermissen ließ, erhob Theresa ihre Stimme. „Dieser Mann belästigt mich“, sagte sie so laut, dass die halbe Kabine es hören konnte. „Ich bin einmal mit ihm ausgegangen und hab ihm dann unmissverständlich klargemacht, dass ich keinen weiteren Kontakt zu ihm möchte. Aber das scheint er nicht zu verstehen. Er stellt mir jetzt schon seit Monaten nach, hinterlässt Zettel an meiner Haustür und in meinen Jackentaschen und ist schließlich sogar in meine Wohnung eingedrungen. Gerade eben hat er mich von hinten angesprochen und ist dann verduftet. Finden Sie das in Ordnung?“

„Das ist das Letzte!“, sagte ein Mann von Anfang 20. Er hatte einen Sitzplatz ergattert. „Was bist du für einer? Ein Stalker?“

Die Straßenbahn bremste und machte es erforderlich, dass sich Theresa an der Stange festhielt, die zu dem Sitzplatz des jungen Mannes gehörte.

„Also, zu meiner Zeit ist man mit Damen anders umgegangen“, sagte der ältere Herr. „Unsere Generation wurde zu Respekt und Höflichkeit erzogen. Aber das gibt es ja heute nicht mehr.“

„Stalker sind Leute, die keine Eier inner Hose haben“, sagte eine ziemlich aggressiv wirkende junge Frau, die braune Dreadlocks trug und diese mit einem blauen Tuch zurückgebunden hatte. „Die haste wohl beim Pinkeln verloren, wa?“

Die Straßenbahn kam jetzt zum Stehen. Als sich die Türen öffneten, kam plötzlich Leben in den sonst so passiv wirkenden Sven-Uwe. Er stürmte vorwärts, drängelte sich an drei oder vier Leuten vorbei und stürzte aus der geöffneten Tür nach draußen. Dann verschwand er in der Menge.

Theresa blickte ihm erstaunt nach.

„Glaub mir, den biste los“, sagte das Mädel mit den Dreadlocks.

„Denkst du wirklich?“, fragte Theresa.

Die junge Frau nickte. „Ich kenn solche Typen. Die suchen sich Leute, die Schiss haben. Und du hast keinen!“

Theresa zog irritiert die Stirn in Falten. Hatte sie nicht? Jetzt, wo der Neandertaler weg war, schaltete sich ihr Gehirn wieder ein und sie fragte sich, was gerade passiert war. Seit wann löste dieser Mann Ärger anstelle von Angst bei ihr aus?

***

Als Theresa ein wenig abgehetzt nach einer deutlich überzogenen Mittagspause in ihr Büro stürmte, erwartete sie dort eine Überraschung.

„Anne!", rief Theresa erfreut. „Was machst du denn hier?"

„Ich sitze hier und frage mich, warum ich von Jens erfahren muss, dass du wieder arbeitest", antwortete Anne. Was als Vorwurf gemeint war, hatte allerdings kaum diesen Effekt. Dafür war ihre Stimme einfach zu zart. „Warum hast du mich nicht angerufen?"

„Ich … ich weiß nicht. Hier war so ein Chaos und … ich komme mir noch so fremd vor. Anscheinend bin ich gar nicht auf die Idee gekommen …" Während Theresa dies sagte, fiel ihr der würzige Duft auf, der den Raum erfüllte. Sie schnupperte. „Was ist das?"

„Was wohl?", antwortete Anne und deutete auf das Paket, das vor ihr lag. Sie hatte in alter Gewohnheit am Schreibtisch Platz genommen und schon mal ihr Essen ausgepackt. „Gyros! Und ich hab dir auch was mitgebracht."

Theresa sah erst jetzt, dass ein zweiter, mit weißem Papier umwickelter Karton auf dem Tisch stand. Anne deutete auf das Paket, das Theresa immer noch in Händen hielt. „Oder hast du dir schon selbst was zu essen geholt?"

„Oh, das … nein, das ist *Kuchen*", stammelte Theresa. Sie war ein bisschen durcheinander, weil sie sich gerade an das letzte Mal erinnerte, wo sie mit Anne Gyros gegessen hatte. Damals war Max verfrüht aus der Mittagspause zurückgekehrt und hatte sich über die Essensgerüche beklagt. Da war er wieder, der alte Max, der viel präsenter war als der neue, und ihr ununterbrochen Vorwürfe zu machen schien.

„Kuchen, das ist gut", nickte Anne und musterte Theresa einmal intensiv von oben bis unten. „Ich hatte schon befürchtet, du wärst über Nacht magersüchtig geworden."

Theresa musste grinsen. „Das musst du gerade sagen.“ Im Gegensatz zu ihr selbst hatte sich Anne in den letzten Wochen überhaupt nicht verändert. Sie war immer noch klein und zart. Auch ihre extrem dünnen, braunen Haare hatten sich nicht verändert, sondern hingen immer noch traurig von ihrem Kopf herunter und versuchten verzweifelt, etwas zu bilden, das den Namen „Pagenkopf“ verdiente. „Und was heißt denn ‚über Nacht‘? Ich war ja wohl ein bisschen länger weg.“

„Viel zu lange“, seufzte Anne. „Ich wusste gar nicht, mit wem ich die Mittagspause verbringen sollte. Außerdem hab ich mir furchtbare Sorgen um dich gemacht. Ob du's glaubst oder nicht, aber ich hab erst gestern erfahren, dass du überhaupt gerettet wurdest. Die alte Schrapnelle hat es ja nicht für notwendig gehalten, uns darüber zu informieren. Es war, als spieltest du überhaupt keine Rolle.“

Spiele ich die denn?, dachte Theresa und tastete erfolglos nach ihrem verloren gegangenen Kettenanhänger. *Spiele ich sie noch für Max?*

„Stattdessen“, fuhr Anne fort, „schickt sie in einem fort Mails über den Gesundheitszustand des Big Mac rum. Als ob das hier irgendjemanden interessiert!“

Theresa warf den Butterkuchen auf die nahe gelegene Arbeitsplatte und stürzte auf den Schreibtisch zu. „Kam heute schon was?“, rief sie. „Kam was, als ich nicht da war?“ Sie griff zur Maus, ließ sie ein Stück über das dazugehörige Pad gleiten und wurde mit dem Fenster belohnt, in das das Kennwort einzugeben war.

Als sie jedoch begann, dieses einzutippen, winkte Anne bereits ab. „Heute noch nicht, glaub ich.“

„Aber warum nicht?“, rief Theresa und pfefferte die Maus ärgerlich über den halben Schreibtisch. „Alle sagen, es gibt ständig Informationen. Aber wenn man sie braucht, kriegt man sie nicht!“

„Jetzt entspann dich mal!“, rief Anne sie zur Ordnung. „Du bist ja auf einmal so hektisch. Bist du überhaupt arbeitsfähig?“

Theresa atmete einmal tief durch. Dann ließ sie sich neben Anne auf ihren schwarzen Bürostuhl fallen. „Die Insel“, sagte sie verzweifelt. „Ich vermisse sie so sehr!“

„Mach keine Witze!“, entfuhr es Anne. „In der Zeitung stand, es hätte dort Mord und Totschlag gegeben. Wie kannst du so was vermissen?“

Max war dort, dachte Theresa, sagte aber: „Das Leben dort war irgendwie *realer* als hier. Hier ist man von allem so abgeschottet. Von der Natur, von seinen Mitmenschen …“

„Sei doch froh! Du warst mit dem Big Mac auf der Insel. Das muss doch die Hölle gewesen sein!“

Theresa schluckte schwer. Wie sollte sie jemandem, der so dachte, jemandem, der so wenig von Max hielt, erklären, wer er wirklich war? Und wollte sie das überhaupt? Anne würde ihr doch sowieso nicht glauben. Niemand glaubte ihr! Mehr noch, sie glaubte es allmählich selbst nicht mehr! „Ich möchte nicht, dass du schlecht über ihn redest“, sagte sie lahm. „Er hat das nicht verdient. Er … er ist nicht so übel, wie wir immer dachten.“

Anne wandte den Kopf und sah Theresa entgeistert an. „Willst du jetzt Partei für ihn ergreifen?“

Theresa seufzte abgrundtief. „Gib mir von dem Gyros. Ich hab Hunger. Auf der Insel gab es die meiste Zeit nur Früchte. Eine davon schmeckte wie Vanillepudding mit Zwiebelfüllung.“

„Echt?“ Anne schob Theresa das Paket rüber und sah sie dann gespannt an. „Erzähl mir mehr!“

Während die beiden das Gyros aßen, berichtete Theresa von der Natur, den Nahrungsmitteln und den Wetterverhältnissen auf der Insel. Dabei vermied sie jedoch alles, was mit zwischenmenschlichen Beziehungen zu tun hatte.

„Du bist bestimmt völlig vereinsamt“, schlussfolgerte Anne denn auch. „Was hältst du davon, wenn wir diesem Zustand ein jähes Ende setzen?“

„Hm?“, machte Theresa geistesabwesend. Obwohl sie Max mit keinem Wort erwähnt hatte, war jede Erinnerung an die Insel untrennbar mit ihm verknüpft.

„Am Wochenende kommt Philip nach Frankfurt“, erläuterte Anne und steckte die letzte Gabel Gyros in den Mund. Dann fuhr sie kauend fort: „Als ich ihm erzählt hab, dass du einen Flugzeugabsturz überlebt hast, war er kaum noch zu bremsen. Er möchte dich unbedingt kennenlernen. Hast du Samstagabend schon was vor?“

Theresa nickte. „Ja.“

„Und Sonntag?“

„Ich möchte ihn nicht kennenlernen, Anne“, sagte Theresa leise. „Jetzt nicht und später auch nicht. Sei mir nicht böse, ja?“

„Aber Philip ist ein Knaller“, beteuerte Anne. „Er wird dir unter Garantie gefallen.“

Er ist anders als Max, dachte Theresa. *Wie soll mir jemand gefallen, der anders ist als Max?* Sie schüttelte entschieden den Kopf. „Ich will nicht.“

***

Nach dem Mittagessen ging Theresa zurück an die Arbeit. Sie wollte ihre Aufräumarbeiten zu Ende führen, musste aber feststellen, dass Jens das Telefon schon wieder auf sie umgestellt hatte. So war sie bald genauso im Stress wie früher, mit dem Unterschied jedoch, dass Leonora Tanner nicht da war, um die jeweils neu aufgeworfenen Fragen zu beantworten. Sollte sie unter diesen Umständen eigene Entscheidungen treffen? Oder lieber auf Max' Mutter warten?

Als sie Jens diese Frage stellte, bekam sie die höchst frustrierende Antwort, dass Frau Tanner sowieso jeden ihrer Schritte kritisieren würde. Na, das konnte ja heiter werden!

Gegen 17:15 Uhr – Theresa hatte die Hoffnung, ihren Butterkuchen an den Mann, pardon, die Frau zu bringen, schon beinahe aufgegeben – öffnete sich plötzlich die Tür zu ihrem Büro. „Wer hat Ihnen eigentlich erlaubt, das Telefon umzustellen?“

Theresa blickte auf und sah Leonora Tanner im Türrahmen stehen. Sie trug ein hellgraues, sehr elegantes Kostüm, von dem sich ihre langen, pechschwarzen Haare scharf abhoben. „Das … das Telefon? Ich hab's eigentlich gar nicht-“

„Was machen Sie überhaupt schon wieder hier?“, fiel Max' Mutter ihr ins Wort. „Ich hab Sie noch gar nicht erwartet. Sie müssen doch noch krankgeschrieben sein. Können Sie Ihre Rückkehr nicht vorher ankündigen?“

„T-tut mir leid“, stammelte Theresa. „Ich wollte nicht-“

„Auf alle Fälle bin ich nicht damit einverstanden, dass Sie Ihre alte Tätigkeit wieder aufnehmen. Ich arbeite nicht gern mit Frauen zusammen. Die sind viel zu neugierig!“

Theresa antwortete nicht. Sie war irgendwie sprachlos.

„Rufen Sie Herrn Grewe an. Er soll sofort nach oben kommen.“

Theresa griff artig nach dem Telefonhörer, rief bei Jens an und gab die Anweisung weiter. Als sie auflegte, herrschte einen Moment lang Stille. Theresa nutzte die Gelegenheit und sagte: „Möchten Sie vielleicht einen Kaffee? Und Butterkuchen? Ich hab Ihren Lieblingsbutterkuchen besorgt.“ Sie deutete auf das Paket, das neben dem Kaffeevollautomaten auf der Arbeitsplatte stand.

„Kuchen?“, fragte Leonora Tanner und setzte die Brille auf, die wie immer an einer Schnur um ihren Hals hing. „*Ehrlich*“, las sie auf dem Papier. Es schwang Verwunderung in ihrer Stimme mit.

Theresa sprang auf. „Ich bringe Ihnen ein Stück.“ Sie hastete zur Arbeitsplatte hinüber, wickelte das Papier von der Kuchenplatte und holte Geschirr. Dann betätigte sie den Kaffeevollautomaten. Als sie alles auf einem Tablett angerichtet hatte, öffnete sie die Zwischentür zu Max’ Büro und betrat zum ersten Mal an diesem Tag sein Zimmer. Während sie auf das kleine Tischchen zusteuerte, an dem Max immer Geschäftspartner oder Mitarbeiter bewirtete, nahm sie einen unangenehmen Geruch wahr, der darauf hindeutete, dass hier lange nicht gelüftet worden war. Ob das der einzige Grund war, weshalb sich ihr die Kehle zuschnürte? Sie blieb stehen und sah sich um. Links von ihr befand sich der wuchtige Schreibtisch aus schwarzem Ebenholz, geradeaus war die Wand, die Max mit mittelalterlichen Waffen gespickt hatte.

Theresa erinnerte sich noch gut daran, wie oft sie diese Waffen angesehen und sich vorgestellt hatte, Max damit niederzuschlagen. Er war so ein Ekel gewesen! So ein arroganter Kerl! Aber das war früher gewesen. Heute war alles anders! Und doch kam es ihr so vor, als durchlebte sie die negativen Gefühle ein zweites Mal, als wären sie immer noch in ihr, irgendwo verborgen … und dennoch präsent, sobald sie an diesen Ort zurückkehrte.

„Spielen Sie jetzt den Stehtisch?“, erkundigte sich Leonora Tanner.

Theresa atmete einmal tief durch. Die herablassende Art dieser Frau erinnerte sie stark an den alten Max und war deshalb auch nicht gerade dazu angetan, ihren Trip in die Vergangenheit zu beenden. In alter Gewohnheit verkniff sie sich jeden Kommentar, wandte sich nach rechts und stellte das Tablett auf dem runden Tisch ab. „Bitte schön", sagte sie leise.

Leonora Tanner setzte ihre Brille wieder ab, betrat Max' Büro und nahm Platz. Dann probierte sie den Kaffee. „Nicht übel", musste sie zugeben. „Herr Grewe war zum Kaffeemachen denkbar ungeeignet. Er hat immer-"

Nebenan klopfte es an die Tür und Jens betrat den Raum. „Da bin ich!"

„Wie aufs Stichwort", murmelte Frau Tanner und dann lauter: „Kommen Sie her!"

Derweil trat Theresa unruhig von einem Bein aufs andere. Sie fühlte sich einfach nicht wohl im „Reich des alten Max" …

„Ich möchte, dass das Telefon wieder auf Sie umgestellt wird, Herr Grewe", sagte Leonora Tanner.

„Nee." Jens schüttelte mit großer Bestimmtheit den Kopf. „Wir haben besprochen, dass ich die Vertretung nur so lange übernehme, bis Frau Krug wieder da ist. Außerdem wissen Sie, dass meine Weisheitszähne dringend raus müssen. Ich hab eben mit meinem Kieferorthopäden gesprochen und wie durch ein Wunder für morgen einen Termin bekommen. Den werd ich jetzt ganz bestimmt nicht wieder absagen!"

Wow, dachte Theresa beeindruckt. *Der weiß sich aber zu behaupten.*

Leonora Tanner holte Luft, um etwas dazu zu sagen, besann sich dann aber eines Besseren. „So war es in der Tat geplant", seufzte sie. „Also gut … Wie lange werden Sie ausfallen?"

„Mindestens 'ne Woche. Zwei der Zähne sitzen quer. Das wird 'ne ziemliche Sauerei …"

„Also gut. Dann gehen Sie eben." Sie verscheuchte Jens mit einer Handbewegung, die auch zu einer Königin und ihrem Vasallen gepasst hätte und wandte sich dann ihrem Kuchen zu.

„Schmeckt er Ihnen?", fragte Theresa vorsichtig.

„Ja, doch … Der ist in Ordnung."

Jetzt oder nie, dachte Theresa und sagte: „Das freut mich. Wie geht es eigentlich Ihrem Sohn?"

Leonoras Kopf ruckte herum und sie warf Theresa einen Blick zu, der an Strenge kaum zu überbieten war. „Mit Kuchen bin ich bisher noch nie bestochen worden."

Theresa schluckte, hielt dem eisigen Blick der Dame aber stand. „Einmal ist immer das erste Mal", antwortete sie ruhig.

Um Leonora Tanners Mundwinkel begann es ein wenig zu zucken. „Also gut", seufzte sie schließlich. „Schreiben Sie folgende Mail an alle Mitarbeiter …"

Theresas Blick hing gespannt an Leonoras Lippen und sie rührte sich nicht. Daraufhin rollte Max' Mutter mit den Augen und sagte: „Mach dir Notizen, Mädchen, sonst vergisst du die Hälfte."

„Mädchen" und „Krügchen", dachte Theresa, *das hat irgendwie Ähnlichkeit miteinander.* „Glauben Sie mir, diese Information muss ich mir nicht aufschreiben."

„Aha. Also gut. Dann schreiben Sie: *Ich freue mich, Ihnen mitteilen zu können, dass mein Sohn aus dem Koma erwacht ist und sich auf dem Weg der Besserung befindet. Er ist noch sehr schwach, lässt aber alle Mitarbeiter herzlich grüßen. Leonora Tanner.*"

Theresa schloss für einen Moment erleichtert die Augen. Dann krächzte sie: „Hat … hat er nach mir gefragt?"

Leonoras Blick wurde kalt. „Nein. Wieso sollte er?"

Theresa schluckte schwer. „Gar nicht? Ich … er muss mich doch zumindest erwähnt haben."

Leonora Tanner sah ihr mitten ins Gesicht. „Am Rande …"

„Kann er sich denn erinnern? Ich meine … ist er klar im Kopf?"

„Mit seinem Kopf ist alles in bester Ordnung. Aber seine Sorge gilt im Moment der Firma. Das erklärt sich doch von selbst, nicht wahr?"

Theresa sah Max' Mutter einen Moment lang fassungslos an. Das, was sie einerseits befürchtet, andererseits aber auch nicht für möglich gehalten hatte, schien jetzt einzutreffen.

Max war wieder der Alte geworden!

***

Als Theresa am Abend dieses ersten Arbeitstages vollkommen erschöpft und ziemlich verwirrt in ihre Wohnung zurückkehrte, musste sie sich erneut gegen aufdringliche Reporter zur Wehr setzen. Immerhin waren es weniger als beim letzten Mal – ein Zeichen dafür, dass das Interesse allmählich nachließ. Trotzdem war es nicht leicht, sie kommentarlos stehen zu lassen, und so war Theresa extrem froh, als sie die Tür hinter sich ins Schloss fallen hörte. Endlich Ruhe! Sie schloss die Augen und lehnte sich erleichtert gegen das Türblatt.

„Überraschung!"

Als Theresa ihre Augen wieder öffnete, stand Rita im Flur und grinste sie an. Sie trug eine Jacquardjacke in warmen Herbstfarben und dazu einen weiten schwarzen Rock.

„Was … machst du denn hier?", krächzte Theresa.

Rita kam auf sie zu und umarmte sie. „Ich hoffe, du bist mir nicht böse. Ich hab den Schlüssel benutzt, den du mir gegeben hast. Vor der Tür konnte ich auf keinen Fall warten."

Theresa nickte, zog ihre Schuhe aus und hängte ihre Jacke an die Garderobe. „Die Reporter …"

„Elendes Gesindel", seufzte Rita und fasste Theresa an der Hand. „Komm mit. Ich hab schon mal Kaffee gemacht. Wo kommst du jetzt eigentlich her?"

Während Theresa ihrer Freundin ins Wohnzimmer folgte, starrte sie fasziniert auf Ritas Haare. Obwohl sie sie schon gesehen hatte, fand sie sie immer noch befremdlich. Zwar waren sie immer noch kurz, sahen aber trotzdem vollkommen anders aus als noch vor ein paar Wochen. Die roten und blonden Strähnen waren verschwunden. Stattdessen überzog ein Hauch von Lila das braune Haar. „Aus dem Büro."

„Wie bitte?" Rita blieb stehen und drehte sich zu Theresa um. „Das ist nicht dein Ernst!"

„Doch. Ich … ich brauchte ein bisschen Ablenkung."

„Ablenkung?" Ritas Stimme überschlug sich fast. „Was du brauchst, sind Ruhe und Schlaf!"

„Ich *hab* geschlafen", verteidigte sich Theresa. „Und zwar mehr als vierundzwanzig Stunden lang. Da kannst du Ariane fragen."

„Ariane hat mich hergeschickt. Und sie war ganz und gar nicht der Meinung, dass du ausreichend geschlafen hättest. Stimmt es, dass du im Krankenhaus einen Zusammenstoß provoziert hast?"

Theresa senkte betreten den Blick. „Ich hab lediglich versucht, Max zu besuchen."

„Und jetzt warst du im Büro?", setzte Rita ihre Befragung fort. „Warum?"

Theresa hielt ihren Blick gesenkt. „Na ja, weil … weil ich dachte, ich könnte dort etwas über Max in Erfahrung bringen."

„Und?"

„Er ist aus dem Koma erwacht."

„Und weiter?"

Theresa verlagerte ihr Gewicht unruhig von einem Bein aufs andere. „Was meinst du?"

„Hat er seiner Mutter gesagt, dass er unsterblich in dich verliebt ist und sofort von dir besucht werden möchte?"

Theresa starrte auf das dunkelbraune Laminat und sah, wie es vor ihren Augen verschwamm. „N-nein."

„Also hast du dich im Hinblick auf seine Gefühle für dich getäuscht, ja?"

Theresa versuchte, nicht zu blinzeln. Sie wollte auf keinen Fall, dass die Tränen, die sich in ihren Augen angesammelt hatten, überliefen und ihren Gemütszustand verrieten.

„Sprich es aus, Theresa!", beharrte Rita. „Ich will, dass du den Tatsachen ins Auge siehst und wieder normal wirst. Der Big Mac liebt dich nicht. Der liebt sowieso nur sich selbst. Keiner weiß, was ihn bewogen hat, sich dir auf der Insel anzunähern. Aber glaub mir: Er ist und bleibt ein Arschloch."

Theresa konnte sich gegen den Impuls zu blinzeln nicht länger wehren. Und so liefen ihr die Tränen jetzt doch die Wangen hinunter.

„Ich meine es gut mit dir!", seufzte Rita. „Darum will ich, dass du von nun an zu Hause bleibst und dich ausruhst."

Theresa schüttelte vehement den Kopf. „Glaub mir, es gibt keine bessere Therapie gegen Liebeskummer als das Büro. Ich werde dort ständig daran erinnert, wie schlecht mich Max behandelt hat."

„Ich hab Kontaktanzeigen mitgebracht“, sagte Rita und deutete auf die Zeitungen und Zeitschriften, die auf dem roten Sofa lagen.

Theresa knirschte mit den Zähnen. Egal, wie Max sich verhalten würde, kein anderer konnte je den Platz einnehmen, den er besetzte. „Das kann ich nicht, Rita“, sagte sie niedergeschlagen. „Ich will das nicht mehr und … ich hab's Jesus versprochen.“

„Du hast es Jesus versprochen?“, wiederholte Rita und hob verwundert die Augenbrauen.

Theresa nickte. „Auf der Insel, da bin ich Jesus wirklich begegnet … Du wirst mich vielleicht für verrückt erklären, aber ich hab von ihm geträumt und … *er liebt mich*! Nicht so, wie ich dachte, nicht theoretisch, sondern *wirklich*! *In echt*! Und das bedeutet, dass ich jetzt viel unabhängiger bin. Ich *brauche* außer Jesus niemanden mehr.“ Sie atmete einmal tief durch und sagte dann tapfer: „Nicht mal Max!“

Rita sah Theresa einen Moment lang nachdenklich an. Dann schüttelte sie den Kopf und sagte: „Ihr Christen, ihr seid wirklich … *anders*.“

„Ist das schlecht?“, wollte Theresa wissen.

Rita seufzte tief. „Das versuche ich noch herauszufinden.“

***

„Frau Krug?“

Theresa öffnete die Augen. Vor ihr stand die Dame vom Empfang. Obwohl sie heute keine blauen, sondern rote Fingernägel hatte, war sie Theresa nur allzu gut bekannt. Inzwischen wusste sie sogar, dass sie Maria Strübl hieß. „Ich … ich bleibe nicht mehr lange“, verteidigte sich Theresa. „Nur noch ein paar Minuten, ja? Hier unten darf man doch sitzen, oder? Ich geh auch nicht nach oben. Ich rühr mich nicht vom Fleck. Versprochen!“

Frau Strübl seufzte tief. „Möchten Sie vielleicht einen Kaffee?“

Theresa sah erst jetzt, dass die Dame eine Kaffeetasse in der Hand hatte. Erstaunt starrte sie auf den Dampf, der daraus in die Höhe stieg. „Wie jetzt?“, stammelte sie. Obwohl sie schon tagelang nach der Arbeit hierherkam, hatte man ihr noch nie etwas zu trinken angeboten.

„Nun nehmen Sie schon, bevor ich es mir anders überlege“, lächelte die blonde Frau. An diesem Tag hatte sie ihre Haare nicht hochgesteckt, sondern offen gelassen. Dem Volumen nach zu urteilen, waren sie ziemlich stark toupiert und anschließend mit viel Haarspray fixiert worden.

Theresa fasste sich ein Herz und griff nach der Tasse. Sie saß im großzügigen, hellen Foyer des Krankenhauses. Bis eben war es ihr gelungen, das Gemurmel um sie her vollends auszublenden. Jetzt kam es ihr jedoch umso lauter und störender vor.

„Ich hab gerade Pause. Darf ich mich vielleicht einen Moment lang zu Ihnen setzen?“

Theresa rückte demonstrativ ein Stück zur Seite.

„Wissen Sie, was ich mich frage?“, fragte Frau Strübl, als sie neben Theresa Platz genommen hatte. „Ich frage mich, ob dieser Typ, wegen dem Sie sich solche Umstände machen, das ganze Theater wert ist.“

Theresa seufzte tief. „Das auf jeden Fall“, sagte sie leise. „Die Frage ist nur …“ Sie hielt inne. Eigentlich hatte sie nicht vor, ihre intimsten Gedanken mit einer wildfremden Frau zu teilen. Aber mit wem sollte sie sonst darüber reden? Ihren besten Freundinnen Rita und Ariane hatte sie versprochen, nicht mehr über Max zu sprechen. Anne wusste gar nicht, was Max ihr bedeutete. Und andere Freunde gab es in ihrem Leben nicht.

„Die Frage ist nur, ob *ich* es wert bin … wert *war*“, sprudelte es aus ihr heraus. „Ich hab ihm von Anfang an gesagt, dass wir nicht zusammenpassen. Schließlich bin ich nur eine kleine unscheinbare Sekretärin und er ein unverschämt gut aussehender, erfolgreicher Geschäftsmann. Vielleicht hat er das jetzt endlich eingesehen!“

„Hat er das gesagt?“, fragte Maria Strübl.

Theresa schüttelte den Kopf. „Nein. Er hat angeblich nur komische Dinge gesagt. Dinge, die gar nicht zu ihm passen. Seine Mutter zitiert ihn mit den Worten, der Flugzeugabsturz und der Aufenthalt auf der Insel seien ein einziges großes Abenteuer gewesen. Aber jetzt sei er zurück auf dem Boden der Tatsachen und wolle alles, was dort geschehen sei, baldmöglichst vergessen.“

„Es war doch sicher ein Abenteuer?“

„Ja!", rief Theresa so laut, dass sich ein paar andere Patienten nach ihr umsahen. „Aber doch keins, was man vergessen will! Ich träume jede Nacht von der Insel und würde am liebsten dorthin zurückkehren. Man hat sich dort viel mehr gespürt als hier. Und jetzt sagt Max genau das Gegenteil. Angeblich will er in dieser Zeit gar nicht er selbst gewesen sein. Aber das kann nicht sein! Mir ist es so vorgekommen, als wäre Max nie so sehr er selbst gewesen wie auf der Insel!"

Maria Strübl schlug die Beine übereinander. „Sitzen Sie deshalb hier? Um ihn zur Rede zu stellen?"

„Ich hab nicht vor, ihm eine Szene zu machen, wenn Sie das meinen", sagte Theresa und nippte an ihrem Kaffee. Er war schon ein bisschen abgekühlt, aber immer noch lecker. „Ich will es nur verstehen … einmal aus seinem Mund hören, wie er aus heutiger Sicht über all das denkt. Sonst kann ich ihn nicht gehen lassen! Verstehen Sie das?"

„Schon. Ich frage mich nur, wie das funktionieren soll. Denken Sie, er wird eines Tages durch das Foyer spazieren, Sie zufällig hier sitzen sehen und zu Ihnen herüberkommen?"

Theresa zuckte die Achseln. „Möglich ist das doch, oder?"

„Damit würde ich lieber nicht rechnen", seufzte ihre Gesprächspartnerin. Dann stieß sie Theresa mit dem Ellenbogen an. „Oder um Ihnen ein Geheimnis zu verraten: Frau Tanner weiß zu jedem Zeitpunkt, ob Sie hier sind oder nicht. Und sie hat sich bereits über sämtliche Hinterausgänge informiert."

***

„Wo bleibt denn jetzt mein Kaffee?", keifte Leonora Tanner, nachdem sie die Zwischentür geöffnet hatte und wie ein Windstoß in Theresas Büro gefahren war.

„Ent…schuldigung", stammelte Theresa und blickte gestresst auf den Kaffeevollautomaten. Sie wurde schon den ganzen Tag über mit Anrufen bombardiert und kam gar nicht so richtig zu sich. Auch jetzt war sie noch damit beschäftigt, einen Vermerk über den letzten Anruf zu schreiben. „Das Telefon klingelt in einem fort."

„Was ist wichtiger – *mein* Kaffee oder *Ihr* Telefon?"

Theresa schluckte schwer. Exakt denselben Satz hatte sie schon mal gehört – aus Max' Mund. Tag für Tag gab es Situationen, in denen sie das Gefühl hatte, als würde der „alte“ Max mit ihr reden. Kein Wunder also, dass der „neue“ mehr und mehr verblasste.

„Ich mach's gleich“, krächzte Theresa. „Aber wo Sie schon mal da sind …“ Sie blickte auf den halb fertig geschriebenen Zettel. „Herr Keller von der Firma Precht-Bau hat angerufen. Er lässt fragen, was mit dem Termin in Erfurt ist.“

„Was für ein Termin in Erfurt?“

„Vor dem Absturz hatte mich M-“, Theresa biss sich auf die Zunge, räusperte sich und fuhr dann fort: „äh … Herr Tanner angewiesen, mit Erfurt, Regensburg und Osnabrück zu telefonieren. Sie wissen schon, wegen der Probleme mit den Baugenehmigungen für die Restaurants. Der Termin in Erfurt war der späteste und sollte eigentlich morgen stattfinden. Denken Sie, Sie können diesen Termin wahrnehmen?“

Leonora Tanner schüttelte den Kopf. Die Bewegung übertrug sich auch auf ihre Arme und brachte ihre goldenen Armreifen zum Klirren. „Auf keinen Fall. Sagen Sie den ab.“

„Können Sie mir eine Liste mit möglichen Ausweichterminen erstellen?“, fragte Theresa.

„Nein. Der Termin wird ersatzlos gestrichen. Sonst noch was?“

Theresa ließ beinahe den Stift fallen. „Wie bitte?“, entfuhr es ihr. „Aber … der Termin ist wichtig! Ich meine … es geht um die Baugenehmigung. Ohne Baugenehmigung kein Restaurant!“

„Na und? Es sind fünfundvierzig Restaurants geplant. Da kommt es auf eins nun wirklich nicht an.“

„Ich könnte versuchen, den Termin nach hinten zu verschieben“, schlug Theresa vor.

„Nein, wir sagen ihn ab. Osnabrück hat auch nichts gebracht.“

„Aber Herr Tanner wäre damit nicht einverstanden“, gab Theresa zu bedenken. „Er würde sich niemals so leicht geschlagen geben. Er-“ Sie verstummte. Leonora Tanner hielt sie mit einem derart giftigen Blick gefangen, dass sie Mühe hatte zu atmen. „Absagen, in Ordnung“, krächzte Theresa. „Und was ist mit dem Rahmenvertrag, den ich Ihnen gestern gegeben habe?“

„Der ist unterschrieben. Ich hole ihn.“ Sie verschwand aus Theresas Blickfeld, kehrte wenige Sekunden später mit einem Packen Papier zu Theresa zurück und klatschte ihr diesen auf den Schreibtisch. „Bekomme ich jetzt endlich meinen Kaffee?“

Theresa nickte, erhob sich und eilte zum Kaffeeautomaten hinüber. Als sie ihn erreicht hatte, klingelte das Telefon ein weiteres Mal. Sie blieb stehen und drehte sich um.

„Unterstehen Sie sich!“, fauchte Leonora Tanner, die sich ebenfalls noch einmal umgedreht hatte.

Theresa schluckte, ließ das Telefon klingeln und holte Kaffee.

Als sie diesen zusammen mit Leonoras Lieblingsbutterkuchen serviert hatte, kehrte sie zum Schreibtisch zurück und griff nach dem Rahmenvertrag. Ob Leonora ihn selbst unterschrieben hatte? Sie begann von hinten zu blättern, stieß auf ein paar Anhänge und … Als Theresa Max’ Unterschrift erkannte, setzte ihr Herz einen Schlag aus und begann dann umso schneller weiterzuschlagen. Max hatte diesen Vertrag unterschrieben, diese Blätter in der Hand gehabt! Auf einmal kam es ihr so vor, als hielte sie einen großen Schatz in Händen. Diesen Papieren war gelungen, was sie nicht geschafft hatte. Sie waren im Krankenhaus gewesen, bei Max!

Als erneut das Telefon zu klingeln begann, konnte Theresa nicht abnehmen. Es war ihr einfach nicht möglich, ihren Blick von Max’ Unterschrift zu nehmen. Sie war genauso markant und eckig wie früher, auch hatte er ebenso stark aufgedrückt. Theresa fuhr mit ihrem rechten Zeigefinger über seine Unterschrift und konnte die Unebenheiten ertasten, die sein Kugelschreiber auf dem Papier hinterlassen hatte. Sie schauderte und wusste nicht, was sie zuerst empfinden sollte. Da war Freude darüber, dass es ihm besser ging. Die Unterschrift sagte es deutlich: Sie hatte dieselbe Kraft wie früher. Aber das bedeutete auch, dass er wohl wirklich kein Interesse daran hatte, sie wiederzusehen! Es bedeutete, dass Leonora die Wahrheit gesagt hatte; dass Max vergessen wollte, was hinter ihm lag! Sie selbst mit eingeschlossen!

Der Gedanke legte sich wie ein Bleigewicht auf Theresas Brustkorb und drückte sie herunter. Sie zog sich ihren Bürostuhl heran und sackte auf die Sitzfläche. Wenn das wahr war, wenn Max wirklich nichts mehr von ihr wissen wollte, dann … dann … konnte sie hier nicht länger arbeiten! Mehr noch, dann war sie völlig falsch hier!

Das Telefon klingelte erneut, doch drang dieses Geräusch kaum zu Theresa durch. Zum ersten, zum allerersten Mal seit ihrer Rückkehr dachte sie ernsthaft darüber nach zu kündigen. Wenn Max sie wirklich nicht mehr wollte, dann-

„Können Sie nicht mal ans Telefon gehen?“, fauchte eine Stimme.

Irritiert blickte Theresa auf. Vor ihr stand Leonora. Sie hatte die Hände in die Hüften gestemmt und funkelte sie wütend an. „Ich muss ins Krankenhaus und habe nicht den ganzen Tag Zeit.“

„Tut … mir leid“, stammelte Theresa und klappte den Vertrag wieder zu.

„Ich möchte, dass Sie Herrn Grewe anrufen und zu mir durchstellen. Ich will wissen, wann er wieder zur Arbeit kommt.“

„Aber das … das macht man doch nicht“, protestierte Theresa. „Man ruft seine Mitarbeiter nicht während einer Krankheit an.“

„Ist mir egal. Er wollte gestern schon wiederkommen und hat sich heute erneut krankgemeldet. Rufen Sie ihn an. Ich will wissen, wann er mir wieder zur Verfügung steht.“

Kapitel 38

Theresa kam am darauffolgenden Morgen etwas später als üblich ins Büro. Sie hatte es mehr als satt, die ganze Mittagspause auf der Jagd nach Butterkuchen zu verbringen und deshalb beschlossen, den Kuchen schon vor Arbeitsbeginn zu besorgen. Auf diese Weise würde sie die Pause mal wieder mit Anne verbringen können.

Als sie jedoch in ihr Büro marschierte, erwartete sie eine Überraschung. „Jens!", rief sie erstaunt aus. „Geht's dir besser?"

Jens, der vor einem der Aktenschränke kniete und in einem Ordner herumblätterte, blickte auf. Als er jetzt den Kopf wandte, sah Theresa, dass seine linke Wange immer noch gelblich und grünlich schimmerte. „Einigermaßen", murmelte er und blickte dann verlegen zu Boden.

„Das freut mich", antwortete Theresa. Dabei war nicht zu überhören, dass sie irritiert war. Sie ging zur Arbeitsplatte hinüber und stellte den Butterkuchen ab. Dann hängte sie ihre Jacke auf und näherte sich ihrem Schreibtisch.

„Hör mal", sagte Jens und sprang Theresa praktisch in den Weg. „Du weißt, dass ich nichts damit zu tun habe, oder?"

„Wovon redest du?", fragte Theresa verwundert.

Jens stieß einen abgrundtiefen Seufzer aus und trat wortlos zur Seite. Daraufhin fiel Theresas Blick auf ihren Schreibtisch. Neben dem Stapel mit den dringenden Erledigungen und dem mit der Tagespost gab es einen einzigen weißen Umschlag, der mitten auf der Schreibtischunterlage prangte. Theresa warf Jens einen fragenden Blick zu, stieß aber nur auf einen mitleidigen Gesichtsausdruck. Daraufhin tat sie einen energischen Schritt vorwärts und pflückte den Brief vom Schreibtisch.

Theresa Krug stand in dem Fenster, in dem sich normalerweise die Adresse der Tanner GmbH befand. Und der Brief war zugeklebt. Sie schluckte schwer. *Was ist das?* In dem Bewusstsein, dass Jens' besorgter Blick auf ihr ruhte, griff sie nach dem Brieföffner, schlitzte den Umschlag auf und zog mit zitternden Fingern einen zweimal gefalteten Zettel daraus hervor. Eilig und ziemlich ungeschickt klappte sie ihn auf.

Ordentliche Kündigung des Arbeitsverhältnisses, stand in der Betreffzeile. Theresa spürte, wie das Blut aus ihrem Kopf in tiefer gelegene Regionen sackte.

„*Sehr geehrte Frau Krug, hiermit kündige ich das mit Ihnen bestehenden Arbeitsverhältnis fristgerecht zum …*"

Unmöglich, dachte Theresa. *Ich träume.* Aber da stand es! Schwarz auf weiß! Man kündigte ihr zum Ende dieses Monats!

„*… bis zum Ablauf der Kündigungsfrist werden Sie unter Fortzahlung der vertraglich vereinbarten Vergütung unwiderruflich von der Arbeitsleistung freigestellt. Die Freistellung erfolgt unter Anrechnung der zustehenden Resturlaubsansprüche sowie sonstiger eventueller Freistellungsansprüche. Ich weise Sie darauf hin, dass Sie …*"

Das war dieselbe Formulierung, die Theresa bei Joachim Berthold verwendet hatte! Ein Standardschreiben! Theresas Blick übersprang die nächsten Sätze und wanderte unwillkürlich tiefer, hin zu der Unterschrift: *Maximilian Tanner.* Theresa blieb die Luft förmlich in der Kehle stecken. Es war seine Unterschrift! Dieselben markanten Buchstaben! Max selbst hatte dieses Schreiben unterzeichnet! Er wollte sie loswerden und das zum nächstmöglichen Zeitpunkt!

„Willst du dich vielleicht hinsetzen?", fragte Jens.

Theresa brachte keinen Ton heraus. Stattdessen starrte sie ungläubig auf Max' Unterschrift. Unter diesem Papier war sie wie ein wandelnder Widerspruch. Warum kam sie so stark und charaktervoll daher, wenn er das persönliche Gespräch scheute und ihr nicht einmal ins Gesicht sagte, was mit ihm passiert war? Hatte sie denn kein persönliches Wort verdient? Dabei war er doch gar kein Mensch, der sich hinter Zetteln versteckte! Was auch immer er gewesen sein mochte … einen Feigling konnte ihn niemand nennen!

„Er ist und bleibt ein Arschloch", sagte Jens leise. „Aber immerhin ist er nicht geizig", seufzte Jens. „Hier." Er legte etwas auf den Schreibtisch. „Das soll ich dir geben."

Theresa wandte den Blick nach unten. Vor ihr lag ein Scheck über 50.000 Euro.

***

Als es an der Tür klingelte, zog sich Theresa die Decke über den Kopf. Sie konnte und wollte nicht aufstehen! Alles, was sie wollte, war, hier im Bett zu bleiben, die Augen geschlossen zu halten und von der Insel zu träumen …

Rrrrinnngg!

„Lass mich in Ruhe", murmelte Theresa und drehte sich auf die andere Seite. Es war ihr egal, dass es schon 11:00 Uhr war. Egal, dass draußen die Sonne schien. Alles egal.

Rrrrinnngg!

Theresa gab ein unwilliges Grunzgeräusch von sich. Wenn sie etwas hasste, dann waren es diese täglichen Störungen!

Rrrinnngg! Rrrinnngg! Rrrinnngg! Das Klingeln wurde ungeduldiger und Theresa wusste aus Erfahrung, dass es erst aufhören würde, wenn sie geöffnet hatte. Mit einem abgrundtiefen Seufzer schälte sie sich aus dem Bett und schlurfte zur Tür. Ohne sich die Mühe zu machen, durch den Spion zu schauen, drückte sie die Klinke herunter und zog die Tür einen Spaltbreit auf.

Als sie auf den Hausflur hinausblickte, blinzelte sie erstaunt mit den Augen. „Ja, was machst du denn hier?", fragte sie. Dann ging sie in die Hocke und befand sich jetzt auf Augenhöhe mit der kleinen Sina. Sie war so groß geworden! Aber das war auch kein Wunder, schließlich hatte Theresa sie seit dem Flugzeugabsturz nicht mehr gesehen.

„Du bist ja noch im Schlafanzug!", bemerkte Ariane vorwurfsvoll. Ihr gehörte das Bein, das Sina umklammerte und hinter dem sie sich zum Teil versteckt hatte.

„Kennst du mich noch?", fragte Theresa und lächelte dem kleinen Mädchen freundlich zu.

Sina blieb in ihrer sicheren Position, nickte aber vorsichtig. Sie hatte kugelrunde braune Augen. Früher hatte Theresa diese Augen einfach nur süß gefunden, heute erinnerten sie sie an David und versetzten ihr einen Stich mitten ins Herz. In den vergangenen beiden Wochen hatte sie alles darangesetzt, David ans Telefon zu bekommen, doch war ihr das nicht gelungen. Die Großeltern waren zu keinem Gespräch bereit und legten immer sofort auf, wenn Theresa anrief.

„Ich hab Kuchen in meinem Kühlschrank", lockte Theresa. „Möchtest du vielleicht ein Stück?"

„Wie wär's, wenn du dir erst einmal was Vernünftiges anziehst …", schlug Ariane vor.

Theresa erhob sich wieder. „Du hast recht. Ich sollte mich warm anziehen, schließlich fahrt ihr jetzt stärkere Geschütze auf."

Angesichts der Tatsache, dass Theresa sie durchschaut hatte, musste Ariane grinsen. „Ich wusste halt, dass du Butter in Sinas Händen bist. Und sei doch mal ehrlich: Wem bringt es etwas, wenn du wochenlang in Selbstmitleid zerfließt?"

Theresa sah ihre Freundin einen Moment lang nachdenklich an. Hatte Ariane recht? Badete sie wirklich in Selbstmitleid? Wenn sie ehrlich war, konnte sie dies nicht von der Hand weisen. Dabei hatte sie Jesus doch auf der Insel versprochen, sich an seiner Liebe genügen zu lassen! Und ein Versprechen war ein Versprechen!

Theresa fröstelte und verschränkte ihre Arme vor der Brust. „Komm rein und mach die Tür zu. Sonst hol ich mir deinetwegen noch den Tod!"

***

Die unermüdliche Fürsorge ihrer beiden Freundinnen half Theresa dabei, sich nicht hängen zu lassen. Während Ariane ihr regelmäßig Sina „aufs Auge drückte", schleppte Rita ununterbrochen Stellenanzeigen an und überwachte, dass Theresa fleißig Bewerbungen schrieb. So kam es, dass sie bereits zwei Wochen nach der Kündigung das erste Vorstellungsgespräch hatte. Dieses sollte an einem Mittwoch um 14:00 Uhr stattfinden. Nervös, wie sie war, begann Theresa bereits um 10:00 Uhr mit den ersten Vorbereitungen. Sie schlüpfte in das perfekt sitzende schwarze Kostüm, das Rita ihr verpasst hatte – das einzige übrigens, das nicht schlackerte – und begann sich dezent zu schminken. Dabei dachte sie darüber nach, dass sie erst mal keinen neuen Job gebraucht hätte, wenn sie den Scheck eingelöst hätte, den Max ihr gegeben hatte. Aber das war nicht infrage gekommen. Sie hatte ihn noch am selben Tag in tausend Stücke gerissen und in ihren Mülleimer geworfen. Wenn Max glaubte, er könne sein schlechtes Gewissen durch Geldzahlungen beruhigen, dann hatte er sich geschnitten!

Rrrinngg!

Theresa rollte mit den Augen. Das war unter Garantie Rita. Sie hatte einen unglaublichen Wirbel um dieses Vorstellungsgespräch gemacht und Theresa das heilige Versprechen abgenommen, perfekt gestylt und pünktlich dort zu erscheinen. Höchstwahrscheinlich wollte sie nun überprüfen, ob Theresa überhaupt aufgestanden war.

Rrrinngg!

Theresa seufzte tief und legte die Wimperntusche zur Seite. Sie war ohnehin schon damit fertig. Ein letzter Blick in den Spiegel verriet ihr, dass sie gut zurechtgemacht war. Rita würde stolz auf sie sein und erkennen, dass die lückenlose Überwachung nicht länger notwendig war. Um den Effekt voll auszukosten, schlüpfte Theresa noch kurz in ihre hochhackigen schwarzen Pumps, klackerte damit zur Tür und riss diese auf. „Es ist gerade mal halb elf. Ich glaube nicht, dass-“

Sie brach mitten im Satz ab und starrte ungläubig auf die Person, die dort vor ihrer Tür stand. Sie hatte nicht gewusst, dass der unerwartete Anblick eines Menschen jemanden so … so elementar aus den Schuhen hauen konnte. Alles in ihr reagierte: Puls, Atmung, Magengrube. Und es war beinahe so heftig wie bei dem Flugzeugabsturz!

„Hallo“, sagte Max. Er klang heiser. Überhaupt sah er nicht übermäßig gut aus. Er hatte noch weiter abgenommen und dunkle Ringe zeichneten sich unter seinen Augen ab.

Theresa sagte gar nichts. Sie starrte ihn immer noch an. Ein großer Teil von ihr wollte ihm am liebsten um den Hals fallen, ein anderer auf ihn einprügeln, ein dritter diese Tür wieder zuschlagen. Das alles schien sich jedoch gegenseitig aufzuheben und überhaupt keine Reaktion mehr zu ermöglichen.

„Kann ich-“ Er musste sich räuspern. „Kann ich vielleicht kurz reinkommen?“

Es gelang Theresa, die Türklinke loszulassen und einen Schritt zur Seite zu treten. Daraufhin betrat Max den Flur und schloss die Tür hinter sich. *Zum ersten Mal*, dachte Theresa. *Er ist zum allerersten Mal in meiner Wohnung.*

Angesichts der Tatsache, dass Theresa weiterhin schwieg, trat Max unruhig hin und her. „Möchtest du …" Er wirkte nervös. „Sollen wir hier im Flur stehen bleiben?"

Endlich kam Theresa zu sich. „Nein, das … das Wohnzimmer ist da." Sie deutete den Flur entlang auf die entsprechende Tür. „Willst du Kaffee?" Während sie dies sagte, versuchte sie, Max nicht in die Augen zu sehen. Sie wollte nicht, dass dieses Grün sie hypnotisierte.

„Ja, gern, ich … ich vermisse deinen Kaffee."

Theresa blickte immer noch angestrengt an Max' Augen vorbei. „Ich hab aber nur eine normale Kaffeemaschine."

„Das macht nichts."

Theresa nickte, deutete noch einmal auf ihr Wohnzimmer und rettete sich dann in die Küche. Dort angekommen drückte sie mit zitternden Händen die Tür hinter sich ins Schloss und rutschte mit dem Rücken am Türblatt hinunter. Sie war völlig fertig, so als wäre sie gerade nur knapp einem Raubüberfall entkommen. „Ich kann das nicht, Jesus", flüsterte sie. „Ich kann ihm nicht gegenübertreten!"

Eine Weile saß sie schwer atmend auf den Fliesen ihrer Küche, dann rappelte sie sich hoch und schaltete zumindest schon mal die Kaffeemaschine ein. Dabei vergaß sie glatt das Kaffeepulver, musste noch einmal von vorn anfangen und war insgesamt so durch den Wind, dass sie am liebsten aus der Wohnung gerannt wäre. „Ganz ruhig", redete sie sich zu. „Du schaffst das!" Aber das war geprahlt. Theresa hatte keine Ahnung, wie sie mit den Bildern fertig werden sollte, die ununterbrochen in ihr Bewusstsein schwappten. Max, der neben ihr am Lagerfeuer lag … Max, der ihr Ohr küsste …

„Schluss jetzt!", sagte Theresa. „Ich will nicht, dass er so viel Macht über mich hat!" Sie holte ein Tablett und stellte zwei Untertassen, zwei Tassen und ein Milchkännchen darauf. Dann füllte sie den Kaffee in eine Thermoskanne um und machte sich auf den schweren Weg in Richtung Wohnzimmer.

Max stand am Fenster. Erst jetzt bemerkte Theresa, dass er einen dunklen Anzug mit Hemd und Krawatte trug. Businesslook. Der alte Max. Ob er gekommen war, um etwas Geschäftliches mit ihr zu besprechen?

Du schaffst das, ermutigte sich Theresa verzweifelt. Trotzdem gelang es ihr nicht, das Tablett mit ruhiger Hand zu transportieren. Die Untertassen klirrten gegeneinander, während sie sich auf den kleinen, gläsernen Couchtisch zubewegte.

„Du hast ein sehr geschmackvoll eingerichtetes Wohnzimmer", bemerkte Max.

„Danke." Sie stellte das Tablett auf dem Glastisch ab, setzte sich auf das rote Sofa und goss Kaffee in die beiden Tassen.

Derweil kam Max auf sie zu. „Sag mal: Weißt du irgendetwas von David?"

Theresa stellte eine der beiden Kaffeetassen auf die gegenüberliegende Seite des Tisches. Sie wollte sichergehen, dass sich Max nicht neben sie auf das Sofa setzte. „Er ist in Australien bei seinen Großeltern. Ich hab an die hundertmal dort angerufen, aber sie erlauben mir nicht, ihn zu sprechen."

Max nahm artig auf dem einzelnen roten Sessel Platz. „Mir auch nicht."

Theresa blickte auf. „Du hast es versucht?"

Max nickte und griff nach seiner Kaffeetasse.

„Ich schreib ihm jetzt Briefe", sagte Theresa und beobachtete Max dabei, wie er an seinem Kaffee nippte. *Jetzt trinken wir zum ersten Mal in unserem Leben zusammen Kaffee*, dachte sie und griff ebenfalls nach ihrer Tasse. „Aber es kommt keine Antwort."

Theresas Worte verhallten, ohne dass Max darauf antwortete. Dadurch entstand eine Stille, in der nur das gleichmäßige Ticken der gläsernen Pendeluhr zu hören war.

„Wie geht es dir?", fragte Max schließlich.

Theresa rang sich ein Lächeln ab. „Gut, sehr gut." Sie nickte eifrig. „Ich komme zurecht … genieße den Luxus von fließend Wasser, Betten, Torten …"

„Du siehst nicht so aus, als würdest du Torte essen", erwiderte Max. „Du wirkst noch dünner als auf der Insel."

Wundert dich das?, hätte Theresa ihm am liebsten entgegengeschleudert. *Ich kann nicht mehr schlafen, nicht mehr essen … Ich hab keine Arbeit mehr, um mich abzulenken. All meine Gedanken kreisen um dich und David.* Aber anstatt irgendetwas davon auszusprechen, sagte sie: „Ich mache jetzt Sport." Dass Rita sie eher gegen ihren Willen zweimal die Woche einsammelte und mit ins Fitnessstudio schleifte, musste er ja nicht wissen. „Ich hab angefangen zu laufen. Auf der Insel hab ich gemerkt, wie wichtig es ist, fit zu sein."

Max strich sich mit gespreizten Fingern ein paar vorwitzige Haarsträhnen aus der Stirn und rief damit ein wahres Feuerwerk von Assoziationen bei Theresa hervor. „Ich hab versucht, dich anzurufen", sagte er leise, „aber ich konnte deine Nummer nicht herausbekommen."

„Ja, die ist geheim", nickte Theresa und stellte ihre Tasse klirrend auf der Untertasse ab. „Auf dem Festnetz konntest du mich schon damals nicht erreichen, erinnerst du dich? Als du mich über den Flug nach Australien informieren wolltest, musstest du das Handy nehmen."

„Stimmt", sagte Max gedehnt. „Aber warum?"

„Na, wegen dieses Stalkers."

„Ach ja, der!", entfuhr es Max. „Daran hab ich gar nicht gedacht. Ich dachte … ich dachte schon, du hättest dir meinetwegen eine neue Nummer geben lassen."

Theresa zog die Stirn in Falten. Warum um alles in der Welt hätte sie so etwas tun sollen?

„Belästigt er dich denn noch?", fuhr Max fort.

Theresa schüttelte den Kopf. „Nein, ich glaube, ich hab ihn in die Flucht geschlagen. Nach allem, was ich erlebt hatte, fand ich ihn gar nicht mehr so bedrohlich. Die Insel hat mich verändert …"

„Ich weiß, was du meinst", sagte Max gepresst. „Sie hat mich auch verändert, weißt du? Ich hab … den Berthold wieder eingestellt."

Theresa blickte auf. „Wirklich?", fragte sie verwundert.

Max nickte eifrig. „Und das ist noch nicht alles. Ich hab auch einen Betriebsrat zugelassen. Er hat schon zweimal getagt!"

„Das ist ja … *toll!*" Aber es war nicht toll. Es war eher *verwirrend.* Es klang nach dem neuen Max, nicht nach dem alten.

„Ich besteche auch niemanden mehr. Das hab ich mir ganz und gar abgewöhnt!"

„Super", presste Theresa hervor. Sie wusste nicht, was sie sonst hätte sagen können.

„Ja, super", nickte Max. Es klang bitter. „Hast du eigentlich den Wischmopp mal wieder gesehen?"

„Jontek? Nein. Wieso sollte ich?"

„Auf der Insel", fuhr Max fort. „Ich … ich weiß, dass ich zu viele Risiken eingegangen bin und dass du das gehasst hast. Aber ich konnte nicht wissen, dass dieser Rainer eine Waffe hat. Ich dachte, ich wäre deutlich im Vorteil und könnte ihn zur Rede stellen. Und außerdem hab ich meine Quittung gekriegt, das kannst du mir glauben. Ich werde von jetzt an viel vorsichtiger sein."

Theresa sah ihn verständnislos an. „Das ist … gut", stammelte sie.

Max stand auf und begann unruhig durchs Wohnzimmer zu wandern. Dabei knirschten seine Ledersohlen auf Theresas dunklem Laminat. „*Toll … gut …*", begann er in gereiztem Tonfall. „Ist das alles, was du dazu zu sagen hast?"

„Was willst du denn hören?", gab Theresa mit sehr viel Schärfe zurück. „Soll ich dir vor Freude um den Hals fallen?"

Max blieb stehen und ballte seine Fäuste. Es schien, als brodele etwas in ihm, das er kaum kontrollieren konnte. „Nein, das … wäre wohl zu viel verlangt", presste er hervor. „Zumal du ja nicht mehr für mich arbeitest." Er drehte sich um und suchte Theresas Blick, doch sie sah demonstrativ zur Seite. Schließlich sagte er nur mühsam beherrscht: „Ich schätze, ich geh dann besser. In … in der Firma ist wahnsinnig viel liegen geblieben, seit du nicht mehr da bist."

Theresa starrte angestrengt auf den Fußboden. „Ich hoffe, du kannst alles abarbeiten", sagte sie heiser. „Jens wird dir dabei helfen." Sie zwang sich aufzustehen, begleitete Max wortlos zur Tür und öffnete diese.

„Mach's gut", sagte Max und sah ihr ein letztes Mal in die Augen. Dabei machte er irgendwie den Eindruck, als würde er verzweifelt auf etwas warten: ein Zeichen, ein Wort … Aber Theresa wusste nicht, was das hätte sein können. Außerdem konnte sie sowieso nicht mehr denken. Sie hatte den Fehler gemacht, in seine smaragdgrünen Augen zu sehen. Wenn sie jetzt den Mund aufmachte, das wusste sie genau, dann wäre es um ihre Fassung geschehen.

Und so sah sie wortlos dabei zu, wie Max den Blick kappte, mit zackigen Schritten auf den Flur hinaustrat und – ohne sich noch einmal umzudrehen – die Treppe hinunterstürmte.

***

Was war das gewesen? Was nur?

Als Theresa die Tür hinter Max geschlossen hatte, schlang sie Schutz suchend die Arme um sich selbst. Es war, als wäre ihr Herz eingefroren und es ginge nun eine Kälte davon aus, die sich auf ihren gesamten Körper ausbreitete. Passend dazu zitterte sie am ganzen Leib. Um überhaupt auf den Beinen zu bleiben, musste sie sich erst einmal die Pumps von den Füßen streifen.

Was hatte Max gewollt? Warum war er gekommen? Warum hatte er ihr diese Begegnung zugemutet?

Aufgewühlt und benommen zugleich setzte sich Theresa in Bewegung. Ohne sich bewusst dafür zu entscheiden, steuerte sie aufs Wohnzimmer zu. Sie musste nicht lange suchen, um das Kündigungsschreiben zu finden. Es lag oben auf dem Schreibtisch, schließlich war sie an jedem einzelnen der vergangenen Tage irgendwann an den Punkt gekommen, dass sie es zur Hand genommen und ein weiteres Mal durchgelesen hatte.

Das tat sie auch jetzt. Und wie immer musste sie feststellen, dass alle Worte, die er dort niedergeschrieben hatte, brav an ihrem Platz geblieben waren: „*Sehr geehrte Frau Krug, hiermit kündige ich das mit Ihnen bestehenden Arbeitsverhältnis fristgerecht …*“ Warum war er gekommen, wenn er sie doch los sein wollte? Und was sollten all diese dämlichen Fragen? Das Interesse für David konnte sie ja noch verstehen. Aber warum hatte er nach Jontek gefragt?

Rrrinngg!

Theresa zuckte zusammen. Das war er doch hoffentlich nicht schon wieder!?!

Rrrinngg! Rrrinngg! Rrrinngg!

Das Klingeln war so ungeduldig, dass es zu dem Gemütszustand passte, den Max eben unterdrückt hatte. Er musste es sein.

Rrrrrrrrrrrrrrriiiiiiiiiiiinnnnnnnnnnnnnnnnnggggggggggg!

Der Dauerton war unerträglich und brachte Theresa dazu herumzuwirbeln und mitsamt der Kündigung zur Tür zu stürmen. Sie riss sie auf und … wich im nächsten Moment auch schon erschrocken vor Max zurück. Mit rotem Gesicht und aufgebracht wie ein wild gewordener Stier stürmte er an ihr vorbei in die Wohnung und warf dabei laut die Tür ins Schloss. Theresa taumelte an die Wand zurück.

Derweil tigerte Max unruhig durch den Flur. „Ich geh so nicht!", rief er und schüttelte heftig den Kopf. „Ich geh so nicht!"

Theresa starrte ihn mit großen Augen an. Sie begriff überhaupt nichts mehr. Und dann kam er plötzlich auf sie zu. Fast schien es, als wollte er sie schlagen, aber als er Theresa erreichte, rammte er stattdessen seine flachen Hände rechts und links direkt neben Theresas Kopf gegen die Wand. Dabei rumste es, als sei ein Lkw gegen das Haus gefahren.

„Sag's mir!", rief er. „Sag's mir ins Gesicht. Was war der Grund?"

Max war jetzt so nah und Theresa so in sich zusammengesackt, dass sie ihm nicht ins Gesicht sehen konnte. Stattdessen blickte sie direkt auf seine angeschwollene Halsschlagader, roch seinen herben, erdigen Duft und erschauderte so stark, dass es sichtbar wurde.

„Ich … was? Der Grund wofür?"

„Die Kündigung", keuchte Max.

Theresa spürte das nackte, kalte Papier in ihrer rechten Hand. „Was ist mit der Kündigung?"

„Ist es, weil du immer noch nicht glaubst, dass ich mich wirklich verändert habe?" Max atmete inzwischen so schwer, dass Theresa spüren konnte, wie sein Atem ihr Deckhaar in Schwingungen versetzte. „Oder weil es dir nicht reicht, was sich verändert hat?"

In Theresa keimte Ärger auf. Wollte er jetzt so tun, als hätte er ihr kündigen *müssen*? Als sei das alles ihre Schuld?

„Oder weil ich zu viele Risiken eingehe?", fuhr Max fort. „Ist es das? Kannst du nicht länger ertragen, dass ich ständig mein Leben aufs Spiel setze?"

Theresas Ärger begann sich zu verselbstständigen. „Was sollen diese dämlichen Fragen?", fauchte sie. „Du tust ja gerade so, als würde hier irgendjemanden interessieren, was ich denke oder fühle. Du hast nicht die geringste Rücksicht darauf genommen. Du hast nicht mal persönlich mit mir gesprochen! Nach allem, was war, was …" Ihre Stimme versagte und die mühsam aufrechterhaltene Fassung brach wie ein Kartenhaus in sich zusammen. „… was zwischen uns war", fuhr sie schluchzend fort, „hast du nicht mal persönlich mit mir gesprochen!"

Theresa legte die Hände gegen Max' Brustkorb und drückte ihn mit aller Kraft von sich weg. Als er überrascht rückwärtstaumelte, befreite sich Theresa und rannte in Richtung Wohnzimmer.

„Was wolltest du denn?", brüllte Max hinter ihr her. Der Stimme nach zu urteilen war er ihr dicht auf den Fersen. „Dass ich dich zurückhole? Dass ich dich anflehe, nicht zu gehen? Was war das alles? Ein Spiel oder was? Bist du neuerdings zu einer dieser … dieser Tussis mutiert, die mit den Männern Pingpong spielen?"

Theresa wirbelte herum. „Du bist so ein Arschloch!", schrie sie und rammte ihm die Kündigung gegen die Brust. „Hau ab und nimm das mit! Ich will nichts mehr von dir in meiner Wohnung haben. Gar nichts!"

„Was soll das sein?", bellte Max und hielt sich das Blatt vor die Nase. Unglücklicherweise schien er seine Lupe nicht dabeizuhaben. Er kniff die Augen zusammen und versuchte, den Inhalt des Schreibens zu entziffern.

Derweil schwang sich Theresas Ärger zu neuen Größenordnungen empor. „Tu doch nicht so, als hättest du dieses Schreiben noch nie in deinem Leben gesehen!", schimpfte sie und schubste Max in Richtung Tür.

Max ließ es geschehen, seine Aufmerksamkeit schien auf einmal nur noch dem Schriftstück zu gehören. Wieder und wieder veränderte er den Abstand zu seinen Augen, um die Schrift lesen zu können.

„Raus jetzt!", keifte Theresa und riss die Wohnungstür auf. „Verzieh dich!"

In ihrer Wut bekam Theresa nicht mit, dass sich Max' Gesichtsausdruck erheblich verändert hatte. Halb ungläubig, halb zweifelnd starrte er auf das Kündigungsschreiben, ließ sich ohne weiteren

Widerstand aus der Wohnung schieben und die Tür vor der Nase zuknallen.

***

Max' Besuch blieb nicht ohne Nachhall.

Er führte dazu, dass Theresas Vorstellungsgespräch das schlechteste ihres gesamten Lebens wurde. Auch hatte er zur Folge, dass das bisschen Stabilität, das Theresa aufgrund des wochenlangen Abstands von Max hatte aufbauen können, vollständig in sich zusammenbrach.

Als Rita am Abend dieses Mittwochs freudestrahlend bei Theresa auftauchte, um sich nach dem Verlauf des Vorstellungsgesprächs zu erkundigen, fand sie Theresa verheult und in einem desolaten Zustand vor.

„Dieses Arschloch!", fauchte Rita, als sie Theresas wirren Erzählungen zumindest entnommen hatte, wer da gewesen war. „Der hat Nerven, in deiner Wohnung aufzuschlagen. Was wollte er überhaupt?"

Theresa saß auf demselben Platz wie vorhin und starrte wie hypnotisiert auf den roten Sessel. Hatte dort wirklich Max gesessen? „Ich hab keine Ahnung", jammerte sie. „Nichts, was er gesagt hat, hat einen Sinn ergeben."

„Dann denk nach!", verlangte Rita und wanderte weiter durchs Wohnzimmer. „Ein arroganter, selbstsüchtiger Mensch wie der Big Mac tut nichts einfach so. Er muss eine Absicht damit verfolgt haben."

Theresas Blick wanderte von dem roten Sessel zu der Kaffeetasse hinüber. Max hatte nur daran genippt, deshalb war sie immer noch beinahe voll. „Er wollte … irgendetwas *wissen*", überlegte Theresa. „Er hat ständig nach *dem Grund* gefragt."

„Dem Grund wofür?"

„Wenn ich das nur wüsste", seufzte Theresa und kramte in ihrer Hosentasche nach einem Taschentuch. Als sie es gefunden hatte, schnäuzte sie sich.

„Hoffentlich hat er nicht vor, dir irgendetwas zu unterstellen. Du hast doch nichts mitgenommen, was ihm gehört?"

„Im Gegenteil, ich hab nicht mal den Scheck-" Theresa verstummte und biss sich auf die Zunge. Sie hatte Rita und Ariane wohlweislich nichts von dem Geld erzählt.

„Scheck?", fragte Rita auch schon interessiert.

Theresa schluckte schwer. „Ich … hab ich … hab ich dir gar nicht erzählt, dass er … der Kündigung einen Scheck beigelegt hatte?"

Rita blieb direkt vor Theresa stehen. „Nein! Was für ein Scheck? Hast du eine Abfindung bekommen?"

Theresa wand sich. „Ja, hab ich wohl …"

„Und wie viel?"

Theresa schluckte schwer. Sie hatte sich verplappert und musste jetzt die Folgen tragen. „Fünfzigtausend Euro."

„Wow!", entfuhr es Rita. „Warum hast du nichts davon erzählt?"

Theresa antwortete nicht gleich. Sie fragte sich, ob der Scheck der Grund für Max' Besuch gewesen sein konnte. Hatte er wissen wollen, warum sie ihn nicht eingelöst hatte? Aber auch das ergab keinen Sinn! Wenn sie ihm nichts mehr bedeutete, konnte er sich doch freuen, dass sie das Geld ausgeschlagen hatte. Oder kämpfte er mit einem schlechten Gewissen? Wollte er sie etwa dafür *bezahlen*, dass sie ihm auf der Insel das Leben gerettet hatte? „Weil ich ihn nicht eingelöst habe", gestand sie.

Rita legte fragend den Kopf schief. „Und warum nicht?"

„Ich will sein Geld nicht", brach es ungeahnt heftig aus Theresa heraus. „Ich will nicht, dass er sich mit Geld von seinem schlechten Gewissen freikauft!"

Rita sah Theresa einen Moment lang nachdenklich an. „Allmählich ergibt das Ganze doch einen Sinn", sagte sie nach einer Weile.

Theresa blickte fragend zu ihr auf.

„Beim Abfassen der Kündigung hatte er wahrscheinlich wirklich ein schlechtes Gewissen. Um das zu beruhigen, hat er dir eine Abfindung mitgegeben. Aber dann … mit der Zeit … hat sich dieses Gefühl abgenutzt. Als er feststellt hat, dass der Scheck nicht eingelöst wurde, hat er Hoffnung geschöpft, das Geld wiederzubekommen. Also ist er gekommen, um dich dazu zu bringen, den Scheck wieder rauszurücken."

„Aber er hat gar nicht danach gefragt", protestierte Theresa.

„Denk daran, wie geschickt er dich auf der Insel auf seine Seite gezogen hat“, überlegte Rita und verschränkte die Arme vor der Brust. „Der geht subtil vor! Wahrscheinlich hat er dich nur provoziert, um dich dazu zu bringen, den Scheck zu zerreißen. Ich hoffe, du hast es nicht getan.“

Als Theresa schwieg, sagte Rita: „Sag jetzt nicht, du hast es getan.“

„Ich hab ihn sofort zerrissen, nachdem ich ihn erhalten hatte“, sagte Theresa leise.

„Na super, dann hat er ja alles erreicht, was er wollte …“

Kapitel 39

In den darauffolgenden zehn Tagen tat Theresa alles, um sich abzulenken und ihr seelisches Gleichgewicht wiederzuerlangen. Sie hütete Sina, schrieb Briefe an David, ging brav mit Rita ins Fitnessstudio und verfasste Bewerbungen. Aber gerade, als sie ein bisschen zur Ruhe gekommen war, klingelte ihr Telefon und auf dem Display erschien eine Nummer, mit der sie sich immer noch enorm identifizierte.

Max würde nicht von meinem Büro aus anrufen, dachte sie und starrte beschwörend auf das Telefon. *Dann kann es nur Jens sein.* Sie sah auf ihre Uhr. Es war 9:15 Uhr und sie hatte noch ihren Schlafanzug an. Früher hätte sie um diese Zeit schon mehr als eine Stunde gearbeitet …

Das Telefon klingelte weiter und drängte sie zum Annehmen des Gespräches. Aber warum sollte sie das tun? Sie hatte sich gerade ein bisschen gefangen und wollte beim besten Willen nicht an Max und die Tanner GmbH erinnert werden! Andererseits … wenn sie das Gespräch verpasste, würde sie sich für immer fragen, was der Grund dieses Anrufes gewesen war.

Ein wenig widerwillig griff sie nach dem Hörer. „Krug?", meldete sie sich.

„Tanner GmbH, mein Name ist Gebhardt", sagte eine höchst angenehm klingende Frauenstimme. „Spreche ich mit Theresa Krug?"

Immerhin ist es nicht Max, dachte Theresa erleichtert. Gleichzeitig wunderte sie sich darüber, dass sie den Namen nicht kannte. Hatte Max eine neue Sekretärin eingestellt? „Ja, am Apparat."

„Frau Krug, ich bin gebeten worden, Sie darauf hinzuweisen, dass Sie persönliche Sachen in unseren Räumlichkeiten zurückgelassen haben. Ist Ihnen das bereits aufgefallen?"

„J-ja … nein“, stammelte Theresa und dachte an den Tag, an dem sie die Kündigung erhalten hatte. Sie hatte ein paar Sachen an sich gerafft und dann auf schnellstem Wege das Gebäude verlassen. Erst zu Hause war ihr aufgefallen, dass sie ein paar unwichtige Gegenstände wie Kaffeebecher und Geburtstagskarten dort vergessen hatte.

„Könnten Sie diese vielleicht abholen?“

Auf gar keinen Fall, dachte Theresa. *Ich werde auf keinen Fall noch einmal das Büro betreten.* „Das ist nicht nötig“, sagte sie. „Die Sachen bedeuten mir nichts. Sie können sie entsorgen.“

„Auch die große Pflanze mit dem altmodischen Übertopf?“, fragte Frau Gebhardt.

Theresa hielt den Atem an. Der Übertopf! An den hatte sie ja gar nicht mehr gedacht. Er war tatsächlich sehr altmodisch, hatte aber einen ideellen Wert für sie. Schließlich hatte sie ihn von ihrer Mutter geerbt! „Ach ja, der Übertopf …“, stammelte sie. „An dem hänge ich allerdings.“ Sie dachte kurz darüber nach. „Können Sie mir den nicht zuschicken?“

„Zuschicken?“, wunderte sich Frau Gebhardt. „Wir sind doch kein Versandhaus! Wenn Sie Ihr Eigentum zurückhaben wollen, müssen Sie es sich schon holen.“

Wir sind doch kein Versandhaus, wiederholte Theresa in Gedanken und spürte, wie sich ihre Nackenhaare aufrichteten. Dieser Satz war so ungehobelt und unhöflich, dass er direkt von Max persönlich hätte stammen können. Offensichtlich hatte er sich eine Sekretärin besorgt, die hervorragend zu ihm passte. „Also gut“, sagte sie kühl. „Ich werde eine Freundin damit beauftragen, den Übertopf abzuholen.“

„Solange Ihre Freundin heute noch vorbeikommt, ist das kein Problem.“

„Heute noch?“, entfuhr es Theresa. „Das ist … kann ich Sie zurückrufen?“

„Sicher.“

Als Theresa aufgelegt hatte, rief sie erst bei Rita und dann bei Ariane an. Beide sahen jedoch keine Möglichkeit, für Theresa in die Firma zu fahren. Rita musste in dieser Woche ihre Chefin vertreten und konnte deshalb keinesfalls den Friseursalon verlassen und Ariane war für ein paar Tage zu ihrer Mutter nach Köln gefahren. Theresa rief daher erneut bei Frau Gebhardt an und bat sie um ein paar Tage Aufschub.

„Der Krempel liegt hier seit über drei Wochen", erwiderte Frau Gebhardt nicht gerade freundlich. „Entweder Sie holen ihn ab oder ich füttere den Mülleimer damit. Sie würden sich auch nicht ewig um fremde Pflanzen kümmern wollen, oder?"

„Ich … ich … könnte schon kommen", stotterte Theresa, „wenn … ich möchte nicht … ist der Chef im Haus?"

„Sie meinen Herrn Tanner? Nein. Der befindet sich auf Geschäftsreise. Australien, soweit ich weiß."

Australien, dachte Theresa, *hoffentlich stürzt das Flugzeug nicht ab* … „Also gut, dann komme ich."

***

„Ein Übertopf", murmelte Theresa, während sie mit dem Fahrstuhl nach oben fuhr. „All das für einen Übertopf."

Sie schalt sich innerlich einen Dummkopf. Kein Übertopf dieser Welt konnte so wichtig sein, dass man dafür in eine Vergangenheit zurückkehrte, die derart wehtat! Es kam nicht darauf an, ob Max da war oder nicht. Alles hier stand für Max, selbst der Fahrstuhl …

Dieser hielt jetzt an, wodurch sich das flaue Gefühl, das ohnehin schon in Theresas Magen vorherrschte, noch mehr verstärkte. Sie hätte nicht herkommen sollen. Warum war ihr das nicht vorher klar gewesen?

Der Fahrstuhl öffnete sich und Theresa trat in den Flur hinaus. Dabei war ihr bewusst, dass dies ihre freie Entscheidung war. Sie hätte genauso gut den Erdgeschossknopf drücken und einfach wieder nach Hause fahren können. Und doch setzte sie einen Fuß vor den anderen, durchquerte den Flur, steuerte auf ihre alte Bürotür zu … Die stand offen und hatte dadurch beinahe etwas Einladendes.

„Guten Tag", sagte Theresa, als sie im Türrahmen stand. An ihrem Schreibtisch saß eine junge Frau. Sie war bildhübsch und hatte glatte braune Haare. „Sind Sie Frau Gebhardt?"

Die Frau hielt in ihrer Arbeit inne, blickte auf und musterte Theresa interessiert von oben bis unten. „Ja. Und Sie müssen Frau Krug sein."

Theresa nickte und betrat ihr altes Büro. Es hatte sich nicht viel verändert, eigentlich gar nichts. „Sind Sie die neue Sekretärin?"

Frau Gebhardt schüttelte den Kopf. „Nein, ich helfe hier nur übergangsweise aus. Eingestellt wurde ich für die Personalabteilung."

„Da haben Sie aber Glück", sagte Theresa. „Es ist nicht leicht, unter diesem Chef zu arbeiten."

„Finden Sie?", fragte Frau Gebhardt erstaunt. „Auf mich macht er einen sehr netten Eindruck. Er ist immer freundlich und zuvorkommend. War er bei Ihnen anders?"

Theresa schluckte schwer. Sie war verwirrt. Hatte Max sich wirklich so sehr verändert, wie er bei seinem letzten Besuch behauptet hatte? Und wenn ja, weshalb? Lag es an der bildhübschen Sekretärin? „Meckert er nicht, wenn er seinen Kaffee zu spät bekommt?"

Frau Gebhardt schüttelte den Kopf, griff nach einem Umschlag mit Fenster und verstaute darin das Din-A4-Blatt, das sie eben gefaltet hatte. „Geschimpft hat er eigentlich nur einmal", überlegte sie. „Ich glaube, das war, als ich Ihre Pflanze entsorgen wollte …"

Theresas Blick wanderte verwundert zur Fensterbank hinüber. Dort stand immer noch ihre Strahlenaralie mit dem braun-beige gemusterten Übertopf. „Aber seine Mutter, die hat noch Haare auf den Zähnen, oder?"

„Davon weiß ich nichts", antwortete Frau Gebhardt und begann, ein weiteres Blatt Papier zu falten. „Ich hab die Mutter nie kennengelernt. Ich glaube, die beiden sind heillos zerstritten. Es heißt, dass sie das Firmengebäude nicht mehr betreten darf."

„Aha", machte Theresa und sah sich hilflos in ihrem alten Büro um. Äußerlich hatte sich nichts verändert. Warum verstand sie dann die Welt nicht mehr?

Frau Gebhardt stand jetzt auf, griff nach der Grünpflanze und wuchtete sie von der Fensterbank auf den Schreibtisch. „Bitte sehr", sagte sie.

Theresa nickte und näherte sich dem Schreibtisch. Aber als sie ihre Hände nach der Grünpflanze ausstreckte, sagte Frau Gebhardt:

„Nicht so eilig. Ich hab Ihren ehemaligen Kollegen versprochen, dass sie sich von Ihnen verabschieden dürfen. Ist das in Ordnung?"

Theresa zögerte. Sie wollte keine Minute länger als nötig in diesem Raum verbringen. Es kostete sie enorm viel Kraft, diese Umgebung zu ertragen. „Ich weiß nicht", murmelte sie.

Unglücklicherweise hatte Frau Gebhardt bereits den Telefonhörer in der Hand und wählte eine Nummer. „Sie können jetzt kommen", sagte sie.

Als sie aufgelegt hatte, fragte Theresa: „Das … ähm … das Flugzeug nach Australien, ist es … *angekommen*?"

Frau Gebhardt zog verwundert die Stirn in Falten. „Sie meinen das Flugzeug, mit dem der Chef …?"

Theresa nickte nur.

„Ja, doch, ich hab nichts Gegenteiliges gehört." Sie sah Theresa einen Moment lang nachdenklich an. „Muss schlimm gewesen sein, was Sie da erlebt haben."

Theresa schluckte schwer. *Nicht so schlimm wie das, was ich jetzt erlebe*, dachte sie. „Schlimm und schön zugleich", antwortete sie. „Das Leben auf der Insel hatte auch viel Faszinierendes an sich."

„Was heißt das?", wollte Frau Gebhardt wissen. „Oder anders gefragt: Wenn Sie die Wahl hätten, wo würden Sie dann leben wollen? In der Zivilisation oder in der Wildnis?" Sie sah Theresa gespannt in die Augen.

Diese zögerte jedoch. In den vergangenen Wochen hatte sie sich hundertmal dieselbe Frage gestellt. Wo würde sie leben wollen? Vermisste sie die Insel um der Insel willen? Oder nur um Max' willen? Wenn sie ehrlich war, hatte jede Erinnerung, die ihr Herz berührte, mit Max zu tun. Er war es, den sie vermisste. Nicht die Umgebung. Oder zumindest nicht *nur* die Umgebung.

„Oh, ich glaube, sie kommen schon", sagte Frau Gebhardt und befreite Theresa damit von dem Druck, eine Antwort geben zu müssen. „Ich ziehe mich zurück, okay?"

Theresa atmete einmal tief durch. Wenn sie es bis hierher geschafft hatte, würde sie den Rest auch noch hinter sich bringen.

***

„Wo ist denn Jens?“, fragte Theresa, nachdem sie bereits an die 20 Hände geschüttelt und eine Menge gute Wünsche für die Zukunft entgegengenommen hatte.

„Der war gerade am Telefon, als Anne alle zusammengetrommelt hat“, erwiderte Joachim Berthold. Wie immer klang seine Stimme rau und erinnerte Theresa daran, dass er starker Raucher war. „Ich glaube, er kommt gleich nach.“

„Gleich bin ich aber nicht mehr da“, sagte Theresa und sah auf ihre Uhr. „Ich hab euch schon viel zu lange von der Arbeit abgehalten. Herr Tanner schätzt das nicht.“

„Was interessiert uns der Big Mac?“, fragte Michael Traichler. Er war ein großer, schlanker Mann, der durch sein gepflegtes Äußeres auffiel. „Seine Geschäftsreisen sind Balsam für unsere Mitarbeiterseelen. Also, wenn du mich fragst, ist Australien gerade weit genug weg. Von mir aus kann er gleich dableiben.“

„Du solltest nicht so über ihn reden“, sagte Joachim Berthold. Er war mehr als einen Kopf kleiner als Michael, wodurch es schon optisch so schien, als sei er ihm enorm unterlegen. „Er hat sich wirklich sehr verändert. Du weißt, dass ich sonst nicht mehr hier wäre.“

„Also, ich finde ihn genauso ungehobelt wie früher“, widersprach Michael. „Kaum, dass er wieder da war, hat er mir auch schon die Zahlen des vergangenen Monats um die Ohren gehauen. Der war richtig beleidigend.“

„Was daran liegen könnte, dass er den gesamten letzten Monat verschollen war. Du musst zugeben, dass du dich ganz schön auf die faule Haut gelegt hast …“

„Na und?“, murmelte Michael Traichler uneinsichtig. „Wer würde das nicht?“

„Schön, dass Sie noch da sind, Frau Krug“, sagte Frau Gebhardt und betrat das Büro.

Theresa wandte sich um. Sie hatte die junge Frau gar nicht kommen hören. „Ich hatte ganz vergessen, Ihnen das hier zu geben.“ Frau Gebhardt kam jetzt auf Theresa zu und drückte ihr eine kleine Holzschachtel in die Hand.

„Was ist das?“, wunderte sich Theresa.

„Sie werden schon sehen“, lächelte Frau Gebhardt. „Bis später dann!“ Sprach’s und verließ auch schon das Büro.

Theresa zog die Stirn in Falten. Wieso denn *„bis später“*? „Ist das von euch?“, fragte Theresa und sah sich um.

„Nicht, dass ich wüsste“, antwortete Anne mit ihrem zarten Stimmchen.

Daraufhin öffnete Theresa neugierig die Schachtel. Erstaunlicherweise funkelte ihr etwas Goldenes entgegen. Eine Kette? Sie griff danach, holte sie aus der Schachtel und starrte dann ungläubig auf den schlichten, goldenen Ring, der am Ende der Kette baumelte. War das etwa …?

„Ist das deine?“, fragte Anne. „Hattest du sie im Büro vergessen?“

Sie ist ins Wasser gefallen!, hämmerte es in Theresas Kopf. Ohne auf Annes Frage zu reagieren, griff sie nach dem Ring und drehte ihn, sodass sie die Innenseite sehen konnte. *Jesus.* Da stand es! Aber es war nicht ungeschickt mit einem Messer hineingeritzt, sondern vielmehr sorgfältig und in schönster Schreibschrift eingraviert worden!

„Gefällt er dir?“

Theresa zuckte erschrocken zusammen. Diese Stimme gab es nur einmal auf dieser Welt!

Als Theresa aufblickte, stand Max im Türrahmen. Max höchstpersönlich! Er sah besser aus als bei ihrer letzten Begegnung und trug einen perfekt sitzenden dunkelblauen Anzug mit zartblauem Hemd und passender Krawatte. Nur sein Gesichtsausdruck wirkte ein wenig angespannt. Und warum hatte er einen Strauß mit roten Rosen in der Hand???

„J-ja“, stammelte Theresa. Sie konnte körperlich spüren, dass aller Augen auf sie gerichtet waren. „Er ist … schön.“

„Ich hatte versprochen, ihn dir zu ersetzen.“

Theresa schluckte schwer. „Ja, hattest du.“

„Leider ist er unvollständig“, bemerkte Max.

Theresa zog die Stirn in Falten. „Warum?“

„Es wäre noch Platz für einen zweiten Namen.“

Theresa hielt unwillkürlich den Atem an. „Wie du weißt, hab ich dieses Thema abgehakt.“

„Ich aber nicht."
Theresa hielt den Ring so fest umklammert, dass sie seine Konturen in ihrer Handfläche spüren konnte.
„Wenn du …", fuhr Max fort und musste sich erst einmal räuspern. „Wenn du einverstanden wärst, könnten wir den Namen ‚Maximilian' darin ergänzen."
„Ach du Scheiße!", flüsterte Anne.
Theresa starrte Max einfach nur an. In diesem Moment gab es kein Publikum mehr. Ihre Kollegen waren nicht mehr als eine graue, unbedeutende Masse. „Du machst dich über mich lustig", flüsterte sie.
Max schüttelte sanft den Kopf. „Ich mach mich keineswegs über dich lustig. Ich frage dich, ob du meine Frau werden möchtest."
Ein Raunen ging durch das Büro, erreichte aber kaum Theresas Ohr. „Ich … glaube dir nicht …", stammelte sie.
„Das solltest du aber. Hätte ich dir sonst rote Rosen gekauft?" Er wedelte ein bisschen ungeschickt mit dem Strauß herum.
„Aber du … du hast mir gekündigt!"
Max schüttelte erneut den Kopf. „Es tut mir so leid. Ich hätte meiner Mutter keine Blankounterschriften geben dürfen. Das war dumm von mir."
„Blankounterschriften?", wiederholte Theresa fassungslos. „Aber du hast auch sonst alles getan, um mich von dir fernzuhalten. Ich konnte dich nicht mal im Krankenhaus besuchen!"
„Ich weiß", nickte Max. „*Jetzt* weiß ich es. Ich hab mit den Leuten vom Sicherheitsdienst gesprochen. Wenn ich nur geahnt hätte, wie nah du mir warst und was du alles ertragen musstest! Aber das hab ich nicht! Meine Mutter hat gesagt, du hättest nie versucht, mich zu besuchen. Und ich konnte dich nicht anrufen, erinnerst du dich?"
Theresa schüttelte den Kopf. „Das ergibt keinen Sinn", brach es aus ihr hervor. „Als du bei mir in der Wohnung warst … du hast … du wusstest von der Kündigung. Du hast davon gesprochen. Ich erinnere mich genau!"
„Ja", nickte Max. „Aber ich meinte diese hier!" Er klemmte sich den Strauß Rosen kurzerhand unter den Arm, griff in die linke

Innentasche seines Sakkos und holte einen doppelt gefalteten Zettel daraus hervor, den er ihr reichte.

„Was ist das?“, fragte Theresa und zupfte ihm den Zettel mit spitzen Fingern aus der Hand. *„Sehr geehrter Herr Tanner“*, las sie atemlos, *„hiermit kündige ich den o.g. Arbeitsvertrag unter Berücksichtigung der vertraglich vereinbarten Kündigungsfrist zum Ende dieses Monats. Ich habe mich aus privaten Gründen dazu entschlossen, das Arbeitsverhältnis nicht weiter fortzuführen. Aufgrund des noch bestehenden Urlaubsanspruchs sehe ich bereits den heutigen Tag als meinen letzten Arbeitstag an. Bitte senden Sie mir meine Arbeitspapiere sowie ein qualifiziertes Zeugnis an die oben aufgeführte Adresse. Ich bedanke mich für die angenehme Zusammenarbeit und wünsche Ihnen und Ihrem Unternehmen weiterhin viel Erfolg. Mit freundlichen Grüßen, Theresa Krug* – wie bitte???“ Theresa starrte fassungslos auf die Unterschrift. Da ihre Hände zitterten, verschwamm sie ein wenig vor ihren Augen. Trotzdem gab es keinen Zweifel: Es war ihre Unterschrift. „Ich … ich hab das nicht geschrieben“, stammelte sie.

„Das ist mir inzwischen auch klar“, seufzte Max.

„Aber … die Unterschrift … das ist meine!“, stotterte Theresa.

„Nein, ist sie nicht“, widersprach Max. „Es ist eine Kopie. Eine geschickt platzierte Farbkopie.“ Die Worte waren mit enorm viel Ärger getränkt und verrieten, welcher Vulkan unter Max’ beherrschtem Äußeren brodelte. „Damals hab ich das allerdings nicht gesehen. Ich war so außer mir, dass ich nirgends mehr richtig hingesehen habe.“

„Dann … hast du mir … gar nicht … gekündigt?“

„Das kommt darauf an“, krächzte Max. „Wenn du unbedingt meine Sekretärin bleiben möchtest, würde ich das natürlich respektieren. Aber …“ Er griff nach den Rosen und legte sie achtlos auf dem Schreibtisch ab. Dann kehrte er zu Theresa zurück, griff nach ihrer Hand und sah ihr tief in die Augen. „Als Sekretärin bist du unschlagbar. Aber ich will dich ganz für mich haben … mit Haut und Haaren!“

Theresa spürte, wie ihre Hand zu kribbeln begann und sich in Sekundenschnelle ein seltsames Gefühl von dort auf ihren gesamten Körper ausbreitete.

„Und deshalb wiederhole ich meine Frage", fuhr Max fort. Er hielt ihre Hand weiterhin fest, ging jetzt aber ordnungsgemäß vor ihr auf die Knie. Dann atmete er einmal tief durch, suchte erneut ihren Blick und fragte: „Theresa, willst du mich heiraten?"

Theresa starrte in Max' smaragdgrüne Augen und hatte das Gefühl, in einen Sog zu geraten, einen Strudel, dem sie nichts entgegensetzen konnte. Auch wenn sie gewollt hätte, wäre es ihr nicht möglich gewesen, in diesem Moment auch nur ein einziges Wort herauszubringen.

„Ich will dich ja nicht drängen", sagte Max nach einigen Sekunden, „aber du kannst dir vielleicht vorstellen, dass es mir nicht leichtgefallen ist, das vor Publikum zu sagen. Ich … na ja … ich dachte, das brauchst du, damit du mir glaubst und endlich keine Zweifel mehr an mir hast. Du hast doch keine Zweifel mehr, oder?"

Es gelang Theresa, den Kopf zu schütteln.

„Dann nimmst du mich?"

Theresa nickte, woraufhin ein erleichtertes Raunen durch das Büro ging.

Theresa war immer noch in Max' Augen gefangen, die nun zu strahlen begannen. „Dann hab ich ein Verlobungsgeschenk für dich", sagte er.

„Sachertorte?", krächzte Theresa.

Max lachte auf. „Stimmt! Die fehlt noch. Aber nein, es ist viel besser!" Er ließ ihre Hand los, erhob sich und steuerte federnden Schrittes auf die Zwischentür zu.

Theresa spürte, wie ihre Hand abkühlte. „Aber du … du hast mir doch schon den Ring geschenkt!", rief sie hinter ihm her.

Max blieb stehen und drehte sich noch einmal zu ihr um. „Ach, der …", sagte er mit einer wegwerfenden Handbewegung. „Wenn ich gekonnt hätte, wie ich wollte, hätte ich dir einen mördergroßen Diamantring gekauft. Aber ich wusste ja, dass du so was willst." Er deutete auf den Ring, den Theresa immer noch samt Kündigungsschreiben in der Hand hielt. „Und jetzt mach die Augen zu!" Max strahlte immer noch über das ganze Gesicht und schien völlig davon überzeugt zu sein, dass er das beste aller Geschenke für sie besorgt hatte.

Theresa sah das anders. Sie hatte gerade alles bekommen, was man sich nur wünschen konnte. Es gab nichts, was im Angesicht dieser Freude noch ihr Herz würde berühren können. Trotzdem schloss sie gehorsam die Augen. Gleich darauf ging ein weiteres Raunen durch den Raum.

„Augen auf!", sagte Max.

Theresa öffnete ihre Augen … und den Mund … und starrte ungläubig geradeaus. Das war doch nicht möglich! „D-David?", stotterte sie fassungslos.

Da stürzte David auch schon vorwärts. Während er die wenigen Meter von der Zwischentür bis zu Theresa mit drei Schritten überwand, sank Theresa auf ihre Knie und breitete die Arme aus. Sekundenbruchteile später klebte der kleine Junge schluchzend an Theresas Brust.

„Wie kommst du denn hierher?", krächzte Theresa und betastete das Kind, als wollte sie spüren, dass es tatsächlich bei ihr war. „Ich dachte, ich seh dich nie wieder!"

„Max hat gesagt, ich kann bei euch bleiben", schluchzte David und klammerte sich an Theresas Hals fest.

Diese sah auf und suchte Max' Blick. „Stimmt das?" Ihre Worte klangen gepresst, weil David ihr beinahe die Luft abdrückte.

„Wenn du möchtest …"

„Ob ich das möchte?", brach es aus Theresa heraus. „Natürlich möchte ich das! Aber ich kann es gar nicht glauben! Du hast gesagt, dass die Großeltern nicht mit dir sprechen wollten!"

„Wollten sie auch nicht", lächelte Max. „Deshalb bin ich persönlich hingereist."

Der Chef befindet sich auf Geschäftsreise in Australien, hallte es in Theresas Kopf wider. Von wegen Geschäftsreise!

„Ich will nicht wieder dahin", jammerte David und benetzte Theresas Hals mit heißen Tränen. „Die haben ganz viele Hunde da!"

„Wenn Max sagt, dass du bei uns bleiben kannst, dann stimmt das auch", beruhigte Theresa den Jungen. Gleichzeitig suchte sie erneut Max' Blick.

„Da die Großeltern schriftlich zugestimmt haben, müsste die Adoption ein Klacks sein", beantwortete Max die nicht gestellte Frage.

Theresa schloss erleichtert die Augen, wobei zwei Tränen aus ihnen herauskullerten.

„So, Leute, ich glaub, ihr habt fürs Erste ausreichend Gesprächsstoff bekommen“, hörte sie Max sagen. „Ich schlage vor, ihr geht jetzt wieder an die Arbeit. Ich versprech euch 'ne richtig große Party. Aber die kommt später. Jetzt würden wir gern ein bisschen allein sein!“

Auf diese Ansage folgte verständnisvolles Gemurmel und die Runde löste sich auf.

„Was waren das denn für Hunde?“, fragte Theresa den Jungen.

„Die waren riesengroß und sie haben mich immer umgeschubst. Einen hab ich mit einem Stein abgeworfen, aber dann …“

Der Griff um Theresas Hals verstärkte sich. Obwohl es wunderschön war, die kleinen Ärmchen des Jungen wieder zu spüren, erkannte Theresa auch die Verzweiflung, die darin mitschwang. „Was ist passiert?“, fragte sie sanft.

„Opa liebt Hunde“, schluchzte David. „Er ist ganz, ganz böse geworden.“

Theresa hörte, wie ihre Kollegen nach und nach den Raum verließen, bekam das aber nur am Rande mit. „Was heißt das, er ist böse geworden?“

„Erst hat er mich ganz doll gehauen und dann musste ich in den Schuppen.“

Theresa spürte, wie sich ihre Nackenhaare aufrichteten. „Wo hat er dich gehauen?“

„Überall.“

Theresa suchte einmal mehr Max' Blick. „Ich hab mindestens sechs Hunde gesehen“, bestätigte Max Davids Erzählung. „Der Hof war extrem verwahrlost. Als sie David geholt haben, mussten sie ihn hinter sich her schleifen. Und dann …“ Er schüttelte den Kopf. „Du … du kannst dir nicht vorstellen, wie er mich begrüßt hat.“ Max musste schlucken. „Das werd ich mein Leben lang nicht wieder vergessen.“

„Aber wie … wie konntest du die Großeltern dazu bringen, ihn gehen zu lassen?“

Max lachte bitter auf. „Gute Frage. Am Anfang hab ich ihnen erzählt, was ich alles zu bieten habe, welches Leben, welche

Ausbildung ich David ermöglichen möchte … All solche Dinge. Aber das hat sie überhaupt nicht interessiert. Sie waren schon dabei, mich wieder rauszuwerfen. Du kannst dir nicht vorstellen, wie das war. David klebt heulend an meinem Bein und die Großeltern drohen, die Polizei zu rufen, wenn ich nicht sofort ihren Hof verlasse. In meiner Verzweiflung hab ich nur noch Stoßgebete zustande gekriegt, aber das hat anscheinend gereicht. Jedenfalls ist mir urplötzlich das magische Wort eingefallen …"

Theresa zog die Stirn in Falten. „Als da wäre?"

„Money!"

Theresa öffnete erstaunt den Mund. „Du hast … Hast du …?"

Max zuckte bedauernd die Achseln. „Ich hab ihn gekauft, ja."

„Für wie viel?"

„100.000 australische Dollar … das sind etwa 67.000 Euro."

„Dabei ist er das Tausendfache wert", seufzte Theresa und versenkte ihre Nase in Davids braunem Haar. Es roch angenehm nach Apfel.

„Wir können froh sein, dass diese Leute das nicht wussten", sagte Max. „Ich glaube, ich hätte jeden Preis bezahlt."

„Und die Firma aufs Spiel gesetzt?", fragte Theresa. „Das sieht dir gar nicht ähnlich!"

Max ging jetzt neben Theresa in die Hocke und legte seine Arme um die beiden. Dann sagte er mit einem Stoßseufzer: „Was sieht mir in letzter Zeit schon noch ähnlich?"

***

„Ich muss aufs Klo", sagte David, nachdem er, abwechselnd an Max und Theresa gekuschelt, von seiner Zeit bei seinen Großeltern berichtet hatte.

Max begann sich hochzurappeln. „Ich geh mit dir!"

„Soll ich nicht lieber gehen?", bot sich Theresa an.

Max schüttelte den Kopf. „Ich wäre dir ewig dankbar, wenn du mir in der Zwischenzeit einen Kaffee kochen könntest. Ich bin total auf Entzug."

„Wird gemacht", lächelte Theresa und verabschiedete sich mit einem Kuss von David und Max. Selbst eine Trennung von wenigen

Minuten war heute eine Herausforderung für sie. „Mal sehen, ob ich das Ding noch bedienen kann", murmelte sie und ging auf den Kaffeevollautomaten zu. Während sie die üblichen Handgriffe ausführte, dachte sie darüber nach, was gerade geschehen war. Hatte sich ihr Leben wirklich in wenigen Minuten um 180 Grad gedreht? Hatte sie auf einmal eine Familie?

Der Gedanke trieb Tränen des Glücks in ihre Augen. Max liebte sie und wollte sie heiraten! David war wieder da! Das war einfach nur unglaublich. „Danke, Jesus!", flüsterte sie voller Dankbarkeit. „Ich weiß nicht, was ich sagen soll!"

Während die Maschine anfing, die Bohnen zu mahlen, liefen Theresa Tränen über die Wangen.

„Nanu, wo sind denn die anderen?"

Als sich Theresa umdrehte, sah sie Jens im Türrahmen stehen.

„Die … sind schon weg", schniefte Theresa und suchte in ihrer Hosentasche nach einem Taschentuch.

„Oh, das ist aber schade", erwiderte Jens und kam näher. „Wir wollten uns doch gemeinsam von dir verabschieden."

Theresa hatte jetzt ein Taschentuch gefunden und schnäuzte sich. Dann wischte sie sich die Tränen aus dem Gesicht.

„Kann ich irgendetwas für dich tun?", fragte Jens mitleidig.

Theresa schüttelte den Kopf. „Glaub mir, das ist nicht mehr nötig." Während sie das sagte, kullerte ein erneuter Schwall Tränen über ihre Wangen.

„Er ist wirklich ein Arsch", sagte Jens und verschränkte die Arme vor der Brust. „Wie wär's, wenn du nach drüben gehst, die Hellebarde von der Wand reißt und damit seinen unverschämt teuren Schreibtisch zertrümmerst? Das würde dir bestimmt guttun."

Theresa wollte protestieren, sah jedoch, dass Max im Türrahmen erschien und seinen rechten Zeigefinger über seine Lippen legte.

„Verlogener Dreckskerl", fuhr Jens mit seiner Tirade fort. „Was soll die ganze Betriebsratskacke, wenn er ungestraft seine besten Leute feuert? Der verschaukelt uns doch!"

„Wer verschaukelt Sie?", ertönte Max' strenge Stimme.

Jens fuhr zusammen. „Was … äh, niemand … Ich dachte … Sind Sie nicht in Australien?"

„Nicht mehr. Und das ist anscheinend auch gut so. Wenn man seinen Mitarbeitern nur fünf Minuten den Rücken zudreht, lästern sie auch schon über einen." Er trat langsam näher. Theresa sah, dass es um seine Mundwinkel verdächtig zuckte. Jens hingegen wich erschrocken vor ihm zurück. „Die Hellebarde also", sagte Max, als er nur wenige Zentimeter vor Jens anhielt. „Möchten Sie mich vielleicht zu einem kleinen Duell herausfordern?"

Jens schüttelte stumm den Kopf. Es schien ihm die Sprache verschlagen zu haben.

„Und Sie?", wandte Max sich an Theresa. Dabei schlug er einen herrischen Tonfall an. „Was machen Sie schon wieder hier?"

„Ich … äh … hole meine Sachen." Sie deutete auf die Grünpflanze, die auf dem Schreibtisch stand.

„Und der Strauß, für wen ist der?" Max nahm die roten Rosen und drehte sie in den Händen hin und her.

„Das ist meiner", behauptete Theresa, doch fiel ihr schon im gleichen Moment auf, dass Max ihr die Rosen in dem Durcheinander gar nicht überreicht hatte.

„Und warum rote Rosen?" Max hatte inzwischen große Mühe, seine Mundwinkel zu kontrollieren.

„Das … na ja, wenn ich ehrlich bin, hab ich heute einen …", Theresa zuckt verlegen die Achseln, „… einen Heiratsantrag bekommen."

„Du?", fragt Jens erstaunt dazwischen.

„Sie?" Max' Stimme war extrem abfällig. „Wer sollte *Ihnen* denn einen Antrag machen?"

Theresa hob ihr Kinn ein bisschen höher. „Ein … *Kollege.*"

„Wer denn?", entfuhr es Jens.

„Ein Strohfeuer also", schlussfolgerte Max und legte die Blumen auf den Schreibtisch zurück.

„Pas du tout!", protestierte Theresa auf Französisch. *Ganz und gar nicht!* „Er hat gesagt, er sei schon seit Jahren in mich verliebt!"

„Na, das wird ja immer schöner!", meckerte Max. „Eine Liebesbeziehung im Büro. Weiß dieser Typ denn nicht, dass ich so etwas hasse?"

Theresa musste schmunzeln. „Anscheinend nicht."

„Ein Dummkopf also auch noch. Ich hoffe, Sie haben den Antrag abgelehnt."

„Keineswegs!" Theresa tastete unwillkürlich nach dem Trauring, den sie sich inzwischen um den Hals gebunden hatte. „Ich wäre schön blöd, wenn ich Nein sagen würde. Der Typ ist der Knaller. Gut aussehend, selbstbewusst, erfolgreich … Die Frauen laufen ihm in Scharen hinterher."

„Und Fehler hat er keine?", wollte Max wissen.

„Na ja, er ist ein bisschen draufgängerisch. Und ziemlich dickköpfig. Ob ich ihm das abgewöhnen kann, ist fraglich."

„Wenn nicht gar unwahrscheinlich!" Max' Augen sprühten nur so vor Vergnügen.

„Ja", seufzte Theresa. „Wenn nicht gar das."

„Hat diese draufgängerische Ader wenigstens Vorteile? Ich meine, kann er … *küssen*?"

Theresa befeuchtete unwillkürlich ihre Lippen. „Und wie!", seufzte sie.

„Besser als ich?"

„Keine Ahnung. Mir fehlt da der … der …", sie sah Max hilflos an, „… Vergleich?"

„Das kann man ja ändern." Max' Stimme hatte jetzt einen tiefen, sinnlichen Klang. Er trat noch einen Schritt näher, umfasste mit beiden Händen Theresas Hinterkopf, beugte sich zu ihr herab und küsste sie. Sekundenlang hatte Theresa das Gefühl, dass die Welt um sie herum im Nichts versank. Max' Atem streichelte ihr Gesicht, seine warmen Lippen spielten mit ihren und seine Hände sandten wohlige Schauer über ihre Kopfhaut. Wenn sie sich überhaupt irgendwo befand, dann nicht in diesem Büro, sondern auf einer Insel im Indischen Ozean …

Als er sich schließlich von ihr löste, fühlte sich Theresa regelrecht beraubt. „Können wir heute noch heiraten?", flüsterte Max in ihr Ohr.

Links neben Theresa atmete jemand scharf ein. *Ach ja …* Sie hatte Jens total vergessen. Als sie den Kopf wandte, sah sie, dass Jens kreidebleich war, am ganzen Körper zitterte und sie mit großen Augen anstarrte.

Auch Max schien sich jetzt an Jens zu erinnern, jedenfalls fragte er trocken: „Haben Sie den Eindruck, dass Sie hier noch gebraucht werden?"

Theresa boxte Max gespielt vorwurfsvoll gegen die Schulter. „Du weißt schon, dass deine Späße gelegentlich etwas … *gewöhnungsbedürftig* sind, oder?"

Max sah sie an und grinste nur. Daraufhin wandte sich Theresa an Jens. „Du musst dir keine Sorgen machen, okay? Du wirst weder gefeuert noch mit einer Hellebarde verprügelt. Max und ich, wir werden heiraten. Er war derjenige, der mir den Heiratsantrag gemacht hat. Du hast nur die entscheidenden Minuten verpasst. Verstehst du?"

Jens nickte, machte aber nicht den Eindruck, als hätte er irgendetwas begriffen.

„Was Sie hier vertrödeln, ist Arbeitszeit", erinnerte Max ihn.

Jens nickte erneut, drehte sich um und wankte aus dem Büro.

Theresa sah ihm nach, bis er verschwunden war. „Von dem Schock wird er sich so schnell nicht erholen", seufzte sie mitleidig.

„Ach, Quatsch", sagte Max mit einer wegwerfenden Handbewegung. „Du wirst ihn schon wieder aufpäppeln. Sozialkontakte pflegen und Mitarbeiter betütern, das fällt ab jetzt in dein Ressort."

Theresa stemmt die Hände in die Hüften. „Und du denkst, das befreit dich von der Pflicht, sozialverträgliche Verhaltensweisen an den Tag zu legen?"

Max seufzte tief und setzte einen Hundeblick auf. „Ein bisschen vielleicht?"

Theresa schüttelte missbilligend den Kopf. „Chefs sind Vorbilder. Ihr Benehmen muss einwandfrei sein."

„Puh", machte Max. „Diese Ehe wird kein Zuckerschlecken."

„Das sind Ehen nie", behauptete Theresa. „Und jetzt komm." Sie fasste Max an der Hand. „Wir müssen nachsehen, wo David steckt. Er hat Ähnlichkeit mit dir. Wenn wir Pech haben, steht er am Fenster und bewirft deine Angestellten mit Steinen."

Kapitel 40

„Also, wir brauchen …“, begann Max und starrte auf den Bildschirm, „eine amtlich beglaubigte Abschrift von dem als Heiratseintrag fortgeführten Familienbuch …“, er hämmerte auf der Tastatur des Notebooks herum, das auf seinem Schoß lag, „… eine Meldebescheinigung vom Einwohnermeldeamt und gültige Ausweise.“

Nachdem sie zu dritt Mittagessen gegangen waren, befanden sie sich jetzt in Theresas Wohnung. David war auf Theresas Bett eingeschlafen. Die Aufregung, der Flug und die Zeitumstellung hatten ihn völlig aus der Bahn geworfen. Max und Theresa saßen im Wohnzimmer. Dieses Mal hatte Theresa Max natürlich nicht den Platz auf dem Sessel zugewiesen, sondern sie hatten es sich gemeinsam auf dem roten Zweiersofa bequem gemacht.

„Du hast es *wirklich* eilig“, bemerkte Theresa und lehnte ihren Kopf an Max' Schulter. Da sie ihre Beine zur anderen Seite hin auf dem Sofa angewinkelt hatte, war das eine sehr bequeme Position.

„Ich hab jetzt lange genug gewartet“, behauptete Max und bearbeitete weiter die Tastatur. „Hast du eigentlich einen gültigen Ausweis? Ich meine, hast du schon Ersatz beantragt?“

Theresa hob den Kopf. „Ach ja … unsere Ausweise sind noch …“ Als sie an das Flugzeug und die vielen Menschen dachte, die darin ihr Grab gefunden hatten, schauderte sie.

„Hör auf, darüber nachzudenken“, sagte Max sanft. Offensichtlich hatte er ihre Gedanken gelesen. „Denk lieber daran, wie viel Gutes dieser Absturz in unserem Leben und in dem von David bewirkt hat.“ Er schenkte ihr einen liebevollen Blick.

„Du hast recht“, nickte Theresa und nutzte die Gelegenheit, Max einen Kuss zu geben. Was jedoch als flüchtige Zärtlichkeit gedacht war, entwickelte sich durch Max' Erwiderung zu einer äußerst intensiven Angelegenheit …

Schließlich war es Theresa, die sich von ihm losriss. „Stopp!“, sagte sie atemlos. „Ich finde-“

„Ich weiß, was du findest“, unterbrach Max sie. „Deshalb solltest du mich hierbei“, er deutete auf den Bildschirm, „nach Kräften unterstützen!“

Theresa atmete einmal tief durch. Eine schnelle Heirat erschien ihr auf einmal ziemlich verführerisch. „Ich habe in Singapur einen vorläufigen Ausweis bekommen. Aber ob der ausreicht … Hast *du* denn schon einen neuen Ausweis?“

„Für die Reise nach Australien brauchte ich einen und habe ebenfalls einen vorläufigen bekommen. Aber der endgültige müsste auch bald fertig sein.“

„Und was ist mit der kirchlichen Hochzeit?“, erkundigte sich Theresa. „Ich möchte nicht nur standesamtlich heiraten.“

„Das dachte ich mir. Was hältst du davon, wenn wir in deiner Gemeinde heiraten? Ich bin nicht mal Mitglied in der Kirche!“

„Meinst du, das geht?“, strahlte Theresa. „Ich hab mir immer erträumt, dort zu heiraten. Aber ich will ein weißes Kleid … und Kinder, die Blumen streuen … und einen Hochzeitsmarsch!“

„Solange es schnell geht, kriegst du alles, was du willst“, lächelte Max und tippte weiter auf Theresas PC herum. „Warum rufst du nicht gleich euren Pastor an und machst einen Termin ab?“

Theresas Strahlen erstarb. „Harm wird mich für verrückt erklären! Und Johanna, seine Frau, wird mich höchstpersönlich einliefern!“

„Unsinn! Du erklärst es ihnen vernünftig und dann läuft das schon.“

„Meinst du?“ Sie starrte ein wenig skeptisch auf das rote Telefon, das auf dem gläsernen Tischchen lag.

„Guck mal!“, jubelte Max. „Die beglaubigte Abschrift kann man sogar online bestellen!“

Als Theresa ihren Blick auf den Bildschirm senkte, klingelte es plötzlich an der Tür und sie zuckte erschrocken zusammen. Max hielt inne. „Erwartest du jemanden?“

„Eigentlich nicht.“ Theresa stand auf, ging in den Flur und sah vorsichtig durch den Spion. Rita? Aber natürlich! Sie wollte nach dem Rechten sehen und sich vergewissern, dass Theresa den Besuch in der Firma gut verkraftet hatte. „Kleinen Moment!“, rief sie durch die geschlossene Tür hindurch. „Ich muss erst den Schlüssel suchen!“

Sie rannte zurück ins Wohnzimmer. „Du musst dich unbedingt unsichtbar machen!“, rief sie Max mit unterdrückter Stimme zu. „Das ist Rita. Sie hasst dich wie die Pest! Wenn sie dich hier sieht, kratzt sie dir die Augen aus.“

„Ich hab keine Angst vor deinen Freundinnen“, sagte Max ruhig.

„Ich aber! Rita hat so viel für mich getan. Sie ist die Schwester, die ich nie hatte! Ich will nicht …“ Sie lief aufgeregt im Kreis. „Ich möchte, dass ihr einen guten Start habt.“

„Kannst du ihr nicht einfach in Ruhe erklären, was passiert ist?“, wollte Max wissen.

„Das hab ich ja vor!“ Theresa eilte jetzt auf Max zu, packte ihn am Arm und zog ihn in die Höhe. „Aber das kann ich nicht, wenn ihre erste Frage lautet: ‚Wer ist denn der da?‘! Was soll ich darauf antworten, hm?“ Sie zog Max energisch hinter sich her. „Geh ins Schlafzimmer, ja?“

„Seh ich aus wie jemand, der sich versteckt?“, protestierte Max. Immerhin hatte er seine Stimme gesenkt.

„Es ist doch nur für ein paar Minuten. Wenn ich ihr alles erklärt habe, hol ich dich, okay?“

„Aber ich will nicht“, schmollte Max und umarmte Theresa. „Weißt du, was es mich gekostet hat, erst nach Australien zu fliegen, bevor ich zwischen uns alles in Ordnung bringe?“ Er neigte seinen Kopf und begann Theresas Hals zu küssen, stieß dabei aber auf Widerstand.

„Doch nicht jetzt!“, flüsterte Theresa und schob Max von sich.

„Wieso denn nicht?“, jammerte Max und versuchte sich wieder zu nähern. „Ich hab monatelang auf dich gewartet, wenn nicht gar *jahre*lang …“

„Dann kommt es ja auf ein paar Minuten auch nicht mehr an“, fand Theresa und schob Max weiter in Richtung Schlafzimmertür. „Irgendjemand muss sowieso mal nach David sehen!“ Sie öffnete leise die Schlafzimmertür und schob Max hindurch.

„Ich komme mir vor wie ein Liebhaber, der in den Schrank verfrachtet wird“, schmollte Max im Flüsterton.

„Bis zur Hochzeit bist du das auch“, behauptete Theresa und machte Max die Tür vor der Nase zu. Ein paar Sekunden lang fürchtete sie, er würde wieder rauskommen, aber als sich nach 20 Sekunden noch nichts getan hatte, fasste sie neuen Mut. Sie hatte auch gar keine Zeit mehr zu warten, weil Rita jetzt lautstark gegen die Tür trommelte.

„Musst du erst noch deinen Liebhaber verstecken?“, rief sie.

Im ersten Moment erstarrte Theresa vor Schreck, im zweiten begriff sie, dass ihre Freundin nur einen Scherz gemacht hatte. Aber seit wann traf sie derart ins Schwarze? Sie griff eilig nach dem Wohnungsschlüssel, den sie vorhin auf die Anrichte gelegt hatte.

Als die Tür aufschwang, legte Rita auch schon los. „Seit wann verlegst du denn deinen Wohnungsschlüssel? Das sieht dir überhaupt nicht ähnlich!“ Sie trug einen langen, in verschiedenen Grüntönen gemusterten Rock und ein weites, schwarzes Oberteil. Außerdem hatte sie die Plastikbox bei sich, in der sie normalerweise ihre Torten transportierte.

Theresa versuchte, den milchigen Deckel zu durchblicken, um herauszufinden, welche Torte Rita gebacken hatte. „Ich hab ihn ja gar nicht-“, begann sie.

„Ich hoffe, du hast die Pflanze Pflanze sein lassen!“, fiel Rita ihr ins Wort. „Ich hab dir schon heute Morgen gesagt, dass es dir nicht bekommen wird, in die Höhle des Löwen zurückzukehren!“

„Na ja …“, begann Theresa.

„Wusste ich's doch. Man kann dich keine Minute allein lassen. War der Big Mac nicht da?“

Theresa schluckte schwer. Sie wusste, dass der Flur Ohren hatte. Was sie jedoch nicht wusste, war, ob Max bekannt war, wie er in der Firma genannt wurde …

„War er jetzt da oder nicht?“

Theresa atmete einmal tief durch. „Er war da.“

„Und? Hat er dich wieder beleidigt?“

„Nicht direkt …“ Da Theresa fieberhaft überlegte, wie sie Rita die neuen Entwicklungen möglichst schonend präsentieren sollte, war sie etwas wortkarg.

„Hast du schon Kaffee gekocht?“, wollte Rita wissen.

Theresa nickte nur. Daraufhin stieß Rita einen abgrundtiefen Seufzer aus, stellte die Torte auf der Anrichte ab und sagte: „Du bist ja schon wieder völlig durch den Wind. Wie lange werde ich wohl dieses Mal brauchen, um dich wieder aufzubauen, hm?“

Theresa zuckte die Achseln, dachte aber: *Dieses Mal wird es definitiv schneller gehen.* Der Gedanke veranlasste sie dazu, einen vorsichtigen Seitenblick in Richtung Schlafzimmertür zu werfen. Glücklicherweise blieb dort alles ruhig.

„Könntest du vielleicht Geschirr holen? Oder hast du schon gedeckt?“

„Ich … ähm … Tassen stehen schon da, glaub ich“, stammelte sie und dachte daran, dass sie mit Max Kaffee getrunken hatte. Aber wie sollte sie Rita erklären, dass beide Tassen bereits benutzt waren? „Zieh du dir die Jacke aus!“, rief sie. „Ich seh mal nach!“ Sie hechtete in Richtung Wohnzimmer und ließ Rita im Flur zurück. Dann eilte sie auf den Wohnzimmertisch zu, riss Max' Tasse an sich und überlegte, wo sie diese verstecken konnte. Zu dumm, wenn alle Möbel aus Glas bestanden … Letztendlich fand sich jedoch ein Plätzchen hinter dem gläsernen Zeitungsständer.

„Ich hab schon einen Kaffee getrunken“, entschuldigte sich Theresa, als sie auf dem Weg in die Küche an Rita vorbeikam. „Ich wusste ja nicht, dass du kommst.“

„Kein Problem“, sagte Rita und machte sich mit ihrer Torte auf den Weg ins Wohnzimmer.

Kurz darauf stieß Theresa mit Tellern, Kuchengabeln, einem Tortenmesser und einer zweiten Tasse wieder zu ihr. Dabei galt ihr erster Blick dem, was auf dem Couchtisch stand. „Sachertorte!“, rief sie begeistert. „Die hast du schon ewig nicht mehr gemacht!“

„Ich wusste, du würdest vor Freude in die Luft springen“, lächelte Rita. „Schließlich weiß ich, womit man dich glücklich machen kann.“

Theresa lief in der Tat das Wasser im Mund zusammen. Einen Appetit wie heute hatte sie schon seit Wochen nicht mehr verspürt. Und das, obwohl sie erst am Mittag essen gewesen war!

„Ich hoffe nur, du isst heute ein bisschen mehr als sonst“, seufzte Rita und ließ sich von Theresa das Tortenmesser aushändigen.

„Seit du von dieser Insel zurückgekommen bist, platzt mein Gefrierschrank aus allen Nähten. Das kann definitiv nicht so weitergehen."

„Wird es auch nicht", sagte Theresa ernst.

Während Rita ein großes Stück von der Torte abschnitt und es auf Theresas Teller lud, schenkte Theresa Kaffee ein.

„Jetzt erzähl mal", forderte Rita sie auf. „Was hat der Big Mac so von sich gegeben?"

Theresa starrte auf ihre Sachertorte und atmete ganz tief durch. „Du kennst doch seine Mutter, nicht wahr?"

„Du meinst Leonora? Ja, die kenn ich."

„Und du hattest nicht den besten Eindruck von ihr."

„Wieso? Ich hab mich eigentlich ganz gut mit ihr verstanden …", sagte Rita und steckte sich ein Stück Torte in den Mund.

Theresa ließ die Luft, die sich in ihrer Lunge angestaut hatte, frustriert wieder entweichen. Sie hatte Rita erklären wollen, dass Leonora das Problem war, nicht Max. Aber wie sollte sie das, wenn Rita so positiv von Leonora sprach? „Fangen wir mal anders an", begann sie. „Ich hab dir doch erzählt, dass ich Max im Krankenhaus nicht besuchen-"

„Jetzt hör doch endlich auf, ihn Max zu nennen", fiel Rita ihr ins Wort. „Du kriegst ihn nie aus deinem Kopf, wenn du so weitermachst!"

Theresa sackte frustriert in sich zusammen. Allmählich wusste sie wirklich nicht mehr, wie sie es anstellen sollte. Und dann klingelte es auch noch an der Tür.

„Kann das Ariane sein?", fragte Rita. „Ich glaub, sie wollte noch vorbeikommen."

„Was weiß ich!", seufzte Theresa.

Daraufhin stand Rita auf. „Ich seh mal nach."

„Ja, tu das." Die Verschnaufpause kam Theresa sehr gelegen. Auf diese Weise hatte sie Zeit, sich eine neue Strategie zu überlegen. Verwunderlich war allerdings, dass Rita sorgfältig die Tür hinter sich schloss, nachdem sie das Wohnzimmer verlassen hatte. Wahrscheinlich hatte sie vor, ein paar Worte mit Ariane allein zu wechseln. Durch die geschlossene Tür hindurch drangen bald Stimmen an Theresas Ohr. Also, Ariane war das definitiv nicht, schließlich hörte sie auch eine Männerstimme. Hm, für den Postboten war es schon zu spät …

„Überraschung!“, rief Rita, als sie zwei Minuten später die Tür zum Wohnzimmer aufriss. „Ich wusste gar nicht, dass du derart gut aussehende Nachbarn hast!“

Theresa zog fragend die Augenbrauen hoch und erstarrte!

„Ich wollte eigentlich gar nicht stören“, grinste Max und spazierte an Rita vorbei ins Wohnzimmer. „Aber deine Freundin hat darauf bestanden!“

„Natürlich hab ich das!“, strahlte Rita. „Ich finde, nachbarschaftlicher Kontakt sollte immer gefördert werden. Magst du Kaffee und ein Stück Torte?“

„Ich möchte keine Umstände machen“, zierte sich Max.

„Aber das sind doch keine Umstände!“, rief Rita. „Ich hol schnell ein weiteres Gedeck!“

„Bist du wahnsinnig?“, flüsterte Theresa Max zu, kaum dass Rita das Wohnzimmer erneut verlassen hatte. „Was hast du ihr erzählt?“

Max setzte einen treuherzigen Blick auf. „Nur, dass ich ein heimlicher Verehrer von dir bin und in der Nachbarschaft wohne …“

„Aber das ist ja glatt gelogen!“

„Findest du?“ Während er das sagte, schlenderte er auf Theresa zu und setzte sich wie selbstverständlich auf den Platz, von dem er erst vor wenigen Minuten verscheucht worden war. „Immerhin wohnen wir in derselben Stadt.“

„Ja, ich im Slum und du im Bonzenviertel.“

„Stimmt doch gar nicht“, protestierte Max leise, „nur weil du im Ostend wohnst und ich im Westend …“ Er hielt inne, als er hörte, wie jemand im Flur mit Geschirr klapperte.

„Was machst du eigentlich beruflich, Kai?“, fragte Rita, als sie mit einem zusätzlichen Gedeck ins Wohnzimmer zurückkehrte.

Kai?, dachte Theresa und nahm sich vor, Max demnächst einen ausführlichen Vortrag über das neunte Gebot zu halten.

„Ich bin Geschäftsmann“, antwortete Max, „und du?“

„Friseurin.“

„Wirklich?“, wunderte sich Max. „Ich starre schon seit geraumer Zeit auf dieses Meisterwerk.“ Er deutete auf die Torte, die vor ihm auf dem gläsernen Couchtisch stand. „Und da dachte ich, du bist sicher Konditorin."

„Das wär ich gern geworden", lächelte Rita und errötete ein wenig. „Darf ich dir ein Stück abschneiden?"

„Aber gerne! Was ist es denn?"

„Sachertorte."

„Wirklich?" Max klatschte mit der rechten Hand verblüfft auf seinen rechten Oberschenkel. „Die wollte ich schon immer mal probieren! Meine Sekretärin liebt diese Torte. Ich erinnere mich an einen längeren Aufenthalt am Frankfurter Flughafen, wo sie sich diese Torte bestellt hat. Aber sie wollte mir partout nichts davon abgeben-"

Theresa trat ihm unter dem Tisch gegen das Schienbein und brachte ihn damit zum Schweigen.

„Weißt du, woraus sie besteht?", erkundigte sich Rita und bugsierte ein Stück Torte auf Max' Teller.

„Na ja, dass Schokolade drin ist, sieht man ja. Ansonsten …" Er sah Theresa an. „War das nicht Marillenmarmelade?"

Theresa hob erstaunt die Augenbrauen. Hatte er sich das wirklich gemerkt? „Ja, richtig", stammelte sie. Gleichzeitig spürte sie, wie Max' grüne Augen sie ein weiteres Mal in ihren Bann zogen. Sie wollte die Verbindung kappen, brachte es aber einfach nicht fertig. Und so starrte sie weiter in diese smaragdenen Tiefen …

„Seit wann kennt ihr euch eigentlich?", fragte Rita neugierig.

Theresa räusperte sich und senkte den Blick.

„Seit ein paar Jahren", erwiderte Max und griff nach seiner Kuchengabel. Dann spießte er ein Stück von der Torte auf und steckte es in den Mund. „Mann, ist die gut", sagte er kauend.

„Aber all der Zucker?", rutschte es Theresa heraus. Max war nicht der Einzige, der sich die Kommentare des jeweils anderen gemerkt hatte …

Max musste grinsen. „Früher hätte ich das vielleicht gedacht, aber jetzt …" Er sah Theresa ein weiteres Mal an. „Jetzt weiß ich, was wirklich *lecker* ist."

Theresa stieß ein Krächzgeräusch aus und starrte krampfhaft auf ihre Hände. Sie würde ihn kein weiteres Mal ansehen.

„Alles in Ordnung bei dir?", fragte Rita verwundert.

„Klar … sicher…“, stammelte Theresa und beschloss, von nun an kein Wort mehr zu sagen. Sie griff nach ihrer Kaffeetasse und klammerte sich daran fest.

„Heute ist nicht ihr Tag“, entschuldigte sich Rita bei Max. „Was man zum Beispiel daran sieht, dass sie dir noch nicht einmal Kaffee eingeschenkt hat“, murmelte sie und befüllte Max' Tasse nunmehr selbst. Dann sagte sie zu Max: „Hat sie dir erzählt, dass sie ihren Job verloren hat?“

„Nee!“, rief Max mit beinahe greifbarem Erstaunen. „Wirklich?“

Während Theresa weiter ihre Hände an ihrer Kaffeetasse wärmte, antwortete Rita: „Ja, ihr Chef hat sie gefeuert.“

„Das gibt's doch nicht!“, rief Max. „Was ist denn das für 'n Vollpfosten!?“

Theresa hatte inzwischen das Gefühl, als müsste sie jeden Moment im Erdboden versinken.

„Endlich findet mal jemand die richtigen Worte!“, nickte Rita zufrieden. „Kannst du dir vorstellen, dass Theresa ihn auch noch verteidigt?“

Max dachte einen Moment darüber nach. „Ehrlich gesagt, ja“, erwiderte er schließlich. „Theresa ist eben eine treue Seele. Und bestimmt ist sie eine noch bessere Sekretärin. Beherrschst du nicht auch mehrere Fremdsprachen, Theresa?“

Theresa räusperte sich. „Ja. Englisch, Französisch und Spanisch“, krächzte sie.

„So was kann man immer gebrauchen“, behauptete Max. „Wie wär's, wenn du einfach bei mir anfängst?“

„Meinst du das ernst?“, fragte Rita und beugte sich interessiert vor. „Es ist nämlich nicht gut, wenn du falsche Hoffnungen bei Theresa weckst. Sie hat schon genug durchgemacht.“

„Natürlich meine ich das ernst! Ob du's glaubst oder nicht, aber bei mir ist erst vor Kurzem 'ne Stelle frei geworden.“

Theresa fragte sich inzwischen ernsthaft, ob sie lachen oder weinen sollte.

„Und ist es auch ein Angebot ohne …“ Rita verstummte und schien nicht zu wissen, wie sie den Satz beenden sollte.

„Hintergedanken?“, half Max.

Rita nickte.

„Nö“, sagte Max und grinste breit.

Daraufhin lachte Rita auf. „Du bist wenigstens ehrlich.“ Dann wandte sie sich an Theresa. „Ehrlich ist er!“

„Und wie“, seufzte Theresa und trank einen großen Schluck Kaffee. Diese Komödie musste jetzt ein Ende finden! Wenn nicht, würde Rita eine Ewigkeit lang auf sie böse sein.

„Du isst ja schon wieder nichts“, sagte Rita und starrte auf den Kuchen, den Theresa noch nicht angerührt hatte. „Hattest du mir nicht versprochen, das würde besser werden?“

Das war, bevor die Gefahr bestand, dass du mir die Freundschaft aufkündigst, dachte Theresa.

„Oder ist es, weil du neuerdings zu viel Zucker in meinen Torten witterst?“, fuhr Rita in pikiertem Tonfall fort.

Theresa seufzte tief. „Rita, ich muss dir was beichten …“

„Nein, warte!“, fiel Max ihr ins Wort. „Wenn hier jemand was zu beichten hat, dann bin ich das!“ Er wandte sich an Rita. „Ich fürchte, ich hab einen kleinen Scherz auf deine Kosten-“

Er wurde unterbrochen, als urplötzlich die Wohnzimmertür aufging. Alle Köpfe ruckten herum und aller Augen erblickten einen kleinen dunkelhaarigen Jungen, der nur Unterwäsche trug, den Zipfel einer Bettdecke in der Hand hatte und völlig verheult aussah.

Theresa sprang als Erste auf. „Hey, du!“, rief sie mit einer Stimme, die vor Zärtlichkeit nur so triefte. „Bist du wieder wach?“ Sie eilte auf David zu, ging vor ihm auf die Knie und nahm ihn in den Arm.

„Hast du das Bellen gehört?“, schluchzte David und ließ die Bettdecke los, die sich hinter ihm über den halben Flur ausbreitete. Dann schlang er seine kleinen Ärmchen um Theresas Nacken.

„Nein, hab ich nicht!“, flüsterte Theresa.

„*Ich* hab’s gehört“, sagte Max, der inzwischen ebenfalls bei den beiden angekommen war. „Aber das war draußen auf der Straße.“ Er kniete sich hin und sah David an. „Hunde, die auf der Straße sind, können nicht in diese Wohnung, verstehst du? Du brauchst keine Angst zu haben!“

„Aber der ist ganz groß und schwarz und hat rote Augen!“, jammerte David und griff nach Max’ Krawatte.

„Das hast du nur geträumt, mein Schatz!“, besänftigte Theresa den Jungen. „In meiner Wohnung gibt es keine Hunde.“

„Weißt du das sicher?“, fragte David und umklammerte Max' Krawatte, als wollte er ihn auf diese Weise festhalten.

„Wir haben nachgesehen“, antwortete Max und strich David liebevoll eine braune Haarsträhne aus der Stirn. „Wir haben uns jeden Raum genau angesehen.“

David ließ plötzlich Max' Krawatte los und betastete dort, wo sich normalerweise seine rechte Hosentasche befand, seine Hüfte. „Ich hab meinen Stein verloren!“, rief er plötzlich.

„Nein“, widersprach Max und fummelte am Knoten seiner Krawatte herum, um atmen zu können. „Der Stein ist in deiner Jeans. Und die liegt neben Theresas Bett auf dem Boden. Erinnerst du dich nicht?“

„Ich muss ihn holen!“, rief David und löste sich aus Theresas Umarmung. Dann stürmte er aus dem Wohnzimmer.

„Denkst du, er ist traumatisiert?“, flüsterte Theresa Max zu.

„Ja. Aber dagegen kann man etwas tun.“

„Ein Psychologe?“

Max schüttelte den Kopf. „Ich weiß was Besseres: ein Welpe. Wir werden uns bei nächster Gelegenheit einen anschaffen.“

„Ich hätte irgendwie verhindern müssen, dass er seinen Großeltern übergeben wird“, jammerte Theresa. „Ich hätte ihn gar nicht erst mit dem Helikopter mitfliegen lassen dürfen!“

„So ein Unsinn“, widersprach Max. „Das war seine eigene Entscheidung. Erinnerst du dich nicht, wie vehement er darauf bestanden hat? Abgesehen davon ist das Schnee von gestern. Wir müssen jetzt nach vorne sehen. Die Zukunft zählt, nicht die Vergangenheit!“

„Die Zukunft zählt“, nickte Theresa und sah Max in die Augen.

„Wir schaffen das“, bekräftigte Max und legte seine Hand auf Theresas Wange. „Wir sind jetzt eine Familie! Zusammen schaffen wir das.“

„Wer is'n die da?“, fragte David, als er mit seinem Stein in der Hand ins Wohnzimmer zurückkehrte.

Theresa folgte mit ihrem Blick seinem ausgestreckten Arm und … „Ups“, entfuhr es ihr, als sie Ritas weit aufgerissene Augen sah.

Jetzt sah Max es auch. „Ich glaube, ich war gerade mitten in einer Beichte“, grinste er und rappelte sich ein wenig mühsam auf. Dann streckte er seine rechte Hand aus und zog auch Theresa auf die Füße. Als sie stand, legte er besitzergreifend seinen rechten Arm um sie. „Hab ich erwähnt, dass Kai nur mein zweiter Vorname ist?“, fragte er.

Theresas Kopf ruckte zu ihm herum. „Du hast einen zweiten Vornamen?“

Max zuckte die Achseln. „Bei mir gibt es immer noch was Neues zu entdecken.“

„Ich … ich verstehe nicht …“, stammelte Rita hilflos.

Theresa atmete einmal tief durch. „Rita, darf ich dir Max Tanner vorstellen?“

Ritas Augen weiteten sich noch mehr. „*Das* ist der Big Mac?“, entfuhr es ihr.

„Big Mac?“, wiederholte Max erstaunt. Dann sah er Theresa fragend an. „Hast du mich früher so genannt?“

„Die ganze Firma nennt dich so.“

„Wirklich?“ Er wurde auf einmal nachdenklich.

Theresa nickte. „Das läuft so:“, sagte sie ernst. „Irgendjemand kommt in mein Büro, wirft einen ängstlichen Blick in Richtung Zwischentür und fragt: Wo ist denn der …“, sie spreizte ihre Finger und fuhr sich durch ihren Pony, „… Big Mac?“

Auf Max’ Stirn bildete sich eine steile Falte. „Echt jetzt?“, fragte er ehrlich betroffen.

Theresa zuckte die Achseln. „Verachtung gibt’s umsonst, Respekt muss man sich verdienen.“

„Puh“, machte Max und schwieg. Währenddessen setzte sich Theresa mit David aufs Sofa und erzählte Rita in wenigen Worten, was sich am Vormittag ereignet hatte.

„Du bist ganz kalt, David“, bemerkte Theresa plötzlich. „Es wäre besser, du würdest dir deine Sachen anziehen.“

„Ich hol sie schnell“, sagte Max und verließ den Raum.

„Und er hat dir den Antrag vor seinen Mitarbeitern gemacht?“, flüsterte Rita ungläubig.

Theresa lächelte breit. „Vor der halben Firma!“

„Das gibt's doch gar nicht", wunderte sich Rita und sah Max nach. „Das … das passt überhaupt nicht!"

„Ich hab dir doch erzählt, wie sehr er sich verändert hat!"

„Schon, aber …" Rita verstummte, als Max mit Davids Kleidungsstücken ins Wohnzimmer zurückkehrte. Er setzte sich zu Theresa aufs Sofa und streifte David den Pulli über.

„Haben wir eigentlich Ersatzklamotten für ihn?", wollte Theresa wissen.

„Das Meiste, was er besaß, war das Wort ‚Kleidungsstück' nicht wert", antwortete Max. „Ich hab eine Hose, zwei Pullis, einen Schlafanzug und ein bisschen Unterwäsche rausgesucht und mitgenommen. Die Sachen sind in meiner Wohnung."

„Apropos: Wo werdet ihr eigentlich in Zukunft wohnen?", fragte Rita.

„Gute Frage", sagte Max. Dann sah er Theresa an. „Deine Wohnung ist zu klein für drei und meine … die kennst du noch nicht mal."

„Kommt Zeit, kommt Wohnung", behauptete Theresa.

„… oder Besuch", seufzte Rita, als es jetzt ein weiteres Mal an der Tür klingelte. „Ariane wollte noch vorbeikommen."

„Muss ich jetzt wieder in den Schrank?", fragte Max treuherzig.

Theresa musste lachen. „Wir könnten dich auch als Ritas neuen Freund vorstellen."

„Oh ja!", rief Rita und sprang auf. „Das machen wir!"

Theresa erschrak. „Auf gar keinen Fall! Ich hab genug von diesen Komödien!"

„Die Hose können wir so nicht anziehen", sagte Max zu David. „Ich fürchte, du musst dich hinstellen." David krabbelte von Theresas Schoß herunter und ließ sich von Max in die Hose helfen.

„Du sagst ihr die Wahrheit!", rief Theresa hinter Rita her. „Nichts als die Wahrheit, okay?"

„Ja, ja, schon gut", lachte Rita, die schon fast im Flur angekommen war.

„Ariane ist die, die du aus der Kirchengemeinde kennst, nicht wahr?", wollte Max wissen. Dabei kämpfte er mit Davids Hose. Vor allem der Knopf schien sich nicht fügen zu wollen.

Theresa nickte, lauschte aber mit einem Ohr dem, was sich auf dem Flur abspielte.

„Die Hose ist doof", beschwerte sich David. „Sie zwickt am Bauch."

„Wir gehen bald mal los und kaufen dir was anderes, okay?", versprach Theresa. Dann versuchte sie erneut, sich auf den Flur zu konzentrieren. Anscheinend war Ariane nicht allein gekommen. Jedenfalls meinte Theresa, auch Toms Stimme zu hören.

„Aber kurze, ja?", verlangte David. „Lange Hosen sind blöd. Ich will keine langen Hosen!"

Theresa seufzte tief. „Ich fürchte, du wirst um lange Hosen nicht herumkommen. Hier ist es wesentlich kälter als in Australien." Sie hörte, wie Ariane im Flur laut loslachte.

Max legte tröstend seine Hand auf Davids Schulter. „Diskutier nicht mit ihr!", riet er ihm. „Tu einfach, was sie sagt. Du wirst sowieso den Kürzeren ziehen. Wenn sie Angst um einen hat, mutiert sie zu Jack the Ripper."

„Wer ist das – Jäck se Rippa?"

„Das vergessen wir ganz schnell wieder", sagte Theresa. „Das Einzige, was du dir merken musst, ist das, was Max als Erstes gesagt hat: Tu immer schön, was ich dir sage und alles ist in Ordnung."

„Na, dann wollen wir doch mal schauen", sagte Ariane und betrat forschen Schrittes das Wohnzimmer. „Ach, wie hübsch … das sind sie also, ja?"

Theresa hob erstaunt die Augenbrauen. Eigentlich hatte sie ein bisschen mehr Fassungslosigkeit erwartet. Stattdessen marschierte Ariane schnurstracks auf Max zu, streckte ihm die Hand entgegen und sagte: „Schön, dich mal kennenzulernen, *Max*."

Sie betonte seinen Namen so, dass er auch in Anführungsstrichen hätte stehen können.

„Äh … gleichfalls", nickte Max und schüttelte die ihm dargebotene Hand. Da David auf seinem Schoß saß, verzichtete er darauf, sich zu erheben. „Ariane, nicht wahr?"

„So ist es." Ariane beugte sich jetzt zu Theresa herab und nahm sie kurz in den Arm. Dabei raunte sie ihr zu: „Drei Fragen, dann hat er sich verraten. Wollen wir wetten?"

„Was-"

„Drei! Mehr nicht!", fiel Ariane ihr ins Wort. Dann setzte sie sich auf den roten Sessel, schlug mit einer etwas überheblich wirkenden Geste die Beine übereinander und fragte: „Der junge Mann, der Theresa seit einiger Zeit in deiner Firma vertritt, *Max*, wie heißt der eigentlich noch mal?"

Max zog die Stirn in Falten. Anscheinend irritierte ihn Arianes Verhalten ein bisschen. „Meinst du Herrn Grewe?"

„Den vollständigen Namen bitte!"

Max warf Theresa einen fragenden Blick zu, traf aber auf einen ebenso ratlosen Ausdruck. *„Jens* Grewe", sagte Max.

„Hm", machte Ariane, „nicht schlecht. Wie es scheint, muss ich mir ein bisschen mehr Mühe geben. Also gut … Wie wir alle wissen, hat deine Mutter einen sehr exklusiven Geschmack. Welcher Butterkuchen mundet ihr am besten?"

Max wandte sich jetzt Hilfe suchend an Theresa. „Sind deine Freundinnen immer so … so *wissbegierig*?"

Theresa musste schlucken. „Eigentlich nicht", stammelte sie.

„Keine Ablenkungsmanöver bitte", sagte Ariane streng. „Also, welche Bäckerei backt den besten Butterkuchen?"

Max seufzte tief. „Also, meiner Mutter zufolge ist das die Bäckerei Ehrlich."

„Na, hast du ihn schon überführt?" Die Frage stammte von Tom, der jetzt mit Sina auf dem Arm das Wohnzimmer betrat. Ihm folgte Rita.

Ariane rutschte unruhig auf ihrem Sessel hin und her. „Ehrlich gesagt, nein. Ich hab unvorsichtigerweise gesagt, dass ich nur drei Fragen brauche. Und jetzt bleibt mir nur noch eine."

„Dann muss ich dir wohl zu Hilfe kommen", sagte Tom und gab Max lachend die Hand. „Tom Krüger", stellte er sich vor.

„Maximilian Tanner", sagte Max, erntete aber nur eine wegwerfende Handbewegung.

„Resa", sagte Sina und streckte ihre kleinen Ärmchen zu Theresa aus.

„Hallo, mein Schatz", strahlte Theresa und nahm die Kleine in Empfang. „Wie geht es dir? Möchtest du ein Stück Kuchen?"

„Sina Kuchen!“, sagte Sina und sah sich um. Als sie die Sachertorte auf Theresas Teller erblickte, begannen ihre Augen zu leuchten.

„Hast du Deutschlandfragen oder Inselfragen gestellt?“, fragte Tom seine Frau.

„Deutschlandfragen.“

„Dann also eine Inselfrage“, schlussfolgerte Tom. „Also gut …“

Während Tom überlegte, wurde Theresa allmählich klar, dass Tom und Ariane glaubten, Ziel eines kleinen Scherzes zu sein. Nun gut. Dieses Mal war sie zumindest nicht schuld!

„Ich hab's!“, rief Tom. „Auf der Insel hat Theresa ein kleines Notizbuch geführt. Was hat sie dort eingetragen?“

„Bibelverse“, antwortete Max. „Damit dürfte ich bewiesen haben, dass ich meine Rolle hervorragend gelernt habe.“ Er wandte sich Theresa zu. „Bist du zufrieden mit mir?“

Theresa nickte und gab Sina ein Stück Kuchen. „Vollauf.“

„Die Frage ist allerdings“, fuhr Max fort, „ob deine Freunde ebenso gut informiert sind.“ Er warf Theresa einen schelmischen Blick zu. „Drehen wir den Spieß doch mal um.“ Er sah Ariane an. „Was steht in dem Trauring, den Theresa um den Hals trägt?“

„Sie hat gar keinen Ring um den Hals“, erwiderte Ariane triumphierend. „Den hat sie auf der Insel verloren!“

Theresa räusperte sich und suchte unter ihrem Pullover nach dem Ring. Als sie ihn gefunden hatte, zog sie ihn hervor und legte ihn deutlich sichtbar *über* den Pullover.

„Das ist doch …“, stammelte Ariane und starrte abwechselnd auf den Ring und auf Max. „Was geht hier vor?“

„Ariane“, sagte Theresa und sah ihrer Freundin in die Augen. „Darf ich dir Max vorstellen?“

Ariane legte entsetzt die Hand über ihren Mund. Dann starrte sie Max eine ganze Zeit lang zweifelnd an. Schließlich fragte sie: „Erst kündigst du ihr und dann machst du ihr einen Heiratsantrag?“

Max seufzte tief. „Ich hab ihr nicht gekündigt. Das war …“, er räusperte sich, „eine Art Missverständnis.“

„Ein Missverständnis?“, brach es aus Ariane hervor. „Das ist doch wohl ein Witz! Ich hab das Schreiben gelesen! Perfekt verfasst und ausformuliert. Da war definitiv kein Platz für Missverständnisse!“

Max wand sich ein bisschen. Offensichtlich gefiel es ihm nicht, die genauen Umstände ein weiteres Mal erläutern zu müssen. Schließlich sagte er: „Als ich im Krankenhaus zu mir kam, war Theresa nicht da. Ich hab nach ihr verlangt, aber meine Mutter hat behauptet, sie weigere sich zu kommen. Ich stand ziemlich unter Drogen und hab sämtliche Geschäfte meiner Mutter überlassen und – soweit ich weiß – auch ein paar Blankounterschriften erteilt." Er griff nach Theresas Hand und drückte sie. „Das sieht mir gar nicht ähnlich, oder?"

Theresa lächelte ihn verklärt an. „Was sieht dir in letzter Zeit schon noch ähnlich?"

„Also hat deine Mutter Theresa gekündigt?", fragte Ariane. „Und das in deinem Namen?"

Max verzog das Gesicht. „Ich fürchte, so war es."

„Und jetzt wollt ihr allen Ernstes heiraten?", erkundigte sich Ariane.

Max und Theresa nickten eifrig. „So schnell wie möglich", sagte Max und fädelte seine Finger von oben durch Theresas.

Daraufhin wandte sich Ariane an Theresa. „Ich weiß, wie gerne du heiraten möchtest, aber … Du weißt schon, dass man jemanden braucht, der dieselben Überzeugungen teilt."

„Mehr Kuchen!", verlangte Sina.

„Wer sagt denn, dass ich andere Überzeugungen teile?", mischte sich Max ein.

Arianes Kopf ruckte herum. „Ich weiß zufällig genau, wie du tickst …", griff sie ihn an.

„Du weißt gar nichts!", protestierte Theresa. „Zumindest nichts von dem, was auf der Insel passiert ist."

„Sie wissen gar nichts?", fragte Max.

Theresa schüttelte den Kopf. „Alles, was dich betrifft, hab ich für mich behalten." Dann gab sie Sina ein Stück von der Torte.

„Da bin ich aber erleichtert", seufzte Max. „Ich dachte schon, ich wäre genauso gläsern wie deine Wohnzimmermöbel."

„Lässt du uns jetzt dumm sterben?", wollte Tom wissen.

„Ich weiß noch nicht", antwortete Max. „Auf alle Fälle hab ich keine Lust, weiterhin verhört zu werden."

„Dann sollten wir das Ganze vielleicht ein bisschen auflockern", schlug Tom vor. Er ging zu Theresas gläsernem Schreibtisch hinüber und holte den roten Bürostuhl. „Willst du …?", fragte er Rita.

Diese schüttelte jedoch den Kopf. „Ich hol mir einen Küchenstuhl", antwortete sie und verließ das Wohnzimmer.

Wenig später saßen sie alle in sehr viel entspannterer Atmosphäre im Wohnzimmer und lauschten den Geschichten, die Max und Theresa von der Insel zu erzählen hatten. Dabei merkte man deutlich, dass Max am Anfang noch recht reserviert war. Theresa passte sich dem an und beschränkte sich auf kleinere, unverfängliche Anekdoten.

Im Verlauf des Nachmittags wurden dann aber beide redseliger und gewährten hin und wieder ein paar tiefere Einblicke. Dabei entspannte sich sogar Ariane. Gegen Abend bestellten sie dann ein paar Pizzen, köpften einen Wein und setzten ihr Geplauder fort. Als der Abend gegen Mitternacht schließlich ausklang, war die Stimmung bestens.

„Ich komm demnächst mal vorbei und guck mir deine Waffensammlung an", versprach Tom, als er mit der schlafenden Sina auf dem Arm auf den Flur hinaustrat.

„Theresa und der Big Mac", sagte Ariane und schüttelte noch einmal fassungslos den Kopf. „Wer hätte das gedacht …"

Als sich die Tür hinter den Gästen schloss, verzog Max das Gesicht. „Big Mac", sagte er verärgert. „Das gefällt mir gar nicht."

„Originell ist es trotzdem", schmunzelte Theresa.

Daraufhin verschränkte Max vorwurfsvoll die Arme vor der Brust. „Jetzt weiß ich, warum man von Liebesbeziehungen im Büro so vehement abrät", jammerte er. „Sie sorgen dafür, dass ‚Mann' sich nicht mal mehr bei der Arbeit als Held fühlen kann."

„Hm", erwiderte Theresa ernst. „Das kommt darauf an, wie man das Wort Held definiert."

Max trat einen Schritt näher und schlang seine Arme um Theresa. „Wie definierst du es denn?", fragte er interessiert.

„Also ich denke … ein wahrer Held ist jemand, der sich der Wahrheit über sich selbst stellt." Theresa hob den Kopf und blickte in Max' smaragdgrüne Augen. „Ich glaub, das ist die schwerste

Aufgabe, die ein Mensch zu bewältigen hat. Und sie beginnt immer damit, Gottes Sicht von einem selbst anzuerkennen und ihm zu erlauben, einen Veränderungsprozess in Gang zu setzen."

„Und?", erkundigte sich Max. „Bin ich ein Held in diesem Sinne?"

„Du?" Theresas Gesichtsausdruck veränderte sich zu einer Mischung aus Zärtlichkeit und Bewunderung. „Du bist es mehr als irgendjemand sonst, den ich kenne!" Sie hob ihre rechte Hand und legte sie auf Max' Wange. „Ich hab noch nie jemanden getroffen, der sich in so kurzer Zeit so positiv verändert hat! Gott bewirkt Wunder über Wunder an dir!"

„Aber alles begann mit dem größten aller Wunder", sagte Max und näherte sich mit dem Mund Theresas Lippen. Dann schloss er die Augen und flüsterte: „Mit dir."

***

„Der David aus der Bibel hatte bestimmt nicht so viele Hosen", beklagte sich David, während er mit Theresa in den Fahrstuhl stieg.

„Der David aus der Bibel war König von Israel. Der hatte so viele Hosen, dass er den Überblick verloren hat", widersprach Theresa und stellte die Einkaufstüten auf dem Boden des Fahrstuhls ab. Sie hatte den ganzen Vormittag damit verbracht, in der Stadt Kleidung für David zu kaufen und war jetzt völlig erschöpft. Das lag allerdings weniger an dem Einkaufsstress als daran, dass David die ganze Zeit gemeckert hatte. Eins stand fest: In Zukunft würde sie seine Klamotten im Internet bestellen … „Drück mal auf die Zehn", bat Theresa David.

„Zehn", wiederholte David nachdenklich. „Das ist Eins und Null, oder?"

„Mein Unterricht kann nicht so schlecht gewesen sein", lächelte Theresa zufrieden. Kurz darauf spürte sie, wie sich der Fahrstuhl in Gang setzte und ein flaues Gefühl in ihren Magen schoss.

„Können wir heute bei Max übernachten?", fragte David.

Theresa schüttelte den Kopf. „Das machen wir erst, wenn Max und ich geheiratet haben."

David machte ein missmutiges Gesicht. „Das sagst du immer. Dabei ist Max' Wohnung viel toller."

„Eine Woche noch“, tröstete Theresa den Jungen, „dann hat das Warten ein Ende.“ *Endlich*, dachte sie. Vorerst hatte nur das Warten im Fahrstuhl ein Ende, denn es ertönte jetzt ein „Ping“, der Fahrstuhl kam zum Stehen und die Tür öffnete sich.

„… sowieso nur ums Geld!“, hörte Theresa jemanden keifen. Da ihr die Stimme ziemlich bekannt vorkam, erstarrte sie.

„Glaub doch, was du willst“, rief Max verärgert. „Aber glaub es in deiner Wohnung, nicht in meiner!“

„Wer ist das?“, flüsterte David neben Theresa.

„Ich bin immer noch deine Mutter!“, rief Leonora, wobei ihre Stimme beinahe entgleiste. „Ich glaube, dass ich einen gewissen Respekt verdiene.“

Vor Theresa begann sich die Fahrstuhltür wieder zu schließen und so blieb ihr nichts anderes übrig, als den Fuß auszustrecken, um dies zu verhindern.

„Du, ganz ehrlich“, konterte Max, „den Respekt, den ich für dich hatte, hast du durch deine Intrigen verwirkt.“

„Was erwartest du?“, gab Leonora zurück. „Soll ich tatenlos dabei zusehen, wie du in dein Unglück rennst und dich von deiner Sekretärin um den Finger wickeln lässt?“

Theresa schluckte schwer, trat aber mit David auf den Flur hinaus. Als sie nach rechts blickte, sah sie, dass Max’ Wohnungstür offen stand. Max und Leonora konnte sie jedoch nicht sehen.

„Natürlich sollst du das!“ Max’ Stimme nahm immer mehr Fahrt auf. „Ich bin ein erwachsener Mann und treffe meine eigenen Entscheidungen! Und falls du’s noch nicht wusstest: Obwohl Papa gestorben ist, gehöre ich dir nicht. Und ich bin auch nicht mit dir verheiratet!“

„Du … du undankbarer Bengel! Ich geb dir sechs Monate, nicht mehr! Spätestens dann wird dir klar werden, wie sehr du dich bei dieser Frau vergriffen hast. Dann darfst du dich gern auf Knien bei mir entschuldigen!“

„Sechs Monate, sagst du? Die Wette halte ich mit Vergnügen. Aber reden wir mal über deinen Wetteinsatz. Wie wär’s hiermit: Wenn ich nach sechs Jahren noch verheiratet bin, kommst *du* und entschuldigst dich bei Theresa.“

„Niemals!“, kreischte Leonora. „Niemals in meinem ganzen Leben! Nie und nie und nimmer!“

Nach dieser Aussage entstand eine kleine Pause. Anscheinend war Max von dieser Absolutheit doch ein wenig überrascht. Schließlich sagte er sehr viel gemäßigter als vorher: „Ist das dein Ernst? Ich meine ... Sie hat mir mehrfach das Leben gerettet. Müsste das nicht schon reichen, um sie zu akzeptieren?“

„Ach, komm mir nicht schon wieder mit diesen Inselgeschichten! Wer weiß, was davon überhaupt stimmt.“

„Hältst du mich wirklich für so verblendet, dass ich dir Lügen auftische?“ Seiner Stimme nach zu urteilen, schien sich Max' Ärger zu neuen Höhen aufzuschwingen.

„Und du? Hältst du dich etwa für vernünftig und besonnen?“

Theresa konnte hören, wie Max einmal tief durchatmete. Dann sagte er müde: „Dir ist einfach nicht zu helfen. Geh jetzt bitte. Theresa kommt bald und ich will nicht, dass sie dir begegnen muss.“

„Danke für den Hinweis“, erwiderte Leonora spitz. „Ich habe nämlich auch nicht vor, ihr zu begegnen.“

Theresa stand stocksteif da und blickte auf die geöffnete Wohnungstür. Sie hatte tatsächlich nicht die geringste Lust, Max' Mutter zu begegnen. Aber wohin konnte sie jetzt noch fliehen?

Und dann war es auch schon zu spät. Leonora trat auf den Flur hinaus, erblickte Theresa und erstarrte. Hinter ihr schloss sich die Wohnungstür. Offensichtlich hatte Max nicht bemerkt, dass Theresa und David bereits da waren.

Einige Sekunden lang starrten die beiden Frauen einander an. Dann sagte Leonora mit Eiseskälte: „Nun, ich schätze, Sie sind mit sich zufrieden. Sie haben ganz offensichtlich gewonnen und ich verloren. Meinen allerherzlichsten Glückwunsch.“

Theresa schluckte schwer. „Ich ... Sie täuschen sich“, presste sie hervor.

Leonora machte eine ruckartige Bewegung, bei der ihre goldenen Armreifen zu klirren begannen. „Wieso?“

„Ich weiß nicht, ob Sie meinen Hintergrund kennen“, sagte Theresa mit belegter Stimme. „Meine Mutter ist vor einiger Zeit gestorben, meinen Vater habe ich nie kennengelernt und andere

Verwandte habe ich nicht." Sie starrte angestrengt auf den grünen Teppichboden zu ihren Füßen. „Irgendwie hab ich immer davon geträumt …" Sie kämpfte auf einmal mit den Tränen und konnte den Satz nicht zu Ende bringen.

„Wovon haben Sie geträumt?", fragte Leonora. Obwohl ihre Stimme immer noch hart klang, schwang ein Hauch von Interesse darin mit.

Theresa räusperte sich und sagte dann mühsam: „Ich dachte, dass ich, wenn ich mal heirate, auch eine Familie mit dazugewinne, aber jetzt …" Wieder war sie kurz davor, die Fassung zu verlieren. Es kam ihr so vor, als wäre die Traurigkeit, die sie eben in Max' Stimme wahrgenommen hatte, auch auf sie übergeschwappt.

„Bist du die Mama von Max?", fragte David neben ihr.

„Äh … ja", krächzte Leonora irritiert und blickte auf David hinunter. „Und wer bist du?"

„Ich bin David. Das bedeutet ‚Liebling Gottes'!"

„David?", fragte Leonora verwundert. „Der Junge von der Insel, der so gerne mit Steinen wirft?"

„Ja! Ich hab einen. Willst du ihn sehen?" Er ließ Theresas Hand los, begann in seiner Hosentasche herumzukramen und holte einen faustgroßen, hellgrauen Stein daraus hervor. „Hier, willst du ihn mal in die Hand nehmen?"

Erstaunlicherweise ging Leonora vor ihm in die Hocke. „Ja, zeig mal her."

Theresa sah erstaunt dabei zu, wie Leonora und David gemeinsam den Stein untersuchten. „Ist das …" Leonora räusperte sich. „Max hat mir erzählt, du hättest den Mann abgeworfen, der auf ihn geschossen hat."

„Ja! Ich hab den Stein behalten! Mit dem hier kann ich am allerbesten werfen. Er passt genau in meine Hand, siehst du?"

„Tatsächlich!" Leonora umschloss Davids kleine Hand mit ihrer und sagte, „Max hat als Kind auch immer Steine geworfen. Hat er dir erzählt, dass ich mindestens dreimal kaputte Fensterscheiben ersetzen musste?"

„Ehrlich?" David begann zu grinsen. „Theresa sagt auch immer, dass ich Ähnlichkeit mit Max habe."

Leonora warf Theresa einen kurzen, nachdenklichen Blick zu und sagte dann zu ihr: „Ich dachte, er sei in Australien bei seinen Großeltern."

Davids Grinsen erstarb. „Ich geh nicht zurück zu denen! Ich darf bei Max und Theresa bleiben." Er sah Theresa mit großen, ängstlichen Augen an. „Stimmt doch, oder?"

„Du bleibst für immer bei uns, David", nickte Theresa ernst. „Versprochen." Dann wandte sie sich an Leonora. „Max ist nach Australien geflogen und hat ihn geholt. Wir werden ihn adoptieren. Das Verfahren läuft schon."

„Adoptieren?", entfuhr es Leonora. „Aber das … das hör ich ja zum ersten Mal!"

„Dann bist du meine Oma, stimmt's?", sagte David zu Leonora.

Diese sah ihn sehr lange nur schweigend an. Schließlich stammelte sie: „Das … nein … ich glaube nicht, dass … dass Max das noch möchte."

„Ich würde es wollen", hörte Theresa sich sagen. Ihre Stimme war erstaunlich fest.

Daraufhin schwenkte Leonoras Blick zu Theresa hinüber. Vollkommen fassungslos starrte sie sie an. „Aber …" Leonora schüttelte den Kopf, so als könne sie es einfach nicht glauben. Dann sah sie erneut David an, anschließend ein weiteres Mal Theresa. Schließlich murmelte sie: „Ich … ich muss gehen …"

Dann stürmte sie los. Ohne auch nur den Versuch zu unternehmen, einen Fahrstuhl zu ergattern, floh sie ins Treppenhaus.

***

„Darf ich dich was fragen?", flüsterte Max.

„Klar", antwortete Theresa. Sie saß auf Max' Schoß und sah David dabei zu, wie er unermüdlich Wasser aus einem Brunnen in die Höhe pumpte. Gut, dass sie die Gummistiefel zu dem Waldspielplatz mitgenommen hatte! Zwar schien sich der Sommer mit dem herrlichsten Wetter von Deutschland verabschieden zu wollen. Trotzdem war es besser, wenn David nicht allzu nasse Füße bekam. Schließlich waren die Temperaturen längst nicht so wie auf der Insel oder wie in Australien.

„Wenn du die Wahl hättest", begann Max und knabberte an Theresas Ohr, „wo-"

„Hey, Lass das, das kitzelt", kicherte Theresa und entzog Max ihr Ohr.

„… wo würdest du dann deinen nächsten Urlaub verbringen?", fuhr Max fort.

„Meinen nächsten Urlaub?", wunderte sich Theresa. „Ich möchte nicht in Urlaub fahren! Im Gegenteil. Ich sehne mich nach Alltäglichkeit, nach geregelten Abläufen, einer fertig eingerichteten Wohnung, langweiligen Abenden mit dir auf dem Sofa …"

„Ich spreche ja auch nicht von diesem Jahr, sondern vielleicht vom nächsten. Irgendwann haben wir bestimmt mal wieder Lust, etwas anderes zu sehen."

„Hoffentlich denkst du da nicht an einen Pauschalurlaub", seufzte Theresa. „Ich kann mir nicht vorstellen, wie eine Sardine in der Büchse an einem überfüllten Strand zu liegen und von unserer Insel im Indischen Ozean zu träumen."

Max ballte die rechte Hand zur Faust. „Ich wusste es! Ich wusste, dass du so denkst."

Theresa zog die Stirn in Falten und drehte sich zu Max um. „Hm? Was meinst du?"

„Wir können sie kaufen!", strahlte Max. „Wir können die Insel kaufen!"

„Wie bitte?", fragte Theresa verwundert.

„Sie ist gar nicht teuer, weißt du? Und wenn wir sie kaufen, können wir sie so erhalten, wie sie ist. Außerdem können wir jeden Urlaub dort verbringen. Wir könnten auch Tom und Ariane dorthin einladen. Tom gefällt mir. Er ist so-" Er wurde unterbrochen, weil sein Handy klingelte.

Theresa stand auf, damit er es aus der Hosentasche nehmen konnte. Als er jedoch aufs Display blickte, verfinsterte sich sein Gesichtsausdruck. „Ja?", meldete er sich mit ziemlich unterkühltem Tonfall. Kurze Zeit später fragte er nicht minder abweisend: „Was kann ich für dich tun?"

Theresa betrachtete jetzt höchst interessiert seine Mimik. Wer war wohl am Telefon?

„Wie bitte?“ Dieses Mal klang Max’ Stimme überrascht und er warf Theresa einen fragenden Blick zu. „Meinst du das ernst?“ Er hörte seinem Gesprächspartner mit skeptischem Blick weiter zu. Schließlich sagte er äußerst zurückhaltend: „Da musst du sie selbst fragen …“ Er zuckte fast ein wenig hilflos die Achseln und hielt Theresa das Telefon hin.

„Wer ist denn dran?“, flüsterte diese.

„Meine Mutter“, antwortete Max, wobei Theresa die Worte nicht hören konnte, sondern von seinen Lippen ablesen musste. Sie erstarrte und brauchte ein paar Sekunden, bis sie das Telefon entgegennehmen konnte.

„Ja?“, sagte sie zögerlich. Dann hörte sie, wie am anderen Ende der Leitung jemand ganz tief durchatmete.

„Hier ist … ähm … Leonora …“ Sie räusperte sich. „Heute ist ja Sonntag und ich …“, Pause, „also … hab gebacken … und dachte …“

Theresas Augen weiteten sich.

„Ihr könntet vielleicht auf eine Tasse Kaffee vorbeikommen“, fuhr Leonora Tanner fort. „Es gibt Butterkuchen, weil … na ja … ich dachte, es wäre … nett, wenn ich *dir* zur Abwechslung mal Butterkuchen servieren würde.“

Passend zu Theresas Augen öffnete sich jetzt auch noch ihr Mund.

„Du sagst ja gar nichts“, seufzte Leonora. Als immer noch nichts kam, glitt ihr Tonfall ins Sarkastische ab und sie sagte: „Du denkst jetzt bestimmt, ich hab statt Zucker Arsen genommen, stimmt’s?“

Theresa musste schmunzeln. „Hast du?“, fragte sie trocken.

Leonora lachte auf. „Das ging nicht. Maximilian mag auch ganz gern Butterkuchen.“

„Dann bin ich ja auf der sicheren Seite“, lächelte Theresa und dachte: *Was den Humor anbelangt, ähnelt sie Max.*

„Heißt das, ihr kommt?“

Theresa warf Max einen kurzen Blick zu. Die Anspannung, mit der er an ihren Lippen hing, verriet eine ganze Menge über seinen Gefühlszustand. Überhaupt hatte er in den letzten Tagen häufig über seine Mutter geschimpft – ein klares Zeichen dafür, dass ihn der Bruch belastete.

„Ja, wir kommen“, antwortete Theresa und konnte dabei zusehen, wie Max sich entspannte. „Aber zieh dich warm an. ¡Ten cuidado! – Vorsicht! Ich werde deinen Butterkuchen sehr genau mit dem von der Bäckerei Ehrlich vergleichen.“

***

„Das war der langweiligste Laden auf der ganzen Welt“, behauptete David, als er mit Max und Theresa die Kasse bei IKEA hinter sich gelassen hatte.

„Aber die Lampen sind doch schön“, widersprach Theresa und drückte den Karton mit Davids zukünftiger Kinderzimmerlampe besitzergreifend an sich.

„Geht so“, räumte David ein. „Fahren wir jetzt zu Oma? Sie hat mir versprochen, dass sie mit mir schwimmen geht.“

„Da kann ich schlecht Nein sagen“, lächelte Theresa. „Du weißt, wie wichtig ich es finde, dass du richtig schwimmen lernst.“

„Ich kann schon richtig schwimmen“, behauptete David und lief ein paar Schritte vor.

„Ich hätte niemals geglaubt, dass ich das noch erleben darf“, seufzte Max und steckte sein Portemonnaie in die Innentasche seiner schwarzen Lederjacke zurück. „Meine Frau und meine Mutter … ein Herz und eine Seele.“

Meine Frau, hallte es in Theresas Gedanken wider. Diese beiden Worte waren Musik in ihren Ohren. Unwillkürlich streckte sie die Finger ihrer rechten Hand aus. Dort prangte der schlichte, goldene Trauring, den Max ihr bei seinem Heiratsantrag geschenkt hatte. Jetzt war es schon drei Wochen her, dass er von ihrem Hals an ihren Finger gewandert war. An der Tatsache, dass er noch wie neu aussah und im künstlichen Licht verführerisch funkelte, konnte man erkennen, dass sie tatsächlich frisch verheiratet waren.

„Ich hätte nie gedacht, dass man meine Mutter knacken kann“, sinnierte Max. „Wie hast du das nur geschafft?“ Er legte seinen Arm um Theresa und setzte sich in Bewegung. Gemeinsam folgten sie David in Richtung Ausgang.

„Das war ich gar nicht. Ich glaube, das war David. Sie hat ihn sofort in ihr Herz geschlossen.“

„David war sicher ein Grund, aber der entscheidende Faktor warst du. Sonst hätte meine Mutter nicht zugegeben, dass sie sich in dir getäuscht hat …"

„Das hat sie gesagt?", wunderte sich Theresa.

Max nickte. „Anscheinend eroberst du früher oder später jeden. Das war auf der Insel auch schon so. Sogar Coleman wollte dich am Ende haben."

Theresa blieb urplötzlich stehen.

„Was ist?", grinste Max. „Ist dir eingefallen, dass du den Falschen geheiratet hast?"

Theresa schüttelte den Kopf. „Nein, mir ist eingefallen, dass ich die Ordnungshelfer vergessen habe."

„Ach ja", seufzte Max und ließ Theresa los. „Ich hol sie schnell. Fang du David ein!"

***

Knappe 20 Minuten später hatte Max besorgt, was noch fehlte, und verließ zum zweiten Mal eine der fast ein Dutzend Kassen. Als er zu Theresa zurückkehrte, starrte diese gedankenverloren in das Gewusel von Menschen, das durch die Kassen strömte.

„Wo ist David?", fragte er.

„Im Auto", antwortete Theresa geistesabwesend. Ihre Stimme klang heiser und ihre Augen starrten immer auf denselben Punkt.

„Ist alles in Ordnung mit dir?", fragte Max verwundert.

Theresa seufzte abgrundtief. „Du hättest Kasse drei nehmen sollen, das wäre interessant geworden …"

„Wieso?" Er folgte Theresas Blick, suchte Kasse drei und … „Ups."

„Ja, ups", nickte Theresa und fuhr fort, Jontek dabei zu beobachten, wie er einen Kunden nach dem anderen bediente. Da er Theresa den Rücken zudrehte, konnte er sie nicht sehen. Seine blonden Locken machten ihn jedoch unverwechselbar.

„Ist das wirklich der Wischmopp?", wollte Max wissen.

Theresa seufzte erneut. „Ich hab ihn schon von allen Seiten begutachtet."

„Aber das … das heißt ja nichts. Ich meine … manchmal springen Geschäftsführer an der Kasse ein."

Theresa schüttelte den Kopf. „Ich hab mit einer Angestellten gesprochen. Er ist Kassierer, Max. Nichts weiter. Ein einfacher Kassierer und sonst gar nichts. Er hat mich die ganze Zeit belogen." Sie fasste sich sprichwörtlich an den Kopf. „Ich hätte es wissen müssen! Im Grunde genommen hat er es mir sogar gesagt!" Sie dachte an das Gespräch zurück, das sie im Flieger mit ihm geführt hatte. *„Ha, ha*", wiederholte sie Jonteks Worte, *„was für ein Narr ist doch die Ehrlichkeit …*"

„Shakespeare", nickte Max. „Scheint, als hätte der Wischmopp eine gewisse Bildung. Kein Wunder, dass du ihm seine Geschichte abgekauft hast."

„Trotzdem komme ich mir so dumm vor!", jammerte Theresa.

„Warum?", fragte Max und stellte seine Einkäufe zu seinen Füßen ab. „Es ist keine Schande, jemandem Vertrauen zu schenken …"

„Aber ich bin ihm voll auf den Leim gegangen!"

„Du bist ihm vielleicht *am Anfang* auf den Leim gegangen", widersprach Max.

„Dir ist das aber nicht passiert. Du hast Jontek von Anfang an richtig eingeschätzt."

Max wandte sich Theresa jetzt zu, umarmte sie und sah ihr dabei tief in die Augen. „Ich hab so wenige Dinge richtig eingeschätzt. Du solltest mir diese eine Sache gönnen."

Aus Theresas Augen lösten sich zwei Tränen. „Nichts ist, wie es scheint."

Max hob die rechte Hand und wischte Theresa zärtlich die Tränen aus dem Gesicht. „Unsinn. Du bist, wie du schienst. Mehr noch als das! Du bist echt. Unsere Liebe ist echt. Und Gott ist echt. Darauf kann man doch aufbauen, oder?"